HEYNE

DAS BUCH

In dem geschmackvollen Haus im gediegenen Örtchen Lakeview fühlt Zane sich wie ein Gefangener. Freunde, Nachbarn und sogar seine Tante halten die Bigelows für die perfekte Familie – Graham, den erfolgreichen Arzt, seine Frau Eliza, Zane und seine Schwester Britt. Doch der Schein trügt. Graham herrscht mit eiserner, gewaltvoller Hand über seine Frau und seine Kinder. Zane zählt die Jahre, Monate und Tage, bis er sein Elternhaus endlich verlassen kann, aber aus Angst um Britts und sein Leben spielt er das grausame Machtspiel seines Vaters mit. Bis die Situation eines Nachts vollkommen eskaliert und die schreckliche Wahrheit ans Licht kommt. Noch Jahre später verfolgen Zane die Schatten seiner Vergangenheit. Als er die junge Landschaftsgärtnerin Darby McCray kennenlernt, die sich in Lakeview eine neue Existenz aufbauen will, scheint endlich eine glückliche Zukunft möglich. Doch gerade als beide beginnen, die furchtbaren Geschehnisse ihres bisherigen Lebens zu vergessen, bricht das Unheil erneut über sie herein.

DIE AUTORIN

Nora Roberts wurde 1950 in Maryland geboren. Ihren ersten Roman veröffentlichte sie 1981. Inzwischen zählt sie zu den meistgelesenen Autorinnen der Welt. Ihre Bücher haben eine weltweite Gesamtauflage von 500 Millionen Exemplaren überschritten. Mehr als 200 Titel waren New-York-Times-Bestseller, und ihre Bücher erobern auch in Deutschland immer wieder die Bestsellerlisten. Nora Roberts hat zwei erwachsene Söhne und lebt mit ihrem Ehemann in Maryland.

nora
roberts

Strömung des Lebens

roman

Aus dem Amerikanischen
von Christiane Burkhardt

WILHELM HEYNE VERLAG
MÜNCHEN

MIX
Papier | Fördert gute Waldnutzung
FSC® C014496

Penguin Random House Verlagsgruppe FSC® N001967

2. Auflage
Neuausgabe 07/2024

Die Originalausgabe erschien 2019 unter dem Titel *Under Currents* bei St. Martin's Press, New York.

Dieses Werk wurde vermittelt durch
die Literarische Agentur Thomas Schlück GmbH, 30161 Hannover.
Redaktion: Claudia Krader
Umschlaggestaltung: t.mutzenbach design, München
Umschlagmotive: © arcangel/Silvia Ganora;
Shutterstock/Oleg Kozlov, Jon Bilous
Herstellung: Helga Schörnig
Satz: satz-bau Leingärtner, Nabburg
Druck und Bindung: GGP Media GmbH, Pößneck
Printed in Germany
ISBN 978-3-453-42809-6

www.heyne.de

Für die Greenbier-Girls:
Für JoAnne, meine Sportfreundin,
für Kat, meine supersüße Baby-Mama,
für Laura, die einfach immer alles im Griff hat,
für Mary, meine Shopping-Freundin, und
für Sarah, die gute Laune garantiert.

Teil 1

Grausame Lügen

Grausamkeit und Angst gehen
Hand in Hand.

Honoré de Balzac

Kindesmisshandlung wirft einen
lebenslangen Schatten.

Herbert Ward

1

Von außen betrachtet war das Haus in Lakeview Terrace einfach perfekt. Die prächtigen drei Stockwerke des hellbraunen Ziegelbaus verfügten über große Fenster mit einem herrlichen Blick auf den Reflection Lake und die Blue Ridge Mountains. Die beiden Erkertürmchen mit Kupferdach verliehen ihm europäisches Flair und zeugten von Wohlstand, ohne zu protzen.

Sattgrüner Rasen stieg sanft bis zu einer dreigliedrigen Treppe empor, gefolgt von einer breiten weißen Veranda, die im Frühling von rubinrot blühenden Azaleen gesäumt wurde. Auf der Rückseite des Hauses lag ein großzügig überdachter Außenbereich mit Sommerküche, von dem aus man das fantastische Seepanorama genießen konnte. Der sorgfältig gepflegte Rosengarten sorgte für eine romantisch-elegante Atmosphäre. War Saison, lag eine Segeljacht am privaten Anlegesteg. Kletterrosen rankten sich am Grundstückzaun empor. Im Garagenanbau gab es einen Luxus-SUV und einen Kombi derselben Marke, zwei Mountainbikes und Skiausrüstung. Gerümpel war nirgendwo zu sehen.

Die Innenräume hatten hohe Decken. Sowohl Salon als auch Wohnzimmer verfügten über Kamine, die mit den gleichen goldbraunen Ziegeln verkleidet waren wie die Fassade. Die stilvolle Einrichtung entsprach ganz dem Geschmack des hier wohnenden Paares, auch wenn sie vielleicht ein wenig zu gewollt war. Ruhige Farben und aufeinander abgestimmte Stoffe. Zeitgemäß, ohne zu modern zu sein.

Dr. Graham Bigelow hatte das Grundstück in der Siedlung Lakeview Terrace gekauft, als sein Sohn fünf und seine Tochter drei Jahre alt gewesen waren. Er war es auch, der damals den zu ihm und seiner Familie passenden Grundriss aussuchte, die notwendigen Um- und Anbauten ausführen ließ, Details wie Bodenbeläge, Fliesen und Gartenplatten auswählte und am Ende eine Innenarchitektin beauftragte.

Seine Frau Eliza überließ ihm die meisten Entscheidungen liebend gern, weil sie fand, dass er einen makellosen Geschmack besaß. Hatte sie selbst einen Vorschlag oder eine Idee, hörte er ihr geduldig zu, um ihr dann häufig zu erklären, warum das alles nicht passte. Es kam jedoch durchaus vor, dass er auf die eine oder andere Anregung einging.

Genau wie Graham legte Eliza Wert darauf, dass die kleine exklusive Siedlung am See im High Country North Carolinas brandneu war und ihren Wohlstand offen zur Schau stellte. Sie war bereits in einen solchen Lebensstil hineingeboren worden, wenn auch in einen von der langweilig-altmodischen Sorte, den sie für spießig hielt. So wie das Haus auf der anderen Seeseite, in dem sie aufgewachsen war. Deshalb hatte sie ihren Anteil nur zu gern an ihre Schwester verkauft und das Geld in die brandneue Einrichtung des Hauses in Lakeview Terrace gesteckt. Sie hatte Graham den Bankscheck vertrauensvoll übergeben und es nie bereut.

Seit fast neun Jahren lebten sie jetzt glücklich und zufrieden hier, zogen zwei intelligente, wunderschöne Kinder groß und gaben Dinner-, Cocktail- und Gartenpartys. Als Ehefrau des Chefchirurgen am Mercy Hospital im nahe gelegenen Asheville bestand ihre Rolle vornehmlich darin, elegant und gepflegt auszusehen, die Kinder gut zu erziehen, das Haus in Ordnung zu halten, Einladungen zu geben und verschiedene Wohltätigkeitsorganisationen zu leiten. Dreimal die Woche kam eine Putzfrau und Köchin sowie wöchentlich der Gärtner. Ihre Schwester nahm nur allzu gern die Kinder, wenn Graham und sie einen freien Abend haben oder einen Wochenendtrip machen wollten. So blieb ihr genug Zeit, sich um ihr Aussehen und ihre Garderobe zu kümmern.

Eliza versäumte keine Schulveranstaltung und war sogar zwei Jahre lang Elternbeiratsvorsitzende gewesen. Wenn Grahams Beruf ihm Zeit dazu ließ, ging sie mit ihm gemeinsam zu den Theateraufführungen. Sie kümmerte sich darum, Spenden für die Schule sowie fürs Krankenhaus zu sammeln. Seit Britts viertem Geburtstag saß sie bei jeder Ballettvorstellung in der Mitte der ersten Reihe. Auch fast allen Baseballspielen von Zane wohnte sie bei. Sollte sie doch mal eines verpassen, hatte sie stets eine gute Ausrede parat. Jeder weiß, wie langweilig solche Spiele in der Jugendliga sein können.

Auch wenn sie das niemals zugegeben hätte, zog Eliza ihre Tochter bei Weitem vor. Britt war ein so hübsches, liebenswertes, gehorsames kleines Mädchen! Nie musste man sie dazu drängen, Hausaufgaben zu machen oder ihr Zimmer aufzuräumen, außerdem war sie unglaublich höflich.

Zane dagegen erinnerte Eliza an ihre Schwester Emily. Er neigte dazu, Streit zu suchen, beleidigt zu sein und sich abzusondern. Dafür schrieb er gute Noten. Wenn der Junge Baseball spielen wollte, musste er zu den besten Schülern gehören – so ihre Vereinbarung. Sein Traum, Profispieler zu werden, war natürlich nur eine Teenagerfantasie. Er würde selbstverständlich Medizin studieren, genau wie sein Vater.

Im Moment war Baseball jedenfalls das Zuckerbrot, sodass sie die Peitsche im Schrank lassen konnten. Sollte Graham sie zu Bestrafungszwecken hervorholen, dann nur zum Besten des Jungen. So etwas bildete den Charakter, zeigte Grenzen auf und sorgte für Respekt. Wie sagte Graham so schön? *Was*

Hänschen nicht lernt, lernt Hans nimmermehr. Besser, man bekam von klein auf beigebracht, sich an die Regeln zu halten.

Zwei Tage vor Weihnachten fuhr Eliza durch die vom Schneepflug geräumten Straßen nach Hause. Sie hatte ein schönes Mittagessen mit Freundinnen hinter sich und höchstes ein paar Schluck Champagner zu viel getrunken. Anschließend hatten sie sich mit etwas Shoppen belohnt. Am zweiten Weihnachtsfeiertag wollte die Familie in den jährlichen Skiurlaub aufbrechen. Skifahren würden nur Graham und die Kinder, während sie sich im Spa verwöhnen ließ. Heute hatte sie ein fantastisches Paar Stiefel gekauft, das sie mitnehmen würde. Ebenso einige Dessous, die dazu angetan waren, Graham nach Stunden auf der Piste wieder aufzuwärmen.

Sie warf einen Blick auf die anderen Häuser und deren Weihnachtsschmuck. Wirklich hübsch! In Lakeview Terrace waren diese aufblasbaren Kitschweihnachtsmänner nicht erlaubt, dafür hatte die Eigentümergemeinschaft gesorgt. Trotzdem konnte sie ohne falsche Bescheidenheit sagen, dass ihr Haus alle anderen überstrahlte. Graham ließ ihr bei der Weihnachtsdeko freie Hand, und sie machte klug davon Gebrauch. Sobald die Dämmerung hereinbrach, setzten weiß glitzernde Lichter die Silhouette des Hauses perfekt in Szene, um sich dann um die eingetopften Fichten auf der vorderen Veranda zu winden.

Im Haus dagegen funkelten die beiden Adventskränze mit den roten und silbernen Bändern an der Doppeltür mit dem Baum im Salon um die Wette. Stolze dreieinhalb Meter hoch, verziert mit weißen Kerzen sowie silbernen und roten Sternen. Der Baum im Wohnzimmer folgte demselben Farbschema, war aber mit Engeln geschmückt. Kaminsimse und Esstisch waren natürlich ebenfalls höchst stilvoll dekoriert, und das jedes Jahr wieder anders. Wozu alles abhängen und verstauen, wenn eine Mietfirma kam, die die gesamte Deko nach den Feiertagen abholte? Sie hatte nie verstanden, was ihre Eltern und Emily so toll daran fanden, uralte Glaskugeln und kitschige Holzfiguren auszupacken. Wenn die alten Herrschaften Emily in ihrem ehemaligen Zuhause besuchten, würden sie das dort sowieso alles vorfinden. Das Weihnachtsessen sollte jedoch in Lakeview Terrace stattfinden. Danach würden die Eltern zum Glück wieder nach Savannah in ihre Seniorenresidenz zurückkehren.

Emily war die Lieblingstochter, keine Frage. Eliza ließ das automatische Garagentor hochfahren. Und zuckte zusammen, als sie Grahams Auto bereits auf seinem Platz stehen sah. Sie schaute auf die Uhr und seufzte erleichtert auf. Sie war nicht spät dran, er war nur früher als erwartet nach Hause gekommen. Da heute eine andere Mutter die Kinder abholen musste, parkte sie neben dem Wagen ihres Mannes und griff nach ihren Einkaufstüten. Sie ging in den Flur, hängte ihren Mantel auf, faltete ihren Schal zusammen und zog ihre Stiefel aus, bevor sie in die flachen schwarzen Prada-Slipper schlüpfte, die sie im Haus trug. Als sie in die Küche kam, stand Graham in Anzug und Krawatte vor der Kochinsel.

»Du bist aber früh da.« Nachdem sie ihre Tüten auf dem Küchentresen abgestellt hatte, ging sie sofort auf ihn zu und hauchte ihm einen Kuss auf die Wange. So leicht wie der Kuss war auch der Hauch von Eau Sauvage, ihr Lieblingsaftershave, das sie an ihm wahrnahm.

»Wo hast du gesteckt?«

»Ach, ich war mit Miranda und Jody beim Mittagessen.« Sie zeigte auf den Familienkalender in der Ecke. »Anschließend sind wir ein wenig shoppen gegangen.« Sie holte eine Flasche Perrier aus dem Kühlschrank. »Unfassbar, wie viele Leute Weihnachtseinkäufe machen. Auch Jody.« Sie gab ein paar Eiswürfel aus dem Eiswürfelautomaten ins Glas, bevor sie Mineralwasser darüberschüttete. »Wirklich, Graham, organisatorisch ist sie wirklich nicht gerade die …«

»Glaubst du, Jody interessiert mich einen feuchten Dreck?«

Seine ruhige, geschmeidige, fast freundliche Stimme ließ sämtliche Alarmglocken bei ihr klingeln. »Natürlich nicht, mein Schatz, ich rede einfach nur dummes Zeug.« Sie lächelte weiter, musterte ihn jedoch misstrauisch. »Warum setzen wir uns nicht und ruhen uns etwas aus? Ich mach dir einen Drink.«

Er hob das Glas und warf es ihr vor die Füße. Eine Scherbe ritzte ihr den Knöchel auf, der brannte, nachdem Whiskey darübergeschwappt war. Ausgerechnet das Baccarat-Glas! Ihr wurde ganz heiß.

»Mach mir einen neuen!« Jetzt klang die Stimme weder ruhig noch geschmeidig und schon gar nicht freundlich, sondern wie eine Ohrfeige. »Ich soll den ganzen Tag in fremden Menschen herumwühlen und Leben retten, nur um dann abends in ein leeres Haus zurückzukehren?«

»Tut mir leid, ich …«

»Es tut dir leid?« Er packte ihren Arm und drehte ihn nach hinten, während er Eliza mit dem Rücken gegen die Arbeitsfläche stieß. »Was genau tut dir leid? Dass du es nicht fertiggebracht hast, zu Hause zu sein? Dass du den Tag damit verplempert hast, mein Geld für Mittagessen und Einkäufe rauszuwerfen, mit diesen idiotischen Weibern zu tratschen, während ich sechs Stunden im OP gestanden habe?«

Ihr stockte der Atem, sie bekam Herzrasen. »Ich wusste nicht, dass du früher nach Hause kommst. Hättest du angerufen, wäre ich sofort nach Hause geeilt.«

»Jetzt muss ich mich auch noch bei dir an- und abmelden?«

Sie bekam kaum mit, was er ihr alles an den Kopf warf. *Undankbarkeit, Respektlosigkeit, mangelnde Pflichterfüllung*. Diesen Blick kannte sie. Es war der Blick eines düsteren Racheengels. Sie sah das dunkelblonde, perfekt gepflegte Haar. Das glatte, attraktive, aber vor Wut rot angelaufene Gesicht. Den Hass in diesen knallblauen, eiskalten Augen. Ihr war nicht mehr nur heiß. Es war, als bekäme sie einen elektrischen Schlag versetzt. »Es stand im Kalender«, sagte sie mit schriller Stimme. »Ich hab dir heute Morgen Bescheid gesagt.«

»Glaubst du etwa, ich hätte Zeit, in deinen lächerlichen Kalender zu schauen? Du bist gefälligst daheim, wenn ich nach Hause komme, verstanden?« Er knallte sie erneut gegen die Arbeitsfläche, sodass ihr der Schmerz in den Rücken schoss. »Alles, was du besitzt, hast du mir zu verdanken. Dieses Zuhause, was du am Leib trägst und alles, was du isst. Ich bezahle die Köchin und Putzfrau, damit du mir zur Verfügung stehst, wenn ich es will. Deshalb wirst du in Zukunft verdammt noch mal zu Hause sein, wenn ich heimkomme, und die Beine breit machen, wenn ich es möchte.« Um seinen Worten Nachdruck zu verleihen, drängte er sich an sie.

Sie gab ihm eine Ohrfeige. Obwohl sie wusste, was kam. Vielleicht auch, *weil* sie wusste, was kam.

Aus eiskalter Wut wurde lodernde Wut. Er fletschte die Zähne. Und rammte ihr die Faust in den Unterleib. Er achtete strikt darauf, ihr nie ins Gesicht zu schlagen.

***

Mit seinen vierzehn Jahren interessierte sich Zane Bigelow ausschließlich für Baseball. Er mochte Mädchen, schaute sich gern nackte Mädchen an, nachdem ihm sein Kumpel Micah gezeigt hatte, wie man die Kindersicherung am Computer austrickst. Aber Baseball stand nach wie vor an erster Stelle.

Für ihn war es die Nummer eins.

Er war groß für sein Alter und dementsprechend schlaksig, konnte es kaum erwarten, die Schule zu beenden und von einem Scout für die Baltimore Orioles entdeckt zu werden. Er wäre auch mit jeder anderen Mannschaft in der Profiliga einverstanden, aber die Orioles waren seine erste Wahl.

Die absolute Nummer eins.

Das war Zanes größter Traum. Und natürlich der, ein nacktes Mädchen … na ja … in natura zu sehen.

Zane Bigelow hätte nicht glücklicher sein können, als Mrs. Carter, Micahs Mom, die Truppe in ihrem SUV nach Hause fuhr. Obwohl sie Cher aufgelegt hatte, die was über ein Leben nach der Liebe sang. Er interessierte sich nicht sehr für Autos. Noch nicht. Aber als junger Mann kannte man sich eben aus. Außerdem hörte er lieber Rap, der zu Hause verboten war.

Doch obwohl Cher lief, seine Schwester und die anderen beiden Mädchen über Weihnachten quatschten und Micah auf seinem Game Boy völlig in *Donkey Kong* vertieft war, war Zane überglücklich. Zehn schulfreie Tage warteten auf ihn. Nicht einmal die Aussicht aufs Skifahren konnte seine Laune trüben. Das war nicht gerade sein Lieblingssport. Vor allem, weil sein Vater ständig darauf hinwies, dass seine kleine Schwester deutlich besser fuhr als er. Zehn Tage lang kein Mathe. Er hasste Mathe mindestens genauso wie Spinatsalat.

Mrs. Carter hielt an, um Cecile Marlboro rauszulassen. Es folgte das übliche Geschiebe und Rucksack-Rauswuchten, das Quietschen der Mädchen. Alle mussten sich umarmen. Es war schließlich bald Weihnachten. Manchmal musste man sich auch umarmen, weil Dienstag war oder so. Ihm war das schleierhaft.

Alle riefen: »Frohe Weihnachten!« Wenn Pete Greene ausstieg, würden alle *Frohe Feiertage* rufen, weil er Jude war.

Gleich würden sie zu Hause sein. Zane sah die Häuser vorbeigleiten. Er nahm sich vor, sich eine Kleinigkeit zu essen zu machen, sich dann ganz ohne Hausaufgaben, ohne diesen Mathehorror, in sein Zimmer zu verkriechen und auf der PlayStation eine Stunde sein Baseball-Spiel zu spielen.

Er wusste, dass Lois, die vermutlich bis nach den Skiferien frei hatte, eine Lasagne vorbereiten wollte. Lois' Lasagne war einfach der Hammer. Mom würde sie aufwärmen müssen, aber das dürfte sie hinbekommen. Noch besser fand er, dass Grams und Pop morgen aus Savannah kommen sollten. Ihm wäre lieber, sie wohnten bei ihnen statt bei Tante Emily. Doch er hatte vor, morgen Nachmittag mit dem Rad zum alten Haus am See zu fahren und ein bisschen dort abzuhängen. Vielleicht konnte er Emily zum Plätzchenbacken überreden, was nicht schwer sein dürfte.

Außerdem kamen alle zum Weihnachtsessen. Dafür würde Mom nichts machen müssen. Es war alles bei einem Caterer bestellt worden. Nach dem Weihnachtsessen spielte Britt dann bestimmt was am Klavier vor. Er hasste Klavier, womit er sich eine gehässige Bemerkung von seinem Vater einfangen würde. Danach das Singen. Total kitschige Weihnachtslieder, aber er mochte das irgendwie. Außerdem hatte er eine ziemlich gute Stimme, an der niemand was aussetzen konnte.

Als der Wagen vor seinem Haus hielt, klatschten sich Zane und Micah ab. »Frohe Weihnachten, Kumpel.«

»Logo«, erwiderte Micah. »Danke, gleichfalls.«

Während sich Britt und Chloe umarmten, als würden sie sich ein Jahr nicht sehen, schlüpfte Zane aus dem Wagen. »Frohe Weihnachten, Chloe. Frohe Weihnachten, Mrs. Carter. Danke fürs Mitnehmen.«

»Frohe Weihnachten, Zane. Gern geschehen.« Sie lächelte ihm zu und sah ihm in die Augen. Sie war echt hübsch für eine Mom.

»Danke, Mrs. Carter. Ich ruf dich an, Chloe«, sagte Britt.

Zane hängte sich den Rucksack um, als Britt ausstieg. »Wieso willst du sie anrufen? Was gibt's da zu reden? Ihr habt euch doch schon im Auto den Mund fusselig gequatscht.«

»Wir haben uns immer was zu erzählen.«

Britt, die mehr als einen Kopf kleiner war als er, sah ihm durchaus ähnlich. Auch sie hatte auffällig grüne Augen und dunkles Haar. Es reichte Britt fast bis zur Taille und wurde von Rentierspangen gehalten. Ihr Gesicht war noch kindlich rund, während seines bereits markante Züge aufwies. Weil er langsam erwachsen wurde, wie seine Tante Emily sagte. Nicht, dass er sich schon rasieren müsste oder so, obwohl er jeden Tag nach ersten Bartstoppeln suchte. Weil sie seine Schwester war, musste er sie einfach aufziehen. »Ihr sagt doch gar nichts außer *Oooooh, Justin Timberlake.*« Er machte laute Schmatzgeräusche, woraufhin sie errötete. Er wusste, dass sie heimlich für den Sänger schwärmte.

»Halt den Mund.«

»Halt du doch den Mund!«

»Nein, du.«

Das ging so weiter, bis sie die Veranda erreicht hatten. Dann warfen sie sich warnende Blicke zu. Gingen sie streitend rein und ihre Mutter bekam das mit, gäbe es sofort eine endlose Standpauke. Zane zückte seinen Schlüssel, da sein Vater darauf bestand, dass immer abgeschlossen blieb. Egal, ob jemand zu Hause war oder nicht. Als die Tür aufging, hörte er, was los war. Das Grinsen wich aus Britts Gesicht. Sie riss die Augen auf, Angst und Tränen standen darin. Sofort hielt sie sich die Ohren zu.

»Geh nach oben«, befahl ihr Zane. »Geh auf dein Zimmer und bleib dort.«

»Er tut ihr wieder weh. Er tut ihr weh.«

Statt auf ihr Zimmer zu eilen, rannte Britt in Richtung Wohnzimmer und blieb dort stehen. Nach wie vor hielt sie sich die Ohren zu. »Aufhören«, schrie sie. »Sofort aufhören.«

Zane sah Blut auf dem Boden, dort, wo seine Mutter gerade vorwärtsrobbte. Ihr Pulli war zerrissen, und einer ihrer Schuhe fehlte.

»Geht auf eure Zimmer«, brüllte Graham, als er Eliza an den Haaren hochriss. »Das geht euch nicht das Geringste an.«

Britt schrie einfach weiter, auch als Zane versuchte, sie wegzuziehen. Er sah, wie der hasserfüllte Blick seines Vaters an seiner Schwester hängen blieb. Eine bis dahin ungekannte Angst loderte in ihm empor und brannte etwas fort. Er dachte nicht groß nach, sondern reagierte instinktiv, schob seine Schwester beiseite und trat zwischen sie und seinen Vater. Ein schlaksiges Kind, dessen Füße überproportional groß waren. In ihm aufflackernde Angst ließ ihn zum Angriff übergehen.

»Lass sie in Ruhe, du Mistkerl!« Er versetzte Graham einen Fausthieb. Der taumelte zurück, wenn auch mehr aus Verblüffung als durch die Wucht des Schlags. »Hau ab, verdammt!« Zane sah sie nicht kommen. Er war vierzehn. Die einzigen Raufereien, in die er verwickelt war, bestanden aus Herumgeschubse und lautstark vorgetragenen Beleidigungen. Er hatte die Faust seines Vaters bereits öfter zu spüren bekommen. Ein Schlag in die Magengrube, manchmal auch auf die Nieren.

Dorthin, wo es nicht auffiel.

Diesmal traf ihn die Faust im Gesicht. Etwas hinter seinen Augen explodierte. Alles verschwamm. Er steckte zwei weitere Schläge ein, bevor er zu Boden ging. Der heftige Schmerz war stärker als die Angst und die Wut. Um ihn wurde es dunkel, und in dem Dunkel sah er Sterne. Mit dem Geschmack von Blut im Mund und dem Kreischen seiner Schwester im Ohr verlor er das Bewusstsein.

Er bekam erst wieder etwas mit, als sein Vater ihn über die Schulter geworfen hatte und die Treppe hinauftrug. Es klingelte in seinen Ohren, er konnte Britt weinen hören. Seine Mutter befahl ihr, damit aufzuhören. Sein Vater legte ihn nicht aufs Bett, sondern schüttelte ihn einfach ab. Als er auf der Matratze landete, tat ihm jede Faser seines Körpers weh.

»Wenn du mir gegenüber noch einmal den Respekt vermissen lässt, handelst du dir mehr ein als nur eine gebrochene Nase und ein blaues Auge. Du bist ein Nichts, verstanden? Du bist so lange ein Nichts, bis ich das Gegenteil behaupte. Alles, was du hast, sogar dein Leben, verdankst du mir.« Er beugte sich weit vor und schlug diesen ruhigen, geschmeidigen Ton an. Zane sah ihn doppelt und schaffte es nicht zu nicken. Durch den Schock begann er zu zittern und mit den Zähnen zu klappern.

»Du wirst dieses Zimmer nicht verlassen, bis ich es dir erlaube. Du wirst mit niemandem sprechen. Du wirst niemanden in unsere Familienangelegenheiten einweihen, oder die Strafe, zu der du mich heute gezwungen hast, wird sich wie ein Kinderspiel anfühlen. Es würde dir ohnehin keiner glauben. Du bist ein Niemand. Und ich bin alles. Ich könnte dich im Schlaf umbringen, ohne dass jemand etwas merken würde. Vergiss das nicht, wenn du das nächste Mal den großen Mann markieren willst.« Er ging und machte die Tür hinter sich zu.

Zane verlor wieder das Bewusstsein. Das war einfacher, als den Schmerz oder die Worte seines Vaters zu ertragen, die sich ebenfalls wie Schläge anfühlten.

Als er wieder zu sich kam, war es zwar noch nicht ganz dunkel, aber fast. Er bekam keine Luft mehr durch die Nase. Sie war verstopft, als hätte er eine schreckliche Erkältung. Eine von der Sorte mit hämmernden Kopfschmerzen und einem Pochen hinter den Augen. Sein Bauch tat brutal weh. Als er versuchte, sich aufzusetzen, drehte sich alles. Er hatte Angst, sich übergeben zu müssen.

Dann hörte er ein Klicken und begann erneut zu zittern. Er bereitete sich darauf vor, zu betteln, zu flehen und zu Kreuze zu kriechen. Hauptsache, er musste diese Fäuste nicht noch einmal spüren. Seine Mutter kam herein und machte das Licht an. Das verursachte weitere Schmerzexplosionen, deshalb schloss er die Augen.

»Dein Vater sagt, du sollst dich waschen und dir dann diesen Eisbeutel aufs Gesicht legen.« Ihre kühle, sachliche Stimme tat fast so weh wie die seines Vaters.

»Mom …«

»Dein Vater sagt, du sollst den Kopf hochlegen. Du darfst das Zimmer nur verlassen, um ins Bad zu gehen. Wie du siehst, hat dein Vater deinen Computer, deine PlayStation und deinen Fernseher mitgenommen. Lauter Sachen, die er dir großzügigerweise geschenkt hat. Du wirst niemanden sehen und mit niemandem reden außer mit deinem Vater und mir. Auch nicht an Heiligabend und am Ersten Weihnachtsfeiertag.«

»Aber …«

»Du hast die Grippe.«

Er suchte in ihrem Gesicht nach dem geringsten Hinweis auf Mitleid, auf Dankbarkeit. Nach irgendeinem Gefühl. »Ich wollte ihn daran hindern, dir wehzutun. Ich dachte, er würde Britt wehtun. Ich dachte …«

»Ich habe dich nicht um Hilfe gebeten und auch keine benötigt.« Ihre kurz angebundene, kalte Stimme versetzte ihm einen schmerzhaften Stich. »Was zwischen mir und deinem Vater vorgeht, geht nur uns beide etwas an. Du hast die nächsten Tage Zeit, dir über deine Rolle in der Familie Gedanken zu machen und dir gewisse Privilegien zurückzuverdienen.« Sie wandte sich zur Tür. »Tu, was man dir sagt.«

Nachdem sie ihn allein gelassen hatte, zwang er sich, sich aufzusetzen, und musste erneut die Augen schließen, so schwindlig war ihm. Er atmete tief durch. Dann stand er mit zittrigen Beinen auf, taumelte ins Bad, übergab sich und verlor beinahe wieder das Bewusstsein. Als er es schaffte aufzustehen, musterte er sich im Badezimmerspiegel.

Sein Gesicht sah ganz anders aus, irgendwie fremd. Die Lippen waren geschwollen, die untere geplatzt. O Gott, und die Nase sah aus wie ein roter Ballon. Beide Augen waren blau geschlagen und eines halb zugeschwollen. Überall getrocknetes Blut. Er hob eine Hand und berührte die Nase. Schmerz durchzuckte ihn. Ihm war immer noch schwindlig, deswegen hatte er Angst zu duschen. Also nahm er einen Waschlappen, um etwas von dem Blut abzuwischen. Er musste die Zähne zusammenbeißen und sich mit einer Hand ans Waschbecken klammern, damit er nicht umfiel. Mehr als den Schmerz fürchtete er, die Anweisungen seiner Eltern nicht schlucken zu können. Er weinte, ohne sich zu schämen. Es bekam sowieso niemand mit. Niemand interessierte sich dafür.

Langsam arbeitete er sich wieder zurück zum Bett, atmete scharf aus, als er sich bückte, um sich Schuhe und Jeans auszuziehen. Alle paar Minuten musste er innehalten, tief durchatmen und warten, bis der Schwindel verflog. In Boxershorts und Sweatshirt kroch er ins Bett, nahm den Eisbeutel, den seine Mutter ihm dagelassen hatte, und legte ihn sich so vorsichtig wie möglich auf die Nase. Es tat einfach zu weh, deshalb schob er ihn aufs Auge. Das brachte ein wenig Erleichterung.

Im Dunkeln lag er da und schmiedete Pläne. Er würde von zu Hause weglaufen. So bald wie möglich würde er ein paar Klamotten in seinen Rucksack stopfen. Geld hatte er nicht viel, weil sein Vater alles bunkerte. Nur ein bisschen in einem Paar Socken, sein Spargeld für Computerspiele. Er könnte trampen. Das war bestimmt aufregend. Vielleicht nach New York. Er würde dieses Haus verlassen, in dem alles so perfekt aussah, in dem aber nicht nur sein Computerspielgeld, sondern auch superhässliche Geheimnisse verborgen waren. Er würde sich einen Job suchen. Das dürfte kein Problem sein. Schluss mit der Schule!

Wieder döste er ein. Zum Glück!

Er wachte auf, hörte erneut die Klinke und stellte sich schlafend. Es waren weder die Schritte seines Vaters noch die seiner Mutter. Als Britt ihm mit einer kleinen rosa Taschenlampe ins Gesicht leuchtete, machte er die Augen auf.

»Bitte nicht.«

»Psssst«, machte sie warnend. »Ich kann kein Licht machen,

sonst wachen sie auf.« Sie setzte sich zu ihm auf die Bettkante und strich ihm liebevoll über den Arm »Ich hab dir ein Sandwich mit Erdnussbutter und Marmelade mitgebracht. Lasagne konnte ich keine bringen, weil sie es sofort gemerkt hätten, wenn etwas aus der Form fehlt. Du musst was essen.«

»Meinem Magen geht es nicht so gut, Britt.«

»Nur ein bisschen. Versuch, wenigstens ein bisschen zu essen.«

»Du musst gehen. Wenn sie dich erwischen …«

»Sie schlafen, ich habe extra nachgeschaut. Ich bleibe bei dir. So lange, bis du etwas essen kannst. Es tut mir so leid, Zane.«

»Nicht weinen.«

»Du weinst.«

Er ließ den Tränen freien Lauf. Er hatte nicht die Kraft, sie zurückzuhalten.

Britt schniefte ebenfalls. Sie wischte sich über die Augen und strich ihm anschließend über den Arm. »Ich hab dir Milch mitgebracht. Ob da ein Glas fehlt, fällt nicht auf. Ich hab alles aufgeräumt. Wenn du fertig bist, spüle ich das Glas.«

Sie flüsterten. Das waren sie gewohnt. Doch dann versagte ihr die Stimme. »Er hat dich so brutal verprügelt, Zane. Er hat gar nicht mehr damit aufgehört. Als du auf dem Boden gelegen bist, hat er dich in den Bauch getreten. Ich dachte, du wärst tot.« Sie legte den Kopf an seine Brust, und ihre Schultern bebten.

Er strich ihr übers Haar. »Hat er dir wehgetan?«

»Nein. Er hat mir die Finger in den Arm gebohrt, mich geschüttelt und geschrien, ich soll den Mund halten. Also habe ich aus Angst gehorcht.«

»Das ist gut. Du hast das richtig gemacht.«

»Nein, du.« Ihr Flüstern klang tränenerstickt. »Du hast dich bemüht, es richtig zu machen. Sie dagegen hat nicht mal den Versuch unternommen, ihn daran zu hindern, dir wehzutun. Sie hat nicht das Geringste gesagt. Als er fertig war, hat er ihr befohlen, das Blut auf dem Boden wegzuwischen. In der Küche würden noch Scherben liegen. Sie soll Ordnung machen, sich selbst in einen vorzeigbaren Zustand bringen und pünktlich um sechs das Abendessen auf den Tisch stellen.«

Britt richtete sich auf und reichte ihm das Sandwich, das sie fein säuberlich halbiert hatte. In diesem Moment liebte er sie so sehr, dass es fast wehtat. Er nahm das Brot, biss ab und merkte, dass er es bei sich behalten konnte.

»Wir müssen Emily, Grams und Pop sagen, dass du krank bist. Du hast die Grippe und bist ansteckend. Du musst dich auskurieren. Dad kümmert sich um dich. Er wird nicht zulassen, dass sie nach dir sehen. Danach müssen wir den Leuten in der Siedlung erzählen, dass du vom Rad gefallen bist. Das hat er beim Abendessen gesagt. Ich musste aufessen, sonst hätte er gleich wieder einen Tobsuchtsanfall gekriegt. Als ich wieder oben war, hab ich gespuckt.«

Er nahm noch einen Bissen und suchte im Dunkeln nach ihrer Hand. »Ich kenne das.«

»Wenn wir aus dem Urlaub zurückkommen, müssen wir sagen, dass du einen Skiunfall hattest. Dass du gestürzt bist und dass Dad sich um dich gekümmert hat.«

»Ja«, sagte er verbittert. »Das hat er allerdings.«

»Wenn wir nicht gehorchen, wird er dir wieder wehtun. Vielleicht noch schlimmer. Ich will nicht, dass er dir wieder wehtut, Zane. Du hast versucht, ihn davon abzuhalten, Mom zu schlagen. Du hast mich beschützt. Genau wie ich hattest du Angst, er könnte auch mich schlagen.« Er spürte, wie sie ihre Position veränderte, sah im schwachen Licht der Taschenlampe, dass sie sich aufrichtete und aus dem Fenster starrte. »Irgendwann wird er es tun.«

»Nein, das wird er nicht.« Neben Schmerz stieg Wut in ihm

auf. »Du wirst ihm keinen Grund dafür liefern. Das werd ich nicht zulassen.«

»Er braucht keinen Grund. Man muss nicht erst erwachsen werden, um das zu verstehen.« Obwohl sie gefasst klang, kamen neue Tränen. »Ich glaube nicht, dass sie uns lieben. Wie kann er uns lieben und gleichzeitig wehtun? Wie kann er uns lieben und uns zwingen zu lügen? Sie kann uns auch nicht lieben, wenn sie alles zulässt. Ich glaube nicht, dass sie uns lieben.«

Er wusste, dass das stimmte. Das hatte er ein für alle Mal begriffen, als seine Mutter hereingekommen war und ihn völlig gefühlskalt angesehen hatte. »Immerhin haben wir uns.«

Während sie bei ihm saß und darauf achtete, dass er etwas aß, begriff er, dass er nicht von zu Hause weglaufen und Britt zurücklassen konnte. Er musste bleiben. Er musste stärker werden. So stark, dass er zurückschlagen konnte. Nicht, um seine Mutter zu beschützen, sondern seine Schwester.

2

An Heiligabend hatte Emily Walker jede Menge zu erledigen. Sie machte sich immer eine Liste, einen Plan. Doch es dauerte jedes Mal länger als gedacht, alles abzuarbeiten. Das Problem mit solchen Listen war, dass meist weitere Punkte dazukamen und nicht vorhandene Zeit erforderten. Genau wie heute. Es galt das Haus auf Hochglanz zu bringen, die von ihrem Daddy heißgeliebten gefüllten Schweinekoteletts mit Kartoffelgratin vorzubereiten, sich eine dringend nötige Gesichtsmaske zu gönnen und nach Asheville zu fahren, um die Eltern vom Flughafen abzuholen. Außerdem musste sie auf dem Markt schnell noch ein Huhn besorgen.

Der arme Zane hatte die Grippe, sodass jetzt auch noch die Zubereitung einer kräftigenden Hühnersuppe auf ihre Liste rutschte. Die wiederum zum Haus ihrer Schwester auf der anderen Seeseite gebracht werden musste. Zu allem Überfluss hieß das, lieb und nett zu Eliza zu sein. Obwohl diese das Weihnachtsessen einfach so ins alte Haus verlegt hatte.

»Ist doch alles kein Problem«, hatte Eliza gesagt.

Schnaubend zog Emily saubere Sachen an. Die dringend benötigte Gesichtsmaske musste leider ausfallen. Nein, nein, gar kein Problem! Eliza hatte dem Catering-Unternehmen den neuen Veranstaltungsort bereits mitgeteilt. Den *Veranstaltungsort!* Wer zum Teufel beauftragt ein Catering-Unternehmen mit der Zubereitung eines Weihnachtsessens im Familienkreis? Madame Eliza Walker Bigelow natürlich!

Aber sie würde lieb und nett sein. Sie würde einen Teufel tun und sich mit Eliza anlegen, während ihre Eltern zu Besuch waren. Sie würde ihr die Suppe bringen, die auf dem Herd köchelte, und ihrem kranken Neffen einen kurzen Besuch abstatten. Außerdem würde sie ihm den neuesten Band aus der Reihe *Der dunkle Turm* zustecken, da Stephen King und ein gutes Dutzend anderer Autoren nicht auf der von Liza und Graham genehmigten Lektüreliste standen. Was man nicht weiß, macht einen nicht heiß. Zane war gut darin, ein Geheimnis für sich zu behalten. Vielleicht ein wenig zu gut. Emily klatschte sich Make-up ins Gesicht. Vermutlich verbrachte sie zu wenig Zeit mit den Kindern. Doch wenn sie es tat, hatte sie manchmal so ein komisches Gefühl. Als ob da was nicht stimmte.

Bestimmt bildete sie sich das bloß ein. Sie zog sich die Stiefel an. Vielleicht suchte sie krampfhaft nach etwas, das sie ihrer älteren Schwester vorwerfen konnte. Sie hatten sich schon als Kinder nicht nahegestanden. Es stimmt nicht, dass sich Gegensätze automatisch anziehen. Der Altersunterschied von neun Jahren war nicht gerade hilfreich gewesen. Als Erwachsene waren sie sich auch nicht nähergekommen. Obwohl sie, von außen betrachtet, höflich miteinander umgingen, war da unterschwellig immer dieses komische Gefühl. Eine ausgeprägte gegenseitige Abneigung. Wären ihre Eltern, ihre Nichte und ihr Neffe nicht gewesen, hätte Emily keinerlei Bedürfnis gehabt, ihre Schwester zu treffen.

»Schrecklich«, murmelte sie im Hinuntereilen. »Schrecklich, so etwas zu denken, geschweige denn zu fühlen.« Ja, schlimmer noch, sie befürchtete, dass dieser Gedanke, dieses Gefühl nur ihre eigene Abneigung widerspiegelte. Schande über sie!

Eliza war seit jeher die Hübschere von ihnen beiden. Nicht, dass Emily nicht hübsch gewesen wäre – sogar ohne Gesichtsmaske. Aber Eliza war mindestens doppelt so hübsch und hatte außerdem doppelt so große Brüste. Angesichts der Tatsache, dass sie neun Jahre Vorsprung hatte, war sie einfach in allem die Erste gewesen. Sie hatte als Erste an Theateraufführungen teilgenommen, war Anführerin der Cheerleaderinnen und mehrfach Ballkönigin gewesen. Noch dazu hatte sie von den Großeltern ein elegantes silbernes Cabrio zum Schulabschluss bekommen.

Anschließend hatte sie sich einen Arzt geangelt. Einen Chirurgen, der aussah wie ein Filmstar. Die Schickimicki-Verlobung war im Country Club gefeiert worden, gefolgt von einer übertriebenen Brautparty und einer extravaganten, verschwenderischen weißen Hochzeit. Dabei hatte Eliza einfach fantastisch ausgesehen. Als Emily den Herd ausmachte, sah sie sie vor sich. Wie eine Königin in ihrem tollen weißen Kleid.

An diesem Tag hatte sie sich ausnahmsweise nicht über Eliza geärgert. Sie hatte sich für sie gefreut, obwohl sie ein rosa Brautjungfernkleid mit Puffärmeln tragen musste. Gleich danach war die Abneigung zurückgekehrt. »Nicht daran denken«, befahl sie sich, während sie Mantel, Mütze und Handschuhe anzog. »Es ist Weihnachten. Und der arme Zane ist krank.« Sie nahm ihre Handtasche, in der sich bereits das Buch befand, und griff nach Ofenhandschuhen, um die Suppe zu ihrem Pick-up zu tragen.

Sie hatte den Wagen bereits gestern waschen, wachsen und aufbereiten lassen, damit keine Notizzettel mehr das Armaturenbrett verunzierten. Außerdem hatte sie sich alle Mietbungalows persönlich angesehen. Damit sie den Eltern guten Gewissens sagen konnte, mit dem Familienbetrieb, den *Walker Lakeside Bungalows*, sei alles in bester Ordnung.

Sie leitete ihn gerne, seit ihre Eltern in Rente waren. Auch wenn sie so etwas wie Abneigung empfand – schon wieder dieses Wort! –, wenn sie Eliza vierteljährlich ihren Gewinnanteil auszahlte. Eliza machte keinen Finger krumm, aber Blut war dicker als Wasser. Sie gehörte zur Familie. Also bekam sie einen Anteil an dem, was die Eltern aufgebaut hatten und was jetzt ausschließlich sie, Emily, aktiv fortführte.

Zumindest das Haus gehörte ihr allein. Nachdem sie die Suppe auf den Boden vor dem Beifahrersitz gestellt hatte, sah sie sich danach um.

Sie liebte das Haus, diesen alten Kasten aus Holz und Stein, die umlaufende Veranda sowie den Blick auf See und Berge. Hier war sie zu Hause, seit sie denken konnte, und hier wollte sie bleiben. Da sie keine Kinder hatte und es nicht danach aussah, als würde sie noch welche bekommen, hatte sie vor, es Zane und Britt zu vererben, wenn es so weit war. Vielleicht würde einer von ihnen dort einziehen. Vielleicht würden sie es aber auch vermieten oder verkaufen. Doch dann wäre sie längst tot und bekäme nichts mehr davon mit.

Ein wirklich aufmunternder Gedanke an Weihnachten.

Schmunzelnd stieg sie in den Wagen und stellte sich vor, wie hübsch das Haus in der Dämmerung aussehen würde, wenn die bunten Lichter angingen und der Baum im Fenster funkelte. So wie jedes Weihnachten, seit sie denken konnte. Das Haus roch nach Tannennadeln, Cranberrys und frisch gebackenen Plätzchen.

Beim Einbiegen auf die Seestraße pustete sie sich den Pony aus den Augen. Der Friseurbesuch hatte es nicht mehr auf ihre Liste mit vorweihnachtlichen Erledigungen geschafft.

Während sie den Reflection Lake umrundete, machte sie das Radio an, drehte die Lautstärke auf und sang mit Springsteen mit. Sie kam an den Mietbungalows vorbei, den Anlegestegen und den anderen Seehäusern und fuhr dann in den Ort, hinter dem die schneebedeckten Berge in den hellblauen Winterhimmel ragten. Die Straße stieg an und fiel wieder ab, beschrieb mehrere Kurven, die sie in- und auswendig kannte. Sie nahm die Hauptstraße, um die weihnachtlich geschmückten Schaufenster und den Stern über dem Lakeview Hotel zu bewundern. Dabei entdeckte sie Cyrus Puffer, der mit einer Reisetasche zu seinem Pick-up ging. Sie war fast ein halbes Jahr mit Cyrus verheiratet gewesen. Fast zehn Jahre war das inzwischen her. Sie waren sich bald einig gewesen, dass sie lieber gute Freunde waren statt Mann und Frau. In einer Welt voller Scheidungen hatten sie es aus ihrer Sicht tatsächlich geschafft, sich einvernehmlich zu trennen. Sie fuhr rechts ran, um ihn zu begrüßen. »Na, letzte Weihnachtseinkäufe?«

»Nein. Ja. So was Ähnliches.« Er grinste sie an, ein gut aussehender Kerl mit knallrotem Haar und einem sonnigen Gemüt. »Marlene wünscht sich Eiscreme, und es muss unbedingt Minze mit Schokostückchen sein.«

»Du bist wirklich ein mustergültiger Ehemann.« Beim zweiten Mal hatte er die Richtige gefunden. Emily hatte sie ihm sogar vorgestellt und war schließlich Trauzeugin geworden.

»Ich tu, was ich kann.« Dieses Grinsen erlosch nicht so schnell. »Ich kann von Glück sagen, dass sie keine Essiggurken dazu wollte.«

»Ach, du meine Güte!« Sie streckte die Arme aus dem Wagenfenster und nahm sein Gesicht in beide Hände. »O mein Gott, Cy! Du wirst Papa.«

»Wir haben erst seit gestern Gewissheit. Sie will es noch niemandem sagen, mit Ausnahme der nächsten Verwandten. Aber sie hat bestimmt nichts dagegen, dass ich dich einweihe.«

»Ich werde schweigen wie ein Grab. Wow, ich freu mich riesig für euch.« Sie zerrte ihn durchs Fenster und gab ihm einen schmatzenden Kuss. »Das ist das perfekte Weihnachtsgeschenk. Sag ihr alles, alles Liebe, Cy! Und wenn sie reden will, braucht sie mich bloß anzurufen.«

»Wird gemacht. Emily, ich platze förmlich vor Glück. Doch jetzt muss ich mich beeilen und Mami ihr Eis bringen.«

»Sag ihr, ich will die Babyparty ausrichten.«

»Wirklich?«

»Und ob! Frohe Weihnachten, Cy, meine Güte!« Sie strahlte über beide Wangen und fuhr weiter durch den Ort, dann zurück zum See und schließlich in die Siedlung Lakeview Terrace.

Wie jedes Mal, wenn sie dort war, dachte sie: *Wenn ich hier wohnen müsste, würde ich sterben.* Keine Frage, die Häuser waren groß und überwiegend schön. Keines sah aus wie das andere. Man hatte aus unterschiedlichen Stilen und Grundrissen auswählen und sich jede Menge Extras gönnen können. Doch aus ihrer Sicht herrschte dort eine gruselige Atmosphäre – genau wie in *Die Frauen von Stepford.* Alles sah makellos aus. Saubere Bürgersteige, gepflasterte Auffahrten und ein kleiner Park mit sorgfältig geplanten Bäumen, Bänken und Wegen. Natürlich war der *nur für Anwohner und ihre Gäste* gedacht. Ihrer Schwester gefiel das. Außerdem passten die säuberlich aneinandergereihten Fertighäuser mit den manikürten Rasenflächen hervorragend zu Eliza. Emily ermahnte sich, nett zu sein, und hielt in der Auffahrt. Sie trug die Suppe zur Tür und klingelte. Wie eine Wildfremde. Aber der Privatpalast musste stets abgeschlossen sein. *Lieb sein*, ermahnte sie sich erneut und setzte ein Lächeln auf.

Das blieb auch dort, als Eliza aufmachte und in ihrer winterweißen Hose zum roten Kaschmirpulli einfach überwältigend aussah. Das dunkle Haar fiel ihr in weichen Wellen auf die Schultern. Nur in ihren Augen, die genauso grün waren wie Emilys, stand milde Gereiztheit. »Emily! Wir haben nicht mit dir gerechnet.«

Von wegen: *Emily! Frohe Weihnachten, komm doch rein!*

Emily lächelte tapfer weiter. »Ich hab das von Zane gehört, vom Abendessen morgen. Ich hab versucht anzurufen, aber …«

»Wir sind beschäftigt.«

»Ja, das bin ich auch. Aber Zane hat mir so leidgetan, deshalb hab ich Mamas berühmtes Allheilmittel gekocht. Hühnersuppe mit Nudeln. Wie geht es ihm?«

»Er schläft.«

»Eliza, es ist kalt. Willst du mich nicht reinlassen?«

»Schätzchen, wer ist denn da?« Graham, der gut aussehende Großverdiener, natürlich ebenfalls im Kaschmirpulli zur silbergrauen Hose, trat hinter Eliza. Er lächelte, aber wie fast immer erreichte das Lächeln seine Augen nicht.

»Emily! Frohe Weihnachten. Was für eine Überraschung.«

»Ich hab Zane eine Suppe gekocht, wollte sie vorbeibringen und kurz bei ihm reinschauen, bevor ich Mama und Daddy vom Flughafen abhole.«

»Komm rein, komm rein. Warte, ich nehm sie dir ab.«

»Sie ist heiß. Ich trag sie in die Küche, wenn ich darf.«

»Natürlich. Das mit der Suppe ist wirklich lieb von dir. Zane wird das sicherlich zu schätzen wissen.«

Sie brachte sie in den hinteren Teil des Hauses, während Graham sie durch die zeitschriftentaugliche Weihnachtsdekoration eskortierte. »Das Haus sieht toll aus.« Sie stellte den Topf auf den Herd. »Wie wär's, wenn ich Zane schnell eine Schale hochbringe und mich kurz zu ihm setze? Er kann bestimmt ein wenig Gesellschaft gebrauchen.«

»Ich hab dir doch gesagt, dass er schläft.«

Sie sah zu ihrer Schwester hinüber. »Na ja, vielleicht ist er ja inzwischen …«

»Außerdem ist er ansteckend«, fügte Graham hinzu und legte Eliza den Arm um die Taille. »Ich kann nicht zulassen, dass du dir was einfängst. Zumal du bald engen Kontakt zu Senioren haben wirst.«

Für sie waren ihre Eltern keine *Senioren.* Allein das Wort ging ihr auf die Nerven. »Wir haben alle eine Pferdenatur. Außerdem kommt er morgen sowieso zum Essen, sodass …«

»Nein, dafür geht es ihm nicht gut genug. Er braucht Ruhe«, sagte Graham mit gewichtiger Arztstimme.

»Aber ihr wolltet das Essen doch extra bei mir …«

»Das ist für alle das Beste«, sagte Graham freundlich. »Wir schauen vorbei, essen gemeinsam, damit deine Eltern Eliza und Britt sehen können, werden aber nicht lange bleiben.«

Emily fiel die Kinnlade runter. »Ihr wollt Zane allein lassen? An Weihnachten?«

»Er hat Verständnis dafür, außerdem dürfte er sowieso die meiste Zeit schlafen. Wir werden drauf achten, ihm neben der Medizin und meiner Pflege auch deine Hühnersuppe zukommen zu lassen. Ich weiß, was das Beste für ihn ist«, fuhr Graham fort, bevor sie etwas einwenden konnte. »Ich bin nicht nur sein Vater, sondern auch Arzt.«

Bei der Vorstellung, dass Zane Weihnachten allein krank im Bett liegen musste, wurde Emily ganz elend zumute. »Das finde ich nicht in Ordnung. Könnten wir … keine Ahnung … nicht einen Mundschutz tragen? Er ist ein Kind, und wir feiern Weihnachten.«

»Wir sind seine Eltern.« Elizas Stimme klang schrill. »Wir entscheiden. Wenn du einmal Kinder haben solltest, kannst du bestimmen, was gut für sie ist.«

»Wo ist Britt? Wenigstens …«

»Auf ihrem Zimmer. Ein Weihnachtsgeschenk basteln.« Graham legte den Zeigefinger auf die Lippen. »Streng geheim! Du wirst sie morgen sehen. Vielen Dank, dass du an Zane gedacht und dir die Mühe mit der Suppe gemacht hast.« Er löste sich von Eliza, legte den Arm fest um Emily und drehte sie herum, schob sie mehr oder weniger zur Tür. »Sag Quentin und Ellen, dass wir uns freuen, sie morgen zu sehen.«

»Ich … ich kann ihm heute Abend seine Geschenke vorbeibringen, damit er sie morgen hat.«

»Das musst du nicht. Er ist vierzehn, Emily, nicht vier. Komm gut nach Hause.« Er schubste sie zwar nicht direkt nach draußen, aber fast. Tränen der Wut und Enttäuschung brannten ihr in den Augen, als sie zu ihrem Wagen zurückging.

»Das ist nicht okay. Das ist ganz und gar nicht okay.« Sie wiederholte es immer wieder, während sie hinterm Steuer Platz nahm und die Siedlung verließ. Aber sie war nur die Tante.

Sie konnte nichts machen.

***

Auf Zanes Wecker war es Viertel vor sieben. Abends, so viel wusste er. Er hatte über vierundzwanzig Stunden eingesperrt in seinem Zimmer verbracht. Gesicht und Bauch taten ihm so weh, dass er ständig aufgewacht war. Der Schmerz ließ einfach nicht nach, hinzu kam nagender Hunger. In den frühen Morgenstunden hatte er die andere Hälfte von Britts Sandwich mit Erdnussbutter und Marmelade gegessen. Kurz nach acht brachte ihm seine Mutter trockenes Toastbrot, eine kleine Karaffe mit Wasser und einen weiteren Eisbeutel.

Brot und Wasser. Wie im Knast. Und genau dort befand er sich auch. Sie hatte kein Wort zu ihm gesagt, und auch er hatte geschwiegen.

Inzwischen war es früher Abend, und niemand war gekommen. Er machte sich Sorgen um Britt. War sie ebenfalls in ihrem Zimmer eingeschlossen? Manchmal sperrte *Er* sie ein. (Zane weigerte sich, diesen Mann noch als seinen Dad zu betrachten.) Aber immer nur für ein paar Stunden, dann konnten sie fernsehen, Spiele spielen, irgendetwas tun.

Er hatte versucht zu lesen. Wenigstens die Bücher hatten sie ihm nicht weggenommen. Aber ihm tat alles weh, alles machte ihm schreckliche Kopfschmerzen. Er hatte sich in die Dusche geschleppt, weil er vor Schmerz so schwitzte und seinen Gestank nicht mehr ertragen hatte. Während das Wasser rauschte und sein Gesicht pochte, hatte er geweint wie ein Baby. Er sah aus wie Rocky nach ein paar Runden gegen Apollo Creed. Also musste er stärker werden. Micahs Vater stemmte Gewichte. Er hatte einen eigenen Raum dafür. Er konnte Mr. Carter bitten, ihm das Gewichtheben beizubringen, behaupten, dass er vor der Baseballsaison Kraft aufbauen wolle. Und in dreieinhalb Jahren konnte er aufs College verschwinden. Aber wie sollte er das machen, wenn Britt dablieb?

Vielleicht sollte er zur Polizei gehen und alles melden. Doch der Polizeichef spielte Golf mit seinem Vater. Dr. Graham Bigelow genoss in Lakeview hohes Ansehen.

Es tat weh, darüber nachzudenken, deshalb konzentrierte er sich auf Baseball. Er umarmte seinen Baseball unter der Decke, streichelte ihn und ertastete die Nähte. Wie ein Kind, das sich tröstet, indem es mit seinem Teddy kuschelt. Er hörte das Türschloss klicken, und weil der Hunger so an ihm nagte, war er erleichtert. Bis er seinen Vater im Dämmerlicht des Flures stehen sah. Groß und muskulös. Er hatte ein Tablett und seinen Arztkoffer dabei.

Graham kam herein und stellte das Tablett auf die Bank am Fußende des Bettes. Er machte das Licht an und schloss die Tür hinter sich.

Meine Güte, wie weh ihm das Licht in den Augen tat!

»Setz dich auf«, befahl Graham energisch.

Zane zitterte erneut und zwang sich in die Senkrechte.

»Schwindelgefühle?«

Vorsicht, dachte Zane. *Unbedingt Respekt zeigen.*

»Ja, Sir, ein bisschen.«

»Übelkeit?«

»Ein bisschen. Nicht mehr so schlimm wie gestern Abend.«

»Hast du dich übergeben?« Graham öffnete seinen Arztkoffer.

»Nicht seit gestern Abend.«

Graham holte eine Lampe heraus und leuchtete damit in Zanes Augen. »Folge meinem Finger, nur mit den Augen.«

Es tat weh, sogar das tat weh. Aber Zane gehorchte.

»Kopfschmerzen?«

»Ja, Sir.«

»Siehst du doppelt?«

»Nein, Sir, nicht mehr.«

Graham untersuchte seine Ohren und seine Zähne. »Blut im Urin?«

»Nein. Nein, Sir.«

»Du hast eine leichte Gehirnerschütterung. Angesichts deines Benehmens kannst du froh sein, dass nichts Schlimmeres passiert ist. Leg den Kopf in den Nacken.«

Als er das tat, drückte Graham beide Seiten seiner Nase zusammen. Es folgte eine Schmerzexplosion, die reinste Supernova. Zane stieß einen Schrei aus und versuchte die Hände wegzuschieben. Während Graham in seinem Koffer nach Instrumenten suchte, brach Zane der Angstschweiß aus und bedeckte jeden Millimeter seiner Haut.

»Bitte! Bitte nicht, das tut weh. Bitte nicht, Dad, bitte.«

»Leg den Kopf in den Nacken.« Graham schloss die Hand um Zanes Hals und drückte leicht zu. »Sei ein Mann, verdammt!«

Er schrie. Er konnte einfach nicht anders. Er sah nicht, was sein Vater da machte. Selbst wenn er die Augen offen gelassen hätte, hätte er durch den roten Schmerznebel nichts erkennen können. Die Tränen liefen ihm nur so über die Wangen, auch das konnte er nicht verhindern. Als es vorbei war, rollte er sich zu einem zitternden Bündel zusammen.

»Du kannst dich bei mir bedanken, dass deine Nasenscheidewand nicht verbogen ist. Du kannst dich bei mir bedanken«, wiederholte Graham.

Zane kam die Galle hoch, die er mühsam hinunterschluckte. »Danke.«

»Nimm das Eis. Du bleibst auf deinem Zimmer, bis wir am zweiten Weihnachtsfeiertag in Skiurlaub fahren. Du hattest einen Fahrradunfall. In der Ferienanlage wirst du auf deinem Zimmer bleiben. Wenn wir wieder nach Hause kommen, hast du einen Skiunfall gehabt. Du hast nicht Acht gegeben, dich nicht richtig von deiner Grippe erholt. Aber stur wie du bist … Solltest du jemals von dieser Version abweichen, wird das schlimme Konsequenzen für dich haben. Dann werde ich vor Gericht ziehen und dich zu all den anderen Verbrechern ins Gefängnis bringen, verstanden?«

»Ja.« Obwohl Zane die Augen geschlossen hielt, wusste er, dass Graham sich übers Bett beugte – groß, blond, grinsend.

»Nächste Woche wirst du deinen Großeltern schreiben und dich für die Geschenke bedanken, die sie dir irrigerweise besorgt haben. Diese Geschenke werden gespendet. Und die, die deine Mutter und ich für dich ausgesucht haben, werden umgetauscht. Du hast nicht das Geringste verdient, und deshalb wirst du auch nichts bekommen, verstanden?«

»Ja.«

Ist mir egal, das ist mir alles egal, hau bitte endlich ab.

»Den Computer bekommst du ausschließlich zum Hausaufgabenmachen zurück. Ich werde das allabendlich kontrollieren. Wenn du einen Monat lang angemessen Reue zeigst und deine Noten nicht leiden, hast du diese aus meiner Sicht wichtige Lektion gelernt. Dann bekommst du die restlichen Sachen zurück. Wenn nicht, werden auch sie jemandem gespendet, der es wert ist. Und ich werde meine Erlaubnis fürs Baseballspielen zurückziehen. Nicht nur für die kommende Saison, sondern für immer. Hast du mich verstanden?«

Hass. Zane hatte nicht gewusst, dass er so hassen konnte. »Ja, Sir.«

»Ich werde mich nach Militärinternaten umschauen – für den Fall, dass du dich nicht zusammenreißt. Deine Tante hat

Suppe vorbeigebracht. Vergiss nicht, dich bei ihr zu bedanken, falls du sie wiedersehen solltest.«

Endlich, endlich ging er und machte die Tür hinter sich zu.

Zane blieb, wo er war, bis er das Gefühl hatte, den Schmerzwellen etwas entgegensetzen zu können. Er hatte gewusst, dass sein Vater gemein und gewalttätig sein konnte und all das hinter der Maske des perfekten Ehemanns, Vaters und Nachbarn verbarg. Aber bis zu diesem Moment hatte er nicht begriffen, nicht akzeptiert, dass sein Vater ein Monster war.

»Ich werde ihn nie mehr Dad nennen«, schwor sich Zane. »Nie mehr wieder.« Er zwang sich zum Sitzen und ließ sich auf der Bank am Fußende des Bettes nieder. Er griff nach der Schale mit Suppe. Sie war kalt. Noch so ein heimtückisches Manöver.

Irgendwann würde der verdammte Mistkerl den Kürzeren ziehen. Noch nie hatte ihm etwas so gut geschmeckt.

Als er sich etwas stabiler fühlte, duschte er noch einmal, denn sein T-Shirt war durchgeschwitzt. Er zwang sich, im Zimmer auf und ab zu gehen, einfach nur zu gehen. Irgendwann musste er schließlich damit anfangen, Kraft aufzubauen. Gern hätte er noch eine Schale Suppe gehabt, gab sich aber damit zufrieden, den Eisbeutel aufzulegen.

Von unten hallte Weihnachtsmusik zu ihm herauf, und er ging zum Fenster. Er schaute über den See, sah am anderen Ufer die Lichter funkeln, erkannte das Haus seiner Tante, dachte an sie und seine Großeltern, die gerade Heiligabend feierten. Ob sie wohl an ihn dachten? Hoffentlich. *Mit Grippe im Bett – der Ärmste!* Sie hatten ja keine Ahnung, nicht die geringste Ahnung. Selbst wenn sie es gewusst hätten, was sollten sie machen? Gegen jemanden wie seinen Vater kam man nicht an. Wenn Dr. Graham Bigelow sagte, sein Sohn sei vom Fahrrad gefallen oder beim Skifahren gestürzt, würden ihm alle glauben. Niemand konnte sich vorstellen, dass so ein Mann seinen eigenen Sohn grün und blau prügelte. Und selbst wenn er sie davon überzeugen konnte, was sollten sie schon ausrichten? Er konnte unmöglich auf ein Militärinternat gehen. Allein der Gedanke daran war ihm unerträglich. Er durfte Britt nicht im Stich lassen. Deshalb musste er mitspielen und tun, was seine Eltern von ihm verlangten. Er würde so tun, als hätte er eine wichtige Lektion gelernt. Und *Ja, Sir* sagen. Weiterhin gute Noten schreiben, alles tun, was er tun musste. Eines Tages würde er stark, alt oder tapfer genug sein, um damit aufzuhören. Trotzdem. Wer würde ihm Glauben schenken? Seine Tante vielleicht. Er konnte sich nicht vorstellen, dass sie seine Eltern besonders mochte. Dass diese Emily nicht mochten, wusste er, weil sie ständig über sie lästerten. Dass sie es zu nichts gebracht habe. Dass sie keinen Mann halten könne und so weiter. Er hörte jemanden Klavier spielen und war erleichtert. Wenn Britt Klavier spielen konnte, musste es ihr gut gehen.

Vielleicht konnte er Beweise sammeln. Er konnte Micah bitten ihm zu zeigen, wie man eine versteckte Kamera installiert oder so. Nein, nein, er durfte Micah da keinesfalls hineinziehen. Wenn Micah seinen Eltern davon erzählte, könnten die was ausplaudern. Dann würde er nie mehr Baseball spielen dürfen, aufs Militärinternat müssen und eine weitere Tracht Prügel beziehen. Dafür war er nicht mutig genug. Aber er konnte alles aufschreiben.

Von diesem Gedanken bestärkt, ging er zum Schreibtisch und suchte nach einem Heft und Stiften. Noch nicht, beschloss er. Gut möglich, dass einer von ihnen hochkam, bevor sie schlafen gingen. Wenn sie ihn dabei erwischten, war alles aus. Deshalb wartete er geduldig, lag mit seinem Baseball im Bett, der ihm Trost spendete und Gesellschaft leistete. Er hörte, wie sein Vater rief: »Schöne Weihnachtsträume, Britt!«

»Gute Nacht«, rief sie zurück.

Kurz darauf flüsterte es vor seiner Tür. »Ich konnte mich nicht zu dir schleichen, tut mir leid. Ich hab dich schreien hören, aber …«

»Das ist schon okay. Es geht mir gut. Ab ins Bett mit dir, bevor sie dich erwischen.«

»Es tut mir leid«, wiederholte sie.

Er hörte, wie sie die Tür zumachte, und dämmerte für eine Weile weg. Dann wurde er vom Lachen seiner Mutter geweckt. Seine Eltern kamen nach oben und murmelten etwas, als sie an seinem Zimmer vorbeigingen. Er blieb, wo er war, behielt die Augen zu und atmete gleichmäßig. Ihnen war nicht zu trauen.

Zu Recht, denn wenige Minuten später hörte er das Türschloss klicken. Das Licht aus dem Flur färbte seine Lider rot. Er ließ die Augen geschlossen, ohne sie zusammenzukneifen. Sonst merkten sie, dass er ihnen was vorspielte. Sogar, als die Tür wieder geschlossen wurde und das Schloss erneut klickte, wartete er noch. Eine Minute, zwei, fünf … er zählte rückwärts.

Als er sich in Sicherheit wähnte, schlich er zu seinem Schreibtisch, holte das Heft und ein paar Stifte. Für alle Fälle ging er damit sowie mit der kleinen Taschenlampe, die Britt ihm dagelassen hatte, ins Bett. Sollte das Schloss klicken, blieb ihm genug Zeit, alles unter der Decke zu verstecken und sich erneut hinzulegen.

In dem schmalen Lichtstrahl begann er zu schreiben.

Vielleicht wird mir niemand glauben. Er sagt, dass mir niemand glauben wird. Er ist zu wichtig, zu schlau, sodass man mir nicht glauben wird. Aber mein Englischlehrer sagt, dass man besser nachdenken kann, wenn man etwas aufschreibt. Dass man sich anschließend besser daran erinnern kann. Ich muss mich erinnern.

Am 23. Dezember 1998, als meine Schwester Britt und ich aus der Schule kamen, lag meine Mutter auf dem Fußboden. Mein Vater hat sie mal wieder geschlagen, und als ich versucht habe, ihn davon abzuhalten, hat er mich schlimm verprügelt.

Er schrieb mehr als eine Stunde lang.

Als er zu müde war, um weiterzuschreiben, holte er eine Münze aus seinem Sparschwein und schraubte die Abdeckung der Klimaanlage damit auf. Dahinter versteckte er das Heft. Er räumte die Stifte wieder auf, obwohl er einen leer geschrieben hatte. Dann ging er zurück ins Bett und schlief ein.

3

Zane hielt sich an das, was man ihm befohlen hatte. Der Schmerz ließ nach, und die blauen Flecken verblassten. Niemand in der Ferienanlage stellte die Fahrradunfall-Erklärung von Dr. Bigelow infrage. Genauso wenig seine Anordnung, Zane nicht auf seinem Zimmer zu stören. Auch in Lakeview stellte fast niemand Dr. Bigelows Skiunfall-Erklärung infrage. Emily ein bisschen, weil sie sich wunderte, warum Zane Ski fahren durfte, obwohl er sich noch nicht ganz von der Grippe erholt hatte. Doch das änderte auch nichts an seiner Lage.

Das Leben ging weiter. Wenn er eine wichtige Lektion gelernt hatte, dann die, auf der Hut zu sein. Er sorgte dafür, dass sein Zimmer stets aufgeräumt war, ohne dass man ihn dazu auffordern musste. Er erledigte ohne Widerworte, was man ihm auftrug. Er lernte für die Schule – mehr aus Angst als aus echtem Interesse. Wenn seine Noten nachließen, würde man ihn bestrafen. Ihm das Baseballspielen verbieten. Baseball wurde nicht nur zu seiner einzigen großen Leidenschaft, zu seinem absoluten Traum, sondern auch zu seinem einzigen Ausweg. Wenn er in die Profiliga aufstieg, würde er Lakeview verlassen und nie mehr zurückschauen.

Alle taten so, als hätte der 23. Dezember niemals stattgefunden. Alle Bewohner des Hauses in Lakewood Terrace lebten eine Lüge. Er bestand die Tests seines Vaters, weil er klug genug war zu wissen, dass es Tests waren – das Schubsen und die

Ohrfeigen aus heiterem Himmel, der triumphierende Gesichtsausdruck seines Erzeugers, wenn Zane stur zu Boden sah und schwieg. Nachts, in der Abgeschiedenheit seines Zimmers, notierte er die Wahrheit.

12. Januar. Graham hat mich gegen die Wand geschubst. Er meinte, ich hätte beim Abendessen geschmollt und mich nicht dankbar genug gezeigt. Ich habe Micahs Dad gebeten, niemandem zu sagen, dass er mit mir Gewichte stemmt, weil es eine Überraschung sein soll. Er redet sowieso nicht mit Graham. Ich glaube nicht, dass er Graham besonders mag. Er hat gesagt, dass ich nicht ständig Sir zu ihm sagen soll, weil es ihm das Gefühl gibt, wieder in der Armee zu sein. Da wir zusammen trainieren, soll ich ihn Dave nennen. Er ist nett.

2. März. Ich werde kräftiger!!! Ich schaffe 15 Pfund, 3 x 12 Wiederholungen. Heute habe ich beim Bankpressen 75 Pfund gestemmt und 36 Liegestütze gemacht. Ich habe fünf Pfund zugenommen. Dave sagt, das ist reine Muskelmasse. Morgen ist unser erstes Vorsaison-Spiel. Mein Coach hat gesagt, mein Wurfarm geht ab wie eine Rakete. Ich glaube auch, dass es reine Muskelmasse ist. Wir werden die Eagles morgen total fertigmachen! Eliza hat mir befohlen, die Geschirrspülmaschine auszuräumen. »Gern«, hab ich gesagt. Graham hat mich geohrfeigt. »Es heißt nicht gern, sondern Ja, Ma'am, du nutzloses Stück Scheiße.« Dann hat er sie geohrfeigt, weil sie mich nicht verbessert hat, und sie eine blöde Schlampe genannt. Ich hab gesehen, dass Britt drauf und dran war zu heulen, und ihr einen strengen Blick zugeworfen, damit sie das bleiben lässt. Fehlt noch, dass er sie auch ohrfeigt!

Er schrieb jeden Abend, schilderte detailliert seine Baseballspiele, seine Trainingsfortschritte und die Misshandlungen durch seinen Vater. Er schilderte seinen Stolz und seine Aufregung, als die Lakeview Wildcats den Meistertitel holten. Und wie stolz sich sein Vater während des Spiels gebärdet hatte, nur um dann Zanes Läufe und sein Feldspiel auf der Heimfahrt wie nebenbei zu kritisieren. Wie Dave Carter ihn mit einem High five begrüßte und ihn *Champ* nannte. Als er in diesem Sommer fünfzehn wurde, war er einen Meter achtzig groß und wog vierundsiebzig Kilo. Wenn Dave ihn als *lean, mean fighting machine* bezeichnete, ahnte er nicht, wofür Zane trainierte.

Am Abend des 12. Dezember erwachte er nassgeschwitzt aus einem Albtraum. Er hatte geträumt, sein Vater hätte die Notizhefte gefunden und ihn totgeprügelt. Aber nichts dergleichen geschah, und die Ferien kamen und gingen.

Ashley Kinsdale wurde seine erste richtige Freundin, eine blonde Einserschülerin und super Fußballspielerin mit lachenden Augen. Als er sie im Mai zum Jahresabschlussball einlud, war das sein erstes richtiges Date. Da Micah mit Melissa Mel Riley hinging, einer selbstbewussten Nerdfrau, mit der er Computerspiele spielte, bot Dave an, sie zu fahren.

Zane brauchte einen neuen Anzug und neue Schuhe, was er zwar als übertrieben abtat, doch in Wahrheit gefiel es ihm, sich schick zu machen. Außerdem war er sieben Zentimeter gewachsen – nicht nur in der Länge, sondern auch seine Füße waren größer geworden.

Er hasste seine Frisur. Sein Vater hatte verfügt, dass er die Haare militärisch kurz trug, um ihn daran zu erinnern, dass notfalls das Militärinternat auf ihn wartete. Doch sonst fand er sich verdammt gut aussehend. Er hoffte, einen Meter neunzig groß zu sein, wenn er die Schule abschloss. Vielleicht klappte das ja. Dann wäre er mit Graham auf Augenhöhe, der Ashley in Abwesenheit nur als *Zanes irische Schlampe* bezeichnete. Der Bauch tat ihm immer noch weh. Er hatte den Fehler begangen, Graham anzusehen, als der das von sich gegeben hatte.

Noch zwei Jahre und zwei Monate, ermahnte er sich. Dann würde er achtzehn und damit frei sein. Sie gingen davon aus, dass er an der UNC in Chapel Hill Medizin studieren würde. Aber das kam nicht infrage. Er wollte auf die USC. Die lag nicht nur am anderen Ende des Landes, sondern hatte ein tolles Baseballprogramm. Dort sowie an der Cal State Fullerton und an der Arizona State würde er sich bewerben. Er könnte Emilys Adresse angeben. Sobald er so weit war, wollte er sie einweihen. Sie würde es für sich behalten, da war er sich sicher. Er wollte nicht Arzt werden, und sie würde das verstehen. Wenn er ein Stipendium bekam, könnte es klappen. Graham würde bestimmt nichts zahlen, wenn er nicht spurte. So gesehen brauchte er ein Stipendium.

Seine Chancen standen nicht schlecht. Er hatte einen guten Notenschnitt und wusste, dass ihn sein Coach in Sachen Baseball unterstützte. Mathe und die Naturwissenschaften machten ihm zu schaffen, aber es gelang ihm, durchgängig gute Noten zu schreiben. Dafür würde er Micah ein Leben lang dankbar sein. Bei den letzten Prüfungen hatte er gut abgeschnitten. Bis auf Mathe, was ihm eine Ohrfeige und einen Magenschwinger eingebracht hatte. Im nächsten Frühling würde er es ein letztes Mal schaffen müssen. Er musste seine Mathenote verbessern, sich besser wappnen.

Er befahl sich, nicht weiter darüber nachzudenken. Er hatte ein Date! Als es an seine Tür klopfte, verspannten sich seine Schultern. Dann fiel ihm ein, dass seine Eltern nie anklopften. Als er die Tür aufmachte, stand Britt davor.

»Wow, schau mal einer an!«

»Ziemlich cool, was? Bis auf die blöde Frisur.«

»Zumindest musst du nicht jeden Tag Pferdeschwanz tragen oder die Haare fürs Ballett hochstecken. Chloe hat ihre abschneiden und punkig stylen lassen. Sie sieht so süß aus! Ich bin dreizehn und hab eine Frisur wie eine Achtjährige.«

»Micah und Mel haben sich für heute Abend blaue Strähnen machen lassen.«

»Na ja, die sind echt schräg.« Sie ließ sich auf seine Bettkante sinken. »Sag mal, kennst du Major Lowry?«

»Ja, ein bisschen. Ein Basketballspieler, der es in die Uniauswahl geschafft hat. Warum?«

Sie zwirbelte das Ende ihres Pferdeschwanzes um den Zeigefinger. »Nichts, nur so.«

»Moment«, prustete Zane. »Er geht auf die Highschool, du nicht.«

»Aber nächstes Jahr.«

»Ach, du bist in Maj verknallt.« Jetzt gluckste er. »Dann üb schon mal vor dem Spiegel das Küssen, damit du …«

»Halt's Maul.«

Wie es sich für einen älteren Bruder gehörte, machte er Schmatzgeräusche. Dann hörte er abrupt damit auf und wirbelte herum. »Meine Güte, Britt, Hände weg.«

»Das geht dich nichts an.«

Als sie das Kinn hob und aufstehen wollte, bedeutete er ihr, sich wieder zu setzen. »Major ist schwarz.«

Sie funkelte ihn an. »Wenn du dich jetzt wie ein Rassist aufführst, dann …«

»Hör auf, Britt. Du kennst mich.«

Ihr Kinn wanderte noch höher. »Das dachte ich zumindest.«

»Hörst du nicht, wie Graham über Ashley redet, nur weil ihre Großeltern aus Irland sind? Überleg dir das gut. Stell dir vor, was er sagen und vielleicht anstellen wird, wenn er dich mit einem Schwarzen erwischt.«

Sie ließ sich erneut aufs Bett fallen. »Das ist mir egal. Er weiß nicht mal, dass es mich überhaupt gibt.«

Wenn Graham auch nur ansatzweise davon Wind bekam … »Du musst vorsichtig sein. Schlau und vorsichtig. Noch fünf Jahre! Ich weiß, es klingt wie eine Ewigkeit, aber dem ist nicht so.«

»Mom sagt, dass ich das ganze Zeug machen muss, um mit sechzehn zum Debütantinnenball eingeladen zu werden. Das Ballett, die guten Noten, meine Kleidung, mich gewählt ausdrücken. Du darfst wenigstens Baseball spielen. Weiße Kleider und Perlenketten … verdammt noch mal, Zane!« Sie sprang erneut auf und warf die Hände in die Luft. »Das bin ich nicht. Ich will so nicht sein.«

»Glaubst du etwa, ich bin so?« Er fasste sich ins Haar. »Sei schlau, sei vorsichtig. Vor allem, wenn ich auf dem College bin.« Er sah zur Tür. »Ich hab überlegt, mich Emily anzuvertrauen, bevor ich gehe.«

»Das kannst du nicht machen.« Ihre Augen und ihre Stimme waren angsterfüllt. »Dann flippt er aus.«

»Eben drum. Er wird ausflippen, wenn er rausfindet, dass ich nicht nach Chapel Hill gehe. Wenn er merkt, dass ich endgültig weg bin. Gut möglich, dass er das an dir auslässt. Du brauchst eine Verbündete. Emily könnte dir helfen.«

»Was soll sie schon machen?«

»Keine Ahnung, irgendwas.« Das nagte an ihm, ständig. »Ich werde dich nicht allein lassen, ohne dass dir jemand hilft.«

»Du kannst mich nicht ewig beschützen.«

»Natürlich kann ich das. Wir reden später darüber, aber nicht hier. Vielleicht weih ich auch Micahs Eltern ein.«

»Zane, das kannst du unmöglich machen. Die würden uns sowieso nicht glauben.«

»Dave ist Rettungsassistent. Er kennt Graham, und ich glaube nicht, dass er ihn mag. Er hat das zwar nie gesagt, aber ich spüre das. Wir reden später weiter«, wiederholte er. »Ich werde jedenfalls nicht zulassen, dass er dir wehtut.«

Sie wollte etwas sagen und schüttelte dann nur den Kopf.

»Was ist?«

»Nichts. Später. Wenn sie uns hören …«

Er hatte von Kriegsgefangenen gehört, die sich zusammentaten, um die Flucht zu planen. Britt und er waren so etwas wie Kriegsgefangene. In ihrem eigenen Zuhause.

In den nächsten vier Stunden würde er ein freier Mann sein. Von dem Moment an, in dem er in den SUV der Carters steigen würde, würde alles normal sein. Und wunderschön. Ja, er musste zu Ashley gehen und sich eine Million Mal mit ihr fotografieren lassen. Als es soweit war, waren sogar ihre Großeltern da und machten Fotos, redeten in ihrem coolen Akzent.

Ashley sah echt toll aus mit ihrem gewellten Haar. Ihre Mom hatte das mit einem Kreppeisen gemacht, was auch immer das bedeuten mochte. Er machte ihr Komplimente zu ihrem Kleid, das ihm wirklich gefiel, weil das Blau ihre Augenfarbe betonte.

Das Ballkomitee hatte die Sporthalle in eine Strandlocation verwandelt. Nach dem Motto: *Obenauf sein. Könige der Wellen.* Für ihn hätte es das nicht unbedingt gebraucht, aber der DJ und die Lichtanlage waren cool. Da Micah einer der schlechtesten Tänzer aller Zeiten war, wusste Zane, dass seine Schritte vergleichsweise gut aussahen. Besonders gern tanzte er Schieber, wo er sich nur hin und her wiegen musste, während Ashley sich eng an ihn schmiegte. Sie schlang ihm die Arme um den Hals und zog ihn an sich, was bedeutete, dass sie ihn küssen wollte. Sie schmeckte nach Gummidrops und duftete nach Blumen. »Was für ein wunderschöner Abend«, murmelte sie. »Noch eine Woche Schule, und dann sind Sommerferien.«

»Noch dreieinhalb Tage«, verbesserte er sie.

»Umso besser. Ich werd dich so vermissen, wenn ich in Italien bin.«

»Und anschließend fährst du nach Irland.« Er zog sie erneut an sich. »Ich wünschte, wir würden auch dorthin reisen.«

»Du musst mir schreiben. Ich werde dir schreiben. Wenn du doch nur ein Handy hättest! Dann könnten wir uns SMS schicken.«

»Ich werd versuchen, eines zu beschaffen. Meine Eltern sind dagegen, aber vielleicht kann ich Emily überreden, mir eines zu geben, das auf sie angemeldet ist.«

Er würde es gut verstecken müssen, wie seine Notizhefte.

»Das wäre toll. Ich kann mir gar nicht vorstellen, wie es ist, kein Handy zu haben. Du musst dich von allem so abgeschnitten fühlen. Alle haben eines! Deine Eltern sind echt gruselig streng.«

Wenn sie wüsste!

»Ja, das sind sie.«

»Na ja.« Als das Lied zu Ende war, blieb sie kurz an ihn geschmiegt. »Bald gehen wir in die Oberstufe. Vielleicht werden sie dann ein bisschen lockerer.«

»Ja, vielleicht. Möchtest du kurz vor die Tür gehen und ...«

Wieder lächelte sie. Sie wusste, was das bedeutete. »Ja, los, komm.«

Draußen war es frisch wegen der kühlen Luft vom See, deshalb lieh er Ashley sein Jackett. Auch andere waren rausgegangen, um zu reden, heimlich eine zu rauchen oder einen Joint zu drehen. Oder aber um sich besagtem *und* zu widmen.

Er hielt sich von den Rauchern und Kiffern fern. Ihretwegen das Militärinternat riskieren? Nein danke! Er zog Ashley weit genug weg, sodass sie im Dunkeln standen. Genau in dem Moment, als er glaubte, es wäre so weit, machte sie einen Rückzieher.

»Nicht so stürmisch.« Ihr Herz hatte unter seinen Händen geschlagen, und ihr Atem ging unregelmäßig. »Ich will das auch.« Sie nahm seine Hand. »Aber wir müssen vernünftig sein.«

»Ich hab dich wirklich gern, Ashley.«

»Ich dich auch. Aber wir sollten lieber reingehen. Sei bitte nicht böse.«

»Ich bin nicht böse. Ich versteh das. Es ist nur so, dass ich viel an dich denke. Davon träume, mit dir zusammen zu sein.«

Als ihre Augen zu ihm aufsahen, hatten sie dieselbe Farbe wie der See. Ihr Blick war so weich, so blau, fast flüssig. »Ich auch. Drum sollten wir reingehen. Meine Granny war so alt wie ich, als sie mit meinem Vater schwanger wurde.«

»Hilfe!«

»Ich weiß. Komm, lass uns tanzen.«

Er hatte nicht erwartet, dass sie es tun würden. Das lag nicht im Bereich des Möglichen. Doch sie schien sich bereits Gedanken darüber gemacht zu haben. Er wusste nicht recht, wie er das interpretieren sollte.

Den Rest des Abends amüsierte er sich prächtig. Als er Ashley nach Hause brachte, bekam er einen richtigen Zungenkuss. Wenn er das in sein Notizheft schrieb, würde er es bestimmt noch einmal durchleben. Außerdem wäre das ein ganzer Eintrag, in dem nichts Blödes geschah. Einer, der nicht von Prüfungen, Hausaufgaben oder Grahams Erniedrigungen handelte.

»Danke fürs Mitnehmen«, sagte er zu Dave und klatschte Micah ab. Er ging zur Haustür, obwohl er sich insgeheim wünschte, einen Spaziergang durch die Nachbarschaft zu machen, um an Ashley und diesen letzten Kuss zu denken. Aber dann wäre er nicht pünktlich um halb zwölf zu Hause. Vielleicht würde er riskieren, sich was zu futtern zu holen. Was nach dem Abendessen strikt verboten war. Aber er war vom vielen Tanzen richtig ausgehungert. Er überlegte, sich ein Sandwich zu machen, doch vermutlich zählte Graham die Scheiben des Delikatessschinkens. Lieber nicht. Lieber nicht auffallen, beschloss er. Graham war in den letzten Tagen besonders unangenehm gewesen. Er hatte zwar weder geschlagen noch geschubst, aber die Zähne gefletscht wie ein Hund, der knurrt, um gleich darauf zuzubeißen.

Als Zane die Haustür aufschloss, blitzten diese Zähne auf. »Du bist zu spät.« Graham stand in der Diele, ein Glas Scotch in der Hand. Sein Blick war eiskalt.

»Es ist dreiundzwanzig Uhr dreißig, Sir.«

»Es ist dreiundzwanzig Uhr vierunddreißig. Hast du vergessen, auf die Uhr zu schauen?«

»Nein, Sir.«

»Pünktlich zu sein ist wichtig. Sich an Regeln zu halten ist wichtig. Auszugehen und sich amüsieren zu dürfen ist ein Privileg und kein Grundrecht.«

»Ja, Sir.« Noch zwei Jahre und zwei Monate. An den Gedanken klammerte er sich.

»Es geht auch um meine Zeit. Glaubst du etwa, ich hätte nichts Besseres zu tun, als aufzubleiben und auf meinen Sohn zu warten, nur weil ich mich nicht darauf verlassen kann, dass er sich an die Regeln hält?«

Zane schaute instinktiv zu Boden. Es lag etwas in der Luft. Vielleicht war der Scotch schuld oder das, was bereits seit Tagen schwelte.

»Es tut mir leid. Vermutlich hat es etwas länger gedauert, die Mädels abzusetzen und …« Er hatte mit einem Schubs oder Schlimmerem gerechnet, sodass er der Wucht des Schlages nach hinten ausweichen konnte.

»Glaubst du, ich will mir deine Ausreden anhören? Du solltest alt genug sein, um die Zeit im Auge zu behalten und die Regeln zu respektieren. Da du wie immer unzuverlässig und respektlos bist, bekommst du die nächsten zwei Wochen Hausarrest. Sämtliche Privilegien wie Telefonieren, am Computer Rumspielen und jegliche Freizeitaktivitäten einschließlich Baseball sind vorerst gestrichen.«

Jetzt riss Zane den Kopf hoch. »Wir stehen im Endspiel um die Meisterschaft, Sir. Wir werden das zweite Jahr in Folge den Titel holen.«

Grahams grimmiger Gesichtsausdruck wich einem triumphierenden Grinsen. »Wegen deines fehlenden Verantwortungsbewusstseins wirst du deine Klassen- und Mannschaftskameraden leider enttäuschen müssen. Deine ruhmreichen Tage sind vorbei. Du bist ein Versager, Zane, das warst du schon immer.«

Zane sah es vor sich, so deutlich wie eine Neonreklame. »Ach, darum geht es also? Du willst nicht, dass ich Teil des Siegerteams bin oder Ausnahmeleistungen bringe? Deshalb suchst du nach einem Vorwand, mir das kaputt zu machen.« Weil ihn die Wut so übermannte, hatte er die Ohrfeige nicht kommen sehen.

»Macht zwei Wochen Hausarrest zusätzlich.« Graham ließ das Glas fallen und packte Zane am Hemdkragen, um seinen Sohn gegen die Tür zu donnern.

In diesem Moment wusste Zane, dass er richtig geraten hatte. Die vier Minuten Verspätung waren bloß ein Vorwand, ihm das wegzunehmen, was er liebte. Er ballte die Fäuste.

»Hast du getrunken?«

»Nein.«

Graham knallte ihn erneut gegen die Tür. »Lüg mich nicht an! Drogen?«

»Nein.«

»Stattdessen verdrückst du dich lieber mit der kleinen Schlampe in die Büsche, was?«

»Nein! Ashley ist keine Schlampe.«

»Und ob das eine miese Schlampe ist. Du bist so blöd, nicht zu merken, dass sie es nur meines Geldes wegen auf dich abgesehen hat. Wage es nicht, hier halb nackt mit Verspätung aufzutauchen und zu behaupten, da wäre nichts gewesen.«

Er hatte seine Krawatte abgenommen und sein Jackett ausgezogen, wie jeder andere junge Mann beim Tanzen. »Ich habe weder Drogen noch Alkohol konsumiert, und ich hatte auch keinen Sex. Ich war auf einem Schulball.«

Der Magenschwinger tat weh und verschlug ihm den Atem, aber er hatte sich dagegen gewappnet.

»Was bist du nur für ein Mann, wenn du nicht mal diese kleinen Irin flachlegen kannst?«

»Graham!«

Er sah sich nicht mal um, als seine Frau sich verzweifelt einmischte. »Halt den Mund, ich hab hier was zu regeln.«

»Britt ist schlecht. Sie hat den ganzen Boden vollgespuckt.«

»Dann kümmre dich um sie.«

»Graham, sie übergibt sich weiter. Sie ist schon ganz hysterisch. Tu was!«

»Das werde ich, verlass dich drauf.« Er stieß Zane beiseite und rannte die Treppe hoch.

Fast unbeteiligt sah der Sohn zu, wie Graham die Fäuste benutzte, wie seine Mutter schrie und versuchte zurückzuschlagen. Sollten sie doch aufeinander losgehen wie zwei wild gewordene Bestien! Er musste es nur an ihnen vorbei bis zu Britt schaffen. Er begann, die Stufen hinaufzulaufen, doch die Schreie, Fausthiebe und Flüche lockten Britt hervor. Blass wie ein Gespenst hielt sie sich die Ohren zu. »Aufhören, hört sofort auf, bitte! Ich halte das nicht mehr aus. Ich halte das einfach nicht mehr aus.«

Diesmal war es Britt, die sich eine unerwartete Ohrfeige einfing. Als Zane hörte, wie seine Schwester aufschrie, sah er rot. Er donnerte die Treppe hoch wie ein wütender Stier. Als Graham herumwirbelte, um den Angriff abzuwehren, traf ihn Zanes Faust. »Na, wie gefällt dir das?« Die Muskeln, die er über ein Jahr lang trainiert hatte, verliehen seinen Schlägen die nötige Wucht. Angesichts von Grahams schockiertem Gesichtsausdruck wallte eine dunkle Lust in ihm auf, die ihn weitermachen ließ. Geschrei, nichts als Geschrei. Er würde nicht aufhören, konnte nicht aufhören, bis der Mann am Boden lag, der ihm das Leben zur Hölle machte.

Irgendwo in weiter Ferne hörte er, wie Britt den Notruf wählte, ihre Adresse nannte. Er spürte, wie ihm Elizas Fingernägel durchs Gesicht kratzten, trotzdem hörte er nicht auf. Dann stürzte er, rumpelte die Stufen hinunter. Sein Ellbogen schlug auf wie ein Hammer auf einen Nagel. Er spürte, wie etwas knackte, brach, splitterte. Als sein Kopf auf einer weiteren Stufe aufprallte, gab es eine rote Schmerzexplosion. Benommen versuchte er, aufzustehen, schaffte es, auf alle viere zu kommen, und hob die zitternden Fäuste, um sich zu verteidigen.

Aber Graham griff ihn nicht an. Niemand stand oben auf der Treppe. Und Britt hatte aufgehört zu schreien. In dem Wissen, dass das vermutlich noch größeres Unheil bedeutete, zwang er sich, aufzustehen, und stürzte erneut. Er begriff, dass etwas mit seinem Knöchel nicht stimmte, und begann zu kriechen.

Er schaffte es bis zum Fuß der Treppe, als Graham Britt an den Haaren hinausschleifte. In der anderen Hand hatte er seinen Arztkoffer. Sie wehrte sich nicht, weinte nicht und regte sich nicht. Zum ersten Mal fürchtete Zane um ihr Leben.

»Rühr sie nicht wieder an, du Mistkerl.«

»Das ist allein deine Schuld«, sagte Graham mit gepresster, ruhiger Stimme und kam die Treppe herunter. »Das mit dem Militärinternat kannst du übrigens vergessen. Du wirst dich noch danach sehnen, aber dafür ist es zu spät.«

Er beugte sich über Zane, legte den Kopf schräg und musterte ihn. »Du kommst ganz nach der Familie deiner Mutter, sowohl, was das Aussehen, als auch, was den fehlenden Ehrgeiz und dein armseliges Benehmen angeht. Ich habe ernsthaft Zweifel, dass du mein leiblicher Sohn bist.«

»Hoffentlich hast du recht.«

Der Tritt in Zanes Magengrube erfolgte wie nebenbei.

»Offiziell bin ich dein Vater und ein hochangesehenes Mitglied dieses Städtchens. Keine Tat bleibt folgenlos. Und du wirst den Preis dafür bezahlen.«

»Du kannst mich mal! Was hast du Britt angetan, du Mistkerl?«

»Ich? Nein, Sohn, *du* hast das getan.«

Polizeisirenen heulten. Gott sein Dank! Britt hatte Hilfe geholt.

»Sie werden dich wegsperren.«

Graham lachte und stellte kopfschüttelnd den Arztkoffer ab, bevor er zur Tür ging. »Jemand, der so dämlich ist wie du, kann unmöglich mein eigen Fleisch und Blut sein. Eliza!«

»Ja, ja, Graham.«

»Tu genau das, was ich dir sage.« Er öffnete die Tür, holte tief Luft und rannte hinaus. »Hier! Hier!«

Draußen winkte Graham der Polizeistreife. Er ließ seine Stimme zittern und rang sich Tränen ab. Als er den Polizeichef Tom Bost aus dem Wagen steigen sah, wunderte er sich nicht. Schließlich hatte er sich der Freundschaft dieses nützlichen Idioten längst versichert. Es gab keinen Grund, nicht zu übertreiben, und so ließ sich Graham auf die Knie fallen, als müsste er nach Luft ringen.

»Graham, was zum Teufel ist los? Deine Familie …«

»Tom, o mein Gott, Tom! Wir brauchen einen Krankenwagen.«

»Der ist unterwegs.«

»Zane … ich … ich fass es einfach nicht … Er ist auf seine Mutter losgegangen, hat mit den Fäusten auf sie eingeprügelt, Tom! Und auf unsere kleine Britt. Ich bin hochgerannt, um ihn aufzuhalten. Wir haben gekämpft, wir haben gekämpft! Er ist die Treppe runtergefallen. Ich musste Britt ein Beruhigungsmittel spritzen. Mein Junge ist verletzt, Tom. Er ist verletzt, und ich glaube, er hat den Verstand verloren.«

»Warte, bleib, wo du bist.« Tom gab einem der Officer ein Zeichen.

Ja, tatsächlich. Ein Notruf von den Bigelows hatte die gesamte

Polizei auf den Plan gerufen. Kopfschüttelnd humpelte Graham hinter Tom her zum Haus.

»Tom, Tom!« Oben auf der Treppe hielt Eliza eine reglose Britt im Arm. »Wir brauchen einen Krankenwagen. Meine Kleine, meine arme Kleine!«

»Der ist unterwegs. Meine Güte, Zane.« Tom ging in die Hocke. »Was ist nur in dich gefahren? Stehst du unter Drogen?«

»Nein. Nein. Er hat sie mal wieder geschlagen und ist dann auf Britt losgegangen. Ich hab versucht, ihn aufzuhalten.«

»Wie kannst du nur so etwas behaupten?« Weinend wiegte Eliza Britt hin und her. »Noch nie in seinem Leben hat Graham die Hand gegen mich oder eines seiner Kinder erhoben. O mein Gott, Zane, was hast du nur getan?«

Zane konnte nur noch verdattert vor sich hin starren. »Sie lügt. Sie lügt ihm zuliebe.«

»Er ist vom Schulball gekommen. Ich bin aufgeblieben. Britt war krank und musste sich übergeben. Ich wollte mich um sie kümmern und hab ihm gesagt, dass ich keine Zeit für ihn habe. Und da … da hat er einen Tobsuchtsanfall bekommen und mich geschlagen.« Mit zitternder Hand fasste sie sich ins Gesicht.

Zane hielt seinen verletzten Arm und spürte, wie etwas in ihm abstarb. »Was bist du nur für eine Mutter?«

»Er war schon immer eifersüchtig auf Britt, aber nie hätte ich gedacht …« Schluchzend zog Eliza Britt an sich.

Rettungssanitäter eilten ins Haus.

»Kümmert euch zuerst um sie.« Tom zeigte nach oben.

Graham griff nach seinem Arztkoffer. »Ich will, dass sie ins Krankenhaus gebracht werden.«

»Und du fährst mit«, sagte Tom.

Graham nickte. »Ich muss mit dir reden, Tom. Draußen. Er behauptet, keine Drogen und keinen Alkohol konsumiert zu haben«, erklärte Graham den Sanitätern. »Aber sicher bin ich mir nicht. Das hat er in der Vergangenheit nämlich durchaus.«

»Das ist gelogen.«

»Beruhige dich, Zane.«

Zane erkannte den Sanitäter wieder. Nate, ein Freund von Dave. »Ich war das nicht, das schwöre ich. Ich war das nicht.«

»Na gut, mein Junge, wir kümmern uns jetzt um dich.«

Zane schloss die Augen. »Ich war das nicht.«

»Sie dürfen ihm keine Schmerzmittel geben«, ordnete Graham an, als er mit Tom das Haus verließ. »Sie müssen einen Drogentest machen. Ihm ist nicht zu trauen.«

»Ich nehme keine Drogen.« Er hatte keine Tränen mehr, war einfach nur hoffnungslos erschöpft. »Und ich trinke nicht. Man fliegt aus der Mannschaft, wenn man Drogen oder Alkohol konsumiert. Wir stehen im Endspiel.«

Es tat so weh. Wieder tat ihm alles weh, und er fühlte sich zum 23. Dezember zurückversetzt. Als sie seinen Arm und seinen Knöchel geschient hatten, ließ der Schmerz ein wenig nach. Sie legten ihn auf eine Bahre, um ihn nach draußen zu rollen.

Tom kam wieder rein, mit grimmigem Gesicht. »Ich muss ihm Handschellen anlegen.«

»Nein, Chief.« Nate legte eine Hand auf Zanes unverletzte Schulter. »Er hat einen gebrochenen Arm, vielleicht auch einen gesplitterten Ellbogen. Sein Knöchel könnte einen Haarriss aufweisen. Wenn nicht, ist er schwer verstaucht. Er darf ihn nicht belasten. Er hat eine Gehirnerschütterung und steht unter Schock. Wo soll er schon hingehen?«

»Das ist Vorschrift.« Mit diesen Worten schob Bost das Kinn vor. »Er wird wegen schwerer Körperverletzung in drei Fällen verhaftet.«

Zane starrte Tom in die Augen, als der ihm das Handgelenk an die Bahre kettete. Er sah kein Mitleid darin, nicht den

Hauch eines Zweifels. Genau wie sein Vater ihm das angedroht hatte. Trotzdem gab er nicht auf. »Ich war das nicht.«

»Zane, deine Eltern sagen beide das Gleiche. Deine Schwester ist sediert, die werde ich morgen vernehmen.« Bost drückte Zanes Hand, als könnte ihn das trösten. »Du bekommst die Hilfe, die du brauchst.«

Sie schoben ihn nach draußen. Überall Nachbarn. Er konnte sie hören. Wer würde ihm glauben? Keiner von ihnen, kein einziger. Er sah zum Himmel empor. Dieselben Sterne, die er mit Ashley bewundert hatte. Nichts würde je wieder so sein wie zuvor. Er hörte, wie jemand auf ihn zurannte und begann, sich zu krümmen. Sein Vater, der zurückgekehrt war, um ihm den Rest zu geben. Niemand würde ihn aufhalten.

Aber es war Dave, der seine Hand nahm. »Zane, geht's einigermaßen?«

»Ich habe Britt nicht geschlagen. Ich habe unserer Mutter nichts getan.«

»Natürlich nicht. Warum zum Teufel trägt er Handschellen?«

»Du musst einen Schritt zurücktreten, Dave.«

»Was soll das, Chief? Ich habe diesen Jungen vor einer halben Stunde hier abgesetzt. Mein Sohn und er haben sich auf dem Schulball amüsiert. Wie hast du dich so verletzt, Zane?«

»Er hat sie wieder geschlagen. Erst mich und dann sie. Diesmal hat er auch Britt geschlagen. Das konnte ich nicht zulassen. Ich hab versucht, ihn aufzuhalten.« In Daves Augen fand er, was er bei Chief Bost vermisst hatte. Er sah, dass er ihm glaubte.

»Wo zum Teufel steckt Graham Bigelow?«

»Er ist auf dem Weg ins Krankenhaus, zusammen mit seiner Frau und seiner Tochter. Mir gefällt das auch nicht, Dave, aber Zane ist wegen Körperverletzung verhaftet. Er wird medizinisch versorgt und kommt dann nach Buncombe.«

»Herrgott, Tom, du kennst den Jungen doch.«

Bost gab keinen Millimeter nach. »Aber auch seine Eltern, und beide haben ausgesagt. Ich habe keine andere Wahl, Dave. Richter Wallace hat einen Haftbefehl angeordnet. Geh zur Seite.«

»Einen Teufel werd ich tun. Ich bin Rettungssanitäter, und ich werde mitfahren. Irgendjemand muss diesem Jungen helfen.« Dave stieg hinten mit ein und half, die Trage in den Rettungswagen zu schieben. »Sag, was mit ihm los ist, Nate.«

Zane griff nach Daves Hand. »Er ist ein Monster«, brachte er heraus, während sich die Türen schlossen.

»Wer, Champ?«

»Graham Bigelow. Er ist ein Monster, genauso wie Eliza. Alle beide sind Monster. Pass auf, dass sie meiner Schwester nichts tun.«

»Mach dir keine Sorgen. Bleib ganz ruhig, wir kümmern uns.«

»Emily.« Jemand glaubte ihm. Zane schloss erneut die Augen. Dieser Jemand war ein Hoffnungsfunke, der genauso wehtat wie sein Arm. »Du musst Emily Bescheid geben. Du musst Emily anrufen und ihr sagen, was passiert ist. Bitte.«

»Das mache ich, versprochen.«

»Sie muss sich um Britt kümmern. Ich kann sie nicht mehr beschützen.«

Als Dave ihm über den Kopf strich, spürte er, wie ihm die Tränen kamen. Daher wandte er das Gesicht ab und dämmerte weg.

4

Alles verschwamm. Polizeisirenen und Lichter, Stimmen. Zane behielt die Augen zu, so tat es weniger weh. Noch mehr Stimmen, die sehr schnell redeten, als sie ihn aus dem Krankenwagen in die Notaufnahme schoben. Er hörte Dave heraus, der die Höhe seines Blutdruck nannte und so weiter. Dave war da. Ihm war inzwischen alles egal. Meine Güte, war ihm kalt. Wieso war es bloß so kalt geworden? Er wollte nur schlafen. Wenn er wenigstens seinen Baseball hätte, etwas, woran er sich festhalten konnte.

Sie hatten gelogen. Seine Eltern, die Menschen, die ihn lieben und beschützen müssten, hatten gelogen. Er wusste nicht, wo sie waren. Vielleicht im Krankenhaus. Allerdings nicht mit Handschellen an eine Trage gefesselt. Vielleicht waren sie hergekommen, weil Graham Eliza zum ersten Mal ins Gesicht geschlagen hatte. Jedenfalls soweit Zane das beurteilen konnte. Er wusste auch, warum: Graham hatte sie dorthin geschlagen, wo man es sehen konnte, weil er von Anfang an vorgehabt hatte zu lügen und zu behaupten, der Sohn sei auf die eigene Mutter losgegangen. Und auf Britt.

Er riss die Augen auf. Beim Versuch sich aufzusetzen, klirrten seine Handschellen. »Britt. Er hat Britt wehgetan.«

»Beruhige dich, Zane.« Um ihn zu besänftigen und seinen Puls zu messen, legte ihm Dave die Hand aufs Handgelenk. »Du musst geröntgt werden.«

»Er hat sie geschlagen. Sie hat um Hilfe gerufen. Ich hab sie gehört und versucht ihn aufzuhalten. Er hat mich auf der Treppe niedergeschlagen. Dann hat er sie rausgezerrt und ihr was verabreicht. Du musst rausfinden, wie schlimm er sie verletzt hat. Wo ist sie?«

»Ich kümmere mich darum«, versprach ihm Dave. »Ich habe Emily erreicht, wie du es dir gewünscht hast. Sie kommt. Und ich habe um einen Gefallen gebeten. Dr. Marshall wird sich um deinen Arm und deinen Knöchel kümmern. Sie ist eine fantastische Knochenflickerin. Die Beste.«

»Wir sind im Endspiel. Er hat behauptet, ich wäre vier Minuten zu spät vom Schulball zurückgekommen. Ich hab Hausarrest bekommen, das heißt kein Baseball.«

»Ach herrje.« Dave fuhr sich übers Gesicht und atmete tief durch. »Du musst der Polizei sagen, was du mir erzählt hast.«

»Ich hab's versucht. Die glauben mir nicht, genau wie Graham gesagt hat. Er ist ein wichtiger Mann. Ich bin ein Nichts.«

»Hör auf mit dem Mist.« Dave beugte sich ganz nah zu ihm vor. »Bleib taff, Zane, bleib stark. Schau mich an, schau mir in die Augen. Ich glaube dir und werde alles tun, was in meiner Macht steht. Zuerst einmal kümmern wir uns um das Nächstliegende. Wir flicken dich wieder zusammen.«

»Die stecken mich ins Gefängnis. Du musst auf Britt aufpassen. Sie hat niemanden mehr außer Emily. Und die darf kaum vorbeischauen.«

»Ich kümmere mich darum.«

Zane sah sich im Raum um, nur ein Vorhang half, die Geräusche der Notaufnahme auszublenden. Er sprach betont leise. »Du musst zu uns nach Hause. Wenn sie nicht da sind. Nimm meinen Hausschlüssel, er ist in meiner Hosentasche.«

»Warum?«

»Ich schreibe alles auf, schon seit Längerem. In Notizheften. Sie sind hinter der Klimaanlagenabdeckung über meinem

Schreibtisch. Vielleicht glaubt man mir ja, wenn man alles Schwarz auf Weiß sieht.«

»Dein Vater, seit wann …« Dave verstummte, als der Vorhang zurückgezogen wurde. »Aha, dein Fototermin.« Trotzdem griff er in Zanes Hosentasche und schnappte sich den Schlüssel.

Sie fuhren Zane zum Röntgen, begleitet von einem Officer.

Danach wurde er zurückgeschoben, diesmal in ein Behandlungszimmer mit Tür. Der Officer wartete draußen. Die Ärztin kam herein. Sie erinnerte Zane an ein Fass, so klein und gedrungen sah sie aus. Ihr ziemlich graues Haar war zu einem Zopf geflochten. »Hallo, Zane. Ich bin Dr. Marshall.« Sie griff nach seiner Patientenakte. »Dann wollen wir mal sehen.« Ihre rabenschwarzen Augen verengten sich zu schmalen Schlitzen. Dann schaute sie zu Dave hinüber. »Weißt du, warum er keine Schmerzmittel bekommen hat?«

»Sein Vater behauptet, er würde unter Drogen stehen. Das stimmt nicht, aber sie wollten ihm nichts geben, bis die Ergebnisse vom Drogentest da sind.«

»Ich habe gerade einen Blick darauf geworfen. Er ist clean. Verdammt. Tut mir leid, mein Junge.« Sie öffnete erneut die Tür, rief nach einer Schwester und bellte Befehle wie ein General. General Fass. Innerhalb weniger Minuten wurde alles schwebend leicht.

»Seine Finger sind taub«, murmelte Dave. »Und die Haut am Ellbogen ist kalt.«

»Ich lese gerade den Befund, Dave. Gut, Zane, zuerst die guten Nachrichten. Dein Knöchel ist nicht gebrochen. Du hast eine scheußliche Verstauchung und ein paar gezerrte Bänder. Wir werden das mit Eis, Ruhe und Beinhochlegen behandeln und dir einen schicken Kompressionsstiefel verpassen. Ich geb dir eine Liste mit, auf der steht, was du wie tun sollst. In ein paar Tagen beginnen wir mit der Physio.«

Nach wie vor schwebte er wegen der Schmerzmittel auf Wolke sieben und strahlte sie an. »Und die schlechten Nachrichten?«

»Du hast drei Knochen im Arm, und alle drei sind hinüber. Du hast dir den Ellbogen gebrochen, mein Junge. Ich werde ihn schienen und ruhigstellen. Das wird die Schmerzen lindern. Halte ihn, wenn möglich, auf Brusthöhe. Wenn die Schwellung in einigen Tagen zurückgegangen ist, werden wir die Knochen mit Schallwellen bombardieren und dir einen coolen Gips verpassen. Kann sein, dass du Nägel und Schrauben brauchst. Ich seh mir die Sache gründlich an, wenn du das nächste Mal kommst.«

Schwebend und wie durch Watte lächelte er ihr zu. »Klingt nicht so übel.«

»So gefällst du mir. Sollten wir dich operieren müssen – ich bin ein Ass. Außerdem bist du jung, siehst gut aus und hast kräftige Muskeln. Wir kriegen das hin, verstanden?«

»Ja, okay. Wird man mich dafür aus dem Gefängnis lassen?«

Das Lächeln in ihren Augen erlosch. »Anweisung vom Arzt. Vorher werde ich dich noch kurz verarzten. Dieses hübsche Gesicht braucht auch ein wenig Hilfe, oder?«

»Diesmal hat er mir die Nase nicht gebrochen. Ich weiß, wie sich das anfühlt.«

Die Rabenaugen loderten auf, als würde ein Feuer darin brennen. »Das klingt gut. Siehst du doppelt?«, fragte sie, und ihre Hände näherten sich seinem Gesicht sanft wie Schmetterlinge.

Da hörte er Rufe. Emily. Er versuchte sich aufzusetzen.

»Liegen bleiben«, befahl Dave. »Lass die Ärztin ihre Arbeit tun. Ich warte draußen.«

»Erzähl ihr von Britt.« Trotz des Wattenebels hatte er auf einmal alles wieder klar vor Augen. »Du musst rausfinden, was mit Britt los ist. Er hat ihr wehgetan.«

»Wer hat ihr wehgetan?« Dr. Marshall bedeutete Dave zu gehen.

»Graham. So nenne ich ihn heimlich. Seit dem 23. Dezember. Nicht letztes, sondern vorletztes Jahr, als er mir die Nase gebrochen hat und so.«

Dave ging vor die Tür und wurde Zeuge, wie Emily den Officer anschrie. »Komm schon, Jim. Du kennst Emily, Zanes Tante.«

»Ich halte mich an die Anordnungen. Ich habe Anweisung, bis auf medizinisches Personal niemanden zu ihm zu lassen. Was soll ich deiner Meinung nach tun?«

Dave schüttelte den Kopf und nahm Emily am Arm. »Lass uns reden.«

»Was ist los? Wie schlimm ist Zane verletzt? Ich durfte nicht zu Britt.«

»Ich werde dir erzählen, was ich weiß. Was deine Schwester und dein Schwager der Polizei erzählt haben. Was Zane mir erzählt hat. Eines kann ich dir sagen: Ich glaube Zane.« Er erklärte es ihr, ohne auch nur das Geringste zu beschönigen, und sah, wie sie sich leichenblass an die Wand lehnte.

»Ich hätte es wissen müssen. Wie habe ich das nur übersehen können? Meine Güte, das sind Kinder! Seit wann hat er …?«

»Keine Ahnung. Du bezweifelst nicht, was Zane sagt?«

So blass sie auch war, ihr Blick funkelte. »Nein.«

»Sie schicken ihn nach Buncombe, ins Gefängnis. Nachdem er behandelt worden ist.«

»Die können doch nicht einfach … Da steckt Graham dahinter.« Sie biss die Zähne zusammen und zog Luft ein. »Das ist sein Werk, er hat Beziehungen. Kann ich Kaution stellen?«

»Das weiß ich nicht, Em. Zane hat mir seinen Hausschlüssel gegeben. Er hat mich gebeten, die Notizbücher zu holen, die er versteckt und in denen er alles aufgeschrieben hat. Ich weiß nicht, ob das was hilft. Jedenfalls werde ich eine Möglichkeit finden, sie zu holen.«

»Kannst du … Das ist ganz schön viel verlangt.«

»Er hat nur mich. Er ist ein guter Junge, Emily. Und ein Freund meines Sohnes. Anscheinend hat ihn dieser Mistkerl jahrelang rumgeschubst.«

Sie fuhr sich übers Gesicht und starrte auf ihre tränennasse Hand. Wie konnte sie weinen, wo sie eine solche Wut verspürte? »Und Britt?«

»Keine Ahnung. Ich vermute, Graham ist zum ersten Mal auch auf sie losgegangen.«

»Sie wollen mich nicht zu ihr lassen und geben mir keinerlei Auskunft. Nicht mal ihre Zimmernummer. Anweisung von Dr. Bigelow. Besuch ist nicht erlaubt.«

»Eine leichte Gehirnerschütterung, ein geprellter Wangenknochen, jede Menge blaue Flecken. Tut mir leid«, sagte Dave, als sich Emilys Augen erneut mit Tränen füllten. »Er hat sie noch im Haus sediert. Ich kenne die Krankenschwestern und bin daher auf dem Laufenden. Es geht ihr so weit gut, sie schläft gerade.« Er warf wieder einen Blick auf den Officer und zog Emily ein paar Schritte weg. »Ich schau nach, ob Graham und Eliza noch im Krankenhaus sind. Sie hatte ziemliche Gesichtsverletzungen und er auch.«

Emily ballte die Hände. So fest, dass ihre Knöchel ganz weiß wurden. »Ich würde ihnen gern noch ein paar verpassen.«

»Das kann ich gut verstehen.« Er sah sich ein weiteres Mal um. »Ich wollte bei Zane bleiben, bis du kommst. Jetzt kann ich ihm sagen, dass du da bist und dass es Britt gut geht. Dann hole ich die Notizbücher. Sie werden ihn mitnehmen, Em. Du musst zur Polizei gehen und denen sagen, was ich dir erzählt habe. Ich komm mit den Notizheften nach. Wir werden sie der Polizei in Asheville zeigen, nicht der in Lakeview.«

»Du bist ein guter Mensch, Dave.«

»Ich bin selbst Vater. Dieser Junge kann weiß Gott einen

gebrauchen. Versuch ihn zu trösten, wenn sie ihn nach Buncombe mitnehmen.«

Emily wartete, lief nervös auf und ab und weckte einen alten Freund, der Anwalt in Raleigh war, um ihn um Rat zu bitten. Sie notierte sich die Namen zweier Strafverteidiger, die er ihr nannte, und hielt sich widerwillig an seine Empfehlung, diese Leute nicht nachts um eins anzurufen. Insgeheim machte sie sich eine Liste. Polizei, Anwalt, vielleicht das Jugendamt. Und, ja, ein Gespräch mit ihrer Schwester. Als die Ärztin aus dem Zimmer kam, bestürmte Emily sie regelrecht: »Wie geht es ihm? Geht es ihm gut? Ich bin seine Tante. Emily Walker.«

»Ich darf keine Details nennen und kann Ihnen nur sagen, dass er verarztet wurde und es ihm den Umständen entsprechend gut geht.«

»Äh, Frau Doktor?« Jim, der Officer, räusperte sich. »Ich muss fragen, ob er transportfähig ist. Der Wagen, der ihn nach Buncombe bringen soll, wartet bereits draußen.«

Marshall ballte die Fäuste. »Und wenn ich Nein sage? Weil er zur Beobachtung hierbleiben muss?«

Er starrte auf die Füße. »Dann soll ich Ihnen von Dr. Bigelow ausrichten, Ma'am, dass er persönlich runterkommt und ihn für transportfähig erklärt. Hören Sie, mir gefällt die Sache auch nicht, aber dieser Junge ist auf seine Mutter und seine kleine Schwester losgegangen.«

»Das ist eine Lüge, eine grausame Lüge.«

Jims Züge erstarrten, doch er sah Emily nicht in die Augen. »So weit die Aussage … seiner Eltern. Das Gesetz bestimmt, dass er bis zu seinem Prozess nach Buncombe muss. Unterschreiben Sie, Doc, sonst muss ich Dr. Bigelow Bescheid geben. Es wird so oder so dazu kommen.«

Zane ging es bereits besser. Vielleicht lag es an den Medikamenten oder an der komischen Schiene, auf jeden Fall fühlte er sich gut genug, um auf der Liege einzudösen. Bis er von einem Pfleger und einem der Cops geweckt wurde, die ihn in einen Rollstuhl setzten. Als er hinausgeschoben wurde, eilte Emily auf ihn zu.

»Ach, Zane.«

»Emily, du musst …«

»Halt's Maul, Jim, sonst sag ich deiner Mutter, du hättest dich an mir vergriffen«, zischte sie zurück, während sie ganz vorsichtig Zanes gezeichnetes Gesicht berührte. »Ich kenne dich seit der Grundschule, James T. Jackson, und ich habe mich noch nie so für dich geschämt.«

»Ich war das nicht, ich …«

»Du kannst dir die Worte sparen.« Emily streichelte ihn nach wie vor, während sie Zane zum Verstummen brachte. »Ich kenne dich, Zane.«

»Du musst dich um Britt kümmern.«

»Das werde ich.«

»Versprich es mir. Lass nicht zu, dass er ihr wehtut.«

»Ich schwöre es dir bei meinem Leben, okay? Bitte tu mir den Gefallen und halte durch. Ich besorg dir einen Anwalt. Dave, ich, deine Großeltern und die Menschen, die dich kennen, werden alles tun, um dich da rauszuholen.«

»Es ist nur ein Gefängnis. Mein Zuhause war schon lange ein Gefängnis.«

»Wir müssen ihn jetzt mitnehmen, Emily. Bitte tritt einen Schritt zurück.«

»Ich glaube dir, Zane. Und ich glaube an dich. Glaub du mir auch, wenn ich dir sage, dass ich alles wieder hinkriege.« Sie küsste seine blauviolette Wange, zwang sich, sich aufzurichten und einen Schritt zurückzutreten. Als man ihn um die Ecke schob, drehte sie das Gesicht zur Wand und weinte. Weinend zerrte sie das klingelnde Handy aus ihrer Hosentasche.

***

Britt wachte im Dunkeln auf und fasste sich stöhnend an die pochende Wange. Das Licht ging an, und ihr Vater stand neben dem Bett. *Krankenhaus*, begriff sie. Ihr Vater hatte blaue Flecken im Gesicht, ein blaues Auge und geschwollene Lippen. Sein Blick war eiskalt und berechnend.

»Folgendes wird passieren«, erklärte er. »Wenn die Polizei dich morgen vernimmt, wirst du sagen, dass dein Bruder dich verprügelt hat. Er hat deine Mutter zu Boden geschlagen. Danach kannst du dich nicht mehr an viel erinnern. Deine Mutter hat nach mir gerufen. Du hast dich übergeben, dann wurde dir schwindelig. Verstanden?«

Sei schlau, hatte ihr Zane stets eingeschärft. *Sei schlau und vorsichtig.*

»Ja, Sir.«

»Du hast gesehen, wie ich mit Zane gerungen habe. Du hattest Angst. Du bist zum Telefon gerannt und hast den Notruf gewählt. Er hat es an mir vorbeigeschafft und dich erneut geschlagen. Mehr weißt du nicht. Habe ich mich klar genug ausgedrückt?«

Zane hat das mit deinem Gesicht gemacht, und ich bin froh darüber, dachte sie. »Ja, Sir.«

Er beugte sich ganz nah zu ihr, und das Herz schlug ihr bis zum Hals, flatterte wie ein kleiner Vogel. »Weißt du, was passiert, wenn du etwas anderes sagst? Glaubst du, dir tut dein Gesicht, dein Kopf weh? Das ist noch gar nichts. Deine Mutter und ich haben der Polizei erzählt, was Zane verbrochen hat. Die hat uns geglaubt. Zane wird ins Gefängnis kommen.«

»Nein, bitte …«

Er hielt ihr den Mund zu und übte ein wenig Druck aus. »Dein Bruder ist für uns verloren. Er ist nicht ganz richtig im Kopf. Wahrscheinlich nimmt er Drogen. Er hat seine Familie angegriffen und wird im Gefängnis bleiben, bis er volljährig ist. Man wird ihm verbieten, Kontakt zu dir aufzunehmen. Er wird unser Haus nie mehr betreten dürfen, verstanden? Wenn ja, dann nicke.«

Sie nickte.

»Einem jungen Mädchen, das seinem Vater nicht gehorcht, kann Schlimmes zustoßen. Vor allem, wenn der Vater Arzt ist. Du willst doch nicht herausfinden, was das ist?« Er ließ sie los, trat einen Schritt zurück und lächelte sie an. »So, Kopf hoch. Du bist eine Art Einzelkind geworden, stehst im Mittelpunkt und bekommst alle Aufmerksamkeit. Das ist doch gut, oder?« Er ging zur Tür. »Ach, und deine Tante wird dich nicht besuchen. Ich habe das Pflegepersonal angewiesen, sie fernzuhalten. Sie hat einen schlechten Einfluss, fürchte ich. Vielleicht hat Zane diesen Hang zu Drogen ja von ihr? Ruh dich aus. Morgen früh darfst du nach Hause. Ich werde nach deiner Mutter schauen und danach etwas schlafen.«

Nachdem er die Tür hinter sich geschlossen hatte, lag Britt stocksteif da. Sie konnte hören, wie rasch ihr Atem ging – so rasch, dass er ihr in den Ohren rauschte. Sie musste sich wieder beruhigen. Chloes Mom, die Yoga machte, sprach oft von der richtigen Atmung. Britt versuchte das Rauschen zu verdrängen, sich daran zu erinnern, was Mrs. Carter gesagt hatte. Sie musste hier raus. Sie konnte auf keinen Fall zurück nach Hause, wollte nicht allein zurückbleiben wie ein Einzelkind. Wieder beschleunigte sich ihre Atmung, und fast hätte sie geweint, doch sie riss sich zusammen.

Zane würde ins Gefängnis kommen, hatte er gesagt. Sie musste etwas unternehmen. Aber wenn die Polizei ihren Eltern glaubte – warum sollte sie dann ihre Angaben ernst nehmen?

Außerdem schmerzte ihr Gesicht. Sie wollte nur schlafen, bis alles vorbei war. Doch das würde nicht passieren. Es ging nicht einfach vorbei, und sie durfte nicht schlafen. Gut möglich, dass die Polizei ihr nicht glaubte, aber Emily würde ihr glauben. Mrs. Carter vielleicht auch. Vielleicht.

Langsam stand sie auf und tastete sich bis zum Bad. Dort machte sie Licht und schloss die Tür bis auf einen kleinen Spalt, damit sie besser sehen konnte. Von ihren Kleidern und Schuhen fehlte jede Spur. Ihr Zimmer hatte auch kein Telefon. Er hatte alles mitgenommen, wirklich an alles gedacht. Als Erstes musste sie ein Telefon auftreiben.

Britt ging zur Tür und öffnete sie vorsichtig. Mehr Licht, ein leises Geräusch. Es war ruhig auf dem Gang. Sie hatte keine Ahnung, wie spät es war. Die Armbanduhr hatte er ihr auch weggenommen. Es musste sehr spät sein. Oder sehr früh.

Mit wild klopfendem Herzen schlüpfte sie barfuß und im Krankenhauskittel auf den Flur und von dort aus in ein anderes Zimmer. Zwei Betten, aber nur eine Person. Ein anderes Kind, wie sie sah, jünger als sie. Und ein Telefon auf seinem Nachttisch. Sie nahm es und trug es so weit weg vom Bett wie möglich, setzte sich damit auf den Boden und rief Emily an. Niemand ging dran, und als der Anrufbeantworter ansprang, war ihr wieder zum Weinen zumute. Aber sie kannte noch eine Nummer auswendig. Emilys Handynummer. Wenn die funktionierte …

»Ja?«

»Emily.« Wie so oft mit Zane flüsterte Britt. »Du musst uns helfen.«

»Britt! O mein Gott, Britt, ich durfte nicht zu dir. Geht es dir gut?«

»Nichts ist gut. Du musst uns helfen. Dad hat gesagt, dass Zane ins Gefängnis kommt. Dass ich nicht sagen darf, was passiert ist, weil er mir sonst noch viel mehr wehtut. Es war nicht Zane, es war Dad.«

»Ich weiß, ich weiß, Schätzchen. Sag mir deine Zimmernummer. Ich finde eine Möglichkeit, zu dir zu kommen. Ich bin gerade in der Notaufnahme.«

»Du … du bist hier.« Da kamen ihr die Tränen, grausame Hoffnung trieb sie ihr in die Augen. »Du bist hier.«

»Ich bin hier und hole dich. Welche Zimmernummer hast du?«

»Ich bin inzwischen woanders. Er hat mir Kleider und Schuhe weggenommen. Und das Telefon. Ich bin in ein anderes Zimmer gegangen, in dem ein Kind schläft. Komm nicht rauf. Hier machen alle, was er sagt. Man wird dich fortschicken und ihm Bescheid geben. Ich komm nach unten.«

»Britt …«

»Ich kann es bis zur Treppe schaffen und runterkommen.«

»Welche Treppe? Weißt du das?«

»Ich bin in Zimmer Nummer …« Sie hielt das Telefon etwas mehr ins Licht. »In Zimmer 4612. Wahrscheinlich auf der Kinderstation, denn hier liegt ein Kind.«

»Gut. Ich geh zur Treppe. Wenn du in fünf Minuten nicht unten bist, komm ich rauf.«

»Ich komm runter, sofort.«

Am liebsten hätte Britt das Telefon fallen lassen und wäre losgerannt. Doch sie beherrschte sich und dachte nach. Wenn eine Schwester kam, sollte das Telefon lieber dort stehen, wo es hingehörte. Und wenn sie einfach davonlief, würde man sie vielleicht erwischen. Sie stellte das Telefon zurück und erstarrte, als sich der kleine Junge rührte und im Schlaf wimmerte. Vor der Tür hörte sie Schritte.

Britt wartete, bis sie verstummt waren, bevor sie die Tür so weit öffnete, dass sie hindurchschlüpfen und in den Flur spähen konnte. Sie sah das Schild, das zur Treppe zeigte. Die war so weit weg. Sie musste rennen. Auf Zehenspitzen. Sie hörte, wie jemand die Klingel drückte, um die Schwester zu rufen, und sprintete los wie ein Läufer von der Startlinie. Die schwere Treppenhaustür schien sie zurückzuhalten, doch sie schaffte es, hindurchzuschlüpfen, und rannte weiter.

Was, wenn jemand kam? Was, wenn er kam? Dann würde sie wieder auf ihr Zimmer zurückkommen. Dann würden sie ihn rufen. Er würde ihr eine Spritze geben und sie schlagen. Sie schaffte es bis ins Erdgeschoss, ihr Atem ging keuchend. Emily war nicht da. Erschöpft und verzweifelt saß sie zitternd auf der Treppe. Vielleicht hatte er Emily gefunden. Ihr wehgetan. Sie aufgehalten. Die Tür ging auf. Britt schlug sich die Hand vor den Mund, um einen Schrei zu unterdrücken.

Emily eilte auf sie zu und zog sie hoch. »Ach, Britt, ach, meine Süße.« Sie hielt sie ein Stück ab und schaute Britt ins Gesicht. Britts blaues Auge, die blauviolette Wange. »Was für ein widerlicher, abartiger Mistkerl. Zieh dir das an.« Sie zog ihr ein Kapuzenshirt über den Kopf. »Ich hoffe, du magst orange. Orange ist ja das neue Schwarz. Setz die Kapuze auf. Wir werden langsam Richtung Ausgang gehen. Nicht rennen. Es ist nicht viel los. Wir gehen nach draußen zu meinem Wagen. Er steht auf dem Parkplatz der Notaufnahme. Sind wir erst mal draußen, wird alles gut.«

»Du bist gekommen, du bist tatsächlich gekommen.«

»Aber klar doch. Wir müssen los. Nimm meine Hand und schau stur zu Boden. Einfach nur gehen, nicht reden, nicht stehen bleiben. Bist du so weit?«

Nickend griff Britt nach ihrer Hand. Sie gingen los, Britt unter der orangen Kapuze, barfuß im geblümten Krankenhauskittel. Um ein Uhr früh würde keiner genau hinschauen.

Draußen legte Emily Britt den Arm um die Taille. Das Mädchen war gewachsen und inzwischen fast genauso groß wie sie. Sie schoss in die Höhe wie Unkraut. Es war Wochen her, seit sie sie das letzte Mal gesehen hatte. »Ich hätte dir meine Schuhe geben sollen.«

»Das passt schon. Ist es noch weit?«

»Nein, wir sind fast da. Alles ist bestens. Alles wird gut.« Trotzdem zitterte ihre Stimme ein wenig, was Britt nicht entging. »Wir holen den Wagen und fahren zur Polizei.«

»Nein! Die glauben ihm. Die haben Zane ins Gefängnis gesteckt.«

»Nicht zur Polizei in Lakeview. Zur Polizei in Asheville. Wir werden dafür sorgen, dass sie uns Glauben schenkt, Britt. Dave, Mr. Carter, wird uns dabei helfen.«

Weil ihr die Knie weich wurden, geriet Britt ein wenig ins Taumeln. »Chloes Daddy? Er hilft uns?«

»Ja, genau. Ich werde ihn anrufen, sobald wir im Wagen sitzen, und ihm sagen, dass du bei mir bist. Er holt gerade Zanes Notizbücher.«

»Welche Notizbücher?«

Emily bemühte sich nach Kräften, den Laternen auszuweichen, und führte das Mädchen geradeaus. »Das erklär ich dir später.«

»Ist er schlimm verletzt? Zane, meine ich?«

»Ja. Aber es wird alles gut. Wir werden ihn nicht im Gefängnis schmoren lassen, sondern einen Anwalt beauftragen, gleich morgen früh. Du wirst der Polizei alles erzählen. Niemand wird dir je wieder Schmerzen zufügen, Schätzchen, das schwör ich dir.«

»Ich habe solche Angst.«

»Ich auch. Da steht mein Wagen.« Gut möglich, dass ihr die Hände zitterten, als sie ihn aufschloss und Britt hineinhalf. Aber ihr Kopf war ganz klar. Graham Bigelow würde ihre Nichte nicht mehr in die Finger kriegen, dafür würde sie sorgen. Während sie hinters Steuer rutschte, zerrte sie ihr Handy hervor. »Dave, ich habe Emily. Ich bringe sie zur Polizei nach Asheville.«

»Du … Wie hast du … Egal. Ich habe die Notizbücher. Wir treffen uns dort.«

Es herrschte kaum Verkehr. Emily achtete sorgfältig darauf, die Geschwindigkeit nicht zu überschreiten. Vermutlich suchte noch niemand nach ihnen. Alles würde gut ausgehen. Außer, man würde sie wegen Kindesentführung einsperren. Sie drückte Britts Hand, um sie, aber auch sich selbst zu beruhigen. »Ich werde dir keine Fragen mehr stellen, weil ich möchte, dass du der Polizei alles erzählst. Damit es nicht so aussieht, als hätten wir uns gemeinsam was ausgedacht oder so.«

Unter der orangen Kapuze wirkte Emilys Gesicht so winzig, so blass. »Was, wenn sie nicht auf uns hören?«

»Wir werden uns schon Gehör verschaffen.« *Sie mussten einfach zuhören!*

Sie fuhr auf schnellstem Weg zum Polizeirevier und parkte davor. Sonst stand niemand auf dem Besucherparkplatz. War das ein gutes oder ein schlechtes Zeichen?

»Also, Britt. Du erzählst denen einfach die Wahrheit. Du erzählst die ganze Wahrheit, und dann wird alles gut.«

»Er hat uns die ganze Zeit gezwungen zu lügen. Wir mussten dich die ganze Zeit anlügen.«

»Jetzt kann er dich nicht mehr zum Lügen zwingen.«

Wieder griff sie nach Britts Hand, und gemeinsam gingen sie ins Revier. In diesem Moment kam ein Mann heraus. Er wirkte abgespannt. Sein Jackett sah aus, als hätte er darin geschlafen. Bartstoppeln betonten sein markantes Gesicht. Als er die Frau mit dem verstrubbelten dunklen Haar, den roten Turnschuhen und den ausgewaschenen Jeans sah, bei ihr ein barfüßiges Mädchen mit blauviolettem Gesicht, blieb er stehen.

Emily konnte seine Augenfarbe nicht erkennen, spürte aber, dass er sie gründlich musterte.

»Brauchen Sie Hilfe?«

Britt legte los, bevor Emily etwas sagen konnte. »Sind Sie von der Polizei?«

»Ja, genau. Steckt ihr in Schwierigkeiten?«

»Wir haben jede Menge Schwierigkeiten.« Braune Augen, sah Emily. Seine Augen hatten dieselbe Farbe wie seine Haare. »Können Sie sich auswiesen?«

Er zog die Brauen hoch, griff in die Innentasche seines Jacketts und zückte seine Dienstmarke. »Detective Lee Keller. Kommen Sie mit rein und erzählen Sie mir, was das für Schwierigkeiten sind.« Er warf Britt einen Blick zu, der Hoffnung in Emily aufkeimen ließ. »Du siehst so aus, als könntest du ein Glas Limo gebrauchen. Komm, ich organisier dir eines.«

5

Detective Lee Keller ging davon aus, dass die aufgelöste Frau die Mutter des Kindes war. Aber er schob den Gedanken gleich wieder beiseite. Besser, man zog keine voreiligen Schlüsse. Die Angst, die beiden ins Gesicht geschrieben stand, sprach eine eindeutige Sprache. Dass jemand das Mädchen krankenhausreif geschlagen hatte, war mehr als nur eine Vermutung. Er musterte ihr Gesicht und den Krankenhauskittel. Dann führte er sie durch einen Empfangsbereich, winkte ab, als der diensthabende Officer etwas fragen wollte, und ging weiter. Vor dem Getränkeautomaten blieb er stehen. »Was hättest du gern?«

»Ich … Dürfte ich bitte ein Sprite haben?«

»Klar.« Er sah zu Emily hinüber. »Wollen Sie einen echt schlechten Kaffee oder lieber eine kalte Limo?«

»Ich nehme eine Cola. Ich habe Kleingeld.«

»Machen Sie sich darüber keine Gedanken.« Er steckte Münzen in den Schlitz und zog ein Sprite und zwei Colas.

Er begleitete sie durch einen weiteren Flur in die Abteilung der Kriminalpolizei, wie ein Schild besagte. Dort holte er zwei Stühle von anderen Tischen und setzte sich anschließend. »Nehmen Sie Platz. Am besten, Sie sagen mir mal Ihre Namen.«

»Das will ich nicht. Noch nicht jedenfalls.«

Emily rutschte näher, um Britt den Arm um die Schultern zu legen. »Schätzchen …«

»Schon in Ordnung«, beschied Lee. »Dann fangen wir damit an, wer dich so verletzt hat.«

»Mein Vater.«

»Hat er dich schon mal geschlagen?«

»Ja.«

»Ach, Schätzchen.« Die Frau drückte dem Mädchen einen Kuss auf den Scheitel.

»Nur ein paar Ohrfeigen. Oder er hat fest an meinen Haaren gezogen. Ich hab meinem Bruder nichts davon gesagt. Denn der hätte versucht, ihn daran zu hindern, und mein Vater hätte ihm noch mehr wehgetan.«

»Wo ist dein Bruder?«

Als Britt den Kopf schüttelte, nahm Emily ihr Kinn in die Hand. »Detective Keller kann dir nicht helfen, wenn du nicht mit ihm redest und ihm alles erzählst. Schon vergessen? Die ganze Wahrheit.«

»Du hast das Krankenhaus ohne Schuhe verlassen«, bemerkte Lee genauso leichthin wie vorher. »Ohne deine Kleider. Du musst Angst haben.«

»Ich hab den Notruf gewählt, da hat er mir das Telefon weggerissen und mir ins Gesicht geschlagen. Er hat mich schon vorher geschlagen, weil ich mich übergeben musste. Ich hatte Angst, weil er so ausgeflippt ist. Ich konnte hören, wie er wegen meinem Bruder ausgetickt ist. Der war auf dem Schulball. Keine Ahnung, warum das meinen Vater so wütend gemacht hat. Meine Mutter war schon im Bett. Ich wusste, dass er meinen Bruder schlagen wird, sobald der heimkommt.«

»Macht er das oft?«

»Er schlägt meine Mutter und meinen Bruder.«

»Ich bin nicht ihre Mutter, ich bin die Tante«, sagte Emily, als Lee sie stirnrunzelnd ansah. »Bis heute Nacht habe ich nichts von alledem gewusst. Ich hätte es merken müssen, aber …« Sie schüttelte den Kopf. »Los, erzähl ihm alles.«

»Als mein Bruder heimkam, hat er losgelegt. Er fand, mein Bruder käme zu spät. Vier Minuten, wenn Sie verstehen, was ich meine.« Wut färbte ihre Stimme. »Vier Minuten! Er hat so getan, als wäre Zane ein Schwerverbrecher, hat ihm Hausarrest und Sportverbot erteilt. Das bedeutet, dass Zane nicht an einem wichtigen Baseballspiel teilnehmen kann. Er hat ihm vorgeworfen zu trinken und Drogen zu nehmen. Zane tut so was nicht. Außerdem hat er schreckliche Sachen über Zanes Freundin gesagt. Die ist nett, aber er hat sie beleidigt und angefangen, Zane zu schubsen. Dann hat er ihm einen Magenschwinger versetzt.« Sie umklammerte ihre Limodose. »Meist schlägt er dorthin, wo man nichts sieht. Keine Ahnung, warum ich zu meiner Mutter gerannt bin. Ich wusste, dass sie nicht helfen würde. Da musste ich mich übergeben. Sie ist sauer geworden und hat Dad gerufen, was den noch wütender gemacht hat. Er ist zu uns gerannt und hat mich geschlagen.«

Emily saß schweigend neben ihr. Ihre Schultern bebten, und Tränen kullerten ihr über die Wange.

»Dann ist Zane die Treppe raufgekommen und hat Dad geschlagen. Damit er aufhört, mir wehzutun. Das ist Notwehr, oder? Für so was kommt man doch nicht ins Gefängnis. Sie haben furchtbar gekämpft, aufeinander eingeprügelt. Mom hat an Zane herumgezerrt und ihn im Gesicht gekratzt. Aber Zane hat nicht aufgehört. Ich bin zum Telefon gerannt und habe den Notruf gewählt. Zane hat geschrien, und dann gab es ein dumpfes Poltern. Schrecklich. Ich glaube, er ist die Treppe runtergefallen. Dad kam rein und hat mich noch mal geschlagen. Danach hat er Mom befohlen, seinen Arztkoffer zu holen – er ist nämlich Arzt. Sie musste mich zu Boden drücken, weil ich versucht habe, mich zu wehren. Dann hat er mir eine Spritze verpasst. Das ist die Wahrheit. So ist es gewesen.«

Britt lehnte sich zurück, schloss kurz die Augen, machte sie wieder auf, sah eindringlich in die seinen und verschränkte abwehrend die Arme vor der Brust.

»Gut.« Lee nickte bedächtig. »Ist die Polizei gekommen?«

»Ich denke schon, aber er hat mir was gegeben. Als ich im Krankenhaus aufgewacht bin, war er da und hat mir eingeschärft, was ich sagen soll. Dass Zane Mom, mich und ihn geschlagen hat. Dass er mir noch mehr wehtun wird, wenn ich was anderes erzähle. Dass mir ohnehin niemand glauben wird und Zane auf dem Weg ins Gefängnis ist. Ich wäre jetzt eine Art Einzelkind. Er hat mir das Telefon weggenommen und den Schwestern gesagt, dass niemand zu mir darf. Dann hat er sich schlafen gelegt. Ich glaube, Mom ist auch im Krankenhaus.«

Lee protokollierte die Details, den Namen des Bruders (Zane), den Beruf des Vaters (Arzt). Der Bruder war Sportler, Baseballspieler. Ein älterer Bruder, der auf die Highschool ging. »Erzähl mir von deiner Mutter.«

»Er hat sie nie dorthin geschlagen, wo man was sieht. Bis heute Abend. Manchmal schlägt sie zurück, aber …« Sie wurde rot, presste die Lippen zusammen und sah Emily flehend an.

»Mach dir keine Sorgen. Sag einfach die Wahrheit, dann wird alles gut.«

»Es ist so, dass … Ich glaube, die mögen das. Sie mag das. Danach haben sie meistens Sex, und sie tut so, wie wenn nichts wäre. Er kauft ihr was. Es ist, als wäre nie was vorgefallen.«

Sie wandte sich an Emily, verkroch sich in das Kapuzenshirt. »Ich konnte dir nichts sagen. Ich hatte so lange Angst, dir was zu sagen, bis meine Angst größer war, es für mich zu behalten. Denn wenn Zane aufs College kommt, werde ich allein zurückbleiben. Hat Dad ihn die Treppe runtergestoßen?«

Emily nickte. »Aber es geht ihm gut. Der Junge ist noch keine sechzehn«, sagte sie zu Lee. »Er hat eine Gehirnerschütterung, einen gebrochenen Ellbogen und einen schwer verstauchten

Knöchel. Die Ärztin wollte ihn über Nacht dabehalten, aber … Der Vater ist Chirurg an diesem Krankenhaus, und die Polizei an unserem Wohnort glaubt ihm und meiner Schwester. Zu wichtigen Leuten ist er immer sehr nett. Zu Richtern beispielsweise. Sie haben den Jungen nach Buncombe gebracht. Er ist fünfzehn, verletzt und hatte noch nie Schwierigkeiten. Egal, wen Sie fragen, alle können das bestätigen. Seine Trainer, seine Nachbarn, seine Lehrer.«

»Warum hat die Ärztin ihn entlassen?«

»Weil der Mann, der ihn ins Krankenhaus gebracht hat, gesagt hat, dass er es sonst tun wird. Sie können sie fragen. Es handelt sich um Dr. Marshall vom Mercy Hospital.«

Lee machte sich noch eine Notiz. »Hat er deinen Bruder schon früher krankenhausreif geschlagen?«

»Er hat Zane nie erlaubt, ins Krankenhaus zu gehen, sondern ihn auf seinem Zimmer eingeschlossen. Damals an Weihnachten, weißt du noch, Emily? Nicht letztes, sondern vorletztes.«

»O Gott.« Emily schloss die Augen. »Zane hatte gar keine Grippe und auch keinen Skiunfall.«

»Wir sind von der Schule nach Hause gekommen. Am letzten Schultag vor den Weihnachtsferien. Dad war früher zu Hause als sonst, und als wir reinkamen, hörten wir Mom weinen. Dad hat rumgeschrien. Zane hat versucht, mich aufzuhalten, aber ich bin zu ihr hingerannt. Sie lag auf dem Boden. Da war Blut, und er hat sie geschlagen. Ich hab gebrüllt, er soll aufhören. Da hat Zane …« Sie nahm einen großen Schluck von ihrer Sprite. »Früher hat mir Zane immer befohlen, nach oben auf mein Zimmer zu gehen, und ist bei mir geblieben. Ist es passiert, wenn wir bereits auf unseren Zimmern waren, bin ich zu ihm rüber, bis es vorbei war. Aber damals hat er versucht, ihn daran zu hindern, ihr wehzutun, und Dad …«

Sie bekam Schluckauf vor Schluchzen.

»Ich hab immer wieder gebrüllt, dass er aufhören soll, und

er – Dad – hat sich umgedreht und mich angesehen, als wollte er als Nächstes mich schlagen. Da hat Zane mich zurückgehalten und versucht ihn zu stoppen. Er hat ihn so übel zugerichtet, Mr. Keller. Er hat ununterbrochen auf ihn eingeprügelt und ihn getreten. Sie hat bloß zugesehen! Dann hat Dad Zane aufgehoben, ihn sich über die Schulter gelegt, nach oben gebracht und in seinem Zimmer eingesperrt. Ich hätte etwas tun müssen, aber ich hatte Angst.«

»Es ist nicht deine Schuld.« Noch blasser als vorher zog Emily Britts geballte Faust an die Lippen und küsste sie.

»Er hat Zane die Nase gebrochen. Die Augen waren ganz zugeschwollen und blau, die Lippen dick und aufgeplatzt. Ich hab ihm heimlich ein Sandwich gebracht, sobald es ging, mit Erdnussbutter und Marmelade, aber er konnte kaum was runterkriegen. Am Tag danach, an Heiligabend, hab ich gehört, wie Dad zu ihm gegangen ist. Kurz darauf hat Zane geschrien und gebrüllt, als hätte man ihm erneut wehgetan. Dann hat Dad gesagt, Zane hätte die Grippe. Er wäre ansteckend, und niemand dürfte ihn sehen wegen der Bazillen. Obwohl Grams und Pop extra zu Weihnachten gekommen sind. Als wir im Skiurlaub waren, mussten wir den Leuten sagen, er wäre böse mit dem Fahrrad gestürzt. Er musste auf dem Zimmer bleiben, während wir Ski gefahren sind. Und als wir wieder nach Hause kamen, musste er behaupten, er wäre beim Skifahren gestürzt.«

Sie nahm das Taschentuch, das Emily ihr reichte. »Sie können in der Ferienanlage anrufen, wenn Sie mir nicht glauben. Sie können dort anrufen. Wir fahren jedes Jahr dorthin. Die können bestätigen, dass er ein blaues Auge hatte und so, als wir dort ankamen. Sie können auch mit den Leuten im Ort reden, mit seinen Lehrern. Die können bezeugen, dass wir von einem Skiunfall gesprochen haben.«

»Wie heißt die Ferienanlage?«

»*High Country Resort and Spa*. Wir fahren immer vom 26. Dezember bis zum 13. Januar dorthin. Jedes Jahr.«

»Ich wollte Zane an Heiligabend besuchen«, erzählte Emily. »Meine Schwester hat angerufen und erzählt, dass er krank ist. Dass wir wegen der Bazillen das Weihnachtsessen bei mir machen müssen. Ich habe ihm Hühnersuppe gebracht und wollte ein Buch einschmuggeln, das nicht auf ihrer Lektüreliste steht. Einen Band aus der Reihe *Der dunkle Turm*.« Als sie ein Brennen im Hals spürte, nahm sie einen großen Schluck Cola und schnaubte hilflos. »Sie haben mich nicht zu ihm raufgelassen. An Weihnachten ist er allein zu Hause geblieben, während sie bei mir zum Essen waren. Sie haben mich in letzter Zeit regelrecht von den Kindern abgeschnitten. Ich bekomme sie kaum zu sehen, immer gibt es eine andere Ausrede.«

»Uns haben sie gesagt, dass du keine Zeit für uns hast. Wir haben ihnen nicht geglaubt, wirklich nicht, aber genau das haben sie gesagt. Dad findet, du bist eine faule Schlampe.«

Emily rang sich ein Lächeln ab. »Ich wünschte, ich wäre eine.« Sie küsste Britt auf die Wange. »Wir haben weitere Beweise. Ein Freund, der Vater des besten Freundes meines Neffen, ist hierher unterwegs. Er ist Rettungssanitäter und hat mitbekommen, dass Zane verletzt ist. Er ist im Krankenhaus bei ihm geblieben. Zane hat ihm seinen Hausschlüssel gegeben, ihn gebeten, versteckte Notizbücher zu holen. Er meinte, er hätte alles aufgeschrieben. Sie haben ihn ins Gefängnis gebracht, Detective Keller. Sie mussten ihn im Rollstuhl mitnehmen. Wenn Sie Polizist geworden sind, um Menschen zu helfen, dann tun Sie das jetzt bitte!«

»Wie heißt der Freund, der das Notizbuch bringen will? Ich muss dem Beamten am Empfang Bescheid geben«, sagte er, als sie beide zögerten.

»Dave Carter.«

»Einen Moment bitte.« Er sollte eigentlich seinen Vorgesetzten und das Jugendamt verständigen. Er sollte in Buncombe anrufen und sich den vollständigen Namen des Bruders geben lassen. Aber vorerst wollte er lieber auf Zeit spielen.

Dieses Mädchen log nicht.

Als er zurückkam, hatte es den Kopf an die Schulter der Tante gelehnt. Die Kleine sah so verdammt jung, so verletzt aus. »Wie bist du aus dem Krankenhaus gekommen?«

»Ich habe mich in ein anders Zimmer mit Telefon geschlichen und Emily angerufen. Sie war im Krankenhaus, aber man hat ihr nicht gesagt, wo ich bin, weil mein Vater es verboten hat. Ich bin die Treppe runter, und da haben wir uns getroffen. Weil sie Zane und mir glaubt und findet, dass wir das anzeigen sollten. Mein Vater wird ihr auch wehtun, sobald er die Möglichkeit dazu bekommt.«

»Mach dir darüber mal keine Sorgen«, meinte Emily.

»Wenn ich dir helfen soll, brauche ich eure Namen.« Es würde ihn nur wenige Minuten kosten, diesen Zane ausfindig zu machen. Er musste nur in Buncombe anrufen, aber er wollte, dass dieses kleine Mädchen mit den müden grünen Augen den Namen von sich aus preisgab. Dass sie ihm vertraute.

»Glauben Sie mir? Werden Sie mir auch noch glauben, wenn mein Vater behauptet, ich würde lügen?«

»Wenn ich dir nicht glauben würde, hätte ich längst telefoniert. Ich bin Detective.« Er lächelte, als er das sagte. »Ich könnte eure Namen und den deines Bruders leicht herausfinden. Aber ich habe das ganz bewusst nicht getan, weil ich dir glaube und mir wünsche, dass du mir auch glaubst.«

Als Britt Emily ansah, nickte diese. »Du musst ihm vertrauen.«

»Ich bin Britt Bigelow, mein Bruder heißt Zane. Meine Eltern sind Dr. Graham Bigelow und Mrs. Eliza Bigelow. Wir wohnen in Lakeview Terrace. Ich glaube, dass er mich umbringen wird, wenn er die Möglichkeit dazu bekommt – jetzt, wo ich aufgehört habe zu lügen.«

»Er wird weder Zane noch dich je wieder anrühren. Hab ich dir nicht gesagt, dass ich das nicht zulassen werde? Der falsche Bigelow sitzt im Gefängnis, Detective. Und mein Name ist Emily Walker.«

»Da ist jemand für Sie gekommen, Detective.« Ein uniformierter Beamter führte Dave herein.

»Hallo Britt, lass dich anschauen.« Mit einer Umhängetasche ging Dave neben ihrem Stuhl in die Hocke. »Hast du Schmerzen?«

»Ich hab schlimmes Kopfweh, Mr. Carter, und meine Backe schmerzt. Mein Auge auch.«

»Ach, Britt, warum hast du das nicht gleich gesagt? Mist, ich hab nicht gefragt, aber ich muss Ibuprofen dabeihaben oder so was«, rief Emily.

»Lieber nicht«, meinte Dave, als Emily begann, in ihrer Handtasche zu wühlen. »Ich weiß nicht, was sie ihr im Krankenhaus gegeben haben. Aber ich habe unterwegs was besorgt.« Er öffnete die Tasche und holte eine Packung Tiefkühlerbsen heraus. »Das bringt rasch Erleichterung. Halt sie an deine Wange, okay? Wie viele Finger sind das?« Er hielt zwei Finger hoch.

»Zwei. Es geht mir gut, Mr. Carter. Seit wir hier sind, geht es mir deutlich besser.«

»Das freut mich zu hören.« Dave stand auf und gab Lee die Hand. »Dave Carter.«

»Detective Keller.«

»Nun, Detective Keller, da ich Zanes Schlüssel und seine Erlaubnis hatte, dürfte das Betreten des Hauses und seines Zimmers nicht als Hausfriedensbruch gelten. Falls doch, nehme ich das billigend in Kauf.« Dave zog mehrere Notizhefte aus seiner Tasche. »Ich hab den ersten Eintrag, der mit der Ziffer eins überschrieben ist, gelesen. Wenn Sie sich das anschauen und es trotzdem nicht schaffen, Zane da rauszuholen und Graham Bigelow hinter Gitter zu bringen, sind Sie ein Unmensch.«

Lee schlug das erste Heft auf und las den ersten Eintrag.

23. Dezember …

Als er damit fertig war, las er irgendeinen anderen. Er schlug das zweite Heft auf und machte ein paar Stichproben. »Britt, wann waren deine Großeltern letzten Sommer zu Besuch?«

»Im August, nach unserem Urlaub. Sie haben bei Emily gewohnt. Es war einmal ihr Haus, aber sie haben es Emily und meiner Mom geschenkt. Mom wollte es nicht, also hat Emily sie ausgezahlt. Am letzten Tag haben wir sie zu einer Party auf unser Segelboot eingeladen. Es war echt nett.« Sie schmiegte sich wieder an Emily und nahm einen Schluck von ihrer Sprite. »Bis alle weg waren und mein Vater wütend wurde. Er hat Zane einen Magenschwinger versetzt. Er fand, Zane hätte ihn blamiert, weil er so ein schlechter Segler ist. Angeblich hätte er sich die ganze Zeit bloß mit Pop über Baseball unterhalten und gefressen wie ein Schwein. Ich kann mich nicht mehr an alles erinnern.«

»Das reicht.« Lee klappte das Heft zu. »Wenn du vor einem Richter unter Eid aussagen müsstest, würdest du dann alles genauso sagen, wie du es mir erzählt hast?«

»Holen Sie Zane aus dem Gefängnis?«

»Ich arbeite daran. Mr. Carter, können Sie sich erinnern, dass Zane einen Skiunfall hatte?«

»Ja, vorletztes Weihnachten. Er hat erzählt, er wäre mitten aufs Gesicht geknallt. Ah, Mist, Mist!« Dave rieb sich die Augen. »Er kam erst im neuen Jahr wieder zurück. Micah und er sind normalerweise unzertrennlich. Er hatte eine gebrochene Nase, die jedoch gut heilte. Ich hab das nicht weiter hinterfragt.

Kurz danach hat er mich gebeten, ihm beim Krafttraining zu helfen. Ihm das Training mit Gewichten beizubringen. Wegen Baseball, meinte er. Auch das habe ich nicht hinterfragt.«

»Sehen Sie! Genau, wie ich gesagt habe.«

»Ja.« Lee nickte Britt zu. »Jetzt hat Mr. Carter deine und die Aussage deiner Tante bestätigt. Außerdem werde ich gleich jemanden vom *High Country Resort and Spa* wecken, um die Sache festzuzurren.«

»Wir nehmen immer die Luxussuite. Dort gibt es rund um die Uhr einen Butler-Service. Aber ich weiß die Telefonnummer nicht.«

»Das kriege ich raus. Ich muss mit dem Polizeichef in Lakeview sprechen.«

Britt schüttelte den Kopf. »Er ist ein Freund von meinem Dad. Er wird …«

»Gut möglich, dass er ein Freund von deinem Dad ist, Britt. Aber er ist vor allem Polizist, und ich habe bereits mit ihm zusammengearbeitet. Er wird die Sache nicht einfach so auf sich beruhen lassen. Du musst mir vertrauen. Trotzdem muss ich jetzt leider etwas tun, was dir zu schaffen machen wird. Ich muss das Jugendamt verständigen.«

»Sie können sie mir nicht wegnehmen.« Emily schlang beide Arme um Britt. »Ich bin ihre Tante.«

»Ich tu, was ich kann, aber wenn ich nicht die zuständige Behörde verständige, wird es kompliziert. Sie haben eine Minderjährige aus dem Krankenhaus mitgenommen, weil sowohl Sie als auch die Minderjährige Angst um ihre körperliche Unversehrtheit hatten. Stimmt das so?«

»Ja.«

»Gut. Lassen Sie mich meine Arbeit machen. Sie müssen darauf vertrauen, dass Britts Sicherheit und Wohlergehen für mich oberste Priorität hat.«

»Und Zanes.«

»Die auch, mein Kind. Ich werde Ihnen einen Bereich zeigen, wo Sie warten und sich ausruhen können. Ist es Ihnen möglich, kurz zu bleiben, Mr. Carter? Ich habe ein paar Fragen.«

»Natürlich.«

»Noch etwas: Die Großeltern wohnen nicht hier?«

»Nicht mehr«, erwiderte Emily. »Meine Eltern sind vor knapp zehn Jahren nach Savannah gezogen. Sie halten also nach anderen Verwandten Ausschau. Für den Fall, dass ich Britt nicht bei mir behalten darf. Sie würden auf jeden Fall herkommen, und zwar ohne zu zögern.«

»Gut. Ich zeige Ihnen jetzt, wo Sie warten können.«

Nachdem er sie untergebracht hatte, ging er in den Pausenraum und holte Dave Kaffee. »Als Rettungssanitäter kommen Sie vermutlich mit diesem Kaffee zurecht.«

»Danke. Meine Güte, Britt ist eng mit meiner Tochter befreundet. Wenn ich mir ansehe, wie er sie und Zane zugerichtet hat.«

»Sie haben den Notruf entgegengenommen.«

»Nein, ich war nicht im Dienst, aber die Sache hat sich schnell herumgesprochen. Die Kinder gehören fast zu unserer Familie.« Er massierte sich den verspannten Nacken. »Ich bin hin, um zu gucken, was ich tun kann, als Zane gerade rausgeholt wurde. Man hatte ihn mit Handschellen an diese verdammte Trage gekettet. Es hieß, er wäre wegen gefährlicher Körperverletzung verhaftet worden.« Dave trank den Kaffee, ohne auch nur das Gesicht zu verziehen. »Es wurde noch viel mehr Mist erzählt. Ich hatte Zane, meinen Sohn und ihre Tanzpartnerinnen zum Schulball gefahren und wieder dort abgeholt. Und zehn Minuten, nachdem ich ihn zu Hause abgesetzt habe, greift der seine Mutter an? Er würde weder seine Mutter noch Britt schlagen. Er war bester Dinge, als wir uns verabschiedet haben, Detective. Die haben viel Spaß gehabt.«

»Hatten die Jungs getrunken?«

»Überhaupt nicht. Der Junge ist Sportler. Er nimmt sein Baseballtraining sehr ernst, außerdem ist er richtig gut. Er würde niemals riskieren, wegen eines Biers auf die Ersatzbank zu müssen. Schon gar nicht vor dem wichtigen Spiel um die Meisterschaft. Herrgott, Sie haben das Notizheft gelesen!«

»Ich trage nur die Fakten zusammen, Mr. Carter.«

Dave hob entschuldigend die Hand und nahm noch einen Schluck Kaffee. »Tut mir leid, ich bin mittlerweile ganz schön geschafft. Zane war nüchtern und guter Dinge. Er hatte sein erstes richtiges Date. Beide hatten Dates, Zane und Micah, mein Sohn. Außerdem ist der Drogentest negativ ausgefallen. Ich war dabei, als Elsa das Ergebnis bekommen hat – Dr. Marshall, die Orthopädin, die ihn behandelt hat. Kann sein, dass er am Ellbogen operiert werden muss. Er hätte das Krankenhaus nicht verlassen dürfen. Elsa wollte ihn nicht entlassen, sondern zur Beobachtung dabehalten. Aber Graham ist nicht nur sein Vater, sondern auch der Chefchirurg der Klinik. Sie hatte keine andere Wahl.«

»Sie sind bei ihm geblieben?«

»Ich bin im Krankenwagen mitgefahren«, bestätigte Dave. »Bis ins Krankenhaus. Weder sein Vater noch seine Mutter sind runter in die Notaufnahme gekommen, dafür ist Emily aufgetaucht. Ich hatte sie angerufen.«

»Erzählen Sie mir, was Zane Ihnen gesagt hat.«

Während er seinen Kaffee trank, schilderte Dave alles, woran er sich erinnern konnte, nannte immer mehr Details.

»Gut. Kann sein, dass ich Sie erneut befragen muss, aber Sie dürfen jetzt nach Hause fahren.«

»Ich warte mit Emily und Britt. Ich muss nur meiner Frau Bescheid geben.«

Lee legte den Kopf schräg. »Ihrer Frau? Miss Walker und Sie sind kein Paar?«

»Wie bitte?« Zum ersten Mal glitt ein Lächeln über Daves Gesicht. »Nein, ich bin seit siebzehn Jahren verheiratet. Oder seit achtzehn? So was in der Art. Wir haben zwei Kinder. Ich habe früher für die Walkers gearbeitet, als ich noch ein Teenager war, und mit Anfang zwanzig den Sommer über. Ich kenne Emily und Eliza schon ewig. Emily und ich – und Em und meine Frau – sind ziemlich gut befreundet.«

»Aber nicht mit Eliza Bigelow?«

Jedes Lächeln verschwand aus Daves Gesicht. »Wir verkehren nicht in denselben Kreisen wie Graham und Eliza. Sie hat zugelassen, dass er ihren Kindern so was antut. Vielleicht ist sie ebenfalls ein Opfer, aber sie hat es zugelassen.« Er stand auf. »Ich warte mit den anderen.«

Lee erklärte ihm den Weg und lehnte sich kurz zurück. Er hatte nach einem Sechzehnstundentag eigentlich nach Hause gehen wollen und sich auf sein Feierabendbier gefreut. Jetzt sah es ganz nach weiterem Kaffee und einem weiteren langen Tag aus. Er drehte sich zu seinem Computer um, recherchierte zu Zane Bigelow, seinen Eltern, seiner Tante und zu Dave Carter. Dann suchte er die Telefonnummer der Ferienanlage heraus und machte sich an die Arbeit.

***

Als Zane sich später an die schlimmste Nacht seines Lebens zurückerinnerte, blieb er an ein paar Details hängen. Am metallischen Geruch des Polizeiwagens, überlagert vom Gestank nach Angstschweiß und Verzweiflung. Am traurigen Lied der Reifen auf dem Asphalt. Und an dieser schrecklichen Einsamkeit. Was auch immer Dr. Marshall ihm gegen die Schmerzen gegeben hatte, deckelte sie zumindest. Er wusste, dass sie wiederkommen würden, aber Körper und Seele waren zu betäubt, um etwas zu spüren. Der Wärter hatte kalte, harte Murmelaugen.

Der Fahrer schwieg. Zane war der einzige Gefangene. Später sollte er erfahren, dass der Einfluss seines Vaters diesen Transport beschleunigt hatte, obwohl er allein war, obwohl sie zu so einer späten Uhrzeit ausrücken mussten.

»Sieht ganz so aus, als hättest du ziemlich was einstecken müssen, hm? Tja, das hat man davon, wenn man auf die eigene Mutter und die eigene kleine Schwester losgeht.« Zane sagte nichts darauf. Wozu auch? Er starrte weiterhin zu Boden.

Später erfuhr er, dass die Marmoraugen und der Ekel in der Stimme des Wärters auch der Tatsache geschuldet waren, dass Dr. Graham Bigelow dessen Sohn nach einem Autounfall operiert hatte. Zane hatte keine Angst, empfand nicht einmal mehr Sorge, so betäubt war er. Bis das traurige Lied der Reifen einem bedrohlichen Donnern wich. Und sich klappernd ein Tor hinter dem Wagen schloss. Panik stieg in ihm auf und drohte ihn zu erdrücken. Tränen brannten ihm in den Augen, doch ein animalischer Urinstinkt sagte ihm, dass er verloren war, wenn auch nur eine unter seinen Lidern hervorrollen würde.

»Willkommen daheim, Arschloch.« Der Wärter musste ihm aus dem Wagen helfen. Sollte er Mitleid mit dem zitternden Jungen gehabt haben, dessen Arm gebrochen war und der einen Kompressionsstiefel trug, ließ er es sich nicht anmerken.

Zane wurde durch eine Stahltür geführt, durch einen Metalldetektor. Wegen seines gebrochenen Arms konnte er sich nicht selbst ausziehen, musste also die unbeschreibliche Erniedrigung über sich ergehen lassen, ausgezogen und nackt abgetastet zu werden. Er bekam Häftlingskleidung. Ein oranges T-Shirt, eine orange Hose und orange Clogs – beziehungsweise einen Clog, wegen des Kompressionsstiefels. Sie mussten ihn anziehen. Dann brachten sie ihn in einen Raum, den sie Loch nannten. Es war keine Zelle, wie er sich das vorgestellt hatte, es gab keine Gitter. Sondern eine Pritsche, eine Toilette und ein Waschbecken. Kein Fenster.

»Du stehst auf, wenn wir es dir sagen. Du machst dein Bett und wartest, bis wir dich zum Frühstück holen. Du isst, was wir dir vorsetzen. Weil du vermöbelt worden bist, wird man dich in der Krankenabteilung untersuchen, bevor du mit dem Seelenklempner redest, der dich zu deinen verdammten Gefühlen befragen wird. Du tust, was man dir sagt und wann man es dir sagt. Sobald du Ärger machst, wirst du es bereuen.« Marmorauge ging zur Tür. »Dein Vater ist ein toller Mann. Und du bist ein Niemand.«

Das Licht ging aus. Zane humpelte einen Schritt, tastete nach der Wand und stieß sich das Schienbein an der Pritsche. Er kletterte darauf, und das Zittern ging in Zucken über. Ihm entrang sich eine Art Winseln. Er versuchte sich zusammenzurollen, sich selbst zu umarmen, aber es gelang ihm nicht. Er wollte schlafen, einfach nur schlafen, aber der Schmerz meldete sich wieder. Da ließ er seinen Tränen freien Lauf. Es war niemand da, der sie hätte sehen können, niemand, den es kümmerte. Er wurde so sehr von Schluchzern geschüttelt, dass ihm Brust, Bauch, Hals wehtaten. Als der Anfall vorbei war, war auch die Panik weg. Er lag da, alles an ihm pochte, und er fühlte sich innerlich leer. Nur wenige Stunden zuvor hatte er das Mädchen geküsst. Zu den Sternen emporgeschaut und unter den bunten Lichtern getanzt.

Jetzt war sein Leben vorbei.

Die Dunkelheit und Einsamkeit trösteten ihn. Er klammerte sich daran, weil er sich davor fürchtete, wie sein Leben erst aussehen würde, wenn sich diese Tür erneut öffnete.

6

Lee hielt sich mit zwei Stunden Schlaf und schwarzem Kaffee über Wasser. Er hatte seinem Vorgesetzten, dem Staatsanwalt, dem Jugendamt und dem Richter, der Zane Bigelows Haftbefehl unterschrieben hatte, den Fall vorgelegt. Jetzt saß er in Lakeview bei Chief Tom Bost im Büro, einem Mann, den er kannte und bisher respektiert hatte.

»Das ist nicht dein Fall, das ist kein Fall für Asheville und kein Kriminalfall. Das ist mein Fall.«

»Das war dein Fall.« Noch blieb Lee freundlich. »Du hast diesen Jungen voreilig ins Gefängnis gebracht, Tom. Du hast den kurzen Dienstweg genommen, gegen Regeln verstoßen und den Jungen trotz seiner Verletzungen abholen lassen. Du hast Gefälligkeiten verlangt und Beziehungen spielen lassen, damit er sofort nach Buncombe kommt.«

Bost lief knallrot an. »Dieser Junge hat seine Mutter, seine Schwester und seinen Vater krankenhausreif geschlagen, verdammt noch mal. Ich habe nur meine Arbeit gemacht. Wage es bloß nicht, hier aufzukreuzen und was anderes zu be haupten!«

»Ich behaupte aber was anderes.«

»Das wird dir noch leidtun, Lee. Graham und Eliza sind völlig außer sich vor Angst um Britt. Keine Ahnung, was in Emily Walker gefahren ist. Ich hätte die Frau für vernünftiger gehalten. Man wird sie der Kindesentführung anklagen. Und wenn Graham erst mal fertig ist, wirst du deine Dienstmarke los sein, weil du mit ihr unter einer Decke gesteckt hast.«

Lee legte eine Kopie von Zanes erstem Notizhefteintrag auf Toms Schreibtisch. »Lies das. Zane hat das geschrieben, du kannst das Datum sehen. Lies es!«

»Je länger du den Eltern das Mädchen vorenthältst, desto schlimmer wird es für dich.« Trotzdem schnappte er sich die Kopie. »Das ist doch Quatsch, Lee. Der Junge ist krank.«

»Seine Eltern sind krank. Ich habe mich mit der Ferienanlage in Verbindung gesetzt, wo sie am 26. Dezember des betreffenden Jahres angereist sind. Ich habe mit dem Butler geredet, mit der Haushälterin, dem Manager. Weißt du, was sie übereinstimmend ausgesagt haben, Tom? Dass Zane vom Rad gefallen, sich verletzt und die Nase gebrochen hätte. Er ist in diesem Zustand dort angekommen. Er musste auf seinem Zimmer bleiben, und Graham Bigelow hatte angeordnet, ihn dort nicht zu stören. Was hat er dir damals erzählt, Tom?«

»Das stimmt nicht. Zane ist auf der Piste gestürzt.«

»Emily und den Großeltern gegenüber haben sie behauptet, Zane hätte an Weihnachten mit Grippe im Bett gelegen. Niemand durfte zu ihm. Bazillen, hat Bigelow behauptet. Ihre Aussagen habe ich hier.« Angewidert zog Lee die Unterlagen aus dem Stapel in seiner Hand und warf sie Bost auf den Schreibtisch. »Und ich habe Britts Aussage.« Er warf ein weiteres Blatt dazu. »Alles, was der Junge geschrieben hat, entspricht der Wahrheit. Du hast nicht mal ansatzweise deine Arbeit gemacht.«

»Hör auf, mir zu erklären, was ich zu tun habe«, zischte Bost zurück. »Ich kenne Graham und Eliza.«

»Wirklich, Tom?«

Mit vorgerecktem Kinn zeigte Tom mit dem Finger auf Lee. »Du willst mir erzählen, dass Graham seine Frau und seine Kinder schlägt? Dass sie alle lügen, um ihn zu decken? Bis gestern Abend hat uns aus ihrem Haus kein einziger Notruf erreicht.«

»Ganz genau. Erst damals hat Zane angefangen, alles aufzuschreiben. Und er hat alles aufgelistet, die Hiebe, die Schläge, die Angst, die Drohungen. Die Mutter hat mitgemacht. Ihre dreizehnjährige Tochter hat mir erzählt, dass ihr Vater ihre Mutter verprügelt, danach Sex mit ihr hat und ihr wertvolle Geschenke macht. Sie geht davon aus, dass ihre Mutter auf so was steht.«

»Britt ist traumatisiert. Sie …«

»Und ob sie traumatisiert ist.« Jetzt war es mit seiner Freundlichkeit vorbei. »Schau doch genauer hin, verdammt noch mal! Die Kleine wählt den Notruf. Als du dort ankommst, hat er sie ausgeschaltet, damit du nicht mit ihr reden kannst. Zane liegt am Fuß der Treppe, mit gebrochenem Arm, Gehirnerschütterung und Bänderzerrungen. Aber du hörst ihm nicht zu.«

»Beide Erwachsene haben eine übereinstimmende Aussage gemacht, zwei Menschen, die ich kenne.«

»Das gestehe ich dir ja durchaus zu. Aber du hast den Jungen nicht befragt. Bei einem Vater, der erwirkt hat, dass sein Sohn verhaftet wird, nicht nachgehakt, wie er das durchgedrückt hat? Nicht darüber nachgedacht, wie du daran mitgewirkt hast? Ein Vater, der seinem Sohn nicht mal eine Nacht im Krankenhaus gönnt. Du hast kein Jugendamt, keinen Anwalt verständigt, nichts. Du hast ihn einfach eingelocht. Der Vater hat behauptet, sein Sohn würde unter Drogen stehen, aber der Junge ist clean. Hast du dir überhaupt die Mühe gemacht, die Testergebnisse durchzulesen?«

Lee riss noch ein Blatt aus dem Stapel und knallte es auf den Tisch. »Er ist clean.« Er nahm eine der Unterlagen. »Das ist Britt zufolge gestern Abend tatsächlich vorgefallen. Lies es. Und zähl verdammt noch mal zwei und zwei zusammen.«

»Ich kenne Graham seit über zwanzig Jahren, Eliza noch

länger. Ich war bei ihnen zum Abendessen eingeladen. Ich war bei ihnen zu Hause, Lee, und habe nie das Geringste bemerkt.«

»Lies es.«

Als Tom fertig war, stand er auf und drehte sich zum Fenster. »Ich habe ihm geglaubt. Du warst nicht dabei. Du hast sie nicht gesehen. Ich habe ihm geglaubt. Hättest du mich vor vierundzwanzig Stunden gebeten, die Vorzeigefamilie von Lakeview zu benennen, hätte ich dir die Bigelows genannt.« Er fuhr sich mit beiden Händen durchs Haar. »Die meisten hätten dasselbe gesagt. Verdammt, Lee, wirklich! Wenn überhaupt, fallen mir nur Kleinigkeiten ein. Zum Beispiel, dass er gesagt hat, wie stolz er auf Zane ist, um es gleich wieder einzuschränken. Dass er ihn zum Lernen anhalten muss, weil er den naiven Traum hat, Profibaseballspieler zu werden. Dass man ihn ständig auffordern muss, im Haushalt mitzuhelfen. Dass er seiner Mutter Widerworte gibt. Kleinigkeiten! Du hast keine Kinder, Lee. Man muss Kinder disziplinieren, vor allem Teenager.« Er drehte sich wieder um. »Eliza war Elternbeiratsvorsitzende. Sie … O Gott.«

»Da stehen noch mehr interessante Dinge drin. Ich lass dir die Kopien für deine Unterlagen da.« Lee stand auf. »Ich werde nach Lakeview Terrace fahren und Graham Bigelow wegen der Misshandlung seiner Kinder und seiner Ehefrau verhaften. Wegen Körperverletzung und Kindeswohlgefährdung. Ebenso Eliza Bigelow. Und das ist erst der Anfang.«

»Ich habe ihm geglaubt.« Toms Stimme bekam etwas Flehendes. »Ich habe ihm geglaubt, dass Zane eine Gefahr für sich und andere ist.«

»Du hast dich getäuscht. Zane wird freigesprochen und sein Strafregister gelöscht werden. Emily Walker wird die beiden Minderjährigen vorübergehend in ihre Obhut nehmen. Ich werde alles tun, was in meiner Macht steht, damit das so bleibt. Lies den Rest.« Mit diesen Worten ging er.

Zehn Minuten später klingelte Lee mit seinem Kollegen

und vier uniformierten Polizisten in Lakeview Terrace. Er wies sich gegenüber dem Kerl aus, der sich als Anwalt bezeichnete und hielt die Haftbefehle hoch. »Asheville Police.«

»Ich bin der Anwalt der Bigelows. Ich habe gerade mit Ihrem Vorgesetzten, dem Bürgermeister, gesprochen. Sie halten eine Minderjährige gegen den Willen ihrer Eltern fest.«

»Lesen Sie den Haftbefehl.« Lee schob ihn zur Seite und betrat das große Foyer mit den hohen Decken, lief weiter bis zum Wohnzimmer, wo Graham Bigelow vom Sofa aufsprang. »Graham Bigelow, ich verhafte Sie wegen der Misshandlung Ihrer Kinder und Ihrer Frau, wegen Kindeswohlgefährdung und Körperverletzung.« Während Lee das sagte, drehte er Graham um und wollte ihm Handschellen anlegen. Graham wirbelte herum und schlug zu. »Plus Widerstand gegen die Staatsgewalt und Angriff auf einen Polizeibeamten. Sie haben das Recht zu schweigen.«

»Graham, kooperiere bitte«, sagte der Anwalt, während Lee Graham seine Rechte erklärte. »Sag nichts, ich werde das im Nu regeln.« Graham ignorierte ihn und schlug erneut zu, bis ihn zwei Polizeibeamte überwältigten.

»Das können Sie nicht machen.« Eliza, deren Gesicht blaue Flecken aufwies, presste die Hände an die Brust. »Das ist Wahnsinn. Zane …«

»Der Zug ist abgefahren, Mrs. Bigelow. Ich verhafte Sie wegen Kindesmisshandlung, Kindeswohlgefährdung und Beihilfe zur Körperverletzung. Und wegen Falschaussage bei der polizeilichen Vernehmung.«

Sie stieß ihn weg, als er ihr ihre Rechte erklärte. »Fassen Sie mich nicht an. Graham!«

»Eliza, beruhige dich, sag nichts. Es ist nicht nötig, ihr Handschellen anzulegen«, meinte der Anwalt.

»Das sehe ich anders«, erwiderte Lee. Es verschaffte ihm eine enorme Befriedigung, die Frau mit großem Trara abzuführen und ihr den Kopf nach unten zu drücken, als er sie in seinen Wagen verfrachtete, während Nachbarn aus ihren Häusern kamen und zusahen.

Graham wurde in einen anderen Wagen gesteckt. Keine Kommunikation, keine Absprachen. Keine Möglichkeit mehr, den Kindern das Leben zur Hölle zu machen.

»Das wird Sie Ihre Dienstmarke kosten«, drohte der Anwalt. »Wir werden Sie verklagen, Ihre ganze Abteilung, und Sie persönlich erledigen.«

»Ja, das können Sie gerne versuchen.«

»Wagen Sie es nicht, mit meinen Mandanten zu reden. Sie haben nichts zu sagen.«

»Prima. Die beiden werden in ihren Zellen hocken, bis sie dran sind. Ich hab anderweitig zu tun.«

***

Als Zane geweckt wurde, musste er sein Bett nicht machen. Er hatte auf der Decke gelegen und kein Auge zugetan. Er versuchte zu frühstücken, ohne über seine Lage nachzudenken, ohne die anderen Gefangenen anzusehen. Manche unterhielten sich, manche redeten Mist, manche aßen, als wären sie komplett ausgehungert, und manche aßen kaum etwas. In dem großen Saal, eine Art Speisesaal vermutlich, hallte es sehr. Plastiklöffel und -gabeln klapperten in den Tellern, Stuhlbeine scharrten, und Stimmen murmelten. Jemand klaute den Keks von seinem Teller. Es war ihm egal, und sein ausbleibender Protest bescherte ihm ein hämisches Kichern und einen Tritt unter dem Tisch. Ausgerechnet gegen seinen Kompressionsstiefel.

Nach dem Frühstück verließen sie den Saal genauso, wie sie hereingekommen waren, im Gänsemarsch. Dann brachte man ihn auf die Krankenstation. Der dortige Arzt las seine Patientenakte, die anscheinend aus der Notaufnahme hergeschickt worden war. Er runzelte wiederholt die Stirn und stellte viele Fragen.

Ob er verschwommen sah?

Nein.

Kopfweh?

Ja.

Als er Zane das T-Shirt auszog und die blauen Flecken an Bauch und Rippen sah, verstärkte sich sein Stirnrunzeln. Er stellte weitere Fragen. Dann zog er Zane den Stiefel aus und untersuchte den Knöchel. Er lagerte ihn hoch und legte Eis darauf, während er sich die Schiene ansah.

Noch mehr Fragen.

Behutsam betastete er Zanes Nase, seine Wangen und den Bereich unter den Augen. »Hatten Sie einmal einen Nasenbruch?«

»Ja.«

»Wie das?«

»Vom Fausthieb meines Vaters.«

Der Gefängnisarzt sah Zane lange in die Augen. »Ihr Vater schlägt Sie?«

»Ja.«

»Haben Sie das an offizieller Stelle gemeldet?«

»Er ist die offizielle Stelle.«

Zane glaubte ein Seufzen zu hören. Ein Pfleger musste ihn mit einem nassen Schwamm waschen, da er nicht duschen konnte.

»Sie hätten zur weiteren Beobachtung und Einstellung der Schmerzmedikation im Krankenhaus bleiben sollen. Ich werde empfehlen, dass Sie wieder in Dr. Marshalls Obhut kommen.«

»Das wird nicht passieren. Mein Vater ist dort Chefchirurg. Er will, dass ich hierbleibe.«

Der Arzt gab Zane eine Krücke. Wegen des gebrochenen Arms konnte er nur eine benutzen, aber es half trotzdem. Auch die Schmerzmittel halfen.

»Ich werde Sie auf Ihr Zimmer bringen lassen, zum Ausruhen. Dr. Loret, der Gefängnistherapeut, wird am späten Vormittag bei Ihnen vorbeischauen. Lagern Sie Knöchel und Arm hoch.«

Danach kam er zurück in die Einsamkeit und Stille. Durch die Tür bekam er so einiges mit. Stimmen, Unruhe, gezischte Befehle, jemand, der mit Eimer und Lappen vorbeiging. Er döste ein wenig. Richtig schlafen konnte er nicht, aber er dämmerte immer wieder weg.

Als er den Schlüssel im Schloss hörte, stellte er sich schlafend und hoffte, der Therapeut würde wieder gehen. Er wollte nicht über die Sache reden. Auf der Krankenstation hatte er bereits alles gesagt, was es dazu zu sagen gab. Da spürte er, wie das Bett nachgab, jemand hatte sich zu ihm aufs Bett gesetzt. Er sah einen Mann, der so müde aussah, wie er sich fühlte. Einen Mann, der sich länger nicht mehr rasiert hatte. Braunes Haar und braune Augen, Anzug und Krawatte.

»Zane, ich bin Detective Keller vom Polizeirevier in Asheville.«

Ein Bulle. Noch ein Bulle. Wieder schloss er die Augen.

»Zane.« Er spürte eine Hand auf seinem Arm – nicht grob, nur Körperkontakt. »Ich bin gekommen, um dich rauszuholen.«

»Um mich rauszuholen?«

»Ja, Zane. Deine Schwester war bei mir.«

Wieder machte er die Augen auf. »Britt. Geht es ihr gut?«

»Es geht ihr gut. Sie ist wirklich schlau und äußerst tapfer. Ihre Tante hat sie heute Nacht zu mir gebracht.«

»Emily. Britt hat es zu Emily geschafft.« Jetzt kniff er die Augen zusammen, um die Tränen zurückzuhalten.

»Und die hat es zu mir geschafft. Zane, ich habe deine Notizhefte. Ich habe alles gelesen, jede einzelne Seite. Tut mir leid, dass ich nicht früher kommen konnte. Es hat ein wenig gedauert.«

In diesen braunen Augen, den Augen eines Fremden, stand, was Zane auch in denen von Dave gesehen hatte. Dass man ihm glaubte. »Ich … Ich werde auf Kaution entlassen?«

»Nein. Du wirst generell entlassen. Die Anklage wurde fallengelassen. Wir können später darüber reden, okay? Sehen wir zu, dass wir hier rauskommen. Ich hab schon den ganzen Papierkram erledigt, sodass du dich bloß noch anziehen musst.«

Zane begann zu zittern, er konnte gar nicht mehr damit aufhören. »Ich kann gehen? Ich kann einfach gehen?«

»Versuch ruhig zu atmen«, sagte Lee und nahm seine Hand. »Tief durchatmen. Du hättest niemals hergebracht werden dürfen, Zane. Ich habe Kleidung für dich dabei. Besser gesagt, Emily hat sie besorgt. Sie hofft sehr, dass die Größe stimmt. Sie meinte, dass du bestimmt nicht in das schlüpfen möchtest, was du beim Herkommen getragen hast. Wir haben uns für eine Jogginghose entschieden«, fuhr er fort, während er die Einkaufstüte hochhielt. »Hemd, Boxershorts, Sandalen.«

»Ich verstehe nicht.«

»Ich weiß. Komm, ich helf dir beim Umziehen.«

Es war gar nicht mal so peinlich, weil der Polizist die ganze Zeit weiterredete, als er die orange Hose gegen die Jogginghose sowie das orange Oberteil gegen ein blaues Hemd austauschte und die Sandale auf seinen gesunden Fuß schob.

»Die Hose hat ein bisschen Hochwasser, aber das passt schon.«

»Es hieß, ich muss …«

»Nein, musst du nicht. Los, komm.« Er legte den Arm um Zane und half ihm beim Aufstehen, reichte ihm die Krücke. Er nahm die Tüte und brachte Zane zur Tür, klopfte zweimal dagegen. Die Tür öffnete sich, und der Wärter trat einen Schritt zurück. Zane roch Putzmittel mit Kiefernduft, Bleiche vielleicht. Er wusste, dass er erneut zitterte, aber der Polizist sagte nichts dazu.

»Wer sind Sie?«

»Detective Keller. Lee, ich bin Lee.«

»Graham wird Sie aufhalten. Er wird …«

»Nein, wird er nicht. Ich habe ihn und Ihre Mutter verhaftet.«

Zanes Knie gaben nach. Lee hielt ihn fest und ging weiter. Langsam zwar, aber er ging mit ihm weiter. »Gut durchatmen. Immer schön weiteratmen. Er wird weder Britt noch dir je wieder etwas zuleide tun. Es war schlau von dir, alles aufzuschreiben, Zane. Wirklich schlau.«

Niemand hielt sie auf. Wärter schlossen Türen auf und ließen sie wortlos passieren. Die Sonne blendete ihn. Er sah das Tor und durch das Tor Britt und Emily. Er wollte losrennen, seine Schritte beschleunigen.

»Immer mit der Ruhe. Wir sind gleich da.«

»Er hat ihr wehgetan. Er hat sie geschlagen. Ihr Gesicht …«

»Alles wird gut. Sie hat dir viel zu erzählen. Wie sie aus dem Krankenhaus entwischt ist. Du hast wirklich eine verdammt tolle kleine Schwester. Nur noch ein paar Schritte.«

Sie riefen seinen Namen. Emily schluchzte, aber Britt nicht. Noch nicht. Sie rief einfach nur seinen Namen. Klirrend öffnete sich das Tor, und als er es passiert hatte, scharten sie sich um ihn.

»Mein lieber Junge, ach, Zane. Es tut mir leid, es tut mir so leid.« Emily hob sein Gesicht und strich darüber. »Es tut mir so wahnsinnig leid.« Als er nur den Kopf schüttelte, drückte sie ihn und Britt erneut an sich, so fest sie konnte.

»Lasst uns nach Hause fahren.«

»Ich kann da nicht wieder hin. Bitte, bitte. Ich kann da nicht wieder hin.«

»Nein, nein. Ins Haus am See. Grams und Pop dürften inzwischen da sein. Wir fahren nach Hause, in unser neues Zuhause. Von nun an werde ich für euch sorgen. Britt und du, ihr sitzt auf der Rückbank. Lee und ich sitzen vorne. Lee, ich schulde Ihnen eine wunderbare Mahlzeit und eine gute Flasche Wein. Oder hatten Sie eher an andere Naturalien gedacht?«

Lachend schüttelte er den Kopf. »Ich tue nur meine Arbeit.«

Sie halfen Zane ins Auto. Britt schmiegte sich an ihren Bruder. »Tut es sehr weh?«

Er drückte ihre Hand. »Nicht mehr.«

Lee hörte, wie sich die Geschwister unterhielten, sich gegenseitig auf den neuesten Stand brachten. Junge Menschen waren erstaunlich widerstandsfähig. Die Kinder hatten einiges durchgemacht und würden Therapie brauchen. Aber sie würden zurechtkommen. Zane lachte sogar, als Britt ihm erzählte, wie sie sich barfuß aus ihrem Krankenhauszimmer geschlichen hatte.

Lee fiel auf, dass sie entschärfte, wie ihr Vater sie nach dem Aufwachen bedroht hatte. So wie auch Zane bestimmte Dinge herunterspielte.

»Was es schlimm da drin?«

»Na ja, ging so.« Eine Sekunde lang begegneten sich Zanes und Lees Blick im Rückspiegel. »War auch nicht viel anders als zu Hause in meinem Zimmer.«

»Lee hat uns in einem Schutzhaus übernachten lassen. Na ja, eigentlich war es schon Morgen, als wir dort ankamen. Es war traurig. So viele Frauen und Kinder, die zu Hause misshandelt worden sind. Genau wie wir. Aber dort ist es sicher. Sie waren sehr nett zu uns. Emily hat gesagt, dass wir etwas spenden werden. Als Dankeschön.«

Zane legte den gesunden Arm um seine Schwester. Als er den See sah, zog sich alles in ihm zusammen, doch das Gefühl legte sich, als der Wagen nicht in Richtung Lakeview Terrace fuhr, sondern auf die andere Seeseite abbog. Auf die sichere Seite.

Zane sah das Wasser, die Wälder, die Blockhäuser, die Blumen und die Boote. Den Mietwagen in Emilys Auffahrt. Seine Großeltern saßen auf der Veranda und rannten ihnen entgegen.

Sie weinten. Zane vermutete, dass in nächster Zeit ziemlich viel geweint werden würde.

»Ich fahre mit Lee mit«, sagte Emily. »Ich bin gleich wieder zurück. Mit Pizza. Wir machen einen Pizzaabend, okay?«

»Dürfte ich … Detective Keller, dürfte ich zuerst kurz mit Ihnen reden?«, fragte Zane.

»Klar.«

»Gut, jetzt aber schnell in Haus.« Seine Großmutter übernahm das Kommando. »Wir werden eine Kleinigkeit essen. Komm, Liebes.« Sie zog eine widerwillige Britt ins Haus.

»Sie haben mir noch gar nicht gesagt, weswegen Sie ihn verhaftet haben.«

»Für das, was er deiner Schwester und dir angetan hat.«

»Eliza hat uns nicht geschlagen.«

Er nannte sie bei ihrem Vornamen, nicht *Mutter*, wie Lee auffiel. »Sie ist dir mit ihren Krallen durchs Gesicht gefahren.«

Zane berührte die Kratzer. »Gut möglich. Ich kann mich kaum erinnern.«

»Sie hat es zugelassen, und das macht sie zur Komplizin. Sie hat dich misshandelt, Zane, genau wie Graham.«

Zane wollte ihm nur zu gern glauben. Und wie! »Er kennt jede Menge Leute und kann sich die tollsten Anwälte leisten.«

»Vertrau mir.« Lee warf ihm einen beruhigenden Blick zu, sodass Zanes Magenschmerzen nachließen. »Ich verstehe was von meinem Job. Emily kommt mit, weil ich glaube, dass sie deine Mutter überreden kann, die Wahrheit zu sagen.«

»Dann muss sie nicht ins Gefängnis.«

»Sie bekommt eine leichtere Strafe, wenn sie die Wahrheit sagt und kooperiert. Aber sie wird dich Emily und den Großeltern nicht wegnehmen können. Zum einen, weil ihr, Britt und du, alt genug seid, um selbst zu entscheiden, wo ihr leben wollt. Zum anderen, weil wir ihre Untauglichkeit beweisen werden. Mach dir darüber keine Sorgen.«

»Kommen Sie vorbei und erzählen mir, was passiert ist?«

»Ja. Bist du bereit auszusagen, einem Richter oder einem Geschworenengericht zu erzählen, was du erlebt hast?«

»Ja, natürlich.« Er konnte es kaum erwarten. »Ich will ihm ins Gesicht sehen, während ich haarklein beschreibe, was er getan hat.«

»Gut, du wirst Gelegenheit dazu haben. Ich muss los.«

»Sir? Danke. Danke, dass Sie mich da rausgeholt und Britt beschützt haben. Das werde ich Ihnen niemals vergessen.«

»Pass auf dich auf, Zane. Jetzt geh rein, damit deine Großeltern dich betüddeln können.«

»Das können sie gut. Ich habe mir oft gewünscht, wir könnten hier leben«, sagte er, als Lee ihm die Veranda hinaufhalf. »Wenn es mal wieder so weit war.«

»Na ja, jetzt wohnst du hier.« Lee öffnete das Fliegengitter. »Schaffst du den Rest allein?«

»Ja.«

Und ob er das schafft, dachte Lee. »Sag Emily, dass wir losmüssen.«

***

Auf der Fahrt zum Revier in Asheville gingen sie noch einmal alles durch. Obwohl sich Lee in seiner Einschätzung bestärkt sah, dass Emily eine starke, unabhängige Frau war, blieb er in der Tür des Befragungszimmers kurz stehen. »Bist du sicher, dass du das machen willst?«

»Lee.« Emily legte ihm die Hand auf den Arm. »Ich mache das. Gut möglich, dass es nichts bringt, außer dass ich es mir von der Seele rede. Aber ich mache das.«

»Wenn du fertig bist oder genug hast, klopf einfach gegen die Tür.«

»Okay.«

Er öffnete die Tür und bedeutete dem Polizisten herauszukommen. Emily ging rein, und die Tür schloss sich hinter ihr. Eliza saß an einem kleinen Tisch, sehr aufrecht, die mit Handschellen gefesselten Hände vor sich verschränkt. Ihr Gesicht wies die Gewaltspuren der vergangenen Nacht auf, aber Emily sah den wütenden Stolz in ihren Augen.

»Das wird aber auch Zeit.«

Als Emily gegenüber ihrer Schwester Platz nahm, stellte sie fest, dass sie Bauchschmerzen hatte. »Allerdings.«

»Ich sitze seit Stunden in diesem Loch und werde behandelt wie eine Schwerverbrecherin. Niemand sagt mir, wo Graham steckt und was los ist. Du musst das für mich herausfinden. Mein Anwalt hat mir versichert, dass diese lächerlichen Anklagen fallengelassen werden und wir im schlimmsten Fall gegen Kaution entlassen werden. Bis wir unseren guten Ruf zurückhaben, brauche ich ein paar Sachen. Ich werde dir eine Liste mitgeben.«

Faszinierend! Sie war nach wie vor die Alte.

Nicht aber sie, Emily. »Nein, das wirst du nicht. Wenn du glaubst, dass ich gekommen bin, um dir zu helfen, täuschst du dich. Dem ist nämlich nicht so. Allein die Tatsache, dass du dich nicht nach deinen Kindern erkundigt hast, spricht Bände.«

»Meine Kinder, die kaum hilflose Babys sein dürften, haben sich gegen Graham und mich verschworen. Zane ist gefährlich, Emily. Du hast ja keine Ahnung, was …«

»Halt den Mund.« Eliza zuckte zurück, als Emily sie mit diesen Worten ohrfeigte. »Noch ein Wort gegen Zane, noch eine einzige Silbe gegen diesen Jungen, und ich gehe. Dann hast du niemanden mehr. Ich weiß, was gestern Nacht und vorletztes Weihnachten passiert ist. Also spar dir deine Show.« Um sich wieder unter Kontrolle zu bringen, lehnte sich Emily zurück. »Man hat mir erlaubt, mit dir zu sprechen. Ein

Gespräch unter vier Augen. Niemand kann uns zuhören. Das verstößt eigentlich gegen das Gesetz. Aber ich muss wissen, warum es passiert ist. Warum du das Zane und Britt angetan, warum du zugelassen hast, dass Graham den Kindern und dir das antut. Ich muss den Grund dafür wissen.«

»Hör auf, dich aufzuführen wie eine Idiotin, und tu etwas Sinnvolles! Ich brauche meine Kosmetikprodukte. Allein die Tatsache, dass du ein paar aufmüpfigen Teenagern mehr glaubst als deiner eigenen Schwester zeigt, wie dumm du bist.«

»Hör auf mit dem Mist. Ich werde gar nichts für dich tun. Machst du dir Sorgen um dein Gesicht, Eliza? Um deinen Teint unter dem blauen Auge, unter den Prellungen? Überleg nur, wie der erst nach ein paar Jahren Gefängnis aussehen wird.«

»Ich gehe nicht ins Gefängnis.« Doch ihre Lippe zitterte.

»O doch. Für wie lange und unter welchen Umständen hängt von dem ab, was du sagst, wenn die Polizei reinkommt.«

»Unser Anwalt …«

»Schluss!« Emily hob den Zeigefinger. »Das ist dein erster Fehler, ein ziemlich schwerwiegender sogar. Du bist nicht dumm. Denk drüber nach, ob es wirklich sinnvoll ist, dir mit dem Mann, der dir dieses blaue Auge verpasst hat, einen Anwalt zu teilen. Noch hast du eine Chance. Besser, du nimmst dir einen eigenen Anwalt. Da kann ich tatsächlich etwas für dich tun, nämlich dir ein paar gute Strafverteidiger nennen. Ich habe recherchiert, als ich dachte, Zane helfen zu müssen. Er wird sie nicht brauchen.«

»Zane muss hinter Gitter. Er … Nicht!« Als Emily aufsprang, schwang Panik in Elizas Stimme mit. »Lass mich nicht zurück.«

»Dann hör auf mit dem Mist.«

»Woher soll ich wissen, dass du unser Gespräch nicht mitschneidest?«

Emily stand auf, zog ihr T-Shirt hoch und drehte sich. »Nur wir beide, Eliza. Der Anwalt wird von Graham bezahlt. Wen wird der wohl verteidigen, wenn es heikel wird? Komm zur Vernunft, dann werde ich dir einen Rechtsbeistand besorgen.« Sie zog das T-Shirt wieder herunter und setzte sich. »Wir sind in derselben Familie, mit denselben Eltern aufgewachsen. Wir haben Selbstachtung gelernt. Warum hast du zugelassen, dass Graham dich und die Kinder misshandelt? Warum bist du nicht zu mir gekommen oder hast dir anderweitig Hilfe gesucht?«

»Du verstehst nicht das Geringste, außerdem geht das nur uns etwas an. Das ist unsere Ehe. Wir lieben uns.«

»Ein Mann, der dich schlägt, liebt dich nicht.«

»Ach, du meine Güte.« Eliza verdrehte tatsächlich die Augen. »Immer schön brav bleiben.« Mit einer inzwischen wieder lebhaften Mimik beugte sich Eliza zu ihrer Schwester. »Aber ich bin nicht brav. Graham und ich sind leidenschaftlich. Das wirst du nie verstehen. Du hast einen Loser geheiratet und es nicht mal geschafft, den zu halten.«

»Seine sogenannte *Leidenschaft* hat dich ins Krankenhaus gebracht.«

»Die Sache ist eskaliert. Er darf mich nicht ins Gesicht schlagen. So lautet unsere Vereinbarung.«

Emily hatte tatsächlich geglaubt, dass sie nichts mehr schockieren würde. Aber sie war schockiert. »Ihr habt eine Vereinbarung, wohin er dich schlagen darf?«

»Wenn wir das Ganze hinter uns haben, wird er diesen Verstoß gegen unsere Vereinbarung wiedergutmachen müssen. Aber es gab besondere Umstände.«

Sie hatte Britt diese kranke Versöhnungssache nicht geglaubt. »Du magst das. Es macht dich heiß.«

»Sei doch nicht so prüde. Wir lieben uns leidenschaftlich, auch nach achtzehn Ehejahren. Er hat einen anspruchsvollen, stressigen Beruf und braucht zu Hause diese Leidenschaft. Du willst mich moralisch verurteilen? Schau nur, was ich habe. Das größte, schönste Haus in Lakeview Terrace, jeden Urlaub, den ich will, einen Mann, der mir fantastischen Schmuck schenkt, ein aufregendes Liebesleben.« Sie warf die Hände in die Luft und sah ihre Schwester mitleidig-kühl an. »Und was hast du, Emily? Ein altes Haus, einen Haufen Bungalows, die du vermieten musst, und niemanden, der dich begehrt.«

Sie saß im Gefängnis und redete mit ihrer vermöbelten Schwester, während ein Polizist draußen Wache hielt. Und trotzdem fühlte sich Eliza ihr überlegen. Doch das Einzige, worum Emily ihre Schwester wirklich beneidete, war nicht einmal erwähnt worden. »Weißt du, Eliza, du hast bei deiner Aufzählung etwas Wesentliches vergessen. Zwei Kinder.«

»Die wollte ich nie.« Eliza zuckte mit den Schultern, als wollte sie ihren Nachwuchs abschütteln wie ein paar lästige Flusen. »Ich habe mich an meinen Teil der Vereinbarung gehalten. Zwei Kinder. Das habe ich perfekt hingekriegt. Sie haben alles bekommen. Schöne Kleider, eine gute Schulbildung, Ballettunterricht für das Mädchen, Sport für den Jungen, Musikunterricht für beide, auch wenn Zane diesbezüglich nichts Nennenswertes zuwege bringt. Gesundes Essen, Disziplin und angemessen viel Freizeit.«

Noch so ein Schock für Emily. »Die Kinder sind Teil eurer Vereinbarung?«

»Wie sähe das denn aus, wenn wir keine Kinder hätten? Ein Mann in Grahams Position braucht ein gewisses Image.«

»Sie gehören also zum Image. Es hat dir nichts ausgemacht, als er Zane geschlagen hat?«

»Ein aufmüpfiges Kind muss bestraft werden. Ganz abgesehen davon, dass Zane so gut wie erwachsen ist.«

»Du hast also mit ihm abgeschlossen.«

»Er wäre auf die richtige Universität gekommen und hätte alle Chancen gehabt. Er hätte Medizin studieren und Arzt werden können. Aber jetzt?« Sie zuckte erneut mit den Schultern, weitere Flusen wurden entsorgt. »Keine Ahnung, was Graham vorhat. Wir werden darüber reden müssen.«

»Graham und du, ihr werdet keinerlei Verfügungsgewalt mehr über die Kinder haben. Sie leben ab sofort bei mir.«

»Ich bitte dich! Als ob irgendein Gericht sie Eltern mit so einem Ruf, so einem Status, wegnehmen würde.«

»Dieser Ruf und dieser Status sind inzwischen gründlich ramponiert. Die Polizei weiß Bescheid.«

»Das Wort zweier Teenager gegen unseres.«

»Es liegen Aussagen von Mitarbeitern der Ferienanlage vor, in der ihr mit Zane wart, nachdem Graham ihn vermöbelt hatte. Daran hast du nicht gedacht, was?«, fragte Emily, als sie ein Flackern in Elizas Auge sah. »Dass diese Lüge eines Tages kurze Beine haben könnte. Das ist längst nicht alles, aber ich überlasse es der Polizei, mit dir oder deinem Anwalt darüber zu sprechen. Kann sein, dass du Gelegenheit bekommst, einen Deal zu machen und ein paar der Anklagepunkte gegen dich abzuwehren. Wie dem auch sei: Wenn du vor Gericht gestellt wirst, werde ich gegen Graham und dich aussagen.«

Untern den blauvioletten Flecken lief Elizas Gesicht rot an. »Du warst schon immer eine eifersüchtige, blöde Kuh. Denn darum geht es doch, oder? Du bist schon immer eifersüchtig auf mich gewesen. Weil ich hübscher, beliebter bin und einen Arzt geheiratet habe.«

»Nein, Eliza, ehrlich gesagt war ich das nie. Inzwischen empfinde ich nicht mal mehr Mitleid mit dir. Ich bin gekommen, weil ich dich überreden wollte, die Wahrheit zu sagen und einen Deal auszuhandeln, damit du nur Jahre statt Jahrzehnte im Gefängnis sitzen musst. Aber jetzt? Bist du mir völlig egal. Ich werde dir auch kein Glück wünschen, Eliza.« Emily erhob sich. Sie sah Elizas Angst und legte den Kopf schräg. »Ich frage mich gerade, ob ihr auch eine Vereinbarung für den Fall getroffen habt, dass ihr in so einer Situation landet. Hat keiner von euch je darüber nachgedacht, was passiert, wenn alles auffliegt? Was ihr dann tun wollt?«

Wieder zuckte Eliza mit den Schultern. »Ich gehe davon aus, dass er sich gerade etwas überlegt.«

Emily drehte sich um und hob die Hand, um an die Tür zu klopfen.

»Ruf den Anwalt an.«

Emily sah sich um. »Welchen?«

»Deinen. Ich will meinen eigenen Anwalt.«

»Gut, das mache ich. Es ist das Letzte, was ich für dich tun werde.« Sie klopfte gegen die Tür, und als sie aufging, verließ sie den Raum, ohne sich umzusehen.

***

Es dauerte, aber Lee ließ Graham gerne zappeln. Der Staatsanwalt hatte sich geweigert, ihn gegen Kaution freizulassen. Als Grund führte er die beiden ernsthaft verletzten und in potenzieller Gefahr befindlichen Minderjährigen an, was seine Wirkung nicht verfehlt hatte. Auch die Aussage von Chief Bost war nicht von Nachteil gewesen. Auf diese Weise hatte er Zeit geschunden. Genug Zeit für Eliza Bigelows neuen Anwalt, sich einzuarbeiten, einen Deal einzufädeln. Als Lee mit der Befragung begann, sagte ihm sein Bauchgefühl, dass er gute Karten hatte. Bigelow hatte seinem Anwalt vermutlich nicht die ganze Wahrheit erzählt. Er drückte den Aufnahmeknopf und setzte sich hin.

»Richten Sie die Fragen an mich«, befahl der Anwalt.

»Gern. Wie Sie wissen, hat sich Mrs. Bigelow einen eigenen Anwalt genommen. Mit ihm und ihr habe ich soeben gesprochen. Sie hat Sie fallen lassen, Bigelow, und einen Deal ausgehandelt.«

»Das Ehegeheimnis …«

»Gilt hier nicht«, unterbrach ihn Lee. »Nicht, wenn die Kommunikation zwischen Ehegatten der Planung oder Ausführung eines Verbrechens dient. Mrs. Bigelow hat sich entschieden, die Anklagepunkte zu reduzieren, was ich ihr kaum vorwerfen kann.«

Graham beugte sich vor, um seinem Anwalt etwas zuzumurmeln.

»Mr. Bigelow möchte mit seiner Frau sprechen.«

»Das müssen Sie mit deren Anwalt und dem Wärter des Frauengefängnisses North Carolina bereden, wo sie die nächsten fünf bis zehn Jahre verbringen wird. Hätte sie nicht gelogen, um ihren schwerverletzten Sohn ins Gefängnis zu bringen, wäre sie vielleicht mit drei bis fünf Jahren davongekommen. Dass sie außerdem ihre minderjährige Tochter zu Boden gedrückt hat, während der Ehemann das von ihm verprügelte Kind mit Beruhigungsmitteln vollpumpte, um es am Reden zu hindern, war ausschlaggebend für das Strafmaß.« Lee öffnete seine Akte. »Ihr Mandant dagegen wird die Höchststrafe bekommen.«

»Wir werden anführen, dass Eliza Bigelow gezwungen wurde. Dass sie aufgrund der Verletzungen, die ihr ihr Sohn beigebracht hat, seelisch wie körperlich beeinträchtigt ist.«

»Das können Sie gern versuchen, aber der Seelenklempner hat sie für zurechnungsfähig erklärt. Ja, sie hat durchaus Probleme. Aber nachdem sie beschlossen hatte, die Wahrheit zu sagen, sind jede Menge andere Unappetitlichkeiten ans Tageslicht gekommen. Zum Beispiel dass Mr. Bigelow seinem Sohn nach einem Spiel einen Baseballschläger in die Magengrube gerammt hat, nur weil sich dieser erdreistet hat, sportliche Höchstleistungen zu erbringen. Der Junge war elf. So was bezeichnet man als *Mordversuch*.«

»Mein Mandant streitet sämtliche Vorwürfe ab. Wir haben eine weitere Kautionsverhandlung beantragt.«

»Ja, darüber bin ich informiert. Bevor es so weit ist, wollen wir ein paar Jahre in die Zukunft schauen. Ich möchte nur sicherstellen, dass Ihr Mandant Sie ausreichend über die Vorfälle zwischen dem 23. und dem 30. Dezember 1998 informiert hat.« Noch während Lee sprach, zückte er Unterlagen. »Die beiden minderjährigen Kinder Ihres Mandanten kamen am 23. Dezember aus der Schule, um mitansehen zu müssen, dass ihr Vater wieder die Mutter schlug. Diesmal hat der minderjährige Sohn versucht, den Angriff zu verhindern, und ist dafür bewusstlos geschlagen worden.«

»Mein Mandant weist die Unterstellung entschieden zurück.«

»Der Minderjährige, der damals vierzehn Jahre alt war, ist daraufhin in seinem Zimmer eingesperrt worden. Jede medizinische Behandlung seiner Verletzungen wurde ihm zunächst verweigert, die unter anderem aus einer gebrochenen Nase, geprellten Rippen, einem blauen Auge und einer Gehirnerschütterung bestanden. Die Nase hat dieser reizende Arzt dann später gerichtet, ohne jedes Schmerzmittel. Dem Kind wurde außerdem bis zum nächsten Tag jede Nahrung verweigert.«

»Es ist offensichtlich, dass Zane eine Art Nervenzusammenbruch erlitten hat«, hob der Anwalt an.

»Haben Sie Kinder, Herr Anwalt?«

»Das dürfte kaum von Bedeutung sein.«

»Tun Sie mir den Gefallen und beantworten Sie meine Frage.«

»Ich habe zwei Söhne im Alter von achtzehn und zwanzig.«

»Behalten Sie sie im Hinterkopf, wenn Sie das lesen. Anscheinend wollte Dr. Bigelow seine Urlaubsreise damals trotz des Zustands seines Sohnes nicht ausfallen lassen. Ich habe Aussagen mehrerer Angestellter des *High Country Resort and Spa* vorliegen, in dem die Familie vom 26. bis 30. Dezember gewohnt hat.« Mit dem Blick auf Graham schob Lee die Akte quer über den Tisch. »Der Junge hatte angeblich die Grippe. Diese Geschichte hat die Familie verbreitet, weil sie ihn über Weihnachten auf seinem Zimmer eingesperrt hatte. Das ist die Version, die dem Personal der Ferienanlage aufgetischt wurde.«

Graham beugte sich erneut vor, doch der Anwalt hob die Hand, um ihm Einhalt zu gebieten. »Ein Junge, der sich von einer Grippe erholt, kann leicht vom Rad fallen.«

»Außerdem haben wir Aussagen von Nachbarn, Lehrern, dem Polizeichef von Lakeview sowie von der Tante des Minderjährigen vorliegen. Wie kann ein Kind mit Grippe vom Rad fallen, in der Ferienanlage Stubenarrest bekommen und es trotzdem schaffen, auf der Skipiste zu stürzen?« Lee schob dem Anwalt weitere Unterlagen zu. »Darüber hinaus gibt es Mrs. Bigelows Aussage, die die Schläge, den Stubenarrest und die widersprüchlichen Versionen bestätigt. Und das hier.« Er legte dem Anwalt eine Kopie von Zanes erstem Notizheft vor. »Geschrieben von einem Vierzehnjährigen voller Angst und Schmerz. Es stimmt bis ins kleinste Detail überein. An diesem Abend hat er angefangen, alles aufzuschreiben, Doktor Bigelow. Zane hat Ihre systematischen Misshandlungen protokolliert.«

»Ich muss mich mit meinem Mandanten beraten. Das Gespräch ist hiermit beendet.«

»Sie können sich so lange mit Ihrem widerlichen Mandanten beraten, wie Sie wollen. Ich werde alles dafür tun, dass er die gesetzliche Höchststrafe bekommt. Wirklich alles.«

»Ich mach euch fertig, ich mach euch alle fertig!«

»Ruhe, Graham, sag nichts.«

»Sie haben ihnen die Kindheit geraubt, ihnen jegliche Geborgenheit vorenthalten.«

»Ich hab ihnen das Leben geschenkt.«

»Sie haben sie in Angst und Schrecken versetzt, sie gequält.«

»Sie schulden mir jeden Atemzug. Und es ist ganz allein meine Entscheidung, wie ich sie erziehe.«

»Nicht mehr.«

»Der Junge bildet sich ein, er könnte sich mit mir anlegen? Er kann von Glück sagen, dass ich ihn nicht unter die Erde gebracht habe.«

»Graham, es reicht! Das Gespräch ist beendet, Detective.«

»Ihr Anwalt denkt an einen Deal, will die Sache herunterspielen. Aber das wird nicht passieren.« Lee tippte mit dem Zeigefinger auf die Kopie von Zanes Notizheftseite. »Dafür werde ich sorgen.«

»Ich werde dafür sorgen, dass Sie Ihre Dienstmarke verlieren. Sie werden nicht mal einen Job als Sicherheitsmann im Einkaufszentrum bekommen, wenn ich mit Ihnen fertig bin.«

»Jaja, genau.« Lee stellte das Aufnahmegerät aus und schlenderte hinaus.

***

Es dauerte, denn Gerechtigkeit braucht Zeit. Doch es war noch kein Jahr vergangen, als Lee sein Bier hob und dachte: *Geschafft*!

7

An einem Frühlingstag nahm Lee die Landstraße. Die Berge färbten sich grün, die Wildblumen blühten, und seine Laune war prächtig. Es ging ihm so einiges durch den Kopf. Er musste Entscheidungen treffen, sich aus der Deckung wagen. Doch im Augenblick, wo der See den knallblauen Himmel spiegelte und weiße Boote, weiße Wolken darüber segelten, war er mehr als optimistisch. Das Gute siegte nicht immer, das Gesetz triumphierte nicht jedes Mal. Er war lange genug Polizist, um das zu wissen. War es dann doch einmal der Fall, freute ihn das riesig. Er nahm die letzte Kurve vor dem Seehaus und hielt in Emilys Auffahrt, als diese gerade aus ihrem Pick-up stieg.

Der Zeitpunkt war perfekt gewählt.

Emily trug Jeans mit Löchern am Knie und ein T-Shirt in derselben fröhlichen Farbe wie der Himmel. Dazu den orangen Kapuzenpulli, den sie Britt im Vorjahr auf der Krankenhaustreppe übergezogen hatte. Wie er inzwischen mitbekommen hatte, nannte Emily ihn ihren *Glückspulli*. Ihr rabenschwarzes Haar flatterte unter der Baseballkappe hervor.

Sie sah einfach toll aus, stellte er entzückt fest.

Emily nahm die Sonnenbrille ab, sah zu, wie er aus dem Auto stieg, und musterte ihn eindringlich. »Du hast gute Nachrichten, das seh ich dir an. Los, raus mit der Sprache.«

»Fünfzehn bis zwanzig Jahre. Er wird gerade ins Zentralgefängnis Raleigh gebracht.«

Nachdem sie sich mit einer Hand seitlich am Pick-up abgestützt hatte, stieß sie einen langen, zitternden Seufzer aus und hob die andere Hand. »Gib mir eine Minute.« Daraufhin ging sie zum See, legte die Arme um den Oberkörper und schaute übers Wasser, auf das glitzernde Blau. Sie fühlte die warme Brise und atmete tief aus, spürte, dass er hinter sie trat. »Ich wollte zur Urteilsverkündung kommen, obwohl du mir abgeraten hast. Erst hatte ich mir eingeredet, dass es mir genügt, sein Gesicht beim Schuldspruch der Jury gesehen zu haben. Doch als die Kinder in der Schule waren, habe ich mich umgezogen, um doch noch zu kommen.«

»Was hat dich davon abgehalten?«

»Lanny, unsere Hauptreinigungskraft, konnte heute nicht. Ihr Kind ist krank. Meine Vertretung hatte eine dringende Wurzelbehandlung. Und Lois, du kennst doch Lois? Die Vertretung der Vertretung war auf einem anderen Putzjob. Wir haben zwei Gästewechsel, dazu die täglichen Reinigungsarbeiten, und, na ja, wir sind ausgebucht. Marcie hätte es allein nicht geschafft, und deshalb …« Sie atmete gleichmäßiger und streckte den Arm nach hinten, bis er ihre Hand nahm und neben sie trat. »Ich hab es als Zeichen genommen, doch lieber nicht hinzugehen. Und als ich erst mal damit begonnen hatte, Bäder zu schrubben und Bettwäsche zu wechseln, war ich ausreichend abgelenkt.« Nickend schaute sie immer noch aufs Wasser.

»Zwanzig Jahre«, murmelte sie. »Dann werden die Kinder fast so alt sein wie ich heute. Bedingte Haftentlassung?«

»Er wird mindestens fünfzehn Jahre absitzen müssen. So schnell bekommt der keine Bewährung, Emily, nicht auf den ersten Antrag hin«, beruhigte sie Lee. »Er ist hinter Gittern, wo er hingehört. Die Kinder sind in Sicherheit.«

»Du hast recht. Das werde ich ihnen auch sagen, wenn sie in wenigen Stunden nach Hause kommen.« Sie warf einen flüchtigen Blick auf ihre Armbanduhr. »Musst du zurück nach Asheville?«

»Nicht heute.«

»Es ist noch nicht mal ein Uhr mittags, aber egal. Lass uns ein Bier trinken.«

Er ging mit ihr ins Haus. Ihm gefiel das Chaos dort. Es war nie ganz aufgeräumt und von Licht und Leben erfüllt. Kissen lagen wild durcheinander, weil sich jemand aufs Sofa gesetzt hatte. Ein herrenloses Paar Schuhe stand herum. Britts, wie er sah. In der Küche eine fast leere Obstschale, dazu eine Vase mit Narzissen, die bereits welk wurden, eine über die Stuhllehne geworfene Jacke und die Kaffeekanne vom Frühstück.

»Vielleicht habe ich ja noch ein paar Chips, Salzbrezeln oder so was.«

»Mach dir darüber keine Gedanken.«

Nachdem sie ihre Kappe abgesetzt hatte, warf sie sie mitsamt ihrer Sonnenbrille auf die Küchentheke. »Ich muss schnell zum Laden. Meine Güte, was diese Kinder verdrücken können. Ich habe mich immer noch nicht daran gewöhnt.« Sie holte zwei Bier aus dem Kühlschrank und öffnete sie. »Das war ein verdammt hartes Jahr, Detective Lee Keller. Ein verdammt hartes Jahr.« Nachdem sie mit den Flaschen angestoßen hatten, legte sie den Kopf schräg. »Du hast doch was auf dem Herzen.« Sie wackelte mit dem Zeigefinger, bevor er verneinen konnte. »Ein verdammt hartes Jahr«, wiederholte sie. »Zu viele Aufs und Abs, um sie zählen zu können. Du bist für uns da gewesen, Lee, und mit uns durch dick und dünn gegangen. Ich kenne dich inzwischen. Bitte verheimliche mir nichts. Ich muss wissen …«

»Es hat nichts mit den Bigelows zu tun.«

»Okay. Gut. Warum gehen wir nicht mit unserem Bier auf die vordere Veranda und genießen die Aussicht, während du mir verrätst, womit es dann zu tun hat? Es gibt so gut wie nichts, was ich dir in diesem verdammt harten Jahr nicht anvertraut hätte. Jetzt bist du an der Reihe.«

»In der Tat. Ich würde gern etwas mit dir besprechen.«

Sie setzten sich in die beiden Verandasessel, die sie seit Langem sandstrahlen und streichen wollte. Die Brise ließ das Klangspiel erklingen, ein Geburtstagsgeschenk von Britt. Der Rasen, den Zane am Samstag gemäht hatte, roch grün und frisch.

»Das ist ein wunderbarer Ort, Emily. Du hast dir ein schönes Zuhause geschaffen.«

»Na hoffentlich. Ich …«

»Von wegen hoffentlich! Ich habe dich und die Kinder in diesem verdammt harten Jahr beobachtet. Ich habe mitbekommen, wie sie sich nach und nach entspannt haben, diesen Opferblick losgeworden sind. Es war hart, den Prozess durchzustehen, damit fertigzuwerden.«

»Die Therapie hat geholfen und hilft ihnen immer noch.«

»Du hast alles richtig gemacht, ihnen einen sicheren Hafen geschenkt und ihnen gezeigt, wie ein wirkliches Zuhause aussieht.«

»Nicht nur ich. Meine Eltern sind wie mächtige Eichen. Zu behaupten, dass es schwer für sie war, ist untertrieben. Eliza ist schließlich ihre Tochter, Lee. Aber sie haben es gepackt.« Emily schloss die Augen und schüttelte den Kopf. »Meine Mama ist nur einmal zusammengebrochen. Als wir beide allein waren.«

»Du hast ihre aufrechte Haltung und ihr Kämpferherz geerbt. *Eichen*, das hast du schön ausgedrückt. Die Walkers sind Eichen mit guten, starken Wurzeln.«

»So ist es. Zane und Britt wollen ihren Namen offiziell in Walker ändern lassen.«

»Eine gute Idee.«

»Das finde ich auch. Weißt du, Lee, Freunde und Nachbarn haben uns ebenfalls geholfen, Widerstand geleistet, zu uns gehalten. Sonst hätten wir nicht in Lakeview bleiben können.«

»Es ist ein guter Ort zum Leben, Emily.«

»Ja, das stimmt. Vor allem die Familie Carter ist immer für uns da. Wie du, Lee.« Sie legte die Hand auf seine. »Du am allermeisten. Keine Ahnung, was wir ohne dich gemacht hätten, wirklich nicht. Zum Glück musste ich es nicht herausfinden. Also.« Sie setzte ein Lächeln auf und wandte sich ihm zu. »Jetzt sag, was du auf dem Herzen hast, damit ich mich ein wenig revanchieren kann.«

»Gut. Ich hatte ein Treffen mit Chief Bost. Mehrere sogar, das letzte heute nach dem Urteil.«

Ihr Lächeln begann zu verblassen. »Du hast gesagt, es hat nichts mit Graham zu tun.«

»Das hat es auch nicht oder, besser gesagt, nur indirekt. Bost gibt seinen Posten auf.«

»Seinen Posten?«

»Er tritt zurück«, erklärte Lee. »Er hört auf. Er wollte nur warten, bis der Fall abgeschlossen ist. Er zieht mit seiner Familie nach Wilmington, sobald das Schuljahr zu Ende ist. Das ist besser für ihn.«

Sie wiegte sich vor und zurück, als nickte sie mit dem ganzen Körper. »Ja, auch aus meiner Warte. Ich bin noch ein bisschen sauer auf ihn. Er ist extra hergekommen, um sich bei Zane und uns persönlich zu entschuldigen. Trotzdem werde ich das Gefühl nur schwer los. Ich bin froh, dass Zane ihn nicht mehr sehen muss.«

»Seine Stelle wird frei. Man hat sie mir angeboten.«

»Dir?« Sie fuhr herum und starrte ihn strahlend an. »Was für eine schöne Überraschung an diesem schönen Frühlingstag. Nicht, dass wir uns nicht freuen würden, dich hier bei uns im Ort zu haben, aber das ist doch ein ziemliche Veränderung für dich. Du bist eine Stadtpflanze, ein Kriminalbeamter, der sich um schwere Straftaten kümmert. Genügt es dir, hier auf dem Land einfach nur Polizeichef zu sein?«

»Das hängt ganz davon ab.« Er räusperte sich und wippte nervös mit den Füßen. »Ich mag den Ort und die Leute. Wie gesagt, es ist ein schöner Ort. Vielleicht bin ich auch reif für eine Veränderung. Ich will dich diesbezüglich keinesfalls unter Druck setzen oder so.«

»Mich?«

»Es ist nämlich so, dass …« Er musste einen großen Schluck von seinem Bier nehmen. »Ich habe ein bisschen Bedenkzeit, um mir zu überlegen, ob das tatsächlich eine gute Idee für mich ist. Oder eben nicht. Ob es nicht komisch wäre.«

Sie konnte sich nicht erinnern, ihn je so nervös erlebt zu haben. »Ich kann dir nicht ganz folgen.«

»Weil ich völlig falsch angefangen habe. Versuchen wir es andersherum: Willst du mit mir zum Abendessen gehen?«

»Klar. Ich muss nur schnell zum Laden …« Als sie sah, wie er zusammenzuckte, erstarb ihre Stimme. »Du willst dich mit mir verabreden? Nur wir zwei? Ich muss mein Bier abstellen.« Sie stellte die Flasche weg, erhob sich und ging bis zum Rand der Veranda.

»Damit wollte ich nicht sagen, dass … Wir können auch alle zusammen essen gehen.«

Sie drehte sich um. Er war nicht nur nervös, sondern auch verlegen. Wie süß war das denn? »Das wolltest du sehr wohl sagen. Ich bin gerade mit etwas beschäftigt, das Britt *verarbeiten* nennt. Seit einem Jahr, Lee, seit einem knappen Jahr, seit ich dir mit Britt vor dem Polizeirevier begegnet bin, machst du nicht den leisesten Annäherungsversuch, nicht den allerkleinsten.«

»Natürlich nicht. Ich hatte nicht vor, den Fall, den Prozess, dich oder die Kinder zu verlieren, indem ich dich anmache, Menschenskind!«

»Aber das hättest du gern.«

»Ich …« Er nahm noch einen Schluck Bier. »Na ja, schon. Ich bin weder blind noch taub noch blöd. Du bist schön und schlau. So eine starke Frau wie dich habe ich noch nie kennengelernt, und du hast das größte Herz überhaupt.«

Sie spürte, wie sich an Stellen, die sie für längst abgestorben gehalten hatte, wieder etwas rührte. Auf einmal wurde ihr ganz heiß, und sie zitterte. »Ich habe es nicht einmal bemerkt, Detective Lee Keller, überhaupt nicht.«

»Du hattest genug um die Ohren. Dazu die Kinder. Das Letzte, was sie brauchen konnten, war jemand, der sich an ihre Tante heranmacht. An ihren einzigen Halt.«

»Ich stehe tief in deiner Schuld.«

Er stellte sein Bier ab, etwas fester als beabsichtigt, und sprang auf. »Genau das will ich nicht. Ich will nicht, dass du dich verpflichtet fühlst, es mit mir zu versuchen. Damit gebe ich mich nicht zufrieden, und das solltest du auch nicht.«

»Du hast absolut recht. Wirklich.«

»Wir sind also gute Freunde, und das ist gut so. Wenn du kein Interesse hast …«

Sie packte seine Krawatte und riss ihn an sich, um ihn mit einem Kuss zum Verstummen zu bringen. Und ob sie sich nicht damit zufrieden gab! Als sie seine Krawatte wieder losließ und ihm übers Gesicht strich, lächelte sie. »Du bist Detective. Auf welches Interesse schließt du aus meinem Verhalten?«

»Deine Neugier scheint geweckt zu sein.«

Lachend schmiegte sie sich an ihn. »Ich habe viel an dich gedacht, auch an so was. *Sei nicht so bedürftig, Emily, dräng dich nicht auf, nur weil er ein toller Typ ist*, hab ich mir gesagt. Und deshalb keinen Annäherungsversuch gewagt.«

Er zog sie an sich, damit er sie noch einmal küssen und spüren konnte, wie sie sich ihm hingab. »Deine Antwort in Bezug auf das Abendessen lautet also Ja?«

»Ich werde heute Abend was kochen, und du bleibst zum Essen. Die Kinder werden das brauchen, wenn wir ihnen von

Graham erzählen. Am Samstagabend würde ich mich dann gern zu einem richtigen Date mit dir verabreden.«

»Schön.« Er schloss die Augen und umarmte sie fest. »Ich hatte solche Angst, du könntest dich in jemand anders verlieben, bevor das Ganze vorbei ist.«

»Ich umgekehrt auch.« Sie löste sich von ihm und packte erneut seine Krawatte. »Komm mit.«

»Ich – jetzt? Sofort?«, fragte er, während sie ihn ins Haus zog.

»Die Kinder kommen erst in ein paar Stunden zurück. Statt zum Laden zu fahren, werden wir uns mit dem behelfen, was in der Vorratskammer ist. Es wird Zeit, Detective Lee Keller, dass wir unsere Annäherungsversuche machen.«

»Von nun an Chief Keller«, befahl er, als sie nach oben gingen. »Ich nehme den Job.« Er nahm nicht nur den Job. Bereits im Juni zog er in das Haus am See.

Im Herbst, als die Berge in Flammen standen und der See in der tief stehenden Sonne glitzerte, heiratete er sie.

***

Als Zane die Abschlussklasse der Lakeview High School besuchte, tat er das als Zane Walker. Das machte die Bigelow-Jahre nicht ungeschehen, aber sein Selbstwertgefühl stieg. Er schrieb weiterhin gute Noten und hielt sein Zimmer in Ordnung. Zum einen, weil er es so gewohnt war, zum anderen, weil die Angst tief saß. Er hing mit Micah ab, trainierte mit Dave und neckte seine Schwester. Er half im Haushalt, im Familienunternehmen und träumte von Mädchen. Er ging zur Therapie. Wenn er manchmal schweißgebadet aufwachte, konnte er aufstehen und zum Fenster gehen, sich wieder in Erinnerung rufen, auf welcher Seeseite er inzwischen lebte. Sich klarmachen, dass niemand im Flur darauf wartete, ihn zu verprügeln.

All das lag hinter ihm. Genauso wie sein sehnlichster Traum. Aus Zane Walker würde niemals ein Baseballprofi werden. Kein Scout würde sich bei ihm melden. Er konnte in der Provinzliga spielen, wenn er das wollte. Aber sein Arm war keine Rakete mehr und würde es nie wieder werden.

Nicht nur sein Ellbogen war an dem Abend, als er die Treppe hinuntergestürzt war, in die Brüche gegangen, sondern auch seine Träume. Alle, die ihm wirklich etwas bedeuteten. Er hatte sie nicht aufgegeben, zumindest nicht sofort. Er hatte sich auf die Operation, die Reha und die Physio eingelassen. Sobald Dr. Marshall ihm grünes Licht gegeben hatte, hatte er wieder damit angefangen, Gewichte zu heben, Muskeln aufzubauen. Aber sein Bewegungsradius blieb eingeschränkt, zu klein für einen Werfer in der Profiliga und selbst für den Collegesport. Alles, wovon er geträumt hatte, solange er denken konnte, worin er gut war und was er absolut liebte, war buchstäblich auf einen Schlag Geschichte geworden. Während seiner Therapie hatte er deswegen einen Nervenzusammenbruch gehabt. Peinlich. Dr. Demar hatte es verstanden oder zumindest so getan. Er durfte traurig und wütend sein, das half.

Es half auch, dass Emily nicht sagte, er solle sich nicht so anstellen. Dass er bei Dave seinen Frust rausschwitzen und Dampf ablassen konnte. Und dass Lee ... Wer hätte gedacht, dass die beiden ... Lee war fast genauso baseballverrückt wie Zane. Er kannte alle Statistiken und hatte selbst einen guten Wurfarm. Er hatte mit den Cops in Asheville im rechten Außenfeld gespielt.

Zane stand die Sache durch, auch wenn er sich oft mit einem Ball in der Hand auf seinem Bett ausstreckte und über dessen Nähte fuhr. Er wusste, dass er sich was Neues ausdenken musste, obwohl es ihm schwerfiel, über die Trümmer seines Traumes hinauszuschauen. Während das College früher Freiheit verheißen hatte, stand es jetzt für eine vage, verschwommene Zukunft.

Medizin kam definitiv nicht infrage. Obwohl er Dave und seine Arbeit als Rettungssanitäter bewunderte, wollte er auf keinen Fall Arzt werden. Wegen seiner guten Noten würde er auf eine gute Universität kommen. Gut möglich, dass sein Ehrgeiz etwas mit seiner tief sitzenden Angst zu tun hatte, aber gute Noten konnten nie schaden.

Während er so darüber nachdachte, stellte er fest, dass Literatur und Geschichte seine Lieblingsfächer waren. Aber was konnte man damit anfangen? Lehrer wollte er nicht werden. Grauenvoll! Er konnte ganz gut schreiben, aber auch das wäre nichts für ihn. Zum Militär gehen? Auf gar keinen Fall. Er hatte ohnehin das Gefühl, jahrelang wie ein Soldat gelebt zu haben. Daumen und Zeigefinger strichen über die Baseballnähte, liebkosten träge den gewachsten roten Faden. Polizist zu werden könnte cool sein. Lee war cool. Zane fand es toll, Verbrecher dingfest zu machen. Wer weiß, ob Graham ohne Lee hinter Gittern sitzen würde. Er wollte Leute wie Graham hinter Gitter bringen. Er hatte angefangen, Bücher über Strafrecht zu lesen und sich zu informieren. Er brachte schließlich eigene Erfahrungen mit. Je mehr er las und je mehr er nachdachte, desto klarer sah er einen Weg vor sich, der nicht mehr so dunkel und voller Schlaglöcher war. Nicht nur einen Weg, sondern einen Sinn im Leben.

Zane verbrachte viel Zeit damit herauszubekommen, wie man diesen Weg einschlug, dieses Ziel am besten erreichte. Er wollte sich zuerst einen Überblick über die Schwierigkeiten verschaffen, bevor er das Thema ansprach. Sprach man Sachen an, wurden sie so konkret. Wenn er nun all seine Hoffnung darauf setzte und dieser Traum auch noch zerplatzte, wüsste er nicht mehr, was er machen sollte. Dann ergab sich eine Gelegenheit. Er nahm seinen ganzen Mut zusammen und ging nach unten. Britt hatte eine Nachmittagsveranstaltung, und Lee wollte sie nach seiner Schicht abholen. Es war also nur Emily zu Hause. Sie wollte er als Erste einweihen.

Emily hatte etwas auf dem Herd stehen, das an einem kalten regnerischen Abend höchst tröstlich duftete. Während der Regen gegen die Scheiben prasselte, saß sie mit ihrem Notebook an der Küchentheke. Sie sah so glücklich aus, ja, sie strahlte förmlich. Das lag vermutlich an Lee. Die beiden wirkten, als wären sie schon ewig zusammen. Er wusste nicht, wie er das formulieren sollte. Seine Eltern hatten ebenfalls zusammengepasst, wenn auch auf eine raue, kaputte, dunkle Art. Seine Tante und Lee dagegen ergänzten sich ganz selbstverständlich. Das ganze Haus wirkte so tröstlich wie der Eintopf auf dem Herd. Er würde sein Leben lang tief in ihrer Schuld stehen.

Sie sah auf, als er hereinkam. Als sie ihm zulächelte, errötete sie sogar ein bisschen und klappte das Notebook auf eine Art zu, die ihm inzwischen vertraut war. Geheimnisse.

»Na, Kumpel, wie läuft's?«

»Gut. Das duftet echt köstlich.«

»Hühnersuppe. Ich werde ein paar Klöße als Einlage machen. Da habe ich richtig Lust drauf.«

»Brauchst du Hilfe?«

»Noch nicht, aber nachher vielleicht, wenn ich zu den Klößen komme. Du hast doch was auf dem Herzen. Komm, setz dich und spuck es aus.«

Er wusste, dass sie es ernst meinte und wirklich wissen wollte, was ihn beschäftigte. Trotzdem war er nervös. »Na ja, Folgendes.« Er setzte sich, rutschte hin und her und vergaß ganz, was er hatte sagen wollen. »Ich hab übers College nachgedacht.«

War es Erleichterung, die ihr übers Gesicht huschte? Ermutigend legte sie ihre Hand auf seine. »Das ist doch super, Zane. Und, was hast du für Pläne?«

»Ich habe gute Noten.«

»Sie sind mehr als nur gut. Sie sind exzellent.« Als er zögerte, drückte sie ihm erneut die Hand. »Sprechen wir es aus.

Ich weiß, wie hart es für dich ist, deinen Traum vom Baseballprofi aufgeben zu müssen. Die Ärztin meinte, du könntest es im Collegesport versuchen, deshalb …«

»Das wäre nur zweitklassig.«

»Ach, Zane, du bist viel zu hart zu dir.«

»Ich werde niemals gut genug sein, so ist es einfach. Das könnte ich nicht ertragen.« Es tat weh, mehr, als er ihr sagen konnte. Allein der Gedanken daran. »Ich muss mich von diesem Traum verabschieden und habe mir was anderes überlegt. Wie du weißt, wollten meine Eltern, dass ich Arzt werde.«

»Es geht nicht darum, was sie wollen, nie mehr. Sondern nur darum, was du willst. Genau das wünsche ich mir, Zane.«

»Ich will nicht Arzt werden. Ich habe an alles Mögliche gedacht, aber nichts hat mich so richtig gepackt.«

»Du musst dich noch nicht entscheiden. Im College darf man sich ausprobieren.«

»Aber ich habe mich entschieden. Ich möchte gern Jura studieren. Erst muss ich den Bachelor machen, das dauert zwischen zweieinhalb und vier Jahren. Danach kommen weitere drei Jahre Jurastudium.«

Sie lehnte sich zurück und musterte ihn gründlich. »Du willst Jura studieren und Anwalt werden?«

»Ja.« Jetzt, da er es ausgesprochen hatte, war es konkret. »Das würde ich gern versuchen. Englisch und Geschichte sind meine Lieblingsfächer. Das ist eine gute Grundlage. Ich habe Politikwissenschaften dazu gewählt, und das war gut. Die University of Virginia ist in Charlottesville. Das ist nur fünfhundertsechzig Kilometer weit weg, sodass ich öfter nach Hause kommen kann. Außerdem ist es eine gute Universität, ein guter Anfang. Wenn die mich überhaupt nehmen.«

»Du machst dir schon länger Gedanken darüber.«

»Ich musste erst wissen, ob ich das schaffen kann.«

»Zunächst einmal ...« Sie zeigte auf ihre Augen. »Schau mich an. Ist es das, was du willst? Was du wirklich willst?«

Meine Güte, wie sehr er sie liebte. »Ja, wirklich. Ich möchte es wenigstens versuchen. Ich möchte Staatsanwalt werden. Ich hab erst an den Polizeidienst gedacht, aber das fühlte sich nicht richtig an. Das hier schon.«

»Das ist toll, Zane.« Weil er ihr in die Augen sah, fiel ihm auf, dass sie feucht glänzten. »Du wirst das großartig machen. Jura. Mein Großvater war Anwalt, hier in Lakeview.«

»Ich weiß. Es gibt viele Stipendien, um die ich mich bewerben kann. Außerdem kann ich mir einen Nebenjob suchen, um darauf zu sparen. Es gibt Studiendarlehen und so was. Ich kann arbeiten, während ich auf dem College bin. Die ganze Ausbildung könnte sieben Jahre dauern, danach muss ich eine Zulassung kriegen. Manchmal bekommt man eine Stelle bei einer Firma oder einem Richter. Wenn ich Sommerkurse oder Seminare besuche, lässt sich das Ganze vielleicht um ein Jahr verkürzen. Trotzdem ...«

»Immer mit der Ruhe.« Sie beugte sich vor und strich ihm über das lang gewordene Haar. So dunkel wie ihr eigenes, lockte es sich ein wenig um sein Gesicht, über seinen Kragen. »Glaubst du etwa, du musst selbst für die Ausbildung zahlen?«

»Sie werden niemals für meine Collegeausbildung aufkommen. Außerdem will ich ihr Geld nicht. Und ich kann kein Geld von dir annehmen, das geht einfach nicht.«

Jetzt lehnte sie sich zurück und verschränkte die Arme. »Glaubst du etwa, du kannst mich daran hindern, dir zu helfen?«

»Du hilfst mir jeden Tag.«

Sie nahm sein Gesicht in beide Hände. »Hör auf, dir darüber Gedanken zu machen. Deine Großeltern haben bereits beschlossen, Britt und dir das College zu bezahlen.« Sie hob den Zeigefinger, damit er nicht widersprechen konnte. »Das nennt man Familienzusammenhalt. Wir haben dir nichts davon gesagt, weil wir dich nicht unter Druck setzen wollten. Du hättest ja auch beschließen können, dir ein Jahr freizunehmen oder ein Handwerk zu lernen. Jetzt weißt du, was du willst. Du kannst sie anrufen, es ihnen sagen und dich bei ihnen bedanken.« Sie lehnte sich wieder zurück. »Damit meine ich nicht, dass du nicht jobben und für einige Ausgaben selbst aufkommen solltest. Das nennt man Verantwortung übernehmen. Du kannst für mich arbeiten, wie neulich im Sommer, oder dir etwas anderes suchen, solange es deine Leistungen nicht beeinträchtigt.«

»Es könnte sieben Jahre dauern und viel Geld …«

Sie legte ihm den Zeigefinger auf die Lippen. »Pst! Das ist sehr lieb und großzügig von deinen Großeltern. Du wirst es ihnen nie vergessen. Du wirst ihnen erlauben, dir diesen Gefallen zu tun.« Dann lachte sie. »Staatsanwalt Zane Walker – wow!« Sie umarmte ihn fest. »Komm, lass uns Klöße machen.« Sie wollte aufspringen, ging aber in die Knie und musste sich an der Küchentheke festhalten. Sie wurde leichenblass und taumelte.

Da sprang Zane auf. »Setz dich. Alles in Ordnung? Herrje, Emily.«

»Alles gut, alles bestens. Ich bin bloß zu schnell aufgestanden. Puh!« Sie ließ sich erneut nieder und steckte den Kopf zwischen die Knie.

»Irgendwas stimmt nicht.« Er tätschelte ihr den Rücken und holte ihr ein Glas Wasser. »Du bist krank. Ich rufe Lee an.«

»Ich bin nicht krank.« Ihre Stimme klang ganz dünn und leise. »Gib mir eine Sekunde.«

Er stellte das Wasser ab und strich ihr über den Rücken, übers Haar. »Ich rufe Lee an.«

»Lee weiß Bescheid.«

Als es ihm den Boden unter den Füßen wegzog, ging er in die Knie. Doch sie richtete sich wieder auf, ganz langsam. Sie hatte wieder etwas Farbe bekommen, zum Glück. Dann atmete sie tief durch und nahm ein paar Schluck Wasser. »So, besser. Also, du hast mir erzählt, was du auf dem Herzen hast. Dann sollte auch ich dir erzählen, was bei mir los ist.«

Er wappnete sich gegen das Schlimmste, das Allerschlimmste, als sie das Notebook aufklappte und mit dem Bildschirm zu ihm drehte. »In der neunten Woche … schwanger? Du bist schwanger.«

Sie stieß ein Lachen aus, laut und glücklich, während sein Blick automatisch zu ihrem Bauch huschte. »Noch sieht man nichts. Aber so langsam bekomme ich Schwierigkeiten, wenn ich die Jeans zuknöpfen will.«

»Du bist schwanger.« Es fiel ihm schwer, das zu verdauen.

»Wir wollten noch ein paar Wochen warten, bevor wir Britt und dir Bescheid sagen, aber du hast mich ertappt. Ich hab es vier Wochen vor der Hochzeit erfahren. Überraschung!« Wieder dieses Lachen. »Wir wollten es probieren, weißt du, hätten aber nie damit gerechnet, dass es so schnell geht.«

»Du freust dich aufrichtig.«

»Machst du Witze? Wir sind außer uns vor Glück. Es war schwer, euch nichts zu sagen, niemandem etwas zu sagen. Freunden, Nachbarn, Wildfremden. Aber wir wollten Britt und dir Zeit geben, euch einzugewöhnen. Dann kam der Schulanfang, und … das hier sollte ebenfalls Zeit bekommen, sich einzugewöhnen.« Sie legte eine Hand auf den Bauch. »Mir wird manchmal schwindelig. Das ist normal. Keine Morgenübelkeit, und darüber bin ich froh. Kommst du damit klar?«

Er musste sich ebenfalls setzen. »Britt und ich können mehr mithelfen. Im Haushalt, bei den Bungalows. Du kannst sitzen bleiben und mir sagen, wie man die Klöße macht. Ich krieg das hin. Das da ist mein Cousin oder meine Cousine.«

»Auch das ist normal«, sagte sie, als sie weinen musste. »Ich hab schon heute Morgen geheult, als Lee meinte, dass er Britt vom Training abholt.«

»Du liebst ihn wirklich«

»Ja, das tue ich.«

»Lee und Dave sind die beiden tollsten Männer, die ich kenne.«

»Ach herrje, jetzt geht's schon wieder los.« Diesmal wühlte sie nach einem Taschentuch. »Weißt du was? Vor den Klößen rufen wir Grams und Pop an. Wir haben gleich zwei tolle Nachrichten für sie. Und ich kann noch eine ordentliche Runde heulen, bevor ich dir zeige, wie man Klöße macht.«

»Abgemacht! Emily?« Er grinste bis über beide Ohren. »Das ist echt cool.«

***

Im Frühling brachte Emily einen gesunden Jungen mit dunklem Haar und einer Stimme zur Welt, die Pavarotti alle Ehre gemacht hätte. Sie nannten ihn Gabriel.

In diesem aufregenden, wunderbaren Frühling führte Zane eine hübsche Blondine namens Orchid auf den Abschlussball und machte seine erste sexuelle Erfahrung. Seine Beziehung zu Ashley war vor Langem in die Brüche gegangen. Er beschloss, dass Sex, echter Sex, mindestens so toll war wie Baseball.

Britt übernahm die Rolle der Rizzo im Frühlingsmusical *Grease* und verliebte sich kurz in einen schlaksigen Erstsemester, der ihr ihren ersten Liebeskummer bescherte.

Zane wurde von der University of Virginia angenommen und atmete erleichtert auf. Er feierte seinen Schulabschluss. Während der Zeremonie, auf der vieles zu enden und neu zu beginnen schien, war er wunschlos glücklich.

Micah, der darauf wartete, auf die Bühne zu gehen. Dave, der Zane zunickte und ermutigend die Faust reckte. Seine Großeltern, die ihn mit feuchten Augen ansahen. Seine grinsende Schwester. Lee, der das Baby hielt, damit Emily aufstehen und ihm zujubeln konnte.

Das war seine Welt. Sein Fundament, auf das er bauen konnte. Jetzt musste er nur noch seinen Beitrag dazu leisten.

Teil 2

Heimkehr

Zuhause ist da, wo alles beginnt.

T.S. Eliot

Man muss nicht mit aller Kraft zuschlagen,
um einen Homerun zu schaffen.
Wenn das Timing stimmt, klappt es.

Yogi Berra

8

Februar 2019

Darby hatte nicht blind mit dem Finger auf die Landkarte getippt, um auf Lakeview in North Carolina zu kommen. Sie war ganz systematisch vorgegangen. Ihr Ziel war der Süden, aber nicht der tiefe Süden. Sie wollte Wasser in der Nähe haben, aber kein Meer. Keine Großstadt, aber auch nicht zu ländlich. Und sie wollte Grün, Bäume und Gärten sehen, wenn sie aus dem Fenster schaute. Irgendwann wollte sie auch Kontakte und Freundschaften knüpfen, aber das hatte keine Eile. Denn sie brauchte Zeit für sich. Die würde sie sich auch gönnen. Egal, worauf ihre Wahl fiel, sie würde mindestens zwei Wochen bleiben, bevor sie entschied, weiterzuziehen oder nicht. Wenn alles passte, würde sie sich endgültig niederlassen.

Sie brauchte dringend ein Zuhause, ein Ziel, etwas, das sie erdete. Schon viel zu lange fühlte sie sich in der Schwebe wie ein dahintreibender Ballon. Sie wollte nicht in der Schwebe bleiben, sie wollte Wurzeln schlagen. Deswegen hatte sie Landkarten studiert und im Internet recherchiert. North Carolina schien ihren Anforderungen genau zu entsprechen. Dort herrschte ein pflanzenfreundliches Klima mit ausreichend langen Ruheperioden. Das sogenannte High Country, über das sie bis vor Kurzem so gut wie nichts gewusst hatte, schien überaus attraktiv zu sein. An Berge hatte sie bisher nicht gedacht, doch ihr gefiel die Vorstellung, sie in der Ferne aufragen zu sehen.

Lakeview schien für ihre Bedürfnisse ideal zu sein. Dort gab es das Wasser, nach dem sie sich sehnte, und die Berge, die sie sich inzwischen wünschte. Außerdem hatte der Ort genau die richtige Größe. Wenn man das Bedürfnis danach hatte, gab es genug anständige Städte in der Nähe. Sollte es ihr nicht gefallen, würde sie einfach weiterziehen. Sie beschäftigte sich mit Klimatabellen, Niederschlagsmengen, Anbauphasen und einheimischen Gewächsen, um sich anschließend über den Wirtschaftsstandort Lakeview zu informieren. Wo kauften die Leute ein? Wo gingen sie essen? Womit verbrachten sie ihre Freizeit? Sie sah sich Hotels, Motels, Bed & Breakfasts und Mietwohnungen an. Dabei stieß sie auf die Webseite der *Walker Lakeside Bungalows*.

Emily Walker Keller war ihr vom Foto her auf Anhieb sympathisch. Ihr gefiel, dass die Familie bereits seit drei Generationen ansprechende Bungalows vermietete. Schön abgeschieden mit genügend Privatsphäre gelegen, aber nicht wirklich einsam. Viele Bäume oder, besser, Wald, was erst recht Interesse bei ihr weckte. Erst als sie all das wusste, hatte sie den Schritt gewagt, online einen Bungalow zu reservieren. Für einen Monat. Sollte sie bereits nach zwei Wochen genug haben, würde sie die restliche Bezahlung verfallen lassen. Ein echtes Abenteuer!

Sie packte ihr verbliebenes Hab und Gut ein. Den Rest hatte sie bereits verkauft oder gespendet. So reiste sie mit leichtem Gepäck. Nichts hielt sie in dem Haus in dem hübschen Vorort von Baltimore, das ihr nicht mehr gehörte. Mit diesen Gedanken belud sie ihren Wagen. Ein letztes Mal drehte sie sich zu dem hübschen alten Ziegelbau um, zu dem Garten unter einer frischen Schicht Februarschnee. Nachdem die neuen Eigentümer am Vormittag ins Grundbuch eingetragen worden waren, hatten sie ihr noch den Nachmittag Zeit gegeben zu packen und weiterzuziehen, wofür sie sehr dankbar war. Diese Menschen würden sich von nun an im Frühling an den tanzenden Zweigen der weidenblättrigen Birne erfreuen. Sie würden den Rasen mähen, in der Küche sitzen und im Schlafzimmer schlafen, das Haus zu neuem Leben erwecken, das seit fast einem Jahr im Dornröschenschlaf gelegen hatte. Genau wie sie. Es hatte verdient, wieder von einer Familie bewohnt zu werden. Sie konnte ohne Bedauern Abschied nehmen. Also stieg sie in den Wagen, setzte ihre Sonnenbrille auf, um die Augen vor der grellen Sonne zu schützen, und drehte das Radio richtig laut.

Höchste Zeit, weiterzuziehen.

Auf direktem Weg wäre sie in acht Stunden am Ziel. Doch Darby wollte sich eine ganze Woche Zeit nehmen. Die Reise sollte eine Erkundungsfahrt werden, ein Abenteuer, denn sie bedeutete nichts Geringeres als Freiheit. Unterwegs konnte sie sich komplett neu erfinden und fahren, wohin sie wollte. Sie nahm eine Auszeit von allem. So gesehen waren Essigchips und eine kalte Cola als Frühstück voll in Ordnung.

Durchs Fenster eines Motels im Shenandoah Valley sah sie dem Schneegestöber zu und machte einen Abstecher nach West Virginia. Wieso auch nicht? Sie nahm kleine Nebenstraßen, fuhr über die Berge. Langsam arbeitete sie sich nach Osten vor.

In Charlottesville unterbrach sie ihre Reise für einen Tag. Sie machte einen Ausflug zum Herrenhaus von Monticello, stöberte in Kunstgalerien und beschloss den Tag mit einem extrem köstlichen Risotto und einem gekühlten Pinot Grigio.

Hinter Charlottesville führten die Nebenstraßen durch Felder, Weinberge und Kleinstädte, vorbei an alten Villen und Neubausiedlungen. Sie fuhr verführerischem Frühlingsgrün entgegen, das wirkte wie ein einziges Versprechen, in der Luft eine warme Brise wie ein zartes Seufzen. Weil sie erst am nächsten

Tag in den Bundesstaat North Carolina einreisen wollte, suchte sich Darby ein Motel in Grenznähe und aß Southern Fried Chicken. Serviert wurde es ihr von einer fröhlichen Kellnerin namens Mae, die sie mit *Sweetie-Pie* ansprach. Mae hatte strohgelbes Wuschelhaar mit dunkel nachwachsendem Ansatz, einen üppigen Busen und ein Lächeln, das genauso tröstlich war wie der Kartoffelbrei mit Soße auf Darbys Teller.

Die Nacht verbrachte sie damit, dem Liebespaar im Nebenzimmer zu lauschen, das jede Menge lauten, begeisterten Sex hatte. Als ihre innere Uhr sie kurz vor Tagesanbruch weckte, stand sie auf und nahm eine Dusche. Nachdem sie ihr Gesicht im Spiegel betrachtet hatte, beschloss sie, dass etwas Make-up nicht schaden konnte. Schließlich würde sie bald ihren ersten Auftritt in Lakeview haben. Sie zog Jeans, T-Shirt und Kapuzenpulli an, schlüpfte in ihre geliebten, reichlich ramponierten Stiefel und warf ihren Nachbarn Luftküsse zu, während sie sich ihre Sporttasche über die Schulter warf. Am Automaten zog sie Kekse und Cola. Damit blieb sie eine Weile im Auto sitzen, um die Morgendämmerung zu bewundern, die mit ihren Rosaschattierungen die Nacht ablöste.

Sie fuhr weiter nach Süden und bei Sonnenaufgang über die Grenze zu North Carolina. Dabei hing sie ihren Gedanken nach. Noch musste sie sich nicht den Kopf über Organisatorisches zerbrechen, befand sich mitten im Nirgendwo und konnte jede Straße, jeden Umweg nehmen, nach Norden oder Osten abbiegen. Sie konnte einen oder zwei Tage ihrer Reservierung verfallen lassen oder absagen, wenn sie wollte. Sie allein bestimmte, wo es langging, und niemand sonst. Aber sie fuhr weiter nach Westen und sah die ersten Berge. Zunächst waren das nur Schatten vor der Sonne, bis sie irgendwann Gestalt annahmen. Darby überließ sich ihrer Sogwirkung. Sie hatte Zeit, sich umzuschauen. Zeit, sich auszuprobieren.

Als Darby Lakeview zum ersten Mal erblickte, stand die

Sonne funkelnd am Himmel, schickte ihre Strahlen die Berge hinunter bis in die Täler, ließ das Vorgebirge aufleuchten und den See funkeln wie einen Diamanten. Noch war der Frühling nicht im High Country angekommen, doch seine Vorboten waren bereits zu spüren. Zuallererst wollte sie sich den Ort anschauen. Die Landschaft hatte viel zu bieten, aber um Zukunftspläne zu schmieden, musste sie sich organisieren. Sie brauchte Kunden, eine Nachfrage für das, was sie anzubieten hatte.

Rasch stellte sie fest, dass der See nahe der Ortsmitte lag, was nur logisch war. Ein Kai, ein Hafen, Läden, die alles verkauften, was irgendwie mit Wassersport, mit Segeln, Schwimmen oder Paddeln, mit Sonnenbaden oder Angeln zu tun hatte. Outdoor-Läden für Wanderer und Sportler. Kunstläden, Geschenkeläden, Restaurants, hübsche Hotels. Lauter Geschäftsmodelle, die sich bewährt zu haben schienen. Menschen schlenderten über die Bürgersteige oder marschierten forsch an ihr vorbei. Viele flanierten über die Hafenpromenade. Ein paar Boote kreuzten über den blauen See. Häuser im Zentrum. Häuser für Leute, die mehr Platz bevorzugten. Häuser mit Gärten. Häuser an Hängen mit Schatten spendenden Bäumen und Zierbüschen, deren Knospen darauf warteten zu explodieren.

Ein ruhiges Plätzchen. Zumindest im Vergleich zu dem Ort, an dem sie ihr bisheriges Leben verbracht hatte. Doch kein verschlafenes Nest. Der See, die Hügellandschaft, die Berge und Wälder lockten Touristen an, und das war gut so. Aber Touristen waren nicht ihre Zielgruppe. Sie schlängelte sich durch eine Siedlung, Lakeview Terrace. Große Häuser, vornehme Villen – die größten und vornehmsten hatten Seeblick und riesige Gärten. Es gab sogar einen eigenen kleinen Park und einen kleinen Spielplatz. Sie verließ die Siedlung wieder und begann, den See zu umrunden. Häuser, von denen einige früher reine Ferienhäuser gewesen waren, wie sie gelesen hatte. Manche davon wurden vermutlich immer noch nur von Sommergästen bewohnt. Einige waren direkt in die Ausläufer der Berge hineingebaut worden und verfügten über jede Menge Glas, um die Aussicht zu genießen, darüber hinaus gab es Holzterrassen für warme Tage und Nächte. Was sie mit diesen faszinierenden Felshängen alles anstellen könnte, wenn man sie nur ließe!

Auf den Straßen herrschte durchaus Verkehr, aber nicht zu viel. Auch das war gut so. Sie sah einen Mann mit roter Anglermütze, der am Ende eines Steges fischte. Eine Frau mit Baby in einer Bauchtrage, aus der knubbelige Beinchen baumelten. Die Frau hatte einen großen schwarzen Hund an der Leine. Darby betrachtete sie im Rückspiegel und beobachtete, wie die Frau den Hund von der Leine ließ. Der große Hund lief zum See und sprang mit einem lauten Platschen ins Wasser. Verzückt verlangsamte Darby die Fahrt, um dem Hund zuzusehen, der schwamm wie ein Otter. Darüber hätte sie fast das Schild zur Rezeption der *Walker Lakeside Bungalows* übersehen.

Vor der Abbiegung verengte sich die Straße, Asphalt wich Kies, und die Wälder kamen näher. Das Ganze sah aus wie ein Feenreich. Oder wie die klassische Kulisse für einen Serienmörderfilm. Es dauerte nicht lange, und sie erreichte den hübschen Bungalow mit dem Schild *Rezeption*. Er besaß eine Veranda mit zwei Schaukelstühlen und einem Tisch, ein Weg führte über Rasen, in dem mehr Unkraut als Gras wuchs, dafür war er frisch gemäht. Sie sah Licht hinter den Fenstern und Rauch aus dem Kamin steigen. »Da wären wir«, murmelte sie, griff nach ihrer Tasche und sprang aus dem Wagen. Sie nahm den Kiesweg. Hier gehörten Schieferplatten hin, Schieferplatten mit Sternmoos dazwischen. Auf der Veranda stellte sie sich ganz traditionell rosa Azaleen vor, neben dem Eingang flankierende Übertöpfe, die je nach Jahreszeit anders bepflanzt waren.

Sie wollte schon klopfen, als sie das Schild mit der Aufschrift *Bitte treten Sie ein* sah und gehorchte.

An einem langen, auf Hochglanz polierten Tisch saß eine Frau vor dem Computer. Im Kamin brannte Feuer. Die Frau hatte dunkles, fast schulterlanges Haar. Emily Walker Keller sah genauso aus wie auf dem Foto ihrer Webseite. Attraktiv, fand Darby, Ende vierzig vielleicht. In Jeans, marineblauem Pulli und festen Stiefeln. Als Darby die Tür hinter sich schloss, sah sie auf. Der große braune Hund, der unter dem Tisch geschlafen hatte, öffnete die bernsteinfarbenen Augen und wedelte mit dem Schwanz.

»Hallo. Darby McCray?«

»Ja.«

»Emily Keller. Willkommen in Lakeside.«

Sie stand auf und reichte ihr die Hand. In ihren intensivgrünen Katzenaugen stand Herzlichkeit, gleichzeitig tasteten sie Darby kurz ab. »Und, wie war die Reise?«

»Ach, sehr interessant.« Da der Hund inzwischen an ihren Stiefeln schnupperte, nach wie vor schwanzwedelnd, tätschelte ihm Darby den Kopf.

»Rufus gehört zum Empfangskomitee.«

»Er ist wunderschön.«

»Er ist ein guter Junge. Wie wär's mit Kaffee, Tee oder Erfrischungsgetränk, bevor wir uns den Formalitäten zuwenden?«

»Cola wäre toll, wenn Sie was da haben.«

»Hab ich. Setzen Sie sich, ich bin gleich wieder da.«

»Ich habe ehrlich gesagt ziemlich lange gesessen. Darf ich mich umschauen?«

»Natürlich. Sie können mich begleiten, wenn Sie mögen.«

Ein Flur führte von der Rezeption in einen Lagerraum mit Regalen voller Bettwäsche, Handtücher, Decken, Salz- und Pfefferstreuer, Kaffeekannen, Teekannen, Toaster, Mixer, Gläser und Geschirr. In einem weiteren Raum befanden sich Putzgerätschaften. Eimer, Mopps, Besen, Staubsauger, Reinigungsmittel und säuberlich aufeinandergestapelte Lappen.

»Sie sind sehr gut organisiert«, bemerkte Darby.

»Ja, sonst würde das Chaos regieren. Das wollen wir unseren Gästen lieber nicht zumuten.« Sie führte Darby in eine Küche. Klein, aber gut ausgestattet, auch hier stand ein langer Tisch. »Das ist unser Pausen- oder Konferenzraum.« Emily holte Gläser aus einem Schrank und füllte sie mit Eiswürfeln. »Das Zimmermädchen kommt täglich zwischen neun und elf Uhr morgens. Wenn es Ihnen früher oder später lieber ist, geben Sie uns einfach Bescheid.«

»Nein, nein, das passt schon.«

»Wir haben Ihren Bungalow mit allem ausgestattet, was Sie angekreuzt haben. Wenn Sie Nachschub wünschen, einfach Bescheid sagen, innerhalb von drei Stunden haben Sie, was Sie wollen. Ihr Willkommenspaket enthält alle nötigen Informationen zu Lebensmittelläden, Restaurants, Freizeitaktivitäten und Wanderwegen.«

Während Emily Cola über die Eiswürfel goss, lief Darby zum Fenster, das auf einen gepflasterten Hof hinausging. *Schiefer*, dachte sie erneut. *Schieferplatten mit Mörtelfugen. Ein paar Blumentöpfe und vielleicht eine Rankhilfe für Kletterpflanzen.*

»Da Sie einen ganzen Monat bleiben, dürften Sie ausreichend Gelegenheit haben, die Gegend zu erkunden.«

Darby drehte sich um und nahm das Getränk entgegen. »Danke, ja, genau das habe ich vor. Ich habe eine Frau mit Baby gesehen, in einem dieser …« Sie fuchtelte mit der Hand vor dem Bauch herum. »Und einem großen schwarzen Hund. Der ist sofort ins Wasser gesprungen, um zu schwimmen.«

»Was für ein Zufall. Das waren meine Nichte Britt und unsere kleine Audra, zusammen mit ihrem Hund Molly, der sich einbildet, er wäre ein Fisch.«

»Sie haben also Familie hier.«

»Ja. Britt und ihren Mann Silas sowie das Baby. Mein Neffe wird ebenfalls bald zurückkehren. Zane hat seit dem College in Raleigh gelebt und gearbeitet. Ich freue mich auf ihn. Ich selbst habe zwei Söhne im Teenageralter.« Sie verdrehte die Augen.

»Wie schön.« Das schmerzhafte Ziehen, das Darby verspürte, war weniger schlimm als früher. »Nichts geht über Familie.«

»Ja, auch wenn mein Mann und ich manchmal Riesenängste um unsere Jungs ausstehen. Sie kommen aus der Gegend von Baltimore. Stammt Ihre Familie auch von dort?«

»Nein, meine Mutter und ich haben dort nur gewohnt. Sie ist letztes Jahr gestorben.«

»Ach, das tut mir sehr leid.«

»Mir auch. Es ist wunderschön hier. Ich bin Ihre Broschüre durchgegangen und habe gründlich im Internet recherchiert, trotzdem weiß man nie so recht, was einen erwartet.«

»Da kann ich Ihnen nur zustimmen. Sie werden Ihren Aufenthalt genießen, dafür verbürge ich mich.«

Ein hübsches Ding, fand Emily, während sie wieder zur Rezeption voranging. Ein bisschen dünn vielleicht, aber nicht zerbrechlich. Knallblaue Augen, dazu eine Kurzhaarfrisur mit seitlich angeschrägtem Pony in der Farbe der Fuchsstute, nach der sie sich als Zehnjährige so verzehrt hatte. Eher kantig, sowohl vom Gesicht her als auch figürlich, mit Händen, die sichtlich zupacken konnten. Bis auf einen kurzen Moment von Traurigkeit, als sie von ihrer Mutter gesprochen hatte, schien die junge Frau vor Energie nur so zu strotzen.

Sie unterhielten sich angeregt, während sie die Formalitäten erledigten. Emily behielt ihre Fragen für sich. Warum Darby allein reiste. Welchen Beruf sie ausübte. Was sie einen ganzen Monat lang allein an diesem Ort machen wollte. Wenn ein Gast das Personal kennenlernen wollte, würde er es zeigen.

»So, wir sind fertig. Sie können mir zu Ihrem Bungalow hinterherfahren, dort erkläre ich Ihnen alles.«

Sie nahm den Hund mit, der den Kopf aus dem Beifahrerfenster streckte, Ohren und Zunge flattern ließ. Es war, als wollte er den Wind schmecken. Eine kurze Fahrt mit dem Auto, nicht mehr als ein halber Kilometer. Sie kamen an einem wunderschönen alten Haus mit umlaufender Veranda, vielen Fenstern und einem altersschwachen Dach vorbei. Das Gebäude schrie aus Darbys Sicht förmlich danach, liebevoll gestaltet zu werden. Als sie vor ihrem Holzbungalow hielten, schlug ihr Herz einen Purzelbaum. Kaum war sie aus dem Wagen gestiegen, lief sie einmal rundherum … und dann noch einmal.

»O Gott, perfekt, einfach nur perfekt.«

»Das ist Musik in meinen Ohren.«

»Im Ernst. Ach, die Aussicht! Ich habe mir Wasser gewünscht. Kein Meer, aber ein bisschen Wasser. Dieser See übertrifft meine Erwartungen bei Weitem. Dazu die Berge, die Bäume und das Haus mittendrin. Einfach hinreißend.«

»Segeln Sie?«

»Nein.«

»Angeln Sie?«

Lachend schüttelte Darby den Kopf.

»Na ja, bevor der Monat um ist, können Sie's vielleicht. Im Ort kann man Boote mieten, Kanus und Kajaks. Motorboote sind auf dem See verboten. Wir erledigen das gern für Sie. Manche haben eine Angelausrüstung an Bord, Angelschein inklusive.«

»Ich werde mich gleich mit einem Glas Wein auf die Veranda setzen, den Sonnenuntergang bewundern und zusehen, wie das Abendrot den Himmel über dem See färbt.«

»Das klingt herrlich. Malen Sie?«

»Nein, überhaupt nicht. Sie müssen überglücklich sein, hier leben zu dürfen.«

»Ja, und zwar mein Leben lang.« Emily ging vor zur Veranda, wieder über einen Kiesweg, und schloss die Tür auf. »Willkommen in Ihrem Zuhause weit weg von zu Hause.«

Es roch nach Orangenschalen und poliertem Holz. Der Kamin war bereits mit Scheiten bestückt, davor stand ein großes Sofa mit einem ruhigen blaugrünen Bezug. In der Ecke gab es einen gemütlichen Besucher- und einen Lesesessel. Ein langer Esstisch trennte das Wohnzimmer von der Küche, die in den letzten Jahren erneuert worden war. Glänzender Edelstahl, perlweiße Arbeitsflächen und dunkle Holzschränke. Auf der Theke standen Kaffeemaschine und Toaster und auf dem Herd ein knallroter Wasserkessel. Den Esstisch schmückte eine blaue, großzügig gefüllte Obstschale.

»Ich bin begeistert.«

»Noch mehr Musik in meinen Ohren. Sie haben zwei Schlafzimmer. Ich gehe davon aus, dass Sie das große benutzen werden. Ein Gästebad befindet sich hier.«

Sie wartete, bis Darby den Kopf hineinsteckte. Klein, aber praktisch mit einer Duschkabine in der Ecke, einem hübschen Schminktisch, einer Vase mit Tigerlilien und mit flauschigen Handtüchern.

»Das ist das zweite Schlafzimmer.«

Auch das gefiel ihr mit seiner weißen Bettwäsche, der dekorativ am Fußende drapierten bunten Decke, der Kommode, dem Schrank und den Lämpchen mit den hübschen weißen Schirmen.

»Entzückend.«

»Hübsch, nicht wahr? Und jetzt das große.«

Wieder schlug ihr Herz einen Purzelbaum. Das Himmelbett zeigte zu einem breiten Fenster, von dem aus man einen herrlichen Blick auf den See und die Berge hatte. »Diese Aussicht erwartet mich jeden Morgen nach dem Aufwachen?« Darby seufzte selig. »Unglaublich. Mrs. Keller …«

»Emily. Wir sind Nachbarn.«

»Emily, es ist wunderschön. Vielleicht schaffe ich es gar nicht mehr bis auf die Veranda. Vielleicht lege ich mich nur hierhin und schaue den ganzen Tag nach draußen.« Sie drehte eine Runde, strich über die Bettwäsche, die Fensterbank. Und hätte fast einen Freudentanz vollführt, als sie das Bad sah.

»Groß genug?«

»Riesengroß.« Es enthielt eine ovale, frei stehende Wanne mit Massagedüsen, einen langen Waschtisch mit zwei Becken aus glänzendem Kupfer. Die Natursteinfliesen waren in warmen Erdtönen gehalten. Ein hübscher Korb mit Pröbchen sowie weitere Tigerlilien standen auf dem Waschtisch. Ein großes Fenster gab den Blick auf die Natur frei.

»Wir haben vor ein paar Jahren renoviert«, erklärte Emily. »Ich fand, das war notwendig.«

»O ja, das hat sich wirklich gelohnt.«

»Vielleicht möchten Sie morgens oder abends Feuer machen. Auf der hinteren Veranda liegt Holz.« Sie zählte weitere organisatorische Dinge auf. Darby versuchte sich alles zu merken, glaubte aber zu träumen. »Wenn Sie etwas brauchen oder Fragen haben, wählen Sie die im Willkommenspaket notierte Nummer. Darf ich Ihnen mit dem Gepäck behilflich sein?«

»Nein danke. Fürs Erste brauche ich nur meine Tasche.«

»Dann lass ich Sie erst mal richtig ankommen.«

»Danke, danke vielmals.«

Als sie allein war, ging Darby erneut von Zimmer zu Zimmer, trat auf die Terrasse hinaus und vollführte einen kleinen Freudentanz. Dann stellte sie sich vors Haus und vollführte einen zweiten. Sie würde gar nicht erst auf den Sonnenuntergang warten, sondern schenkte sich gleich ein großzügiges Glas Wein ein. Das trug sie nach draußen und nahm in einem der großen Verandasessel Platz. Sie prostete dem See und sich selbst zu. *Auf die Zukunft!*

***

Es war nur vernünftig, sich ein, zwei Tage zum Runterkommen zu gönnen. Vor allem, wenn das lange Spaziergänge mit einschloss, auf denen sie die hiesige Flora und Fauna studierte – im übertragenen, aber auch im eigentlichen Sinn. Darby musterte die Topografie, analysierte den Boden und verschaffte sich einen Eindruck davon, wie die Leute ihre Gärten gestalteten.

Ausflüge ins Ortszentrum, Gespräche mit Ladenbesitzern und ihren Kunden gehörten ebenfalls zum Programm. Die Leute unterhielten sich gern mit ihr, erzählten ihr häufig Details aus ihrem Leben, als wäre sie eine alte Bekannte. Ihre Mutter hatte sie als *Gefühlsmagneten* bezeichnet. Doch Darby betrachtete sich vor allem als gute Zuhörerin. Wie sie in diesen ein, zwei Tagen erfuhr, lebten hier Wasser- und Bergliebhaber. Einheimische und Zugereiste. Sommergäste und ständige Bewohner. Außerdem war in Lakeview und Umgebung aus ihrer Sicht jede Menge Platz für eine neue Geschäftsidee.

Die nächsten Tage verbrachte Darby damit, Baumschulen und Gärtnereien zu besuchen. Den Anfang machte *Best Blooms* am Ortsrand, geführt von einem reizenden Paar mit drei erwachsenen Kindern, fünf Enkeln und bald auch noch Zwillingen. Es war seit dreiundvierzig Jahren verheiratet und schon seit der Schulzeit zusammen. Er hatte um ihre Hand angehalten, nachdem das romantische Picknick, das er so akribisch geplant hatte, von Ameisen vereitelt worden war.

Sie besuchte jedes Gartencenter im Umkreis von achtzig Kilometern, machte sich wieder Notizen, fertigte Tabellen an und trank Wein auf der Veranda, während sie alles genau ausarbeitete. Träume waren unverzichtbar, Kreativität ein Muss, aber erst die schweißtreibende Arbeit an den Details und ein Businessplan ließen Träume wahr werden.

Am Ende der ersten Woche stand alles. Darby war bereit, die schweißtreibende Arbeit zu verrichten, und wusste genau, wo sie damit anfangen wollte. Sie ging zur Rezeption. Auf dem Weg dorthin blieb ihr genug Zeit, zu überlegen, wie sie es anstellen wollte. Leise murmelte sie die Worte vor sich hin und konnte sich gerade noch rechtzeitig auf die Zunge beißen, als sie Emily mit der Frau sah, die damals das Baby vor dem Bauch getragen und den wasserverrückten Hund ausgeführt hatte. Diesmal fehlte der Hund, und Emily hatte das dunkelhaarige Baby auf der Hüfte sitzen.

»Hallo Darby, kommen Sie und lernen Sie das süßeste Baby aller Zeiten kennen. Und seine Mutter natürlich.«

Die Mutter hatte ebenfalls dunkles Haar, das sie zu einem glatten Pferdschanz gebunden hatte, dazu grüne Augen, die bläulich schimmerten. Sie trug einen blauen Hosenanzug, der genauso elegant wirkte wie der Pferdeschwanz, dazu Schuhe mit niedrigen Absätzen, und schien ein wenig verzweifelt zu sein.

Darby ließ den Kiesweg knirschen. »Hallo, ich bin Darby McCray. Ich habe Sie mit Audra und Molly spazieren gehen sehen, als ich am Samstag angekommen bin. Ich würde sagen, Molly hat das Zeug zur Olympiaschwimmerin.« Das Baby streckte die Arme nach ihr aus wie so viele Babys. Es gluckste und strampelte mit den Beinchen. Lachend reckte Darby ihm die Arme entgegen. »Darf ich?«

»Wow.« Britt rückte die Windeltasche zurecht. »Meine Tochter ist zwar recht extrovertiert, aber das ist eine Premiere. Wenn Sie nichts dagegen haben?«

»Soll das ein Witz sein?« Darby nahm Emily das Baby ab und kuschelte mit ihm. »Sie weiß eben, dass ich ihr bei nächster Gelegenheit einen Keks zustecken werde.« Als das Baby fröhlich an ihren Haaren zerrte, lächelte Darby. »Aber ich habe Ihr Gespräch unterbrochen.«

»Nein. Tut mir leid. Schön, Sie kennenzulernen. Tut mir leid«, wiederholte Britt. »Unsere Babysitterin ist in der Notaufnahme gelandet.«

»Nein!«

»Vermutlich hat sie sich den Zeh gebrochen. Nichts Ernstes, aber nicht gerade toll, was die Kleinkindbetreuung angeht. Emily …«

»Wir kriegen das hin. Im Notfall springe ich immer ein. Geh nur, mach dir um uns keine Sorgen.«

»Ich mache mir keine Sorgen. Es ist nur so, dass … Danke.« Sie reichte ihr die Tasche und umarmte sie fest.

»Du gibst mir Bescheid, sobald du weißt, wie es Cecile geht.«

»Ja. Du bist mal wieder meine Rettung. Ich muss mich beeilen«, sagte Britt an Darby gewandt. »Ich habe in fünfzehn Minuten einen Termin.« Sie sah auf die Uhr. »Kann sein, dass sie Ihnen das T-Shirt vollsabbert.«

»Das krieg ich normalerweise ganz alleine hin.«

Lachend beugte sich Britt vor, um Audra auf die Wange zu küssen, und sprang dann in ihren Wagen. »Sollte was sein …«

»Los, ab mit dir«, befahl Emily. Sie sah zu, wie Britt losfuhr, und winkte ihr nach. »Wenn sie vor ihrer Sitzung noch Zeit hat, schaut sie nach Cecile. Sie sind seit Schulzeiten befreundet.«

»Ah, arbeitet Britt im Ärztezentrum?«

»Ja, als Therapeutin. Kinder- und Familientherapie. Wollten Sie zu mir?«

»Ja, aber Sie sind beschäftigt.«

»So sehr auch wieder nicht. Die Kleine ist ein Engel. Ich weiß, das sagen alle Omas, aber bei Audra stimmt es. Kommen Sie rein.«

Sie war die Oma, dämmerte es Darby. Nicht die Großtante. Interessant. Sie folgte Emily. Inzwischen war die Rezeption mit einem Babybereich samt Babywippe ausgestattet.

»Sie sind gut vorbereitet.«

»Als Britt angerufen hat, bin ich nach Hause gerannt und habe für eine Grundausstattung gesorgt …«

»Von den Kleinen lässt man sich sofort erweichen.«

»Allerdings.« Emily setzte das Baby in die Wippe, drückte ihm ein Lämmchen in die Hand und stupste die Wippe an. »Unfassbar! Die Kleine ist erst zehn Monate alt und fängt an zu laufen. So, was kann ich für Sie tun?«

»Ehrlich gesagt hoffe ich, dass ich was für Sie tun kann.«

Emily runzelte fragend die Stirn. »Wollen wir uns setzen?«

»Ich sollte Ihnen kurz die Hintergründe erläutern.« Das ging schneller als geplant, trotz Baby. »Meine Mutter und ich hatten in Maryland ein Büro für Landschaftsarchitektur. Nach ihrem Tod wurde mir klar, dass ich es nicht allein weiterführen kann. Nicht wegen der Arbeit, sondern aus emotionalen Gründen. Ich habe es einfach nicht über mich gebracht, dort weiterzumachen.«

»Was Sie dort getan haben, haben Sie zu zweit getan.«

»Ja, und ohne sie hat was gefehlt. Ich konnte unmöglich länger dortbleiben. Also habe ich beschlossen, die Firma zu verkaufen und hierherzuziehen.«

»Ich wusste gar nicht, dass Sie bleiben wollen.«

»Nun ja, mit Gewissheit kann ich das erst sagen, seit ich hier bin. Ich habe mich im Vorfeld schlaugemacht. Über die Anbauphasen, die einheimischen Gewächse und die Geschäfte hier – Hausaufgaben eben. Aber ich musste es mit eigenen Augen sehen, um ein Gefühl zu entwickeln. Ich wollte die endgültige Entscheidung eigentlich erst nach zwei Wochen treffen, aber manchmal weiß man eben sofort, wenn etwas stimmig ist.«

»Sie wollen eine Firma aufmachen?«

»Ich habe bereits ein Gewerbe angemeldet.«

»Meine Güte.« Emily lachte laut. »Sie sind wirklich flott.«

»Ich bin noch auf der Suche nach einem geeigneten Ort, habe aber in der Zwischenzeit mit hiesigen Händlern gesprochen. Joy und Frank von *Best Blooms* sind einfach toll, nicht wahr?«

»Allerdings.«

»Ich habe auch mit Holz- und Natursteinlieferanten geredet und so.«

»Holz und Naturstein?«

»Für Zäune, Mauern, Pflastersteine und Säulen, denn das gehört alles zur Landschaftsarchitektur dazu. Es geht nicht nur um Pflanzen, auch wenn sie im Mittelpunkt stehen.«

»Verstehe.« Obwohl Emily nicht viel davon verstand, verstand sie doch viel von Menschen. Sie hatte von Anfang an gemerkt, dass die junge Frau nur so vor Energie strotzte. »Wenn ich Werbung für Sie machen soll …«

»Noch nicht. Ich könnte Ihnen natürlich eine Liste unserer Kunden in Maryland geben, mit Referenzen und so, aber das ist nicht dasselbe, wie etwas direkt vor Augen zu haben. Deshalb möchte ich Ihnen einen Vorschlag machen.«

»Und der wäre?«

»Ich habe den Bungalow noch die nächsten drei Wochen gemietet. Ich würde das Gelände darum herum gern nach meinen Vorstellungen gestalten. In meiner Arbeitszeit, mit meinem Material, also auf meine Kosten.«

Höflichkeit wich gesundem Misstrauen. »Wie denn gestalten?«

»Ich habe einen Entwurf dabei.« Darby öffnete ihren Rucksack und überreichte Emily einen Ausdruck. Dann stand sie auf, ging neben Emily in die Hocke und erklärte ihr alles. Während Darby sich vorbeugte, sah Emily das dunkelgrüne Tattoo unten in ihrem Nacken. Ein Unendlichkeitssymbol.

»Hier sehen Sie den Steingarten, den Gehweg, die mit Schiefer gepflasterte Terrasse«, hob Darby an. »Rustikal, aber pflegeleicht, sodass Sie sich die Kosten für den Kieswechsel sparen können, der alle paar Jahre anfällt. Dazu eine solide, rustikale Laterne, die warmes, freundliches Licht spendet und ein Gefühl von Sicherheit gibt. Die Pflanzen sollten pflegeleicht sein.«

»So pflegeleicht wie möglich. Ich habe keinen grünen Daumen.«

»Das kann ich mir nicht vorstellen. Die meisten bilden sich das bloß ein. Wir werden bei einheimischen Pflanzen bleiben, ein paar Akzente setzen, die sich in diesem Klima und in dieser Höhenlage bewährt haben. Berglorbeer und Azaleen sorgen für die nötige Abwechslung.«

Die war wirklich von der schnellen Truppe. Emily musterte den Entwurf.

»Es gibt schattige Bereiche, wo ich Holunder und Heidelbeere anpflanzen würde. Sie bekommen die Blüten und die Vögel die Beeren. Ich könnte ein paar Riesenrhododendren setzen, die wachsen hier am Waldrand, außerdem würde ich ein paar Wildblumen und Zwiebelpflanzen wie Narzissen und Lilien einschmuggeln, damit es natürlicher wirkt. Dann können sich Ihre Gäste das ganze Jahr über an farbenprächtigen Blumen erfreuen. Außerdem würde ich Blumentöpfe mit verschiedenen Einjährigen auf Veranda und Terrasse platzieren.«

»Wer soll die gießen?«

»Das übernehmen eine Bewässerungsanlage und Töpfe mit Wasserreservoir. Wie gesagt, pflegeleicht.«

»Schätzchen, das ist doch … alles recht ehrgeizig, gelinde gesagt. Selbst wenn ich Ja sagen würde, können Sie diese Ausgaben unmöglich auf sich nehmen.«

Darby sah zu Emily auf. »Wir hatten ein Haus. Ich hab es verkauft. Und ich habe die Firma verkauft. Außerdem gibt es eine Lebensversicherung von meiner Mutter. Ich habe bereits eine Firma geleitet, darüber hinaus einen Businessplan erstellt. Das ist eine Investition in die neue Firma. Wenn Ihnen mein Vorschlag gefällt, können Sie mich mit der Gestaltung eines weiteren Bungalows beauftragen und Ihren Nachbarn erzählen, dass ich gute Arbeit leiste. Die können sich dann höchstpersönlich davon überzeugen.« Darby setzte sich auf die Fersen.

»Sie sind selbst Unternehmerin, wissen also, was alles dazu gehört. Auch Sie haben die Firma von Ihrer Familie geerbt und kennen die damit verbundene Verantwortung. Im schlimmsten Fall gefällt Ihnen die Umsetzung meiner Vision gar nicht, im besten sehr. Dazwischen ist vieles möglich.«

Wie jung sie war. Kompetent und selbstbewusst. »Sie tragen das alleinige Risiko«, sagte Emily.

»Ich werde tun, was ich liebe und worin ich gut bin. Ich habe einen Abschluss als Landschaftsarchitektin und einen in Betriebswirtschaft. Seit vierzehn Jahren arbeite ich in dieser Branche. Ich weiß, was ich kann. Nur deswegen mache ich Ihnen dieses Angebot und gehe davon aus, dass Sie mit dem Ergebnis zufrieden sein werden. Vorausgesetzt, Sie geben mir die Chance.«

»Meine Güte, Sie wissen, wie man andere überzeugt.«

Jetzt strahlte Darby so sehr, dass ihre knallblauen Augen glänzten. »Das gehört zu meinem Charme.«

»Angenommen, ich sage Ja. Womit würden Sie anfangen?«

Innerlich reckte Darby triumphierend die Faust. »Wenn Sie mir zusagen, könnte ich den Schiefer und den Sand, den ich bereits reserviert habe, heute Nachmittag anliefern lassen.«

»Reserviert?«

Darbys Lächeln wurde noch breiter. »Auch Optimismus gehört zu meinem Charme.«

»Keine Ahnung, warum ich nervöser bin als Sie, was das angeht, aber es ist so.« Diese junge Frau war wirklich etwas Besonderes. »Na gut, Darby, versuchen wir's«, sagte Emily.

»Ich würde am liebsten laut Hurra schreien, aber das Baby ist eingeschlafen. Ich warte, bis ich draußen bin.« Sie nahm Emilys Hand. »Sie werden es nicht bereuen.«

»Meine Güte, Schätzchen, Sie hoffentlich auch nicht.«

»Niemals. Ich kann das wirklich gut.«

»Brauchen Sie keine Hilfe? Steine sind ziemlich schwer.«

»Ich bin stärker, als ich aussehe. Außerdem hab ich ein paar Helfer im Auge. Joy und Frank haben gesagt, dass Roy Dawson ein guter Handwerker ist.«

»Das stimmt«, bekräftigte Emily. »Nett ist er auch. Er jobbt mal hier, mal dort, ganz nach Lust und Laune.«

»Genau das habe ich auch gehört. Jedenfalls habe ich gestern mit ihm gesprochen. Er meinte, er kann mir helfen.« Darby sprang auf. »Danke, Emily, ich schicke Ihnen meine Kundenliste. Sie können jeden Einzelnen anrufen, wenn Sie wollen. Ich habe unsere Webseite abgeschaltet, als ich die Firma verkauft habe, aber manche Fotos sind noch zu sehen. Ich schicke Ihnen den Link.« Sie atmete tief durch. »Jetzt kann ich loslegen.« Darby eilte zur Tür und hielt dann inne. »Ich werde Ihnen einen echt pflegeleichten Hingucker liefern.«

Emily setzte sich, sie war ein wenig benommen. Dann hörte sie ein lautes *Hurra*, während Darby zurück zu ihrem Holzbungalow eilte.

9

Roy Dawson stellte sich als guter und zuverlässiger Handwerker heraus. Er sang und pfiff während der Arbeit, maulte nicht wegen der Bezahlung und hatte auch kein Problem damit, Bargeld zu nehmen, bis Darbys Gewerbeschein da war. Ein muskulöser Typ mit Zottelbart und weiteren Zotteln, die unter einer verblichenen Baseballkappe hervorsahen.

Mit seiner Hilfe entfernte Darby den alten Kies, verbreiterte den vorhandenen Weg, ebnete ihn ein und verteilte Bausand. Obwohl der Weg natürlich aussehen sollte, mietete sie sich eine Fliesensäge, um die Steinplatten zuzuschneiden. Als sie das Ding zum ersten Mal benutzte, hatte Roy nur den Kopf geschüttelt. »Ich habe schon ein paar Mädels an der Säge gesehen, aber so eine hat noch keine benutzt. Sie sind echt schräg, Miss Darby.« Er weigerte sich, sie zu duzen, also fand sich Darby damit ab.

Da der Mann so stark war wie ein Ochsengespann und nichts gegen schweißtreibende Arbeit einzuwenden hatte, war der Weg in knapp zwei Tagen fertig. »Da kommt die Polizei«, sagte Roy, als sie die Wasserwaage auf die nächste Steinplatte legte.

Darby sah sich um, als der Streifenwagen gerade in der Auffahrt hielt. Der Mann, der ausstieg, war gut gebaut und hatte grau meliertes Haar. Er trug keine Uniform, sondern Jeans und T-Shirt. Sie stand auf und klopfte sich die Knie ab, hoffte, nach einem Tag Steineschleppen und Plattenverlegen nicht allzu sehr zu müffeln.

»Hallo Roy. Miss McCray, ich bin Chief Keller, Emilys Mann.«

»Schön, Sie kennenzulernen.« Sie zog einen Arbeitshandschuh aus, um ihn zu begrüßen. »Ich bin sehr dankbar für diese Chance.«

»Ich hab es bisher noch nicht hierher geschafft. Sie sind ja mit dem Gehweg schon fast fertig. Das sieht gut aus.«

»Miss Darby sagt, dass kein Gras in den Ritzen wuchern wird. Sie will Grünzeug reinpflanzen.«

»Sternmoos. Jemand mit dem irischen Namen Darby McCray pflanzt bei Ihnen Sternmoos. Das bringt Glück. Wir werden mit den Platten heute fertig.«

»Ich muss sagen, das ist eine eindeutige Verbesserung.«

»Ach, das ist doch gar nichts.« Sie strahlte ihn an.

»Na ja, bisher sieht es auf jeden Fall ziemlich gut aus. Ich bin gekommen, um einen Blick darauf zu werfen und um Ihnen zu sagen, dass Ihr Gewerbeschein da ist.«

»Tatsächlich? O mein Gott, Roy, wir sind im Geschäft.« Sie umarmte ihn, der rot anlief, und führte einen Freudentanz auf.

»Die ist echt schräg«, meinte Roy.

»Das sehe ich.«

Es dauerte fast eine Woche, die Terrasse zu pflastern und zu verfugen. Danach machte sie sich erst recht die Hände schmutzig, indem sie in der Erde wühlte.

Weil sie sich erst nach dem ersten Auftrag ein neues Auto zulegen würde, schleppten sie die ersten Pflanzen von Roys Pick-up zum Beet. Die kamen alle von Joy und Frank. Nichts Übertriebenes. Sie hatte Blumentöpfe und einjährige Pflanzen gekauft, dazu ein wohlproportioniertes Klangspiel, das sie am Waldrand in die Zweige hängen würde. Weil sie das für eine gute Idee hielt.

Jeden Tag war Darby abends völlig verdreckt, verschwitzt und selig. Immer wenn sie einen Abschnitt fertiggestellt hatte, machte sie ein Foto davon. Für die neue Webseite. Sie wühlte in der Erde, pflanzte, setzte, kürzte, begradigte und verteilte den Mulch, den Roy anschleppte.

Als sie gerade einen Blumentopf auf die vordere Veranda stellte, trat er einen Schritt zurück. »Das sieht aus wie gemalt, Miss Darby. Ich kann kaum glauben, dass ich daran beteiligt war.«

»Sie schwitzen genauso Blut und Wasser wie ich. Deshalb sind Sie auch mein erster offizieller Angestellter.«

»Mensch, Miss Darby …«

»Ein Nein wird nicht akzeptiert.« Sie kniete sich hin, um einen weiteren Topf zu bepflanzen. »Sie wissen, dass ich eine gute Chefin bin, und ich weiß, dass Sie arbeiten können. Sie haben einen Blick für diese Tätigkeit, und deshalb erhöhe ich ab morgen Ihren Lohn.«

»Sie meinten, wir würden heute fertig. Morgen gibt's nichts mehr zu tun.«

»Doch.« *Bitte, bitte*, flehte sie innerlich. »Und falls nicht, schauen wir uns das Haus an, das ich gerne kaufen würde. Für die Firma müsste ich dort ein Gewächshaus errichten. Und einen Werkzeugschuppen.«

»Sie sind so schnell, dass mir ganz schwindelig wird.«

»Den Papierkram machen wir morgen.« Sie sah zu ihm hoch. Ihr war klar, dass er eher nach Lust und Laune arbeitete, seit vier Jahren eine Freundin hatte und eine Mutter, die er täglich besuchte. »Ohne Sie hätte ich das nie hingekriegt. Und das nicht nur kräftemäßig, Roy. Ich bin auf Ihre Unterstützung, Ihren kritischen Blick und Ihre Beziehungen angewiesen. Deshalb werden Sie auch morgen um Punkt sieben pünktlich zur Arbeit erscheinen. Sie sind der wichtigste Angestellte der Firma *High Country Landschaftsgärten*.«

»Und der Einzige.«

»Das wird nicht so bleiben. Trotzdem, Sie sind der Erste und der Beste. Wir sehen uns morgen.«

»Machen Sie nicht mehr so lange, Miss Darby.«

»Ich mach nur die Blumentöpfe fertig und gieße sie an.«

»Das sieht wirklich aus wie gemalt«, wiederholte Roy und stieg in seinen Pick-up.

Sie pflanzte weiter und genoss die Stille, die Brise vom See, den Duft des Heliotrop, der Nelken und des Steinkrauts, der aus ihren Töpfen aufstieg. Inzwischen sah sie ziemlich verdreckt aus. Sobald sie fertig war, die Blumen gegossen und sich gewaschen hatte, würde sie Emily anrufen und fragen, ob sie Lust hätte, herzukommen und sich alles anzusehen.

Als sie die Töpfe an Ort und Stelle platziert hatte, setzte sie sich hin, stützte das Kinn in die Hände und schaute über den See. Jetzt, Ende Februar, befanden sich am späten Nachmittag viele Boote auf dem Wasser. Überall Grün, in den Wäldern, in den Hügeln, und die Wildblumen explodierten regelrecht. Ja, sie würde alles gießen und dann Emily anrufen.

Darby erhob sich und hörte Stimmen. Emilys lautes, herzhaftes Lachen. Und das eines Mannes, der mit einfiel. Sie sah an sich herunter. *Mist!* Egal. Sie ging ihnen entgegen. Der Mann, nicht der Chief, hatte den Arm um Emilys Schultern gelegt. Sie sahen einander im Gehen an. Die Liebe, Zuneigung und Freude auf beiden Seiten war kaum zu übersehen. Er war größer als Lee, bestimmt einen Meter neunzig, und ungefähr Anfang dreißig. Dickes, dunkles Haar, vom Wind zerzaust. Jeans, die lange Beine umschlossen. Trotzdem machte er keine Riesenschritte, sondern passte sich Emilys Tempo an. Vermutlich der Neffe, der Staatsanwalt, der aus Raleigh zurückgekehrt war. Niemand hatte ihr verraten, dass er so fantastisch aussah. In diesem Moment sah auch er zu ihr herüber und versetzte Emily einen sanften Stoß.

»Darby! Zane, das ist Darby McCray, und das ist mein Neffe Zane. Er ist gerade erst angekommen, und schon schleife ich ihn durch die Gegend. Wir waren unterwegs und haben Roy getroffen. Er meinte, Sie wären fertig.«

»Schön, Sie kennenzulernen.« Darby beschloss, dass ihre Hände sauber genug waren, um ihn richtig zu begrüßen.

»Danke, gleichfalls. Sie hat mich nicht gezwungen. Anscheinend wollte sie warten, bis Sie fertig sind, bevor sie sich alles ansieht.«

»Ich weiß. Sie ist die erste Kundin überhaupt, die nicht ein einziges Mal vorbeigeschaut, sich heimlich ein Bild von der Situation gemacht, es sich wieder anders überlegt oder gedrängelt hat, wann ich endlich fertig bin. Sie sind allerdings zehn Minuten zu früh dran.«

»Zu früh?«, wiederholte Emily.

»Es liegt Werkzeug herum, und gefegt ist auch noch nicht. Aber wo Sie schon mal da sind … Sollte Ihnen irgendetwas nicht gefallen, kann ich es ändern. Wenn Sie alles grässlich finden, reiß ich es wieder raus und bring mich um.«

»Mit Schlaftabletten, mit dem Strick oder mit einer Kugel?«

Darby konnte Zanes Augen durch die dunkle Sonnenbrille nicht erkennen, ging aber davon aus, dass Schalk darin stand. »Der See liegt vor der Tür. Vielleicht gehe ich ins Wasser?«

»Dann wollen wir uns mal umsehen, Em. Schau'n wir, wie lange Darby noch zu leben hat.«

»Meine Güte, ihr macht Witze. Jetzt bin ich aber nervös.«

Dennoch ging sie um die Kurve. Darby hielt nicht gerade die Luft an, aber fast. Sie verschränkte heimlich die Finger hinterm Rücken, um sich Glück zu wünschen. Emily blieb wie angewurzelt stehen und machte große Augen.

»Hier sehen Sie …« Sie sparte sich den Rest, weil Emily ihr bedeutete zu schweigen. Dann schlug sie die Hände vor den Mund, und ihren Augen wurden feucht.

»O Gott, hoffentlich sind das Freudentränen.«

»Das haben Sie gemacht?«, murmelte Zane.

»Zusammen mit Roy. Emily …« Diesmal verstummte Darby, weil sie von Emily umarmt wurde. »Hilfe, ich bin ganz verdreckt, verschwitzt und müffle.«

»Pst.« Emily drückte sie nur noch fester. »Sie haben ja nicht die geringste Ahnung.«

Da umarmte Darby sie zurück und warf Zane über Emilys Schulter hinweg einen fragenden Blick zu. »Das bedeutet, dass es ihr gefällt, oder?«

»Und wie!«

Zane sah die ihm so vertrauten Bungalows in einem ganz neuen Licht. Dieselben schlichten, stabilen Gebäude, aber in einem Ambiente, das charmant und einladend wirkte. Der steinerne Gehweg mäanderte – das war das Wort, das ihm dazu einfiel. Ganz so, als wollte er sagen: *Bloß keine Eile*. Blumenbeete säumten die Veranda, während andere Blumen förmlich in den Wald hinein- und wieder heraustanzten. Er entdeckte eine Indianerbanane, eine der wenigen Pflanzen, deren Namen er wusste. Dann ertönte eine Melodie. Sein Blick fiel auf die langen Kupferrohre eines Klangspiels, das in der Brise schaukelte. Blumen quollen aus den Übertöpfen auf der Veranda. Und verströmten Freude. »Sie haben die Verandasessel gestrichen.«

»Das gehörte eigentlich nicht zu meinem ursprünglichen Plan, aber ich fand, sie sahen ein bisschen blass aus. Der See kann so tiefblau sein. Da dachte ich, ich passe sie dem Farbschema an.«

Emily trat einen Schritt zurück, die Hände weiterhin auf Darbys Schultern gelegt. »Ich hatte mich so an den alten Anblick gewöhnt. Wir haben die Inneneinrichtung erneuert, das musste sein. Aber an so was hab ich nie gedacht. Meine Jungs – Sie haben meine Jungs kennengelernt.«

»Ja, die sind toll. Gabe hat ein paarmal ausgeholfen.«

»Sie wollten mir erzählen, was sich da alles so tut, aber ich hab sie zum Schweigen gebracht, weil ich mir das Endergebnis anschauen wollte. Ich wusste, dass es eine Verbesserung sein wird. Aber nicht, dass es so toll aussieht.« Sie drehte sich zu Zane um. »Du hast dein Smartphone dabei. Machst du ein paar Fotos, damit wir sie Grams und Pop mailen können? Meine Eltern werden ausflippen, einfach ausflippen.«

»Sie haben die Terrasse noch nicht gesehen.«

»Die hab ich ganz vergessen.« Emily lachte und griff nach Darbys Hand. »Was wächst da in den Steinplattenritzen?«

»Sternmoos«, sagte Darby im Gehen. »Es hat schon Wurzeln geschlagen.«

»Das riecht alles so gut.«

»Ich habe ein paar Duftpflanzen dazugenommen.«

»Meine Güte, Zane, schau doch nur.« Emily riss sich los und betrat den gepflasterten Außenbereich. »Sie haben die Steine selbst verlegt?«

Darby nickte Zane zu. »Zusammen mit Roy.«

»Roy ist kein Pflasterer.«

»Aber ein guter Handwerker und schnell von Begriff.«

»Sie haben einen Blumenkasten gebaut. Toll! Für Kräuter.« Nach wie vor strahlend fuhr Emily durch Basilikum, Oregano, Salbei, Petersilie und Thymian. »Die kenne ich, auch wenn sie bei mir nicht gedeihen.«

»Doch, ich zeig es Ihnen. Ich dachte, einige Gäste wollen vielleicht kochen und daheim essen. Die Küche ist hübsch. Sie können ihnen sagen, dass sie die Kräuter benutzen dürfen. Und die Rosmarinstaude da in der Ecke steht geschützt und wird zu einem schönen Strauch heranwachsen. Sie duftet großartig.«

»Auch diese Stühle haben Sie gestrichen«, bemerkte Zane.

»Damit alles schön zusammenpasst. Hier habe ich größere,

stapelbare Pflanzgefäße verwendet. Wie auch die Töpfe auf der Veranda und die Blumenkästen besitzen sie Wasserreservoirs. Das Hauspersonal muss sie nur alle paar Wochen kontrollieren und das Reservoir nachfüllen, falls nötig. Außerdem können wir die Pflanzen je nach Saison austauschen.«

»Der kleine Picknicktisch und die Bänke.«

»Alles von Roy.« Darby war stolz, das anmerken zu können. »Er hat sie sandgestrahlt, eingelassen und neu lackiert. Es sieht nicht nagelneu aus, sondern hat noch Patina und wirkt trotzdem gepflegt.«

»Mach Fotos, Zane, bitte. Ich schau nur noch schnell …«

Als sie davonschlenderte, wollte Darby ihr nachgehen. Zane legte ihr eine Hand auf den Arm. »Sie möchte allein sein.«

»Verstehe.«

»Sie liebt diesen Ort. Wir auch, aber er ist Emilys Zuhause, ihr Erbe, ihr Stolz und ihre Verantwortung. Sie haben ihn aufgewertet. Es sieht toll aus. Stimmig. So als wäre es immer so gewesen, und das meine ich als Kompliment.«

Darby kamen ebenfalls beinahe die Tränen. »Das ist ein schönes Kompliment.«

Zane zückte sein Smartphone und nahm dann die Sonnenbrille ab, um ein Foto zu machen.

Ihr Herz setzte einen Schlag aus, so albern das auch war. »Sie haben die gleichen Augen wie sie.«

»Wie bitte?«

»Wie Emily. Sie haben Emilys Augen.«

»Das berühmte Walker-Grün.«

»Brody hat die Augen seiner Mutter und das Gesicht seines Vaters geerbt, Gabe die Augen seines Vaters und das Gesicht seiner Mutter.«

Zane machte mehrere Fotos und ließ das Smartphone sinken. »So habe ich das noch nie gesehen, aber Sie haben recht.«

»Die ganze Familie ist froh, dass Sie wieder da sind.«

»Es war an der Zeit. Sie werden auch hierherziehen. Für Sie ist das eine noch größere Veränderung.«

»Es war an der Zeit.« Sie mochte sein Lächeln. Es begann ganz langsam und endete dann ein wenig verschmitzt, leicht schief wie seine Nase. Er hatte sie sich irgendwann gebrochen – und sie wusste genau, wie sich das anfühlt.

Emily kam zurück und seufzte laut. »Gut, Zane, ich muss dich um einen großen Gefallen bitten.«

»Gern.«

»Bitte fahr zurück nach Hause und hol eine Flasche Wein.«

»Ich habe Wein.«

Emily legte den Kopf schräg und sah Darby fragend an. »Genug Wein, dass wir uns zu dritt zusammensetzen und reden können?«

»Wein zum Reden.« Darby nickte. »Das krieg ich hin.«

»Toll. Zane, hilf ihr bitte. Ich werde mich hier solange in die Sonne setzen.«

»Ich freue mich, dass sie sich hinsetzt und es genießt«, sagte Darby im Hineingehen. »Ich freue mich auch, wenn Kunden meine Arbeit begleiten, aber sie wollte das partout nicht.« Sie holte den Wein und musste ihm nicht erklären, wo der Korkenzieher war. »Sie haben auch viel Zeit in die Bungalows investiert.«

»Man lebt nicht mit Emily zusammen und kümmert sich nicht um die Bungalows. Wir sind ein Familienbetrieb.« Er entkorkte die Flasche.

Sie verstand etwas von Familienbetrieben. Aber dass er mit Emily zusammengelebt hatte, war ihr neu. Was war mit seinen Eltern? Wenn sie so darüber nachdachte, hatte sie nie etwas von Geschwistern gehört. Sie trugen den Wein und die Gläser hinaus zu Emily, die mit einem verträumten Lächeln am Picknicktisch saß.

»Wenn ich nicht störe, komme ich morgen wieder, um Fotos für unsere Webseite zu machen.«

»Sie stören nie.« Nachdem sie Wein ausgeschenkt hatte, setzte sich Darby. »Außerdem hab ich bis dahin die Blumenerde weggefegt.«

Emily nahm einen Schluck und musterte das Glas. »Ich kenne mich ein wenig mit Wein aus. Der ist gut. Über Blumen weiß ich nichts, außer über Schnittblumen. Von Bäumen verstehe ich ein bisschen, und eine Azalee kann ich auch identifizieren.« Sie nahm noch einen Schluck. »Ich kenne mich mit Buchhaltung, Gästebetreuung und Kindererziehung aus. Und ich weiß, dass ich, wenn ich die Fotos auf die Webseite stelle und meiner Broschüre hinzufüge, das Interesse an diesem Bungalow und seine Vermietung steigern werde. Deshalb werde ich nicht zulassen, dass Sie sämtliche Unkosten allein tragen.«

Darbys Schultern verspannten sich. Zane sah es sofort. »Wir hatten eine Abmachung.«

»Ich ändere die Abmachung«, sagte Emily freundlich, aber bestimmt. »Mein Anwalt sitzt neben mir. Wenn Sie als Geschäftsfrau genauso gut sind wie als Landschaftsarchitektin, haben Sie sämtliche Quittungen aufbewahrt und über alle Arbeitsstunden genau Buch geführt.«

»Wir hatten eine Abmachung«, wiederholte Darby.

»Die wir gerade neu verhandeln«, schaltete sich Zane ein.

»Ja, das tun wir. Meine Bedingungen sind Folgende: Ich werde Ihnen die Materialkosten ersetzen. Da Sie ein Gewerbe haben, gehe ich davon aus, dass Sie Großhandelsrabatt bekommen. Den will ich natürlich auch.«

Darbys Schultern entspannten sich ein wenig.

»Dann kommen wir zu Ihren Arbeitsstunden.«

»Nein.« Darby griff nach ihrem Wein.

»O doch.«

»Roy ist der erste Angestellte von *High Country Landschaftsgärten*. Er wird von mir bezahlt.«

Zane hob die Hand. »Sie haben Roy eingestellt? Ganz offiziell?«

»Morgen unterschreibt er seinen Arbeitsvertrag.«

»Sie vollbringt Wunder«, bemerkte Zane.

»Über die Arbeitskosten reden wir noch«, fuhr Emily fort. »Sollten wir uns einig werden, werde ich Sie mit den anderen Bungalows beauftragen.«

Darby fiel die Kinnlade herunter. Sie presste die Lippen zusammen und schloss die Augen. »Ach. Das sind aber echt schmutzige Tricks.«

»Ich bin es gewohnt zu siegen.«

»Sie ist nicht zu schlagen«, versicherte Zane ihr. »Glauben Sie mir.«

»Das wünsche ich mir so sehr.« Darby zeigte auf Emily. »Sie wissen, wie sehr ich mir das wünsche.«

»Eben. Ich greife zu einem weiteren schmutzigen Trick: Ich habe gesehen, wie Sie mein Haus anschauen. Wenn Sie mit den Bungalows fertig sind, haben Sie dort freie Hand. Ich möchte, dass Sie mit meinem Haus machen, was Sie hier gemacht haben.«

»Verdammt.« Darby stand auf und lief auf der Terrasse hin und her. Sie nahm ihre Kappe ab und fuhr sich durchs Haar. »Es ist so schön, so perfekt. Aber unnötig kahl. Mir fallen auf Anhieb ein halbes Dutzend verschiedene Entwürfe ein.« Sie ließ sich wieder fallen und seufzte. »Die Hälfte der Material- und der Arbeitskosten. Wir machen fifty-fifty.«

»Einverstanden.«

»Die Sesselfarbe, das Streichen, die Pflanzwand, die Pflanzen, die Blumenkästen und das Klangspiel sind Geschenke von mir. Das ist mein letztes Wort.«

»Einverstanden.«

Darby starrte auf Emilys ausgestreckte Hand. »Im Ernst?«

»Im Ernst.«

Als sie einschlug, hielt Emily ihre Hand einen Moment fest. »Morgen bringen Sie mir die Belege. Wann können Sie mit dem nächsten Bungalow anfangen?«

»Morgen.«

»Morgen? Wollen Sie keinen freien Tag einschieben?«

»Nein. Nein, ehrlich nicht. Ich habe schon Entwürfe gemacht. Optimistisch wie ich bin. Morgen.«

Als Darbys Augen feucht wurden, seufzte Zane und schaute in die Luft. »Nicht jetzt auch noch Sie.«

»Das bedeutet mir so viel.« Jetzt umfasste sie Emilys Hand. »Ich habe hier etwas Positives bewirkt, und das schaffe ich auch bei den anderen Bungalows. Das ist mein Leben, und Sie haben gerade etwas sehr Positives in meinem Leben bewirkt.«

»Schätzchen, Sie werden mehr Angestellte als Roy brauchen, wenn die Leute hier merken, wozu Sie in der Lage sind.«

»Ja, ich weiß. Ich hoffe, mir diesen Sommer Gabe ausleihen zu können.«

»Gabe?« Ein Lächeln umspielte Emilys Lippen, während sich ein Staunen in ihre Augen stahl. »Wirklich?«

»Er hat einen guten Blick für so was, kann zupacken und ist interessiert. Außerdem besitzt er eine Arbeitsmoral, die er bestimmt von Ihnen geerbt hat. Wir reden noch darüber. Bis es so weit ist, brauche ich vermutlich einen Anwalt.« Darby wandte sich an Zane. »Kümmern Sie sich auch um Grundbucheinträge?«

Er entdeckte das Tattoo und fand es fast genauso faszinierend wie ihre Augen. »Bisher nicht. Aber das kann sich ja ändern. Warum?«

»Ich habe ein Haus im Blick, das gerade zum Verkauf steht. Wenn alles klappt, brauche ich jemanden, der die ganzen Formalitäten erledigt, den Grundbucheintrag und so.«

»Das dürfte zu machen sein.«

»Sie sind engagiert. Ich wollte es mir ein zweites Mal ansehen, aber ich werde noch heute Abend ein Angebot machen. Das hier kommt mir vor wie ein Zeichen.«

»Das Hubbard-Haus, oder? Ich habe gehört, dass Sie es sich angeschaut haben. Du kennst das Grundstück, Zane? Auf unserer Seeseite, in Richtung Zentrum, am Ende dieser steilen Allee.«

»Ja, vage.«

»Das Haus ist nicht so toll, aber ich habe diesbezüglich keine hohen Ansprüche. Dazu gehört allerdings ein Grundstück von knapp zweieinhalb Hektar, und das brauche ich. Für ein Gewächshaus, einen Werkzeugschuppen und so. Noch mal zu den Bungalows. Die werden nicht so aussehen wie der hier.«

Emily zuckte zurück. »Aber mir gefällt das, ich will es genau so.«

»Sie wollen bestimmt nicht, dass alle Ihre Bungalows gleich aussehen, verwechselbar sind wie die Gebäude einer Neubausiedlung. Schließlich sind sie ein Zuhause weit weg von zu Hause. Jeder sollte entsprechend der Topografie, der Aussicht und seiner Lage einzigartig sein. Es gibt so etwas wie einen Gesamtlook, ein Konzept, aber keine seelenlosen Kopien. Ich habe ein paar Entwürfe auf meinem Notebook, die kann ich gerne holen. Sie bestimmen dann, womit ich weitermachen soll.«

»Legt die immer so ein Tempo vor?«, fragte Zane.

»Soweit ich das beurteilen kann, ja.«

»Wenn Sie jetzt keine Zeit haben, kann ich sie Ihnen morgen früh vorbeibringen.«

»Ich habe Wein, mein Junge ist hier: Ich habe Zeit.«

»Toll. Bin gleich wieder da.«

Zane sah ihr stirnrunzelnd nach. »Wann ruht die sich aus?«

»Habe ich noch nicht erlebt.« Emily lehnte den Kopf an seine Schulter. »Ich bin so froh, dass du zurück bist, Zane.«

Er küsste sie auf den Scheitel. »Ich auch.«

***

Zane bezog das Gästezimmer des alten, weitläufigen Hauses. Wie immer, wenn er auf Besuch war. Er wusste, dass Emily und Lee ihn liebend gern dabehalten würden. Aber er würde sich etwas Eigenes suchen. Wenn er zurückkehrte, dann richtig. Dann musste er sozusagen ebenfalls Wurzeln schlagen.

Gärtnersprache, dachte er, als er sich für die Nacht fertig machte. Das musste an dieser Landschaftsarchitektin liegen.

Er sollte sich Häuser ansehen. Keine Wohnungen wie in Raleigh. Es wurde Zeit für ein eigenes Haus. Er könnte die Landschaftsarchitektin bitten, sich in seinem Garten auszutoben, wenn es so weit war. Seeblick war ein absolutes Muss. Es durfte nicht zu weit von seiner Familie entfernt liegen oder vom Zentrum, wo er seine Kanzlei eröffnen würde. Es sah ganz danach aus, als würde die Landschaftsarchitektin seine erste richtige Mandantin in Lakeview werden.

Emily war sichtlich von ihr begeistert, und allein dafür bekam sie jede Menge Sympathiepunkte. Emily hatte die ganze Familie nach dem hervorragenden Festessen erneut zum Bungalow geschleppt. Dort, im Mondlicht, hatten sie eine Kostprobe von der neuen Beleuchtung bekommen. Die schräge Lampe mit dem Kupferschirm, die Lichter am Gehwegrand sowie unter der Dachtraufe auf der Hausvorder- und -rückseite hatten Charme und waren praktisch. Darby war natürlich zu ihnen herausgekommen. Frisch zurechtgemacht und sehr attraktiv. Auch wenn sie in dem verschwitzten T-Shirt und in den schmuddeligen Jeans genauso faszinierend ausgesehen hatte.

Er starrte an die Decke. Nicht unbedingt so schön wie seine Schwester und seine Tante, aber interessant. Das kurze, weder rote noch braune Haar hatte ein kleines Tattoo in ihrem Nacken freigegeben. Ein Unendlichkeitssymbol. Dahinter steckte bestimmt eine interessante Geschichte. Sie war drahtig, das passte zu ihrer energischen Art. Ihre Augen waren so blau, dass sie in dem markanten Gesicht fast violett wirkten. Und ihre Nase war ein winziges bisschen schief. Sie musste sie sich mal gebrochen haben. Er wusste, wie sich so was anfühlt.

Wie Emily erzählte, hatte sie im letzten Jahr ihre Mutter verloren, alles verkauft, ihre Siebensachen gepackt und war weggezogen. Dafür brauchte man Mut oder eine gehörige Portion Leichtsinn. Genauso wie für den Deal, den sie ursprünglich mit Emily hatte. Vielleicht war ja beides der Fall. Er hatte das Gefühl, dass Lee mehr wusste, aber er wollte nicht fragen. Vermutlich hatte Lee sich bereits schlaugemacht, nur so als Vorsichtsmaßnahme. Da er Lee mit ihr erlebt hatte, konnte er davon ausgehen, dass Lee nichts gefunden hatte, weswegen man sich Sorgen machen müsste. Die Jungs mochten sie und Britt ebenso wie Silas, Britts Mann. Das Baby und die Hunde schienen sie zur neuen besten Freundin auserkoren zu haben. Daher beschloss Zane, sich keine Sorgen zu machen. Hinzu kam: Wer Roy Dawson zu einer Festanstellung überreden konnte, besaß magische Kräfte. Daher beschloss er abzuschalten, obwohl sein Gehirn anderer Meinung war. Er stand auf und ging zum Fenster.

Auf der anderen Seeseite konnte er die Lichter sehen, die Sicherheitsbeleuchtung des Hauses, in dem er einst in Angst und Schrecken gelebt hatte. Jetzt wohnte jemand anders dort. Nicht derjenige, an den Graham und Eliza verkauft hatten, sondern ein Nachfolger. Er konnte nur hoffen, dass sämtliche Spuren seines alten Lebens getilgt waren. Soweit er das beurteilen konnte, war Eliza nie mehr nach Lakeview zurückgekehrt. Er wusste, wo sie lebte. Nachdem sie ihre Strafe verbüßt hatte, war sie nach Raleigh gezogen, um ihren Mann jede Woche im Gefängnis zu besuchen. Pünktlich wie ein Uhrwerk. Zane war ihr nie begegnet und dafür sehr dankbar. Raleigh schien groß genug für sie beide zu sein. Zumindest bisher. In den letzten paar Monaten hatte er sich dort jedoch eingeengt gefühlt. Irgendwie hatte er das Gefühl gehabt, dass er nie ganz frei sein würde, wenn er jederzeit Eliza begegnen konnte. Egal, wie schön sein Leben und wie befriedigend seine Arbeit dort auch waren. Außerdem war es sehr wahrscheinlich, dass Graham bald auf Bewährung entlassen würde, das kam erschwerend hinzu. Dieses Gefühl hatte sich tief in ihm eingenistet und war nicht mehr verschwunden.

Lange hatte er geglaubt, nie mehr in Lakeview und mit den damit verbundenen schlimmen Erinnerungen leben zu können. Bis er zu der Überzeugung gelangt war, dass er Lakeview brauchte, die guten Erinnerungen, die Menschen, die seine tatsächliche Familie waren. Er hatte Audras Geburt um eine Stunde verpasst, weil er in Raleigh wohnte und es nicht rechtzeitig hierhergeschafft hatte. Er hatte mit Brody Basketball gespielt, war aber noch nie bei einem seiner Spiele gewesen. Nur bei ein paar Baseballspielen von Gabe, weil sie in die Zeit seiner Besuche gefallen waren. Der Junge hing sehr an ihm.

Während Zane dastand und zu den Lichtern hinüberschaute, griff er nach dem Baseball, den er dabeihatte. Ein Ersatz für denjenigen, den er vor langer Zeit völlig abgenutzt hatte.

Sie würden nicht hierher zurückziehen. Sie hatten hier nichts zu erwarten, er dagegen alles. Er musste nur zugreifen und sich ein neues Leben aufbauen.

Er ging zurück ins Bett, den Ball in der Hand. Er fuhr über die Nähte, lauschte der Brise vom See her, dem Rascheln der frühlingsgrünen Blätter. Und schlief ein.

10

Zane rechnete nicht damit, Darby so schnell wiederzubegegnen. Lakeview war nicht Raleigh, trotzdem lebten über fünftausend Menschen im Ort, die Touristen nicht mitgezählt. Dennoch sah er ihr Auto bereits nach ein paar Tagen auf der Seestraße und verlangsamte die Fahrt, um ihr zuzuwinken. Sie hielt an und bedeutete ihm, das Gleiche zu tun. Da er mit offenem Verdeck fuhr, wartete er, bis sie sich aus dem Fenster lehnte.

»Ich dachte, Sie würden gerade in der Erde wühlen oder so.«

»Das habe ich auch. Ich habe Roy und Gabe zurückgelassen, die den Gehweg von Kies befreien und einebnen. Heute Nachmittag werden Sand und Pflastersteine geliefert. Ich brauche was, das es bei *Best Blooms* nicht gibt, deshalb muss ich zu einem der größeren Gartencenter fahren. Ich bin unter anderem auf der Suche nach einem großen Blüten-Hartriegel.«

Er ließ seine Sonnenbrille auf die Nasenspitze rutschen. »Sie wollen in dem Wagen einen Baum transportieren?«

»Nein, auf dem Weg dorthin kauf ich mir einen Pick-up.«

Er musterte sie über den Rand seiner Brille hinweg. »Auf dem Weg zum Gartencenter kaufen Sie mal eben ein Auto.«

»Ich hab es heute Morgen übers Handy bestellt.«

»Ich habe … ich muss aufhören, Ihnen alles nachzuplappern, aber das ist einfach zu schräg.«

»Das ist gar nicht schräg. Die hatten genau, was ich wollte, und bereiten jetzt den Kaufvertrag vor. Ich geh da rein und bin im Nu wieder draußen, um den Baum zu holen. Wie dem auch sei, sind Sie noch mein Anwalt?«

»Ich … wenn Sie wollen.«

»Haben Sie eine Minute Zeit? Am besten, wir fahren kurz rechts ran.« Da sie schon dabei war, folgte er ihr. Und stieg wie sie aus dem Wagen. Sie trug braune Cargojeans, derbe Stiefel und eine offene rote Kapuzenjacke über einem blassgelben T-Shirt. »Also, die Hubbards sind auf mein Angebot eingegangen. Ich habe heute Morgen den Kaufvertrag unterschrieben.«

Was für ein Tempo diese Frau vorlegte! »Sie haben einen turbulenten Vormittag hinter sich.«

»Im besten Sinn. Können Sie die Maklerin kontaktieren? Charmaine von *Lakeview Realty*. Regeln Sie bitte, was geregelt werden muss. Das ist übrigens ein echt cooles Auto. Ich kenne mich nicht wirklich damit aus, aber ich sehe, dass es eines von den Dingern ist, bei denen man aus den Pantinen kippt.«

»Wer kippt aus den Pantinen?«

»Da ich keine trage, irgendjemand anders.« Sie musterte seinen eleganten silbernen Porsche. »Ja, das ist der perfekte Wagen für einen Junggesellen.«

»Ich bin Junggeselle.«

»Ja. Doch ich brauche einen Pick-up. Sollte ich mir irgendwann den perfekten Wagen leisten können, stünde der da ganz oben auf meiner Liste. Egal. Kriegen Sie das mit dem Hauskauf hin?«

»Ja, selbstverständlich. Unter einer Bedingung.«

Jetzt ließ sie die Sonnenbrille auf die Nasenspitze rutschen und musterte ihn misstrauisch. »Sie kommen wohl nach Emily?«

Sie war ihm sympathisch, weil sie Emily so verdammt glücklich gemacht hatte. Wie Zane gerade merkte, war sie ihm ganz generell sympathisch. »Vielleicht kommt sie ja nach mir? Folgender Vorschlag: Ich mache es, aber umsonst.«

»Ich brauche keine …«

»Doch. Ich habe die letzten acht Jahre als Staatsanwalt gearbeitet. Ich habe nicht viel bürgerliches Recht gemacht, und Sie würden mir die nötige Praxis verschaffen. Ein Immobilienverkauf ist perfekt, um mich einzuarbeiten. Ich habe gerade erst Büroräume in der Stadt angemietet und sozusagen noch nicht Flagge gezeigt. Ich brauche Aufträge wie Ihren. Genau wie Sie, als Sie mit den *Walker Lakeside Bungalows* einen Fuß in die Tür kriegen wollten. Deshalb ist es umsonst.«

»Wir werden sehen.«

»Sie können sich ja mit einer Gratisberatung revanchieren.«

Jetzt stahl sich Neugier in diese wirklich fantastischen Augen. »Wofür?«

»Ich will mir ebenfalls ein Haus kaufen und bin gerade zu einem Besichtigungstermin unterwegs. Ein Anwesen hab ich mir schon angeschaut, und das wird es vermutlich auch werden. Aber vorher möchte ich mir ein paar andere Objekte ansehen.«

Sie hob den Zeigefinger. »Dann ist es das oben auf dem Hügelkamm, auf unserer Seeseite. Das in den Hang hineingebaut ist. Mit der Glasfront und einer Aussicht, für die so mancher einen Mord begehen würde.«

Woher wusste sie das? »Wie kommen Sie darauf?«

»Weil es einen einfach umhaut, genau wie Ihr Auto. Ich hab's mir selbst angeschaut. Nur zum Spaß, weil es für meine Firma nicht infrage kommt. Es hat mich zwar angesprochen, aber ich brauche ein ebenes Grundstück in Zentrumsnähe. Hinzu kommt der Preis. Die verkaufen nur, weil er nach London geht. Die Kinder sind groß, und sie ist Künstlerin, kann also überall arbeiten. Sie hat Verwandte in Brighton.«

»Woher wissen Sie das alles?«

»Das haben mir die Leute selbst erzählt. Mir wird vieles anvertraut.«

»Aha. Gut möglich. Ich denk drüber nach.«

Nachdem sie ihre Sonnenbrille wieder hochgeschoben hatte, strahlte sie ihn an wie eine Hunderttausend-Watt-Birne. »Sie sollten es kaufen, damit ich mich dort austoben kann. Es ist sehr schön, aber ich könnte es genauso überwältigend wirken lassen wie die Aussicht. Ich berate Sie jederzeit gern.«

»Bei Ihnen wird einem ja ganz schwindelig.«

»Finden Sie? Ich muss los. Zu Charmaine, die übrigens auch das Haus betreut, das Sie kaufen sollten. Alles andere besprechen wir später.«

»Darby?«

Sie blieb stehen, eine Hand lag bereits auf der Türklinke.

»Wie haben Sie sich die Nase gebrochen?«

»Mein Exmann. Und Sie?«

Normalerweise log er. Wenn es jemand merkte und nachfragte, behauptete er reflexartig, ein flacher Wurf beim Baseball wäre schuld gewesen oder so. Aber es rutschte ihm einfach heraus: »Mein Vater.«

Sie seufzte laut. »Da hat es Sie schlimmer erwischt.«

Dann sprang sie in ihren Wagen und brauste davon.

Anscheinend vertrauten sich die Leute ihr wirklich an. Noch dazu hatte sie recht. Er sollte das Haus kaufen. Wozu sich weitere Anwesen anschauen, wenn es ihm gefallen hatte? So wie es aussah, konnte er gleich zwei Verkäufe abwickeln. Er zückte sein Smartphone und bescherte Charmaine vom Straßenrand aus einen sehr erfolgreichen Tag.

Danach fuhr Zane zurück in die Stadt, unterschrieb den Kaufvertrag, holte Pizza und lud Britt in sein leeres Büro an der Hauptstraße zum Mittagessen ein. Sie setzten sich auf den Boden, tranken Cola und aßen die Pizza. »Das können wir öfter machen, an einem richtigen Tisch, wenn du dich eingelebt hast. Das ist ein guter Platz, Zane. Mit dem Eingang direkt an der Hauptstraße und einer kleinen Veranda. Platz genug für dein Büro, eine Empfangsdame, ein Archiv und vielleicht für einen Konferenzraum im ersten Stock. Du hast sogar eine kleine Küche.«

»Das sollte funktionieren.«

»Unser Urgroßvater war hier schon Anwalt«, rief Britt ihm in Erinnerung. »Noch so eine Walker-Tradition.«

In ihrem schlichten grauen Kleid saß sie barfuß auf dem Boden und sah sich um. »Du hast das ganze Gebäude gekauft und obendrein ein Haus. Ich kann es nicht fassen.«

»Ich auch nicht. Normalerweise mach ich so was nicht.«

»Häuser kaufen?«

»Impulsiv handeln. Das Bürogebäude ist etwas anderes, aber ich habe gerade ein ganzes Anwesen, ein Riesending, einfach aus dem Bauch heraus gekauft.«

»Es ist ein tolles Haus, zumindest sieht es so aus. Ich bin nie dort oben gewesen.«

»Es ist großartig. Trotzdem, riesig für mich allein.«

»Du bist nicht allein.« Bevor sie auf sich zeigte, leckte sie Soße von den Fingern. »Du hast eine große Familie, und wir erwarten, dass du uns oft einlädst und großzügig bewirtest.«

»Haha. Ich glaube nicht, dass ich es gemacht hätte, wäre ich nicht zufällig der Landschaftsarchitektin begegnet.«

»Darby? Die mag ich. Sie ist …« Britt ließ nachdenklich die Colaflasche kreisen. »Sie ist so mitreißend.«

»So kann man sagen. Sehr treffend«, bemerkte er.

»Und was hat sie genau damit zu tun?«

»Eigentlich gar nichts. Aber wenn sie anfängt zu reden, sieht man auf einmal alles genau vor sich. Oder beginnt wild zu nicken. Sie hat heute Morgen das Hubbard-Haus gekauft und mich gebeten, den Grundbucheintrag zu regeln. Ehe ich's mich versah, hab ich ihr von diesem Anwesen erzählt, und sie hat mich überzeugt, es zu kaufen. Sie ist gerade unterwegs, um einen bestimmten Baum zu besorgen, und kauft sich vorher noch schnell ein Auto.«

»Verstehe.«

Er nahm sich ein nächstes Stück Pizza und wedelte damit herum, um seine Worte zu unterstreichen. »Sie hat den Pickup übers Smartphone bestellt wie ich diese Pizza. Einfach so. Roy und Gabe arbeiten für sie.«

»Juhu, schulfrei. Nun, wenn sie dich überzeugen konnte, ist das doch prima. Dann wirst du oben auf dem großen Hügel wohnen und im Ort arbeiten. Ich hab dich sehr vermisst.«

»Ich dich auch, das alles hier. Mehr als ich es mir eingestanden habe.« Er legte die Hand auf ihre. »Diesmal kommt er bestimmt auf Bewährung frei.«

»Ich weiß. Achtzehn Jahre, Zane. Das ist eine lange Zeit. Vielleicht nicht lang genug für mich und dich. Sie ist nie hier gewesen, nicht ein einziges Mal. Lee wüsste sonst Bescheid und hätte uns informiert. Es gibt keinen Grund, warum er zurückkehren sollte.«

»Sie besucht ihn. Jede Woche.«

»Sie liebt ihn.« Als Zane instinktiv Abscheu äußerte, fuhr Britt fort. »Sie liebt ihn. Weißt du noch, wie sie, trotz ihrer Kehrtwende wegen der Strafermäßigung, bei seinem Prozess für ihn ausgesagt hat? Wie sie unter Eid geschworen hat, dass zwischen ihnen keine Gewalt, sondern Leidenschaft herrscht. Das ist natürlich krank, aber für sie ist das die Wahrheit. Vielleicht sogar für beide.«

»Das ist krank.«

»Ja.« Während sie sprach, spielte Britt mit ihrem Ehering. Eine Geste, die Zane oft an ihr beobachtet hatte, wenn sie über ihre Eltern sprachen. »Du hast recht, sie sind auf eine schreckliche, zerstörerische Weise abhängig voneinander. Wir waren nur ein Nebenprodukt, ein Statussymbol.«

»Immer ging es nur um sie«, fügte Zane hinzu. »Darum, wie sie auf Außenstehende wirken. Um ihre kranke Beziehung.«

»Allerdings. Ich wage zu bezweifeln, dass sie überhaupt an uns gedacht haben.«

»Da dürftest du recht haben.«

»Bist du zurückgekehrt, weil du glaubst, dass er freikommt?«

»Unter anderem.«

»Willst du mich beschützen?«

»Sowieso.«

»Ich dich aber auch.«

Während Britt an ihren Arbeitsplatz zurückkehrte, lief Zane durch sein leeres Büro. Er konnte bestimmt ein paar Möbel aus seiner alten Wohnung verwenden. Noch waren sie eingelagert. Sein Schreibtisch kam in den Empfangsbereich, sobald er eine Empfangsdame oder Rechtsanwaltsgehilfin eingestellt und richtige Mandanten hatte.

Um Himmels willen, was tat er da eigentlich? Sein ganzes Berufsleben lang war er Staatsanwalt gewesen. Natürlich hatte er ein paar Fälle für Freunde geregelt und alles für Emily oder Britt. Aber seine Hauptaufgabe hatte darin bestanden, dafür zu sorgen, dass Kriminelle für ihre Taten zur Rechenschaft gezogen wurden. Er war gut in seinem Job gewesen. Und jetzt? Testamente, Scheidungen, Trunkenheit am Steuer, Zivilklagen. Nachfrage gab es genug. Würde er auch erfolgreich sein?

Zane ging zum Fenster, betrachtete Läden, Lokale und Leute, die den schönen Frühlingstag genossen. Einige davon kannte er, andere nicht. Den Typen auf der Leiter vor dem *Breezy Café*, der Blumenampeln aufhängte, kannte er nicht. Sollte er auch so was machen? Er hatte eine hübsche kleine Veranda. Vielleicht brauchte er … ja, was eigentlich? Eine Bank, einen Blumentopf oder so? Eine gute Gelegenheit für Darby, sich für den Grundbucheintrag zu revanchieren. Dann musste er sich keine Gedanken mehr darüber machen. Vielleicht würde er sein Ledersofa in den Empfangsbereich stellen. Oder in das Zimmer, das sein Archiv oder sein Konferenzraum werden würde. Die meisten seiner Möbel dürften genauso perfekt aussehen wie sein Auto. Typisch Junggeselle.

Vielleicht würde er sich einen Angeberschreibtisch für sein Anwaltsbüro kaufen und sich Anwaltskunst an die Wände hängen. Wände, die dringend eine andere Farbe brauchten als das Maklerbeige. Er hatte so lange in beengten Büroräumen gearbeitet, dass er gar nicht recht wusste, was er mit so viel Platz anfangen sollte. Oder mit so viel Zeit. Zane musste sich etwas einfallen lassen, womit er beides füllen konnte. Er sah zu, wie eine hochschwangere Frau mit wehendem blondem Haar ein Kleinkind im Kinderwagen über den Bürgersteig schob. Gerade wollte er sich abwenden und weiter über seine Kanzlei nachdenken, als der Groschen fiel.

Sofort rannte er zur Tür und trat auf die Veranda hinaus. *Unglaublich.* »Ashley Kinsdale!«

Die Frau sah sich um, erst einmal, dann ein zweites Mal. Vermutlich ihre Art, *Unglaublich* zu denken. »Zane!«

Er eilte mit großen Schritten zum Bürgersteig, ihr direkt in die ausgebreiteten Arme. Sie duftete nach Babypuder. Seltsamerweise versetzte ihm das Kleine in ihrem Bauch einen sanften Tritt. »Wow, Ashley, schau einer an.«

»Mein Sohn wird im April zur Welt kommen.«

»Du siehst toll aus, wirklich.«

»Ich bin fett, aber ich fühle mich großartig. Und du? Du hast dich wirklich super gemacht. Ach, Zane, wie schön, dich zu sehen. Ich habe schon gehört, dass du zurückkommst.«

»Von dir hatte ich nichts dergleichen gehört. Warst du nicht in Charlotte?«

»Ja, und es war schön dort. Doch ich habe meine Heimat, meine Familie vermisst und möchte unbedingt, dass meine

Kinder hier aufwachsen. Nathan, mein Mann, war Feuer und Flamme.«

Sie war so schön wie eh und je, ihre Augen nach wie vor strahlend blau. »Du bist glücklich.«

»Und wie! Wir haben gerade *Grandy's Grill* eröffnet. Ich heiße jetzt Ashley Grandy. Nathan ist ein Spitzenkoch, und als wir beschlossen haben hierherzuziehen, wollten wir unseren Traum vom eigenen Lokal verwirklichen. Du musst unbedingt mal zu uns zum Essen kommen. Kannst du dich ans *Pilot* erinnern?«

»Klar. Dorthin hab ich dich zum Abendessen eingeladen ...« Er verstummte, zuckte zusammen und presste die Hand aufs Herz.

»Zane, alles in Ordnung?«

»Manchmal macht es mir noch zu schaffen, mein gebrochenes Herz.«

Ihre Züge entspannten sich wieder, und sie versetzte ihm einen freundlichen Klaps. »*Grandy's Grill* ist jetzt da drin, mit einer neuen Speisekarte, einer neuen Einrichtung, alles niegelnagelneu. Wir haben eine tolle Bar eingebaut und bieten eine große Auswahl an Craft-Bieren. Du musst unbedingt vorbeischauen, Zane.«

»Das werde ich. Und wer ist diese reizende Dame?«

»Das ist Fiona. Fi, sag Mr. Bigelow Hallo.«

»Inzwischen heiße ich Walker«, verbesserte Zane Ashley, als er in die Hocke ging.

»Oje, das hab ich ganz vergessen. Tut mir leid.«

»Kein Problem. Freut mich sehr, Sie kennenzulernen, Miss Fiona.«

Sie lächelte zu ihm auf, ein flachsblondes Mädchen, das bestimmt noch keine zwei Jahre alt war. Dann fuchtelte sie mit der Puppe, die sie ihm entgegenhielt. »Meine Kleine.«

»Fast so hübsch wie du.« Nach wie vor in der Hocke, sah er

zu Ashley empor und dachte an den einen Abend zurück, an den Kuss unterm Sternenhimmel bei Vollmond. »Du bist Mutter.«

»Allerdings! Und du Anwalt.«

»Du brauchst nicht zufällig einen?«

»Doch, stell dir vor, wir brauchen einen.« Sie strich sich mit der Hand über den prallen Bauch wie so viele Schwangere. »Weil das zweite Kind unterwegs ist, wollen Nathan und ich ein Testament machen und einen Vormund benennen. So ungern wir über so etwas nachdenken, ist es vernünftig. Sollte uns etwas zustoßen, wissen wir, dass unsere Kinder gut versorgt sind.«

»Das ist vorausschauend und verantwortungsbewusst – und außerdem ganz einfach. Wir können das gerne machen, und anschließend könnt ihr es wieder vergessen.«

»Kann ich einen Termin vereinbaren?«

Er zeigte auf das Gebäude. »Ich habe mir erst heute Vormittag Büroräume gekauft und bin noch nicht eingerichtet.«

»Wie wär's, wenn ich dir meine Handynummer gebe, auch die vom Restaurant. Sobald du so weit bist, rufst du an. So haben Nathan und ich noch genügend Zeit, alles zu besprechen.« Nachdem sie ihre Kontaktdaten ausgetauscht hatten, strahlte sie ihn erneut an. »Sind wir deine ersten Mandanten?«

»Wenn man von meiner Familie absieht, bist du die Nummer zwei. Vor Kurzem hab ich einen Auftrag an Land gezogen.«

»Du lässt wirklich nichts anbrennen. Komm her, Zane.« Sie nahm sein Gesicht in beide Hände und küsste ihn zärtlich auf den Mund. »Du warst meine erste große Liebe. Ich möchte, dass du Nathan kennenlernst. Er soll meine letzte Liebe sein.«

»Ich habe mich riesig gefreut, dich wiederzusehen, Ashley. Wirklich.«

»Dann wünsch ich dir einen erfolgreichen Tag. Doch jetzt müssen Fiona, Caleb, vielleicht auch Connor oder Chase, und ich unseren Lebensunterhalt verdienen.« Wieder strich sie sich über den Bauch. »Ruf mich an, okay? Wenn du nicht bald ein Bier bei uns trinkst, fordere ich eine Erklärung.«

»Ich werde kommen, versprochen. Tschüss, süße Miss Fiona.« Er sah ihr und ihrem wehenden Haar nach und drehte sich dann zu seiner kleinen Veranda, seiner offenen Tür um. Wozu sich Sorgen machen? Alles würde gut werden.

***

Nach einer Woche hatte Zane bereits große Fortschritte gemacht. Da sowohl Emily als auch Britt eindeutige Meinungen zu Farbgestaltung und Einrichtung äußerten, ließ er sie auswählen und über Farbe, Form und Funktion diskutieren. Um dann das zu kaufen, was er von Anfang an gewollt hatte. Er beauftragte Maler, kaufte in Asheville sowie im Internet Möbel, überlegte, bestimmte Kunstwerke in hiesigen Läden zu erwerben, und bat Darby, sich seine Veranda anzusehen und sich etwas zu überlegen.

Ein paar Tage später wollte er sich mit Micah im Büro treffen, der die IT für seine Kanzlei machen würde. Bei seiner Ankunft entdeckte er, dass seine Veranda inzwischen von einer Bank geschmückt wurde, die aussah, als wäre sie aus einem massiven Stück Eiche herausgeschnitzt und von Elfen poliert worden. Außerdem von einem blau glänzenden Topf voll gelber und blauer Blumen. Noch jemand von der schnellen Truppe. Er stieg aus dem Wagen. Was sollte er sagen? Es sah perfekt aus. Da konnte er nur hoffen, dass er die Blumen nicht ruinierte.

Zane ging zur Tür und nahm den Zettel, den Darby dort für ihn hinterlassen hatte. Sie hatte die Namen der Pflanzen aufgelistet, die er gleich wieder vergessen würde, dazu gab es Anweisungen, wie er mit dem Wasserreservoir umzugehen hatte, und, wie vereinbart, den Preis für die Bank.

Danke, dass Sie mir den Schlüssel gegeben haben. Der Übertopf samt Blumen, der Geldbaum im Empfangsbereich und der Bambus in der Mandantentoilette sind umsonst. Sollten Ihnen Zimmerpflanzen nicht gefallen, ist das ein Fehler. Sie haben noch diese winzige Terrasse nach hinten raus. Dafür sollten Sie sich ein kleines Tischchen, ein paar Stühle und ein paar kleinere Pflanzgefäße anschaffen. Denken Sie drüber nach. Übrigens: Ihre Wandfarben gefallen mir. D. M.

Zane wollte gerade aufschließen, um zu gucken, was sie ihm da pflanzentechnisch eingebrockt hatte, als jemand seinen Namen rief. Nicht Micah, sondern Micahs Mom. Er hatte erst vor zwei Tagen bei ihr zu Abend gegessen und wieder enge Bande zu Micah, Dave und Maureen geknüpft.

»Hallo! Möchtest du reinkommen und dich umsehen? Micah dürfte in zehn, fünfzehn Minuten ebenfalls kommen.«

»Gern.«

Sie trug ein schlichtes rosa Kleid und Schuhe mit hohen Absätzen. Ihre Haare, die kürzer waren als früher, umrahmten in weichen Wellen ihr Gesicht. Er wusste noch, dass er als Teenager fand, dass sie für eine Mutter sehr gut aussah.

Was sie nach wie vor tat.

»Ich liebe diese Bank. Was für ein schönes Entree.«

»Die Landschaftsarchitektin.«

»Die ist clever, nicht wahr? Ich hab mir den Bungalow angesehen, den sie gerade umgestaltet hat. Und den, der fast fertig ist. Gut möglich, dass ich sie engagiere. Ach, Zane, das sieht echt hübsch aus.« Sie trat ein und sah sich um.

Er hatte die Wände blassgrau streichen lassen. Obwohl er noch keine Bilder aufgehängt hatte, hatte er seinen alten Schreibtisch so platziert, dass derjenige, der dahinter saß, sowohl die Tür als auch das große Fenster im Blick hatte. Statt des Sofas, das aus seiner Sicht besser ins Archiv passte, hatte er seine riesigen dunkelgrauen Wohnzimmersessel davorgestellt. Die Pflanze, an deren Übertopf ein Zettel klebte, hatte einen dicken, gewundenen Stramm und war bestimmt einen Meter zwanzig hoch. Sie stand in einer hellen Ecke. Er zog den Zettel ab und las vor: »Das ist ein mexikanischer Glücks- oder Geldbaum. Er mag es hell und ist pflegeleicht. Büros mit Grünpflanzen haben eine angenehmere Atmosphäre und eine bessere Luftqualität. Außerdem bringt er Glück.«

»Auch von Darby McCray?«

»Ja.«

»Ein wunderschöner Akzent. Ich weiß, du bist noch mit Einrichten beschäftigt, aber bevor Micah kommt ...« Sie griff in ihre Handtasche und zückte einen braunen Umschlag.

»Was ist denn das?«

»Mein Lebenslauf.«

»Dein ... im Ernst?«

»Du suchst jemanden mit Büroerfahrung für den Empfang, der mit einem Computer umgehen kann und nach Möglichkeit Kanzleikenntnisse besitzt. Ich habe vor einer Million Jahren in so einer Kanzlei gearbeitet.«

»Das wusste ich gar nicht.«

»Wie gesagt, vor einer Million Jahren. Ich habe Micah bei der Gründung seiner IT- und Sicherheitstechnikfirma unterstützt. Und ... na ja, das steht alles im Lebenslauf. Neulich beim Abendessen wollte ich es nicht ansprechen, das wäre nicht fair gewesen. Doch jetzt sind wir unter uns.«

»Ich wusste gar nicht, dass du einen Job suchst. Du bist eingestellt, wenn du willst.«

»Nein, Zane, mein Junge. Erst liest du meinen Lebenslauf und bewertest mich wie alle anderen Bewerber.«

»Aber ich kenne dich. Ich weiß, dass du zuverlässig bist. Genau so jemanden brauche ich am Empfang. Leute werden vorbeischauen oder anrufen. Menschen, die versuchen, mich zu erreichen. Oder die schlechte Nachrichten von ihrem Arzt bekommen und gemerkt hatten, dass sie nie an ein Testament gedacht haben. Ich weiß, dass ich mich auf dich verlassen kann. Ich habe mich immer auf Dave und dich verlassen können.«

Ihr Gesicht nahm einen sturen Ausdruck an, den er so noch nie an ihr gesehen hatte. »Ich möchte nicht, dass du mir den Job gibst, nur weil du dich dazu verpflichtet fühlst.«

»Ach herrje, ich brauche jemanden, auf den ich mich verlassen kann. Sag Ja. Über das Gehalt und alles andere reden wir später.«

»Lies den Lebenslauf und überprüf meine Referenzen. Du kannst dich tatsächlich auf mich verlassen, Zane. Hör auf mich, wenn ich dir sage, dass du deine Hausaufgaben machen solltest.«

»Zu Befehl, Frau Lehrerin.«

»Prima. Jetzt lass ich dich allein. Und der hier?« Sie zeigte auf den Geldbaum. »Der sorgt wirklich für Atmosphäre.«

Solange ich ihn noch nicht gepflegt habe, dachte er.

Kaum war er allein, warf er einen Blick in die Toilette und entdeckte einen kleinen Übertopf mit etwas, das vermutlich ein Bambus war. Der Zettel, der daran klebte, bestätigte seine Vermutung und enthielt weitere Anweisungen. Pflegeleicht.

Zane ging zurück in sein Büro und entdeckte einen weiteren Zettel auf dem Schreibtisch. Dort war aufgelistet, welche Pflanze er wo brauchte und warum. Neugierig, aber auch misstrauisch spähte er ins Bad. Es enthielt eine winzige Dusche, damit man die Büroräume auch als Wohnung vermieten konnte. Kein Zettel. Dafür fand er einen im Archiv in spe und einen zweiten in der winzigen Teeküche. Stirnrunzelnd schaute er aus dem ebenso winzigen Fenster auf das, was man nur mit viel Fantasie als Terrasse bezeichnen konnte. Aus seiner Sicht war es ein Asphaltfleck. Na gut, ein kleiner Tisch und ein paar

Stühle würden hinpassen. Vielleicht ein schöner Ort, um den Tag zu beginnen oder zu beenden. Vielleicht. Für heute kehrte er in sein Büro zurück, wo ein dunkleres, gesetztes Grau die Wände zierte, wie es sich für eine Anwaltskanzlei gehörte. Er setzte sich an seinen neuen Schreibtisch und schlug den Lebenslauf der Mutter seines besten Freundes auf.

Zehn Minuten später kam Micah herein. »Hallo, Kumpel.«

»Hallo.« Zane sah auf.

Micah hatte sein Haar zu einem kleinen Zopf gebunden, ein winziger Ohrring zierte sein linkes Ohrläppchen, dazu trug er ein kleines Ziegenbärtchen, das ihm tatsächlich stand. Er hatte Zimmermannsjeans und ein verblasstes T-Shirt an. Eine Mischung aus Hippie und Nerd, doch der Look passte zu ihm.

»Da draußen steht ein Bäumchen. Sieht cool aus.«

»Ja, oder? Weißt du schon das Neueste? Ich werde deine Mutter einstellen.«

»Meine Mutter? Als was denn?«

»Als Rechtsanwaltsgehilfin.«

»Im Ernst?«

»Ja, klar. Wusstest du, dass sie früher in einer Kanzlei gearbeitet hat?«

»Ja, so was in der Art. Wow.« Micah ließ sich in einen der weinroten Besuchersessel fallen, streckte die Beine aus und schlug seine knöchelhohen Turnschuhe übereinander. »Cool. Davon hat sie mir gar nichts erzählt.«

»Ich habe gerade ihren Lebenslauf gelesen.«

»Meine Mom hat einen Lebenslauf?«

»Einen verdammt guten. Du bist auch eine Referenz.«

»Ich?« Micah grinste breit.

»Sie hat dir dabei geholfen, deine Firma aufzubauen.«

»Stimmt. Ohne sie wäre nie was aus dem Computernerd geworden. Das Kaufmännische, die Werbung … Weiß Dad

Bescheid?« Micah winkte ab, kaum dass er die Frage gestellt hatte. »Klar weiß er Bescheid. Die beiden haben keine Geheimnisse. Echt coole Neuigkeiten, Kumpel. Wenn ich drüber nachdenke, ist sie unterbeschäftigt, seit Chloe letzten Herbst geheiratet hat. Die Hochzeitsplanung hat sie ziemlich auf Trab gehalten.«

»Wie geht es ihr? Chloe, meine ich?«

»Gut. Shelly und sie lieben die Outer Banks. Irgendwie seltsam, dass ich zu Highschool-Zeiten was mit Shelly hatte, die meine Schwester dann geheiratet hat.«

»Nichts bleibt, wie es ist.«

Micah legte die Fingerspitzen aneinander und beugte sich vor. »Weise Worte, Bruder. Ich hab mir den Bungalow angeschaut, den die Neue mit Roy aufgemotzt hat. Und den, an dem sie gerade arbeiten. Boah, die Braut ist heiß.«

»Darby?«

»Superheiß. Nicht so wie deine Schwester. Du weißt, dass ich Britt als eine Art Schwester betrachte, die inzwischen eine verheiratete Mutter ist.«

»Ja. Zu unser beider Glück.«

»Die ist auf eine andere Art heiß. Britt ist eher so der Cheerleader-Typ. Die Neue dagegen ist ein absolutes Energiebündel. Eine, die anpackt. Ich finde das scharf.«

»Jetzt, wo du es sagst …«

»Wie du weißt, bin ich total verknallt in Cassie. Meine Freundin ist die Coolste überhaupt. Aber wenn sie nicht wäre, würde ich mich von diesem Energiebündel gern herumwirbeln lassen. So, wie wär's, wenn ich dir jetzt die Computer- und die Alarmanlage einrichte?«

»Sehr gut, lass uns anfangen.«

Zane beantwortete Micahs Fragen zu seinen Anforderungen, quatschte mit ihm und sah zu, wie sein alter Freund Wunder vollbrachte. Dann holte er sein Notebook und setzte einen offiziellen Anstellungsvertrag mitsamt Arbeitsplatzbeschreibung auf. Er beschäftigte sich eine Weile damit und bestellte dann ein paar Möbel und Büromaterial. Nachdem er sich den Vertrag ein letztes Mal durchgelesen hatte, mailte er ihn seiner neuen Rechtsanwaltsgehilfin. Wenn er jetzt noch eine Sommerpraktikantin einstellte, konnte er loslegen.

***

Von ihrer Arbeit völlig in Anspruch genommen, stemmte Darby die Hände in die Hüften und begutachtete die Anordnung der sandgestrahlten, frisch gestrichenen Stühle auf der Veranda. Sie hatte Roy zum nächsten Bungalow auf ihrer Liste geschickt, damit er anfing, den alten Kies zu entfernen, während sie hier für den letzten Schliff sorgte. Das Einzige, was genauso aussah wie beim ersten Entwurf, war die Laterne. Sie bildete das gemeinsame Merkmal aller Bungalows und sorgte für Wiedererkennbarkeit. Wenn sie erst einmal fertig war, würde Emily den Häusern vielleicht Namen statt Nummern geben und Schilder am Laternenmast anbringen. Davon abgesehen war alles unverwechselbar und ganz auf die Umgebung abgestimmt. Jetzt musste sie nur noch die Blumentöpfe bepflanzen, fegen und die Beleuchtung kontrollieren. Fertig!

Als sie ein Auto hörte, drehte sie sich um und wartete, bis es rechts rangefahren war. Eine Frau stieg aus, eine junge Frau. Anfang zwanzig vielleicht, kräftig gebaut, in Jeans. Eine riesige Haarwolke umgab ein Gesicht mit Cappuccinoteint.

»Miss McCray?«

»Darby McCray. Kann ich Ihnen helfen?«

»Hoffentlich. Ich bin Hallie Younger. Ich habe gehört, Sie brauchen Personal?«

»Gut möglich. Suchen Sie Arbeit?«

»Gut möglich.« Hallie grinste. »Ich interessiere mich für

Landschaftsarchitektur. Meinen Lebenslauf habe ich dabei. Nicht viel von dem, was da drin steht, passt. Doch seit ich denken kann, habe ich meiner Oma im Garten geholfen … und meinem Dad beim Zäunebauen. Auch mit Steinplatten kann ich umgehen. Ich habe vor ein paar Jahren einen Weg für meine Eltern angelegt. Körperliche Arbeit schreckt mich nicht.«

»Sonst wäre die Branche auch nichts für Sie. Sind Sie im Moment anderweitig beschäftigt?«

»Ich arbeite als Bürokraft im Lakeview Hotel. Wegen meiner kaufmännischen Ausbildung, die ich gehasst habe. Nicht wegen der Leute«, fügte sie rasch hinzu. »Der Arbeitsplatz ist schön, die Bezahlung angemessen, aber ich mag es nicht, den ganzen Tag drin zu sein. Ich habe mir vorgenommen, es ein Jahr lang auszuprobieren. Das habe ich meinem Dad versprechen müssen.«

»Sie halten also Wort.«

Hallie zuckte mit den Schultern. Die Haarwolke bestand aus lauter kleinen Löckchen. »Sonst traut einem ja keiner mehr. Ich habe gesehen, was Sie mit den beiden Bungalows angestellt haben. Genau das will ich machen. Ich glaube, ich wäre gut.«

»Sie können Ihren Lebenslauf gerne dalassen.«

»Danke, dass Sie ihn sich anschauen.« Sie holte ihn aus der Handtasche.

»Bevor ich das tue, können wir einen kleinen Test machen. Erzählen Sie mir, was Sie davon halten.« Darby zeigte auf den Bungalow.

»Ich finde, es sieht wunderschön aus. Das Türkisblau für die Verandastühle soll bestimmt zu den knallrosa Azaleen passen.« Als Darby ihr bedeutete, weiterzusprechen, holte Hallie tief Luft und legte richtig los. »Ich glaube, Sie wollten einen fröhlichen Gesamteindruck erzielen, abgemildert durch die Trauerweide und den weißen Blüten-Hartriegel, damit es nicht zu grell wirkt. Sie haben einheimische Pflanzen verwendet, die keine aufwendige Pflege brauchen. Sie wollen, dass es so aussieht, als würde alles ganz natürlich sprießen. Die Schieferplatten und das Moos gefallen mir. Zu Hause habe ich Kamille verwendet.«

»Das ist eine gute Wahl. Hier, nehmen Sie meine Handschuhe. Ich muss noch die Töpfe und Kästen bepflanzen. Machen Sie mir doch die zwei für die Veranda.«

»Gerne. Welche Pflanzen soll ich nehmen?«

»Das dürfen Sie selbst entscheiden. Ich lese mir solange Ihren Lebenslauf durch.«

Hallie biss sich auf die Unterlippe. »Das ist also eine Art Prüfung.«

»Machen Sie, was Ihnen gefällt, danach schauen wir weiter.«

Während Hallie arbeitete, setzte sich Darby in einen der Stühle und las sich den Lebenslauf durch. Berufsschule, ordentliche Noten, ein Job als Teilzeit-Bürokraft neben der Schule und in den Sommerferien. Die junge Frau hatte Bilder von ihrem Gartenweg und vom Zaun beigelegt, dazu Gartenfotos. Gute Arbeit! Anschließend rief sie ein paar der Referenzen an.

Als Darby zurückkehrte, hockte Hallie auf den Fersen, einen Ausdruck im Gesicht, der Darby vertraut war: pure Freude an der Gartenarbeit. »Das sieht gut aus. Eine schöne Mischung aus verschiedenen Texturen, Farben und Größen. Prima, der Bungalow ist ab morgen vermietet. Lust, mir beim Bepflanzen der Kästen für die Terrasse zu helfen? Anschließend räumen wir auf, und alles ist fertig.«

»Klar.«

»Sehr schön.« Darby gab ihr die Hand. »Willkommen an Bord.«

»Ich … Ich habe den Job?«

»Sie haben den Job. Einzelheiten können wir beim Pflanzen besprechen.«

11

Zane schaffte es zwar, den Termin für Darbys Grundbucheintrag um eine ganze Woche vorzuverlegen, aber das reichte nicht. Um Platz für die neuen Gäste zu machen, zog sie solange aus ihrem in einen anderen Bungalow. Jetzt, da Hallie ihr zwei Tage die Woche half, bis sie ihren alten Job offiziell gekündigt hatte, und da Gabe an den Wochenenden, nach der Schule oder nach dem Baseballspielen einsprang, schafften sie drei weitere Bungalows, bevor Darby die Hausschlüssel überreicht bekam.

Weil die *Walker Lakeside Bungalows* inzwischen ausgebucht waren, konzentrierte sie sich mit ihrem Team auf die Rezeption, bei der sie sich ein wenig austoben wollte. Dafür brauchte sie einen neuen Minibagger, denn es musste viel Erde bewegt werden. Für den aus ihrer Sicht perfekten Steingarten.

»Sieht aus wie gemalt, Chefin«, sagte Hallie.

»Und in ein paar Wochen erst! Wir dürften morgen fertig werden. Am besten, wir kümmern uns danach um Bungalow acht, der ist bis nächstes Wochenende frei. Wir können die Platten verlegen, damit die Gäste später nicht vom Lärm der Steinsäge gestört werden. Die restlichen Arbeiten haben Zeit. Danach ist Emilys Haus dran, alles andere wird dazwischengeschoben.«

»Die Frau schindet uns zu Tode.« Roy schaufelte Erde auf

die Wurzeln eines Judasbaums. »Wenn sie bloß nicht so sympathisch wäre.«

»Und wenn Sie bloß nicht so gut arbeiten würden«, erwiderte Darby.

»Ich bin gut, das weiß ich. Mir haben Blumen und so schon immer gefallen, aber inzwischen träume ich davon. Ich kann überhaupt nicht mehr abschalten.« Trotz seiner Klagen sah ihm Darby an, wie viel Spaß ihm das Pflanzen machte.

Stunden später, nachdem sie Sand geschaufelt, Steinplatten verlegt und Löcher gegraben hatte, fuhr Darby die steile Auffahrt hinauf und parkte den Pick-up vor ihrem kleinen Haus. Als sie ausstieg, stach ihr sofort das Potenzial des Geländes ins Auge. Unkraut und Gestrüpp mussten beseitigt, Erde bewegt und Beete angelegt werden. Das Bergpanorama würde in der Abenddämmerung Ruhe und Frieden schenken, ebenso das in Schatten gehüllte Waldstück. Ginge man dorthin, wo das Gelände abschüssig wurde, sah man in der Ferne den See liegen. Sie stellte sich alles ganz genau vor. Die neuen Stützmauern, den Werkzeugschuppen, das Gewächshaus, die gepflasterte Auffahrt und die Farbtupfer, die Sträucher sowie einen Blumen- und einen Schattengarten. Doch sie hatte alle Zeit der Welt, um das umzusetzen. Denn sie stand auf ihrem eigenen Grundstück, vor ihrem eigenen Haus. Auf dem Weg zurück zum Wagen, um die Einkäufe zu holen, tanzte sie förmlich vor Freude.

Dann marschierte sie durchs Erdgeschoss. Hätte sie erst die richtigen Möbel, würde das Wohnzimmer sehr gemütlich werden. Die kleine Toilette unter der Treppe konnte mit etwas Aufwand von *praktisch* zu *pfiffig* werden. Die Küche … nun, sie war nie eine große Köchin gewesen, die genügte ihr völlig. Dafür konnte sie die Schränke in einem fröhlichen oder schrägen Farbton streichen, sich einen originellen Tisch suchen oder bauen, dazu ein paar Stühle. Viel Arbeitsfläche gab es zugegebenermaßen nicht, und die blassgelbe Küchentheke musste überarbeitet werden. Zuallererst galt es aber, die Tapete mit den grellen gelben und orangen Gänseblümchen zu entsorgen. Die Fenster ließen viel Licht herein und boten einen schönen Ausblick. Da es keine direkten Nachbarn gab, konnte sie sich die Gardinen sparen. Gut gefiel ihr das große Stück ebenerdiges Gelände, das an die Küche angrenzte. Sie würde dort eine schöne gepflasterte Terrasse und einen kleinen Kräutergarten anlegen.

Mein Haus, dachte sie und schlang die Arme um den Oberkörper. Hier konnte sie tun und lassen, was sie wollte.

Darby ging nach oben. Zwei kleine Zimmer und ein Bad. Sie würde das Zimmer nach vorne hinaus zum Schlafen benutzen und aus dem zweiten ihr Büro machen. Dort standen bereits ihr Computer, ein Tisch, ein Bürostuhl, zwei Besucherstühle für zukünftige Kunden und ein Geldbaum in einem rot-blau-gestreiften Übertopf. Zu ihrem großen Glück musste sie hier keine Tapete entfernen. Sie hatte die Wände in einem ruhigen Blauton gestrichen und oben einen weißen Rand gelassen.

Das Bad? Na ja, überall Tapete. Diesmal mit glotzenden Fischen. Der Vorbesitzer hatte ihr außerdem einen Duschvorhang mit weiteren Fischen hinterlassen. Gruselig. Sie würde sich irgendwann drum kümmern. Bis es so weit war, musste sie sich mit diesem Aquarium abfinden. Sowie mit dem traurigen Schminktisch, an dem überall die Farbe abblätterte, mit dem eimergroßen Waschbecken und mit der Toilette, die wackelte, sobald man darauf Platz nahm. *Immer noch besser als zu zelten*, sagte sie sich, als sie die paar Stufen zu ihrem Schlafzimmer nahm. Sie hatte sich eine neue Sprungfedermatratze und schöne neue Bettwäsche angeschafft. Hinzu kam der fantastische Ausblick, der für alles andere entschädigte. Mit der Zeit würde sie es sich schön machen. Und die ollen Tapeten loswerden. In diesem Zimmer gab es eine Relieftapete oder wie das hieß. In Rot und Gold. Die fand sie noch gruseliger als die mit den Fischen.

Darby duschte, um den Feierabend einzuläuten, schlüpfte in eine Baumwollhose und ihr Schlafshirt. In der Küche schob sie eine Tiefkühlpizza in den Ofen. Neben Mikrowellenpopcorn war das ihre bevorzugte Nahrung. Sie trug die Pizza und ein Glas Wein in ihr Büro und machte laute Musik an. Dann verbrachte sie einen wunderbaren Abend damit, Entwürfe für ihr Haus und das Büro zu zeichnen.

***

Während Darby ihre Pizza aß, saß Zane auf einem Barhocker in *Grandy's Grill.* Ashley hatte nicht übertrieben, als sie die große Bierauswahl erwähnt hatte. Viele Einheimische und Frühjahrstouristen hielten die Bedienungen auf Trab. Das Lokal besaß die Atmosphäre eines echt irischen Pubs. Viel dunkles, poliertes Holz, gedämpftes Licht, eine lange Bar mit bestimmt einem Dutzend Zapfhähnen, dahinter eine Ziegelwand mit Regalen voller Flaschen. Noch war er nicht in den Restaurantbereich vorgedrungen, aber auch dort schienen die Geschäfte blendend zu laufen. Da an diesem Abend das Craft-Bier *Hop, Drop'n Roll* beworben wurde, bestellte sich Zane eines. Dave, der sich zu ihm setzte, trank ein *Dark Angel.*

Der Mann, der Zane das Leben gerettet hatte, sah gut aus. Inzwischen hatte er graue Strähnen, die ihm standen. Als typischer Sport- und Gesundheitsfreak trug er einen Fitnesstracker am Handgelenk. Die Ärmel des Baumwollhemds waren bis zu den Ellbogen hochgekrempelt, was seine kräftigen Schultern und Arme betonte. Wie man sah, stemmte er nach wie vor Gewichte. Sie sprachen eine Weile über den idealen

Fitnessraum für zu Hause. In seinem neuen Heim stand Zane ein ganzes Untergeschoss dafür zur Verfügung. Wie uralte Freunde kamen sie selbstverständlich auf den Dorfklatsch zu sprechen.

»Du kennst Grandy?«, fragte Zane.

»Ja, klar, netter Typ. Ashley und er haben viel in diesen Laden investiert.«

»Der brummt echt.«

Dave zog eine Braue hoch. »Du bist doch nicht etwa eifersüchtig?«

»Um Himmels willen, nein, aber ich werde immer eine Schwäche für sie haben. Sie war die erste Frau, die mir das Herz gebrochen hat. Es freut mich, dass sie einen netten Mann geheiratet hat. Dass die beiden sich was aufgebaut haben.«

»Und wie läuft's bei dir?«

»So langsam geht es los.« Da sie direkt vor ihm auf der Theke standen, knackte er ein paar Erdnüsse. »An allen Fronten. Ich kann es kaum fassen, dass Maureen für mich arbeitet. Ich weiß noch, wie sie uns hin und her chauffiert, Micah und mir Toast Hawaii gemacht und uns angewiesen hat, die Füße abzutreten. Und heute schmeißt sie mehr oder weniger meinen Laden.«

»Nachdem Chloe verheiratet ist, auf den Outer Banks lebt und Micah nicht mehr zu Hause wohnt, braucht sie dringend eine Beschäftigung. Sie wollte schon lange wieder arbeiten gehen, hat aber nichts Passendes gefunden. Bis du gekommen bist. Schön, dass du wieder da bist, Zane.«

»Ich war mir im Vorfeld nicht sicher, ob ich das irgendwann mit voller Überzeugung sagen kann, aber es tut wirklich gut, wieder daheim zu sein.«

»Und wie läuft's mit deinem großen schicken Haus?«

»Weißt du, ich kann es selbst kaum fassen.« Zane knackte weitere Nüsse. »Es ist einfach riesig. Alles daran ist perfekt.

Das war es von Anfang an. Wenn ich erst mal alles ausgepackt und mich eingerichtet habe, müssen wir unbedingt den Wahnsinnsgrill ausprobieren.«

»Du brauchst nur Bescheid zu geben, und wir kommen.«

»Wie du weißt, war Micah bei mir und hat die ganze Elektronik installiert – Musik, Beleuchtung, Fernseher, Alarmanlage. Ich kann alles vom Smartphone aus steuern. Er musste allerdings ein zweites Mal vorbeikommen, um mir das zu erklären. Inzwischen hab ich es kapiert.«

»Wenn nicht, weißt du ja, wen du fragen musst.«

»Allerdings. Er ist wirklich ein Fachmann für so was.«

»So.« Dave nahm einen weiteren Schluck von seinem Bier. »Warum erzählst du mir nicht, was dich wirklich beschäftigt?«

Zane musterte erst sein Bier und dann Dave. Dasselbe markante Gesicht, derselbe intelligente und warmherzige Blick wie früher. »Graham wird nächste Woche Bewährung beantragen. Und sie vermutlich bekommen. Ich könnte mich einmischen, die Sache vielleicht ein wenig aufschieben. Mehr aber auch nicht.«

»Ich würde zur Anhörung gehen, Zane. Genau wie Lee, Emily und Britt.«

»Ich weiß. Ich weiß aber auch, wie so etwas läuft.« Er war nicht umsonst Staatsanwalt gewesen. »Er hat achtzehn Jahre gesessen und nie Probleme gemacht. Er ist brav zum Therapeuten gegangen und arbeitet seit sechs Jahren im Gefängniskrankenhaus. Man wird ihn als rehabilitiert betrachten. Er ist genau die Sorte Gefangener, die man entlassen will. Ich möchte Britt keine weitere Anhörung zumuten. Euch ebenso wenig.«

»Und was ist mit dir?«

Er hatte stundenlang darüber nachgedacht, als er im Bett gelegen und mit seinem Baseball gespielt hatte. »Es wird so oder so passieren. Manchmal muss man einfach loslassen.«

»Hast du deine Tätigkeit als Staatsanwalt deshalb aufgegeben und bist wieder heimgekommen?«

»Auch«, gestand Zane. »Ich muss nichts vergessen und schon gar nichts vergeben. Aber es wurde Zeit, wenn du verstehst, was ich meine. Zeit, ein neues Kapitel aufzuschlagen.«

»Verstehe. Verstehe.«

»Auf Bewährung zu sein ist kein Spaß.« Zane hob sein Bier. »Er wird nie mehr als Arzt praktizieren können. Er wird sich regelmäßig melden und Drogentests unterziehen müssen. Er darf den Bundesstaat nicht verlassen. Gut möglich, dass er in Raleigh bleiben muss und zu einem Anti-Aggressions-Training verpflichtet wird. Er wird sich einen Job suchen müssen.« Zane zuckte mit den Schultern. »Er wird zu Eliza ziehen. Sie hat sich ein Haus gekauft und arbeitet Teilzeit in einer Modeboutique.« Als Dave die Brauen hochzog, zuckte Zane erneut mit den Schultern. »Ich finde es beruhigend zu wissen, wo beide stecken. Wie dem auch sei, ich werde loslassen. Doch vorher wollte ich dir etwas sagen – etwas, das mich in mein neues Leben begleiten wird. Du warst der Vater für mich, der er nie sein konnte. Lee und du, vor allem du, seit ich denken kann. Du bist derjenige, der mir vorgelebt hat, wie man ein anständiger Mann ist.«

Dave ließ sich einen Moment Zeit und nahm einen Schluck Bier, bis er endlich etwas sagen konnte. »Es rührt mich sehr, das von einem erwachsenen Mann zu hören, auf den ich echt stolz bin.«

»Was du für mich getan hast …«

»Hör auf damit.«

»Nicht nur in dieser Nacht, Dave, und in den Tagen danach.«

Er musste es einfach laut aussprechen. Das war so wie mit seinem Notizheft, damals. Erst dadurch wurde es wirklich konkret. »Du bist für mich da gewesen, als ich ganz auf mich allein gestellt war. Du hast für mich gekämpft. Immer wenn ich bei euch war, hast du mir gezeigt, was zählt: eine richtige Familie, richtige Eltern, ein richtiges Paar. Ohne das, ohne dich … Kindesmisshandlung ist ein Teufelskreis. Ohne dich wäre ich vielleicht geworden wie er.«

»Nicht in einer Million Jahren, Kumpel.«

»Das kann man nie wissen. Tatsache ist, dass Maureen, Micah, Chloe und du ein Gegengewicht wart. Ich werde nie so werden wie er, und das habe ich dir zu verdanken.«

»Du bist nie so gewesen wie er oder wie sie. Es hat mich ein wenig verwirrt, wie es sein kann, dass ihr, Britt und du, so anders seid als eure Eltern. Ich wusste, dass etwas bei euch zu Hause nicht stimmt, aber nicht, was. Ich wünschte, ich hätte es gesehen. Was mir aufgefallen ist? Dass Graham ein arrogantes Arschloch und Eliza eine schöne leere Hülle ist.«

»Herrgott, das trifft es genau.« Zane atmete tief durch und trank von seinem Bier. »Das trifft es perfekt. *Eine schöne leere Hülle.*«

»Und Britt und du? Ihr wart kein bisschen so. Maureen und ich finden viel von uns bei unseren Kindern wieder. Aber an euch bemerke ich nichts von euren Eltern, dafür die Warmherzigkeit, die ihnen völlig abgeht.« Zane konnte sich kaum von Daves liebevollem Blick losreißen. »Auch ich habe nicht vergessen. Und nicht vergeben.«

»Na, dann sind wir uns ja einig. Und können trotzdem ein neues Kapitel aufschlagen.«

Dave lächelte ihm zu. »Sieht ganz so aus. Wie wär's, wenn wir uns Nachos mit Käsesoße und noch ein Bier bestellen?«

»Klingt gut.«

***

An einem Vormittag mit Aprilschauern hatte Zane um Punkt neun einen Termin mit Nathan und Ashley Grandy, die von Maureen in sein Büro geführt wurden. Die beiden sahen aus, als wären sie gerade einem Werbespot für Zahnpasta entsprungen – blond, blauäugig und sehr attraktiv. Nathan stand fitnessgestählt neben der schwangeren Ashley. Nachdem er Ashley geholfen hatte, in dem Sessel vor dem Schreibtisch Platz zu nehmen, streckte er Zane die Hand entgegen. »Wie schön, dich kennenzulernen. Ich bin wirklich froh, dass es mit Ashley und dir nicht funktioniert hat.«

»Nathan Grandy«, protestierte Ashley lachend.

»Das kann ich dir nicht verdenken.«

»Ich habe gehört, dass du vor ein paar Abenden bei uns warst. Schade, dass ich dich verpasst habe. Ich muss auf dem Heimweg gewesen sein. Ashley ist bald so weit, also versuche ich pünktlich heimzukommen, um Fiona ins Bett zu bringen.«

»Mir gefällt euer Laden. Vor allem die Nachos mit Käsesoße.«

»Damit kann man nichts falsch machen. So, wie wollen wir vorgehen?«, fragte Nathan. »Es ist das erste Mal, dass einer von uns sein Testament macht.«

»Erzählt doch einfach, was ihr euch wünscht.« Zane zückte einen neuen Block, um sich Notizen zu machen.

»So kurz und knapp wie möglich, nehme ich an?« Ashley warf Nathan einen Blick zu. »Wir haben das Haus, die Autos und die Firma. Alles gehört uns gemeinsam. Das sollte dann jeweils der andere erben.«

»Das ist ein guter Anfang. Dazu habe ich ein paar Fragen.« Er hakte auf unkomplizierte Weise nach, damit er sich ein Bild von ihrem Leben, von ihrem Besitz machen konnte. Gemeinsame Konten, Investitionen … Er zeigte verschiedene Möglichkeiten auf und spürte, wie sich die beiden entspannten.

»Gut, angenommen, ihr würdet beide bei einer Zombie-Apokalypse umkommen: Was soll dann mit eurem Vermögen geschehen?«

»Dann sollen die Kinder alles bekommen.« An Nathans Antwort merkte Zane, dass die beiden längst darüber gesprochen hatten. »Aber unsere Tochter ist ein Kleinkind und er hier erst unterwegs.«

»Wir können einen Treuhandfonds einrichten, und ihr legt fest, wer den verwalten und wie das Geld ausgezahlt werden soll. Was für den Lebensunterhalt der Kinder und ihre Ausbildung aufgewendet werden soll. Wie alt die Kinder sein sollen, wenn sie in den Besitz des Geldes kommen. Wie es aufgeteilt werden soll.«

»Kann das nicht ihr Vormund entscheiden?«

»Ganz wie ihr wollt«, erklärte Zane Nathan.

Die beiden schauten sich an. Ashley nahm Nathans Hand und drückte sie. »Wir haben beschlossen, meine Eltern zum Vormund zu machen. Wir wollen, dass unsere Kinder hier aufwachsen. Fi liebt meine Eltern, kennt sie gut und vertraut ihnen. Sie würden sich gut um unsere Kleinen kümmern.«

»Dann will ich mir mal ihre vollständigen Namen samt Adresse notieren.«

Während sie ihm alles diktierte, zuckte Ashley zusammen und hielt sich den Bauch. »Nathan? Ich glaube, er kommt.«

»Braxton-Hicks-Kontraktionen, Ash.« Er tätschelte ihr den Arm wie ein erfahrener Vater. »Es fehlen zehn Tage.«

»Der Kleine sieht das anders. Er will raus.«

»Wie bitte?« Zane ließ seinen Füller fallen. »Jetzt gleich? Ich hol schnell Maureen.«

»Nein, nein.« Ashley winkte ab. »Die Wehen sind leicht, und das ist erst die dritte. Sie kommen im Abstand von zwölf Minuten. Wir haben Zeit.«

Trotzdem erhob sich Nathan und zückte sein Smartphone.

»Ich ruf die Hebamme an und sag ihr, wo wir sind. Eine Sekunde.«

»Ihr habt eine Hebamme?«, fragte Zane, als Nathan aus dem Zimmer ging.

»Ja, in der örtlichen Klinik.« Strahlend wie ein junger Frühlingsmorgen sah Ashley ihn ungerührt an und strich sich über den Bauch. »Die ist super. Es geht mir gut, Zane. Fiona ist bei meiner Mutter, und wir können in fünf Minuten in der Klinik sein. Ich kenne das. Also, was fehlt noch?«

»Ich bin ein wenig verwirrt.«

Sie grinste ihn einfach nur an. »Du hast die Ausbildung der Kinder angesprochen. Meine Eltern haben angefangen, für Fis Collegeausbildung zu sparen, und wollen das auch für das Baby machen. Ich vertraue darauf, dass sie sich um alles kümmern werden. Wir wollen es nur bestmöglich regeln, um nicht weiter über das Thema nachdenken zu müssen.«

»Ja, das ist … Du siehst das wirklich sehr gelassen.«

Sie sah ihn aus ihren hübschen blauen Augen an. »Du meinst, die eventuelle Zombie-Apokalypse?«

»Nein, das mit der …« Er machte eine entsprechende Handbewegung. »… mit der Geburt.«

»In ein paar Stunden nicht mehr, aber noch ist es nicht so weit.« Als Nathan hereinkam, drehte sie sich zu ihm um.

»Sandy ist abrufbereit. Ich hab deine Mom angerufen, die gibt deinem Dad und den anderen Bescheid. Sie werden Fiona zu uns bringen, sobald wir grünes Licht geben.« Er setzte sich neben seine Frau, um ihren Bauch zu streicheln. »Ich sag im Lokal, dass ich zu tun habe und sie sich allein um alles kümmern müssen.« Dann grinste Nathan Zane an, als würde seine Frau nicht jeden Moment ein Kind zur Welt bringen. »Und, wie geht es jetzt weiter?«

Es dauerte anderthalb Stunden – und mehrere Wehen, bei denen Zane die Spucke wegblieb. Als er das Paar zur Tür brachte, umarmte Maureen die beiden und wünschte ihnen viel Glück.

»Ich muss mich setzen«, sagte Zane und ließ sich auf einen der Sessel im Empfangsbereich fallen. »Meine erste richtige Freundin hat Wehen gehabt. In meiner Kanzlei.«

»Vorzeitige Wehen.«

»Wehen«, wiederholte er. »Sie läuft zu Fuß zur Klinik, um dort ihr Kind zu bekommen.«

»Na ja, es hat aufgehört zu regnen, und Laufen tut ihr gut. Weißt du, was noch gut wäre? Wenn ihr Freund und Anwalt in seiner Mittagspause einen Strauß Blumen kaufen und sie ihr ins Krankenhaus bringen würde, bevor er nach Hause geht.«

»Das kann ich selbstverständlich tun. Es ist seltsam. Sie war das erste Mädchen, mit dem ich …« Als Maureen ihn mit zusammengekniffenen Augen ansah, verstummte er. »Nicht, was du denkst. Wir haben nie … nein. Belassen wir es bei seltsam.« Er legte ihr den Notizblock hin. »Was sie wollen, ist ziemlich einfach. Du kannst alles aufsetzen und es mir mailen. Solltest du etwas nicht lesen können, gib mir Bescheid.«

»Du hast eine äußerst leserliche Schrift für einen Anwalt. In zwanzig Minuten hat Mona Carlson einen Termin. Die Scheidung ist diesmal vielleicht wirklich ernst gemeint. Und dann kommt um halb zwölf Gant Feister, Trunkenheit am Steuer. Zwei Nachmittagstermine, aber das ist ordentlich, Zane, wenn man bedenkt, dass du die Kanzlei erst vor einer Woche eröffnet hast.« Das Telefon auf ihrem Schreibtisch klingelte. »Und das ist vielleicht der nächste Klient. Guten Morgen«, sagte sie in den Hörer. »Rechtsanwaltskanzlei Zane Walker.«

Zane besorgte Blumen und gab sie gegen drei Uhr nachmittags ab. Die fröhliche Frau, die ihn begrüßte, meinte, sie werde die Blumen mit reinnehmen. Sie könne Ashley aber auch fragen, ob er sie persönlich bringen dürfe. Er meinte, sie solle sie um Himmels willen bitte mitnehmen. Da er sonst nichts mehr vorhatte, ging er mit ein paar Unterlagen zu Emily, um die er sich hatte kümmern sollen.

Emily stand händeringend vor dem Haus und sah nervös dabei zu, wie Darby mit ihrem Minibagger einen Graben aushob. Roy und Hallie pflanzten einen Baum ans andere Ende des Vorgartens. Der wurde jetzt von einem Steinplattenweg geteilt, der zur vorderen Veranda führte. Dort waren Gabe und Brody gerade damit beschäftigt, eine chilirote Schaukel aufzuhängen.

Zane parkte, und da Emily so aussah, als würde ihr gleich schlecht oder als müsste sie schreiend davonlaufen, ging er schnurstracks auf sie zu. Mit Panik im Blick packte sie ihn am Arm. »Was habe ich nur getan?«

»Keine Ahnung, wieso, was ist denn los?«

»Sie hebt einen Graben aus. Im Garten. Für eine Bewässerungsanlage oder … Hilfe! Zur Bewässerung der Strauchrabatte. Des Gebüschs oder so.«

»Wie bei Monty Python?«

»Gott, ja, genau. Wie bei Monty Python. Sie sagt, dass es dort vom Frühling bis in den Herbst blüht, als Gegengewicht zum Rasen, und natürlich pflegeleicht ist. Leute, die keinen grünen Daumen haben, scheint sie nicht zu kennen.«

»Wenn du es nicht willst …«

»Du verstehst das nicht.« Sie schüttelte ihn. »Wenn sie anfängt zu reden, muss man einfach nicken und denkt: *Das klingt ja toll. Wieso ist mir das nicht eingefallen?* Und wenn sie dann loslegt, denkt man: *Was hab ich bloß getan?* Schau dir nur die Farbe der Verandaschaukel an.«

»Das habe ich bereits. Die ist scharf, knallrot wie eine Chilischote.«

»Stimmt. Ich habe die Farbe selbst ausgesucht.« Sich nach

wie vor an ihn klammernd, schaute Emily zu Darby hinüber und kniff die Augen zusammen. »Habe ich das tatsächlich? Die Frau hypnotisiert einen irgendwie, ehrlich.«

»Halt die Luft an, Em.« Zane umarmte sie tröstend. »Eines weiß ich: Die Steinplatten sehen fantastisch aus.«

Sie schaute auf den Weg. »Ja, das stimmt. Darby ist ein Genie. Das sehe ich an jedem Bungalow, den sie bisher umgestaltet hat, aber …«

»Schön weiteratmen. Die Schaukel gefällt mir.«

Emily atmete. »Ja, mir auch. Irgendwie behält sie am Ende immer recht. Bitte lenk mich ab! Wie läuft's bei dir?«

»Gut. Ich habe schon ein paar Mandanten. Maureen ist wirklich perfekt, und wir bekommen jede Menge Bewerbungen für das Sommerpraktikum. Wenn ich die junge Frau nehme, die ich im Auge habe, bin ich als Mann in der Minderheit. Apropos Frauen: Ashley bekommt gerade ihr Kind.«

»Jetzt, in diesem Moment?«

»Jetzt, in diesem Moment. Das Ganze begann in meinem Büro. Das war mehr als seltsam.«

Emily lehnte den Kopf an seine Schulter. »Was für ein Tag!«

»Das kann man wohl sagen.«

Ihr Telefon piepte. Nach einem Blick auf die Nachricht küsste Emily Zane auf die Wange. »Ich muss schnell ins Büro.«

»Ich will sowieso nach Hause und noch was erledigen. Hier sind die Unterlagen, um die du mich gebeten hast.«

»Ach, danke. Komm doch morgen zum Abendessen, wenn ich nicht mehr so aus dem Häuschen bin.«

»Abgemacht.«

Zane wollte sich gerade von seinen Cousins verabschieden, als Darby den Bagger ausmachte und heruntersprang. Also ging er zu ihr hinüber und musterte den Graben. »Aha. Eine Strauchrabatte also. Ein Gebüsch.«

»Man sollte sich gut stellen mit den Rittern von Ni.«

Er musste grinsen. »Das hab ich auch schon gehört.«

Sie nahm ihre Kappe ab, um sich den Schweiß von der Stirn zu wischen.

Welche Haarfarbe hatte sie eigentlich? Nicht braun, aber auch nicht wirklich rot. Aber eher rot als braun in der Sonne und eher braun als rot im Schatten.

»Genau Sie brauche ich«, sagte sie, als sie die Kappe wieder aufsetzte.

»Einen Anwalt?«

»Im Augenblick nicht, aber ich bin auf der Suche nach neuen Kunden. Wie wär's, wenn ich bei dem neuen Haus vorbeischaue?«

Er verspürte einen Hauch von Emilys Panik. »Sieht ganz so aus, als wären Sie ziemlich beschäftigt.«

Achselzuckend zog sie Arbeitshandschuhe an. »Man muss vorausschauend denken. Ich habe ein paar Ideen, möchte mir die Sache aber genauer ansehen, wenn Sie dabei sind. Ich könnte heute kommen.« Sie ging zu ihrem Pick-up und rief nach ihrem Team. Er unterhielt sich kurz mit seinen Cousins, bevor sie die Jungs wieder brauchte. Er sah jede Menge schwarzes Plastik und schwarze Schläuche und beschloss, lieber zu verschwinden, bevor sie ihm ein Paar Arbeitshandschuhe zuwarf und ihn mitschuften ließ.

Auf der Heimfahrt fiel ihm wieder ein, dass er durchaus ein paar Dinge am Haus machen lassen wollte. Doch er würde sich nicht so leicht beeinflussen lassen, um dann mit Gräben, irgendwelchen Strauchrabatten oder Gebüschen zu enden. Ein Baum vielleicht. Er hätte nichts gegen einen hübschen, Schatten spendenden Baum, dem er Jahr um Jahr beim Wachsen zuschauen konnte. Vieleicht würde er an faulen Sonntagnachmittagen eine Hängematte darunter aufspannen. Vielleicht auch zwei Bäume, um sie dazwischenzuspannen. Er würde sie mit dem Pflanzen von höchstens zwei Bäumen beauftragen. Vielleicht noch mit einer Strauchrabatte oder einem Gebüsch – wo war da eigentlich der Unterschied? Oder hieß es Gesträuch?

Egal. Er würde es bei diesem Gesträuch belassen. Basta.

12

Darby bewunderte die Auffahrt zu Zanes Haus. Sie wusste genau, wo sein Anwesen begann. Und dass sie den Weg mit Judasbäumen oder Azaleen, vielleicht auch mit Lorbeer oder Berglorbeer säumen würde, als hätte die Natur selbst dafür gesorgt. Das würde nicht nur Besuchern ein bewunderndes *Ah!* entlocken, man würde es auch unten von der Straße erkennen können.

Das Haus mit seiner atemberaubenden Architektur aus Holz, Stein und Glas thronte ganz oben auf dem Hügel. Sonnendecks, Veranden und Terrassen warteten nur darauf, von ihr gestaltet zu werden. Der große Eingangsbereich schrie förmlich nach Steinamphoren mit bunten Blumen. Allein schon, um Zeit hier verbringen zu können, würde sie sich mit Zane anfreunden. Hätte sie ihn erst dazu überredet, sich austoben zu dürfen, würde sie ihm das reinste Bergparadies schenken. Darby parkte und sah nach oben. Der Mann hatte nicht mal einen Stuhl auf dem Sonnendeck vor dem großen Schlafzimmer stehen. Ohne ihre Hilfe war er offensichtlich verloren.

Zane trat aus der großen Flügeltür auf die überdachte Veranda hinaus. Sie fand, dass er perfekt zu dem Haus passte und das Haus zu ihm. Das erleichterte die Sache. Er war groß, sodass die hohen Decken, die bodentiefen Fenster und der offene Grundriss wie für ihn gemacht schienen. Sie würde dafür sorgen, dass das auch auf das restliche Anwesen zutraf. Lange

Beine, eine leicht schlaksige, aber durchtrainierte Figur. Welche Frau wäre davon nicht angetan? »Sie haben sich ein großartiges Haus gekauft, Zane.«

»Noch habe ich mich nicht daran gewöhnt.« Er drehte sich um und betrachtete es mit ihren Augen. »Jedes Mal, wenn ich hier rauffahre, denke ich: *Wow, unglaublich.*«

»Mir geht es bei meinem Haus genauso. Manchmal wackle ich dabei sogar ein bisschen mit den Hüften. Es tut gut, ein eigenes Zuhause zu haben, nicht wahr?« Sie zeigte auf das Bergpanorama, den See, den Ort und machte eine weit ausholende Geste. »Die Aussicht ist der Hammer. Wissen Sie, was fehlt?«

Er spürte, wie sich seine Schultern verspannten. *Hart bleiben,* ermahnte er sich. »Das werden Sie mir erklären.«

»Sie brauchen da eine Stützmauer.« Sie ging zu der Stelle, an der das Gelände abschüssig wurde. »Nicht nur wegen der Erosion, sondern als Struktur- und Sicherheitselement. Vielleicht heiraten Sie ja eines Tages und kriegen Kinder.«

Nur ein Baum, rief er sich in Erinnerung. *Vielleicht ein paar Sträucher.* »Ich habe das Gefühl, eine Mauer könnte mich einengen.«

»Es wird keine hohe Mauer, nichts, was die Aussicht verstellt, sondern vielmehr etwas, was sie unterstreicht. Aus Kunststein. Ich lasse Ihnen eine Broschüre da. Sie bestimmen die Farben und den Entwurf. Dazu kommt die Beleuchtung.«

»Beleuchtung?«

»Wegen der Atmosphäre.« Sie griff in eine ihrer Cargojeans-Taschen und zog eine schmale Lichterkette aus Kupferdraht hervor. »Die würden wir auf beiden Seiten verwenden. Das Material bestimmen Sie. Ich habe Fotos, auf denen man sieht, wie sie nachts wirken. Sie spenden ein hübsches, warmes Licht. Die vorherigen Eigentümer wollten bestimmt, dass das Haus im Mittelpunkt steht. Die hatten aber keine kleinen Kinder.«

»Ich auch nicht.«

»Ja, aber Ihre Schwester hat eine kleine Tochter, die hier rumhüpfen wird. Sie soll doch nicht den Abhang runterfallen?«

Daran hatte er gar nicht gedacht, aber jetzt sah er die Gefahr. »Na gut, eine Mauer. Eine niedrige Mauer.«

»Ich lass die Broschüre da, mess ein paar Dinge ab und mach Ihnen einen Kostenvoranschlag. Zunächst kümmern wir uns um die Vorderseite.« Sie sprach davon, die Auffahrt mit irgendwas zu säumen, seine Veranda mit großen Betonamphoren, Stühlen, einem Tisch und irgendeinem Beet zu verzieren.

Zane ertappte sich dabei, genau das zu tun, wovor Emily ihn gewarnt hatte: Er nickte. Er nickte sogar noch, als sie ums Haus gingen und von riesigen Hortensien, Pfingstrosen und Lilien die Rede war. Erst der Wasserfall riss ihn aus seiner Trance. »Das soll wohl ein Witz sein.«

»Ich rede nicht von den Niagarafällen. Dieses Haus ist in den Hang hineingebaut worden, das Gefälle ist deshalb ganz natürlich. Schauen Sie, Walker, das Gelände schreit förmlich nach einem langen, gewundenen Wasserlauf. Mit Natursteinen. Wasser, das von der obersten Stufe hinunterplätschert und dann weitermäandert. Gesäumt wird es von Pflanzen bis zu den Bäumen. Da kommen eine Steinbank, ein paar duftende Sträucher und ein Natursteinpfad hin, ein paar hübsche Lampen und Mulch, sodass man abends einen Drink nehmen, dem Wasser lauschen, das Panorama genießen und Blumenduft atmen kann. Tag für Tag.«

Sie gestikulierte beim Sprechen. Kräftige, schmucklose Hände mit langen Fingern und kurzen, unlackierten Nägeln. Wie schafften sie es nur, ganze Szenarios in die Luft zu malen?

»Aber … ein Wasserfall!«

»Denken Sie eher an eine Art Rinnsal. Das wäre eine tolle Idee für diesen bisher ungenutzten Bereich. Wir warten die Pumpe. Sie dürfen einfach genießen. Oder aber … meine erste Wahl wäre das nicht, aber eine Möglichkeit. Spielen Sie Golf?«

»Nein.«

»Ein Anwalt, der nicht Golf spielt? Ich habe an kleine, niedliche Putting Greens zum Üben gedacht – aber gut, vergessen Sie's. Sie sind nicht besonders sportinteressiert?«

»Ich habe Baseball gespielt.«

»Ah, ich auch. Ich liebe Baseball.«

Das lenkte ihn von dem Wasserfall ab. »Für welches Team?«

Sie sah ihn mitleidig an. »Zane, ich stamme aus Baltimore. Ich bin als Orioles-Fan geboren worden und werde als solcher sterben.«

Er ertappte sich dabei zu grinsen. »Ich auch.«

»Wirklich?« Sie hörte auf, von Gartenplanung zu sprechen, und hakte die Daumen ihrer interessanten Hände in die Gürtelschlaufen. »Waren Sie je im Stadion in Camden Yards?«

»Ein paarmal.«

Sie seufzte leise. »Ich wollte mal dorthin ziehen.«

»Und ich wollte dort spielen.« Das war ihm herausgerutscht. Es nagte an ihm, doch er zwang sich, das Gefühl zu ignorieren.

»Auf welcher Position?«

»Halbfeld.«

»Und ich zweite Base. Im Ort gibt es eine Mannschaft, aber im Frühling und Sommer herrscht bei mir Hochbetrieb, also kommt das für mich nicht infrage. Spielen Sie?«

»Nein.«

Etwas an der einsilbigen Antwort hielt sie davon ab weiterzufragen. »Na ja, ich hoffe, dass ich es bei Gabes Spiel am Samstag zu ein paar Innings schaffe. Gut, ich zeichne Ihnen auf, was ich mir so vorstelle, damit Sie sich ein besseres Bild machen können.« Sie sprach von Hochbeeten für Kräuter, von einjährigen Pflanzen, zusätzlichen Stauden und einer weiteren Mauer, spiegelbildlich zur ersten. Er kam nicht mehr hinterher. »Jetzt, wo ich Ihnen was zum Nachdenken gegeben habe, messe ich ein paar Sachen ab. Und bringe Ihnen Broschüren zum Durchblättern.«

»Gut. Brauchen Sie Hilfe?«

»Nein danke.« Sie kehrte zu ihrem Pick-up zurück.

Zane verschwand mehr als nur ein wenig verdattert in der Küche. Er machte sich ein Bier auf und dachte: *Warum hab ich ihr eigentlich keines angeboten?* Doch er musste sich zuerst von ihrem ersten Besuch erholen. Sie roch nach Erde und Grünzeug, besaß kräftige, geschickte Hände, die Bilder in die Luft malen konnten. Sie beschwor sie auch mithilfe von Worten herauf, sodass er sich ein vages Bild von dem machen konnte, was sie vor sich sah. Das hieß noch lange nicht, dass er zu allem Ja und Amen sagen würde. Die Mauern konnte er sich vorstellen. Sicherheit war wichtig, und er hoffte, dass Audra ihren Onkel oft besuchen würde. Außerdem gefiel ihm die Vorstellung von glitzernden Lichtern vor den Steinen. So weit, so gut. Vielleicht ein paar Pflanzen, aber nur ein paar. Aber der Wasserfall? Das war absurd!

Während er darüber nachdachte, ging er zum großen Wohnzimmerfenster und schaute auf den Bereich, in dem sie den absurden Wasserfall gesehen hatte. Nein, auf gar keinen Fall. Andererseits … Vielleicht sollte er drüber nachdenken.

Was die Tische, Sessel und so weiter im Freien betraf, hatte sie recht. Mit dem Bier und seinem Notebook setzte Zane sich an die lange Frühstückstheke, um zu gucken, was das Internet an Outdoor-Möbeln zu bieten hatte. Er hatte bereits ein paar Sachen markiert, als Darby an die Fensterscheibe klopfte. »Kommen Sie rein. Ein Bier vielleicht?«

»O ja, gern, aber ich muss fahren. Ein kleines?«

»Ein kleines Bier.« Als er aufstand, um es ihr einzuschenken, kam sie herein und sah sich in der riesigen Küche um. Sie bewunderte die Einbauschränke aus edlem dunklem Holz mit vereinzelten Glasfronten. Die meterlange Granittheke mit goldenen, sattbraunen und glitzernden Einschlüssen. Die Küche war mit allen Geräten perfekt ausgestattet. Wie sie von ihrer heimlichen Erkundungstour wusste, gab es auch eine Vorratskammer mit weiteren Arbeitsflächen, Schränken und Gerätschaften. Sie war so groß, dass man glatt darin übernachten konnte. »Wenn ich diese Küche so sehe, kriege ich fast Lust, Kochen zu lernen.«

»Bisher hat sie noch nicht diesen Einfluss auf mich.« Zane reichte ihr das Bier. »Deshalb finde ich ja auch, dass das Kräuterbeet sinnlos ist.«

»Kräuter sind immer sinnvoll.« Sie stieß mit ihrem Glas gegen seine Flasche, nippte daran und seufzte selig. Dann gab sie ihm Broschüren. »Eine davon ist meine, noch etwas improvisiert, aber an ein paar Dingen, die ich schon gemacht habe, können Sie sehen, was mir so vorschwebt. Meine Webseite ist in Arbeit, aber bereits hochgeladen.«

»Wenn Sie diesbezüglich Hilfe dabei brauchen, sollten Sie *The Computer Guy* kontaktieren.«

»Sie meinen Micah Carter, oder? Er ist mir schon empfohlen worden.«

»Und außerdem mein ältester Freund. Ich kann aufrichtig sagen, dass er der Beste ist.« Neugierig schlug er eine Broschüre bei einem ihrer Einmerker auf, sah Steinmauern in Farbtönen, die ihn an seine Küchentheke erinnerten, und wunderschöne Aufnahmen von heimeligen kleinen Lichtern in der Dunkelheit. »Verstehe. Wow!«

»Schön, oder? Das können Sie auch haben.«

»Und das ist … Wie nennt man das? Terrassiert? Das Gelände auf verschiedenen Ebenen mit Steinstufen.«

»Auch das können Sie haben, aber ohne die Steinstufen. Die brauchen Sie nicht. Die Terrassen mit Mauer sind nicht nur machbar, ich würde sie Ihnen sogar dringend empfehlen.«

»Das haben Sie noch gar nicht erwähnt.«

Sie lächelte ihn über ihr Bier hinweg an. »Ich wollte Sie nicht verstören.«

Er sah zu ihr auf, in ihre knallblauen Augen voller Schalk. »Sie reden von Wasserfällen, wollen mich aber nicht verstören?«

»Da hatte ich Sie bereits ein wenig eingelullt. Ich würde zwei Ebenen vorschlagen – aus ästhetischen und aus Stabilitätsgründen.«

»Dann bepflanzen Sie die untere Ebene mit Sachen wie denen hier …«

»Einheimische Pflanzen mit einem unterirdischen Bewässerungssystem. Viel Mulch. Wir kümmern uns um alles – Sie dürfen einfach nur genießen.«

»Das sollte zu Ihrem Werbeslogan werden. Wieso setzen Sie sich nicht? Ich kann weiterblättern, während Sie mir Gesellschaft leisten.«

»Gern.« Sie zog sich einen Hocker heran und reichte ihm ein paar zusammengetackerte Ausdrucke. »Schauen Sie mal hier.« Als sie sie bei einem verdammten Wasserfall aufschlug, spürte er, wie er vor lauter Ehrfurcht in die Knie ging.

»Das haben Sie gebaut.«

»Meine Mutter und ich, ja.«

»Das ist Wahnsinn.«

»Finde ich auch. Er ist ein bisschen größer und komplizierter als der, den ich hier vor mir sehe, aber man bekommt eine ungefähre Vorstellung davon, was möglich ist.«

Er musterte die Fotos. Der Wasserfall stürzte stufenweise herab, Pflanzen sprossen zwischen Steinen hervor, mit denen er in einer Breite eingefasst war, dass man sich darauf setzen konnte. »Sie möchten erreichen, dass ich das auch will.«

Sie nippte an ihrem Bier. »Sie wollen es jetzt schon. Ich helfe Ihnen nur, Ihre Gartenphobie zu überwinden.«

»Was passiert im Winter?«

»Kein Wasser, die Pumpe bleibt aus. Dann ist der Wasserfall bis zum nächsten Frühling einfach nur Deko.«

»Wow, verdammt.«

Sie machte sich gar nicht erst die Mühe, ein Lachen zu unterdrücken. »Ich zeichne Ihnen auf, was ich mir vorstelle, und mache Ihnen einen Kostenvoranschlag. Anschließend treffen Sie eine Entscheidung.« Sie legte den Kopf schräg und musterte die Seite, die er auf seinem Notebook aufgerufen hatte. »Sie informieren sich über Outdoor-Möbel.«

»Ja. Ich möchte die ganze Familie einladen, habe mich aber noch nicht um Sitzgelegenheiten und so gekümmert.«

»Auf keinen Fall zu modern, aber auch nicht zu rustikal. Sie … Entschuldigung, ich kann mich einfach nicht beherrschen. Darf ich …« Ihr Zeigefinger beschrieb Kreise. »mir ein bisschen die restliche Einrichtung ansehen?«

»Klar.«

»Mir gefällt, was Sie gemacht haben. Viel Platz, hohe Decken, sodass die überdimensionierten Sessel und Sofas gut funktionieren. Vorwiegend in männlichen Farben«, fuhr sie fort, während sie sich umschaute. »Aber nicht blass oder düster. Gemütlich, nicht schlampig, und kein bisschen steif. Ich hasse es, wenn alles perfekt aufeinander abgestimmt ist. Außerdem bin ich ganz begeistert von Ihrem Esstisch.«

»Den habe ich ganz neu. *Industrial rustic* haben die das genannt, was auch immer das heißen mag.«

»Egal, es sieht jedenfalls toll aus.« Sie fuhr mit dem Finger über die lange Fläche. »Recyclingholz, oder? Meine Güte, Sie sind wirklich ordentlich und gut organisiert.«

So war das eben, wenn man einen Magenschwinger bekam, sobald man vergaß, seine Socken aufzuheben. »Vermutlich ja.«

Darby ging weiter ins Wohnzimmer, spähte durch Glastüren in einen Raum, der als Home Office eingerichtet war.

»Was haben Sie mit dem Untergeschoss vor? Behalten Sie das Heimkino?«

»Alles andere wäre Sünde. Ich muss noch Sachen für die Gästesuite besorgen. Bisher habe ich dort nur meinen Fitnessraum.«

Mit geschürzten Lippen kehrte sie zu ihm zurück, legte die Hand um seinen rechten Bizeps und drückte zu. »Hab ich's mir doch gedacht. Sehr schön.« Dann marschierte sie wieder davon und ließ ihn belustigt zurück. »Gut, Sie wissen also, was Sie wollen, was zu Ihnen und Ihren Räumlichkeiten passt. Ich kann Ihnen eine Liste mit Läden in der Nähe geben, in denen Sie sich Sachen anschauen, sie anfassen, sich reinsetzen können und so, statt sie online zu bestellen.«

»Gut.«

»Am besten, Sie geben mir Ihre Mailadresse. Wenn ich alles fertig habe, schicke ich es Ihnen.«

»Das klingt gut. Ich habe sogar eine Visitenkarte.«

Er zog eine Hülle aus der Hosentasche und gab ihr eine.

»*Zane Walker, Rechtsanwalt.* Meine Karte liegt in der Broschüre, falls Sie Fragen haben sollten.« Sie gab ihm das Glas zurück. »Danke für das Bier.«

»Für das kleine.«

»Es war genau richtig.«

»Dann begleite ich Sie hinaus. Moment, ich habe eine Visitenkarte von Micah.« Er zog eine perfekt aufgeräumte Schublade auf und nahm eine Karte heraus. »Wenn Sie einen Spezialisten brauchen, rufen Sie *The Computer Guy* an.«

»Das muss ich unbedingt. Danke.«

»Er findet Sie heiß.«

»Er … aha.«

»Keine Ahnung, warum mir das gerade rausgerutscht ist. Er befindet sich in einer ernsten, monogamen Beziehung und ist schwer verliebt in Cassie.«

»Wie schön für ihn«, sagte sie, als sie vors Haus traten. »Es stimmt, ich bin heiß, so gesehen täuscht er sich nicht.«

»Er wird Sie nicht anmachen.«

»Gut zu wissen. Wow, ich liebe Ihr Anwesen.« Sie trat auf die Veranda und sog die Luft, die Aussicht regelrecht in sich ein. »Wenn ich hier fertig bin, werden die Feen tanzen und die Engel singen.«

»Und das Wasser plätschern?«

Sie lachte. »So ist es. Wir hören voneinander.«

Er sah zu, wie sie die Stufen hinunterlief und zu ihrem Pick-up ging. Ja, sie war wirklich heiß. Auf eine seltsame, natürliche, hypnotisierende Art, die er nicht recht zu fassen bekam. »He«, rief er ihr hinterher. »Vielleicht sehen wir uns bei Gabes Spiel.«

»Hoffentlich.« Sie sprang in ihren Pick-up, winkte ihm zu und brauste davon.

Während sie sich entfernte, spürte er, wie sich ihre brausende Energie langsam verflüchtigte. Er vermisste sie jetzt schon irgendwie.

***

Zanes E-Mail-Beziehung zu Darby begann, als er ihr seine Auswahl der Steine für die Mauern schickte. Außerdem zeigte er sich geneigt, sich auf die Terrasse und die Lichter einzulassen.

Innerhalb von zwei Stunden schickte sie ihm ein Dankesschreiben mit einer detaillierten Preisliste für die Arbeits- und Materialkosten. Dazu das Datum, an dem sie anfangen konnte, falls das Wetter mitspielte. Sie vergaß auch nicht, ihn für seine gute Wahl zu loben.

Obwohl der Preis nicht ganz so hoch war wie befürchtet, musste er kurz schlucken. Er trat auf seine Schlafzimmerterrasse hinaus, musterte das von Flutlicht erhellte Grundstück und dachte an die schönen warmen Lichter vor der Steinmauerkulisse. Kaum war er wieder hineingegangen, bat er sie per

Mail um eine Auftragsbestätigung, die sie in einer halben Stunde fertig hatte. Er druckte sie aus, unterschrieb, scannte sie und schickte sie doch tatsächlich zurück. Um erneut eine Dankesmail zu bekommen.

All das noch vor Mitternacht.

Als Zane am nächsten Abend mit seiner Familie gegessen hatte und seine E-Mails kontrollierte, fand er eine weitere Nachricht von ihr. Im Anhang eine Zeichnung vom Wasserfall einschließlich der Maße. Er sah sie sich an und wollte alles genau so haben, beschäftigte sich dann aber mit anderen Dingen.

Als er nach Hause kam, starrte er auf den Bereich und konnte das Wasser fast über die Felsen plätschern hören. Er ging wieder in sein Arbeitszimmer.

Machen wir, **schrieb er**. Sie regen mich langsam auf.

Sofort kam ihre Antwort.

Das passiert mir oft. Soll ich eine gesonderte Auftragsbestätigung schreiben, oder wollen Sie warten, bis ich den Rest kalkuliert habe?

Ja, kalkulieren Sie. Alles. Ich werde Sie nicht mit allem beauftragen, aber kalkulieren Sie es, verdammt noch mal. Ich suche mir dann aus, was ich haben will. Außerdem habe ich beschlossen, dass Sie nicht so heiß sind, wie Sie glauben.

Bis zu Gabes Spiel sollte ich alles fertig haben. Egal, wie Sie sich entscheiden, ich werde Sie dort auf einen Hot Dog einladen. Und heiß, wie ich bin, bin ich brandgefährlich. Übrigens: Melden Sie auch GmbHs an?

Ja, gerne. Kostet mindestens eine Million Dollar. Und einen Hot Dog.

Prima. Über die Kosten reden wir noch. Ich ruf in der Kanzlei an, um einen Termin zu vereinbaren.

Zane staunte. Er war den Rest der Woche bereits ziemlich ausgebucht. Er stellte eine Praktikantin namens Gretchen Filbert ein, eine intelligente Studentin, die ursprünglich nicht aus der Gegend kam und einen Ferienjob in der Nähe ihrer Großeltern suchte. Das bedeutete, dass er einen weiteren Schreibtisch und alles, was dazugehörte, kaufen musste.

Er setzte eine Scheidungsklage für eine unglückliche Frau auf, brachte seinen früheren Geschichtslehrer davon ab, den eigenen Bruder zu verklagen, und nahm einen Mandanten an, der Hilfe bei der Verwaltung des Erbes seiner Mutter brauchte, nachdem deren Testamentsvollstrecker ebenfalls gestorben war. Für jemanden, der in einer Kleinstadt gerade erst seine Kanzlei eröffnet hatte, war das wirklich nicht schlecht.

Er kehrte von etwas, das er als *Hausbesuch* betrachtete, zurück. Kaputt, erschöpft und völlig durchnässt von einem Nachmittagsgewitter ließ er sich in einen der Sessel am Empfang fallen. Maureen eilte herbei und musterte ihn. »Du siehst aus, als hättest du gerade zwei Stunden bei Mildred Fissle verbracht. Deine Augen sind ganz glasig, und die Haare stehen dir zu Berge. Vor lauter Schreck hängt dir die Kinnlade runter. Willst du einen Kaffee?«

»Mit Whiskey drin?«

»Nein. Dein nächster Termin ist in einer halben Stunde, da gibt es keinen Alkohol.«

»Ich fand sie schon als Kind uralt und gruselig. Inzwischen ist sie das wirklich. Ich musste in ihrem Wohnzimmer in diesem kleinen Schaukelstuhl Platz nehmen, zwei Stunden lang die Knie anziehen und dazu schrecklichen Tee trinken, der nach welken Blumen geschmeckt hat.«

Maureen sah ihn übertrieben mitleidig an. »Armer, armer Junge.«

»Alles hat nach welken Rosen und Katzen gestunken. Sie hat fünf, so viele konnte ich zumindest sehen. Eine von ihnen saß da, hat mich die ganze Zeit angestarrt und nicht einmal geblinzelt. Ich dachte schon, sie ist tot und ausgestopft, doch sie hat sich bewegt. Ich muss da noch mal hin, Maureen.«

Maureen beugte sich amüsiert zu ihm. »Sie will schon wieder ihr Testament ändern, stimmt's?«

»Sie hat eine halbe Million bisheriger Testamente samt Nachträgen und lauter klitzekleinen Haftnotizen hervorgekramt. Mit Katzen drauf.«

Maureen stand auf. »Ich hol dir eine Cola, mein Lieber. Bleib einfach sitzen und verschnauf ein bisschen.«

Sie kam mit einer gekühlten Flasche und einem Glas kaltem Wasser mit Zitronenschnitz zurück, ihrem Lieblingsgetränk. »Ich bin mit einer ihrer Enkelinnen befreundet, mit der ich zur Schule gegangen bin. Miss Mildred ändert ihr Testament häufiger, als manche Leute die Bettwäsche wechseln. Wer von ihren vielen Kindern, Kindeskindern und zahllosen Kindeskindeskindern gerade in ihrer Gunst steht, erfährt die zahlreichen Verstecke im Haus, in denen sie Bargeld, Schmuck, Schecks, Versicherungspolicen und das neueste Testament aufbewahrt. Bis er wieder in Ungnade fällt. Dann schreibt Miss Mildred neue Anweisungen, ändert die Verstecke, ruft ihren aktuellen Anwalt an, und das Ganze geht von vorne los.«

»Sechs ihrer Kinder leben noch«, warf Zane ein. »Dazu kommen neunundzwanzig Enkel, siebenundsechzig Urenkel und neunzehn Ururenkel. Drei weitere sind unterwegs.« Er nahm einen Schluck aus seiner Flasche. »Außerdem hat sie Legate für jeden Einzelnen verfügt. Nur nicht für die, die ihrer Meinung nach nichts verdient haben. Ein paar sollen genau einen Dollar erben. Nach dem Motto: Diese Ohrringe bekommt Sue, diesen Tisch Hank, und Wendall kriegt bloß einen Dollar, weil er sich an Weihnachten nicht die Mühe gemacht hat, mich aus Seattle zu besuchen. So ging das zwei Stunden lang.«

»Beruhige dich.«

»Sehr witzig. Wart's ab, bis du den ganzen Nachmittag damit verbringst, mein Gekritzel in ein offizielles Dokument umzuwandeln.« Er zog einen Block aus seiner Aktentasche.

»Beim nächsten Mal wird es dir leichter fallen«, sagte Maureen begütigend. »So ungefähr in drei Monaten. Außerdem … wie alt ist sie überhaupt? Achtundneunzig? Sie kann schließlich nicht ewig leben.«

»Neunundneunzig, und täusch dich nicht, was Letzteres anbelangt.« Er stand auf und hängte sich gerade die Aktentasche um, als sein Smartphone piepte und eine SMS ankündigte. Auf dem Weg in sein Büro zog er es hervor.

Darby.

Sitzen Sie gerade? Wenn nicht, sagen Sie Bescheid, wenn es so weit ist. Gut möglich, dass Sie einen steifen Drink brauchen, nachdem Sie meine SMS gelesen haben.

Er setzte sich an seinen Schreibtisch und fragte sich, warum er Panik und Entzücken verspürte, sobald sich Darby McCray meldete.

Sitze jetzt. Da ich gerade arbeite und es erst drei Uhr nachmittags ist, habe ich keinen steifen Drink zur Hand.

Schade. Ich schicke Ihnen eine Mail mit mehreren Anhängen. Morgen werde ich zu Gabes Spiel gehen und anschließend gucken, wie ich diesen an das Gewitter verlorenen Nachmittag wettmachen kann. Bis dann!

Er hörte, wie die Mail einging, und starrte argwöhnisch auf seinen Bildschirm. Wie schlimm konnte es schon sein? Außerdem würde er ohnehin nicht alles machen lassen, was sie vorschlug.

Du suchst dir nur das raus, was du willst, Walker, rief er sich in Erinnerung. *Kein bisschen mehr.*

Er öffnete die Mail und musste laut lachen, als er die GIF-Datei mit den tanzenden Hot Dogs sah. Dann lud er die Anhänge herunter und öffnete sie. Der erste enthielt Zeichnungen, die den Entwurf vervollständigten. Was bewies, wie clever und geschickt seine Gegnerin bei diesem Spiel agierte.

»Darauf falle ich nicht rein«, murmelte er. »Wow, sieht das toll aus. Aber so leicht lasse ich mich nicht einlullen.« Er widmete sich ihrer sorgfältigen Auflistung von Bäumen, Sträuchern, Pflanzen samt Preisangaben inklusive kostenlosem Ersatz, sollte innerhalb eines Jahres etwas eingehen. Sehr fair. Dann kamen Sachen wie Pflanzerde, Humus, Mulch, Bewässerungssysteme, Töpfe, Amphoren und Blumenkästen. Die meisten Dinge bereiteten ihm Kopfzerbrechen. Wieso war Erde nicht gleich Erde – und sollte Erde nicht billig sein? Als Nächstes folgte die Arbeitszeit, und als er sich davon losriss, der Gesamtbetrag. »Verdammte Scheiße.«

Maureen kam hereingerannt. »Wie drückst du dich denn aus? Es könnte jederzeit ein Mandant hereinkommen.«

Er zeigte nur auf den Bildschirm.

Mit ihrem mütterlich-entsetzten Gesichtsausdruck kam Maureen um den Schreibtisch gelaufen. »Großer Gott.«

»Verstehst du mich jetzt?«

»Für eine Gartengestaltung? Was wird denn da angelegt? Ein neues Disneyland? Emily hat mir erzählt, wie vernünftig Darby ist, und ich habe selbst überlegt, sie für ein paar Dinge zu engagieren. Aber das? Meine Güte!«

»Lass dich davon nicht abschrecken. Das ist echt jede Menge Zeug. Darin sind auch Stützmauern und der Wasserfall enthalten, den ich bereits in Auftrag gegeben habe.«

»Ein Wasserfall? Du willst einen Wasserfall?«

»Nein. Vielleicht. Nein. Das ist verrückt. Ich bin verrückt.« Er holte die Mappe und zeigte ihr alles. Woraufhin sie ein sehnsüchtiges Seufzen hören ließ.

»Das sieht so schön aus. Diese Mauern mit den Pflanzen. Man könnte meinen, sie würden zum Haus gehören, findest du nicht? Als wären sie schon immer dort gewachsen. Das ist traumhaft, Zane. Was noch?«

Widerwillig ging er die anderen Entwürfe mit ihr durch.

»Das ist fantastisch, mehr als fantastisch. Das ist magisch, aber … keine Ahnung, eine Art natürlicher Magie.«

»Du bist nicht gerade hilfreich«, murmelte er.

»Nun, ich sehe, was ich sehe. Zeig mir noch mal die Seite mit den Kosten.« Als er das tat, massierte sie ihm die Schultern. »Das ist wirklich erstaunlich. Warte, da kommt noch eine Seite.«

»Unmöglich.« Doch da sah er es auch. »Ich glaube, ich war viel zu sehr mit meinem Herzinfarkt beschäftigt, um sie zu bemerken.«

»Okay, okay«, beruhigte ihn Maureen. »Da stehen die Kosten der letzten Auftragsbestätigung und dass sie dir einen so genannten *Lieblingskundenrabatt* einräumt. Das ist ein ziemlich großzügiger Rabatt, Zane. Ich will nicht behaupten, dass das keine ordentliche Stange Geld wäre, aber der Rabatt ist gut.«

Er starrte auf die Zahlen. »Sie ist echt durchtrieben, frag

Emily. Mit dem Rabatt hat sie bis nach meinem Herzinfarkt gewartet. Sie lullt mich ein, genau das tut sie.«

Maureen scrollte zurück zu den Fotos und gab wieder dieses Seufzen von sich. »Wenn sie das alles zuwege bringt, kann sie deutlich mehr, als einen bloß einzulullen. Die Frau ist eine echte Künstlerin. Eine Zauberin. Und, was hast du vor?«

»Ich habe vor, keine Sekunde länger auf diese Bilder und Zeichnungen zu starren. Stattdessen werde ich mir den Gesamtbetrag einprägen, damit ich aufhöre, darauf zu starren.«

Er hörte die leise Glocke – auch etwas, das Micah installiert hatte, damit er merkte, wenn die Tür aufging. »Ich verdränge das Thema.« Er schloss die Datei wieder.

»Ich gebe dir zwei Minuten, um dich zu erholen. Dann führ ich deinen nächsten Termin rein.« Sie ging zur Tür und sah sich noch mal um. »Es wäre echt was Besonderes, das musst du zugeben.«

»Ich brauch nichts Besonderes. Ich bleibe vernünftig.«

13

Freitag hatte ein heftiges Unwetter getobt, aber am Samstagmorgen war es wunderschön und Darby seit dem Morgengrauen auf. Sie trank Kaffee und aß eine Schale Frühstücksflocken mit einer Handvoll Blaubeeren. Währenddessen studierte sie die kurz- und langfristige Wettervorhersage.

Anschließend schlüpfte sie in ihre Frühlingsklamotten, bestehend aus Cargohose, T-Shirt und Kapuzenpulli, um ihr Erscheinungsbild mit einem dunkelblauen Käppi samt Logo von *High Country Landschaftsgärten* abzurunden. Das zierte ein Blüten-Hartriegel. Das Symbol des Bundesstaates North Carolina war genau das richtige Motiv für ihre Firma.

Als sie zum Pick-up ging, schaute sie sich nach der Baugrube um. Dort würde ihre Werkzeug- und Materialscheune hinkommen. Mit etwas Glück würde man Anfang nächster Woche das Fundament gießen können. Sie hörte Vögel singen, sah Waldlilien zwischen den Baumstämmen hervorblitzen, die ihre kleine Welt umschlossen. Im Klangspiel, das sie sich gegönnt hatte, fing sich die Brise und sorgte für akustische Farbtupfer. Was wollte man mehr?

Gut gelaunt fuhr sie zum See hinunter, über dem noch Nebel lag, auch wenn die Sonne den Himmel im Osten bereits rot färbte. Ein brautweißer Reiher glitt durch den Dunst wie ein Traumbild. Als Frühaufsteherin (nicht nur von ihrem Naturell her, sondern auch, weil es ihr Beruf erforderte) gehörte das Bewundern des Sonnenaufgangs zu den Highlights des Tages.

Während Darby als Einzige auf der Seestraße unterwegs war, ging sie ihre Termine durch. Es war alles zu schaffen, und vielleicht blieb sogar genug Zeit, dass sie sich abends um ihre Küchenschränke kümmern konnte. Die Fronten mussten weg, dazu hatten Zanes Glastüren sie inspiriert. Sie würde die hässlichen Türen abmontieren, den Rest streichen und fertig. Danach würde es ihr deutlich leichter fallen herauszufinden, was sie wirklich wollte. Ihre Gedanken eilten zu Zane. Er hatte auf ihre letzte Mail nicht reagiert, auch nicht auf die Anhänge. Das war ungewöhnlich, normalerweise antwortete er rasch. Vermutlich stand er unter Schock, was sie ihm kaum vorwerfen konnte. Sie ging ohnehin nicht davon aus, dass er sie mit dem Komplettpaket beauftragen würde, und hoffte, dass er in der Lage war, Prioritäten zu setzen. Schließlich parkte sie vor der Rezeption, zog ihre Arbeitshandschuhe an und holte das Werkzeug. Ihr blieb eine Stunde, bis Hallie und Roy kamen. Letzterer war noch ganz verkatert von einer Party am Freitagabend. Sie hatte ihnen erlaubt, später zu kommen als sonst, schließlich würde sie sich nachher selbst für ein Stündchen zum Baseballspiel davonstehlen.

Als Emily kam, verteilten sie gerade Mulch und bepflanzten Töpfe. Sie trat zu Darby, die Klematisranken um in den Laternenpfosten geschraubte Haken wickelte.

»So langsam gewöhne ich mich daran.« Emily stieß ein Seufzen aus. »An den Gedanken: *Okay, machen wir*, dem in Phase zwei: *O mein Gott, was tut sie da?*, folgt, bis es am Ende heißt: *Einfach perfekt!*«

»Wir wollen Freude schenken.«

»Nun, das tut ihr, auch wenn ich mich bei meinem Haus noch in Phase zwei befinde.«

»Das wird schon. Warte, bis wir hier fertig sind. Nächste Woche dürfte es so weit sein.«

Doch als Emily sich umsah, fiel Darby die nach wie vor vorhandene Sorgenfalte zwischen den Brauen auf. »Keine Ahnung, wie ich mich um all das kümmern soll.«

»Pflegeleicht«, rief Darby ihr in Erinnerung. »Außerdem zeig ich dir, wie's geht.«

»Okay. Was ist das für ein Baum, den Roy gerade mulcht?«

»Eine Kräuselmyrte. Ein toller Spätblüher. Vor dein Haus kommt auch eine.«

»Gut, also viel Glück. Ich muss noch ein paar Stunden ran, bis ich abgelöst werde und zu Gabes Spiel gehen kann.«

In der Hocke musterte Darby die Klematis und befand sie für gut. »Ich versuche, ein Stündchen dazuzukommen.«

»Ich reservier dir einen Platz. Obwohl ich von deiner Wahnsinnsarbeitsmoral profitiere, weiß ich sehr wohl, unter welchem Druck man als Selbstständiger steht. Du solltest dir mal einen Tag freinehmen, meine Liebe.«

»Gestern hatte ich fast den ganzen Tag frei, außerdem soll es nächsten Mittwoch regnen – macht zwei freie Tage.«

Emily ging ebenfalls in die Hocke. »Und was treibst du so an deinen freien Tagen?«

»Mir überlegen, wie ich zukünftige Kunden vergraulen kann.«

Emily tätschelte ihr in aufrichtiger Zuneigung die Wange. »Das kann ich mir vorstellen. Bis nachher beim Spiel.«

Darby wurde gerade rechtzeitig fertig, um Fotos für ihre Dokumentation zu machen, ihr Team bei Emilys Haus anfangen zu lassen sowie alles mit dem Schlauch abzuspritzen.

»Gegen eins bin ich wieder da. Oder gegen halb zwei, wenn ich euch was zum Mittagessen mitbringen soll. Ich bezahle.«

»Ein scharfes Jumbo-Sandwich«, rief Roy.

Hallie, die ihr Haar jetzt in Dutzenden kunstvoll geflochtenen und im Nacken zusammengebundenen Zöpfchen trug, stützte sich auf ihre Schaufel. »Ich nehme ein Schinkenbaguette mit Tomaten, mit Senf statt Mayo.«

»Gut.«

»Und Pommes«, ergänzte Roy. »Mit Jalapeño-Soße.«

Darby aß gerne scharf, aber Roy liebte es extrem. »Halb zwei. Schreibt eine SMS, wenn irgendwas ist.«

Sie fuhr um den See, bewunderte die Blütenpracht und reckte instinktiv den Daumen, um die Hobbygärtner zu loben, die auf ihren Grundstücken arbeiteten. Dann durchquerte sie den Ort, in dem viele ihre Samstagseinkäufe machten. Das Spielfeld lag auf der anderen Seite. Sie musste lange suchen, um einen Parkplatz zu ergattern. Anscheinend unterstützten die Einwohner des Ortes ihre Spieler nach Kräften. Während sie den Häuserblock von ihrem Wagen bis zum Spielfeld zurücklegte, hörte sie das dumpfe Knallen der Schläge, die Schreie der Fans, roch die Hot Dogs und Burger. Sie blieb kurz stehen, um den Kleinen zuzusehen. Die Dreikäsehochs mussten das Spiel und den dazugehörigen Mannschaftsgeist erst noch lernen. In der Sonne lief sie weiter zu den Jugendlichen und entdeckte Zane, Emily und Lee auf der Tribüne.

Wie sie der Anzeigetafel entnahm, hatte sie erst zwei Innings verpasst, und die heimische Mannschaft hatte einen Run. Zu Beginn des dritten Innings waren zwei Schlagmänner draußen. Ein Läufer war auf der ersten Base und Gabe Schlagmann. Bevor sie hochkletterte, wartete sie, bis der Schlagmann kräftig ausholte. Während sie sich zwischen den Menschen hindurchschlängelte, wurde sie von mehreren Leuten begrüßt. Es tat gut, an einem Ort zu leben, wo einen die Leute kannten und sich die Mühe machten zu grüßen.

Zane, geschützt durch seine Sonnenbrille und den Schild seiner Baseballkappe, musterte sie gründlich, als sie sich neben ihn setzte.

»Wie macht sich Gabe?«

»Der hat ein paar Schläge für die Statistik gemacht, zwei davon im ersten Inning. Genau die Linie runter, dann hat er den Läufer vor der zweiten Base gestoppt.«

»Fantastisch. Was hätten Sie gern auf Ihrem Hot Dog?«

»Senf.«

»Sonst nichts?«

»Sonst nichts.«

»Verstehe. Hallo.« Sie reckte sich, um Emily und Lee zu begrüßen. »Wenn dieses Inning vorbei ist, geh ich Hot Dogs kaufen. Was wollt ihr für welche?«

»Danke. Nur mit Senf.«

Lee beugte sich an seiner Frau vorbei. »Mit allem.«

»Das nenne ich einen Hot Dog.« Sie sah zu, wie der erste Schlagmann beim zweiten Schlag rausflog. »Wo ist Brody?«

»Irgendwo hier mit seiner Nichtfreundin-Freundin.«

»Jenny? Die ist hinreißend. Vermutlich fragt er sie gerade, ob sie mit ihm auf den Schulball gehen will.«

Das lenkte Zane vom nächsten Schlag ab. »Woher wissen Sie das?«

»Hat er mir erzählt. Er weiß, dass sie nur darauf wartet, dass er fragt, und sie weiß vermutlich, dass er das weiß. Aber er will keine Riesensache daraus machen. Gabe ist der Nächste am Abschlag.«

»Ja.«

Sie schauten zu, wie der erste Werfer auf den Schlagmann warf und einen Punkt machte. Und murmelten gemeinsam: »Hoch und drin.«

Aus Solidarität gab Darby Zane einen sanften Stoß zwischen die Rippen. »Und, haben Sie den E-Mail-Schock inzwischen verdaut und Prioritäten gesetzt?«

»Kann sein.«

Der zweite Wurf führte zu einem Eins-zu-Eins.

»Am Mittwoch können Sie sich rächen.«

»Wieso am Mittwoch?«

»Da soll es den ganzen Tag regnen. Deshalb habe ich am späten Freitagnachmittag bei Ihnen in der Kanzlei angerufen und einen Termin vereinbart. Gut!« Sie klatschte, als der Schlagmann einen weiteren Punkt holte. »Gut gesehen!«

»Emily meint, Sie wären mit der Rezeption fast fertig.«

»Ja, es sieht super aus. Den Rest des Tages kümmern wir uns um ihr Haus. Morgen werde ich ein paar Stunden bei Bungalow sechs einlegen, zwischen dem Mieterwechsel.«

Zu spät ausgeholt. Foul.

Sie drehte den Kopf, sodass sie sich kurz in die Augen sahen, auch wenn seine hinter der Sonnenbrille verborgen blieben und vom Schirm seiner Kappe überschattet wurden.

»Ist das Ihre Art, die Sonntage zu verbringen?«

»Ich muss buddeln, solange die Sonne scheint, Walker.«

Dritter Wurf. Zwei neue Schläge.

Die Menschen klatschten, raunten, trampelten.

»Jetzt wird es eng«, murmelte Zane.

»Meinen Sie?«

»Sie werden versuchen, ihn in die Enge zu treiben und zum Schlag zu zwingen.«

Darby sah hin. Der Wurf ging nach innen, knapp an der Home Plate vorbei. Anstatt zuzuschlagen, tat Willy das einzig Vernünftige: Er ließ den Wurf durch.

»Das hat jemand gut gesehen«, bemerkte Darby. »Willy ist echt schnell. Der macht was aus seinen Möglichkeiten.«

Wieder sah Zane sie lange an. »Woher wissen Sie das?«

»Ich versuch häufiger, mir ein paar Innings anzuschauen, wenn ich Zeit habe. Nach Feierabend zum Beispiel. Super, Gabe.«

Gabe ging zur Schlagposition, trat von einem Fuß auf den anderen, testete seinen Schläger und nahm seine Position ein.

Der Junge war echt gut in Form, fand Zane. Hoch konzentriert und reaktionsschnell. Er musste daran denken, wie er an einem sonnigen Nachmittag an derselben Stelle gestanden war, während es nach Grillfleisch, frisch gemähtem Rasen, Erde und Kalk geduftet hatte. Wie er den Lärm der Menge ausgeblendet oder sich zunutze gemacht hatte. Wie er in diesem Moment, beim Gefühl des Schlägers in den Händen, beim Anblick des weißen auf ihn zufliegenden Balls, in seinem Element gewesen war.

Gabe verlor keine Zeit und knallte den Ball am ersten Baseman vorbei. Darby johlte und pfiff, gab Zane ein High five. Beim Spielstand von zwei zu zwei rückte Gabe auf die zweite Position vor.

Während einer Auszeit wandte sich Darby wieder an Zane. »Wenn Sie Zeit haben, können wir meinen Termin am Mittwoch verlängern und die verschiedenen Optionen gemeinsam durchgehen. Oder Sie schauen morgen bei mir vorbei, ich kann auch zu Ihnen kommen. Entweder gegen zehn Uhr vormittags oder nach drei.« Sie wartete einen Moment. »Außer, ich habe Sie so verschreckt, dass das ganze Projekt flachfällt.«

»Sie verschrecken mich nicht.«

»Gut. Sagen Sie mir einfach, was Ihnen passt.«

Emily beugte sich vor. »Du redest gerade von Zanes Anwesen. Er hat mir deine Entwürfe gezeigt. Wie gemalt.«

»Und machbar«, erwiderte Darby lächelnd. Dann war das Inning vorbei. »Wir liegen vorn.« Darby klatschte in die Hände. »Zeit für Hot Dogs.«

»Zane, hilf ihr.«

Darby winkte ab. »Alles gut, Emily. Abgemacht ist abgemacht.«

Darby arbeitete sich erst nach unten und dann zum Imbissstand vor, wo sie sich in die Schlange einreihte. Die Frau vor ihr drehte sich um. »Hallo, Darby.«

»Laurie.« Sie arbeitete bei *Best Blooms* und kannte sich echt aus. »Und, wie läuft's?«

»Gut. Der Sohn meiner Schwägerin spielt mit, und unser Team gewinnt. Ich habe dich auf der Tribüne gesehen.« Sie wackelte mit den Brauen. »Ich wusste gar nicht, dass du mit Zane Walker zusammen bist.«

»Klar, wir … O nein, wir sind kein Paar! Ich wollte Gabe zuschauen. Ich bin mit seiner Familie da.«

»Das ist verdammt schade, ihr würdet toll zusammenpassen.« Laurie warf ihre Locken zurück und sah sich zur Tribüne um. »Ich freue mich, ihn wieder bei einem Spiel zu sehen.« Sie arbeiteten sich weiter nach vorn vor und blieben kurz stehen, als die Menge einen langen Ball bejubelte. »Ich war ein paar Klassen über ihm«, fuhr Laurie fort. »Meine Schwester ist mit ihm in die Klasse gegangen. Er war der Star der gesamten Mannschaft und wurde zwei Jahre hintereinander zum besten Collegespieler des Staates gekürt.«

»Beeindruckend«, bemerkte Darby.

»Das kann man wohl sagen. Er hätte den Titel noch mal geholt …« Sie schien sich zu bremsen und trat nervös von einem Fuß auf den anderen. »Er hatte eine Verletzung und ist ausgefallen.«

»Für die ganze Saison?«

»Für immer, soweit ich weiß. Ein gebrochener Arm oder so was. Wie dem auch sei, es freut mich, dass er wieder in Lakeview und bei einem Spiel ist.« Laurie gab ihre Bestellung auf und überließ Darby ihren Gedanken.

Eine gebrochene Nase. Vom Vater. Ein gebrochener Arm? Auch vom Vater? Vielleicht. Das erklärte, warum er seine Eltern niemals erwähnte. Und warum Britt und er bei Emily und Lee aufgewachsen waren.

Laurie nahm ihr Tablett mit den Getränken, Hot Dogs und Pommes. »Komm uns bald wieder bei *Best Blooms* besuchen.«

»Klar.« Darby bestellte die gewünschten Hot Dogs. Und dachte an den halbwüchsigen Jungen, den Star der Mannschaft, den Spieler des Jahres, der einmal davon geträumt hatte, in Camden Yards zu spielen. Bei dem Gedanken brach ihr beinahe das Herz. Sie verdrängte ihn und trug das Essen die Tribüne hinauf. Wenn er wollte, würde er ihr alles erzählen. Sie verteilte die Hot Dogs samt Servietten. »Das geht auf mich«, sagte sie zu Zane. »Wir müssen noch über Ihr Millionen-Dollar-Honorar verhandeln.«

»Hab ich nicht erwähnt, dass das mein Stundenlohn ist?«

»Nein. Ist mein Firmenschild dann wenigstens aus Gold?«

»Darunter machen wir es nicht.«

Darby aß ihren Hot Dog und blieb bis zum Ende des vierten Innings. »Ich muss los. Emily, vergiss nicht, dir die Rezeption anzusehen. Es war schön, dich zu sehen, Lee. Zane.«

Wieder schlängelte sie sich durch die Menschen nach unten und trat auf die Straße.

»He!« Als Zane ihr nachkam, drehte sie sich um.

»Wo stehen Sie?« Sie zeigte in die Ferne. »Ich begleite Sie und vertrete mir ein wenig die Beine.«

»Lang genug sind sie ja.«

Die Kleinen waren fertig und die nächste Altersgruppe auch fast. Zane blieb kurz stehen und sah zu. »Der Coach hat uns nach dem Samstagsspiel immer auf eine Pizza eingeladen – egal ob wir gewonnen hatten oder nicht.«

»Ein netter Coach.«

»Ja. Also: Ich habe mir Ihre höchst ehrgeizigen Entwürfe für das, was man wohl als meine Liegenschaften bezeichnen muss, gründlich angesehen.«

»So wie abgemacht. Allerdings glaube ich, Sie bräuchten weitaus mehr Hektar, ein Gästehaus und einen Infinity Pool, damit man Ihr Anwesen wirklich als Liegenschaft bezeichnen kann. Vielleicht auch einen Tennis- oder Squash-Platz.«

»Ich kriege einen verdammten Wasserfall«, rief er ihr in Erinnerung. »Ich habe nachgedacht, nachdem es meine Rechtsanwaltsgehilfin geschafft hat, mich aus meiner Schockstarre herauszuholen.«

Sie verlagerte das Gewicht und hakte die Daumen in die Gürtelschlaufen. »Ich hatte überlegt, Ihnen alles häppchenweise zukommen zu lassen. Aber das fand ich irgendwie nicht korrekt. Sagen Sie mir, was absolut nicht infrage kommt, damit ich die Entwürfe und Kosten überarbeiten kann.«

»Nichts.«

Sie erstarrte. »Sie wollen gar nichts davon? Es ist Ihr Anwesen, Zane, aber ich muss sagen, dass Sie wenigstens das Beet und ein paar Bäume gebrauchen könnten. In diesem Fall schaffe ich es auch, die Arbeiten allein auszuführen, was die Arbeitskosten drastisch senken würde.«

»Sie haben mich missverstanden, auch wenn genau das meine erste Reaktion war: *Kommt gar nicht infrage, die spinnt.* Doch dann habe ich eine Reihe von Fehlern gemacht.«

»Fehler?« Sie wusste nicht genau, worauf er hinauswollte, und wurde nervös.

»Als Erstes habe ich die Entwürfe einigen Freunden und meiner Familie gezeigt. Das war ein Riesenfehler. Dann habe ich mir die Bungalows angesehen, die Sie bereits fertig haben. Vor einem davon habe ich Feriengäste getroffen, ein Paar, das seit drei Jahren jeden Frühling herkommt. Emily hat viele Stammgäste.«

»Da ich ebenfalls mal Feriengast war, weiß ich auch, warum: Die Einrichtung ist schön, dazu eine atemberaubende Aussicht und ein außergewöhnlicher, persönlicher Service.«

»Sie haben es ganz ähnlich formuliert. Und auch die Außenarbeiten erwähnt: Sie lieben es, auf der vorderen Veranda zu sitzen und den Garten sowie den See zu bewundern. Oder auf der hinteren Terrasse einen Drink zu nehmen, nachdem sie den Tag am See verbracht haben. Sie fanden alles wunderschön. Es hätte sich angefühlt wie ihr eigener kleiner Garten Eden. Das war ein Zitat.«

»Das freut mich.«

»Dann bin ich nach Hause und habe mir gedacht: *Nein, nein und nochmals nein.* Vielleicht das hier, vielleicht noch das. Und dann …« Er blieb neben ihrem Pick-up stehen, schaute sich um und sah die Berge unter dem knallblauen Himmel, die Häuser, das grüne Gras, die frisch gestrichenen Veranden, die Blumenbeete. Er konnte das Spiel hören. Er kannte sich hier aus, wusste, wie alles roch. »Und dann habe ich das Spiel gesehen, zusammen mit Emily und Lee. Ich habe alte Bekannte begrüßt. *Das ist es*, habe ich mir gedacht. Das ist mein Zuhause, das sind meine Leute. Deswegen bin ich zurückgekehrt. Deswegen werde ich bleiben. Weil es meine Heimat ist. Und deshalb will ich alles, was Sie mir vorgeschlagen haben.«

»Alles.«

»Ja«, bekräftigte er, als sie eine weit ausholende Geste machte. »All Ihre höchst ehrgeizigen Entwürfe.«

Sie hielt den Zeigefinger hoch, wandte sich ab und entfernte sich ein paar Schritte. »Damit habe ich nicht gerechnet.«

»Soll das heißen, Sie schaffen es nicht?«

»Natürlich schaff ich das.« Sie wirbelte herum. »Ich biete nichts an, was ich nicht umsetzen kann. Ich habe nur nicht damit gerechnet, dass Sie … Ich hab's nicht erwartet. Wow!« Sie kam zurück und boxte ihn sanft gegen den Oberarm. »Das wird großartig. Sie werden es nicht bereuen.«

»Das will ich Ihnen auch geraten haben. Ich habe gerade zu allem Ja und Amen gesagt, was Sie sich wünschen.«

Sie schüttelte den Kopf. »Sie wünschen es sich doch auch, sonst hätten Sie nicht Ja gesagt.«

»Egal, ich habe Ja gesagt, und zum Dank wird mir gegen

den Arm geboxt und bemerkt, dass ich es nicht bereuen werde?«

»Sie haben recht. Sie haben etwas Besseres verdient. Moment!« Darby schlang Zane die Arme um den Hals, was echt unerwartet kam, und krönte das Ganze mit einem leidenschaftlichen Kuss. Das genügte, um ihn zurückweichen zu lassen – aber nur um ihre Hüften zu packen, bevor sie Anstalten machte, sich von ihm zu lösen, und ihn angrinste. »Na, na! Ich muss arbeiten und noch ein paar Sandwiches für meine Leute holen. Aber ich melde mich.«

Er hielt sie noch einen Moment fest. »Du bist echt heiß.«

Sie lachte und küsste ihn erneut, diesmal nur leicht und freundschaftlich. »Sag ich doch.« Sie ging zu ihrem Pick-up, stieg ein und lehnte sich aus dem Fenster. »Ich werde dir trotzdem keine Million zahlen.« Mit diesen Worten ließ sie den Motor an und fuhr los. Richtung Ort. Kaum war sie außer Sichtweite, fuhr sie rechts ran. »Heilige Scheiße.« Tief durchatmend fasste sie sich an ihr wild schlagendes Herz. War es nicht aufregend genug, den ganzen Auftrag an Land gezogen zu haben? Nein, sie musste sich auch noch mit einem impulsiven Kuss am Straßenrand lächerlich machen. Kein Wunder, dass sie eine kurze Verschnaufpause brauchte. *Nicht übertreiben*, ermahnte sie sich. *Schön auf dem Teppich bleiben*. Wer wusste besser als sie, welche Folgen impulsives Handeln haben kann?

»Also gut, prima.« Sie atmete mehrmals tief durch, zückte ihr Smartphone und wählte die Nummer ihres Steinlieferanten. »Hallo Kevin. Hier Darby McCray. Sie können die Bestellung rausschicken. Wollen wir sie kurz gemeinsam durchgehen?«

Als sie bei Emily parkte, waren die ersten Lieferungen bereits organisiert. Sie verteilte die Sandwiches und Pommes und musterte die inzwischen gepflanzten Sträucher. Perfekt. Das Beet sah auch perfekt aus. Mit den neuen Steinplatten, der frischen Farbe, den Klematis, die sich an den neuen Laternen emporrankten, war das Haus ein echter Hingucker.

Auf der großen umlaufenden Veranda sah sie bereits tolle Pflanzgefäße stehen. Da Emily gerne kochte, würde sie auch für ein paar Tomatenpflanzen und jede Menge Kräuter sorgen. Sie ging auf die Rückseite des Hauses, wo Roy und Hallie gerade ein Bewässerungssystem testeten, und strahlte die beiden an. »Wir werden uns vergrößern müssen.«

***

In der folgenden Woche verließ Graham Bigelow nach achtzehn Jahren Haft erstmals das Gefängnis. Sein kurz geschorenes Haar war grau meliert und an den Schläfen fast weiß. Tiefe Falten hatten sich um seinen Mund, seine Augen, seine Wangen und in die Stirn seines blassen Häftlingsgesichts gegraben. Er trug eine khakigrüne Hose und ein hellblaues Polohemd über einem Oberkörper, der in der Taille etwas kräftiger war als zuvor, den er aber im Fitnessraum des Gefängnisses gestählt hatte.

Eliza wartete am Tor auf ihn. Sie trug ein smaragdgrünes Sommerkleid. Ihr frisch gefärbtes und gestyltes Haar umrahmte ein Gesicht, das sie eine ganze Stunde lang perfekt geschminkt hatte. Mit zittrigen Beinen ging sie auf ihn zu, schlang die Arme um ihn und spürte, wie er sie ebenfalls umarmte. Als sie ihr Gesicht hob und seit fast zwei Jahrzehnten erstmals seinen Mund auf ihrem spürte, drängte sie die Tränen zurück.

Er schob sie zum Wagen, zur schwarzen Luxuslimousine, deren Anschaffung er ihr gestattet hatte. Er hatte keine Fahrerlaubnis. Obwohl sich seine Hände kurz ballten, öffnete er ihr die Fahrertür und umrundete den Wagen, um auf dem

Beifahrersitz Platz zu nehmen. Sein Blick blieb starr auf das Gefängnistor gerichtet, auf die Gefängnismauern, die Gefängniswärter, auf alles, was ihn eingesperrt und erniedrigt hatte. Nach wie vor zitternd fuhr Eliza los. »Graham, o Graham.«

»Fahr einfach, Eliza, ich muss hier weg.«

»Alles wartet auf dich, mein Schatz. Neue Kleidung, dein Lieblingsessen … Ich hab das Haus verkauft, wie du gesagt hast, und das in dem neuen Viertel gemietet, das du wolltest. Der Anwalt sagt, dass wir in North Carolina bleiben müssen, aber wir dürfen aus Raleigh fortziehen. Ich habe an Charlottesville gedacht. Dort können wir von vorne anfangen.«

Die Autos sausten viel zu schnell an ihnen vorbei. Viel zu viele, viel zu laut. Auch weiten offenen Himmel gab es viel zu viel.

»Keine Sorge.« Sie legte die Hand auf seine. »Keine Sorge, Graham. Du bist frei. Wir sind frei, und wir sind zusammen. Gleich sind wir zu Hause.« Endlich hielt sie in der Auffahrt eines zweigeschossigen Ziegelhauses – kleiner, viel kleiner als das, das er vor so langer Zeit verlassen hatte. Aber das alte Viertel mit den aufgeplatzten Bürgersteigen bedeutete, dass die Häuser nicht so dicht beieinanderlagen, Bäume und Zäune sorgten für weitere Abschottung.

Sie fuhr in die Garage, die nur Platz für einen Wagen bot. Als er hörte, wie sich das Tor schloss, war er unheimlich erleichtert. Endlich wieder ein Innenraum, weit weg von überfordernder Weite, von Lärm und neugierigen Blicken. Ein Innenraum ohne Gitter und Schlösser.

Zuallererst hatten sie schnellen, brutalen Sex. Er drang unvermittelt in sie ein, spürte ihre Fingernägel in seinem Rücken und das Keuchen ihrer Atmung, begann, sich endlich wieder als Mann zu fühlen. Sie duschten gemeinsam.

Sie wärmte eine Mahlzeit auf, die sie bei einem Caterer bestellt hatte, damit sie perfekt war, deckte den Tisch mit Kerzen und schenkte Champagner ein. Sie aßen und tranken zusammen, gingen wieder zusammen ins Bett. Diesmal liebten sie sich zärtlicher. Dann schliefen sie zusammen ein und wachten zusammen auf, kuschelten sich mit einer Tasse Kaffee im Bett zusammen. Begannen ein neues Leben zusammen.

Es dauerte fast achtundvierzig Stunden, bis er sie schlug.

14

Als es Frühsommer wurde, stellte Darby Ralph Perkins als Teilzeitkraft ein. Der gedrungene Mann mit der langen grauen Mähne und der Zweistärkenbrille hatte Erfahrung als Steinmetz und konnte mit schwerem Arbeitsgerät umgehen. Was er über Bäume und Pflanzen wusste, war verschwindend gering, doch sie brauchte einen erfahrenen Handwerker für die Gestaltung von Zanes Gelände. Aus Darbys Sicht konnte jeder Mensch lernen zu pflanzen, sei es nun eine Eiche oder eine Petunie.

Ralph verschwendete keine zwei Silben auf Dinge, die man mit einem Grunzen kommunizieren konnte. Er trank Limo, als wäre sie Wasser, und ging einfühlsam mit dem Minibagger um, in den Darby investiert hatte. Außerdem hatte er einen Narren an Gabe gefressen und brachte dem Jungen geduldig bei, wie man eine Stützmauer baut.

Zane konnte zusehen, wie die untere Terrasse Gestalt annahm, wie sich der steile Hang mithilfe der Baggerschaufel in einen breiten Absatz verwandelte. Unzählige Male hatte er auf seiner Schlafzimmerterrasse gestanden, seinen Morgenkaffee getrunken und befürchtet, die verdammte Maschine würde abrutschen. Doch Darby schien zu wissen, was sie tat, genau wie die neue Hilfskraft. So gesehen kam es zu keinerlei Katastrophen. Er winkte ihnen allmorgendlich zu, bevor er ins Büro ging. Meist waren sie schon fertig, wenn er wieder zu Hause eintraf. An den größeren, tieferen Löchern konnte er kleine Fortschritte erkennen.

Eines Tages kam er nach Hause, und Bäume säumten die steile Auffahrt. Außerdem entdeckte er das Fundament, den Sockel oder wie das hieß, für die vordere Stützmauer. Während sie langsam Form annahm und die Steine höher aufragten, ertappte er sich mehrmals dabei, die Fahrt zu verlangsamen oder sogar anzuhalten. Jedes Mal hatte er das Gefühl, die Mauer wäre immer schon da gewesen. Für ihn waren Darby und ihr Team Heinzelmännchen, die unsichtbar arbeiteten, um sich anschließend in Luft aufzulösen.

Deshalb staunte er, als er sie eines Abends tatsächlich antraf. Auch über das Beet vor seiner Veranda. Darby befand sich gerade in Cargoshorts, T-Shirt und Baseballkappe auf allen vieren, um Mulch zu verteilen. Während er parkte, richtete sie sich auf und wartete. »Na, was sagst du?«

»Das sieht toll aus. Beängstigend toll. So als ob ich jede Menge lernen müsste, was weniger toll ist.«

»Das sind niedrige, langsam wachsende Pflanzen, pflegeleicht.«

»Pflegeleicht sieht es nicht gerade aus. Was ist das?«

»Hortensien, und die sind wirklich leicht zu pflegen. Ich mag die Abwechslung des intensiven Grün und Blau, den Hauch von Pink an jeder Blüte. Einfach einzigartig. Die Pflanzen sind mehrjährig, sodass man sie nicht zur falschen Jahreszeit zurückschneiden darf. Also nicht selbst machen. Die sorgen bis weit in den Herbst für Farbtupfer. Immergrün bringt zusätzlich ganzjährig Struktur und die Blühpflanzen eine schöne Textur.« Sie klopfte sich die Arbeitshandschuhe ab. »Die Mauer macht Fortschritte, deshalb habe ich Roy und Hallie mit dem hier beauftragt, damit du bei deiner Rückkehr eine kleine Überraschung erlebst. Du hast Geduld bewiesen und verdienst eine Belohnung.«

»Das ist eine Belohnung. Wirklich wunderschön! Du bist eine Künstlerin.«

»Das gibt mir am Ende eines langen Arbeitstages neue Energie. Danke.«

Wie ihm auffiel, hatte sie verdammt tolle Beine, lange, muskulöse Arme und duftete nach Zedernholz und Gras. »Seit du bei mir in der Kanzlei warst, haben wir nur gemailt.«

»Du schreibst schöne Mails.«

»Du auch. Wie wär's mit einem kleinen Bier?«

»Gern.«

»Komm rein.«

»Aber ich bin total dreckig.« Sie breitete die Arme aus. »Ich will keine Erdspur durch dein Haus legen.«

»Wir setzen uns draußen hin. Warte, ich bring es dir.«

Als er hineinging, klopfte sie sich ab und verstaute ihre Handschuhe. Nachdem sie die Veranda erklommen hatte, ließ sie sich in einen der tiefen, breiten Sessel mit den dazu passenden blauen Kissen fallen, die er ausgesucht hatte, und stieß einen erschöpften Seufzer aus. Es tat verdammt gut, zu sitzen, die Aussicht zu genießen und den frischen Mulch zu riechen. Als er herauskam, reichte er ihr ein Glas, und sie stieß mit seiner Flasche an. »Das mit den Außenmöbeln hast du gut gemacht. Die sind bequem, lässig und elegant.«

»Mir gefallen sie auch.« Er nahm im Sessel neben ihr Platz und zeigte auf das Panorama. »Jetzt bin ich Herr über diesen Ausblick.«

»Allerdings. Was macht die Kanzlei?«

»Ich kann nicht klagen.« Die Arbeit machte Spaß, mehr, als er erwartet hatte. »Ich habe eine Sommerpraktikantin eingestellt, die sich echt ins Zeug legt und intelligent ist. Wie es bei dir läuft, muss ich nicht fragen. Das sehe ich ja. Du hattest übrigens recht mit der Mauer.«

»Ja.«

Er schüttelte den Kopf. »Nicht nur wegen der Ästhetik, sondern auch wegen der Erleichterung bei meiner Schwester, als meine Familie zu einer Grillparty kam und gesehen hat, was sich so tut.«

»Prima. Und wie war die Party?«

»Ich musste bloß für Burger, Hot Dogs und Getränke sorgen. Da Emily und Britt alles andere zubereitet haben, war es super. Kommen wir zu deinem Exmann.«

Darby musterte ihn mit hochgezogenen Brauen. »Was ist denn das für eine Überleitung?«

»Für mich ist sie logisch. Was hat es damit auf sich – oder ist das vermintes Gelände?«

»Es war vermintes Gelände.« Sie zuckte mit den Schultern. »Na gut: Ich bin gerade mit dem College fertig, als er auftaucht. Ein gut aussehender Typ, der Freund eines Freundes eines Freundes, den ich auf einer Party kennenlerne. Trent Willoughby.«

»Willoughby. Wie in *Verstand und Gefühl.*«

»Dass du Jane Austen kennst, ist ein Pluspunkt.«

»In meiner Familie gibt es viele leidenschaftliche Leser«, erklärte er.

»In meiner auch. Nun, dieser Willoughby ist einfach gut aussehend, charmant und romantisch. Aus extrem reichem Haus, was man ihm schlecht vorwerfen kann. Mit zwei Collegefreunden hat er eine eigene Werbeagentur eröffnet. Wir reden, und es funkt. Da er der Freund eines Freundes eines Freundes ist, finde ich nichts dabei, Telefonnummern auszutauschen.«

»Ich nehme an, er hat angerufen.«

»Gleich am nächsten Tag. Auf der Party hat er mich nicht angemacht, sondern ist ganz locker geblieben. Er erzählt mir, dass seine Familie eine Loge in Camden Yards hat, dass die Orioles ein Heimspiel haben, und fragt, ob ich mit will. Ich gehe mit, denn wer kann da schon Nein sagen? Solltest du noch nie ein Spiel von einer Loge aus gesehen haben, hast du echt was verpasst. Ich stelle fest, dass er so gut wie keine Ahnung von Baseball hat, finde das aber rührend. Er will mir eine Freude machen. Wirklich lieb. Eins führt zum anderen, bla bla bla. Ich lerne seine Familie kennen und er meine Mutter. Alles läuft glatt. Wir sind ein halbes Jahr zusammen. Ich habe nur Augen für diesen tollen Typen, der so aufmerksam ist, so interessant, ganz verrückt nach mir und so romantisch. Er lädt mich für ein verlängertes Wochenende nach Paris ein – nach Paris, ich bitte dich!« Halb lachend nippte sie erneut an ihrem Bier. »Ich war noch nie zuvor im Ausland, bin ehrlich gesagt nie über den Mississippi hinausgekommen. Und auf einmal bin ich in Paris. Es ist atemberaubend. Am Ufer der Seine macht er mir im Mondschein einen Heiratsantrag. Meine Güte, dabei hatte ich gar nicht ans Heiraten gedacht. Aber Paris im Mondschein … Also hab ich Ja gesagt.« Sie starrte eine Weile in ihr Bier. »Ich wollte eigentlich keine Riesenluxushochzeit, aber das Ganze hat sich verselbstständigt und ist mir entglitten. Seine Familie hat das Ruder übernommen, und ich habe mich mitreißen lassen. Kaum habe ich versucht, etwas zu bremsen, meinte er, das würde sie verletzen. Wie dem auch sei … im Rückblick muss ich sagen, dass es sehr wohl Warnsignale gab. Aber eben erst im Rückblick. Willst du wissen, ob er fordernd, besitzergreifend und dominant war? Ja, alles drei, aber eben nur ein bisschen. Dass er verrückt nach mir war, romantisch und aufmerksam, hat alles andere überlagert. Ich war so dumm«, murmelte sie. »Und er war sehr geschickt.«

»Man muss nicht dumm sein, um sich blenden zu lassen«, verbesserte Zane sie.

»Kann sein oder auch nicht. Kurz vor der Hochzeit ist er jedenfalls mit mir in ein nobles abgeschottetes Wohnviertel gefahren, zu diesem Monsterhaus in einem Labyrinth aus Monsterhäusern. Unser Haus, wie er mir erklärt hat. Daraufhin ich *aber, aber* … Ein Geschenk seiner Eltern zur Hochzeit. Ohne dass ich gefragt worden wäre. Überraschung! Zehn Tage vor der Hochzeit wird mir ein bisschen blümerant. Ich will dieses Monsterhaus nicht, das aussieht wie aus *Die Frauen von Stepford* entsprungen. Außerdem lag es gute vierzig Minuten von meiner Mutter und unserer Firma entfernt.«

»Hast du's ihm gesagt?«

»Ich hab's versucht. Nicht nachdrücklich genug. Ich habe zugelassen, dass er mich manipuliert, keine Frage. Ich dachte, ich krieg das hin. Gestalte den Garten, verleih ihm eine persönliche Note. Steh einfach früher auf, um zur Arbeit zu fahren. Ich habe ihn geliebt! Wichtig war nur, dass wir ein gemeinsames Leben beginnen. Das haben wir auch. Wir hatten diese Riesenluxushochzeit, die seine Familie irgendwie in einem halben Jahr organisiert hat, damit ich eine Frühlingsbraut sein konnte. Obwohl bei uns in der Firma Hochbetrieb geherrscht hat. Wir waren auf Hochzeitsreise in Paris, wo er mich gedrängt hat, nicht mehr zu verhüten, damit wir eine Familie gründen können.«

»Ihr habt vorher nie über Kinder geredet?«

»Doch, schon, aber wir waren uns eigentlich einig, ein bisschen damit zu warten. Ich habe mich gewehrt, wollte lieber ein Jahr mit ihm allein verbringen, bevor wir das Kinderthema angehen. Meine Güte, ich war erst dreiundzwanzig, hatte also jede Menge Zeit. Doch kaum sind wir wieder zu Hause, fängt er erneut damit an. Er will ein Kind von mir, eine Familie gründen. Ob ich etwa keine Kinder will? Bald heißt es, ich würde zu viel und körperlich zu schwer arbeiten. Ich würde zu spät und zu erschöpft heimkommen. Eine Firma zu leiten bedeute doch, nicht selbst zu arbeiten.«

Als Zane auflachte, musste sie grinsen.

»Dabei arbeitet man als Chef am allerhärtesten, aber das hat er nicht kapiert. Wie ich inzwischen mitbekommen hatte, hat er sich nicht gerade für seine Firma engagiert. So haben wir uns im Kreis gedreht.« Sie schwieg und starrte auf das Panorama, auf die über den See gleitenden Boote. Er wartete und sagte nichts. »Sechs Wochen und zwei Tage nach meinem Ja-Wort komme ich nach einem langen, anstrengenden Tag nach Hause, direkt aus einem furchtbaren Stau, während er einfach nur dasitzt und Gin Tonic trinkt.« Sie musste erneut eine Pause machen und atmete hörbar aus. »Da fängt er an, mir Vorschriften zu machen. Wie ich aussähe, so erschöpft und verdreckt. Dass er in ein leeres Haus zurückkehren muss. Ein Haus, das er mir zur Verfügung gestellt hat. Ich soll die Firma verkaufen und mich endlich benehmen wie eine normale Ehefrau. Ich war so was von kaputt. Aber nicht wegen der Arbeit. Ich liebe meine Arbeit. Sondern wegen des schrecklichen Verkehrs. *Nein*, habe ich gesagt. *Ich werde die Firma nicht verkaufen und will auch nicht drüber reden, sondern duschen.* Als Nächstes lag ich auf dem Boden.« Sie schüttelte den Kopf. »In dem Jahr unserer Beziehung hat es keinerlei Anzeichen für Gewalt gegeben. Wirklich keine. Er konnte sehr fordernd sein, das schon, sehr penetrant und rücksichtslos. Und ja, er konnte verbal ziemlich austeilen. Aber diese Ohrfeige hat mir eine Heidenangst eingejagt. Ihm anscheinend auch. Er war sofort ganz zerknirscht, angewidert von sich selbst, hat geweint und sich entschuldigt. Er hätte einen furchtbaren Tag hinter sich, zu viel getrunken, er mache sich solche Sorgen um mich und so weiter. Er hat mich um Verzeihung gebeten. Ich war gerade sechs Wochen verheiratet, als mein Mann weinend vor mir gekniet hat.«

Zane schwieg. Er ahnte schon, was kam.

»Ich habe ihm gesagt, dass er noch eine Chance bekommt, eine einzige. Sollte er mich je wieder schlagen, wäre es aus. Und damit nicht genug: Dann würde ich ihn anzeigen.«

»Wie lange hat es gedauert?«

»Drei Wochen. Da wusste ich längst, dass es nicht funktionieren wird. Dass ich mich in den Mann verliebt habe, den ich in ihm gesehen habe, der er aber nicht ist. Ich war wie Marianne Dashwood bei Jane Austen, verdammt noch mal, und das war einfach demütigend.«

Er konnte nicht anders und legte eine Hand auf ihre. »Am Ende ist es gut für sie ausgegangen.«

»Ja, sie hat allerdings eine Weile gebraucht. Ich auch. Der Mann, mit dem ich verheiratet war, war so verdammt bedürftig … und nicht ganz richtig im Kopf. Wenn ich nach der Arbeit Zeit mit meiner Mutter oder einer Freundin verbringe, enthalte ich ihm etwas vor. Wenn ich bei Kleinigkeiten anderer Meinung bin, greife ich ihn an, liebe ihn nicht genug. Alle Zeit, Aufmerksamkeit und Zuneigung, die ich anderen widme, nehme ich ihm weg.« Wieder ging ihr durch den Kopf, wie dumm sie gewesen war, wie unglaublich dumm. »Ich bin von der Arbeit gekommen, und er ist sofort auf mich losgegangen. Zunächst nur verbal. Er hat mir sogar vorgeworfen, eine Affäre mit einem Angestellten zu haben. Mit einem Typen, den ich seit einer Ewigkeit kenne, ein glücklich verheirateter Familienvater. Ich habe den Fehler gemacht, darüber zu lachen. Da hat er mich angegriffen.«

Sie schwieg einen Moment und starrte auf das Panorama, bis sie sich wieder beruhigt hatte und weitersprechen konnte.

»Diesmal war es keine Ohrfeige. Der erste Schlag brach mir die Nase. Er hat getobt, auf mich eingeprügelt. Man kann keinen klaren Gedanken mehr fassen, wenn man so vermöbelt wird. Man versucht nur wegzukommen, will, dass es aufhört. Mit anderen Worten: Er hat mich grün und blau geschlagen, meine Kleider zerrissen und auf mich eingeschrien. Er hat nicht lockergelassen, und ich bin nicht weggekommen. Irgendwann müssen wir eine Lampe umgeworfen haben, denn ich bekam sie zu fassen und hab ihn damit geschlagen. So fest, dass er benommen war. Da bin ich rausgerannt. Gott sei Dank waren Nachbarn im Garten. Ich bin nur gerannt und habe um Hilfe geschrien. Die Leute haben mir geholfen. Jemand hat die Polizei gerufen, und die hat mir auch geholfen. Selbst als er behauptet hat, ich hätte ihn angegriffen. Er ist nicht damit durchgekommen. Ich habe Anzeige erstattet, die Scheidung eingereicht und bin zu meiner Mutter zurückgezogen. Sie war mein Fels in der Brandung. Er hatte einen guten Anwalt und ich meine Patientenakte, den Polizeibericht und die Zeugenaussagen. Sie haben ihn zu drei bis fünf Jahren verurteilt.«

»Es hätten mehr sein müssen.«

»Nun, er hatte einen wirklich guten Anwalt. Nach drei Jahren ist er freigekommen. Ich hatte eine einstweilige Verfügung gegen ihn erwirkt, aber na ja …«

»Hat er dich wieder belästigt?«

»Als ich eines Abends nach einem Kinobesuch mit Freunden nach Hause kam, hat er mir aufgelauert. Diesmal hatte ich eine Überraschung für ihn. Ich hatte Selbstverteidigungskurse belegt, Kampfkunst. Kung Fu.«

»Wirklich? Kung Fu?«

»Genau. Ich hatte bereits die braune Schärpe, sodass er mehr einstecken musste, als er austeilte. Vor allem, weil ich ihn überrumpeln konnte. Ich habe die Polizei gerufen, und die hat ihn mitgenommen. Er musste die fünf Jahre absitzen.«

»Es hätten mehr sein müssen.«

»Hätte, hätte! Meine Mutter und ich haben überlegt, wegzuziehen, wenn er rauskommt, aber das wollte ich nicht. Wir hatten ein Haus und die Firma. Ihm musste klar sein, dass er weitaus länger ins Gefängnis geht, wenn er mich wieder angreift. Doch nach ihrem Tod hat mich nichts mehr dort gehalten. Daher der Neuanfang.« Sie trank ihr Bier aus. »Das hat es also damit auf sich.«

»Hat er dich noch mal belästigt?«

»Ich habe nie mehr etwas von ihm gesehen oder gehört. Ich wüsste nicht, wie er herausfinden sollte, wo ich stecke. Warum er herkommen sollte, um mir Schwierigkeiten zu machen. Das dürfte es gewesen sein.«

»Du warst bestimmt nicht sein erstes Opfer.«

Sie zeigte auf ihn. »Kluger Junge. Bei Nachforschungen hat sich herausgestellt, dass er bereits andere geschlagen hat. Nicht so schlimm wie mich, aber es gab eindeutig ein Muster. Und die Moral von der Geschichte? Lass dich nicht von einem gut aussehenden Typen mit einem coolen Namen zum Heiraten überreden. Da die Ehe höchstens drei Monate gedauert hat, sollte sie eigentlich nicht zählen.«

»Du kannst sie annullieren lassen. Ich kenne da zufällig einen Anwalt, der dir dabei helfen könnte.«

»Darüber habe ich nachgedacht, aber es ist die Mühe nicht wert. Vorbei ist vorbei.«

Sie wollte das Kapitel gern abschließen, aber er wusste, dass man es immer mit sich herumtrug, immer. »Hast du Hunger?«

»Eine weitere interessante Überleitung. Könnte sein. Was hast du da?«

»Mit Sicherheit Tiefkühlpizza.«

»Pizza schadet nie. Wenn ich die esse, könnte ich dann noch so ein kleines Bier bekommen?«

»Na klar!«

»Ich werde die Stiefel draußen stehen lassen und wasch mich kurz auf der Toilette.«

»Sehr gut.« Als sie sich vorbeugte, um sich um ihre Stiefel zu kümmern, stand er auf. »Kung Fu?«

»Inzwischen hab ich sogar die schwarze Schärpe. Die Socken lass ich auch draußen, die sind verschwitzt.«

»Du bist eine interessante Frau, Darby.«

»Und du ein gut aussehender Typ mit einem coolen Namen, also versuch bloß nicht, mich zum Heiraten zu überreden.«

»Ich kann mich gerade noch zurückhalten.« Er öffnete die Tür, und sie kam barfuß herein. Mit Fußnägeln in demselben Dunkelgrün wie ihr Tattoo. Da fiel ihm etwas ein. »Und das Tattoo?«

»Oh.« Sie fasste sich in den Nacken. »Das habe ich mir machen lassen, als Trent schuldig gesprochen wurde. Das Leben geht weiter, oder? Meine Mutter hat das immer gesagt. Egal, ob etwas Schlechtes oder etwas Gutes passiert. Das Leben ist ein ewiger Kreislauf.« Jetzt sah sie sich um. »Du hast Sachen gekauft«, bemerkte sie.

»Ja, das eine oder andere.«

»Das ist schön.« Sie zeigte auf das Gemälde über dem Kamin. Der See bei Sonnenaufgang, geheimnisvoll im Nebel, während sich das Morgenrot darin spiegelte.

»Ja, das hat mich gleich angesprochen. Es stammt von einer hiesigen Künstlerin.«

»Sie hat den Moment perfekt eingefangen. Da du ein Mann bist, hätte ich eher einen riesigen Flachbildschirm erwartet.«

»Der hängt im großen Wohnzimmer.«

»Toll, Walker, wirklich toll. Fühlt es sich schon nach einem richtigen Zuhause an?«, fragte sie, als sie in die Küche zurückkehrten.

»Ja. Und bei dir?«

»Noch konzentriere ich mich auf die Grundstücksarbeiten. Im Haus muss jede Menge gemacht werden, das kann bis zum Winter warten, wenn die Aufträge weniger werden. Oder wenn es regnet.«

Er holte eine Pizza aus dem Kühlschrank. »Magst du Peperoni?«

»Immer.« Während er den Ofen vorheizte, nahm sie auf einem Barhocker Platz. »Ich schaue gerne einem gut aussehenden Mann mit coolem Namen dabei zu, wie er sich am Herd verausgabt.«

»Haha! Du solltest erst mal sehen, wie ich meine berühmten Erdnussbutter-Marmelade-Sandwiches mache.« Er holte ein Bier und ein weiteres Glas, teilte es mit ihr. »Die Restaurierungsarbeiten machst du also auch selbst?«

»Es geht eher um kosmetische Veränderungen. Es gibt überall grässliche Tapeten. Die werde ich abkratzen, die Wände abschleifen und streichen. Ich habe auch das eine oder andere angeschafft. Deine Küche hat mich inspiriert.«

»Ja?«

»Ja, die Glasfronten. Meine Küchenschränke sind furchtbar. Absolut furchtbar. Ich werde sie irgendwann ersetzen, wollte sie erst mal nur neu streichen. Dann sind mir deine Glasfronten eingefallen. Ich hab die Türen einfach abgenommen. Was habe ich schon zu verbergen? Den Rest habe ich gestrichen und anschließend hübsches Geschirr und schöne Gläser gekauft. Fertig! Nur die Unterschränke musste ich komplett streichen.« Sie nippte an ihrem Bier, während er die Pizza in den Ofen schob und den Küchenwecker stellte. »Gut, was es mit meiner gebrochenen Nase auf sich hat, weißt du jetzt. Bekomm ich auch deine Geschichte zu hören?«

Er hob seine Flasche, um einen Schluck zu nehmen, und sah sie darüber hinweg an. »Ich wundere mich, dass du sie nicht schon längt kennst.«

»Ich auch, denn normalerweise erzählen mir die Leute alles Mögliche. Aber ich habe festgestellt, dass man hier diskret und respektvoll mit der Familie Walker-Keller umgeht. Das kann ich akzeptieren, falls du mir lieber nichts erzählen willst.«

»Es ist nicht gerade ein Geheimnis. Ich staune und bin fast gerührt, dass meine Geschichte nicht Gegenstand von Klatsch und Tratsch ist. Möchtest du die Kurz- oder die Langfassung?«

»Ich mag lange Geschichten. Details sind wichtig.«

»Nun, das könnte eine Weile dauern. Mein Vater hat meine Mutter geschlagen, solange ich denken kann. Graham Bigelow,

Dr. Graham Bigelow, ein bewunderter, allseits respektierter, wohlhabender, wichtiger Mann. Nach außen hin haben seine Frau Eliza und er das perfekte Leben geführt. Sie hatten zwei perfekte Kinder und wohnten in der Lakeview-Variante von Stepford.«

»In Lakeview Terrace.«

Er war beeindruckt, dass sie den Nagel sofort auf den Kopf getroffen hatte. Vermutlich sah sie die Siedlung mit denselben Augen wie er. Er nickte. »Genau dort. Er war Chefchirurg am Mercy Hospital in Asheville. Sie hat Einladungen gegeben, war auf Wohltätigkeitsveranstaltungen und Elternbeiratsvorsitzende. Dreimal die Woche kam eine Frau zum Putzen und Kochen. Es gab Gärtner, und in der Garage standen mehrere Luxusautos. Der Inbegriff einer Familie der Oberschicht.«

»Aber es gab eine hässliche Kehrseite. Wie bei Trent.«

»Genau.« Träge griff er nach dem Baseball, den er auf der Küchentheke liegen gelassen hatte, und strich über dessen Nähte. »Ja, es gab eindeutig eine hässliche Kehrseite. Man wusste nie, wann er das nächste Mal ausrasten würde. Das geschah nie, wenn Fremde dabei waren. Außerdem hat er strikt darauf geachtet, nur dorthin zu schlagen, wo man es nicht sieht. Lange habe ich nicht begriffen, dass meine Mutter Eliza es genossen hat.«

»Ach, Zane …«

»Ich weiß, was du jetzt sagen willst. Ich weiß um die Co-Abhängigkeit geschlagener Frauen, kenne ihre zahllosen Gründe, den Mann nicht zu verlassen und das Ganze zu ertragen. So war es nicht. Das wirst du verstehen, wenn ich weitererzähle.«

»Na gut.«

»Ich weiß nicht mehr genau, wann er mich zum ersten Mal geschlagen hat. Damit meine ich nicht nur einen Klaps auf den Po. Er hatte eine Vorliebe für Magenschwinger, Nierenschläge, Tritte gegen die Rippen. Er wusste genau, wo er hinschlagen muss. Britt hat er damals in Ruhe gelassen. Er hat sie erniedrigt wie uns alle, mehr aber nicht. Verbaler und emotionaler Missbrauch. Britt und ich, wir haben nie genügt.«

»Das muss eine schreckliche Kindheit gewesen sein. Und du hast niemandem davon erzählt?

»Es war beängstigend. Außerdem waren sie zu zweit. Wir waren nur ein Nebenprodukt, ein Statussymbol, eine Last für sie, wenn man so will. Wenn er abends auf Eliza losgegangen ist, kam Britt zu mir ins Zimmer. Dann saßen wir zusammen da, bis es vorbei war. Wenn es vorbei war, hatten unsere Eltern Sex. Das war mindestens genauso verstörend. So sah unser Leben aus. Bis zum 23. Dezember 1998.« Er erzählte ihr alles, erzählte, wie er mit Britt nach Hause gekommen war, erzählte von dem Blut und den Schreien. Wie er ausgerastet war und versucht hatte, Graham zu stoppen, was zu den Schlägen geführt hatte. »Ich weiß also, was es heißt, grün und blau geprügelt zu werden«, beendete er seine Schilderungen.

Als der Küchenwecker klingelte, holte er eine runde Platte und ließ die Pizza daraufgleiten. Er nahm einen Pizzaschneider aus der Schublade. »Du willst vermutlich Teller haben?«

»Ich …« Sie musste tief durchatmen, die Faust wegatmen, die ihr Herz zusammenpresste. »Ich bestehe darauf. Ich hole sie, denn ich kann sie durch die Glasfronten sehen.«

»Messer und Gabel?«

Sie rang sich einen hochnäsigen Blick ab. »Willst du mich beleidigen? Wie wär's, wenn ich alles raustrage, zu deinem tollen neuen Tisch? Es ist so ein schöner Abend.«

»Von mir aus.«

Sie trug die Teller nach draußen und hielt einen Moment inne. Sie musste an die beiden Kinder denken, die unter Grausamkeit und Gewalt gelitten, ständig in Angst gelebt hatten. Und irgendwie überlebt hatten, statt unterzugehen.

Er kam aus dem Haus, setzte sich ihr gegenüber und ließ ein Stück Pizza auf ihren Teller gleiten.

»Du hast sogar eine Pizzaschaufel. Ich bin beeindruckt.«

»Na ja, die kommt ständig zum Einsatz. Möchtest du den Rest hören?«

»Ja, wenn du ihn mir erzählen willst.«

»Wo waren wir stehen geblieben? Allen wurde erzählt, ich hätte die Grippe. Emily wollte mich unbedingt besuchen, ist aber nicht bis zu mir durchgedrungen.«

»Sie ist mein absoluter Lieblingsmensch in Lakeview. Ich bin froh, dass sie versucht hat, dir zu helfen.«

»Nicht nur das, aber dazu komme ich gleich. Wir sind in diese Ferienanlage gefahren, am ersten Weihnachtsfeiertag, eine alte Familientradition. Dort hat er behauptet, ich hätte einen Fahrradunfall gehabt. Und bei der Rückkehr war ich dann auf der Piste gestürzt.«

»Das hat funktioniert?«

»Eine Weile schon. Meine Wunden sind geheilt, und ich bin zu Dave, Micahs Dad. Ich habe ihn gebeten, mir zu zeigen, wie man Gewichte hebt. Unter dem Vorwand, Krafttraining fürs Baseballspielen zu machen.«

»Du wolltest Kraft aufbauen.« Seine Version von Kampfsport.

»Das hat funktioniert. Sie wollten, dass ich Medizin studiere, doch ich habe beschlossen, mich für ein Baseball-Stipendium zu bewerben, wenn es so weit ist. Ich wollte mir einen Job suchen und Geld sparen. Dann würde ich mit achtzehn von zu Haus ausziehen können. Britt hat er nie geschlagen, sie würde nur ein paar Jahre länger durchhalten müssen. Ich tat, was ich konnte, um auf sie aufzupassen. So wie beim ersten Mal würde ich mich nie mehr von ihm verprügeln lassen.« Er biss in ein Stück Pizza. »Würde ich dann auf dem College Baseball spielen, würden die Oriole-Scouts ganz begeistert von meinen Fähigkeiten sein und mich bedrängen, sofort bei ihnen zu unterschreiben.«

»Ich hab schon von deiner großartigen Begabung gehört. Du warst in der Staatsauswahl und wurdest Sportler des Jahres.«

»Baseballprofi zu werden war mein allergrößter Wunsch. Aber dann wurde wieder alles anders.« Er erzählte ihr von dem Schulball. Von Ashley.

»Ashley Grandy? Die von *Grandy's Grill*?«

»Genau die. Meine erste große Liebe.« Er legte die Hand aufs Herz. »Es war ein toller Abend, eine wunderbare Nacht. Bis ich heimkam, vier Minuten zu spät. Er hat auf mich gewartet.«

Mit wachsendem Entsetzen hörte ihm Darby zu. Was für eine Niedertracht, was für eine Abartigkeit. Der verzweifelte Junge, der versuchte, seine Schwester zu beschützen. Der ihr zu Hilfe eilte, nur um von seiner eigenen Mutter attackiert und hintergangen zu werden. »Meine Güte, wie konnten die glauben, dass du so auf deine Familie losgehst?«

»Weil Dr. Bigelow es ihnen gesagt hat. Und Eliza ihm die Stange gehalten hat.«

»Dir hat keiner geglaubt?«

»Dave. Er hat mir geglaubt und ist bei mir geblieben. Die ganze Zeit über, auf der Fahrt ins Krankenhaus, im Krankenhaus. Das werde ich ihm nie vergessen. Er hat Emily angerufen. Mein Arm war ziemlich kaputt, ich sollte operiert werden. Die Knochenflickerin hat ihn geschient. Sie hat sich für mich eingesetzt, musste aber Anweisungen befolgen. Ich hab Dave gebeten, meinen Hausschlüssel zu nehmen und meine Notizhefte aus dem Versteck zu holen. Dann wurde ich nach Buncombe gebracht.«

»Was ist das?«

»Eine Jungendstrafanstalt. Möchtest du noch Bier?«

»Nein.« Ihr war ein wenig übel. »Nein danke.«

»Eine Cola?«

»Ich …« Vielleicht brauchte er eine kleine Verschnaufpause? »Ja, eine Cola wäre toll.«

Als er hineinging, dachte sie an ihre Mutter, die sie gegen alles und jeden verteidigt hätte. Daran, wie sie im Krankenhaus, bei ihren Gesprächen mit der Polizei und mit den Anwälten bei ihr geblieben war. Sie war immer für sie dagewesen. Als er zurückkam, beugte sie sich vor. »Und deine Mutter hat das alles zugelassen?«

»Ohne auch nur mit der Wimper zu zucken.«

»Dann hast du recht. Sie war kein Opfer und hat dich ebenfalls misshandelt. Du musst eine Heidenangst gehabt haben.«

»Zu diesem Zeitpunkt war ich mehr oder weniger wie betäubt. Ich kann nicht behaupten, dass ich eine angenehme Nacht verbracht habe. Mir war jedoch nicht klar, dass Britt sich aus ihrem Zimmer geschlichen und Emily angerufen hatte. Die war bereits im Krankenhaus und wollte Antworten.« Darby stellte sich das kleine verletzte Mädchen vor, das barfuß und in einem Krankenhauskittel die Treppe hinunterschleicht. Sie dachte an die Frau, die es liebte, ihm glaubte, es da rausgeholt und zur Polizei gebracht hatte.

»Und dann kam Lee. Detective Lee Keller von der Kriminalpolizei Asheville«, fuhr Zane fort.

»So haben sie sich kennengelernt?«

»Ja. Er hat ihr zugehört. Keine Ahnung, was er anfangs gedacht hat. Dave hat meine Notizhefte geholt und nach Asheville zur Polizei gebracht. Danach wusste Lee Bescheid und hat die richtigen Fragen gestellt. Lee kannte den damaligen Polizeichef und hat ihm unter vier Augen das Beweismaterial vorgelegt. Die Geschichten meines Vaters waren nicht länger haltbar. Lee hat dafür gesorgt, dass ich in Emilys Obhut entlassen wurde. Er hat Graham und Eliza verhaftet.«

»Er hat so eine wunderbare Frau wie Emily wirklich verdient. Er ist ein Held.«

»Stimmt.«

»Sind deine Eltern ins Gefängnis gekommen?«

»Eliza hat ein paar Jahre abgesessen. Er hat achtzehn Jahre bekommen und ist inzwischen auf Bewährung draußen.«

Zanes Bemerkung von vorhin ging ihr wieder durch den Kopf.

Es hätten mehr sein müssen. »Und wie geht es dir damit?«

»Hier wartet nichts als Schande auf sie. Er hat seine Approbation verloren. Achtzehn Jahre Knast. Mir geht es ziemlich gut damit.«

Da sprach vermutlich der Anwalt aus ihm. Aber sie war sich nicht so sicher, ob der kleine Junge, der noch in ihm steckte, das genauso sah. »Hast du sie je besucht?«

»Wozu?«

»Ich finde diese Einstellung sehr gesund. Ich bin keine Therapeutin wie deine Schwester, aber ich war bei einer. Nach der Sache mit Trent«, erklärte sie. »Trotzdem glaube ich, dass es gesund ist, jeden Kontakt abzubrechen. Das macht einen nur krank. Außerdem lebt deine Familie hier, und die ist großartig. Wie schön, dass Emily und Lee sich verliebt haben. So hat das Ganze doch etwas Gutes gehabt. Sie ist deine eigentliche Mutter.«

»Ja, bei allem, worauf es wirklich ankommt. Aber um die traurigen Geschichten hinter uns zu bringen: Wie hast du deine Mutter verloren?«

»Bei einem Unfall mit Fahrerflucht.«

»O mein Gott, Darby, das tut mir so leid. Wurde der Fahrer gefasst?«

Darby schüttelte den Kopf. »Sie ist sonntagmorgens immer joggen gegangen. In der Gegend gab es nicht viel Verkehr, dafür einen Fahrradweg, auf dem man laufen kann. Der Fahrer muss sie einfach umgemäht haben und ist dann abgehauen. Es hieß, sie sei auf Anhieb tot gewesen. Ich kann nur hoffen, dass das stimmt.« Sie hielt kurz inne, um etwas zu trinken. »Das

Auto war gestohlen, und er war schlau genug, alles daraus zu entfernen, die Türen und das Lenkrad abzuwischen. Keine Fingerabdrücke, keine DNA.«

»Hat man sich die Freunde und Klassenkameraden vom Sohn des Fahrzeughalters näher angeschaut?«

»Ja. Man hat sich viele Leute näher angeschaut, aber nie was gefunden. Das war der schlimmste Tag meines Lebens.«

»Was ist mit deinem Vater?«

»Ich war vier, als er uns verlassen hat. Es war wie in dem Springsteen-Song: *Got a wife and kids in Baltimore, Jack, I went out for a ride, and I never went back.*« Sie zuckte nur mit den Schultern. »Ansonsten war er okay.«

»Wie meinst du das?«

»Na ja, sie hatten Ersparnisse, er hat nichts davon angerührt. Er hat das Auto dagelassen, an der Bushaltestelle. Er hat nur seine Klamotten und seine Gitarre mitgenommen. Er war einfach nicht der Typ Ehemann und Familienvater.«

»Britt würde jetzt sagen: *Und, wie geht es dir damit?*«

»Gut. Ich finde es schlimm, dass er meiner Mutter wehgetan hat. Sie hat ihn geliebt. Ich kann mich kaum an ihn erinnern und weiß nur, dass er nie bösartig war. Vielleicht ist er ja weg, weil er Angst hatte, er könnte es werden, wenn er an einem Leben festhält, das ihn nicht glücklich macht.«

»Du hast aber auch eine ziemlich gesunde Einstellung.«

»Wir sind zwei gesunde Menschen.«

Er legte den Kopf schräg. »Mir fällt gerade auf, dass ich die lange Version meiner Geschichte mit Ausnahme meines engsten Umfelds, also meiner Verwandten, Micah, Dave und Maureen, nie jemandem erzählt habe. Warum habe ich es dann dir bei einem Bier und einer Pizza gesagt?«

»Die Leute erzählen mir einiges.«

»Sieht so aus. Jetzt sollten wir aber mal Schluss machen mit den schlimmen Themen und uns einen Nachtisch gönnen.«

»Nachtisch?« Sie wackelte mit den Brauen. »Das wird ja ein richtiges Festmahl. Was gibt es denn?«

»Ich hab eine Biskuitrolle da.«

»Ich bin dabei.«

15

Darby und Zane aßen die Biskuitrolle, während es dämmerte und sich der Himmel im Westen rot färbte. »Das ist wie ein Gemälde.« Darby zeigte darauf. »Stell dir vor, du sitzt hier, isst einen süßen Klassiker, schaust dir den Sonnenuntergang an und lauschst dem Wasser, das melodiös über Felsen in ein Becken plätschert.«

»Das hast du mir schon verkauft.«

»Trotzdem, stell dir das vor! Du brauchst einen Kolibri-Futterspender.«

»Wofür?«

»Für die Kolibris«, sagte sie nur. »Ein paar von den Pflanzen werden sie anlocken, ebenso wie Singvögel und Schmetterlinge. Die wissen einen hübsch gestalteten Futterspender zu schätzen. Wie schön es hier ist! Ich könnte mich ewig auf deinem Anwesen austoben.«

»Das kann ich mir vorstellen.«

»Für heute habe ich genug. Ich werde deine Spülmaschine einräumen, als Dank für Speis und Trank.«

»Ich könnte sagen, das brauchst du nicht, aber warum sollte ich?« Sie stand auf, stapelte die Teller aufeinander und räumte den Tisch ab. Er folgte ihr ins Haus und sah zu, wie sie sich um das schmutzige Geschirr kümmerte. »Weißt du was?«, hob er an. »Wir haben gar nicht über den Kuss am Spielfeldrand geredet.«

»Sollten wir?«

»Ich denke mir Folgendes: Du bist meine Mandantin, und ich bin dein Kunde. Ich würde sagen, damit sind wir quitt und müssen auf keinerlei Geschäftsbeziehungen Rücksicht nehmen.«

»Einverstanden.«

»Wir haben festgestellt, dass wir beide gesunde Ansichten haben. Ich bin ein guter Typ mit einem coolen Namen, und du bist eine heiße Frau, die weiß, wie man Cargohosen trägt.«

»Stimmt alles.«

»Vielleicht sollten wir zusammen etwas trinken, essen oder ins Kino gehen. Oder …«

Sie drehte sich zu ihm um und lehnte sich an die Küchentheke. »Du hast mir anderthalb Bier, eine Pizza und Biskuitrolle ausgegeben. Das mit Speis und Trank hätte sich also erledigt.«

»Schön, dass du das zu schätzen weißt. Dann eben ins Kino.«

»Könnte sein, dass mich das interessiert. Oder das *Oder* …«

Er kam näher und sah ihr in die Augen. Darin standen Interesse sowie eine gehörige Portion Schalk. »Ich habe ein paar Streaming-Dienste abonniert. Es kostet mich höchstens zwei Minuten, einen Film auszuwählen.«

»Hast du Popcorn da?«

»Aus der Mikrowelle.«

»Das klingt verführerisch.« Vor allem, als er ihr die Hände auf die Hüften legte wie bei dem Kuss am Spielfeldrand. »Ich hätte große Lust auf einen Film, aber auch auf *Oder*. Andererseits …«

Er besiegelte die Abmachung mit einem Kuss. »Das *Andererseits* dürfte mir gar nicht gefallen.«

»Ich bin schmutzig«, rief sie ihm in Erinnerung. »Ich würde gern auf das *Oder* zurückkommen, wenn ich sauber und passender gekleidet bin.«

»Du kannst die Dusche benutzen. Außerdem mag ich deine Shorts. Vor allem, wenn du Stiefel dazu trägst.«

»Danke, sehr großzügig. Wie wär's damit? Solltest du morgen nichts vorhaben, könnte ich nach der Arbeit bei mir duschen und gegen neun auf einen Film vorbeischauen. Wenn wir auf einer Wellenlänge liegen, können wir das *Oder* ausprobieren.«

Er liebte es zu verhandeln. »Um halb neun. Und vorher trinken wir Cocktails.«

»Oha, Cocktails, wie schick. Dafür muss ich mich auf jeden Fall schön machen.«

»Gut. Welchen Film wollen wir uns anschauen?«

»Da der Film so was wie ein Vorspiel sein wird, nichts zu Trauriges. Ich mag romantische Komödien oder Actionfilme.«

»Du bist wirklich eine interessante Frau.« Er beugte sich vor, um sie zu küssen. Sie kam ihm entgegen, stellte sich auf die Zehenspitzen und umarmte ihn. Er schmiegte sich an sie, tauchte in den Moment ein wie in einen erfrischenden See an einem heißen Sommertag. Verlangen stieg in ihm auf, während er über ihren Körper, ihren Rücken strich und sich ihre Formen einprägte. Er spürte, wie sie ein winziges bisschen mehr nachgab, aber nur ein bisschen. Als er sich so weit von ihr löste, dass er ihren Atem spüren konnte, legte sie ihm die Hand auf die Wange, und ihre Herzen schlugen im Gleichtakt. »Vielleicht habe ich ja eine Vorliebe für schmutzige Frauen.«

»Oje.« Ihr herrlich stockender Atem streifte seine Lippen. »Dabei war es so ein vernünftiger Plan. Wenn ich ihn ändern soll, überzeug mich davon.«

Wieder ergriff sein Mund von ihrem Besitz, wieder loderten Leidenschaft und Lust in ihm auf. Als er diesmal die Hände auf ihre Hüften legte, schlang sie ihm die Beine um die Taille.

»Überzeugt.« Mit einem kehligen Laut knabberte sie an

seinem Nacken. »Du riechst so viel besser als ich. Vielleicht sollte ich tatsächlich duschen gehen.«

»Danach.«

»Danach«, murmelte sie, als er sie quer durchs Haus trug. »Ich sollte eigentlich Bürokram erledigen.«

»Ich auch.« Am Fuß der Treppe blieb er stehen und setzte seine Überzeugungsarbeit fort, um sie dann hochzutragen.

»Ich liebe dein Haus. Ich hätte vermutlich so oder so Sex mit dir gehabt, um mir den Rest des Hauses ansehen zu können.«

»Aha, jetzt kommt's raus!«

Lachend schmiegte sie sich erneut an seinen Nacken und riss den Kopf hoch, als er sie ins Schlafzimmer trug. »O mein Gott, das ist ja fantastisch.«

»Später gibt's eine richtige Führung.«

»Ach, leg mich nicht aufs Bett! Meine Klamotten …«

»Die wirst du nicht sehr lange anhaben. Außerdem habe ich Laken zum Wechseln.« Er ließ sie aufs Bett fallen und fiel hinterher. Dann griff er nach ihren Händen und beglückte sie mit dem Kuss eines völlig ausgehungerten Mannes. Vermutlich war er das auch. Er hatte sie auf den ersten Blick attraktiv gefunden. Und dann hatte sie ihn auf dem Spielfeld regelrecht ausgeknockt. Jetzt konnte er sich an ihr laben. An ihren kräftigen Händen, ihren weichen Lippen, ihrem markanten Gesicht, der seidenweichen Haut an Hals und Nacken. An ihren durchtrainierten Muskeln und weichen Brüsten.

Eine ganze Reihe von interessanten Kontrasten.

Er zog ihr das T-Shirt aus, und sie verlor keine Zeit, die Geste zu erwidern. Noch mehr Haut, noch mehr Muskeln. Mit ihren kräftigen Händen strich sie über seinen Oberkörper und atmete hörbar aus. »Hmmmm …«

Er wollte sie ansehen, einfach nur ansehen, konnte den Händen aber keinen Einhalt gebieten. Als sie gemeinsam den schlichten weißen Sport-BH auszogen, dachte auch er *Hmmmm,* während er ihre Brustwarze in den Mund nahm. Sie machte ein Hohlkreuz, und er kämpfte mit ihrer Gürtelschließe, mit den Knöpfen ihrer Shorts und konnte es kaum erwarten. Atemlos, in dem verzweifelten Versuch, wieder etwas Kontrolle über sich zu gewinnen, ein wenig Raffinesse, lehnte er sich zurück. »Ich sollte es lieber langsamer angehen lassen.«

»Nein«, sagte sie sehr entschieden und wackelte mit den Hüften, damit er ihr die Shorts besser ausziehen konnte. »Auf gar keinen Fall.«

»Da bin ich aber froh.«

»Warte.« Mit raschen, geschickten Händen löste sie seinen Gürtel. Als sie an seiner Hose zerrte, drehten sie sich um, damit er sich davon befreien konnte, drehten sich dann wieder zurück, so dass es endlich losgehen konnte.

Später konnten sie es immer noch langsam angehen lassen. Sie wollte es schnell und ungezügelt, wollte die Kontrolle verlieren, wünschte sich nichts sehnlicher, als ihn zu lieben, nicht mehr denken zu müssen. Sie wollte berührt und begehrt werden, das Verlangen spüren, das in ihm, aber auch in ihr pulsierte. Als er endlich, endlich in sie eindrang, durchzuckte sie die Lust wie ein Pfeil. Ihre Hüften kamen ihm entgegen, ihre Finger verschränkten sich mit seinen, als er die Kraft und Frequenz seiner Stöße erhöhte. Zitternd kam sie und lag nach Luft ringend da. Dankbar.

Er stieß nach wie vor in sie und sorgte dafür, dass sich die Lust wieder aufbaute. Sie folgte jeder seiner Bewegungen. Als sie erneut ins Bodenlose fiel und die Hände, die ihn umklammerten, kurz erschlafften, fiel auch er. Nachdem sie beide dagelegen und nach Luft gerungen hatten, drehte er sich auf den Rücken. Hüfte an Hüfte lagen sie da, ganz benommen.

»Wirklich«, brachte er hervor. »Ich habe eine Vorliebe für schmutzige Frauen.«

Ihr Lachen, nach wie vor ein wenig atemlos, ging in ein seliges Seufzen über. »Und ich mag kräftige Männer. Aber keine Muskelprotze.« Sie streckte den Arm aus und tätschelte seine Bauchmuskeln. »Das kann einschüchternd sein. Sobald ich nicht mehr doppelt sehe, werde ich deine Wenigkeit genauer unter die Lupe nehmen.«

»So was nennt man wohl einen Quickie.«

»Ein Wettlauf, bei dem wir beide gewonnen haben.«

»Ja, das haben wir. Es ist eine Weile her, deshalb die Eile.«

Das war schön, fand sie. Dass sie so daliegen und sich unterhalten konnten, beseelt vom Sex. »Was heißt das, eine Weile?«

»So neun, zehn Monate ungefähr?« Während er an die hohe Kassettendecke starrte, stellte er fest, dass er zu durcheinander war, um richtig rechnen zu können. »Ich hatte eine lockere Beziehung, nichts Ernstes, aber wir haben uns regelmäßig getroffen. Als ich dann beschlossen habe, in meine Heimat zurückzugehen, hat sie das unterstützt und verstanden. Von da an hatten wir keinen Sex mehr.«

»Neun oder zehn Monate?« Darby ließ ein gedehntes *Pffff* hören. »Das ist doch gar nichts. Bei mir ist es mehr als doppelt so lange her.«

»Warum?«

»Der gestörte Ex … Danach wollte ich mir Zeit lassen. Ich wollte meine Entscheidungen hinterfragen, mich auf mich und meine Firma konzentrieren. Dann ist meine Mutter gestorben, und ich habe beschlossen wegzugehen und anderswo Wurzeln zu schlagen. Das war alles ein bisschen viel.«

»Verstehe.«

»Wie dem auch sei. Ich würde sagen, es hat gut geklappt. Wir sind gleichzeitig gekommen.«

Er veränderte seine Position und schaute auf sie herunter. »Wie wär's, wenn wir es noch mal versuchen?«

»Nun, da es gleich beim ersten Mal funktioniert hat … Trotzdem sehne ich mich nach besagter Dusche. Du hast eine echt große Dusche, soweit ich weiß. Die genug Platz für zwei gesunde Erwachsene bietet.«

»Und viel heißes Wasser.«

»Fantastisch. Nach dem Duschen werde ich nicht mehr in diese dreckigen Klamotten schlüpfen. Ich habe was zum Wechseln im Wagen. Man weiß schließlich nie …«

Rotbraun. Er würde ihre Haare in Zukunft nur noch als rotbraun bezeichnen. »Ob man Sex haben wird?«

»Ob man von Schlamm bespritzt wird oder ob irgendwas zerreißt oder so.« Sie rollte sich aus dem Bett. »Ich hol sie schnell. Bin gleich wieder da.«

»Warte, du willst so rausgehen?«

Sie fuhr sich mit der Hand durchs Haar. »Ja, wieso?«

»Nackt? Außerdem: Wenn hier jemand einen Waschbrettbauch hat, dann du.«

»Der Wagen steht direkt vor der Tür, und bis auf dich ist niemand hier. Zwei Minuten.«

Als sie hinaussauste, stützte sich Zane auf. Er fand eigentlich nicht, dass er verklemmt war, aber sie ging tatsächlich splitterfasernackt nach draußen. Die Frau, die er in Raleigh zurückgelassen hatte, hätte nicht einmal das Bad nackt verlassen. Sie wäre nie ohne Make-up und ohne gestylte Haare aus dem Haus gegangen. Er konnte sich nicht daran erinnern, Darby je mit Make-up gesehen zu haben. Hätte man ihn vorher gefragt, hätte er gesagt, sie wäre nicht unbedingt sein Typ. Doch jetzt konnte er es kaum erwarten, mit ihr unter die Dusche zu gehen. Er lief zur Terrassentür, öffnete sie und trat hinaus, um zuzusehen, wie die nackte Darby eine Sporttasche aus ihrem Auto holte.

Sie sah auf, lachte und breitete die Arme aus. »In Baltimore wäre ich dafür verhaftet worden.«

Er hätte schwören können, dass sich sein Herz sehnsüchtig zusammenzog. »Du siehst aus wie eine Sylphe, in nichts als Mondlicht gehüllt.«

»Wie eine Sith?«

»Nein.« Jetzt musste er lachen. »Ich wollte dich nicht mit einer Figur aus Starwars vergleichen. Sondern mit einer Sylphe, einer Art Luftgeist beziehungsweise Fee.«

»Das gefällt mir deutlich besser. Hast du was dagegen, wenn ich kurz in die Küche gehe und Wasser mitbringe?«

»Hier oben im Ankleideraum steht ein Barkühlschrank.«

»Aber logo! Bin schon fast bei dir.«

***

Kurz vor Tagesanbruch wurde Darby von ihrer inneren Uhr geweckt. Sie blieb reglos liegen und musste erst einmal verdauen, dass sie in Zanes Bett wach wurde. Eigentlich hatte sie nicht übernachten wollen, und das war bestimmt auch nicht sein Plan gewesen. Einvernehmlicher Sex zwischen zwei gesunden Erwachsenen war eine Sache, zusammen zu übernachten eine ganz andere, denn das sorgte für deutlich mehr Nähe. Doch der Sex unter der Dusche hatte zu weiterem Heißhunger auf Biskuitrolle geführt, und die dann irgendwie zu weiterem Sex. Zu langsamem, innigem Sex, der sie endgültig erschöpft hatte.

Als er dann: »Bleib doch einfach«, gemurmelt hatte, hatte sie gerade noch ein *Okay* herausgebracht, bevor sie auf der Stelle eingeschlafen war. Jetzt hatte sie ein Problem. Sie musste bestimmt eine Stunde vor ihm aufstehen und sich anziehen. Es war lange her, dass sie bei jemandem übernachtet hatte, und sie konnte nur hoffen, dass sie noch über ihre Ninja-Kräfte verfügte. Während sich die Augen langsam an die Dunkelheit gewöhnten, nahm sie das Zimmer und die Möbel in sich auf.

Rechts lagen die Terrassentür, das große Bad und der begehbare Kleiderschrank, links der Ankleideraum. Die Kommode stand etwa auf vier Uhr, das Zweiersofa und der Couchtisch ungefähr auf acht Uhr. Die Bank, auf der sie ihre Sporttasche abgestellt hatte, befand sich am Fußende des Bettes. Sie wusste nicht mehr, wo ihre Klamotten von gestern gelandet waren, würde sie aber bestimmt finden. Also schlich sie sich aus dem Bett, ging auf Zehenspitzen zur Bank, tastete mit dem Fuß nach ihren überall verstreuten Klamotten und fand den BH und das T-Shirt vom Vortag.

»Was schleichst du im Dunkeln rum?«

Sie zuckte nicht direkt zusammen, aber angesichts des Flüsterns in der Finsternis stockte ihr der Atem. »Verdammt! Ich eigne mich wohl nicht mehr als Ninja. Tut mir leid, dass ich dich geweckt habe. Das wollte ich eigentlich verhindern.«

»Ich habe einen leichten Schlaf.«

»Das merkt man. Schlaf weiter, ich werde mich im Bad anziehen. Wo du schon mal wach bist: Du hast nicht zufällig eine zweite Zahnbürste?«

»Im zweiten Regal des Wäscheschranks. In dem Ding, das Emily als Gästekörbchen bezeichnet. Dort findest du alles. Es ist noch dunkel.«

»Es dämmert gerade. Schlaf weiter.« Sie machte die Badezimmertür hinter sich zu und beschloss, kurz zu duschen. Routinemäßig cremte sie sich mit Sonnenschutz aus ihrer Sporttasche ein. Einmal angezogen, entdeckte sie die Zahnbürste am angegebenen Ort. Jetzt musste sie nur noch ihre Hose von gestern finden, in der auch ihr Gürtel, ihr Smartphone, ihr Multiwerkzeug und Wechselgeld steckten.

Als sie das Badezimmer verließ, stand Zane bereits in Boxershorts vor der offenen Terrassentür. »Es ist nicht mehr Nacht, aber auch noch nicht Tag«, sagte er.

»Ich liebe es, wenn die Vögel bei Tagesanbruch Lärm machen.«

Sie kam zu ihm und küsste ihn auf die Schulter. »Trotzdem, tut mir leid, dass ich dich geweckt habe.«

»Da war eine Frau in meiner Dusche. Also musste ich an die nasse, nackte Frau denken. Wer soll da schlafen?«

»Wenn du nicht schläfst, darf ich dann Kaffee machen?«

Er drehte sich um und musterte sie. »Du kochst Kaffee?«

»Ich koche Kaffee. Hast du vielleicht Müsli oder so? Nicht, dass eine Biskuitrolle kein prima Frühstück abgibt, aber ich versuche mir solche Dinge fürs Wochenende aufzuheben.«

»Ich hab Frühstücksflocken.«

»Prima. Obst?«

»Bananen, glaube ich.«

»Dann mach ich Frühstück.« Sie gab ihm einen weiteren flüchtigen Kuss und verließ das Zimmer, wobei sie unterwegs ihre restlichen Kleider einsammelte.

Als er nach unten kam, standen die bodentiefen Fenster offen, um den Morgen hereinzulassen. Wieder hatte sie den Tisch im Freien gedeckt, Sets ausgegraben, die er nie benutzte, ja, sogar Servietten und eine kleine Vase, die mit einem bunten Unkraut gefüllt war. Sie hatte Schälchen gedeckt, eine Zuckerdose, Kaffeemilch, eine Saftkaraffe und Gläser. Dachte man sich die Schachtel mit den Frühstücksflocken weg, sah der Frühstückstisch im Freien aus wie ein herrliches Fotomotiv. Er bemerkte, dass ihre Stiefel inzwischen vor der offenen Hintertür standen, während sie barfuß hereinkam.

»Hallo! Ich wusste nicht, wie lange du brauchst, deshalb hab ich mit dem Kaffee gewartet. Außerdem habe ich eine Weile gebraucht, um aus deiner Wahnsinnsmaschine schlau zu werden.«

Sie ging zu der Wahnsinnsmaschine und stellte einen seiner Riesenbecher darunter. »Setz dich. Ich bring ihn dir raus.«

Nach wie vor benommen, tat er wie befohlen, während die Kaffeemaschine brummte und endlich dieser belebende Duft den Raum erfüllte. Sie brachte die Becher nach draußen, einer davon höchstens zu zwei Dritteln voll. Als sie den anderen vor ihn hinstellte, hob er ihn an die Lippen und inhalierte seine erste Dosis regelrecht.

»Du trinkst ihn schwarz. Ich staune immer über Leute, die ihn schwarz trinken. Eigentlich mag ich gar keinen Kaffee.«

Er sah zu, wie sie Milch und ein, zwei … o Gott, drei Löffel Zucker in ihren Becher gab. »Das kann man kaum noch als Kaffee bezeichnen.«

»Genau. Trotzdem macht er wach.«

Kopfschüttelnd gab Zane Frühstücksflocken erst in ihr und dann in sein Schälchen. Sie schüttete ein wenig Milch hinein und schnitt rasch eine halbe Banane dazu. »Möchtest du auch?«

»Ja, gern.« Bevor er sie entgegennehmen konnte, hatte sie die Bananenscheiben über seine Schale verteilt.

»Kein Zucker?«, fragte er, als sie einen Löffel nahm.

»Ich mag deine Frühstücksflocken so.«

Sie aßen schweigend, bis er mit seinem Löffel auf die Vase zeigte. »Ist das Unkraut?«

»Wildblumen«, verbesserte sie ihn. »Einheimische Wildblumen. Deine Wildblumen, denn dein hübsches Waldstück ist voll davon. Waldlilien, wilde Stiefmütterchen, Storchenschnabel. Ich muss dir wohl ein Buch besorgen, damit du deine Schätze bestimmen kannst.«

Er trank noch einen Becher Kaffee. »Du siehst gut aus am frühen Morgen. Und du riechst nach Strand.«

»Danke. Das liegt am Sonnenschutz, ein Duft, der nicht lang anhalten wird. Ich trage ihn alle paar Stunden auf, aber irgendwann gewinnen Schweiß, Dreck und sonst was die Oberhand. Ich muss los.«

»Deine Mannschaft ist noch gar nicht da.«

»Aber bald.« Sie stand auf und stapelte die Schälchen ineinander.

»Das mach ich. Du hast gekocht.«

»Ich hab den Tisch gedeckt und meine mangelnden Kochkünste mit Deko wettgemacht. Ich bring sie rein, weil ich mir eine Cola für später klaue.«

Er trug ihr den Rest nach, holte eine Cola aus dem Kühlschrank und gab sie ihr. »Ist das mit dem Film und dem Popcorn heute Abend noch aktuell?«

Ihr Lächeln begann in den Augen. »Klar. Halb neun, oder?«

»Halb neun.« Er umfasste ihre Taille, zog sie an sich und hob sie hoch. Er küsste sie gewissermaßen auf Vorrat, damit es bis zu ihrem Wiedersehen reichte.

»Okay.« Sie fuhr ihm durchs Haar. »Wenn ich schon um acht komme, könntest du mir die versprochene Führung geben.«

»Dann komm um acht.« Wieder küsste er sie.

***

Die Tage vergingen, und die Mauer war fast fertig. Darby jonglierte mit ihren verschiedenen Aufträgen und freute sich, dass die erledigten Arbeiten Interesse weckten. Sie verbrachte mehr Nächte ins Zanes Bett als gedacht. Diesbezüglich plante sie nicht zu weit voraus. Im Moment waren ihr vor allem die Arbeit wichtig, ihr Platz in Lakeview und das Leben, das sie sich aufbaute. Doch an dem Tag, an dem sie die fertigen Terrassen mit den Stützmauern betrachtete, gefüllt mit guter, nährstoffreicher Pflanzenerde, dachte sie an Zane. Egal, was passierte. Das würde bleiben und an sie erinnern.

»Das sieht verdammt toll aus.« Gabe stand neben ihr und strahlte auf eine Art, die ihr vertraut war. »Ich habe noch nie an so was mitgearbeitet. Wirklich verdammt toll.«

Darby legte ihm die Hand auf die Schulter. Er war ein paar Zentimeter größer als sie mit ihren eins siebzig. »Wenn erst mal alles bepflanzt ist, wird es noch toller aussehen.«

Hallie legte den Arm um Gabes andere Schulter und drückte sie. »Machen wir es fertig.«

»Roy, wie wär's, wenn Sie mit Ralph an der hinteren Mauer weiterarbeiten? Ich weise Hallie und Gabe an.«

Roy nahm seine Kappe mit dem Firmenlogo ab, fächelte sich damit Luft zu und setzte sie wieder auf sein zerzaustes Haar. »Miss Darby, ich arbeite mich zu Tode.«

»Sie kommen mir noch quicklebendig vor. Außerdem müssen wir heute Nachmittag möglichst viel schaffen. Morgen regnet es.«

Roy sah stirnrunzelnd zum Himmel empor und schob die Kappe in den Nacken. »Sieht nicht danach aus.«

»Glauben Sie mir oder der Wettervorhersage. Heute Nacht wird es gewittern und morgen schütten. Dann können Sie ausschlafen.«

Das verbesserte seine Laune schlagartig. »Vielleicht bleib ich den ganzen Tag im Bett.«

Sie half mit der Schubkarre beim Transport der Pflanzen und sprang nach unten, damit Hallie sie erst ihr und dann Gabe reichen konnte. Mit vereinten Kräften trugen sie die Kreppmyrte, die ganz ans Ende kommen sollte. Nachdem sie sie eingepflanzt hatte, stieg Darby wieder hoch und musterte das Ergebnis. »Gabe, tausch den Berglorbeer, ja, den da, mit der Azalee. Ja, genau, das ist viel harmonischer. Das wird toll. Nehmt eure Schaufeln, Leute. Ich schau nach Roy und Ralph.«

Die ersten Reihen der Mauer, an der Roy und Ralph arbeiteten, waren bereits fertig. Die Männer verständigten sich bei der Arbeit grunzend miteinander, während auf Roys iPod Country Rock lief. Da hinten würde sie lila Flieder pflanzen, damit es das ganze Jahr Farbtupfer und wunderbaren Duft gab. Wenn Zane dann auf seiner hübschen Terrasse saß, umgeben von Düften, Farben und direkt neben dem kleinen

Kräutergarten, den sie bereits in Töpfen vorzog, würde ihn das an sie erinnern. Sie nahm einen großen Schluck aus ihrer Wasserflasche und stürzte sich in die Arbeit.

Als Hallie: »Willst du mal gucken, Chefin, bevor wir den Mulch ranschleppen?«, rief, trat Darby einen Schritt zurück und sah auf die Uhr.

»Ja, gerne. Das machen wir noch fertig, dann kannst du gehen.« Sie versetzte Roy einen freundschaftlichen Stoß. »Dann dürft ihr alle Schluss machen.«

»Ich kann es kaum erwarten.«

»Gleich kommt Zane nach Hause«, bemerkte Hallie, als sie mit Darby zurückging.

»Dann hat er was zu gucken.«

»Bleibst du, bis er da ist?«

»Kommt drauf an.«

Hallie blieb stehen, außer Hörweite von Gabe und den Männern. »Weißt du, wenn er morgens kommt, um uns beim Arbeiten zuzusehen, bevor er in die Kanzlei fährt, spürt man einfach …« Sie wackelte mit den Fingern.

»Was?« Darby imitierte ihre Geste.

»Ich kann Dinge für mich behalten, aber es dürfte kein Geheimnis sein, dass Zane und du … dass ihr viel Zeit miteinander verbringt.«

Darby hatte sich darüber gar keine Gedanken gemacht. »Das ist kein Geheimnis. Wir wollen nur diskret sein.«

»Verstehe.« Hallie tätschelte ihr die Schulter. »Ein guter Fang, würde meine Oma sagen.«

»Ich bin nicht auf Männerfang.«

»Das sind wir alle, Chefin! Das liegt in unserer Natur.«

Darby dachte darüber nach, während sie aufräumte und ihre Mitarbeiter gingen. Vielleicht musste sie mehr Diskretion walten lassen. Sie sprang in ihren Pick-up und fuhr nach Hause. Als sie unten an der Straße anhalten musste, schaute sie hinauf und seufzte angesichts der sich windenden Mauer und der daran emporwachsenden Pflanzen entzückt.

»Tolle Arbeit«, sagte sie laut. »Du hast verdammt tolle Arbeit geleistet.«

Sie hatte kaum geduscht, als Zane ihr eine SMS schickte.

Wow. Wirklich wow! Ich schulde dir ein Bier, eine Flasche Wein und die Hälfte von meiner Lasagne. Komm zurück.

Wie sehr sie das wollte! Vielleicht ein bisschen zu sehr. Doch sie hatte bei sich zu Hause vieles nachzuholen.

Warte, bis es dunkel wird und die Lichter angehen. Dann sieht es erst richtig toll aus. Die Einladung zu Lasagne und Bier oder Wein muss ich leider ausschlagen. Dringender Bürokram. Mach mir zuliebe nach Einbruch der Dämmerung einen kleinen Rundgang.

Das werde ich. Arbeite nicht zu viel. Bis morgen.

Achtete denn niemand auf die Wettervorhersage?

Gute Nacht.

Das Unwetter kam mit Blitz und Donner. Darby hatte einen gesegneten Schlaf, sodass sie kaum etwas davon mitbekam. Bis sie eine Stunde vor ihrer normalen Zeit aufwachte. Sie lag im Dunkeln, schaute den Blitzen zu, lauschte dem Donnerhall und dem lauten Regengeprassel. Ihre Gedanken eilten zu dem Wasserfall. Sie konnte es kaum erwarten loszulegen. Dann zu ihrem Bürokram. Alles erledigt. Schließlich zu Zane. Ob er wohl wach war? Wäre sie zu ihm gefahren, wäre sie bei diesem heftigen Unwetter nicht allein. Aber dann wäre ihr Bürokram nach wie vor unerledigt. Manchmal musste man Abstriche machen. Wieder hing sie ihren Gedanken nach.

Als ein Blitz das Schlafzimmer erhellte wie eine Bühne, beschloss sie aufzustehen. In der Küche kochte sie Kaffee, trank ihn in der offenen Tür und schaute in den tosenden Sturm hinaus. Was für ein Spektakel! So viel Energie, die Blitze am Himmel wie Sprünge in Glas, die die Berge unheimlich erhellten und dann wieder in der Schwärze versinken ließen. Ihr fiel ein, wie isoliert sie hier draußen war. Wie auf einer Insel, umgeben von tosendem Meer. Aber mit ausreichend Proviant, rief sie sich in Erinnerung, mit einem festen Dach über dem Kopf und Strom. Noch zumindest. Sicherheitshalber suchte sie nach Taschenlampen, kontrollierte die Batterien, füllte ein paar Krüge mit Wasser und überlegte, sich einen kleinen Generator anzuschaffen. Und einen Hund. Hunde waren ideale Begleiter. Sie sollte ernsthaft darüber nachdenken. Doch im Moment war es der ideale Zeitpunkt, um auf ihre hässlichen Tapeten loszugehen.

Gegen Mittag war aus dem Gewitter lang anhaltender, alles durchweichender Regen geworden. Die Luft dampfte. Nach vielen Pausen, um sich von ihrem Frust zu erholen, riss Darby endlich das letzte widerspenstige Fitzelchen Tapete von der Küchenwand. »Verdammt«, murmelte sie und schob die Kappe zurück, um sich den Schweiß aus dem Gesicht zu wischen. »Ich hab gewonnen, du Mistding.«

Gut möglich, dass ihre Küche aussah, als hätte eine Bombe eingeschlagen, aber sie hatte die Schlacht gewonnen. Jetzt musste sie die Wände abwaschen, die sich als schrecklich schimmelgrün entpuppt hatten. Sobald diese dann getrocknet waren, also vermutlich irgendwann im nächsten Jahrhundert, konnte sie sie grundieren und streichen.

Darby stieg über einen Haufen besiegter Tapete hinweg und ging in die Hocke, um einen Eimer unter einem Stuhl hervorzuziehen. Und alterte schlagartig um zehn Jahre, als sich der Knauf ihrer Küchentür drehte. Zane stand vor ihr, die Haare etwas feucht, in einem dunklen Anzug.

»Meine Güte, hast du mich erschreckt. Ich hab dich gar nicht kommen hören bei dem Regen.« Sie brauchte wirklich dringend einen Hund. »Du trägst einen Anzug.«

»Ich war heute Vormittag bei Gericht.«

»Du siehst anders aus. Gut, aber anders.«

Er warf einen Blick auf ihr Schlachtfeld und lächelte. »Hausputz?«

Während sie sich aufrichtete, zeigte sie auf den Haufen Tapetenfetzen. »Ich habe sie erledigt.«

»Aus meiner Sicht war das Notwehr. Ich hau dich da raus.«

»Das waren mehrere Tapetenlagen übereinander.«

Er musterte die Wände. »Die Wandfarbe ist noch schlimmer.«

»Ich weiß, ich weiß. Vielleicht muss ich einen Priester, einen Schamanen, eine Hexe oder so kommen lassen, um den bösen Geist schlechten Geschmacks zu vertreiben.«

»Hast du Tapeten abgekratzt *und* jede Menge Wäsche gewaschen? Es riecht nach Waschtag.«

»Weichspüler. Wenn man den eins zu eins mit heißem Wasser mischt, bekommt man ein gutes, relativ umweltfreundliches Mittel zum Ablösen von Tapeten.«

»Woher weißt du das?«

»Internet. Pass auf, dass nichts davon an deine Schuhe kommt. Die sehen echt teuer aus. Ist das Essen in der Tüte?«

»Ich komm vom Gericht und hab ein paar Stunden Zeit, bevor ich in die Kanzlei muss. Ich habe was vom Chinesen geholt.«

»Du hast was vom Chinesen geholt.« Gut möglich, dass sie sich in diesem Moment verliebte. Als er in ihrem Dampfbad von Küche stand, in einem schicken Anwaltsanzug und mit teuren Schuhen, eine Tüte mit Essen vom Chinesen in der Hand.

»Ich wollte nach dem Rechten schauen. Das war ein ziemliches Unwetter heute früh. Überall Äste und Zweige. Außerdem wollte ich dich sehen.«

Ehrlichkeit auf beiden Seiten, das war ihr wichtig. »Hallie hat erwähnt, dass man sich über uns beide Gedanken macht.«

»Du lebst nicht mehr in Baltimore«, hob er an und legte den Kopf schräg. »Sondern in einem kleinen Ort. Ist das ein Problem?«

»Nein, ich dachte eher eines für dich.«

»Warum?«

Sie blies die Backen auf. »Keine Ahnung. Ich bin aus der Übung, Zane, und weiß nicht mehr, wie man das so handhabt. Außerdem bin ich neu und du bist der heimgekehrte verlorene Sohn.«

Ganz abgesehen davon, dass ihre Beziehung bisher ausschließlich abends, nachts und frühmorgens in seinem Haus stattfand, wie ihm gerade auffiel. Das ließ sich ändern. »Was machst du am Samstagabend?«

»Da muss ich erst einen Blick in meinen vollen Privatkalender werfen.«

»Wie wär's, wenn du ein Abendessen bei *Grandy's* dazwischenquetschst?«

»Ich glaube, das dürfte zu schaffen sein.«

»Und was sagst du zu Schweinefleisch süßsauer?«

»Prima, ich bin begeistert. Wieso essen wir nicht draußen auf der vorderen Veranda? Dort ist es bestimmt kühler. Und mit Sicherheit weniger hässlich.«

»Klingt perfekt.«

»Lass mich nur schnell duschen. Nein, fass mich nicht an, ich bin total verschwitzt.«

»Ich glaube, da ist eine saubere Stelle.« Er nahm ihr Gesicht in beide Hände und küsste sie.

Teil 3

Erntezeit

Gute Herzen sind die Gärten,
Gute Gedanken sind die Wurzeln,
Gute Worte sind die Blumen,
Gute Taten sind die Früchte.

Henry Wadsworth Longfellow

Die Erde empfindet nur der als
zerrissen und zerstört,
der selbst zerrissen und zerstört ist.

Walt Whitman

16

Am nächsten Abend kam Zane vorbei, um ihr im Kampf gegen die Tapete beizustehen, obwohl sie ihn davor gewarnt hatte. »Du hast keine Ahnung, worauf du dich da einlässt.«

»Du glaubst, ich kann das nicht. Dabei habe ich sogar meinen eigenen Tapetenkratzer.« Er hielt ihn hoch.

»Ach, der ist ja brandneu. Na gut, komm, ich zeig dir das Schlachtfeld. Wenn du aufhören willst, kannst du das jederzeit tun. Ich werde es dir nicht vorwerfen.«

»Anscheinend stellst du nicht nur meine Fähigkeiten und meine Ausdauer infrage, sondern auch meine … Oha!« Mit offenem Mund starrte er auf ihre Schlafzimmerwände. »Was ist das?«

»Das Biest, das zur Geburt nach Bethlehem gekrochen ist.«

Vorsichtig fuhr er mit der Hand darüber und spürte die merkwürdige Textur. »Das ist eine Mischung aus ehemaligem Bordell und Hölle. Wie kannst du hier schlafen?«

»Mit geschlossenen Augen.«

»Sogar dann ist es furchtbar. Vielleicht sollten wir Verstärkung anfordern? Oder Napalm.«

»Ich dachte, wir fangen mit dem Bad an. Das ist kleiner.«

Er folgte ihr durch den Flur und starrte auf die Fische. »Die sind echt drollig.«

»Das würdest du nicht mehr sagen, wenn du in der Dusche stehst und die dich alle anglotzen.«

»Schlimm, aber nicht so schlimm. Das Schlimmste zuerst, stellen wir uns dem Biest. Zeig mir, was ich tun soll.«

Nach einer halben Stunde starrte Zane auf sein teilweise von Tapete befreites Stück Wand und die knallblaue Farbe darunter. Er sah zu Darby hinüber, um ihre Fortschritte zu begutachten. Die waren größer als seine. Sie hatte Übung. »Wir brauchen Verstärkung«, verkündete er. »Ich ruf Micah an.«

»Zane, ich kann ihn schlecht bitten, mir beim …«

»Das musst du nicht, das übernehme ich. Hast du Bier, Wein und Snacks da?«

»Ja.«

Er zückte sein Smartphone. Angesichts der Wände und der unzähligen Stunden, die vor ihnen lagen, wenn sie diesen Schlafzimmeralbtraum beseitigen wollten, schluckte Darby ihren Protest hinunter.

»Er kommt mit Cassie. Sie hat Erfahrung mit so was.« Zane verstaute sein Smartphone. »Und bringt Werkzeug mit.«

Darby mochte Cassie, die Yoga unterrichtete, töpferte und vor positiver Energie regelrecht sprühte. Die Esofrau und der Computernerd. »Das ist wahnsinnig nett von den beiden. Ich mach mir trotzdem Sorgen.«

»Wieso? Sie kennen den Zustand, in dem du das Haus gekauft hast.«

»Nein, das meine ich nicht, aber was ist, wenn Micah auf dem engen Raum von meiner Erscheinung so abgelenkt wird, dass er sich verletzt?«

»Haha.« Zane packte sie und zog sie an sich.

***

Während Zane und Darby mit dem hilfsbereiten Micah und der quirligen, gesprächigen Cassie Tapeten abkratzten, erledigte Eliza den Abwasch. Graham hatte ihr sogar ein Kompliment für ihr Huhn mit Reis gemacht und alles aufgegessen, trotz des matschigen Reises und des trockenen Hühnchens. Kein Wunder, dass sie ihn liebte. Aus ihrer Sicht hatte er sich gut eingelebt. Als er den Führerschein zurückbekam, bestand er zunächst darauf, dass sie ihn überallhin begleitete. Nach und nach fand er so zu altem Selbstbewusstsein zurück. Ihr war klar, dass er seinen Job hasste. Die Arbeit im Sanitätshaus war erniedrigend, doch damit erfüllte er die Bewährungsauflagen. Weil er jetzt allein zwischen Einkaufsmall und zu Hause hin und her pendeln konnte, war er unabhängiger geworden.

Ihr war ihr Job als Voraussetzung für die vorzeitige Haftentlassung anfangs auch unangenehm gewesen. Als Graham zurückkam, hatte er darauf bestanden, dass sie ihn aufgab. Sie merkte, wie ihr der Austausch mit anderen fehlte. Ihr blieben keinerlei Sozialkontakte. Da er das Auto hatte, konnte sie nichts anderes tun, als zu Hause rumzusitzen. Ihr altes Leben mit Partys, Country Club und Lunch-Verabredungen war nur noch ein ferner Traum.

Angesichts seiner Laune hielt es Eliza für eine gute Idee, ihnen beiden einen Drink zu mixen. Der Abwasch konnte warten. Sie würde den ganzen nächsten Tag zu Hause sein und hatte genug Zeit, sich darum zu kümmern. Nachdem sie die Getränke ins Wohnzimmer getragen hatte, setzte sie sich zu ihm. Während sie die Beine hochzog, küsste er sie auf die Wange. »Danke, mein Schatz.«

»Es ist so ein schöner Abend! Wir könnten einen Spaziergang machen.«

»Zu viele neugierige Nachbarn.«

»Vermutlich hast du recht.« Sie lehnte den Kopf an seine Schulter. »Graham, ich habe mir überlegt, ein Auto zu kaufen.«

»Wozu denn das?«

»Um Einkäufe und Erledigungen zu machen.«

»Das tust du doch an meinen freien Tagen.«

»Ja, aber manchmal fällt mir mittendrin was ein. Ich weiß ja, wie sehr du es hasst, wenn ich dich bitte, auf dem Rückweg etwas mitzubringen.«

Die Falten um seinen Mund wurden tiefer. »Du solltest besser planen. Das ist doch nicht zu viel verlangt, Eliza. Du musst schließlich nicht jeden Morgen aufstehen und einen erniedrigenden Job machen, oder?«

»Nein.« Intuitiv strich sie ihm über den Oberschenkel. »Ich hasse es, dass du dazu gezwungen bist. Es wird ja nicht für immer sein. Wenn das vorbei ist, können wir hinziehen, wohin wir wollen, und gemeinsam von vorn anfangen. So wie früher, Graham. Wir kaufen uns ein schönes Haus und gehen in den Country Club. Wir können reisen. Wir können …«

»Bist du so blöd, oder tust du nur so?«

»Graham.«

»Wovon sollen wir das bezahlen? Die verdammten Anwälte haben mich arm gemacht.«

»Ich weiß, ich weiß.« Hektisch liebkoste sie seinen Oberschenkel. »Aber ein bisschen Geld ist noch da, und ich habe meinen Treuhandfonds. Wir …«

Er kippte ihr den Drink ins Gesicht, sodass sie geblendet war und den ersten Hieb nicht kommen sah. »Nicht, bitte. Beim letzten Mal hast du mir versprochen, mich nie mehr zu schlagen. Es ist nicht mehr so wie früher, Graham.«

»Nichts ist mehr so wie früher.« Er schlug sie erneut. »Dein Fonds, du blöde, egoistische Kuh?« Er stieß sie zu Boden. Als sie versuchte, wegzukriechen, ging er erneut auf sie los. »Du wünschst dir ein großes Haus, eine Mitgliedschaft im Country Club und ein gottverdammtes Auto, damit du fahren kannst, wohin du willst, während ich dazu verdammt bin, Blutdruckmessgeräte zu verkaufen?« Als er sie hochzerrte und gegen die Wand knallte, versuchte sie sich wegzudrehen. Er verrenkte ihr den Arm, sodass sie vor Schmerz in die Knie ging. »Was tust du schon, verdammt noch mal? Den ganzen Tag zu Hause rumsitzen und überlegen, worüber du als Nächstes jammern kannst? Du bist nicht mal dazu in der Lage, eine anständige Mahlzeit auf den Tisch zu bringen, du nutzloses Miststück.«

»Hör auf, hör auf, hör einfach auf damit.«

»Du wünschst dir ein Auto? Damit du mit demjenigen, dem du es besorgt hast, während ich weggesperrt war wie ein Tier, in ein Motel fahren kannst?«

»Ich habe nie … Ich habe auf dich gewartet.«

»Du lügst.« Hätte er sie nicht gegen die Wand gepresst, hätte sie sich nach diesem Magenschwinger vor Schmerzen gekrümmt. »Du hast es nie länger als zwei Tage ohne Sex ausgehalten. Wer wüsste das besser als ich?«

»Aber nur mit dir. Mit dir.«

»Mit mir.« Er schob ihren Rock hoch und riss ihr das Höschen herunter. Es tat weh, so weh. Als er sie gegen die Wand presste und vergewaltigte, spürte sie nichts als Schmerz, keinerlei Erregung und kein starkes, dunkles Begehren. Als er fertig war und sie weinend in die Knie ging, trat er einen Schritt zurück und zog seinen Reißverschluss zu. »Nicht mal darin bist du noch gut.« Er trat sie, aber ohne wirklich Kraft hineinzulegen. Diese wunderbare, reinigende Wut war verraucht. Er ging in die Küche, warf einen angewiderten Blick auf das ungespülte Geschirr und mixte sich noch einen Drink.

***

Nachdem die Mandanten gegangen waren, setzte sich Zane an seinen Schreibtisch. Er hatte ein ungutes Gefühl bei Clint und Traci Draper. Schon das Beratungsgespräch war seltsam verlaufen. Es ging um einen Grenzstreit und den potenziellen Wunsch seiner Mandanten, ihren Nachbarn wegen zwei Quadratmetern Land zu verklagen. Da Draper diese nur aufgrund eigener Messungen für sich beanspruchte, war die Sache alles andere als niet- und nagelfest. Was Zane jedoch am meisten Sorgen machte, waren die Mandanten an sich.

Dass Draper bis hin zu seiner Gürtelschnalle mit Rebellenflagge ein echter Redneck zu sein schien, störte Zane nicht weiter. Umso mehr jedoch seine Bemerkung, der Sohn des Nachbarn sei eine widerliche Schwuchtel. Weitaus verstörender als Drapers dummes, fanatisches Gequatsche war, dass seine Frau fast während des gesamten Gesprächs stumm und mit gesenktem Blick neben ihm gesessen hatte.

Er kannte die Familie Draper. Hinterwäldler, die unter sich blieben. Seit er ein Kind war, hatten sie den Ruf unbelehrbarer Unruhestifter. Clint, der Jüngste, schien diesem Ruf alle Ehre machen zu wollen. Zane stand auf, lief nervös auf und ab, griff nach seinem Baseball und strich über dessen Nähte. Er konnte sich vage an Tracis ältere Schwester erinnern. Seltsam war auch, dass Traci Draper angesehen hatte, als bräuchte sie seine Erlaubnis, um Fragen zu ihrer Schwester zu beantworten. Gar nicht seltsam, eher vielsagend.

Zane legte den Ball zurück auf seinen Schreibtisch und ging zum Empfang.

»Die Drapers sahen gar nicht glücklich aus, als sie gegangen sind«, bemerkte Maureen.

»Wie auch, nachdem ich ihnen erklärt habe, dass zwei offizielle Messungen seine Ansprüche auf einen dreißig Zentimeter breiten Streifen Land nicht erhärten konnten. Hinzu kommt, dass seine Nachbarn besagten Streifen nutzen, pflegen und mit einer Hecke bepflanzt haben. Seit über zwanzig Jahren. Als ich ihm vorschlug, einen vereidigten Landvermesser zu beauftragen, hat mich das in Drapers Augen zu einem arroganten Anwalt aus der Stadt gemacht, der keine Ahnung hat.«

»Hast du den Aufkleber an seiner Stoßstange gesehen?« Gretchen, eine sportliche, zierliche Blondine mit raschem Auffassungsvermögen, meldete sich von ihrem Schreibtisch aus zu Wort. »Entschuldigt, dass ich euch unterbreche.«

»Passt schon. Mir ist er nicht aufgefallen. Wieso?«

»Darauf steht: *Meine Waffen bekommst du nicht, aber vielleicht meine Kugeln.*«

»Reizend.« Zane setzte sich. »Was weißt du über Traci, Maureen? Ich kann mich nicht an sie erinnern, nur noch vage an ihre Schwester.«

»Nicht viel. Sie ist jünger als meine Kinder. Ihr Vater ist Automechaniker. Wir bringen unsere Autos nach wie vor in seine Werkstatt, ein netter, freundlicher Typ.«

»Okay, das hatte ich ganz vergessen. Mr. Abbott, natürlich.«

»Die Mutter ist ein bisschen schüchtern, aber sympathisch. Sie arbeitet in der Bäckerei. Nun, die Drapers sind eher aus den Bergen, nicht hier vom See.«

»Das ist mir klar.«

»Soviel ich weiß, wurden die Kinder, vier Jungs, hauptsächlich zu Hause unterrichtet. Der Rest ist Hörensagen, aber ich glaube, einer ist zur Armee gegangen und ein anderer kriminell geworden. Er hat Meth gekocht und sitzt im Gefängnis. Der dritte ist verheiratet und lebt mit Frau und Kindern draußen auf dem Draper-Grund. Clint dürfte der Jüngste sein. Traci und er haben vor ungefähr einem Jahr geheiratet.«

»Verstehe.«

»Wenn du mehr erfahren willst, frag Lee. Ich weiß, dass er die beiden Jüngsten ein-, zweimal eingelocht hat. Warum interessiert dich das, wenn du sie nicht vertreten willst?«

»Sie hat mir kein einziges Mal in die Augen geschaut und, wenn überhaupt, zehn Worte geredet.«

»Vielleicht ist sie schüchtern, so wie ihre Mutter.«

»Mit Schüchternheit hat das nichts zu tun. Ich habe etwas Zeit, oder?«

»In der nächsten Stunde liegt nichts an.«

»Dann mache ich einen Spaziergang.« Er ging auf direktem Weg zum Polizeirevier. In einem so kleinen Südstaatenort bedeutete das natürlich, dass er auf der kurzen Strecke mindestens ein halbes Dutzend Mal stehen bleiben musste, weil jemand seinen Namen rief, um sich vom Wetter über die Familie bis hin zu seinem Haus über alles Mögliche zu unterhalten. Als er sein Ziel endlich erreicht hatte, traf er ein paar Beamte an ihren Schreibtischen an, darunter seinen Schwager Silas sowie den Einsatzleiter. Noch mehr Small Talk, zum Glück nur kurz. »Ich habe gehofft, mit Lee reden zu können. Ist er da?«

»Ja, in seinem Büro«, sagte Silas. »Geh einfach durch.«

Er fand Lee an seinem Schreibtisch vor. Der starrte dort stirnrunzelnd auf seinen Bildschirm. Als er Zane sah, glättete sich seine Stirn. »Eine kleine Ablenkung. Budgetplanung, wie ich das hasse. Komm rein.« Das kleine, bis auf ein paar Familienfotos spartanisch eingerichtete Büro passte zu Lee. Es gab ein paar alte Besucherstühle, ein Schwarzes Brett und ein Whiteboard, beide verhängt, eine Kaffeemaschine mit abgestandener Brühe und stapelweise Unterlagen auf dem Schreibtisch. Obwohl Lees Tür nur selten geschlossen war, zog Zane sie hinter sich zu.

Lee hob fragend die Brauen. »Gibt es ein Problem?«

»Das weiß ich noch nicht. Ich habe gerade einen Mandanten fortgeschickt, Clint Draper.«

»Aha.« Nickend zeigte Lee auf einen Stuhl. »Der Grenzstreit. Obwohl er mit seiner Einschätzung völlig falschliegt und man ihm das x-mal gesagt hat, lässt er nicht locker. Vermutlich will er Sam McConnell verklagen?«

»Aufgrund eigener Messungen, durchgeführt von seinem Bruder und ihm. Dass ich ihm gesagt habe, er wird damit nicht weit kommen, hat ihm gar nicht gefallen.«

»Hast du Angst, er könnte sich rächen?«

»Sollte ich?«

Lee blies die Backen auf. »Ich glaube nicht, dass er dir Ärger machen wird. Du bist jung und fit, und letztlich ist er ein Feigling. Wir sind seinetwegen ein paarmal ausgerückt. Mary Lou, Sams Frau, hat den Notruf gewählt, als Draper sich wegen des Grundstückverlaufs mit Sam angelegt und versucht hat, die Hecke zu fällen. Sam ist älter als ich und nicht gerade robust. Beide Anwesen fallen in meine Zuständigkeit, nicht aber die anderen Drapers. Ich muss sagen, dass ich nicht traurig darüber bin.«

»Maureen hat erzählt, dass du ihn mehrmals hierhattest.«

»Wegen Trunkenheit, Ordnungswidrigkeiten und der ein oder anderen Rauferei.«

»Hast du je wegen etwas anderem als dem Grenzstreit ausrücken müssen?«

Wieder zog Lee fragend die Brauen hoch. »Warum?«

»Er hatte seine Frau dabei, Traci. Ich kenne diesen Blick, Lee, das Verhalten, die Signale. Ich weiß Bescheid, wenn ich einem gewalttätigen Ehemann und seinem Opfer gegenübersitze.«

Jetzt seufzte Lee. »Wir hatten nie einen Notruf wegen häuslicher Gewalt. Trotz des Grenzstreits liegen die beiden benachbarten Häuser nicht gerade dicht nebeneinander. Auf der anderen Seite wohnt Clints Bruder Jed, mit dem er ständig zusammensteckt. Hinter Clint wiederum beginnt das Land von Draper Senior.«

Zane nickte langsam. »Sie ist also mehr oder weniger umzingelt.«

»So kann man es auch sehen. Ich weiß nur, dass Traci einen Monat nach der Hochzeit gestürzt ist und eine Fehlgeburt erlitten hat. Beide haben ausgesagt, ihr wäre schwindelig geworden, sie wäre gestolpert und die Treppe hinuntergefallen. Ihre Mutter war bei mir und hat geschworen, es wäre seine Schuld gewesen, aber Traci hat die Version ihres Mannes bestätigt. Nichts hat das Gegenteil bewiesen.«

»Du glaubst das nicht.«

»Auch ich kenne die Signale, das Verhalten. Dennoch ist sie nie von dieser Geschichte abgewichen. Ich habe getan, was ich konnte, und ihr Britts Visitenkarte zugesteckt.«

»Gut. Ich wollte nur wissen, ob ich den richtigen Riecher habe. Danke, Lee.«

»Da kann man nichts machen«, sagte Lee, als Zane aufstand. »Die Polizei darf nicht einschreiten – außer sie ändert ihre Geschichte und bittet uns um Hilfe.«

»Ich weiß. Ich kann nur hoffen, dass sie es eines Tages tut, denn du würdest ihr helfen.« Vielleicht musste sie das erst von jemandem hören, der ihre Angst und Hilflosigkeit kannte?

Zane kehrte in seine Kanzlei zurück. Er behielt die Sache für sich und fuhr zwei Tage später zu der strittigen Grundstücksgrenze. Er lief zum Anwesen der Drapers. Weil er sich umgehört hatte, wusste er, dass die Familie das kleine zweigeschossige Haus selbst gebaut hatte. Die Fenster glänzten, und jemand hatte versucht, es mit einem kleinen, mickrigen Blumenbeet aufzuwerten. Im Garten befanden sich eine Wäscheleine, ein Gemüsebeet … und Traci, die gerade Unkraut jätete. Als er ihren alarmierten Gesichtsausdruck sah, wusste er, dass er sich nicht getäuscht hatte.

»Miz Draper.« Er lächelte ihr freundlich zu und blieb auf Distanz. Sie trug einen Strohhut und ein langes Baumwollkleid, dessen Ärmel nur bis zu den Ellbogen hochgekrempelt waren. Sie musste umkommen vor Hitze. Obwohl er die Antwort kannte und sich diesen Zeitpunkt bewusst ausgesucht hatte, fragte er: »Ist Mr. Draper zu Hause?«

»Er ist in der Arbeit. Clint arbeitet wie sein Bruder in der Futtergetreidefabrik in Asheville. Wenn Sie mit ihm reden wollen, müssen Sie nach halb fünf wiederkommen.«

»Ach, ich dachte, ich schau mir die Grundstücksgrenze an und gebe ihm die Adresse eines guten Vermessers.«

»Clint braucht keinen Vermesser. Sein Bruder und er haben selbst gemessen. Ich muss fertig jäten.«

»Sie züchten da schöne Tomaten. Ein gutes Stück Land.« Das entsprach nicht der Wahrheit, aber er sah, dass sie versuchte, das Beste daraus zu machen. »Dieser dreißig Zentimeter breite Streifen wird Ihnen allerdings nicht viel bringen.«

Sie hielt den Blick gesenkt, weigerte sich, ihn direkt anzuschauen. Ihre Hände umklammerten die Hacke wie eine Waffe. »Clint will nur, was ihm zusteht.«

»Ich bin mir ziemlich sicher, dass er besitzt, was ihm zusteht. Miz Draper … Traci … ich weiß, was Sie durchmachen.«

Sie schaute kurz auf und wieder zu Boden. »Ich weiß nicht, wovon Sie reden. Ich muss weiterarbeiten.«

»Ich glaube, Sie verstehen mich sehr gut. Ihre Schwester war in der Schule ein paar Jahre über mir. Sie dürfte meine Geschichte kennen. Auch ich hatte Angst davor, andere einzuweihen. Angst, er könnte mir noch mehr wehtun. Angst, dass mir niemand glauben wird. Wir können Ihnen helfen.«

»Sie müssen gehen. Clint mag es nicht, wenn in seiner Abwesenheit Leute vorbeischauen.«

»Damit er Sie isolieren, von der Außenwelt abschneiden kann. Sie sind ihm völlig ausgeliefert. Seine Familie wohnt direkt nebenan, Ihre dagegen nicht. Sie können Polizeichef Keller vertrauen. Sie können meiner Schwester und mir vertrauen. Sie müssen nur um Hilfe bitten, dann besorge ich Ihnen welche, und er wird Ihnen nie wieder wehtun.«

»Mein Mann tut mir nicht weh. Sie sollten gehen.«

»Wenn Sie Hilfe brauchen, rufen Sie mich an.« Er nahm eine Visitenkarte aus seinem Etui und legte sie auf den Baumstumpf, der vermutlich zum Holzhacken benutzt wurde. Wohlwissend, dass sie vermutlich nie anrufen würde, ließ Zane sie wieder allein, kehrte zur Grundstücksgrenze zurück und lief weiter bis zum Haus der McConnells. Obwohl es wahrscheinlich auch einmal so klein gewesen war wie das der Drapers, hatten die beiden angebaut und die Grundfläche auf diese Weise fast verdoppelt. Es besaß große Fenster und eine breite Veranda. Jetzt, wo er einen Blick dafür hatte, erkannte er, wie liebevoll der Garten angelegt worden war. Dort waren auch die McConnells. Die untersetzte Frau mit den knielangen Shorts und dem breitkrempigen Hut richtete sich auf und stützte dabei eine Hand in den Rücken. »Sam, sieh mal, das ist doch der junge Walker. Komm her, Zane. Du wirst dich nicht an mich erinnern. Ich hab auf der Mittelschule unterrichtet, doch du warst nie in meiner Klasse. Deine Schwester schon, ein Jahr lang.«

»Schön, Sie zu sehen.« Er gab beiden die Hand. »Das ist ja ein riesiger Garten.«

»Ich pflanze immer viel zu viel an.« Sam, dessen schütteres Haar von einem Bandana bedeckt wurde und dessen knochige Knie aus Shorts hervorragten, schüttelte den Kopf. »Die Enkel haben einen Straßenstand aufgebaut und versucht, was davon zu verkaufen. Trotzdem haben wir jede Menge zu verschenken.«

»Höchste Zeit für eine Pause«, verkündete Mary Lou. »Wie wär's, wenn wir uns auf die Veranda in den Schatten setzen und eine Limonade trinken?«

»Da sage ich nicht Nein.«

Er begleitete sie und setzte sich mit Sam, während Mary Lou ins Haus ging.

»Du bist Anwalt geworden, oder?«

»Ja, Sir.«

Sam zog ein weiteres Bandana hervor und wischte sich übers verschwitzte Gesicht. »Hat dich Draper Junior beauftragt?«

»Er hat's versucht. Aber er hat keine Chance, Mr. McConnell.

Das habe ich ihm auch gesagt. Ich nehme an, Sie haben sich selbst einen Anwalt genommen und wissen Bescheid.«

»Ja, das stimmt. Der meinte, dass wir Draper wegen Belästigung anzeigen können, wenn er nicht damit aufhört. Doch das möchte ich lieber vermeiden.«

»Das kann ich gut verstehen.« Zane stand auf, um Mrs. McConnell das Tablett mit der Limonade abzunehmen.

»Ich habe genug gehört, um zu wissen, dass du nicht der Typ bist, der mobbende Idioten als Mandanten annimmt.« Sie goss die Limonade in mit Eiswürfeln bestückte Gläser.

»Ja, Ma'am. Ich bin auch nicht wegen der Grundstücksgrenze hier. Das ist bloß ein Vorwand. Es geht mich eigentlich nichts an, trotzdem wollte ich Sie fragen, ob Sie von Problemen Ihrer Nachbarn wissen. Zwischen Clint und Traci.«

Er sah, wie sich die beiden einen kurzen Blick zuwarfen. »Wir halten uns weitestgehend von ihnen fern«, sagte Sam. »Sie sind nicht gerade das, was man sympathisch nennt.«

»Sie gibt keinen Mucks von sich«, fuhr Mary Lou fort. »Sie war bei mir in der Klasse, zwei Jahre lang. Intelligent, gute Noten, Freundinnen. Sie war ein bisschen schüchtern. Ich habe ihnen Kuchen vorbeigebracht, als sie hergezogen sind. Traci hat ihn höflich entgegengenommen, mich aber nicht hereingebeten. Sie hat sogar behauptet, sie könnte sich nicht mehr an meinen Unterricht erinnern, obwohl ich gemerkt habe, dass sie lügt. Als das arme Ding ihr Kind verloren hat, habe ich es noch mal versucht. Er wollte mich nicht zu ihr lassen, aber den Auflauf, den ich dabeihatte, konnte er mir gar nicht schnell genug abnehmen. Die Form hab ich nie zurückbekommen.«

»Na ja, Mary Lou, es war nicht gerade deine schönste Form.«

»Es geht ums Prinzip, Sam. Chief Keller hat uns diese Fragen auch schon gestellt. Wir haben nie etwas gehört oder gesehen, was darauf hinweist, dass er sie körperlich misshandelt.

Aber ich habe oben aus dem Fenster geschaut und mitbekommen, wie sie weinend Wäsche aufhängt. Sie ist nicht mehr das Mädchen, das ich gekannt habe. Ihrer Mutter dürfte es das Herz brechen. Die ist eine absolut reizende Frau und da drüben nicht gern gesehen. Die Schwester genauso wenig. Nicht, seit sie das Kind verloren hat.«

»Die Drapers sind grobe Leute«, fügte Sam hinzu. »Wir halten Abstand und hatten nie Probleme, bis der Jüngste dieses Haus gebaut hat. Ich würde ihm das verdammte Land ja geben, aber Mary Lou will nichts davon wissen.«

»Nein. Wenn man so einem Kerl nachgibt, denkt der sich bloß was Neues aus, um einem das Leben zur Hölle zu machen.«

»Da haben Sie recht«, pflichtete Zane ihr bei.

***

Die Sache beschäftigte Zane so sehr, dass er sie eines Tages Darby erzählte. Die saß mit einem Bier bei ihm auf der Terrasse und hörte zu. »Ich bin Tracis Schwester bei *Best Blooms* begegnet. Joy hat uns einander vorgestellt. Allie suchte nach einer Blumenampel zum Muttertag, und da hat Joy sich nach Traci erkundigt. Anscheinend hat sie bei ihr ausgeholfen, wenn viel Betrieb war.«

»Das wusste ich gar nicht.«

»Allie hat nur gesagt, dass sie kaum noch Kontakt zu ihr hat. Ich hatte das Gefühl, dass sie vielleicht mehr erzählt, wenn ich nicht dabei bin, also habe ich mich ein Stück entfernt, und die beiden haben sich eine Weile unterhalten. Für mich hört sich das ganz nach einer klassischen Isolationsstrategie an.« Sie sah Zane durchdringend an. »Das beschäftigt dich also. Ich dachte schon, es ist eine knifflige Rechtssache, über die du nicht reden darfst. Warum hast du mich nicht eingeweiht?«

»Das sind keine Mandanten von mir, ich habe also keine Schweigepflicht. Trotzdem …« Er winkte ab.

Sie zeigte auf ihn. »Es werden auch keine.«

»Niemals.«

»Manche Sachen kommen mir sehr bekannt vor. Das Isolieren von der Außenwelt zum Beispiel. Hast du geglaubt, es würde mich zu sehr belasten, über eine misshandelte Ehefrau zu sprechen? Du hast recht, sie wird misshandelt. Wenn nicht körperlich, dann seelisch.«

»Das habe ich tatsächlich befürchtet. Diese Erinnerungen und Gefühle verlassen einen nie mehr, nicht wahr? Außerdem werden sie schnell getriggert. Das wollte ich vermeiden.«

»Du willst andere beschützen, das liegt in deiner Natur. Aber ich mag nicht beschützt werden. Das ertrage ich nicht. Was die Misshandlungen und Triggermomente betrifft, kann ich gut damit umgehen. Meine Erfahrungen sind zum Glück nicht sehr ausgeprägt, haben mich schlauer und stärker gemacht.«

»Für meine Natur kann ich nichts.«

»Und ich nichts für meine. Aber wenn wir eine Beziehung haben wollen …« Sie legte den Kopf schräg und sah ihn lange an. »Würdest du sagen, dass wir eine Beziehung haben?«

»Dafür dürften alle Voraussetzungen erfüllt sein.«

»*Voraussetzungen erfüllt sein* – du redest wirklich wie ein Anwalt.« Sie lächelte und nippte an ihrem Bier. »Aber über das andere Thema sollten wir sprechen. Willst du meine Meinung hören?«

»Ja.«

»Nach allem, was du mir erzählt hast, scheint Clint so erzogen worden zu sein, dass die Männer das Kommando haben und den Frauen überlegen sind. Letztere haben zu gehorchen, den Haushalt zu führen und Kinder zu kriegen. Sie war schwanger, vermutlich haben sie deswegen geheiratet. Jetzt ist sie es nicht mehr. Ob er nun etwas mit dem Verlust des Kindes zu tun hat oder nicht – wobei ich wetten würde, dass dem so ist: Sie hat es versäumt, einer ihrer Pflichten nachzukommen. Sie ist von ihrer Familie abgeschnitten worden und lebt in seiner speziellen Familienkultur.«

»Sie könnte ihn verlassen«, wandte Zane ein. »Ihre Familie wohnt hier. Das ist ihr gutes Recht. Ich weiß, dass das nicht einfach ist, aber …«

»Nein, das ist es wirklich nicht. Ja, sie ist erwachsen, und du warst das damals nicht. Und ja, sie hat Familie, Unterstützung, wenn sie das will. Aber …« Darby stieß einen langen, mitleidigen Seufzer aus. »Nach Trent bestand meine Therapie aus vielen Gruppensitzungen. Meine Güte, Zane, was ich da alles gehört habe. Frauen, die Jahre bei ihrem gewalttätigen Partner geblieben sind. Frauen, die abgehauen sind, nur um wieder zu ihm zurückzukehren.«

»Der Drehtüreffekt«, sagte Zane. »So heißt das, glaub ich.«

»Nicht, weil sie wollen, dass man ihnen wehtut, oder weil sie schwach sind. Sondern weil sie emotional, seelisch, mental am Ende sind und sich in einem Teufelskreis befinden. Oft wurden sie erst von einem Elternteil und dann vom Partner misshandelt. Oder sie glauben, dass der andere sich ändert. Und wenn nicht, haben sie es nicht anders verdient. Wieder andere bleiben, weil sie sonst nirgendwo hinkönnen.«

»Ich weiß. Ich habe jede Menge gewalttätige Väter oder Ehemänner vor Gericht gebracht. Deshalb weiß ich auch, dass ich Traci Draper nicht helfen kann, genauso wenig wie Lee oder ihre Familie. Außer, sie nimmt all ihren Mut zusammen und bittet um Hilfe.«

»Du würdest ihr gerne helfen«, sagte Darby. »Willst ihr unbedingt helfen. Es macht dich wütend, dass das nicht geht.«

»Allerdings. Und weil dem so ist, sollten wir lieber von etwas anderem reden. Komm, wir rufen Britt an. Sie soll mit Silas, Audra und Molly herkommen.«

Darby zog fragend die Brauen hoch. »Was willst du ihnen anbieten? Sie dürften noch nicht zu Abend gegessen haben.«

»Äh … wir könnten den Lieferservice anrufen?«

Darby schüttelte den Kopf. »Hier steht ein wunderschöner, riesiger Grill. Wenn du bis morgen wartest, könntest du deine ganze Familie einladen und ihn einweihen. Bis dahin wird die hintere Mauer nicht nur fertig, sondern auch bepflanzt sein.«

»Ich sehe, du bist nicht sehr spontan.«

»Nein.« Sie stand auf, umrundete den Tisch und setzte sich auf seinen Schoß. »Vielleicht nicht in dieser Beziehung, aber wie wär's hiermit?«

Verdattert sah er zu, wie sie ihr T-Shirt auszog.

»Der Abend ist wirklich wunderschön lau«, sagte sie und presste den Mund auf seine Lippen.

17

So hart hatte er sie nun auch wieder nicht geschlagen, und sie hatte es weiß Gott verdient! Sie hatte kurz das Bewusstsein verloren, nachdem sie mit dem Kopf auf den Boden geknallt war. Mit einem befriedigenden, dumpfen Aufprall. Graham hatte sich nicht die Mühe gemacht, noch einmal zuzuschlagen, geschweige denn, Sex mit ihr zu haben. Was das anging, hatte sie jede Attraktivität für ihn verloren. Inzwischen konnte er nur noch staunen, welche Leidenschaft er früher für sie empfunden hatte, wie perfekt sie in jeder nur erdenklichen Hinsicht zusammengepasst hatten. Herrje, er hatte ihr sogar ihren Verrat verziehen, ihre schluchzende Entschuldigung angenommen, ihre Erklärung, von der Polizei und der eigenen Familie manipuliert worden zu sein.

Doch jetzt hockten sie in dieser schrecklichen Schuhschachtel aufeinander, sobald er von seiner erniedrigenden Arbeit nach Hause kam. Abend für Abend setzte sie ihm eine widerliche Pseudomahlzeit nach der anderen vor und erinnerte ihn jeden Tag, jede Stunde und jede Minute an alles, was er verloren hatte. Daran war sie nicht unschuldig. Wäre sie mit der Göre im Obergeschoss klargekommen, hätte er mit dem enttäuschenden, respektlosen Sohn, den sie ihm geschenkt hatte, kurzen Prozess gemacht. Dann hatte sie ihn auch noch hintergangen und ihre Geheimnisse für ein milderes Urteil verraten. Weil sie schwach geworden war, hatte er verdammte achtzehn

Jahre absitzen müssen! Es wurde höchste Zeit, dass sie begriff, dass er ihretwegen alles verloren hatte, und ihre Strafe akzeptierte.

Hätte Eliza getan, was sie hätte tun sollen, wäre er noch heute Dr. Bigelow, ein angesehenes Mitglied der Gesellschaft. Dann hätte er nach wie vor sein altes Leben und müsste nicht mitten in der Nacht aus Albträumen vom Gefängnis schweißgebadet hochschrecken. Ja, sie hatte ihn um alles gebracht, und er hätte das nicht verdrängen dürfen. Sie und die Kinder, die sie nie hätten kriegen dürfen, waren dafür verantwortlich. Sie hatte ihn fast zwanzig Jahre seines Lebens gekostet und besaß den Nerv, ihm was von einem Auto, einem Job, einem Umzug vorzujammern? Dann dieser tieftraurige Blick, mit dem sie ihn angesehen hatte, als sie zu sich gekommen war. Trotzdem hatte sie den Abwasch erledigt, das hatte er ihr kein zweites Mal sagen müssen. Er hatte ferngesehen. Was sonst sollte er mit den endlosen Abenden in dieser Hütte anfangen, in der sie zur Miete wohnten wie zwei Loser?

Ihr Lallen war ihm zunächst gar nicht aufgefallen, er hatte nicht auf ihr weinerliches Gerede gehört. Doch dann hatte sie seinen Namen gerufen, irgendwie fragend, bevor sie zusammengebrochen und reglos liegen geblieben war. Er beobachtete sie ein paar Minuten, eher fasziniert als alarmiert, bevor er zu ihr ging und sich um sie kümmerte. Aber er wusste sofort Bescheid und stellte die Diagnose, während er zusehen konnte, wie sie ihm entglitt. Ein subdurales Hämatom, eine Gehirnblutung. Bei all den winzigen Venen in der Hirnhaut waren Kopfverletzungen eine heikle Sache. Als sie in seinen Armen starb, strich er ihr übers Haar und weinte sogar.

Dann traf ihn die Erkenntnis wie ein Schlag. Seine Entlassung aus dem Gefängnis hatte ihm keine Befreiung geschenkt. Aber ihr Tod sehr wohl. Er hatte Bargeld im Haus, weil er sie angewiesen hatte, wöchentlich Geld abzuheben, Woche für

Woche, all die Jahre lang. Intuitiv schien er diesen Tag vorhergesehen zu haben. Er konnte noch etwas abheben, denn Kreditkarten hinterließen Spuren. Dann würde er zwei Tage warten müssen, um sich am Freitag bei seinem Bewährungshelfer zu melden und am Samstag zur Arbeit zu erscheinen. Sonntags und montags hatte er frei. Für Dienstag und Mittwoch konnte er sich krankmelden. Sein Bewährungshelfer würde ihn bestimmt nicht gleich anschwärzen. Das machte eine Woche Vorsprung.

Er besaß ein Auto, hatte vor, sich auf Nebenstraßen zu beschränken, sich an die Geschwindigkeitsbegrenzungen zu halten und nur mit Bargeld zu zahlen. Während er alles Schritt für Schritt durchging, dämmerte ihm, dass er das Ganze von langer Hand geplant hatte. Ihm war nicht nur klar, was er tun musste, sondern auch, wie.

Graham hatte Jahre damit verbracht, Leben zu retten, und das durfte er jetzt nicht mehr. War es da nicht mehr als recht und billig, dass er jetzt Leben nahm? Die Leben der Menschen, die ihm das seine genommen hatten?

»Du hast mich befreit, Eliza.« Er strich ihr übers Haar, über die Wange. »Freu dich für mich.« Er erhob sich, ging ins Schlafzimmer, holte eine Decke und ein Kissen und brachte sie in das kleine Zimmer. Er trug Eliza dorthin, legte sie vorsichtig ab und bedeckte sie mit einem Laken.

Er war schließlich kein Tier.

***

Darby hatte eine Besprechung mit einer Kundin, direkt vor dem hübschen, am See gelegenen Cottage der Frau. Sie nahm den Steg in sich auf, das Boot, den steil abfallenden Hang und die wackeligen Holzstufen, die hinunterführten. Sofort hatte sie eine Idee. »Wenn Sie nicht draußen auf dem Wasser sind, sitzen Sie bestimmt hier und genießen den Ausblick«, sagte Darby.

»Allerdings.« Patsy Marsh, eine fröhliche Frau von Anfang fünfzig, lächelte. »Bill und ich lieben es, am See zu wohnen. Unsere zwei Kinder gehen aufs College, aber wenn sie zu Hause sind, sitzen sie mit uns hier draußen. Segeln Sie?«

»Ich habe es noch nicht ausprobiert. Ich bin gerade ziemlich beschäftigt.«

»Das sehe und höre ich. Ich hoffe, Sie können uns einschieben. Denn so können wir unmöglich weitermachen.« Patsy zeigte auf den Hang. »Bill sagt immer, lass mich das machen, doch dann ist er mit dem Rasenmäher gestürzt, und da habe ich gesagt, es reicht. Er hat sich nicht verletzt, aber das hätte böse ausgehen können. Jetzt hat er klein beigegeben und gemeint, ich soll die junge Frau anrufen, die Emilys Garten gemacht hat.«

»Darüber bin ich sehr froh. Sie haben recht, er hätte sich verletzen können. Haben Sie an Bodendecker gedacht?«

»Ja, an etwas, das wir nicht mähen müssen, das hübsch aussieht und nicht zu hoch wächst.«

»Ich kann Ihnen da durchaus was empfehlen, aber …«

»Oje.« Patsy lachte. »Emily hat gesagt, dass ich aufpassen soll, wenn Sie *aber* sagen.«

»Sie kennt mich sehr gut.«

»Erzählen Sie weiter.«

»Ich überlege mir immer, was ich machen würde, wenn das Anwesen meines wäre. Als Erstes würde ich die Holzstufen durch Stein ersetzen und sie um dreißig Zentimeter verbreitern.«

»Ich sage Bill schon die ganze Zeit, dass da noch jemand durchbrechen und sich den Knöchel verstauchen wird. Weiter.«

»Am Hang würde ich diese sehr schöne Terrasse mithilfe von ein paar abgestuften Hochbeeten optisch fortsetzen, passend zu der Treppe. Die Form sollte mäandernd der Uferkrümmung folgen, mit einer Bepflanzung aus niedrigen Büschen und Stauden. Ganz unten würde ich mit Flusskieseln auffüllen.«

»Ich habe Zanes Mauer gesehen. Die ist fantastisch, aber ziemlich wuchtig, was bei uns nicht funktionieren dürfte.«

Darby freute sich. Endlich eine Frau, die begriff, was gut aussah. Großartig! »Sie haben recht. Sie wollen etwas, das was hermacht und zu Ihrem reizenden Cottage, zum weichen Sandbraun Ihrer Terrasse passt. Genau diesen Look möchte ich auch.«

»Ich habe es nie geschafft, dass an diesem verdammten Hang etwas wächst.«

»Ihr Vorgarten ist wunderschön, genau wie Ihre Terrassenbepflanzung. Haben Sie das alles selbst gemacht?«

»Ja, ich liebe es, im Garten zu arbeiten. Ich liebe meine Pflanzen. Mäandernd«, murmelte sie. »Das sieht bestimmt hinreißend aus.«

»Auf jeden Fall. Vom Haus, von der Terrasse und vom See aus. Ich kann Ihnen eine grobe Skizze für Ihren Mann machen.«

»Gerne. Wir müssten auch den Preis wissen.«

»Klar, lassen Sie mich nur kurz was abmessen.«

»Emily hat gesagt, dass Ihnen bestimmt was einfallen wird.«

Ihr fiel jede Menge ein. Auch für eine weitere potenzielle Kundin in Lakeview Terrace.

Darby schritt gerade zusammen mit der zierlich-kecken Charlene den auf den See hinausgehenden, riesigen Garten ab. »Ihr Haus, Ihre Aussicht und Ihr Garten sind atemberaubend. Wozu brauchen Sie mich überhaupt?«

»Damit alles so atemberaubend bleibt. Außerdem gebührt das Lob nicht mir. Wir sind erst diesen Winter hergezogen. Joe und ich bemühen uns sehr, alles in Schuss zu halten. Es ist nur so, dass wir beide Vollzeit arbeiten und ein lebhaftes zweijähriges Kind haben, das heute bei seiner Oma ist. Das zweite kommt im November.«

»Ich gratuliere.«

»Danke, wir sind schon ganz aufgeregt. Wir brauchen also jemanden, der sich im Herbst um alles kümmert, im Frühling aufräumt und uns ansonsten alle paar Wochen zur Hand geht. Die vorherigen Eigentümer haben tolle Arbeit geleistet. Sie war in Rente und er ein begeisterter Hobbygärtner. Die Eigentümer davor hatten einen eigenen Gärtner, wenn ich mich nicht irre.«

»Das hätten Sie auch gerne.«

»So was in der Art. Sowohl Joe als auch ich wollen allerdings nach wie vor selbst im Garten arbeiten. Es ist so entspannend und befriedigend. Außerdem ist es unser Garten. Wir müssen noch jede Menge lernen. Wenn wir können, möchten wir Ihnen sozusagen über die Schulter schauen.«

»Das höre ich gern. Wenn sich jemand einen schönen Garten wünscht und Fremde damit beauftragt – kein Problem. Daran ist nichts verwerflich. Aus meiner Sicht ist es aber schöner, sich den Garten zu eigen zu machen. Sie beide sind sehr beschäftigt«, fügte Darby hinzu. »Da kommen wir ins Spiel. Ich kann zweimal im Monat eine Grundpflege einplanen, im Frühling und Herbst dann wetterabhängig.«

»Perfekt.«

»Darf ich fragen, wie Sie von uns erfahren haben?«

»Von Britt Norten. Wir arbeiten beide in der Klinik. Ich bin Notärztin. Britt hat zufällig früher hier gewohnt.«

»Sie hat … aha, verstehe.« Hier also war Zane aufgewachsen. Darby musterte erneut das Haus. Das viele Glas sorgte für Offenheit. Dabei war das Familienleben alles andere als offen gewesen. Überall blühte es, alles sah schön aus. Doch im Innern des Hauses war das genaue Gegenteil der Fall gewesen.

Wie es Zane wohl damit gehen würde, wenn sie hier arbeitete?

»Sie kennen Britt, nicht wahr?«

»Ja, ich kenne Britt und die Familie. Am besten, ich gebe Ihnen eine Preisliste. Wenn Sie uns engagieren wollen, schicke ich Ihnen einen Vertrag.«

»Perfekt. Wo Sie schon mal da sind. Es gibt ein paar Pflanzen, die ich nicht bestimmen kann. Ich habe in Büchern und im Internet gesucht. Vielleicht können Sie mir helfen?«

»Natürlich.« Darby ging mit Charlene über das Grundstück und bestimmte ein paar rätselhafte Pflanzen, während Charlene gleichzeitig die Preisliste studierte. Hier musste Zane als Junge herumgelaufen sein und Bälle geworfen haben. War er zum Steg gegangen, hatte er aufs Wasser geschaut und davon geträumt, sich aus der dunklen Strömung zu befreien, die im Haus brodelte?

»Genau so haben wir uns das vorgestellt.«

»Entschuldigen Sie?« Darby kehrte wieder ins Hier und Jetzt zurück. »Ich war gerade in Gedanken.«

»Ich sagte, genau so haben wir uns das vorgestellt. Mailen Sie uns den Vertrag, damit Joe und ich ihn durchgehen können.«

Nachdem sie handelseinig geworden waren, kehrte Darby zu ihrem Pick-up zurück, hin- und hergerissen zwischen der Begeisterung, Kunden für eine Gartenpflege gewonnen zu haben, und der Sorge, welche Gefühle das bei Zane auslösen könnte.

Fast hätte sie den Mercedes auf der anderen Straßenseite übersehen. In der Siedlung wimmelte es nur so von Luxusautos. Doch der Motor heulte auf, als sie gerade ihren Wagen erreichte. Sie erkannte vage einen Mann mit Baseballkappe und Sonnenbrille hinterm Steuer, bevor dieser davonfuhr. Irgendwie kam es ihr seltsam vor, dass sie nicht mitbekommen hatte, wie der Fahrer zum Wagen gegangen oder eingestiegen war. Bestimmt war sie abgelenkt gewesen.

Sie musste noch mehrere Zwischenstopps einlegen, bevor

sie zu ihren Leuten stoßen würde. Die hatten es endlich geschafft, zwischen zwei Mietern einen ganzen Arbeitstag beim vorletzten Bungalow einzulegen. Vorher musste sie in die Baumschule, und da Joy von *Best Blooms* bereits mit ihrer guten Freundin Patsy Marsh gesprochen hatte, wollte sie die geplante Terrassenbepflanzung mit ihr besprechen. Der Abstecher, für den sie zehn Minuten veranschlagt hatte, dauerte eher eine halbe Stunde, doch sie bekam, was sie brauchte. Im Baumarkt wurde sie in weitere Gespräche verwickelt. Sie befand sich schließlich in den Südstaaten und hatte sich angepasst.

Obwohl Darby eigentlich gleich zum Bungalow wollte, hielt sie kurz an, als sie Emilys Auto vor der Rezeption sah. Vorher machte sie einen kleinen Umweg zum Steingarten und nickte zufrieden, bevor sie zu Emily ging. Die hatte sich gerade das Telefon zwischen Ohr und Schulter geklemmt und tippte wild auf ihrer Tastatur herum. »Aber sicher, Sie haben eine Buchung, vier Personen, morgen früh um acht. Ja, genau, man wird sich gut um Sie kümmern. Gern geschehen, auf Wiederhören.« Nachdem sie den Hörer aufgelegt hatte, ließ sie die Schultern und den Kopf kreisen.

»Du solltest dir ein Headset anschaffen.«

»Das will ich schon die ganze Zeit.«

»Emily, was hast du mit deinen Haaren gemacht?«

Emily biss sich auf die Unterlippe und fasste sich an den neuen Pagenkopf. »Sieht es schlimm aus?«

»Ich bin begeistert, echt! Du wirkst frech und frisch mit den Strähnchen«, fügte Darby im Näherkommen hinzu.

»Die sollen die Frisur etwas aufpeppen.«

»Das funktioniert. Ein toller Schnitt. Wer hat den gemacht? Ich schneide mir die Haare selbst, seit ich hier bin, weil … na ja, Haare sind Vertrauenssache. Dein Friseur ist absolut vertrauenswürdig.«

»Sarrie Binkum vom *Reflection Salon*.«

»Machen die auch Pediküre? Das erledige ich nämlich selbst, und die Arbeit verlangt meinen Füßen einiges ab.«

»Das kann ich mir vorstellen.«

»Ich werde sie ausprobieren. Aber ich halte dich auf.«

»Gar nicht. Ehrlich gesagt kommst du gerade recht, denn ich brauche eine Pause. Komm, setz dich mit mir auf meine hübsche Terrasse.«

»Fünf Minuten.«

»Mehr Zeit habe ich auch nicht. Das dürfte für ein kaltes Getränk und eine kleine Verschnaufpause genügen.« In ihrer Küche schenkte Emily kalten Tee ein und warf klirrend Eiswürfel in die Gläser. »Ich wollte gerade zu Bungalow acht, um dir zu sagen, dass die Gäste, die morgen eintreffen, wissen wollten, ob sie gegen Mittag einchecken können. Schaffst du es, bis dahin irgendwie fertig zu sein?«

»Das krieg ich hin.«

»Du wirkst Wunder, Darby.«

Nachdem sie den Tee hinausgetragen hatte, setzte sich Emily an den kleinen Tisch unter dem fröhlich gestreiften Sonnenschirm. »Einen Teil unserer fünf Minuten möchte ich darauf verwenden zu wiederholen, was ich dir neulich Abend bei Zane gesagt habe. Ich bin ganz begeistert von deiner Arbeit, und du hattest recht. Ich schau aus dem Fenster und strahle vor Freude. Außerdem haben wir mehr Buchungen denn je.« Seufzend sah sie sich um. »Ich musste diesen Ort und mich selbst aus dem Alltagstrott reißen. Das hast du geschafft.«

»Im Gegenzug danke ich dir, dass du mich weiterempfiehlst. Ich habe soeben zwei neue Kunden bekommen.«

»Gratuliere.«

»Unter anderem die Familie, die in Zanes früherem Zuhause lebt.«

Emily schwieg und nickte bedächtig. »Verstehe. Du hast Angst, das könnte ein Problem für Zane, Britt und uns sein.«

»Ja. Für Britt eher weniger, weil sie mich empfohlen hat. Die Kundin heißt Dr. Charlene Ledbecker. Sie arbeitet in der Notaufnahme der Klinik.«

»Gut für Britt«, sagte Emily.

»Es dürfte ihr nicht leichtgefallen sein, eine Beziehung zu der Frau aufzubauen, der das Haus gehört, in dem sie so viel Schlimmes erlebt hat.«

»Britt hat Rückgrat und Zane genauso.«

»Ich weiß, aber ...«

»Es ist nur ein Haus, Darby.« Emily tätschelte Darbys Hand. »Manchmal denke ich an die Zeit zurück, als Eliza dort gelebt hat. Wenn ich nicht einschlafen kann, zum Beispiel. Wenn man sich mit allem quält, was man jemals falsch gemacht hat.«

»Das kenne ich.«

»Manchmal wünsche ich mir, ich hätte mich um mehr Nähe bemüht. Aber was hätte das geändert? Ich denke ab und zu an sie und überlege, Kontakt aufzunehmen. Unsere Eltern werden nicht jünger. Wir haben uns seit fast zwanzig Jahren weder gesprochen noch gesehen. Ich weiß nur nicht, ob das was ändern würde.«

»Ich dagegen weiß, dass Zane und Britt meine volle Loyalität verdient haben. Deshalb will ich mich nicht zu weit aus dem Fenster lehnen.«

Emily winkte ab. »Ich freue mich, dass es Zane gut geht, nicht zuletzt deinetwegen.«

»Ich glaube, wir sind beide an einem Punkt, an dem wir glücklich sein dürfen. Mit einem anderen glücklich zu sein ist ein Geschenk. Jetzt gehe ich und mach deinen Bungalow fertig.«

»Ich schau vorbei, sobald ich kann.«

»Bleib ruhig sitzen«, sagte Darby, als Emily aufstehen wollte. Sie trat hinter sie und massierte ihr die Schultern. »Trink in aller Ruhe deinen Tee und genieß den Blumenduft.«

»Nur fünf Minuten.« Emily drückte Darbys Hand. »Bitte bleib so glücklich.«

»Das habe ich vor.«

***

Zane wusste nicht recht, was ihn erwartete, als Darby ihm eine SMS schickte und ankündigte, dass sie für ihn kochen würde. Sie schien sonst nicht so viel mit Kochen am Hut zu haben. Aber wenn es schiefging, konnten sie immer noch eine Tiefkühlpizza oder Ravioli aus der Dose essen.

Als er nach einem erfolgreichen Tag zu sich nach Hause kam, stand sie gerade in der Küche und schnippelte jede Menge Grünzeug, das nach Salat aussah. Das, was sie im Ofen hatte, roch ziemlich gut. Eine Flasche Wein stand bereits entkorkt auf der Küchentheke, zusammen mit zwei Gläsern.

»Genau so mag ich das: dass meine Lady mir eine warme Mahlzeit zubereitet.« Er übertrieb den Südstaatendialekt und gab ihr einen leichten Klaps auf den Po, um seine Worte zu unterstreichen. Als sie nur lachend die Augen verdrehte, beugte er sich vor und küsste ihr Unendlichkeitssymbol im Nacken. »Was gibt's zu feiern?«

»Außer, dass heute Dienstag ist? Wir haben den vorletzten Bungalow fertiggestellt und mit den Vorbereitungen zu deinem Wasserfall begonnen. Außerdem habe ich zwei weitere Kunden unter Vertrag genommen.«

»Was für ein Tag! Eigentlich müsste ich dich mit einer warmen Mahlzeit verwöhnen.«

»Du bist das nächste Mal dran. Aber du darfst den Wein einschenken.«

Er liebte es, nach Hause zu kommen und sie dort vorzufinden. Manchmal beunruhigte es ihn, wie sehr er das liebte, aber ein Blick auf sie genügte, und all seine Bedenken waren verflogen. »Und, was gibt's?«

»Diesen sehr gesunden Salat mit etwas von deiner Kapuzinerkresse.«

»Ich besitze Kapuzinerkresse? Was ist das?« Sie zeigte auf die leuchtend orangen und gelben Blüten auf der Küchentheke. »Blumen.« Er staunte. »Wir essen Blumen?«

»Sie sind nicht nur essbar und schön anzusehen, sondern auch sehr aromatisch. Genauso wie ihre Blätter, die sich bereits im Salat befinden.«

»Na gut, du kostest zuerst.«

»Feigling.« Sie zupfte ein Blütenblatt ab und steckte es sich in den Mund. »Lecker.«

»Aha. Und außer Blumen?«

»Den fantastischen Makkaroni-Käse-Auflauf, den ich gerade im Ofen habe. Kein Fertigprodukt, sondern selbst gemacht.«

»Tatsächlich? Wie hast du das geschafft?«

»Ich habe nachgehakt, als Hallie und Roy darüber gestritten haben, wer den besten Makkaroni-Käse-Auflauf aller Zeiten macht, ihre oder seine Mutter. Mit der Erwähnung praktischer Fertiggerichte konnte ich nur Verachtung ernten. Heftigste Verachtung.« Sie griff nach ihrem Wein und trank einen Schluck. »Nach dieser Erniedrigung bin ich auf den Geschmack gekommen und habe mich an Hallie gehalten, die gerade mit ihrer Mutter telefonierte. Die hat mir das Rezept gegeben und gesagt, dass das jeder Idiot hinkriegt. Also auch ich.« Sie nahm einen weiteren Schluck Wein. »Eines kann ich dir sagen: Einfach war das nicht. Man sollte meinen, Makkaroni und Käse, wie schwer kann das sein? Unbeschreiblich schwer.« Der Küchenwecker klingelte. »So, das hätten wir.« Sie öffnete die Ofentür.

»Riecht gut«, sagte Zane und schaute ihr über die Schulter. »Sieht auch gut aus.«

»Und wie.« Sie nahm den Auflauf mit Topflappen heraus, stellte ihn auf die Küchentheke und zückte ihr Smartphone.

»Du willst ihn fotografieren?«

»Was dagegen?« Sie nahm ihn und trug ihn nach draußen. »Bring du den Salat und Wein. Erst gibt es Salat, solange kann der hier etwas auskühlen. Sollte dir der Auflauf nicht schmecken, ertränke ich mich in Alkohol.«

Wieder standen Blumen auf dem Tisch, andere diesmal, in einem blauen Einmachglas, das sie von zu Hause mitgebracht oder besorgt haben musste. Er sah zu, wie sie den Salat servierte, betrachtete ihre rotbraune Kurzhaarfrisur, die knallblauen Augen und scharf geschnittenen Wangenknochen.

»Daran könnte ich mich glatt gewöhnen«, sagte er. »Zu einer hübschen Frau, einem hübsch gedeckten Tisch und einer warmen Mahlzeit nach Hause zu kommen.«

»An die warme Mahlzeit würde ich mich an deiner Stelle lieber nicht gewöhnen. Es ist nämlich deutlich einfacher, in felsigem Untergrund mit Hacke und Schaufel ein Loch auszuheben, als zu kochen. Und ich weiß, wovon ich rede, weil ich heute beides gemacht habe.«

»Du bist ein echtes Multitalent. Der Salat schmeckt gut. Sogar die Blumen. Und wer sind deine neuen Kunden?«

»Patsy und Bill Marsh.«

»Die kenne ich. Sie sind mit Emily und Lee befreundet und totale Wassersportfreaks.«

»Das stimmt. Deswegen werde ich ihren Seeblick aufpeppen, nicht die direkte Umgebung ihres Hauses. Außerdem hat man mir einen Bootsauflug versprochen beziehungsweise angedroht.«

»Magst du keine Boote?«

»Doch, doch. Ich bin mit einem Motorboot rausgefahren,

sogar ein paarmal kajaken gewesen. Auf einem Segelboot war ich noch nie, schau aber gerne zu, wie Segelboote so von Zauberhand dahingleiten. Ich nehme an, du kannst segeln?«

»Ja. Ich bin mit Booten aufgewachsen, aber schon seit Jahren nicht mehr segeln gewesen. Ich bekomme richtig Lust darauf.« Das wurde ihm gerade erst bewusst. »Das sollte ich mal wieder probieren. Ich könnte ein Boot mieten und dich mitnehmen.«

»Klingt gut – jetzt, wo ich einen See direkt vor der Tür habe. Bist du so weit, es mit dem Hauptgang aufzunehmen?«

»Und wie.«

»Gut, hier kommt er.« Zögernd tischte sie den Auflauf auf. Sah zu, wie Zane sich eine Gabel nahm. »Jetzt gleichzeitig: Eins, zwei, drei.«

Er aß, legte den Kopf schräg, hob den Zeigefinger und nahm noch eine Gabel. »Der schmeckt verdammt großartig.«

Sichtlich überrascht musterte sie ihre Gabel. »Echt toll. Wer hätte das gedacht?«

»Er hat eine schöne Schärfe.«

»Tabasco. Immer noch komplizierter, als Löcher auszuheben, aber letztlich genauso befriedigend.« Sie wackelte mit den Brauen. »Was hättest du gemacht, wenn er eklig geschmeckt hätte?«

»Ich hätte auf schonungslose Ehrlichkeit gesetzt, verbunden mit einem mitfühlenden, aufmunternden: *He, du hast es wenigstens versucht!* Wenn ich es eklig gefunden hätte, hättest du es ohnehin gemerkt, wozu da falsche Komplimente machen?«

»Das finde ich akzeptabel. Ich muss dir noch von meinen anderen Kunden erzählen.«

»Klar.«

»Sie sind letzten Winter hergezogen, nach Lakeview Terrace, und haben das Haus gekauft, in dem du aufgewachsen bist.«

Er schwieg einen Moment, hörte auf zu essen und schenkte beiden Wein nach. »Verstehe.«

»Sie kennt Britt. Sie arbeiten beide in der Klinik. Charlene Ledbecker. Sie ist Ärztin. Er ist Ingenieur und arbeitet in Asheville. Im Herbst kommt ihr zweites Kind. Nur damit du eine Vorstellung bekommst.«

»Verstehe.«

»Ich wusste nichts davon, bis Charlene erwähnte, dass Britt in dem Haus gewohnt hat. Sie wollen, dass ich ihnen mit dem Garten helfe, ein paarmal im Monat. Sie wollen lernen, wie man ihn pflegt. Sie ... aber das interessiert dich gar nicht, stimmt's?«

»Eigentlich nicht. Deshalb hast du mir den Makkaroni-Käse-Auflauf gemacht.«

»Nein, weil mich Hallies und Roys Streit darauf gebracht hat«, beharrte sie. »Was gibt es Tröstlicheres als einen Makkaroni-Käse-Auflauf? Aber ich musste es dir sagen. Auch auf die Gefahr hin, dass es böse Erinnerungen weckt.«

»Essen als Notfalldecke?«

Sie hörte die Gereiztheit in seiner Stimme. »Ich wollte dich nicht bevormunden, Zane. Ich wollte nur einen gewissen Ausgleich schaffen. Stattdessen habe ich dich verärgert.«

»Mich verärgert nur, dass du das Gefühl hattest, mir behutsam beibringen zu müssen, einen Kunden zu haben, der zufällig in diesem Haus lebt.«

Sie spürte, wie sie sich versteifte und wütend wurde. »Damit wollte ich dich nicht in deiner Männlichkeit beleidigen. Ich hatte bloß ein schlechtes Gewissen deswegen. Ob zu Recht oder zu Unrecht, sei dahingestellt. Ich hatte ein schlechtes Gewissen, Geld mit einem Ort zu verdienen, an dem man dir Leid zugefügt hat.«

»Keiner fügt mir mehr Leid zu, und ich fühle mich durchaus in meiner Männlichkeit getroffen. Ich wäre nie nach

Lakeview zurückgekehrt, wenn ich damit nicht zurechtkommen würde. Mir war klar, dass dieses Haus bewohnt ist. Würden sich diese Leute wegen einer Rechtssache an mich wenden, würde ich sie ohne zu zögern als Mandanten annehmen. Warum auch nicht?«

Darby ließ sich einen Moment Zeit und sagte dann nur zwei Worte. »Traci Draper.«

Er wollte etwas erwidern, spürte aber, wie ihre treffende Bemerkung seinen selbstgerechten Vortrag wie ein Soufflé in sich zusammenfallen ließ. »Zugegeben, du hast mir überzeugend erklärt, dass da jede Einmischung dumm wäre. Also müsstest du wissen, dass auch hier jede Eimischung überflüssig ist.«

»Damit dürften wir quitt sein. Nur, dass du zusätzlich einen Auflauf bekommen hast. Ich hab nichts gegen eine Auseinandersetzung, aber weißt du, was blöd ist? Rumstreiten, nur weil ich Rücksicht auf deine Gefühle nehmen wollte.«

»Wir haben nicht gestritten.« Als sie ihn nur eindringlich ansah, atmete er hörbar aus. »Gut, wir hatten einen Konflikt. Aber der ist ein für alle Mal beigelegt.«

Sie grinste. »Ganz der Anwalt.«

»Ich bekenne mich schuldig. Weißt du, ich habe das Haus lange gehasst. Ich hab es sogar gezeichnet, damals in mein Notizheft, obwohl ich überhaupt nicht zeichnen kann. Umgeben von den neun Kreisen der Hölle.«

»Du hast als Teenager Dante gelesen?«

»Ich hab alles Mögliche gelesen. Das war eine bewährte Methode, mich weit fort zu träumen. Ich habe den Hass auf das Haus überwunden, zumindest so gut wie. Es macht mir nichts aus, wenn du dort arbeitest. Dir sollte es auch nichts ausmachen.«

»Gut.«

»Siehst du? Der Konflikt ist beigelegt. Ich nehme mir Nachschlag.« Er häufte eine weitere Portion auf seinen Teller. »Und was ist mit dir?«

»Die Hälfte von deiner Portion.«

»Wie wär's, wenn du ein paar Sachen von dir zu mir bringst, statt deine Klamotten in einer Sporttasche ständig hin und her zu schleppen?«

Das kam unerwartet und brachte sie völlig aus dem Konzept. Gerade eben hatten sie *einen Konflikt* gehabt, und jetzt wollte er ihr Platz in seinen Schränken freiräumen? »Ich …«

»Ich könnte dafür ein paar Sachen bei dir lassen«, fuhr er ungerührt fort. »Für Regentage, wenn ich dir nach der Arbeit was vom Imbiss mitbringe und dir beim Streichen helfe.«

»Und ich dachte, es geht um unverkrampften, guten Sex.«

»Das auch. Aber nicht nur.«

Ja, das stimmte. Er hatte ihr bereits seinen Schlüssel und den Sicherheitscode gegeben. Aus Bequemlichkeit. Ein paar Sachen bei ihm zu lassen fiel in dieselbe Kategorie, oder etwa nicht? Es war bequem. Warum groß Aufhebens darum machen?

»Und wer macht die Wäsche?«, fragte sie.

»Hm, ich könnte sagen, du machst die bei dir und ich die bei mir. Aber du bist öfter bei mir als ich bei dir. Am besten, wir wechseln uns ab.«

»Einverstanden. Dann bring ich morgen ein paar Sachen mit. Puh!« Sie schob ihren Teller weg. »So gut er auch schmeckt, ich schaff nichts mehr.«

»Weißt du was? Wir räumen das Geschirr ab und machen einen ausgiebigen Spaziergang. Dabei kannst du mir verraten, was da alles so blüht, auch wenn ich mir das niemals merken werde.«

»Wart's ab.«

Er lächelte und aß seinen Auflauf auf. »Süß, dass du das tatsächlich glaubst, mein Schatz.«

Darby nippte an ihrem Wein und dachte nach.

Sie hatten das erste Mal gestritten und sich wieder vertragen. Sie hatten eingewilligt, persönliche Dinge beim anderen zu deponieren. Und er hatte sie zum ersten Mal Schatz genannt. Damit waren sie in eine neue Phase von etwas eingetreten, das man als feste Beziehung bezeichnen musste.

18

Auf seiner heimlichen Reise von Raleigh nach Lakeview bezahlte Graham sämtliche Motelzimmer bar. Er benutzte kostenloses WLAN und Elizas Tablet, um sich über Emily, Detective Lee Keller, seinen eindeutig unfähigen Strafverteidiger, den Staatsanwalt und den Richter schlauzumachen, der ihn verurteilt hatte. Sie alle, jeder Einzelne von ihnen, hatte dazu beigetragen, sein Leben zu zerstören und ihn zu erniedrigen. Jetzt würde er ihres zerstören, jedes Einzelne.

Leider war der Richter vor sechs Jahren gestorben. Deshalb blieb Graham nur der Triumph, sich vorzustellen, wie er in der Hölle schmorte. Der Staatsanwalt war in Pension und nach Solomons Island gezogen, der musste warten. Sein inzwischen ebenfalls pensionierter Verteidiger wohnte nach wie vor in Asheville, sodass er nicht mehr lange zu leben hatte. Weil Eliza ihm das bei einem ihrer Gefängnisbesuche erzählt hatte, wusste er, dass das Miststück von Schwägerin den widerlichen Bullen geheiratet hatte, der inzwischen Polizeichef von Lakeview war, und dass die beiden zwei Söhne hatten.

Er saß in seinem Motelzimmer, und der Fernseher lief, damit er Bescheid wusste, falls sein Fahndungsfoto gezeigt wurde. Es gab zahlreiche Möglichkeiten, der Familie Leid zuzufügen, die er sich genüsslich ausmalte. Bis er zu dem Schluss kam, dass er sie mitsamt ihrem alten Kasten abfackeln würde. Dave Carter fiel ihm ein, dieses Arschloch von einem Nachbarn, das sich so dringend einmischen musste. Der hatte ebenfalls eine wesentliche Rolle gespielt und würde dafür büßen. In fein säuberlichen Druckbuchstaben fügte er Dave Carter der Namensliste in seinem Notizbuch hinzu. Ein schrecklicher Autounfall vielleicht. Er könnte die Bremsleitungen durchtrennen. Wie man das machte, ließ sich recherchieren. Im Internet war einfach alles zu finden. Doch zuallererst war natürlich der Sprössling an der Reihe, der den eigenen Vater verraten hatte. Den Vater, der Frau und Kindern ein Dach über dem Kopf schenkte, die Kleidung, die sie am Leib trugen, und die Nahrung, die sie am Leben erhielt. Den Vater, der ihnen das Leben geschenkt hatte. Den Vater, der es ihnen wieder nehmen würde, mit seinen eigenen Händen.

Graham las sich die Namensliste mehrmals durch. Peinlich genau notierte er alles, was er diesen Personen vorwarf beziehungsweise was er über sie herausfand. So füllte er Zeile um Zeile. Bevor er schlafen ging, zwang er sich zu fünfzig Liegestützen und hundert Sit-ups, machte mit Kniebeugen und Ausfallschritten weiter. Ein Programm, das er jeden Tag durchzog, angefeuert von der langen Liste mit Vorwürfen. Als er endlich einschlief, träumte er, er stünde im OP und würde gottgleich Wunder vollbringen. Wie Gott würde er bald über die richten, die ihn verraten hatten.

Als er wach wurde, rasierte er sich nicht. Er hatte sich seit drei Tagen nicht mehr rasiert, weil er wusste, wie ihn der Stoppelbart veränderte. Das graue Haar hatte er sich gefärbt und ließ es wachsen. Zusammen mit dem Notizbuch hatte er sich eine Baseballkappe, eine Sonnenbrille, billige Turnschuhe, Jeans und T-Shirts gekauft. Ein paar Dinge hatte er im Gefängnis gelernt: dass man auf keinen Fall auffallen und die Aufmerksamkeit auf sich ziehen darf. Dass man die Autokennzeichen wechseln muss, was er zweimal getan hatte.

Als Graham nach Lakeview hineinfuhr, zitterte er vor Verlangen und Aufregung. Es hatte sich viel geändert. Eine Ampel stand da, wo vorher keine gewesen war, und es gab neue Läden und Restaurants. Das machte ihn wütend, verwirrte ihn. Er musste rechts ranfahren, um sich zu fangen. Um mit Atemübungen zu bekämpfen, was er, der nach wie vor Arzt war, als verdammte Panikattacke diagnostizierte. Schweißperlen traten ihm auf die Stirn, und das Herz schlug ihm bis zum Hals. Alles vor seinen Augen verschwamm, kurz sah er doppelt.

Da entdeckte er Zane, der mit großen Schritten die Hauptstraße entlangmarschierte, als gehörte sie ihm. Schlagartig sah er wieder klar. Zane hatte sich die Haare wachsen lassen wie eine Schwuchtel, seine Schultern waren breiter geworden, und er war größer als früher. Trotzdem erkannte er seinen Sohn und musste sich mit aller Macht zusammenreißen, nicht gleich an Ort und Stelle aus dem Auto zu springen und den Bastard verdientermaßen in Grund und Boden zu prügeln. Das musste warten. Er musste ihn in einem unbeobachteten Moment abpassen.

Graham verfolgte, wie Zane die Stufen zu einer Veranda emporstieg und ein Gebäude betrat. Er überlegte, ihm nachzugehen, denn das könnte so ein Moment sein. Da bemerkte er, wie sich hinter dem großen Fenster etwas regte. Eine Frau, die ihm bekannt vorkam. Zane trat zu ihr, sodass sie beide vom Fenster umrahmt wurden. Seine Kanzlei. Der hielt sich wohl für was Besseres, doch Graham kannte die Wahrheit. Dieser rückgratlose Bastard hatte es in Raleigh nicht geschafft, weshalb er nach Lakeview zurückgekrochen war. Und in Lakeview würde er diesem Verräter den Prozess machen.

Schon etwas ruhiger fuhr er durch Lakeview Terrace. Auch dort hatte sich viel verändert. Neue Spielplätze für Leute, die ihre Kinder nicht zu Hause beaufsichtigen wollen, wo sie eigentlich hingehören. Er sah Kinder auf Schaukeln, Rutschen und

Rädern – viele ganz ohne ihre Eltern. Widerlich. Er fuhr zu seinem früheren Haus, das nicht mehr das größte der Siedlung war, da einige statusorientierte Nachbarn Garagen oder Sonnenterrassen überbaut hatten. Wieder fuhr er rechts ran, um sich das Haus anzuschauen. Sein Haus. Die Fremden, die darin lebten, waren nichts anderes als Hausbesetzer. Damals, als die Welt noch in Ordnung war, hätte er sie mit einem Fingerschnippen vor die Tür setzen lassen. Jetzt war er der Eindringling. Nur wegen Zane. Er überlegte, einzubrechen und nachzusehen, was die Hausbesetzer mit seinem Eigentum angestellt hatten. Er würde ihre Namen herausfinden und sie auf seine Liste setzen.

Während er noch überlegte, wie er sich an ihnen rächen würde, kam eine Frau hinter dem Gebäude hervor und ging zu dem Pick-up in der Auffahrt. Sie war gekleidet wie ein Mann. Die Haare kurz. Bestimmt eine Lesbe, schrecklich! Er sollte sofort zu seinem Haus marschieren und sie an ihren Kampflesbenhaaren über den Boden schleifen. Doch als sie zu ihm hinübersah, zuckte er nervös zusammen, ließ den Motor an und fuhr hastig davon. Das war nicht der richtige Augenblick, tröstete er sich. Es lag nicht an seinen Nerven, sondern daran, dass er sich beherrschen musste.

Er schloss sich in seinem Motelzimmer ein und gönnte sich ein Glas Scotch, um sich wieder zu fangen. Nur eines, denn er musste noch arbeiten. Mit Elizas Tablet und seiner Liste setzte er sich hin und begann in den sozialen Medien zu recherchieren. Problemlos fand er die Webseite von Zanes Kanzlei und von Emilys klapprigen alten Bungalows. Als er sich diese genauer ansah, peinlich genau, kochte er vor Wut. Emily hatte eine öffentliche Facebook-Seite für ihre Vermietungen eingerichtet, aber die persönliche war privat. Obwohl er im Gefängnis ein paar Dinge gelernt hatte, besaß er nicht die Fähigkeit, sie zu hacken. Keines ihrer Blagen tauchte öffentlich in den sozialen Medien auf, genauso wenig Britt oder Zane. Doch dank Emilys dämlicher Mutter fand er, wonach er suchte. Einen regelrechten Schatz aus Fotos und Familiennachrichten, für alle Welt sichtbar. Alles, was er brauchte, hatte die alte Plaudertasche öffentlich gepostet und breitgetreten.

Er musterte ein Bild von der lächerlichen Bagage, das mit *Gemeinsames Kochen auf Zanes neuem Anwesen* betitelt war. Noch eines von Emilys Blagen und Zane. Die Enkel Brody und Gabe vor Zanes Haus, dazu ein endloser Kommentar zu Gabes Begeisterung für Landschaftsgärtnerei – sein Ferienjob. Angewidert las er jedes beschissene Wort für den Fall, dass er etwas davon gebrauchen konnte. Das Haus studierte er genau. Er hatte es auf seiner heimlichen Fahrt um den See gesehen, dieses lächerliche Ding oben auf dem Hügel. Daher wusste er genau, wo er Zane in einem unbeobachteten Moment abpassen konnte.

***

Zane schrak hoch, weil die Außenbeleuchtung anging. Als er aufstand, rührte sich Darby nicht. Er wusste aus Erfahrung, dass die Frau selbst Kanonendonner überhört hätte, bis ihre innere Uhr sie weckte. Auf dem Weg zur Terrassentür griff er nach seiner Hose, schlüpfte hinein und sah, wie die roten Hecklichter eines Wagens am Ende seiner Auffahrt verschwanden. Da war anscheinend jemand falsch abgebogen und hatte es erst gemerkt, als die Bewegungsmelder die Blitzleuchten in Gang setzten. Beruhigt ging er zurück ins Bett, in dem Darby schlief wie eine Tote. Er kannte niemanden, auf den dieser Ausspruch so gut passte wie auf sie. War sie eingeschlafen, rührte sie sich bis zum nächsten Morgen kaum und machte so gut wie keinen Mucks. So gesehen war sie die ideale Bettgefährtin für ihn, der einen chronisch leichten Schlaf hatte.

Zane döste wieder ein, nur um ungefähr eine Stunde später von seinem Smartphone geweckt zu werden. Das Herz schlug ihm bis zum Hals, denn Anrufe um vier Uhr morgens verhießen selten etwas Gutes. So auch der Anruf von seiner Sicherheitsfirma.

»Zane Walker.«

Obwohl es bei ihrem Dornröschenschlaf nicht nötig war, verließ er das Schlafzimmer, während er mit der Firma wegen eines Einbruchs oder versuchten Einbruchs in seine Kanzlei telefonierte. Wenngleich man ihm versicherte, die Polizei sei bereits verständigt, ging er zurück ins Schlafzimmer und machte das Licht an, um nach seinen Klamotten zu suchen.

Wieder klingelte das Smartphone.

»Zane, ich bin's, Silas.«

»Ich habe gerade mit meiner Sicherheitsfirma gesprochen.«

»Ja, jemand hat einen schweren Stein durchs Fenster deiner Kanzlei geworfen. Dreimal sind wir heute Nacht wegen so was ausgerückt. Das müssen irgendwelche bekloppten Jugendlichen gewesen sein.«

»Was für Schwachköpfe!«

»Ich kann gut von außen reinschauen, und das ist der einzige Schaden, den ich feststellen kann. Du willst bestimmt gleich herkommen, aber es hat keine Eile. Niemand ist dort eingedrungen. Ich kann den verdammten Stein drinnen auf dem Boden liegen sehen, und die Türen sind gesichert.«

»Gut, ich komme, mach mich vorher aber kurz frisch.«

»Lass dir Zeit. Wir haben die Situation unter Kontrolle.«

Zane zog sich an und suchte seine Versicherungspolice heraus. Unten im Erdgeschoss kochte er sich einen Kaffee und dann eine zweite Tasse – keinen richtigen Kaffee, sondern übersüße Milch mit Kaffeearoma. Er trug beides ins Schlafzimmer. Er hätte einen Zettel dalassen können, aber in zwanzig Minuten würde sie ohnehin die Augen aufschlagen.

Dass sie es jetzt tat, ließ ihn zusammenzucken. »Kaffee.«

»Kaffeeduft holt dich aus dem Koma, aber Blitzleuchten und klingelnde Smartphones richten nichts aus? Du bist mir eine.«

»Kaffee«, wiederholte sie und nahm den, den er ihr reichte. »Wer hat denn angerufen?«

»Jemand hat das Fenster meiner Kanzlei mit einem Stein eingeworfen.«

»Was? Nein.« Sie blinzelte. »Oje, Zane.«

»Anscheinend hat derjenige das heute Nacht überall in Lakeview gemacht. Ich werd mir die Sache ansehen.«

»Soll ich mitkommen?« Sie strich sich den Pony aus dem Gesicht. »In zwei Minuten bin ich angezogen.«

»Nein, aber das ist lieb von dir. Wie Silas bereits sagte, vermutlich ein paar bekloppte Jugendliche. Ich kümmere mich drum und frühstücke im Ort.«

»Gut. Tut mir leid, das ist wirklich ärgerlich.«

»Ja, allerdings.« Er beugte sich vor und küsste sie. »Bis später.«

»Schick mir eine SMS. Damit ich weiß, was los ist.«

»Klar.«

Darby trank den Kaffee im Bett. Ein echter Luxus. Während sie langsam wach wurde, dachte sie über das nach, was Zane ihr gerade erzählt hatte. Was für eine unschöne Art, geweckt zu werden! Mit Vandalismus hatte sie nie etwas anfangen können. Kreative Tags auf verlassenen Gebäuden konnte man als Street Art betrachten, aber einfach etwas kaputt zu machen? Was hatte man davon, fremden Besitz zu zerstören?

Sie stand auf. Da sie am Vorabend mit Zane geduscht hatte, schlüpfte sie gleich in ihre Arbeitsklamotten. Sie würde sich Kaffee nachschenken, Müsli essen und den Wetterbericht kontrollieren. Und in aller Herrgottsfrühe mit der Arbeit am Wasserfall beginnen.

Im Hinuntergehen machte sie Licht an. Nachdem sie Zanes

Kaffeemaschine auf eine halbe Tasse programmiert hatte, las sie sich auf seinem Tablet die Wettervorhersage durch. Heiß und schwül, am Spätnachmittag und abends vermutlich Gewitter. Typisch. Sie gähnte den letzten Schlaf weg, schüttete Müsli in ein Schälchen und holte die Blaubeeren heraus, die sie gekauft hatte. Als sie an ihrem Kaffee nippen wollte, ging die Sicherheitsbeleuchtung an. Ihr erster Gedanke war ein Reh.

Darby versprühte regelmäßig ihr hausgemachtes Bio-Abwehrmittel und befahl Zane sowie den Männern aus ihrem Team, in die Büsche zu pinkeln, was ihrer Erfahrung nach ebenso als Vergrämungsmittel für Wild geeignet war. Sie hatte viele Pflanzen gesetzt, die Rehen widerstanden. Aber man konnte Bambi nicht trauen.

Sie schaltete den Alarm aus, zog die Falttür auf und ging nach draußen, fest entschlossen, die Eindringlinge zu verjagen. Da wurde sie wie von einer ferngelenkten Rakete getroffen. Der Schlag ließ sie zurücktaumeln, sodass sie erst gegen die Kücheninsel und dann auf den Boden prallte. Kurz war sie benommen und glaubte, ein Zehnender wäre hereingerannt. Dann sah sie den Mann.

»Aha, Zane hat sich eine kleine Schlampe zugelegt. Eine, die eher wie ein Knabe gebaut ist.« Er zog die Tür hinter sich zu. »Ich hab deinen Pick-up gesehen und musste nur dafür sorgen, dass du mich reinlässt, wenn er weg ist. Danke dafür.«

Er kam auf sie zu, die Fäuste geballt. »Jetzt wirst du brav liegen bleiben und den Mund halten.«

Den Teufel würde sie tun! Sie sprang auf, wirbelte herum und verpasste ihm einen kräftigen Tritt gegen die Taille. Als er zurücktaumelte, rannte sie instinktiv davon. Sie konnte es hinausschaffen und ihn zwischen den Bäumen abschütteln. Doch wie sollte sie Zane warnen, wenn ihr Smartphone im Ladegerät steckte? Also wirbelte sie mit wild klopfendem Herzen noch einmal herum und nahm die Kampfposition ein. Sie würde sich behaupten. Mit funkelnden Augen griff er an. Schnell, er war sehr schnell. Sie machte sich die Wucht seines Angriffs zunutze und drehte sich zur Seite, ließ einen Tritt in seine Nierengegend folgen. Da knickte er ein und fiel auf die Knie. »Jetzt bleibst du liegen.«

Er sprang auf, mit fliegenden Fäusten. Einen Hieb konnte sie mit dem Unterarm abfangen. Wegen der Wucht spürte sie einen heißen Stich in der Schulter. Sie duckte sich und stieß den Handballen vor, hörte das Knacken, als sie ihm die Nase brach. Dann erwischte er sie, landete einen Treffer auf ihrer gequälten Schulter und zielte mit der Linken auf ihr Gesicht. Sie schlug seinen Arm weg, zielte mit dem Fuß nach oben und traf ihn am Kiefer. Als er zurückprallte, gab sie ihm mit dem Stiefel zwei heftige, rasch aufeinanderfolgende Tritte in die Eier. Da ging er endgültig zu Boden, und sie rannte davon.

***

Zane stand in seiner Kanzlei, die Hände in den Hosentaschen. Nur eine zerbrochene Scheibe, redete er sich ein. Niemand war verletzt worden, und der Schaden ließ sich leicht beheben. Außerdem war er versichert. Trotzdem beschäftigte es ihn, dass jemand bewusst kaputt machte, was ihm gehörte. »Der Einzige, mit dem ich seit meiner Rückkehr Schwierigkeiten hatte, ist Clint Draper«, erzählte er Silas.

Sein Schwager, der noch ein wenig zerzaust und unrasiert war, nickte. »Ich weiß. Wir werden mit ihm sprechen. Wie gesagt, wir haben drei Anrufe wegen kaputter Fenster bekommen – alle innerhalb von einer Viertelstunde.«

»Alle an der Hauptstraße?«

»Ich glaube nicht, das muss ich noch überprüfen. Ginny hatte heute Nacht Bereitschaft, und sie hat mich wegen deiner Kanzlei verständigt. Sie hat sich auch um die beiden anderen

Fälle gekümmert, sich aber schon gedacht, dass ich reinkommen will. Meine Familie und ich wohnen schließlich nur zwei Minuten weit weg. Apropos Familie: Ich fand auch, dass der Chief Bescheid wissen sollte.« Silas musterte kopfschüttelnd den Stein und die Glasscherben. »Das passt nicht zu dem Vandalismus, den wir hier normalerweise haben. Umgeworfene Briefkästen an der Seestraße oder Jugendliche, die ab und an Häuser beschmieren und Autos knacken, so was in der Art.«

»Na ja, wenn du sie fasst und sie einen Verteidiger brauchen, kannst du mich definitiv ausschließen.«

»Das kann ich gut verstehen.« Silas' Funkgerät piepte. »Warte kurz.« Er ging beiseite. »Der Chief ist unterwegs. Er will, dass du bleibst, und muss mit dir reden.«

Sein Schwager machte ein undurchschaubares Polizistengesicht, aber Zane kannte ihn gut, und seine Beunruhigung entging ihm nicht. »Was ist los?«

»Er hat die Polizei in Raleigh kontaktiert, um zu überprüfen, ob Graham Bigelow dort ist, wo er hingehört.«

»Warum das?«

»Bei Dave Carter wurde ein Stein durchs Fenster geworfen. Und bei deinem früheren Haus in Lakeview Terrace. Da besteht ein Zusammenhang, Zane, wir sollten auf Nummer sicher gehen.«

»Warum zum Teufel sollte er … Darby.« Die Angst ging ihm durch Mark und Bein. »Sie ist allein bei mir zu Hause.«

Bevor Silas ihn aufhalten konnte, war er bereits nach draußen gerannt und brauste mit quietschenden Reifen davon, als Lee vorfuhr. »Einsteigen«, rief Lee Silas zu. »Wir haben einen Notruf aus Zanes Haus erhalten.«

»Darby ist dort.«

»Ich weiß, sie hat angerufen.«

Der Sportwagen beschleunigte auf achtzig Stundenkilometer. Auch im Ort drosselte Zane das Tempo nicht. Über die

Freisprechanlage rief er Darby an, um ihr zu sagen, dass sie sich erst einschließen und dann verstecken sollte. Am anderen Ende läutete es. »Darby, bring dich in Sicherheit, schließ dich ein. Ich glaube, Graham versucht ins Haus zu kommen.«

»Zu spät. Es geht mir gut. Ich hab den Notruf gewählt.«

»Ich bin gleich da.«

»Es geht mir gut, alles okay. Ich kann dich sehen. Fahr langsam. Meine Güte, bau keinen Unfall! Es geht mir gut.«

Er konnte sie im Licht der Scheinwerfer sehen, sie saß auf einer Verandastufe, das Gesicht kreidebleich. Als er mit quietschenden Reifen anhielt, wollte sie aufstehen, wankte und setzte sich wieder hin. Er hob sie hoch. »Wo bist du verletzt? Was hat er getan? Wohin ist er verschwunden?«

»Ich bin nicht verletzt. Er hat's versucht, hat mich aber nicht ernsthaft erwischt. Er ist nirgendwohin, sondern da drin.«

Alles in ihm wurde eiskalt. »Da kommt Lee. Hörst du die Polizeisirene? Du bleibst und wartest auf ihn. Bleib draußen, Darby.« Er ging hinein, auf alles vorbereitet, und konnte es kaum erwarten, es mit dem Mann aufzunehmen, der das, was ihm am kostbarsten war, blau und blutig geschlagen hatte.

Zane fand Dr. Graham Bigelow bewusstlos auf dem Boden vor, die Arme und Beine mit Bungee-Seilen gefesselt.

»Ich hatte sie im Pick-up«, brachte Darby hervor, die in der Tür stand.

»Du hast das gemacht?«

»Ich … mir ist ein wenig übel.«

Zane folgte ihr, als sie nach draußen taumelte. »Kopf zwischen die Beine. Langsam atmen, mein Schatz, einfach nur atmen.« Er wartete, bis Lee hinter seinem Auto geparkt hatte und mit Silas aus dem Fahrzeug gesprungen war. »Er ist da drin und wird euch keine Probleme machen, dafür hat Darby gesorgt.«

»Ist sie verletzt? Braucht sie einen Krankenwagen?«

»Ich glaube nicht« Er strich ihr über den Rücken, langsam und beruhigend. »Nur ein wenig zittrig. Wenn sie in die Klinik muss, bring ich sie hin. Entscheide du, ob das sein muss.«

»Es geht mir gut«, sagte sie wieder, ließ den Kopf aber zwischen den Knien.

Silas kam nach draußen und ging vor ihr in die Hocke. Er benutzte denselben sanften Tonfall wie bei seiner kleinen Tochter Audra. »Liebes, hast du diesen Mistkerl mit Bungee-Seilen gefesselt?«

»Was anderes war nicht da.«

»Wie wär's, wenn wir reingehen, und du trinkst ein Glas Wasser? Wenn du nicht in die Klinik willst, kann ich Dave Carter verständigen. Der kann dich kurz untersuchen.«

»Mach das, Silas«, sagte Zane. »Darauf hätte ich auch kommen können.«

»Ich bin nicht wirklich verletzt«, hob Darby an, als Zane sie hochhob. »Und ich kann laufen.«

»Nein«, sagte er und trug sie ins Haus, schnurstracks an Graham und Lee vorbei, der die Bungee-Seile gerade gegen Handschellen tauschte. Er steuerte das große Wohnzimmersofa an. »Sitz.«

»Bekomme ich dann ein Leckerli?«

»Vergiss es.« Er ging in die Küche und holte ihr eine Flasche Wasser. Mit einem befeuchteten Tuch wischte er ihr sanft das Blut aus dem Gesicht. »Nicht deines«, murmelte er und küsste sie auf die Wange.

»Nein, seines. Ich hab ihm die Nase gebrochen. Um dich zu rächen.«

Das ließ ihn endgültig schwach werden. Er packte ihre freie Hand und presste sie an die Lippen. Dann sah er ihr in die Augen. »Ich weiß nicht, was ich sagen soll.«

»Gut gemacht?«

»Grundgütiger, Darby!«

»Hier.« Sie gab ihm das Wasser. »Ich glaube, du kannst auch einen Schluck gebrauchen. Lass uns kurz sitzen bleiben, bis wir uns wieder gefangen haben.«

So fand Lee die beiden vor. »Dave und Jim sind unterwegs. Silas ist bei Bigelow. Ich habe Verstärkung angefordert. Er wird medizinisch versorgt werden müssen, deshalb nehmen wir ihn mit. Bist du verletzt, Schätzchen?«

»Eigentlich nicht.«

»Du hast Blut auf dem T-Shirt.«

»Seines. Ich hab ihn ins Gesicht getreten und ihm die Nase gebrochen. Und in die Eier hab ich ihn auch getreten. Ich … ich habe die schwarze Schärpe. In Kung Fu.«

Lee seufzte laut und setzte sich. »Kannst du mir erzählen, was passiert ist?«

»Ja. Mir war vorhin nur ein bisschen zittrig. Eigentlich habe ich noch nie … Trainings- und Wettkämpfe sind ganz was anderes. Ich war unten in der Küche, als die Sicherheitsbeleuchtung angegangen ist. Ich dachte an ein Reh. Ich verwende zwar Vergrämungsmittel, aber die Viecher sind schlau. Also habe ich die Alarmanlage aus- und die Hintertür aufgemacht, um rauszugehen. Ich hab ihn nicht kommen sehen. Er ist auf mich losgegangen. Sein Fehler.«

»Fehler?«

»Hätte er mir gleich eine verpasst, hätte er mich vermutlich umgehauen oder bewusstlos geschlagen. Aber er ist auf mich losgegangen und hat mich gegen die Kücheninsel geschubst. Da muss ich gestürzt sein. Ich war ein bisschen benommen. Ich glaube, ich habe ihn gestern gesehen, er hat gegenüber vom Ledbecker-Anwesen geparkt.«

»Weißt du, was für ein Auto er gefahren hat?«

»Einen schwarzen Viertürer, eine Limousine. Sie sah neu aus, aber sicher bin ich mir nicht.«

»Gut, er hat dich also zu Boden gestoßen. Und dann?«

»Er hat mich Zanes Schlampe genannt, irgendwas gefaselt, von wegen er hätte meinen Pick-up gesehen.«

»Die Lichter sind kurz nach drei angegangen«, warf Zane ein. »Als ich nachgucken war, habe ich die Heckleuchten von einem wegfahrenden Auto gesehen. Er muss gemerkt haben, dass ich nicht allein bin.«

»Er wird mich und den Pick-up bei den Ledbeckers gesehen und eins und eins zusammengezählt haben. Warte, er meinte, ich müsste ihn reinlassen, während Zane weg ist. Das kaputte Kanzleifenster!« Sie stieß einen leisen Pfiff aus und fasste sich an den Kopf. »Ich bin voll auf ihn reingefallen. Na ja, er ist nicht damit durchgekommen. Ich sollte den Mund halten und liegen bleiben, deshalb ist er wieder auf mich losgegangen. Da bin ich aufgesprungen. Er schien regelrecht belustigt zu sein, dass ich mich wehren will. Als würde er sich fast darüber freuen. Er konnte ja nicht ahnen, dass ich ihn fertigmache.« Da liefen ihr die Tränen. »Tut mir leid.«

»Das muss dir nicht leidtun«, sagte Lee. »Wir können später weitermachen.«

»Nein, nein, alles gut. Er kann nicht richtig kämpfen, nur zuschlagen und Schmerz zufügen. Ich habe ihm zuerst Schmerzen zugefügt, aber er hat nicht aufgehört. Da hab ich ihn zu Boden geschlagen und bin davongerannt, hab aber gemerkt, dass ich mein Handy nicht dabeihabe. Wie hätte ich Zane da warnen und die Polizei rufen sollen? Also hab ich beschlossen, ihn fertigzumachen.« Sie nahm sich eine Minute, um die Tränen abzuwischen und etwas Wasser zu trinken. »Er ist aufgestanden, und da habe ich ihn erledigt. Als er bewusstlos war, bin ich zum Pick-up gerannt. Die Bungee-Seile waren sehr praktisch, und ich wollte ihn unbedingt fesseln, falls er aufwacht, bevor ich Hilfe rufen kann. Das dürfte es in etwa gewesen sein.« Sie machte Anstalten aufzustehen, doch Zane hielt sie zurück.

Als er in die Küche ging, sah er, wie Dave und sein Kollege Jim hereineilten. Graham setzte sich gerade auf, die Hände mit Handschellen auf dem Rücken gefesselt, das Gesicht ein blutiger Brei.

»Schön, dich zu sehen, Graham.« Dave blieb stehen, um ihn verächtlich anzugrinsen. »Schön, dich in diesem Zustand zu sehen. Kümmere du dich um ihn, Jim. Ich nehme die Dame.«

Er kam zu ihnen und warf Zane einen vielsagenden Blick zu. Dann ging er vor Darby in die Hocke und lächelte. »Und, wie geht's, Champion?«

»Gut.«

»Das lass lieber mich beurteilen. Schwindel, Übelkeit?«

»Nein. Nur kurz danach, aber dann nicht mehr.«

Er öffnete seinen Arztkoffer und holte ein Blutdruckmessgerät heraus. »Deine Fingerknöchel sind geschwollen und blutig. Du hast blaue Flecken am linken Arm.«

»Ich habe einen Fausthieb abgewehrt. Er ist stark.«

»Er haut einem gern in die Magengrube.«

»Das hat er bei mir nicht geschafft. Er hat mich nur einmal erwischt, im Adrenalinrausch vermutlich. An der Schulter, die schon unter meinem Abwehrschlag zu leiden hatte. Ich bin ein wenig eingerostet, sonst wäre mir das nicht passiert.«

»Wenn das eingerostet ist, möchte ich nicht wissen, was du kannst, wenn du im Training bist«, bemerkte Lee.

»Allerdings«, stimmte ihm Dave zu. »Ich würde mir gern die Schulter ansehen.«

Als sie ihr T-Shirt ausziehen wollte, stand Lee auf.

»Sport-BH«, sagte sie. »Im Fitnesscenter bekommt ihr mehr zu sehen, macht euch deswegen keine Sorgen.« Ihre Schulter protestierte, aber mit zusammengebissenen Zähnen schälte sich Darby aus ihrem T-Shirt. Sie drehte den Kopf und warf einen Blick darauf. »Okay, Mist. Er hat mich so richtig erwischt.«

»Ihr Rücken ist voll blauer Flecke und Schürfwunden.«

Zanes Stimme klang ruhig, obwohl es in ihm brodelte wie verrückt.

»Sie ist nur ein wenig mitgenommen, mehr nicht.« Um es zu beweisen, hob sie erst den Ellbogen und dann den Arm, ließ die Schulter nach hinten kreisen und anschließend nach vorn. »Nichts gezerrt oder gebrochen. Mein Bewegungsradius ist nicht eingeschränkt. Ich weiß, wie es sich anfühlt, wenn die Schulter verletzt ist, und das ist sie nicht. Ein paar Schmerztabletten, und es geht mir wieder gut.«

»Nachdem du dich in der Klinik hast untersuchen lassen«, beharrte Lee.

»Ich will nicht in die …«

»Ich fahre sie«, mischte sich Zane ein.

»Das stützt die Anklage gegen Bigelow, wenn du nach den Verletzungen, die er dir zugefügt hat, zum Arzt musst«, erklärte ihr Lee. »Das ist sehr hilfreich für uns.«

»Na gut. Aber ich muss meine Leute anweisen. Die wundern sich bestimmt, wo ich bleibe.«

»Gib mir eine Minute Zeit.«

Während Dave sich mit Jim beratschlagte und Lee telefonieren ging, holte Zane eine Packung Tiefkühlerbsen aus dem Gefrierschrank. »Nie essen«, sagte er, als er Darby eine Cola reichte und ihr die kalte Packung auf die Schulter legte. »Notfallregel: Immer eine Packung Tiefkühlerbsen parat haben.«

»Ja, aber es sind nur ein paar Kratzer, Zane.«

»Ich weiß.« Er strich ihr übers Haar. »Du wirst trotzdem in die Klinik fahren.«

»Wir bringen Bigelow nach Asheville«, sagte Dave. »Unsere Jackie Chan hat ihm ganz schön zugesetzt. Eine gebrochene Nase, zwei blau geschlagene Augen, ein paar lockere Zähne. Der Kiefer könnte gebrochen sein. Seine Eier sind schwarzblau. Lee lässt uns von zwei weiteren Beamten begleiten. Und was dich anbelangt …« Dave ging zu Darby hinüber, nahm ihr Gesicht in beide Hände und küsste sie. »Wir geben der Klinik Bescheid, dass du bald kommst.« Er drückte Zane den Arm. »Mach dir keine Sorgen. Wir haben ihn.«

Als sie aufstand, spürte Darby ein schmerzhaftes Stechen, eine Steifigkeit, die sie sich nicht anmerken lassen wollte. »Ich brauche ein frisches T-Shirt und muss mit meinen Leuten reden.«

»Ich hole dir das T-Shirt.«

»Bewegung tut gut, sonst werde ich steif.«

Zane hatte Angst, durchzudrehen, einfach durchzudrehen. »Bitte, ich will mich um dich kümmern.«

»Das tust du, seit du wie ein Wahnsinniger hergerast bist. Und glaube mir, darüber bin ich sehr froh. Hol von mir aus das T-Shirt und fahr mich in die Klinik, nachdem ich mit meinen Leuten gesprochen habe.«

»Zane.« Lee kam herein. »Ich müsste kurz mit dir reden.«

»Wieso, was ist denn?« Er ahnte, dass da noch etwas kam.

Darby trat einen Schritt zurück. »Ich geh schnell nach …«

»Nein.« Zane nahm ihre Hand und hielt sie fest. »Was ist?«

»Ich habe einen Anruf aus Raleigh bekommen. Die dortige Polizei hat sich Zutritt zu Bigelows Haus verschafft. Eliza ist tot, Zane. Vermutlich seit ein paar Tagen. Sie machen eine Autopsie, um die Todesursache festzustellen.«

Darby schmiegte sich an Zane und drückte ihm die Hand.

»Ich sollte vermutlich etwas empfinden, aber dem ist nicht so. Später vielleicht.«

»Mach dir keine Sorgen, ich kümmere mich um alles.«

»Emily. Meine Großeltern.«

»Ich kümmere mich darum. Sorg du für deine Freundin und überlass das mir.« Lee legte Zane schwer die Hand auf die Schulter. »Wirklich, überlass das mir.«

Wie betäubt blieb Zane, wo er war. »Ich möchte jedes Detail wissen, sobald ihr mehr habt.«

»Das bekommst du. Du lässt dich jetzt untersuchen, Darby, und die Details möchte ich hören. Vorher muss ich ein paar Fotos von deinen Verletzungen machen.«

»Klar.«

»Ich gehe ein frisches T-Shirt holen.«

Nickend zückte Lee sein Smartphone. »Erlaube ihm, dass er sich ein bisschen um dich kümmert, Liebes, ja? Das wird ihm guttun.«

Sie hatte gesehen, wie das Licht in Zanes Augen erloschen war, hatte seine Starre gespürt.

»Wir kümmern uns schon um einander.«

19

Während die Ärztin, die zufälligerweise in seinem früheren Haus wohnte, Darby behandelte, ging Zane direkt in Britts Büro. Er erwischte sie vor ihrem ersten Termin. Ihr Begrüßungslächeln erstarb, als sie in seine Augen sah.

»Setz dich bitte.«

»Ist was mit den Großeltern?« Sie fasste sich ans Herz.

»Nein, nein, das nicht.« Am besten, er brachte es so schnell wie möglich hinter sich. »Eliza ist tot.«

»Ach.« Als ihre Hand auf den Tisch sank, atmete Britt zittrig aus. »Das wundert mich nicht. Wieso auch? Er hat sie umgebracht.«

»Es ist noch nicht offiziell, aber natürlich hat er das gemacht. Und noch mehr.« Während er ihr den Rest erzählte, stand sie auf, ging zum Fenster und lief händeringend im Zimmer auf und ab. Zane hätte wissen müssen, wie stark sie war, doch er staunte immer noch darüber.

In ihrer Stimme schwang ein Hauch von Mitleid mit. »Er hätte sein Leben leben können. Sie hätten ihr Leben leben können. Das hat ihm nicht genügt. Wir haben ihm alles genommen, so sieht er das. Er kann nicht anders. Deshalb mussten wir bestraft werden. Diesmal wollte er uns umbringen.«

»Und Darby, nur weil sie zufällig da war. Weil sie mit mir zusammen ist. Wenn er gekonnt hätte, wäre er auch auf dich losgegangen.«

Sie zuckte nicht einmal zusammen, sondern nickte nur. »Ja, zuerst du und dann ich. Anschließend Emily, Lee, Dave, vermutlich auch Charlene und Joe, weil sie in dem Haus leben, das er nach wie vor als seines betrachtet.« Sie lehnte sich gegen ihren Schreibtisch. »Wetten, er hat eine Liste gemacht? Entweder auf Papier oder im Kopf. Mit allen, die er für seinen Verlust verantwortlich macht. Lee sollte danach Ausschau halten und sicherstellen, dass er zuerst zu uns gekommen ist. Ich denke schon, dass du für ihn an erster Stelle standest. Trotzdem sollte Lee sich nach seinem Verteidiger und dem Richter erkundigen, der ihn verurteilt hat.«

»Mist.« Im Gegensatz zu ihrer bewundernswerten Ruhe fuhr sich Zane nervös durchs Haar. »Daran hätte ich auch denken können. Lee hat das hoffentlich bereits erledigt.«

»Ich staune, dass du deinen Namen noch weißt, nach allem, was du gerade durchgemacht hast. Du hättest ihn auch gestoppt, Zane. Er weiß nicht, was für ein Mann du heute bist.«

»Darby hat ihn gestoppt. Er wusste nicht, was sie für eine Frau ist.«

»Darby, meine Güte.« Britt fuhr sich übers Gesicht. »Ich sollte meine Termine verlegen. Emily braucht mich bestimmt. Sie ist immerhin Elizas Schwester. Und die Großeltern. Egal, was passiert ist, sie war ihre Tochter. Ach, Zane, wie können wir ihnen helfen? Was können wir tun?«

»Das kriegen wir raus.« Er zog sie an sich und hielt sie fest. »Wir kriegen das hin«, wiederholte er. »Wir beide haben es gut überstanden. Wir haben Schlimmeres erlebt und werden auch das durchstehen, genau wie sie.«

»Ich bin so froh, dass du da bist. Dass du zurückgekommen bist.« Sie umarmte ihn fest. »Jetzt hab ich's: Ich weiß, was Emily und den Großeltern helfen könnte. Etwas ganz Tolles.«

»Ich höre.«

»Ich habe heute Morgen auf ein Stäbchen gepinkelt.«

Erstaunt blinzelte er sie an. »Warum solltest du auf ein …« In diesem Moment fiel der Groschen. »Ach, im Ernst?«

»Absolut. Nicht mal Silas weiß Bescheid, weil er … Na ja, du weißt ja, womit er beschäftigt war. Ich wollte ein paar Wochen warten, bevor ich es sage. Aber wenn das kein Moment für gute Nachrichten ist, wann dann? Wir wollten unsere Kinder in nicht zu großem Abstand kriegen, und es hat tatsächlich geklappt.«

»Großartig. Britt, das ist einfach nur großartig.«

»Es beweist, dass wir es geschafft haben. Dass wir unser Leben leben und etwas daraus machen. Wir beide, Zane. Es geht uns gut. Das hätten sie uns nie wegnehmen können. Wir sind, wie wir sind. Trotz unserer Eltern.«

Trotz ihnen, aber irgendwie auch ihretwegen, dachte Zane. Er ging zurück in die Notaufnahme. Während er auf Darby wartete, meldete er sich bei Maureen. Sie hatte bereits einiges mitbekommen. Er ergänzte ein paar Details, bestätigte ihr, dass es ihm gut ging und dass man sich um Darby kümmerte. Außerdem bat er sie, der Versicherung den Glasschaden zu melden und seine Termine zu verlegen. Er komme in die Kanzlei, sobald er könne.

Darby, die leicht genervt wirkte, kam mit der hübschen, schwangeren Dr. Ledbecker auf ihn zu. »Sie sind also Zane. Ich bin Charlene. Sie kümmern sich heute um die Dame?«

»He!«

Zane setzte sich über Darbys Einwand hinweg. »Allerdings.«

»Sie hat sich nichts gebrochen, gerissen oder gezerrt, sondern nur ein paar schwere Prellungen. Ihre Schulter wird ein paar Tage schmerzen. Eis und Schmerzmittel sollten dafür sorgen, dass es ihr bald besser geht. Nichts heben, was schwerer ist als zwei, drei Kilo, und die nächsten achtundvierzig Stunden darf nicht in der Erde gebuddelt werden.«

»Verstehe.«

»Dasselbe gilt für Rücken und Hüfte.« Sie gab Zane eine Tüte. »Ein paar Medizinmuster für die Fingerknöchel sowie eine Liste mit Anweisungen. In zwei Tagen machen wir eine Kontrolluntersuchung.«

»Sie wird kommen.«

»Meine Telefonnummer steht auf der Liste. Wenn irgendetwas ist, bitte anrufen.«

»Danke. Alles wird gut«, sagte Darby.

»Nicht buddeln«, mahnte Charlene erneut, während Darby Zane aus der Notaufnahme zerrte.

»Meine Güte, ist die gründlich. Ich hatte schon Angst, dass sie mir als Nächstes Blutegel aufsetzt und mich zur Ader lässt. Hast du Britt gesehen?«

»Ja, alles gut.«

»Prima. Dann setz mich bei dir ab und fahr zu Emily.«

»Genau das habe ich vor.«

Als er sie absetzte, nervte er sie erneut und trug ihren entsetzten, wütenden und faszinierten Leuten die Anweisungen von Darbys Ärztin vor. Mit dem Zusatz, dass er ihnen gehörig Bescheid stoßen werde, sollten sie nicht auf deren strikte Einhaltung achten. Dann fuhr er zu Emily.

Sie saß allein auf ihrer hinteren Veranda und starrte ins Leere, sprang aber auf, als sie ihn sah.

»Ich hätte zu dir kommen sollen, ich …«

»Hör auf. Es geht mir gut.«

»Darby?«

»Sie ist von Dave und einer Ärztin untersucht worden und wird bald wieder auf dem Damm sein.« Er sah, dass seine Tante geweint hatte und wieder mit den Tränen kämpfte. »Du hast mit Lee gesprochen.«

»Ich habe ihm gesagt, dass er fahren soll. Er hat so viel zu tun. Hier kann er ohnehin nichts ausrichten. Ich muss meine Eltern anrufen.«

»Das kann warten.« Er zog sie in die Arme.

»O Gott, o Gott, Zane. Dass er nach all den Jahren zurückgekehrt ist und versucht hat, dir erneut Leid zuzufügen. Er hat Eliza umgebracht, du weißt, dass er Eliza umgebracht haben muss.«

»Ich weiß.« Er strich ihr über den Rücken und versuchte, das Zittern zu beruhigen. Schließlich küsste er sie auf den Scheitel. »Lass los, lass einfach los.«

Da klammerte sich die stärkste Frau, die er kannte, an ihn und schluchzte hemmungslos. Deshalb hielt er sie stumm fest, streichelte sie und wiegte sie hin und her.

»Keine Ahnung, was mit mir los ist. Du bist unverletzt. Ihr habt mir gesagt, dass mit Darby bald alles wieder in Ordnung ist. Ich muss sie besuchen. Und dieser Mistkerl ist in Haft. Im Krankenhaus, dank dieser bemerkenswerten jungen Frau. Und in Haft. Wir sind in Sicherheit. Meine Familie ist in Sicherheit.«

»Deine Schwester ist tot.«

»Ach, Zane.« Sie löste sich von ihm und trocknete ihre Tränen. »Ich kann mich kaum an ihr Gesicht erinnern.«

»Setz dich. Ich hol dir Wasser und Taschentücher.«

Gesagt, getan. Er schob ihr die Schachtel mit Papiertüchern hin. Sie zog ein paar heraus, putzte sich damit die Nase und wischte sich übers Gesicht. »Wir haben nie einen Draht zueinander gehabt«, sagte sie schließlich. »Irgendwie haben wir uns nie richtig verstanden. Viele Geschwister haben Phasen, in denen sie Probleme haben. Meine Güte, Gabe und Brody hatten Zeiten, in denen sie nur zufrieden waren, wenn sie aufeinander herumhacken konnten. Aber sie haben eine echte Bindung. Bei Eliza und mir war das nie so.«

»Ihr seid vom Charakter her vollkommen gegensätzlich«, warf Zane ein. »Ihr hattet nie etwas gemeinsam.«

»Ich habe sie nie geliebt. Dafür schäme ich mich nicht. Es ist nicht meine Schuld.«

»Nein. Aber warum fühlst du dich dann trotzdem schuldig?«

Emily stieß einen Seufzer aus. »Keine Ahnung. Wirklich, keine Ahnung.« Sie tätschelte den Hund, der ihr treu zu Füßen lag. »Es tut mir leid, dass ich sie nicht geliebt habe und dass sie tot ist. Dass ihre Entscheidungen ihren Tod letztlich herbeigeführt haben. Es tut mir leid, dass meine Eltern traurig sein werden, denn sie haben sie geliebt.«

Er nahm ihre Hand. »Wir werden für sie da sein.«

»Das werden wir. Hast du mit Britt gesprochen?«

»Ja, auch ihr geht es gut. Es ist sogar so, dass … Ich darf dir das vermutlich gar nicht sagen, aber egal. Sie ist mit deinem nächsten Enkel schwanger.«

»Sie …« Wieder flossen Tränen, doch Emily schüttelte nur den Kopf und zeigte auf ihr Gesicht. »Das sind Freudentränen. Das heißt nicht nur, dass das Leben weitergeht, Zane, sondern auch, dass es sich prächtig entwickelt.« Sie legte ihm die Hand auf die Wange. »Genau wie wir.«

Zane wollte in die Zukunft schauen und sich weiß Gott prächtig entwickeln. Aber vorher hatte er noch etwas zu erledigen.

***

Als Zane das Krankenhaus von Asheville erreichte, wartete Lee vor der Notaufnahme auf ihn. »Ich habe mir schon gedacht, dass es nichts bringt, dir diese Fahrt auszureden.«

»Allerdings.«

»Ich erlaube dir, mit ihm zu reden, aber erst nach mir. Im Moment bekommt er gerade ein Zimmer. Er soll ein paar Stunden hierbleiben, bevor wir ihn zurück nach Raleigh bringen.«

»Das ist mehr als genug.«

»Ja.« Lee legte Zane die Hand auf die Schulter. »Machen wir einen kleinen Spaziergang. Da draußen geht es friedlicher zu. Keine Ahnung, ob er was sagen wird.«

Zane steckte eine Hand in die Hosentasche und umklammerte seinen Baseball. »Hat er um einen Anwalt gebeten?«

»Noch nicht. Da sein Kiefer verdrahtet wurde, kann er nicht viel reden. Seine Nase soll auch gerichtet worden sein, er wurde geröntgt und so. Anscheinend haben seine Eier schwer was abbekommen.«

»Ich muss Darby Blumen schenken. Einen Riesenstrauß.«

Lee grinste und seufzte dann laut. »Es tut mir nicht leid, dass sie ihn deutlich mehr verletzt hat als er sie. Während wir uns ein bisschen die Beine vertreten, erzähle ich dir, was wir bisher herausfinden konnten.«

»Er hat Eliza umgebracht, das steht für mich außer Frage.«

»Ich will dir da gar nicht widersprechen, aber zuerst müssen wir die Autopsieergebnisse abwarten. Ich weiß inzwischen, dass er in einem Sanitätshaus gearbeitet und sich ein paar Tage krankgemeldet hat. Nach Aussagen von Nachbarn wurde er bis Samstag gesehen, Eliza dagegen das letzte Mal am Donnerstag. Der direkte Nachbar hat sie am Donnerstagnachmittag im Garten gesehen, als er nach Hause kam. Seitdem nicht mehr.«

»Also hat er sie am Donnerstagabend umgebracht.«

»Ich denke schon, aber wir warten auf die Bestätigung. Ich stehe in Kontakt mit der Polizei in Raleigh. Anscheinend hat sein Bewährungshelfer nicht gleich gemeldet, dass er gestern nicht zur Arbeit erschienen ist. Weil er sich krankgemeldet hatte. Sonntags und montags hat er frei.«

Zane nickte. »Er dürfte also am Samstag nach der Arbeit aufgebrochen sein, um über Nebenstraßen hierherzufahren.«

»Sie versuchen gerade, die Fahrt zu rekonstruieren, genau wie wir. Er war zwei Nächte in einem Motel an der Route 40. In seinem Zimmer hat man ein Tablet, etwas Bargeld und ein Notizbuch beschlagnahmt. Weiteres Bargeld befand sich im Auto, das er auf einem Panoramaparkplatz unterhalb deiner Zufahrtsstraße abgestellt hat.« Lee kratzte sich am Kinn. »Das

Notizbuch ist sehr aussagekräftig, es beginnt mit einer Liste, die unter anderem unsere Namen enthält.«

Britt hatte also den Nagel auf den Kopf getroffen. »Seine Racheliste«, sagte Zane.

»Sozusagen. Er hat detailliert aufgezählt, was er jedem Einzelnen vorwirft, was er über ihn weiß, also wo die Leute wohnen, was sie beruflich machen … Und auf welche Weise er es ihnen heimzahlen wird.«

»Mich wollte er zu Tode prügeln. Und dich?«

Lee marschierte weiter. »Ich werde das weder Emily noch den Jungs erzählen, das muss einfach nicht sein. Aber am liebsten hätte er uns mitsamt unserem Haus verbrannt.«

»Meine Güte, Lee, er hat den Verstand verloren.« Zane kam auf den bevorstehenden Prozess zu sprechen. »Jeder Verteidiger wird versuchen, ihn für unzurechnungsfähig erklären zu lassen. Aber ich kann dir gleich sagen, dass das nicht klappen wird. Sich krankzumelden, um Zeit zu schinden, das Fenster einzuschlagen, um mich fortzulocken, das Bargeld, die sorgfältige Planung. Damit ist klar, dass er jeden Schritt akribisch vorbereitet hat. Er wird bestimmt nicht für unzurechnungsfähig erklärt werden.« Zane überlegte laut weiter. »Graham hat seine Sachen im Motel zurückgelassen, weil er noch nicht fertig war. Er wollte erst auschecken, nachdem er sich um Darby und mich gekümmert hatte.« Als ein Krankenwagen kam, blendete Zane den Lärm des Martinshorns aus. »Er war schon immer ein arrogantes Arschloch, Lee. Bestimmt hatte er vor, auf alle möglichen Leute in Lakeview loszugehen. Aus seiner Sicht haben wir uns ausnahmslos schuldig gemacht.«

»Egal, ob er für verrückt oder zurechnungsfähig erklärt wird. Er landet im Gefängnis und kommt dort nie wieder raus.«

»Lass mich bei deiner Befragung dabei sein«, fuhr Zane rasch fort. »Wenn er Einspruch erhebt, gehe ich. Aber das glaub ich nicht. Du willst ein Geständnis, um die Sache in trockene Tücher zu bringen, oder? Lass mich dabei sein.«

Lee lief eine Minute auf und ab und kämpfte sichtlich mit sich. »Also gut. Du kommst mit und sagst nichts, bis ich mit ihm fertig bin. Wenn er will, dass du gehst, gehst du. Solltest du dich in die Befragung eimischen, werden wir ein langes, unangenehmes Gespräch führen müssen.«

»Das wird nicht nötig sein. Danke, Lee, ich weiß das sehr zu schätzen.«

»Also gut, gehen wir. Schauen wir mal, ob er als vernehmungsfähig gilt und ob er überhaupt reden kann.«

Die Notaufnahme war in den letzten Jahren mehrfach umgebaut worden. Diesmal betrat Zane sie unverletzt und als freier Mann. Dennoch wurde er erneut von Erinnerungen an seinen damaligen Schmerz, an seine damalige Angst überwältigt. Der Arm tat ihm wieder weh, und seine Kehle brannte. Er schwieg, während Lee sie anmeldete, und schwieg auch noch im Lift.

»Ich habe einen Beamten vor seiner Tür platzieren lassen«, erklärte Lee. »Silas ist auch bei ihm. Er hat keine Chance.«

Zane nickte kaum merklich. Auf der Station zeigte Lee seine Dienstmarke und lief weiter. »Geh und mach Pause, Donny«, sagte er zu dem Beamten vor der Tür. »Ich geb dir Bescheid, wenn wir fertig sind.«

»Klar, Chef.«

Silas stand auf, als Lee und Zane hereinkamen, und legte die Zeitschrift beiseite, in der er gerade geblättert hatte.

Diesmal war es Graham, der Handschellen trug, das Gesicht eine wilde Mischung aus blauen Flecken und Verbandsmaterial. Der Monitor, an den er angeschlossen war, piepte schneller und verriet Zane, dass sich Grahams Puls beschleunigte, während Zane ihm in die verquollenen Augen sah.

»Am besten, du schaltest das Aufnahmegerät ein, Silas, damit Mr. Bigelow und ich uns unterhalten können.«

Graham reagierte sofort. »Doktor Bigelow«, zischte er zwischen zusammengebissenen Zähnen hindurch.

»Nicht mehr, und das für unabsehbare Zeit. Geh ruhig und hol dir einen Kaffee, Silas.« Lee zeigte auf den Stuhl, den Silas frei gemacht hatte. Zane setzte sich. »Ich bin Lee Keller, der Polizeichef von Lakeview, und befrage Graham Bigelow, der von seinen Ärzten für vernehmungsfähig erklärt worden ist. Man hat Ihnen Ihre Rechte verlesen, nicht wahr, Mr. Bigelow?«

»Ich kenne meine Rechte.«

»Gut. Sie sind des Hausfriedensbruchs, des Einbruchs und der schweren Körperverletzung angeklagt. Dazu kommen der Diebstahl eines Autokennzeichens und das illegale Anbringen an Ihrem Fahrzeug. Außerdem haben Sie gegen Bewährungsauflagen verstoßen, sodass Sie Ihre zwei Jahre Reststrafe absitzen müssen.« Lee setzte sich ans Fußende des Bettes, was man als freundliche Geste missverstehen konnte. »Was fehlt, ist die Anklage wegen Mordes. Die Polizei hat Elizas Leiche gefunden. Dort, wo Sie sie abgelegt haben, auf dem Fußboden, den Kopf auf ein Kissen gebettet, in eine Decke gewickelt und unter einem Laken. Es gibt Spuren eines körperlichen Angriffs.«

»Unfall.«

»Ist das Ihre Verteidigungsstrategie? Dass Sie Ihre Frau aus Versehen totgeprügelt, sie zu Hause liegen gelassen haben und hierhergefahren sind, um … ja, um was eigentlich? Um Zane aus Versehen totzuprügeln?«

»Sie ist gestürzt. Ein subdurales Hämatom.«

»Sie haben sie sterben lassen?«

»Da war nichts mehr zu machen. Zu spät.«

»Sie haben nicht den Notruf gewählt?«

»Ich bin Arzt«, stieß Graham hervor.

»Nein, das sind Sie nicht. Sie sind ein Gewaltverbrecher und haben Ihre Ehefrau angegriffen, die aus mir unerfindlichen

Gründen immer zu Ihnen gehalten und die gemeinsamen Kinder verraten hat. Wir haben Ihr Motelzimmer gefunden, Graham, Ihren Wagen und das Tablet. Letzteres beweist, dass Sie Zane, Britt, Emily und weitere Personen ausgekundschaftet haben.«

Graham drehte den Kopf, um Zanes bohrenden Blick zu erwidern. »Was glotzt du da? Glaubst du, du bist irgendwie wichtig? Du bist ein Nichts, immer schon.« Statt darauf zu antworten oder zu reagieren, sah Zane Graham weiter durchdringend an. In seiner Hosentasche fuhr er mit den Fingern über die Nähte seines Baseballs.

»Er war Ihnen immerhin so wichtig, dass Sie die weite Fahrt hierher angetreten haben, um in Zanes Haus einzudringen und eine Frau anzugreifen«, legte Lee dar.

»Ein Nichts und Niemand. Mit einem großen Haus? Dass ich nicht lache. Dieser Typ soll Anwalt sein? Er ist ein Nichts, hockt da und hat nicht einmal den Mut, den Mund aufzumachen.«

Zane beschränkte sich darauf, ihn weiterhin durchdringend anzustarren und zu grinsen.

»Grins nicht so unverschämt.« Graham zuckte zusammen, als er das sagte, und versuchte trotz der Drähte, die seinen Kiefer stabilisierten, zu schreien. »Du nutzloser Schwächling. Ich hätte dich in der Wiege umbringen sollen, dich und deine Heulsuse von Schwester. Ihr habt mein Leben zerstört. Ihr habt eure Mutter zerstört.«

Lee fing Zanes Blick auf und nickte kaum merklich.

»Wie das?«, fragte Zane.

»Du respektloser Idiot. Ich hab es nicht geschafft, einen richtigen Mann aus dir zu machen. Ich habe dir das Leben geschenkt, und du hast mich ruiniert. Ich hätte dich töten sollen, dich und diese kleine Schlampe von deiner Schwester. Dann würde Eliza noch leben, und wir wären glücklich.«

»Du konntest nicht aufhören, sie zu prügeln, stimmt's? All

die Jahre im Gefängnis, all die Jahre, die sie auf dich gewartet hat … und du konntest trotzdem nicht damit aufhören«

»Sie war nicht mehr dieselbe. Deine Schuld.«

»Nachdem du sie also ein letztes Mal verprügelt und ihr beim Sterben zugesehen hast, bist du zurückgekehrt, um dich an mir zur rächen.«

»Ihr werdet das büßen, alle werdet ihr mir das büßen.«

»Du hast Fenster eingeworfen, um mich fortzulocken, damit du ins Haus konntest.« Zane legte Hohn und Spott in seine Stimme. »Du hast gedacht, da ist bloß eine Frau drin, und du bist gut darin, Kleinere und Schwächere zu verprügeln. Danach wolltest du mir auflauern.«

»Du hast mir mein Leben genommen, also nehme ich deines.«

»Du hast bei mir eingebrochen, Darby angegriffen, um mich beim Heimkommen abzupassen und umzubringen.«

»Ich habe dir das Leben geschenkt. Also habe ich das Recht, es dir zu nehmen. Ich habe das Recht, dich für jede Minute leiden zu lassen, die ich weggesperrt war wie ein Tier.«

»Du hast deine Frau umgebracht.«

»Ich habe nur das Leben der leeren Hülle beendet, die du aus ihr gemacht hast. Das war ein reiner Gnadenakt. Du hast sie mir weggenommen. Du solltest tot sein.«

Zane stand auf und ging zum Bett. »Tut mir leid, dass ich nicht die Möglichkeit hatte, gegen dich zu kämpfen, alter Mann. Eine Frau hat mir das abgenommen und dich ordentlich vermöbelt. Das muss wirklich erniedrigend sein für jemanden wie dich. Das verschafft mir eine enorme Befriedigung. Und jetzt verrate ich dir was, woran du kauen kannst, wenn du lebenslang ohne Bewährung bekommst. Ein taffes kleines Mädchen hat deine Pläne vor neunzehn Jahren durchkreuzt. Und eine taffe junge Frau hat es heute noch einmal getan.« Er ging zur Tür und sah sich dort ein letztes Mal um. »Sollte ich dazu beigetragen haben, dass du wieder dorthin zurückmusst, wo du hergekommen bist, ist das ein weiterer Grund zum Feiern.«

Als Zane den Raum verließ, kam Silas auf ihn zu. »Alles in Ordnung, Mann?«

»Alles gut. Aus meiner Sicht haben wir genug auf Band, dass der Staatsanwalt ihn neben allem anderen wegen Mordes anklagen kann. Graham wird sich einen Anwalt nehmen, und sie werden versuchen, sich auf Totschlag zu einigen. Er ist erledigt. Den Rest seines Lebens wird er hinter Gittern verbringen müssen.«

»Nun, das hat er verdient. Hör mal, wenn du was trinken gehen willst oder so, ich bin für dich da.«

»Ich weiß. Sag Lee, dass ich später mit ihm rede. Ich muss nach Hause und gucken, ob Darby gut auf sich aufpasst.«

Außerdem musste er dringend an die frische Luft.

Er ging nicht davon aus, dass Darby eine Lieblingsblume hatte, deshalb kaufte er ihr einen Strauß mit allem, was bunt und fröhlich aussah und gut duftete. Bis ihm einfiel, dass die paar Vasen, die er besaß, nicht dafür geeignet waren. Zur Freude der Verkäuferin suchte er kleine, große, viereckige und hohe Vasen sowie einen großen Zinkeimer aus, in den die Blumen kamen, bis er zu Hause war. Wo er schon einmal dabei war, besorgte er noch ein paar Flaschen Champagner. Schmuck kaufte er selten, aber da stach ihm ein Talismananhänger ins Auge, der wie für sie gemacht schien. Statt an ein Armband, das sie ohnehin nicht tragen würde, kam der an eine Kette.

Als Zane mit offenem Verdeck das letzte Stück nach Hause fuhr, der Fahrtwind ihm Blumenduft zutrug und die Berge sich grün vor blauem Himmel abhoben, merkte er, dass sich etwas verändert hatte. Der Knoten in seiner Brust, den Graham und Eliza geknüpft hatten, war weg. Es war vorbei, endlich vorbei!

Am See hielt er an und stieg aus, um den Himmel und die

Berge zu bewundern, die sich darin spiegelten. Gut möglich, dass es dort gefährliche Unterströmungen gab und immer geben würde, aber er würde sich davon nicht in die Tiefe ziehen lassen. Er würde seinen Mandantenstamm ausbauen und mit Darby segeln gehen. Vielleicht würde er sogar wieder Baseball spielen. Er würde endgültig mit der Vergangenheit abschließen, während Graham im Gefängnis verschimmelte.

Als er die Auffahrt hinauffuhr, sah er auf sein Haus, das er sich ganz allein verdient hatte. Er bewunderte den wunderschönen Terrassengarten und die neuen Bäume, die Darby gestaltet hatte. Ob sie das Anwesen wie er als gemeinsames Zuhause betrachtete? Was hatte das wohl zu bedeuten? Er parkte und trug alles ins Haus. Durch die Türöffnung sah er Darby dabei zu, wie sie Steine ausrichtete und sich mit Ralph dabei die Hanglage zunutze machte, während Gabe den Transport und das Ablegen übernahm. Noch konnte er sich nicht vorstellen, was das werden sollte, aber wenn er ihr jetzt nicht vertraute, war er ein Idiot. Doch ein Mann, der schlau genug war, Darby McCray in sein Leben zu lassen, konnte kein Idiot sein. Er zog die Tür auf und ging der lauten Rockmusik entgegen.

Ralph entdeckte ihn und winkte. »Sie hebt nicht mehr als sie darf, Boss. Wir passen gut auf sie auf.«

»Das freut mich zu hören. Wo sind die anderen?«

»Pflegearbeiten.« Darby wischte sich den Schweiß von der Stirn. »Kontrollierst du mich etwa? Steh ich nicht sowieso unter Aufsicht?«

»Sie ist ein bisschen genervt«, erklärte ihm Gabe.

»Wundert euch das?«, murmelte sie und zeigte mit dem Finger auf die Stelle, wo Gabe die Felsbrocken hinlegen sollte, damit sie sie zurechtrücken konnte.

»Es wird Zeit, dass sie ihre Medikamente nimmt.«

Darby warf Ralph von unter ihrer Baseballkappe einen bösen Blick zu. »Ich weiß, wie spät es ist.«

»Gute Arbeit«, bemerkte Zane. »Wie wär's, wenn ich einen großen Krug Limonade mache?«

Darby starrte Zane an. »Du weißt, wie man Limonade macht?«

»Natürlich. Man holt eine Flasche Zitronensaft aus dem Kühlschrank, schraubt sie auf und schüttet sie in einen Krug. Dann kaltes Wasser und Zucker dazugeben und umrühren.«

Endlich etwas Humor! »Witzig, mein Familienrezept geht ganz genauso.«

»Also abgemacht. Legt alle eine Pause ein, damit Darby ihre Medikamente nehmen kann.«

Anschließend wollte er in der Kanzlei anrufen und durchgeben, dass er von zu Hause aus arbeitete. Später würde er dann ein paar Koteletts und Mais grillen, ein paar Kartoffeln mit auf den Rost legen. Ob es ihr gefiel oder nicht: Er würde sich um sie kümmern.

20

Verschwitzt, geschafft und zufrieden knipste Darby ein paar Fotos von den Fortschritten beim Wasserfall, bevor sie Feierabend machte. Sie wusste, dass Zane hinten auf der Terrasse saß, mit seinem Notebook, einer Cola und einem der Baseballs, die er immer mit sich herumschleppte. Sie hatte Ralphs Neckereien geduldig ertragen. »Irgendjemand muss ja auf Sie aufpassen, Chefin.« Genauso, wie sie es ertragen hatte, dass ihr ein Teenager ungefähr jede Stunde ein frisches Coolpack reichte und sie daran erinnerte, eine Pause einzulegen. Aber sie war schließlich kein Idiot! Darby war bestens in der Lage, ihre Arbeit zu erledigen und genervt zu sein, obwohl sie die Fürsorge natürlich zu schätzen wusste.

Am Ende ihres Arbeitstags bereitete sie sich seelisch auf das Aufhebens vor, das Zane um sie machen würde. Sie ging zum Tisch, griff nach ihrer Cola und trank davon. »Du hättest nicht dableiben müssen. Gabe und Ralph haben aufgepasst, dass ich mich an die ärztlichen Anweisungen halte.«

»Hm.« Er beendete eine letzte E-Mail. »Offen gestanden habe ich es genossen, hier zu arbeiten, im Freien, umgeben von dem Landschaftsgarten, den meine Herzensdame geschaffen hat. Mal eine nette Abwechslung.« Er zeigte mit dem Kinn auf den Wasserfall. »Das geht gut voran.«

»Ja. Wenn du den Rest der Woche normal zur Arbeit gehst,

solltest du am Samstagabend das fertige Produkt sehen können. Außer es gibt Verzögerungen wegen Regenwetter.«

»Wirklich? Das ist super. Wenn du gegen Ende des Monats mit dem Großteil der Arbeiten fertig bist, werde ich am 4. Juli eine richtig große Party feiern.«

»Ach ja?«

»Von hier aus hat man einen fantastischen Blick auf das Feuerwerk über dem See.«

»Hm.« Nachdem sie ihre Brille auf die Nasenspitze hatte rutschen lassen, sah sie ihn mit zusammengekniffenen Augen an. »Du scheinst ziemlich gute Laune zu haben.«

»Das kann man so sagen.«

»Das kommt unerwartet.«

»Meine Laune ist gut genug, um ein bisschen den Grill vorzuheizen. Was meinst du?«

Kein Aufhebens. Dafür gute Laune. Sie wusste nicht recht, was sie davon halten sollte. »Okay. Ich geh duschen.« Sie ging ins Haus und kam sofort wieder heraus. »Eröffnest du einen Blumenladen?«

»Wie bitte? Oh.« Er lachte und stand kopfschüttelnd auf. »Das habe ich ganz vergessen. Die sind für dich.«

»Für mich? Walker, da drin stehen bestimmt sieben oder acht Dutzend Blumen.«

»Ich konnte mich einfach nicht entscheiden, also habe ich gleich ein paar Sträuße gekauft. Und Vasen«, fügte er hinzu, als sie gemeinsam ins Haus gingen. »Ich wollte sie noch hineinstellen, aber dann dachte ich, du kannst das besser.«

»Hm.« Sie rang nach Worten und entschied sich für: »Wow!«

»Auf eine Glückwunschkarte habe ich verzichtet, denn ich glaube nicht, dass es eine gibt, die alles sagt, was ich ausdrücken will. *Danke – Tut mir leid – Werd bald wieder gesund …* Vielleicht noch: *Gratuliere!* Aber die allerwichtigste Botschaft lautet: Du bist mein Ein und Alles, Darby.«

Wow genügte nicht, um auszudrücken, was sie in diesem Moment angesichts seiner Worte, seines Blickes und der Düfte und Farben, die sie umgaben, empfand. »Ich bin echt schmutzig, aber egal.« Sie ging auf ihn zu, umschlang ihn und konnte nur hoffen, dass der Kuss ihm ihre Gefühle vermittelte.

»Das ist unglaublich schön, Zane. Und extrem aufmerksam.« Bevor sie sich von ihm löste, nahm sie sein Gesicht in beide Hände. »Ich werde einen Riesenspaß beim Arrangieren haben.«

»Wir könnten währenddessen ein bisschen Champagner trinken.«

Sie blinzelte. »Champagner?«

»Ich hab ein paar Flaschen gekauft.« Er nahm eine aus dem Kühlschrank und begann, sie zu öffnen. »Ich hab dich gar nicht gefragt, ob du Champagner magst.«

»Ich wäre dumm, keinen zu mögen. Zane, wo warst du, als du heute Morgen verschwunden bist?«

»Darüber reden wir noch.« Fröhlich ließ er den Korken knallen. »Bis es so weit ist, pack das aus.« Er reichte ihr eine kleine, in Geschenkpapier verpackte Schachtel und holte Champagnerflöten.

Überwältigt und fast ein wenig besorgt starrte sie auf die Schachtel. »Zane, ich hab nur ein paar blaue Flecken. Bei den vielen Geschenken könnte man meinen, ich würde im Koma liegen.«

»Dann würdest du wohl kaum Champagner trinken. Los, mach das Päckchen auf. Wenn es dir nicht gefällt, behalt ich es selbst, denn es erinnert mich an dich.«

Neugier siegte über ihre Sorge, deshalb zog sie am Geschenkband, riss das Papier auf und musste lächeln, als sie die Schachtel öffnete und eine Kette mit Anhänger darin vorfand. Er sah aus wie ein Buch und darauf stand: »Klein, aber oho.« Sie hielt ihn hoch, sodass er im Licht funkelte, und sah dann Zane an. »Ich bin eins siebzig. So klein ist das nicht.«

»Vergleichsweise. Aber das Oho stimmt.«

»Na gut, ich finde ihn wunderschön, also wirst du ihn nicht behalten.« Sie hängte sich die Kette um. »Ab sofort werde ich versuchen, aus jedem blauen Fleck und jedem Kratzer, den ich mir bei der Arbeit zuziehe, das Maximum rauszuholen.«

Er lächelte nicht. »Jemand hat dich angegriffen.«

»Na gut. Komm, setzen wir uns raus und trinken diese vornehme Brause. Dann kannst du mir erzählen, warum du wütend und aufgeregt weg bist, um in bester Laune zurückzukehren.«

»Okay. Während du mit den Blumen beschäftigt bist, werf ich schon mal den Grill an.«

Danach setzte er sich mit ihr nach draußen und sprach das Thema direkt an, weil er diesen Teil des Abends so schnell wie möglich hinter sich bringen wollte. »Wie du weißt, habe ich erst heute Morgen mit Britt und dann mit Emily gesprochen – darauf komme ich später. Anschließend bin ich zu Graham nach Asheville gefahren.«

»Das habe ich mir fast gedacht.«

»Er hat ausgesehen, als hätte er zehn Runden gegen einen Box-Champion im Ring gestanden. Zwei Veilchen, die Nase gebrochen, und sein Kiefer musste mit einem Draht fixiert werden. Über seine Eier kann ich nicht viel sagen, aber ich habe gehört, dass sie ziemlich mitgenommen aussehen. Schau nicht so gestresst, bitte.«

»Ich habe bis zu diesem Moment noch nie jemanden geschlagen oder verletzt. Im Training läuft das anders. Sogar das mit Trent war anders.«

Zane zog den Ausschnitt ihres T-Shirts nach unten, um die Prellungen zu entblößen. »Du glaubst doch nicht etwa, er hätte sich damit zufrieden gegeben?«

»Nein. Ich weiß, dass ich aus Notwehr gehandelt habe.«

»Lee hat mich bei Grahams Befragung im Krankenhaus

dabei sein lassen. Sie haben sein Motelzimmer und sein Auto gefunden. Es gibt jede Menge Beweise für das, was er vorhatte. Außerdem hat er es wie erwartet nicht ertragen, dass ich dabei bin und ihn anschaue. Dabei sind all der Hass und die Wut wieder aus ihm herausgebrochen.« Er erzählte ihr alles, ohne das Geringste zu beschönigen.

»Er hat gestanden.« Schockiert und angewidert rang Darby unter dem Tisch die Hände. »Er hat seine Frau ermordet. Und dann wollte er dich ermorden.«

»Ich hätte gern gesagt, dass er sich geändert hat, seit ich ihn das letzte Mal gesehen habe, aber das stimmt nicht.« Er griff nach dem Baseball, starrte darauf und drehte ihn in der Hand hin und her. »Ich glaube, dass die Haft und sein Leben danach dafür gesorgt haben, dass seine Fassade gefallen ist. Er kann sich nicht mehr dahinter verstecken. Man sieht, was für ein Mensch er ist.« Es tat gut, mit ihr dazusitzen, den Duft der Blumen zu riechen und die warme Brise zu spüren, während er die Erlebnisse dieses Tages verarbeitete.

Er legte den Ball wieder weg. »Lee hat vor etwa einer Stunde erste Ergebnisse zu Eliza erhalten. Graham hatte recht, was die Todesursache anbelangt. Ein subdurales Hämatom aufgrund eines Schlages gegen den Kopf. Sie hatte sowohl frische als auch alte Prellungen. Ich nehme an, dass sie sich auf Totschlag einigen, bevor es zur Anklage kommt.«

»Aber …«

Zane hob mahnend den Zeigefinger. »Aufgrund der Umstände, seines Verhaltensmusters und der Beweislage wird er zwanzig Jahre bekommen. Hinzu kommen die schwere Körperverletzung bei dir, der Verstoß gegen seine Bewährungsauflagen und seine gewalttätige Vergangenheit. Er wird nie wieder freikommen und im Gefängnis sterben.« Er schwieg und schaute auf sein Anwesen, auf das, was sie daraus gemacht hatte, auf die Blumen, die er nie gepflanzt hätte, die jungen

Bäume und bunten Stauden. »Seit dem bewussten Abend habe ich ihn nicht mehr gesehen. Damals war ich derjenige, der in Handschellen ins Krankenhaus gebracht wurde. Anschließend habe ich vor Gericht ausgesagt, mich ihm aber nicht persönlich gestellt. Das habe ich heute getan, mir zuliebe. Britt und Emily zuliebe. Meinen Großeltern zuliebe. Und dir zuliebe. Als ich gegangen bin, habe ich gespürt, dass es endgültig vorbei ist. Ich habe mir die negativen Gefühle rausgerissen wie eine giftige Pflanze, mitsamt den Wurzeln. Es ist vorbei.«

»Es war mutig von dir, das zu tun.«

»Er konnte mir nichts anhaben.«

»Nicht körperlich. Seelische Verletzungen gehen tiefer, wie wir beide wissen. Es hat viel Mut und Intelligenz erfordert, echte Intelligenz, Walker. Du hast genau gewusst, was du tun musst, um ihn zu einem Geständnis zu provozieren. Ich wette, du warst ein fantastischer Staatsanwalt.«

»Ich war nicht schlecht.« Er grinste. »Echt nicht. So, jetzt lass uns den Tag mit etwas Angenehmem beschließen. Emily wird sich wieder fangen. Für sie und meine Großeltern ist es hart, aber wir stehen das durch. Dasselbe gilt für Britt, denn wir alle können uns über etwas freuen: Britt ist schwanger.«.

»Das ist großartig.« Darby vollführte auf ihrem Stuhl einen kleinen Freudentanz und hob ihr Glas, stieß mit ihm an. »Das sind wunderbare Neuigkeiten. Wann ist es denn so weit?«

»Keine Ahnung. Die Nachricht ist brandneu. Sie wollte es eigentlich noch für sich behalten, hat es sich dann aber anders überlegt. Sie weiß, wie man einen Ausgleich schafft.«

»Allerdings. Du hättest ihr Blumen schenken sollen.«

»Du hast recht. Sie kommt morgen an die Reihe. Du gehst jetzt duschen und kühlst deine Schulter, während ich mich ums Abendessen kümmere. Danach widmen wir uns dem Champagner.«

»Das hört sich gut an.« Sie griff nach seiner Hand. »Der Tag mag schlimm begonnen haben, aber wir werden ihn glücklich, pappsatt und nur ein winziges bisschen beschwipst beenden.«

***

Während ihre Verletzungen heilten, sprach Darby mit der Polizei von Asheville, mit dem Staatsanwalt und stand Reportern des *Lakeview Weekly* sowie anderen aus Asheville, Raleigh und von der *Associated Press* Rede und Antwort. Der Fall gegen Dr. und Ms. Graham Bigelow hatte schon damals für ein beachtliches Medieninteresse gesorgt. Die neue Anklage wühlte alles wieder auf. Darby wusste, dass auch Zane mit Reportern sprach. Doch beide atmeten erleichtert auf, als sich die Nachrichten wieder anderen Themen zuwandten.

Als der Juni langsam in den Juli überging, beendete sie ihren Auftrag bei Zane, schob ein paar Steinplattenarbeiten bei Emilys letztem Bungalow dazwischen, wenn der gerade nicht bewohnt war, und begann mit dem Grundstück der Familie Marsh am See. Mithilfe ihrer Leute und Zane, der erstaunlich gut mit einer Nagelpistole umgehen konnte, hatte sie bei sich einen Werkzeug- und Lagerschuppen sowie einen kleinen, gut gefüllten Gartenschuppen gebaut und die Grundstruktur des Gewächshauses errichtet. Womöglich vernachlässigte sie ihre Inneneinrichtung, aber dafür hatte sie bereits einen guten Kundenstamm.

Eines schönen Samstagnachmittags arbeiteten sie mit zwei ihrer Kunden, während deren kleiner Sohn im Schatten ein Nickerchen machte. »Wenn Sie welke Blüten abzupfen, sorgen Sie nicht nur für eine schönere Optik von Pflanze oder Strauch, sondern auch dafür, dass neue Blüten sprießen.« Sie machte es Charlene und Joe vor. »Und bei den Kräutern da drüben sollte man die Blüten abzwicken.«

»Ach, die sehen doch schön aus«, wandte Charlene ein.

»Dann geht aber die ganze Pflanzenenergie in die Blüte statt in die Blätter. Blüht sie erst mal, können die Blätter bitter werden. Sie sollte generell zurückgeschnitten werden, damit sie voller wird. Zählen Sie von oben ein paar Blätter ab und zwicken Sie dort die Stängel ab. Mit diesen Blättern kochen Sie, während das Basilikum gleichzeitig zum Wachsen angeregt und schöner wird als vorher.«

»Wir haben nur ein paar Blätter weggenommen«, sagte Joe.

»Ja, das merke ich.«

Er musterte die Pflanzen durch seine Hornbrille. »Sehen sie deshalb so zerzaust aus?«

»Ja. Machen Sie es so, wie ich es Ihnen gezeigt habe. Wenn Sie dann ernten wollen, haben Sie jede Menge Blätter.«

»Sollte das klappen, mache ich Ihnen ein Pesto.«

Darby sah Joe mit schräg gelegtem Kopf an. »Das Angebot nehme ich gern an.« Sie ging mit ihnen durch den Garten, beriet sie und freute sich, dass sich beide Notizen machten.

»Ah, der Chef wacht gerade auf. Lass nur, ich kümmere mich schon um ihn, mein Schatz.« Joe verstaute sein Notizbuch und ging zu seinem kleinen Sohn.

»Wir wissen sehr zu schätzen, dass Sie gekommen sind, um uns ein paar Dinge zu erklären. Ihre Leute sind sehr hilfreich.«

»Dafür sind wir da.«

»Ihre Prellungen verheilen gut. Haben Sie noch Schulterprobleme?«

»Nicht im Geringsten. Sie schillert nur scheußlich gelb und ist morgens ein bisschen steif. Das gibt sich.«

»Das ist der Vorteil, wenn man ein so aktives Leben führt und Sport treibt«, sagte Charlene. »Wir sind ganz überrascht, dass wir für den 4. Juli eingeladen sind.«

»Wieso? Sie sind mit Britt befreundet. Außerdem sind Sie inzwischen meine Ärztin.«

»Jetzt, wo wir wissen, was alles in diesem Haus passiert ist, dachten wir, Britt und ihre Familie würden lieber Abstand halten.«

»Sie können nichts dafür, das Haus ebenso wenig.«

»Allein die Vorstellung, er würde bei uns einbrechen … Das Baby. Die Babys«, sagte sie und legte schützend die Hand auf ihren dicken Bauch.

»Er ist dort, wo er hingehört, und da wird er bleiben.«

»Dasselbe sagt Joe auch. Trotzdem frage ich mich, wie es sein kann, dass es sogar an einem so netten, sicheren Ort solche Probleme gibt. Könnten Sie sich vorstellen, einen Kurs in Selbstverteidigung zu geben?«

»Äh, dafür bin ich nicht ausgebildet.«

Charlene lachte. »Soll das ein Witz sein? Denken Sie drüber nach. Vielleicht im Winter, wenn es draußen ruhiger wird.«

»Das werde ich. Vorausgesetzt, Joe und Sie schaffen sich einen Komposthaufen an.«

»Ich weiß, ich weiß.« Charlene seufzte. »Das klingt bloß nach noch mehr Arbeit.«

»Sie werden staunen, wie sehr sich das auszahlt. Ich muss jetzt zu Zane und vorher noch woandershin. Die Planungen für unser Fest sind bereits in vollem Gange. Wir sehen uns also am Nationalfeiertag.«

»Das werde ich auf keinen Fall versäumen.«

Darby sah sich um, bevor sie in ihren Pick-up stieg. Obwohl sie wusste, dass da kein Wagen mit einem Gewaltverbrecher stehen würde, war sie diese Macke noch nicht losgeworden.

Sie schaute bei Familie Marsh vorbei, um zu gucken, wie Roy und Ralph vorankamen, und verbrachte eine Stunde damit, mit ihnen die neuen Steinstufen fertig zu verlegen.

In ihrem Boot kreuzte das Ehepaar Marsh auf sie zu. »Die sehen wunderschön aus«, rief Patsy. »Wunderwunderschön.«

»Und sicher«, rief Darby zurück.

»Wie wär's mit einer kleinen Fahrt über den See?«

Sie reagierte mit Kopfschütteln auf Bills Angebot. »Ich wünschte, ich könnte, aber ich muss weiter. Ich bin sowieso schon spät dran. Bis zum 4. Juli.« Dann sah sie, dass Roy zum Steg gegangen war und die Beine baumeln ließ. »Was soll denn das?«, fragte sie Ralph.

Ralph grunzte nur und zuckte mit den Schultern. »Der ist wahrscheinlich beleidigt, weil er am Samstag arbeiten muss.«

»Na gut, ihr könnt aufräumen und Schluss machen. Am Montag geht es mit den Terrassen weiter.« Darby verdrehte die Augen und ging hinunter zum Steg, setzte sich neben Roy. »Feierabend. Kein guter Moment, um beleidigt zu sein.«

»Ich bin nicht beleidigt. Ich schaue gern aufs Wasser. Leider kann ich nicht da raus, weil ich seekrank werde.«

»Ja.«

»Dann sehe ich mich nach den Stufen um, an denen ich mitgebaut habe. Die schauen verdammt gut aus.«

Darby drehte sich ebenfalls um. »Ja.«

»Ich sitze da und kann mir bereits bestens vorstellen, was wir mit diesem Hang anstellen werden. Ich sehe es plastisch vor mir. Hätten Sie mich letztes Jahr oder vor ein paar Monaten danach gefragt, hätte ich gesagt: *Na ja, ich sehe einen verdammt steilen Hang, der von Unkraut überwuchert ist.* Heute sehe ich vor mir, was wir damit machen werden.« Er reckte triumphierend die Faust. »Und ich weiß auch, wie, zumindest größtenteils. Deshalb sitze ich da, genieße den Blick und die schöne Brise und denke: *Wow, ich habe tatsächlich einen richtigen Beruf.* Ist das nicht toll?«

»Sie haben Durchhaltevermögen, Roy, geschickte Hände und einen guten Blick. Das alles ist besser geworden, aber Sie waren von Anfang an nicht schlecht. Sollten Sie allerdings kündigen und eine eigene Firma gründen, mach ich Sie fertig.«

Er grinste. »Das kann ich mir vorstellen. Nein, ich liebe diese Arbeit. Ich führe ein ordentliches Leben. Kann sein, dass ich Adele bitten werde, mich zu heiraten.«

»Meine Güte, Roy.« Sie knuffte ihn in die Schulter, packte ihn dann und küsste ihn so, dass er wieder lachte. »Sie ist fantastisch.«

»Wissen Sie, was das Allerfantastischste ist? Sie hat nie versucht, mich zu ändern. Sie liebt mich so, wie ich bin. Ihretwegen dürfte ich mich geändert haben, und trotzdem liebt sie mich nach wie vor.«

»Greifen Sie zu, guter Mann.«

»Das werde ich.«

»Also, dann räumen Sie jetzt auf, machen Feierabend und fahren zu Ihrer Freundin. Wir sehen uns am Montag.« Sie knuffte ihn erneut und sprang auf. »Mann, bin ich spät dran.«

Sie nahm die neuen Stufen und erfreute sich daran, wie plan und stabil sie waren. Auf der ganzen Fahrt zu Zane strahlte sie wie ein Honigkuchenpferd. Dort fand sie ihn mit Emily und Britt auf der Terrasse vor. »Tut mir leid, es gab so viel zu tun. Dafür bin ich in Feierlaune. Wie kann ich helfen?«

»Ich soll Lichterketten aufhängen«, jammerte Zane. »Außerdem brauchen wir mindestens noch zwei Tische für das Buffet. Und eine Markise.«

»Das kriegen wir hin.«

Er schloss nur die Augen. »Und ich hab gedacht, du bist auf meiner Seite.«

»Wir haben eine hiesige Band engagiert«, sagte Emily.

»Livemusik? Wie cool.«

»Ich habe Außenlautsprecher«, rief Zane ihr wieder in Erinnerung. »Und eine endlose Playlist.«

»Livemusik ist etwas ganz anderes.« Britt tätschelte ihm

die Hand. »Wir werden auch ein paar Spiele für die Kinder organisieren. Mit kleinen Preisen.«

»Ich bin begeistert. Zu Hause habe ich Sperrholz. Wir sägen ein Loch in die Mitte, malen es an, und schon haben wir ein Wurfspiel. Die Kinder lieben das. Wir können sie auch mit Wasserballons werfen lassen und eine Schnitzeljagd veranstalten. Ich habe massenhaft Zeug dafür.«

»Und ich dachte, ich schmeiß ein paar Sachen auf den Grill, kaufe eine Ladung Getränke und die Beilagen.«

Die drei Frauen starrten ihn mit einer Mischung aus Spott und Mitleid an. »Gut«, hob Darby an. »Ich könnte einen großen grünen Salat machen, aber ich wäre euch dankbar, wenn ich nicht richtig kochen müsste. Stattdessen kümmere ich mich um die Kinderspiele und Preise.«

»Abgemacht, aber nur wenn ich dir helfen darf«, fügte Britt hinzu. »Das wird super. Außerdem brauchen wir dich für die Lichterketten.«

»Ich bezahle die Band.«

»Emily, du kannst unmöglich …«

Emily sah Zane nur an und brachte ihn zum Verstummen. »Das mag zwar dein Haus sein, Zane, aber es ist ein Walker-Keller-Norten-McCray-Event. Wie ich bereits sagte: Die Leute werden etwas zu essen mitbringen, das ist immer so. Wir bestimmen das Menü, die Einkaufsliste und die Aufgabenverteilung.«

Überfordert zog sich Zane von diesem Schlachtfeld zurück. Nachdem er von den Frauen in seinem Leben überstimmt worden war, starrte er in sein Bier. »Was hab ich mir nur dabei gedacht?«

»Das wird ein super Fest«, rief ihm Darby wieder in Erinnerung.

Er sah sie lange an. »Meine Vorstellung von einem Fest scheint sich deutlich von eurer zu unterscheiden.«

»Es wird großartig. Du kannst nicht so ein Haus, so ein Grundstück, so eine Aussicht haben und nicht ein unvergessliches Fest feiern wollen.« Angesichts seiner finsteren Miene lächelte sie. »Wie wär's, wenn ich einen Makkaroni-Käse-Auflauf mache?«

Wieder musterte er sie ausgiebig und deutlich freundlicher. »Selbst gemacht, so wie damals?«

»Du siehst so aus, als könntest du Trost gebrauchen.«

»Ja. Ehrlich gesagt …« Er zeigte auf die Liste mit seinen Aufgaben. »Mehr als nur Trost. Ich brauche eine Stärkung.«

»Meine Stärkung besteht immer aus Oliven oder aus Crackern mit Käsesauce aus dem Glas. Wenn ich mich verkünsteln will, lege ich eine Olive auf den Cracker mit Käsesauce.«

»Mir fällt was Besseres ein.« Er stand auf und zog sie hoch.

Als er sie ins Haus schob, lächelte sie hintersinnig. »Mein siebter Sinn sagt mir, dass du nicht ans Essen denkst.«

»Ich weiß nicht … Du siehst sehr appetitlich aus.«

»Stimmt.« Um es ihm zu beweisen, begann sie ihn zum großen Wohnzimmersofa zu dirigieren. »Zum Glück, denn wir werden später essen als sonst.«

Zane wollte einwenden, dass die Türen zur Terrasse weit offen standen, aber da lag er schon rücklings auf dem Sofa, während Darby auf ihm saß. Er beschloss, dass er zu Hause das Sagen hatte.

»Lass uns herausfinden, ob Sex unseren kleinen Hunger eher verstärkt oder stillt.« Mit diesen Worten zog sie ihr Arbeits-T-Shirt aus.

Bevor sie sich zu ihm legte, fuhr er über die leicht verblassten blauen Flecken auf ihrer Schulter. »Tut es noch weh?«

»Nicht so sehr, dass du darauf aufpassen müssest.« Aber da sein Blick etwas anderes sagte, nahm sie sein Gesicht in beide Hände. »Nicht mehr daran denken«, murmelte sie. »Leg dich lieber zu mir.« Sie presste ihren Mund auf seine Lippen, küsste ihn immer leidenschaftlicher.

Nur wir beide, dachte sie, während er sie streichelte. *Nur du und ich, während die Spätabendbrise über unsere Haut streicht und das Licht nur noch ein goldenes Funkeln ist.*

Was als Quickie begann, wurde zu einem zärtlichen Schäferstündchen, mit dem sie sich gegenseitig trösteten. Selbst, als sich ihr Puls beschleunigte, nahmen sie sich die Zeit, einander Lust zu schenken, sich zu spüren und zu schmecken. Sie knöpfte ihm das Hemd auf und liebkoste seinen nackten Oberkörper. Anschließend küsste sie ihn dorthin, wo sein Herz war. Er hatte ein gutes Herz, war großzügig und offen – trotz allem, was er durchgemacht hatte. Vielleicht sogar deswegen. Sie wollte sich um dieses Herz kümmern, dazu beitragen, dass seine Narben endgültig heilten.

Er kam ihr entgegen und sah ihr tief in die Augen, während er sie langsam und vorsichtig von ihrem BH befreite. Mit den Lippen streifte er ihre blauen Flecken. Auch er wollte sie heilen. Sie war stark und mutig, aber er ahnte, welche Verletzungen sie mit sich herumtrug. Vor allem wollte er ihr zeigen, dass er sie stets beschützen würde. Fürs Erste würde er ihr Frieden und Freude schenken. Er umfasste ihre Brüste, strich ihr über die Haut, bis sie die Augen schloss, in denen er regelrecht zu versinken drohte. Ihr Körper glitt langsam und sinnlich über seinen, während sich die Lust unter seinen Liebkosungen und Küssen weiter steigerte.

Als er ihre Kleider zur Seite schob, stöhnte sie leise auf. Kurz hielt er inne, um von ihrem Mund Besitz zu ergreifen. Mit stockendem Atem nahm sie ihn in sich auf, und ihre Blicke und Münder fanden sich. Er füllte sie ganz aus, körperlich wie seelisch, auf eine so perfekte Art, dass es kaum auszuhalten war. Sie bewegten sich im Gleichklang, gaben und nahmen, während draußen die Lichter funkelten und sie von der warmen, duftenden Brise zusätzlich liebkost wurden. Während sie sich aneinanderklammerten, vom Blick des anderen hypnotisieren ließen, kamen sie zum Höhepunkt.

In ihren Augen brannten Tränen. Sie wusste nicht, warum, deshalb verbarg sie das Gesicht an seiner Schulter, bis sie sie zurückgedrängt hatte. Sie versuchte, an etwas Lustiges, Geistreiches zu denken, aber ihr fiel nichts ein, sodass sie sich einfach nur an ihn schmiegte, während er ihr über den Rücken strich.

»Das mit uns ist etwas ganz Besonderes«, sagte er leise. »Was ganz Besonderes.« Als sie nichts darauf erwiderte, fuhr er mit dem Finger über ihr Unendlichkeitssymbol und überlegte, was sie wohl zu diesem Tattoo bewogen hatte. »Macht dir das Angst?«

»Manchmal vielleicht. Ich habe in meinem Leben schlimme Fehler gemacht.«

Er hielt sie weit genug von sich ab, dass sie die Wut in seinen Augen sah. Sie schwang auch in seiner Stimme mit. »Das ist kein Fehler. Ich bin nicht Trent.«

»Zane, du bist das genaue Gegenteil. Aber so blöd das klingt, auch das macht mir ein wenig Angst.« Um ihn zu beruhigen, schmiegte sie die Wange an seine. »Wie habe ich mir bloß einbilden können, ihn zu lieben? Wie konnte ich ihn bloß heiraten? Die Gefühle, die ich heute für dich empfinde, sind mit denen von damals nicht zu vergleichen.«

»In meinen Ohren klingt das gar nicht blöd. Wir sind beide, wie wir sind. Und wir sind ein Paar, Darby.«

»Darüber bin ich froh.«

»Ich auch. Das ist mit ein Grund, dich zu fragen, ob du zu mir ziehen willst.«

»Oh.« Sie umschlang ihn heftig und schloss die Augen. »Bitte frag nicht. Ich weiß, das klingt noch blöder, zumal ich ohnehin öfter bei dir bin als bei mir. Aber ich brauche einen Ort für mich allein. Ich bin direkt von meiner Mutter zu Trent gezogen und dann wieder zurück zu meiner Mutter.«

»Das kann ich verstehen. Sollte es dir irgendwann anders gehen, sollst du wissen, dass dieses Haus auch dir gehört. Und dass ich dich liebe.«

Wieder war sie ganz erfüllt von ihm, und ihr wurde warm ums Herz. »Was rede ich nur für einen Blödsinn«, murmelte sie. »Kannst du mir noch ein bisschen Zeit geben? Ich muss das Gefühl haben, auf eigenen Füßen zu stehen.«

»Soll das ein Witz sein?« Aufrichtig erstaunt löste er sich von ihr. »Nicht, dass ich dir keine Zeit lassen will – wir haben Zeit. Aber ich habe selten jemanden erlebt, der so gefestigt und so eigenständig wirkt wie du.«

»Es ist kein Jahr her, da konnte ich kaum meinen Alltag bewältigen. Wir sind beide dabei, uns ein neues Leben aufzubauen, und das kriegen wir ziemlich gut hin. Lass uns einfach noch ein bisschen warten.«

»Damit kann ich leben.« Sanft strich er ihr über den Rücken. »Zumal du ohnehin einknicken wirst.«

»Ach ja?«

»Mit Sicherheit. Du bist verrückt nach mir.«

Lachend wandte sie sich ab. »Hörst du dir eigentlich zu?«

»Verrückt nach mir«, wiederholte er ungerührt, als sie nach ihren Kleidern griff. »Dazu kommt dieses Haus. Du wirst einknicken.«

Sie stand da, ihre Sachen an sich gepresst, trug nur die Stiefel und die Kette, die er ihr geschenkt hatte. Sofort bekam er wieder Lust.

»Das Haus ist ein Gedicht«, gab sie zu. »Vielleicht habe ich nur deshalb Sex mit dir?«

Er grinste nur. »Du bist verrückt nach mir.«

»Jaja. Ich geh duschen.«

»Gute Idee.« Als er ebenfalls aufstand und sie seinen Blick

sah, rannte sie davon. »Ich möchte mich nur frisch machen. Willst du gar nicht mehr zu Abend essen?«

Sein Blick änderte sich nicht. Im Rennen musste sie lachen, und kaum hatte sie die oberste Treppenstufe erreicht, trug er sie auch schon wieder herunter.

An diesem Abend aßen sie sehr spät.

21

Darby schaffte den Großteil ihres Pensums, bevor das Gewitter über den Bergen losbrach. Regen. Das bedeutete, dass sie von Arbeiten im Freien auf das Renovieren bei sich zu Hause umschwenken und vorher in einem Baumarkt Farbe kaufen musste.

In der Küche hatte sie auf fröhliche Töne gesetzt und die Wände kanariengelb, Regale und Unterschränke dagegen knallblau gestrichen. Weil sie wusste, dass sie keine besonders gute Handwerkerin war, hatte sie jemanden aus dem Ort beauftragt, die hässlichen Arbeitsflächen durch weiße Platten zu ersetzen. Auch den grässlichen Bodenbelag wollte sie irgendwann austauschen.

Als sie aus dem Regen in ihre Küche trat, betrachtete sie diese durchaus mit Wohlgefallen. Sie hatte auf dem Flohmarkt einen niedlichen Bistrotisch und zwei Stühle gefunden, diese im gleichen Blau gestrichen wie die Schränke und mit einem gelben Rand versehen. An einem grauen Regentag sorgten die Farben sofort für gute Laune. Sie schlüpfte aus dem nassen Kapuzenpulli, nahm die Arbeitskappe ab und hängte sie an einen der drei Garderobenhaken in Sonnenblumenform, um dann die Stiefel auszuziehen. Kräuter standen in kleinen weißen Übertöpfen auf der Fensterbank. Nachdem sie die Erde befühlt hatte, gab sie ihnen Wasser. Dann wollte sie sich eine Cola aus dem Kühlschrank nehmen, als sie stirnrunzelnd innehielt. Sie hätte schwören können, dass da vier Flaschen gewesen waren, aber es standen bloß drei neben dem Viertelliter Milch. Achselzuckend holte sie ihr Smartphone heraus und setzte Cola auf die Einkaufsliste.

Nachdem Darby die Flasche in der Tasche ihrer Cargohose verstaut hatte, trug sie Farbe und Grundierung ins Wohnzimmer. Noch diente es als Lagerraum für Farben und Malerzubehör, für Haushaltsgeräte, Pflanzgefäße und andere Gartenaccessoires, die sie im Sonderangebot ergattert hatte. Alles war nach Kategorien sortiert. Sie griff nach Klebeband und Abdeckplane und hielt erneut inne. Warum um alles in der Welt hätte sie die Feenstatue, die für ein zukünftiges Blumenbeet gedacht war, zum Malerzubehör stellen sollen? Und was hatte das Klangspiel bei den Haushaltsgeräten zu suchen? Eher verärgert über sich selbst als besorgt stellte sie alles wieder dorthin, wo es hingehörte, und schleppte Klebeband und Plane nach oben.

Sie musste sich noch um den kleinen Flur kümmern, aber ihr Schlafzimmer sah, wie die Küche, ziemlich gut aus. Dort hatte sie sich für ein warmes Graublau mit cremebeigem Rand entschieden. Ein richtiges Bett hatte sie nicht, aber die weiße Wäsche und die bunten Kissen sorgten für Gemütlichkeit. Früher oder später würde sie die Flohmarktkommode neu streichen. Der große Spiegel darüber mit dem rankenden Weinreben nachempfundenen Metallrahmen war ein Hingucker.

Vermutlich fehlte ein Teppich, doch den würde sie noch besorgen. Dafür liebte sie die drei Aquarelle vom See, von den Bergen und von einem wunderschönen Garten, die sie aufgehängt hatte. Sie betrat das kleine Bad. Nachdem sie sämtliche Fische beseitigt hatte, waren schmuddelig-weiße Wände zum Vorschein gekommen. Sie wollte sie und die Decke in einem blassen Grün streichen, mit demselben cremebeigen Rand wie in ihrem Schlafzimmer. Nachdem sie diesen mit Klebeband abgeklebt hatte, deckte sie den Boden ab. Während draußen der Regen prasselte, es hin und wieder blitzte und donnerte, zog sie ihre Malerklamotten an und überlegte, ihre Maler-Playlist abzuspielen. Klassikrock vielleicht, laut und mitreißend. Sie zog die obere Kommodenschublade auf, um einen Bandana herauszuholen. Und erstarrte.

»Hier stimmt was nicht«, murmelte sie und atmete mehrmals tief durch. »Nein, hier stimmt wirklich was nicht.«

Behutsam entfernte sie sich von der Kommode, während ihr das Herz bis zum Hals schlug. Sich innerlich wappnend, riss sie die Schranktür auf. Nichts als Kleider. Ihr rauschte das Blut so laut in den Adern, dass es das Gewitter draußen beinahe übertönte. Trotzdem. Irgendetwas stimmte nicht.

Sie holte ihre Schlüssel hervor, ließ einen davon scharfkantig zwischen ihren zur Faust geballten Fingern hervorschauen und begann, das Haus zu durchsuchen. Als sie damit fertig war, zückte sie ihr Smartphone. »Lee, Darby am Apparat. Ich glaube, jemand ist in meinem Haus gewesen. Ja, dort bin ich gerade. Nein, ich habe alles abgesucht, es ist niemand hier, aber … Ja, danke.« Sie steckte das Smartphone zurück in die Hosentasche. Während sie auf die Polizei wartete, ging sie noch einmal alles gründlich durch.

Lee kam nur wenige Minuten später, doch sie hatte sich bereits im Kopf eine Liste gemacht. Sie öffnete die Vordertür, während der Regen ihm nur so auf den Rücken trommelte.

»Danke, dass du so schnell gekommen bist.«

»Dafür sind wir doch da. Irgendwelche Einbruchsspuren?«

»Ich konnte keine finden.«

»Ich seh mich mal um.« Noch auf der Fußmatte überflog er tropfend das Wohnzimmer. »Wie kommst du darauf, dass jemand da gewesen ist?«

»Das mag seltsam klingen, aber … Na ja, fangen wir am besten gleich hier an. Ich nutze den Raum noch als Lager, habe aber alles genau geordnet.«

»Das sehe ich. Du bist ein sehr strukturierter Mensch, stimmt's, Darby?«

»Ja, so spart man viel Zeit. Ist alles an seinem Ort, muss man nicht lange suchen. Ein paar Sachen waren nicht da, wo sie hingehören. Ich bin heimgekommen, um das Bad im Obergeschoss zu streichen, habe mir also Klebeband und Abdeckfolie, Eimer und Roller geholt. Bei den Malersachen standen Gartensachen. Das gibt's bei mir nicht. Ich weiß, man könnte meinen, dass ich mich bloß nicht richtig erinnern kann. Anfangs hab ich mir auch nicht viel dabei gedacht.« Sie hörte, wie ihre Stimme zitterte. »Als ich wieder runterkam, um mich genauer umzusehen, habe ich gemerkt, dass außerdem Haushaltsgeräte bei den Gartensachen stehen. Und diese Schachtel mit dem Duschvorhang – ich weiß, dass ich sie nie geöffnet habe, und jetzt ist sie auf.«

»Okay. Fehlt irgendwas?«

»Eine Cola. Ich weiß genau, wie sich das anhört, aber ich bin mir sicher, dass ich vier Flaschen im Kühlschrak hatte, es sind nur noch drei.«

»Eine steckt in deiner Hosentasche«, gab er ihr zu bedenken.

»Das ist eine von den dreien.« Sie zog sie heraus, schraubte sie auf und wieder zu, um sich zu beschäftigen. »Immer, wenn ich weniger als vier Colas im Haus habe, notiere ich das auf meiner Einkaufsliste. Das ist eine feste Angewohnheit von mir, Lee. Auch das habe ich zuerst abgetan. Aber oben im ersten Stock …« Seufzend verstaute sie die Flasche wieder in ihrer Hosentasche. »Ich zeig es dir.« Im Gehen sprach sie weiter. »Ich wollte mir einen Bandana für die Haare holen, und als ich die Schublade aufgezogen habe …« Sie zeigte auf die, die noch offen stand. »Unterwäsche, Socken und Bandanas bewahre ich in der obersten Schublade auf.«

Er kam näher und warf einen Blick hinein. »Genau das, was ich hier sehe.«

»Ich habe acht Wäschesets, acht Sport-BHs, zwei Kleider-BHs, acht Paar Arbeitssocken, acht Paar normale Socken und acht Bandanas. Ich wasche einmal die Woche, habe also immer ein Set in Reserve, falls ich es nicht schaffe, die Wäsche zu machen. Ein Set habe ich für alle Fälle im Auto und zwei bewahre ich bei Zane auf. Die Kleider-BHs benutze ich kaum.«

»Gut, so weit kann ich dir folgen.«

»Ich trage Unterwäsche, einen Sport-BH und Sportsocken. Das heißt, dass da vier Sets liegen müssten. In der Schmutzwäsche ist nichts, nur die Arbeitshose und das Arbeits-T-Shirt von heute. Ich war ein paar Tage nicht mehr zu Hause, außer zum Sachen holen. Aber da liegen nur drei Wäsche-Sets, und die sind nicht richtig gefaltet.«

Nickend musterte er sie. »Sonst noch was?«

»Kommen wir zum Schrank. Dort ist alles noch da, aber verrutscht, als hätte jemand darin gewühlt. Auf einem Regalbrett steht eine Schachtel mit Sachen von meiner Mutter. Nichts, was irgendwie von Wert wäre, bloß Erinnerungsstücke. Ihre Lesebrille, ihre Arbeitshandschuhe, die Perlenkette, die ich ihr mit zwölf gebastelt habe, die Beileidsschreiben, die mir die Leute geschickt haben. Alles noch da, aber jemand hat darin gewühlt.« Das beunruhigte sie mehr als alles andere. Dass ein Fremder die Sachen ihrer Mutter angefasst hatte.

»Bewahrst du Bargeld zu Hause auf?«

»Wie bitte? Entschuldige, ja. Zweihundert Dollar in Fünfern, Zehnern und Zwanzigern in der Nachttischschublade. Es sind nur noch hundert da. Warum hundert dalassen? Warum nicht alles nehmen?«

»Der Einbrecher hat gehofft, dass du so nichts merkst.«

Erleichterung machte sich breit. Er glaubte ihr.

»Das Medizinschränkchen wurde ebenfalls durchwühlt. Nichts Rezeptpflichtiges, aber jemand hatte seine Finger drin.«

»Hattest du die Haustür abgeschlossen?«

»Ja. Mache ich immer. Beim Heimkommen habe ich den Kücheneingang genommen und aufgeschlossen.«

»Wann warst du das letzte Mal da?«

»Gestern überhaupt nicht. Vorgestern nach der Arbeit, wenn auch nur kurz. Ich hab eine Sperrholzplatte für das Wurfspiel geholt, das wir bei Zane planen, und diesen Vogelfutterspender für einen Auftrag. Ich hätte gemerkt, wenn was nicht stimmt.«

»Gut. Ich werde mir deine Türen und Fenster ansehen.«

»Bitte.«

Sie ging mit ihm ins Erdgeschoss, sah zu, wie er die Haustür öffnete und untersuchte. »Siehst du diese kleinen Kratzer?«

»Jetzt schon. Hat jemand das Schloss geknackt?«

»Ich würde sagen, eine Kreditkarte hat gereicht.«

»Mist, Mist, Mist. Ich werde bessere Schlösser einbauen lassen. Hundert Dollar und Unterwäsche? Ich habe Werkzeug im Wert von über hundert Dollar. Und was ist mit dem kleinen Fernseher in der Küche? Den könnte man sich locker unter den Arm klemmen.«

»Vielleicht irgendwelche Jugendliche.«

Wieder erfasste sie eine Welle der Erleichterung, die jedoch rasch verebbte. »Das glaubst du selbst nicht. Die hätten sich das ganze Geld geschnappt und nicht so viel Vorsicht walten lassen.«

Lee sagte nichts dazu. »Ich werde mich draußen gründlich umsehen. Mal gucken, ob wir Fingerabdrücke an der Tür und auf anderen Oberflächen finden. Wolltest du heute hier schlafen?«

»Nicht mehr. Ich glaube, das Bad streich ich ein andermal fertig.«

»Wir werden in den nächsten Tagen regelmäßig Streife fahren. Und ich werde mich gründlich umhören.«

***

Keine Fingerabdrücke. Darüber dachte Darby nach, als sie später durch den Regen fuhr. Überhaupt keine. Weder auf den Türklinken noch auf den durchwühlten Schubladen. Sie brauchte Lee nicht, um zu wissen, dass der Eindringling wahrscheinlich Handschuhe getragen und sich die Mühe gemacht hatte, sämtliche Oberflächen abzuwischen. Seltsam pedantisch für jemanden, der nur hundert Dollar und zwei Unterhosen gestohlen hatte. Und extrem gruselig. Sie spürte weder Wut noch Angst, sondern tiefe Enttäuschung. Weil jemand gewaltsam in den Ort eingedrungen war, für den sie sich aus vollem Herzen entschieden hatte, in ihr Zuhause, in ihre Privatsphäre. Völlig sinnlos.

Sie fuhr um den See, der düster und schiefergrau hinter dem Regenvorhang lag. Der bedeckte Himmel schien die Berge und Farben regelrecht zu erdrücken. Er spiegelte ihre Stimmung genau wider. Darby ermahnte sich, nicht naiv zu sein. Jeder Ort hatte seine dunklen, traurigen Schattenseiten, seine hässlichen kleinen Geheimnisse. Nicht umsonst war in Lakeview einst ein schrecklich sadistisches Paar zu Hause gewesen.

Dunkle Strömungen.

Ein gruseliger Einbruch konnte und durfte auf keinen Fall das überschatten, was der Ort sonst zu bieten hatte. Sie sagte sich, dass sie dankbar sein musste. Dafür, dass Zanes Haus ein sicherer Hafen war. Dass sie Freunde und Bekannte hatte, denen sie vertrauen konnte. Sobald sie in Zanes Straße einbog, hob sich ihre Stimmung. Die Terrassenwandleuchten vor dem dunklen Himmel verströmten ein warmes Licht. Die Lämpchen, mit denen sie den Wasserfall betont hatte, flackerten gleichmäßig. Was auch immer unter der Oberfläche lauerte, sie konnte damit umgehen. Sobald sie sich einigermaßen beruhigt hatte, zog sie auf der überdachten Veranda ihre Stiefel aus, schloss auf und schaltete anschließend die Alarmanlage wieder ein.

Nachdem sie ihre Stiefel in den Waschraum getragen und sich den Kapuzenpulli ausgezogen hatte, gönnte sie sich ein Glas Wein. Anschließend setzte sie sich in dem stillen, leeren Haus mit ihrem Notebook an die Küchentheke, um nach einem Schlüsseldienst zu suchen. Obwohl die Optimistin in ihr protestierte, hielt die Pragmatikerin in ihr außerdem nach Alarmanlagen Ausschau.

Das Regengeprassel übertönte das Geräusch von Zanes Reifen auf dem Kies. Sie hörte nicht, wie die Haustür aufging und wieder zufiel, sodass sie zusammenzuckte, als sie plötzlich Schritte wahrnahm und auf ihrem Hocker herumwirbelte. »Herrje, hast du mich erschreckt.« Sie fasste sich an die Brust und beruhigte sich. »Ich habe noch nicht mit dir gerechnet.«

»Ich wohne hier.«

»Ja, aber du wolltest heute mit Micah und Dave essen.«

Er ging zu ihr, strich ihr übers Haar und küsste sie. »Und du wolltest eigentlich dein Bad streichen. Ich habe meine Pläne geändert.« Sanft ließ er die Hände über ihre Schultern gleiten. »Alles okay?«

»Ich nehme an, das mit dem Höschendieb hat sich bereits herumgesprochen.«

Da schüttelten die Hände sie ein bisschen. »Tu nicht so, als wärst du nicht beunruhigt.«

»Natürlich bin ich das. Niemand hat gern, dass Fremde im Haus herumwühlen. Ich werde gleich morgen früh neue Schlösser einbauen lassen und mir eine Alarmanlage anschaffen.« Sie tätschelte die Hand auf ihrer Schulter und hoffte, die Wut in seinem Blick so etwas besänftigen zu können. »Du hättest deine Pläne nicht ändern müssen.«

»Das habe ich aber. Du glaubst doch nicht ernsthaft, ich gehe in Ruhe ein Bierchen trinken und Chicken Wings essen, nachdem bei dir eingebrochen wurde?« Er nahm ihr Gesicht in beide Hände. »Sag, dass das nicht wahr ist.«

»Ich will nicht eine von diesen bedürftigen Frauen sein.«

Er lachte auf und holte sich einen Wein, um ihr dann Gesellschaft zu leisten. »Ich kenne niemanden, der so wenig bedürftig ist wie du. Ein bisschen Bedürftigkeit würde dir direkt guttun.«

»Weil ich bedürftig war, bin ich bei Trent gelandet.«

Er musterte sie gründlich. »Glaubst du das tatsächlich?«

»Ich kenne es nicht anders. Mein Vater hat meine Mutter und mich verlassen. Ich brauche jemanden, der mich liebt. Einen Mann, der bei mir bleibt, zu mir hält, mit mir durch dick und dünn geht. Genau das hat er gespürt und sich zunutze gemacht. Wie du weißt, ist das nicht gut für mich ausgegangen. Anscheinend habe ich da etwas überkompensiert. Ich arbeite noch an meinem seelischen Gleichgewicht.«

»Dass man sich jemanden wünscht, der einen liebt, zu einem hält und bei einem bleibt, hat nichts mit Bedürftigkeit zu tun, mein Schatz. Das ist einfach menschlich. Aber jetzt bin ich ja da und bleibe bei dir.«

»Ich weiß.« Weil sie das spürte, bekam sie einen richtigen Kloß im Hals und würgte an ihren Tränen. »Abgesehen davon geht es mir gut, wirklich. Ich bin froh, dass du da bist. Also, welcher Perverse klaut schlichte Baumwollunterwäsche? Die ist nicht mal sexy.«

»Wenn du sie anhast, ist sie sexy. Mehr ist nicht weggekommen? Nur Unterwäsche und die Hälfte deines Bargelds?«

»Unterwäsche, hundert Dollar und eine Flasche Cola. Die meisten Leute hätten das gar nicht bemerkt. Selbst beim Bargeld könnte man meinen, man wäre bloß vergesslich. Es ist gruselig und verstörend, aber letztlich harmlos. Ich bin vor allem sauer, weil ich mich heute Abend zu Hause unwohl gefühlt habe und mein Bad nicht streichen konnte.«

»Wir streichen es morgen nach der Arbeit.«

»Morgen ist der Dritte. Da sollten wir die Party vorbereiten.«

»Das Bad hat höchstens eine Wandfläche von drei Quadratmetern. Wie lange kann das schon dauern? Anschließend haben wir endlos Zeit, das Fest vorzubereiten.«

Er hatte eine beruhigende Wirkung auf sie. Obwohl ihr nicht klar gewesen war, dass sie beruhigt werden musste. »Wir könnten uns eine Einkaufsliste machen. Hast du die zusätzlichen Tische und Stühle schon gemietet?« Wieder dieser genervte Gesichtsausdruck. Einfach hinreißend.

»Ich habe die verdammten Tische und Stühle gekauft. Micah und ich holen sie morgen ab. Komm, essen wir eine Pizza.« Er stand auf, um den Ofen einzuschalten.

»Du hast die Möbel gekauft?«

»Tu nicht so unschuldig, ich bin schließlich Anwalt. Wir wissen beide genau, dass du mit den anderen Frauen beschlossen hast, ein Riesenevent aus der Party zu machen. Deshalb habe ich Tische und Stühle gekauft. Jetzt muss ich sie jahrein, jahraus am 4. Juli aus dem Keller und wieder hinunter schleppen.« Er schenkte Wein nach. »Ganz zu schweigen von diesen lächerlichen rot-weiß-blauen Tischdecken, die Britt wollte, mit passenden Tellern, Servietten, Bechern, Messern, Gabeln und blöden Servierplatten. Plus dämliche Kerzen, Laternen und was weiß ich noch alles. Außerdem hab ich eine halbe Million Burger, Hot Dogs und Brötchen sowie Hektoliter Bier, Wein und Limonade besorgt und riesige Müllsäcke, die wir brauchen werden, um anschließend die Reste wegzuschaffen.«

Sie nippte grinsend an ihrem Wein, während er die Pizza aus dem Gefrierschrank holte. »Du kannst das unmöglich schon alles rangeschafft haben.«

»Bezahlt habe ich jedenfalls das meiste davon.«

»Sei nicht so miesepetrig.«

»Kaum zeigt man ein bisschen Schwäche, muss man sein Leben lang an jedem 4. Juli eine überkandidelte Party schmeißen.«

»Kein guter Moment, um dich daran zu erinnern, dass du

jedes Jahr an Weihnachten noch so eine überkandidelte Party veranstalten wirst.«

Er sah sie mit zusammengekniffenen Augen an. »Wer sagt, dass ich das vorhabe?«

Sie stand auf und umarmte ihn.

»Damit kriegst du mich nicht rum.«

»Nein, um dich rumzukriegen, kenne ich bessere Methoden. Meine Umarmung gilt der Tatsache, dass du hergekommen bist.«

»Gewöhn dich dran«, erwiderte er und gab ihr einen Kuss auf den Scheitel. »Wir denken jetzt nicht mehr an Perverse, die Unterwäsche stehlen, geschweige denn an überkandidelte Partys. Wir werden Pizza essen, Wein trinken, uns Popcorn in der Mikrowelle machen, noch mehr Wein trinken und einen Film gucken. Anschließend werden wir wilden Sex haben.«

»Was denn für wilden Sex? Kann sein, dass wir ganz unterschiedliche Vorstellungen davon haben.«

»Das werden wir rausfinden.«

***

Zane dachte trotzdem über Perverse nach und darüber, wie isoliert und ungeschützt ihr Haus lag. Lange genug, um kurz nach Darby aufzustehen und Lee zu Hause zu besuchen.

»Lust auf ein Frühstück?«, fragte Lee. »Ich hab Emily gerade überredet, uns French Toast zu machen.«

»Niemand sagt Nein zu Emilys French Toast.« Zane küsste seine Tante auf die Wange.

»Dein Glück.« Sie erwiderte den Kuss, bevor er sich vorbeugte, um Rufus ausgiebig zu streicheln. »Gabe ist schon weg, und Brody liegt noch im Bett. Du bist früh auf.«

»Langsam wird das zur Gewohnheit, weil Darby bei Tagesanbruch aufsteht.« Er fühlte sich wie zu Hause, schenkte sich Kaffee ein, holte einen Teller und setzte sich zu Lee.

»Ich nehme an, du willst wissen, wie weit ich mit dem Einbruch bin.«

»Ich wäre überrascht, wenn du schon Ergebnisse hättest.«

»Nein, das nicht. Es war allerdings nicht schwer herauszufinden, dass sie abends oft nicht zu Hause ist und lächerliche Schlösser hat.«

Zane machte sich erneut Vorwürfe, weil er sich darüber nie Gedanken gemacht hatte. »Sie kümmert sich gleich heute um neue Schlösser und will mit Micah über eine Alarmanlage sprechen.«

»Das hör ich gern, denn beides ist wichtig.«

Emily brachte einen Teller, auf dem sich French Toasts türmten, und setzte sich zu ihnen. Sobald die Familie zur Ruhe gekommen war, rollte sich Rufus unterm Tisch zusammen, um ihnen Gesellschaft zu leisten.

»Wie geht es ihr?«, fragte Emily.

»Sie ist nicht wütend genug, wenn ihr mich fragt. Eher verwundert, weil das Ganze so sinnlos zu sein scheint.«

Lee bestrich seinen Toast mit Butter und goss Sirup darüber. »Ich würde das genauso sehen, hätte sich nicht jemand die Mühe gemacht, die Haustür und die Schubladen abzuwischen. Nirgendwo der kleinste Fingerabdruck. Es kann natürlich irgendein Arschloch gewesen sein, ein hormongesteuerter Jugendlicher, der genug Krimis gesehen hat, um an so etwas zu denken. Aber so ein Teenager hätte das ganze Geld genommen.« Er fuchtelte mit der Gabel in der Luft herum. »Sich nur einen Teil zu nehmen ist schlau. Die meisten Leute dürften denken: *Ich könnte schwören, dass ich zweihundert abgehoben habe*, um dann anzunehmen, sie hätten die Hälfte im Automaten vergessen. Ich kenne sonst niemanden, der genau weiß, wie viel Paar Unterhosen in der Schublade oder wie viele Colas im Kühlschrank sind.«

»Das ist typisch für sie«, sagte Zane.

»Das ist mir klar, deshalb glaube ich nicht an die Teenager-Theorie. Irgendwas stimmt da nicht. Die Alarmanlage muss möglichst schnell installiert werden. Ich würde mich deutlich besser fühlen, wenn ich weiß, dass die Hölle losbricht, sobald jemand versucht, bei ihr einzubrechen.«

»Das Problem ist, sie schläft wie eine Tote. Im Ernst.«

Lee rang sich ein Lächeln ab. »Wirklich?«

»Am Anfang hab ich ständig nachgeschaut, ob sie noch atmet. Wenn sie schläft, dann schläft sie. Ich schwör dir, da könnte eine Bombe explodieren, ohne dass sie was mitkriegt.«

»Dann sollte sie bei dir bleiben, bis Lee die Sache aufgeklärt hat.« Auf Emilys Stirn trat eine Sorgenfalte. »Nach allem, was passiert ist, halte ich es für keine gute Idee, wenn sie allein da oben wohnt.«

»Ich auch nicht. Ich hab sie gefragt, ob sie zu mir ziehen will – bevor das passiert ist. Sie ist noch nicht so weit.«

Emily legte ihre Gabel weg. »Das ist ein großer Schritt, Zane. Und du bist so weit?«

»Ja, seltsam, aber wahr.«

»Dann frag sie ein zweites Mal.«

Er schüttelte den Kopf. »Sie ist es nicht. Sie hat mehr Probleme, als sie zugibt.«

Lee zeigte auf ihn. »Was hast du diesbezüglich vor?«

»Warten, bis sie so weit ist. Sie liebevoll in die richtige Richtung schubsen. Sie wird bei mir wohnen, bis das geklärt ist. Sie kommt alleine klar und ist nicht dumm. Außerdem wird sie wollen, dass ihr Haus gesichert ist, wenn sie zu mir zieht. Sie wird das Haus und das Grundstück behalten wollen.«

»Auch aus Sicherheitsgründen?«, fragte Emily.

»Zumindest für den Anfang. Vor allem aber auch, weil es ihr gehört, weil sie dort ihre ganze Ausrüstung aufbewahren, Besprechungen abhalten und mit Pflanzen experimentieren kann.«

Emily drückte ihm die Hand. »Ich sehe, du hast gründlich darüber nachgedacht.«

»Ich habe vor allem gründlich über sie nachgedacht. Sie ist die Richtige für mich. Deshalb kann ich problemlos auf sie warten, bis sie sicher ist, dass ich der Richtige bin.« Zane zuckte grinsend mit den Schultern. »Und der bin ich nun mal.«

***

Kaum hatte Darby ihre Leute eingewiesen, fuhr sie nach Hause, um den Schlüsseldienst zu treffen und sich mit Micah zu besprechen. Rochelle, die Frau vom Schlüsseldienst, entpuppte sich als Ralphs Cousine zweiten Grades mütterlicherseits. Sie hatte einen dicken geflochtenen Zopf in derselben Farbe wie ihre Metallbrille und trug feuerroten Lippenstift. »Meine Mutter sagt, dass Ralph wahnsinnig gern für Sie arbeitet. Der Ruhestand hat ihm nicht gutgetan.«

»Das freut mich zu hören. Ich bin froh, dass ich ihn habe.«

»Der gute Ralph ist ein ziemliches Original. Wenn er sagt, dass Sie schlau sind und keine Angst haben, sich die Hände schmutzig zu machen, ist das ein Riesenkompliment. Meine Cousine Lydia, also Ralphs Mama, war sich nicht sicher, wie Ralph es verkraften würde, für jemanden zu arbeiten, der so jung ist und außerdem eine Frau. Aber er ist zufrieden.«

»Wie schön. Älter werde ich von allein, aber Frau werde ich bleiben.«

Rochelle lachte und klopfte Darby kräftig auf den Rücken. »Da haben wir was gemeinsam. Wie ich höre, hatten Sie Ärger?«

»Jemand ist bei mir eingebrochen. Es ist kaum was geklaut oder beschädigt worden, aber ich brauche bessere Schlösser.«

»Da haben Sie recht, Miss McCray.«

»Darby.«

»Aber eben weil du eine Frau und Ralphs supernette Chefin bist, muss ich dir allerdings auch sagen, dass ich diese Tür mit einem kräftigen Tritt eintreten könnte.«

»Ja, das hab ich mir gedacht.« Darby blies die Backen auf. »Im Winter werde ich die Türen austauschen lassen, aber jetzt brauche ich erst mal gute, stabile Schlösser. Micah Carter wird auch gleich kommen, wegen einer Alarmanlage.«

»Sag ich doch, dass du schlau bist. Der Junge weiß, was er tut. Du wohnst ziemlich abgelegen«, fügte Rochelle hinzu und schaute sich um. »Aber wie ich höre, weißt du dich zu wehren. Du gibst demnächst einen Selbstverteidigungskurs im Gemeindezentrum?«

»Ach ja, ich …«

»Dafür möchte ich mich gleich anmelden. Ich bin keine Mimose, aber Selbstverteidigung würde ich gerne lernen. Man kann nie wissen, womit man in meinem Job konfrontiert wird. Meine Tochter Reanne hat gerade bei Charmaine angefangen, sie ist Immobilienmaklerin. Du kennst Charmaine?«

»Ja, sie hat mir geholfen, dieses Haus zu bekommen.«

»Nun, meine Reanne ist zierlich und zuckersüß. Wenn ich wüsste, dass sie sich wehren kann, würde ich mir viel weniger Sorgen um sie machen.«

Als Darby Rochelle endlich wieder auf das Thema Schlösser bringen konnte, einigten sie sich auf massive Riegel für die Vorder- und Hintertür. Dann tauchte Micah auf, der sie ebenfalls zuquatschte. Beim Gedanken an die viele Arbeit, die noch vor ihr lag, bugsierte sie ihn ins Haus, während Rochelle mit Bohren begann. »Also, ich hätte gern eine normale Alarmanlage, die Einbrecher abschreckt.«

»Die kann ich dir gern installieren.« Micah kratzte sich am Ziegenbärtchen. »Aber dann steigt mir Zane aufs Dach. Er ist total aus dem Häuschen, Darby, also schone seine Nerven.« Er hob beide Hände, bevor sie etwas einwenden konnte. »Erst greift dich Bigelow an, und dann bricht ein anderer Idiot bei dir ein. Der Typ braucht dringend eine Pause, okay?«

»Okay.«

»Ich schlage einen schönen Kompromiss vor.« Er setzte ein gewinnendes Lächeln auf. »Darum geht's doch im Leben, stimmt's? Mein Kumpel Zane hätte gern Sicherheitskameras, Bewegungsmelder und ...«

»Ach, hör auf!«

»Ich verstehe dich gut, echt. Du willst eine Alarmanlage, die Idioten abschreckt. Deshalb treffen wir uns in der Mitte. Du bekommst deine Alarmanlage. Sobald jemand ein Schloss knackt, ein Fenster einschlägt oder versucht, die Tür einzutreten, geht der Alarm los. Aber Zane meint, dass dich das nicht aufweckt, sobald du eingeschlafen bist.«

»So fest schlaf ich auch wieder nicht. Na ja, vielleicht doch, ich ...«

»Deshalb setz ich was obendrauf: Der Alarm sorgt dafür, dass alle Lichter im Haus angehen, außerdem wird Lee auf dem Handy verständigt.«

»Ich will Lee nicht mit so etwas belasten ...«

»Wie gesagt, ein Kompromiss. Vermutlich wird sich herumsprechen, dass du eine Alarmanlage hast – ganz bestimmt sogar, weil ich dafür sorgen werde. Ich kann mir nicht vorstellen, dass es dann noch mal einer versucht. Also los, einigen wir uns auf den Kompromiss, sonst wird dich Zane so lange bequatschen, bis du schwach wirst, nur damit er endlich den Mund hält. Er ist nicht umsonst Anwalt.«

Sie verdrehte die Augen. »Ich will eine Cola. Lass uns Cola trinken.« Sie ging in die Küche und öffnete den Kühlschrank.

»He, das sieht ja super aus. Wow, wenn die Farben dich morgens nicht wachmachen, weiß ich auch nicht. Gefällt mir.«

»Mir auch.« Darby reichte ihm die Cola. Sie hatte ungefähr überschlagen, was sie für eine Alarmanlage ausgeben wollte.

Jetzt musterte sie Micah, der an seiner Cola nuckelte. »Wie hoch ist der Kostenvoranschlag für deinen Kompromiss?«

Als er einen Preis nannte, seufzte sie. »Micah, das ist weniger als die Anlage, die ich im Auge hatte. Im Ernst jetzt.«

»Du bekommst einen Freundschaftspreis samt Familienrabatt. So arbeite ich. Außerdem will ich den gleichen Baum wie Zane ihn im Büro hat. Der ist cool. Cassie wird einen großen Übertopf dafür töpfern.«

Darby seufzte wieder. »Also abgemacht.«

»Abgemacht.« Er klatschte sie ab. »Weißt du, was ich machen würde, wenn ich hier leben würde?«

»Was denn?«

»Hast du dir je überlegt, einen Hund anzuschaffen?«

Sie bohrte ihm den Zeigefinger in die Brust. »Ja. Aber ich bin so beschäftigt, außerdem verbringe ich viel Zeit bei Zane.«

»Wir hatten einen Hund, als ich klein war. Ich glaube, Zane hat ihn noch mehr gemocht als ich, dabei waren wir alle ganz verrückt nach Betsy. Er hat sich einen Hund gewünscht, aber das kam bei ihm zu Hause nicht infrage. Also ist er zu uns gekommen, um mindestens so viel Zeit mit Betsy zu verbringen wie mit mir.«

»Echt?«

»Er hat mal erwähnt, dass er sich einen Hund anschaffen will. Aber da er den ganzen Tag fort ist, fand er das nicht fair. Wenn du dir einen anschaffst, klingt das nach einem guten … Kompromiss! Ich hab zufällig eine Freundin, die Hunde und Katzen vermittelt.«

Mit einem gewinnenden Lächeln trank Micah seine Cola aus.

Teil 4

Tröstliche Wahrheiten

Heilung braucht Zeit,
man muss ihr aber auch Gelegenheit dazu geben.

Hippokrates

Vor allem: Bleib dir selbst treu.

William Shakespeare

22

Zane fuhr die lange gewundene Straße hinauf zu seinem Haus. Er hatte einen langen Arbeitstag hinter und einen ganzen Abend voller verrückter Partyvorbereitungen vor sich. Deshalb fand er, dass er einen schönen großen Drink verdient hatte. Als er in die letzte Kurve ging, zerriss ein tiefes Bellen die Stille. Etwas raste hinterm Haus hervor, etwas Schwarz-Weißes.

Mit Zähnen, wie Zane beim Parken bemerkte, die dieses Etwas fletschte. Aus dem lächerlichen Schutz des Cabrios heraus sah er genauer hin, als Darby angerannt kam.

»Zod, stopp!« Sie klatschte zweimal in die Hände. Das Etwas, das ein Hund zu sein schien, hörte auf zu bellen und drehte den reichlich seltsam geformten Kopf, um sich nach Darby umzusehen. »Sitz«, befahl diese. Das Tier gehorchte, wobei es mit seinem Stummelschwanz wedelte. Als Darby sich vorbeugte, um es zu tätscheln, starrte es sie aus riesigen Glubschaugen hingebungsvoll an.

»Ist das ein Hund?«, fragte Zane, der vorsichtig ausstieg.

»Ja. Er beißt nicht. Er hat mir nur gemeldet, dass jemand kommt. Das war so nicht geplant«, fuhr sie hastig fort. »Wirklich, ich wollte bloß gucken und anschließend mit dir reden. Aber dann … na ja.«

»Bist du sicher, dass das ein Hund ist?«

»Klar. Darf ich vorstellen? General Zod.«

»Vom Planet Krypton beziehungsweise aus der Phantom-Zone?«

»Vickys Kinder haben ihn so genannt.«

»Vicky?«

»Du bist mit ihr zur Schule gegangen. Im Grunde ist das alles Micahs Schuld.«

»Aha.« Zane ging in die Hocke und musterte das Tier gründlich. Das seltsame Gesicht war überwiegend weiß, genauso wie der Stummelschwanz. Die restlichen dreizehn Kilo kompakte Muskelmasse auf vier Beinen, kaum weniger stummelförmig als der Schwanz, waren schwarz-weiß gefleckt. Die untertassengroßen Glubschaugen glänzten. »Was für ein reizendes Tierchen.«

»Ich weiß. Ich wollte einen Hund, der bellt, als zusätzliche Sicherheitsmaßnahme. Aber eigentlich erst, wenn ich Zeit habe, ihn zu erziehen. Möglichst einen Welpen, den ich richtig ausbilden kann, keinen Streuner. Doch dann hat Micah erwähnt, er hätte eine Freundin, die Hunde vermittelt. Wie gesagt, ich wollte eigentlich nur gucken.«

»Zod.« Zane sah den Hund an und klopfte sich aufs Knie. Der Hund trottete heran und leckte ihm mit einer breiten, nassen Zunge über die Hand. »Als Sicherheitsmaßnahme?«

»Na ja, ich … Wie du bereits gemerkt hast, bellt er wie verrückt, hört aber auf, wenn man es ihm sagt. Das war Voraussetzung. Er beißt nicht und ist an Kinder gewöhnt.«

Als Zane Zod hinter den kleinen Stehohren kraulte, grunzte er selig. Die seltsamen Augen strahlten, und er legte Zane den Kopf aufs Knie.

»Siehst du, so macht er das. Er schaut einen an, als wäre man der Mittelpunkt der Welt. Vicky hat gesagt, dass er noch nie Blumen ausgebuddelt hat. Er ist stubenrein, dazu freundlich zu anderen Hunden und Menschen. Er hält sie auf eine nette Art zusammen und liebt Autofahren. Das war die andere

Bedingung, schließlich muss ich ihn zur Arbeit mitnehmen. Er hat sich gut gemacht, als ich ihn heute dabeihatte. Ich hätte natürlich erst mit dir reden sollen.«

»Als Kind durfte ich keinen Hund haben.«

»Das hat mir Micah bereits erzählt.«

»In Raleigh konnte ich mir keinen halten. Ich habe in einem Apartment gewohnt und war hauptsächlich in der Arbeit. Eines Tages wollte ich mir einen Labrador oder einen Retriever anschaffen. Einen richtigen Hund eben.« Er breitete die Arme aus, um die Größe anzuzeigen. Nachdem er den muskulösen Körper gekrault und dem Tier weitere selige Seufzer entlockt hatte, richtete sich Zane wieder auf. »General Zod«, murmelte er, woraufhin Zod mit dem gesamten Hinterteil wedelte.

»Er war ungefähr drei Monate bei Vicky. Seine vorherigen Besitzer haben gemerkt, dass sie doch keinen Hund wollen. Er war ungefähr ein Jahr alt, als sie ihn im Tierheim abgegeben haben. Er saß sozusagen im Todestrakt, als Vicky ihn gerettet hat. Ich werde mit ihm Gassi gehen, ihn füttern und so, wenn ich bei dir bin.«

Zod ließ sich fallen und wälzte sich im Gras.

»Wieso darfst nur du Spaß mit ihm haben?«

»Du bist mir nicht böse?«

»Wie kommst du darauf? Mann, der ist wirklich hässlich wie die Nacht. Das gefällt mir irgendwie.« Er beugte sich vor und tätschelte den breiten Kopf. »Knie nieder vor Zod.«

Lachend umarmte Darby Zane, während der Hund sich zwischen die beiden drängte und jaulte. »Was ist denn das für eine wilde Mischung?«

»Sie wusste es nicht so genau. Ein Mix aus Bulldogge, Beagle und was weiß ich noch alles. Ich wollte gerade mit ihm in den Wald gehen, damit er sein Geschäft verrichten kann.«

»Gute Idee. Lass uns was zu trinken holen und Gassi gehen.«

»Er hat eine Macke«, warnte Darby ihn, als sie mit Zod in

der Mitte den Hintereingang nahmen. Amüsiert sah Zane zu, wie der Hund auf seinen komischen Beinen eine Art Tanz vollführte. »Schatz, ich würde sagen, er besteht nur aus Macken.«

»Er klaut jede Klamotte, die auf dem Boden landet, kaut aber nicht darauf herum, sondern hortet sie in seinem Hundebett. Er mag es, eine Socke oder ein T-Shirt bei sich zu haben, das nach seinen Menschen riecht, und versucht, Dinge aus dem Wäschekorb zu ziehen, wenn er drankommt. Nimmst du sie ihm weg, heult er so lange, bis er sie zurückbekommt.«

»Damit komme ich klar.« Er sah die beiden an und freute sich. »Sonst noch irgendwas?«

»Na ja, L-e-c-k-e-r-l-i sollte man nur sagen, wenn man auch eines parat hat, er flippt sonst nämlich ein bisschen aus.«

»Haben wir denn welche?«

»Vicky hat mir eine Tüte mitgegeben. Ich hab mir für den Fall, dass ich ihn von der Wiese in den Wald locken muss, ein paar in die Hosentasche gesteckt.«

»Also gut: Leckerli!«

Zod erstarrte, um dann zu Zanes großem Entzücken bestimmt anderthalb Meter in die Höhe zu hüpfen, so als hätte er Sprungfedern unter den Pfoten, mit einem ganz irren Blick in den Augen vor lauter Vorfreude. Als das Leckerli nicht gleich zum Vorschein kam, hüpfte er weiter auf und ab und schaffte es, einen wenig eleganten Salto zu vollführen.

»Der reinste Zirkushund. Los, gib ihm eines.«

Bereitwillig warf Darby ihm eine Belohnung zu, die Zod auffing, um sich im Kreis zu drehen und sie zu verschlingen.

»Er ist wirklich hässlich«, urteilte Zane und legte Darby den Arm um die Schulter. »Aber höchst unterhaltsam.« Grinsend fasste er in Darbys Hosentasche und sagte: »Leckerli!«

***

Kurz nach Sonnenaufgang, einen Tag mit Partyvorbereitungen vor sich, eilte Darby zu ihrem Einsatzort. In ein paar Stunden dürfte sie das Gröbste geschafft haben. Danach blieb ihr genug Zeit, die abendliche Feier bei Zane vorzubereiten. Zod saß neben ihr im Wagen, und seine kleinen Stehohren wackelten im Fahrtwind. Während sie den Ort hinter sich ließ und die menschenleere Straße auf der anderen Seeseite nahm, die in die Hügel führte, gelangte sie zu dem Schluss, dass Zod und sie ein wirklich gutes Team waren. Sie hatten beide ihren idealen Platz gefunden. Hinter ihnen ging die Sonne auf und versprach einen perfekten Sommertag.

»Nachher werden jede Menge Kinder und Hunde zu Besuch kommen, Zod. Wir werden einen wunderbaren ...« Sie trat voll auf die Bremse. Während Zod überrascht aufjaulte, hielt sie am Straßenrand. Eine Frau mit Blutergüssen im Gesicht humpelte in den Wald. »Moment«, sagte Darby zum Hund ebenso wie zu der Frau und sprang aus dem Wagen. »Ich tue Ihnen nichts. Sie brauchen Hilfe, ich sehe doch, dass Sie verletzt sind.«

Darby konnte sich gerade noch zurückhalten, hinter ihr her zu rennen. Stattdessen blieb sie neben dem Auto stehen. Sie hatte nur einen kurzen Blick auf sie erhaschen können, aber die Angst in den grün und blau geschlagenen, verquollenen Augen trotzdem gesehen. »Bitte, lassen Sie sich helfen! Ich fahre Sie, wohin Sie wollen. Ich heiße Darby. Auch ich bin früher misshandelt worden und habe Hilfe gebraucht. Lassen Sie sich helfen.« Sie hörte ein Rascheln und zwang sich stillzuhalten. »Ich kann jemanden benachrichtigen und warten, bis Sie abgeholt werden.« Sie warf einen weiteren Blick auf ein hageres, verprügeltes Gesicht mit langem aschblondem Haar.

»Ich kann nicht in Ihre Richtung, da werde ich gesehen.«

»Dann kehren wir um und nehmen eine andere Route. Wie wär's, wenn ich wende? Sie sind verletzt. Ich kann Sie unmöglich alleine lassen. Ich wende kurz, einverstanden?« Mit wild klopfendem Herzen stieg Darby in den Wagen. *Nichts überstürzen,* ermahnte sie sich.

»Ich kenne Sie nicht.«

»Ich bin Darby, Darby McCray, und erst letzten Februar nach Lakeview gezogen. Ich kann gern jemanden verständigen, wenn ich Sie nicht irgendwo hinbringen soll.« Die Frau wagte sich hervor, während sie die zugeschwollenen Augen zwischen Darby und dem Hund hin und her huschen ließ. »Er heißt Zod und ist total lieb. Er wird Ihnen nichts tun.« Damit er nicht bellte, streichelte ihn Darby, während die Frau zur Straße schaute.

Humpelnd eilte sie zum Wagen und stieg ein. »Können Sie losfahren?« Die Worte sprudelten nur so aus ihr hervor. »Einfach nur weg?«

»Klar.« *Immer schön mit der Ruhe, immer schön gelassen bleiben.* »Ich kann Sie in die Klink fahren«, hob Darby an. »Oder zur Polizei.«

»Nein, nein, nein.«

»Gut, keine Angst, wir fahren nirgendwohin, wo Sie nicht hinwollen. Haben Sie Verwandte?«

»Da kann ich nicht hin, da würden sie mich sofort finden.«

»Gut.« Während Darby sanft auf sie einredete, leckte Zod die zitternden Hände der Frau und legte ihr den Kopf in den Schoß. Sie begann zu weinen. »Sie können mit zu mir kommen.«

Kopfschüttelnd griff die Frau in ihre Rocktasche und zog eine verknitterte Visitenkarte hervor. »Können Sie mich dorthin bringen? Zu ihm?«

Als Darby die Karte überflog, atmete sie auf. »Sind Sie Traci, Traci Draper? Keine Angst«, sagte sie rasch, als die Frau nach der Türklinke griff, als wollte sie gleich hinausspringen. »Ich kenne Zane. Er ist ein Freund. Er hat mir erzählt, dass er sich Sorgen um Sie macht. Ich bringe Sie zu ihm. Er … wir …«

Wie sollte sie das ausdrücken? »Wir sind ein Paar. Er wird nicht zulassen, dass Ihnen etwas zustößt.«

Traci nahm Zod auf den Schoß, wiegte sich vor und zurück und klammerte sich regelrecht an den Hund. »Ich weiß nicht, was ich machen soll.«

»Sie machen schon was: Sie holen sich Hilfe.«

»Wenn die mich finden … Warum biegen Sie ab?« Vor Panik wurde ihre Stimme schrill. »Das ist nicht der richtige Weg.«

»Zane wohnt da. Er ist im Moment nicht in seiner Kanzlei. Dafür ist es noch zu früh, außerdem ist heute Feiertag, deshalb ist er zu Hause. Ich komme gerade von ihm. Er ist zu Hause, wirklich! Niemand wird Ihnen etwas tun.« *Beruhigen, eine Beziehung herstellen und bloß nichts überstürzen*, ermahnte sich Darby erneut. »Ich habe Ihre Mutter und Ihre Schwester kennengelernt. Sie sind ganz reizend.«

»Er hat gesagt, dass er sie umbringt, sie beide und mich, wenn ich versuchen sollte zu fliehen. Dann bringt er sie um.«

»Das werden wir nicht zulassen, Traci. Sehen Sie, da steht Zanes Auto. Wir gehen ins Haus, dann können Sie ihm erzählen, was passiert ist.«

Den Hund im Arm, drehte sich Traci um. »Wenn Clint erfährt, dass ich bei ihm war, wird er versuchen, ihn umzubringen.«

»Keine Sorge, niemand weiß, wo Sie sind. Wir gehen ins Haus«, sagte sie, nachdem sie geparkt hatte. »Dann überlegen wir, wie wir die Sache anpacken.« Sie stieg aus und eilte zur Beifahrerseite, um Traci beim Aussteigen zu helfen. »Gut möglich, dass Zane noch nicht wach ist, aber ich hab den Schlüssel. Ich übernachte manchmal hier.« Während Zod fröhlich vor ihnen her tänzelte, führte sie Traci zur Haustür, schloss auf und kümmerte sich anschließend um die Alarmanlage.

»Das ging aber schnell.« Nur in Schlafanzughose und mit einem Becher Kaffee kam Zane in die Küche. »Ach herrje,

Traci.« Er eilte auf sie zu und bremste sich, als Traci zurückschreckte und sich in Darbys stützenden Arm schmiegte.

Besänftigend sagte er: »Alles ist gut, alles wird gut. Möchten Sie ein Glas Wasser? Einen Kaffee vielleicht?« Er ging voraus. Er hatte seine körperlichen Misshandlungen nicht nur überlebt, sondern später als Anwalt auch Täter verklagt und deren Opfer befragt. Gut möglich, dass Traci es nicht ertragen konnte, wenn ihr ein Mann zu nahe kam oder sie berührte.

Während er sich ein T-Shirt anzog und Wasser holte, führte Darby Traci zum Wohnzimmersofa. Zod legte den Kopf neben Tracis Bein, den Blick voller Liebe.

»Er ist ein lieber Hund.«

»Ja, das ist er. Möchten Sie Kaffee?«

»Wasser, bitte. Danke. Ich weiß nicht, was ich tun soll.«

»Dann überlegen wir gemeinsam.« Zane bot ihr auch einen Eisbeutel an. »Wo sind Sie verletzt, Traci?«

»Er hat mich in den Magen geboxt. Als ich gestürzt bin, habe ich mir das Knie aufgeschlagen. Es tut weh, auch der Arm, an dem er mich gepackt hat. Gestern Abend ist er ausgeflippt. Er hatte getrunken und ist richtig wütend geworden. Das Abendessen hat ihm nicht geschmeckt, und seine Mutter hat behauptet, ich hätte bloß eine Stunde im Garten gearbeitet. Sie beobachten mich.« Obwohl sie das Glas mit beiden Händen hielt, zitterte es, als sie es zum Mund führte. »Er hat gesagt, ich wäre faul und zu nichts nutze. Dann hat er mich geschlagen. Diesmal hatte ich echt Angst, er bringt mich um. Außerdem hat er mich zu Sex gezwungen. Das hat wehgetan, alles hat wehgetan. Anschließend hat er mich erneut geschlagen, weil der Sex schlecht und ich eine Nutte wäre.« Als ihr die Tränen kamen, legte ihr Darby den Arm um die Schulter. »Also hab ich mir gedacht: Wenn ich nicht sterben will, muss ich fort.«

»Ist er gerade zu Hause?«

Traci schaute zu Zane empor und schüttelte den Kopf. »Dann

wäre ich nicht weggekommen. Er ist in aller Herrgottsfrühe aufgebrochen, um mit seinem Bruder und seinem Vater zu jagen. Wenn ich nicht in einer Stunde zurück bin und im Garten arbeite oder die Wäsche aufhänge, werden seine Mutter oder seine Schwägerin nach mir suchen. Sie beobachten mich und geben ihm Bescheid, wenn ich nicht tue, was er sagt. Oder wenn ich mit Fremden rede. Sie haben Sie gesehen«, sagte sie unter Tränen zu Zane. »Clint ist nicht allzu wütend geworden, weil ich Sie schnell fortgeschickt habe. Er hat mir bloß ein paar Ohrfeigen verpasst.«

»Das tut mir leid, Traci. Wir werden dafür sorgen, dass er Ihnen nie mehr Schmerzen zufügen kann, aber Sie müssen Anzeige erstatten.«

Sie ließ den Kopf hängen, zog ihn förmlich zwischen die Schultern. »Er hat gesagt, dass er mich umbringt, wenn ich das tue, dass einer Lügnerin und Nutte ohnehin niemand glauben wird. Wenn doch, wird er meine Mutter umbringen und meine Schwester verprügeln.«

»Das werden wir nicht zulassen. Sie müssen sich vom Arzt untersuchen lassen, Traci.«

»Das geht nicht. Auf gar keinen Fall! Dann flippt er aus wie damals, als ich die Treppe runtergefallen bin und das Kind verloren habe. Er hat mich geschlagen, und da bin ich die Treppe runter und habe das Kind verloren.«

Darby und Zane sahen sich an. »Wie wär's, wenn der Arzt herkommt?« Darby hatte nach wie vor tröstend den Arm um sie gelegt. »Eine Ärztin, eine Freundin von mir. Sie kennen doch Chief Keller, Traci. Er ist ein guter Mann und hilft Ihnen. Wenn Sie ihm erzählen, was gestern Abend passiert ist und wie Sie das Kind verloren haben.«

»Ich habe ihn angelogen. Es ging nicht anders.«

»Das spielt keine Rolle«, erklärte ihr Zane.

»Ich muss weg. Damit er mich nicht finden kann.«

Wohin? Um dann was zu tun?, dachte Darby.

»Ich war mit einem Mann verheiratet, der mich geschlagen hat.« Darby schwieg, als Traci den Kopf drehte und sie ansah. »Hätte man mir nicht geholfen, hätte er mir viel Schlimmeres angetan. Die Polizei hat ihn ins Gefängnis gesteckt, damit er mir nichts mehr tun kann.«

»Was haben Sie gemacht, dass er auf Sie los ist?«

»Nichts, genauso wenig wie Sie, Traci. Solche Leute schlagen zu, weil sie nicht anders können.«

»Warum sind Sie zu mir gekommen, Traci?«

Auf Zanes Frage hin ließ sie erneut den Kopf sinken und knetete nervös den Stoff ihres langen Baumwollkleids. »Clint hat gesagt, es wär gelogen, dass Ihr Vater Sie als Kind schlimm verprügelt hat. Aber meine Mama hat gemeint, das stimmt. Die lügt nicht, aber Clint. Vielleicht können Sie mir helfen, mich scheiden zu lassen, aber ich muss weg von hier.«

»Es gib sichere Orte, die gar nicht so weit entfernt sind. Meine Schwester arbeitet mit Menschen, die einen sicheren Platz brauchen. Ich kann Ihnen dabei helfen, eine einstweilige Verfügung zu erwirken. Wir können Sie in einem Frauenhaus unterbringen. Ich kann Ihnen helfen, sich scheiden zu lassen.«

»Ich habe kein Geld, um Sie zu bezahlen. Vielleicht kann Mama ja …«

»Sie müssen mir nichts zahlen. Aber Sie müssen mit dem Polizeichef sprechen und ihm sagen, was jetzt und damals passiert ist. Als Sie schwanger waren.«

»Er hat gesagt, dass er mich und meine ganze Familie umbringt, wenn ich das tue.«

»Genau das erzählen Sie Chief Keller. Ich werde als Ihr Anwalt dabei sein, einverstanden? Sie lassen sich von der Ärztin untersuchen, damit sie dem Polizeichef sagen kann, was er Ihnen angetan hat.«

»Wenn ich das tue, können Sie meine Familie beschützen?«

»Das werden wir tun.«

»Ich kann die Ärztin und Ihre Mutter anrufen, Traci. Sie können beide herkommen.«

Sie erstarrte, die Hände erstarrten in ihrem Schoß. »Meine Mama kann herkommen und mich begleiten?«

»Das sehen wir dann.« Zane stand auf. »Bitte sagen Sie mir, ob ich Chief Keller verständigen und Darby die Ärztin und Ihre Mutter anrufen darf. Wir tun das nur, wenn Sie sagen, dass es in Ordnung geht.«

»Ich habe solche Angst, bin so erschöpft.« Traci legte den Kopf in den Nacken und schloss die Augen. »Gestern Abend habe ich halb gehofft, dass er mich umbringt, damit es endlich vorbei ist. Ich kann so nicht weiterleben. Ich will so nicht weiterleben. Wenn Sie sie anrufen, wird sich das ändern. Es muss sich ändern, also rufen Sie sie an. Bitte lassen Sie meine Mama kommen. Ich brauche meine Mama.«

Schluchzend schlug sie die Hände vors Gesicht.

***

Darby war tief erschüttert. Auf einmal waren die Angst, der Schock und die völlige Hilflosigkeit von damals wieder da, als sie ausgerechnet der Mann verprügelte, der geschworen hatte, sie zu lieben und zu ehren. Mehr noch als der Angriff von Graham Bigelow erinnerte sie Tracis Erschöpfung, Verzweiflung und Angst an ihre eigene. An den verzweifelten, instinktiven Wunsch nach mütterlichem Trost.

Lee traf als Erster ein. Während er sich leise mit Traci und Zane im großen Wohnzimmer unterhielt, machte Darby Kaffee. Nachdem sie ihn serviert hatte, ging sie nach draußen, um Traci mehr Privatsphäre zu gönnen. Sie musste an ihre eigene Befragung durch die Polizei zurückdenken und wie behutsam die Beamten vorgegangen waren. Geduldig hatten sie sie durch den Albtraum geführt, um alles zu dokumentieren. Wonach sie sich damals am meisten gesehnt hatte? Nach ihrer Mutter.

Als Darby sah, wie ein Auto rasch die steile Straße hochkam, ging sie Tracis Mutter entgegen. Wie sich herausstellte, war die Schwester ebenfalls mitgekommen. Tracis Mutter trug noch ihre Hausschuhe. Tränen brannten in Darbys Augen, als sie an ihre damalige Erleichterung zurückdachte. Sie drängte sie zurück und gab Lucy Abbott die Hand. »Sie ist mit Chief Keller und Zane im Haus. Sie will nicht in die Klinik, aber Dr. Ledbecker schaut gleich vorbei.«

»Wie schlimm ist sie … Ich muss dringend zu …«

»Er hat sie geschlagen, Mrs. Abbott. Nicht zum ersten Mal. Aber wir können dafür sorgen, dass es das letzte Mal ist.«

»Geh du rein zu ihr, Mama. Ich muss mich kurz sammeln. Darf sie schon rein?«, fragte Allie.

»Klar. Einfach geradeaus, Mrs. Abbott.« Darby zögerte und verließ sich dann auf ihre Intuition. »Am besten, Sie nehmen sie eine Weile in den Arm. Das braucht sie am dringendsten.«

Nickend eilte Lucy ins Haus.

»Gut.« Allie presste die Lippen zusammen, und ihr Kiefer mahlte. »Wo ist der Mistkerl?«

»Traci hat gesagt, dass er in aller Herrgottsfrühe zur Jagd aufgebrochen ist. Da ist sie geflohen.«

»Das wurde echt Zeit. Wie ist sie hergekommen?«

»Ich wollte einen Auftrag beenden, oben an der Highpoint Road. Beim Rausfahren hab ich sie gesehen und gemerkt, dass sie verletzt ist. Ich konnte sie zum Einsteigen überreden. Sie wollte zu Zane, hatte seine Visitenkarte dabei.«

»Endlich ist sie zur Vernunft gekommen.« Allie blinzelte die Tränen weg und umarmte Darby. »Gott segne Sie.«

»Ich bitte Sie, ich habe nicht das Geringste …«

»Gott segne Sie«, wiederholte Allie. »Nehmen Sie meinen

Dank an. Ich bin seit Langem krank vor Sorge und total wütend auf Traci. Also erlauben Sie, dass ich mich bedanke und kurz sammle, bevor ich da reingehe.«

»Er hat gedroht, Ihnen und Ihrer Mutter etwas anzutun.«

Mit zusammengepressten Lippen starrte Allie auf den See und die Berge. »Eines sage ich Ihnen, mein Tim und ich können für die Sicherheit unserer Kinder, für Mama und Traci garantieren. Clint Draper und seine Bagage können uns mal. Sie kommt mit zu uns, und wenn ich sie persönlich mitschleifen muss.«

»Sie sollte noch nicht mit zu Ihnen gehen.«

Allie wirbelte zu Darby herum, Wut ließ ihre Tränen verdampfen. »Wenn Sie damit sagen wollen, dass sie zu diesem Mistkerl zurück soll, vergess ich mich.«

»Nein, nein. Zane hat Britt informiert, und die sorgt dafür, dass Traci in ein Frauenhaus in Asheville kommt. Ihre Mutter kann mitgehen, wenn sie das möchte. In einem Frauenhaus ist sie am besten aufgehoben, bis Lee dafür gesorgt hat, dass Clint hinter Gittern sitzt. Bis sie sich sicher fühlen kann. Außerdem werden dort Therapiestunden angeboten, und sie kann mit Frauen sprechen, die dasselbe durchgemacht haben wie sie.«

»Na gut. Sosehr ich mir wünsche, dass sie nach Hause kommt – das klingt vernünftig. Meine kleine Schwester ist immer so klug und lieb gewesen. Ich will meine Schwester wiederhaben.«

»Die Drapers haben sie rund um die Uhr überwacht, Allie. Damit sie nicht abhaut. Er hat gedroht, ihrer Familie was anzutun, wenn sie nicht spurt. Es hat sie viel Mut gekostet, zu gehen.«

»Sie haben recht.« Tief ausatmend strich sich Allie das dunkelblonde Haar aus dem Gesicht. »Ich glaube, ich habe genug Dampf abgelassen und gehe jetzt rein.«

»Ich warte hier auf die Ärztin.«

»Ich werde Ihnen niemals vergessen, was Sie heute getan haben. Keiner in Lakeview wird das.« Allie drückte Darby die Hand. »Auch nicht die Drapers. Passen Sie gut auf sich auf.«

Sobald Charlene kam, führte Darby sie ins Haus. Während Zane Traci samt ihrer Mutter und Charlene ins Gästezimmer brachte, nahm sich Darby eine Cola und ging mit Zod Gassi. »Du hast sie getröstet, stimmt's?«, murmelte sie. »Du hast ein gutes Herz.« Sie marschierte mit Zod in den Wald, wo er herumschnupperte, auf seinen Stummelbeinchen tänzelte und sich irgendwann hinhockte. »Brav, so ist es gut. Keinen Haufen auf meinen schönen Rasen oder in meine gepflegten Gärten machen.«

Als sie wieder aus dem Wald kam, sah sie Zane an einem der Tische sitzen. Er machte sich Notizen. »Da bist du ja.« Er stand auf und ging ihr entgegen, während Zod sie umtanzte. Er legte den Arm um sie. »Nicht traurig sein. Es ist so ein schöner Tag. Nicht traurig sein.«

»Ich bin in meine Vergangenheit zurückversetzt worden. Bei Bigelow hieß es einfach nur Flucht oder Angriff. Anders als damals bei Trent konnte ich mich wehren. Aber heute, mit Traci, kam alles wieder hoch. Alles, was ich erlebt habe, als ich wegen meinem Ex zur Polizei bin. Es war eine schreckliche Nacht in meinem Leben. Wie viele schreckliche Nächte hat Traci wohl durchmachen müssen?«

»Das ist vorbei, dafür werden wir sorgen. Lee hat bereits einen Haftbefehl erwirkt und Leute zu den Drapers geschickt.«

»Er wird nicht zu Hause sein, wenn er auf der Jagd ist.«

»Das ist es ja. Es ist keine Jagdsaison.« Zane strich ihr über den Arm und trat einen Schritt zurück. »Lee kriegt sie allein deswegen dran. Und irgendwann muss Clint heimkommen. Britt ist unterwegs. Emily hat ein paar Toilettenartikel aus ihrem Gästefundus zur Verfügung gestellt. Die hat Britt dabei, wenn sie Traci nachher zum Frauenhaus fährt. Vorausgesetzt,

Charlene lässt sie dorthin. Wenn nicht, wird Britt sie zuerst ins Krankenhaus begleiten.«

»Du hast so beruhigend auf sie eingewirkt«, lobte Darby Zane. »Du warst so behutsam und sanft, wusstest genau, was du und wie du es sagen musst.«

»Das gehört zu meinem Job.«

»Nein, nein, nein.« Nervös lief sie auf und ab. »Das stimmt nicht, so bist du einfach. Was auch immer du zu ihr gesagt hast, als du ihr deine Karte gegeben hast – du musst die richtigen Worte gefunden haben, sonst hätte sie sie nicht behalten.«

»Ich habe durchgemacht, was sie durchmachen musste.«

»Schlimmeres sogar. Und schau, wo du heute stehst.« Sie drehte sich um. »Du hättest zu einem verbitterten, bösartigen Menschen werden, dich kleinmachen lassen können. Aber das ist nicht passiert. Du hast dich zu einem liebevollen, fürsorglichen Menschen mit einer sinnvollen Aufgabe entwickelt. Mist, du hast mir alles versaut.«

Lachend zog er die Brauen hoch. »Wieso denn das?«

»Ich bin an diesen Ort gezogen, weil er alle meine Voraussetzungen erfüllt hat. Es hätte massenweise Alternativen gegeben, aber ich bin hier gelandet. Meine Mutter hat immer gesagt, nichts geschieht ohne Grund. Vermutlich hatte sie recht. Lakeview ist weit weg von meiner früheren Heimat, das war mir das Wichtigste. Pflanzzeiten, Einwohnerzahl, Topografie … alles hat gepasst.«

»Ich wüsste nicht, wie ich Pflanzzeiten versauen sollte. Ist noch Cola übrig?«

Sie gab ihm einen Stoß. »Nein, das nicht, aber ich hatte klare Ziele. Sollte es mir hier gefallen, wollte ich eine Firma gründen. Die war mindestens genauso wichtig. Und mir dann ein echtes Zuhause suchen, ein Haus und ein Stück Land kaufen. Ich wollte mich einleben und Freunde finden.«

»Sieht ganz so aus, als hättest du deine Ziele verwirklicht. Ich wüsste nicht, was ich da versaut hätte.«

»Nein? Nun, ich bin noch nicht fertig. Ich mag Sex.«

»Dafür bin ich dankbar.«

Nervös steckte sie die Hände in die Hosentaschen und zog sie wieder heraus. »Ich habe überhaupt nichts gegen einen ungebundenen, vertrauenswürdigen, aufregenden Partner, mit dem ich Sex haben kann. Wenn er außerdem großartig aussieht, unterhaltsam und intelligent ist, ist das umso besser.«

Zane lehnte sich an den Tisch und kraulte mit dem Fuß einen überglücklichen Hund. »Trotzdem kapier ich nicht, was ich da versaut haben soll.«

Sie nahm ihre Baseballkappe ab und begann, damit auf ihren Oberschenkel zu klopfen. »Habe ich was von einer festen Beziehung gesagt? Nein. Von einer Beziehung, die einschließt, dass ich kaum zu Hause bin, sondern fast bei dir wohne?«

»Wir haben die grässlichen Tapeten bei dir abgekratzt und die Wände gestrichen.«

»Das hat das Haus überhaupt erst bewohnbar gemacht, aber nicht zu einem Zuhause. Und jetzt? Jetzt nehme ich Zod mit in den Wald und beglückwünsche ihn dazu, dass er nicht auf meinen Rasen oder in meinen Garten gemacht hat. Nicht etwa in Zanes, sondern in *meinen*. Weil du es versaut hast und das jetzt auch mein Zuhause ist.«

»Schau dich um.« Zane machte eine weit ausholende Geste. »Weil du es dazu gemacht hast, mein Schatz. Ich habe da gar nichts versaut.«

»Weil du es mir erlaubt hast«, argumentierte sie wenig überzeugend, und das war ihr klar. »Dann sehe ich dich zusammen mit Micah, deinem Jugendfreund, und mit deiner Familie. Die sind einfach alle reizend. Und du bist jemand, der …«

»Ich bin jemand, das lässt sich nicht leugnen.«

»Mach dich bloß nicht über mich lustig. Das nervt. Ich sehe also, dass du jemand bist, der zutiefst liebenswert, liebevoll und moralisch integer ist.«

»Na ja, übertreib nicht so schamlos.«

»Integer ist«, wiederholte sie. »Das sehe, spüre und höre ich. Warum hab ich dich bloß nicht erst in ein paar Jahren kennengelernt, um Zeit zu haben, die anderen Punkte auf meiner Liste abzuhaken?«

Jetzt lächelte er. »Schicksal? Ich habe das nicht geplant. Aber ich liebe dich, Darby.«

»Ich weiß«, sagte sie mit einem genervten Seufzen. »Und als wäre das nicht schon schlimm genug, liebe ich dich auch.«

»Ich weiß. Es tut gut, das von dir zu hören. Komm nach Hause, Darby. Komm richtig nach Hause.«

Das war bereits geschehen. »Aber mein Haus behalte ich«, sagte sie trotzig.

»Warum solltest du es aufgeben? Du wirst dort tollste Landschaftsgärten anlegen und das Gewächshaus bauen, von dem du mir ständig erzählst. Du wirst dort deine Ausrüstung und die Riesenmaschinen lagern, die du dir anschaffen willst. Dein Haus ist für deine Firma unverzichtbar.«

Als er auf sie zumarschierte, hob sie warnend den Zeigefinger. »Siehst du? Ständig legst du mich rein. Das ist nur eine weitere Methode, um mir …«

»… alles zu versauen?«, beendete er ihren Satz.

»Ja.« Ergeben bildete sie mit beiden Händen ein Herz. »Ich fürchte, ich werde einfach damit leben … mit dir leben müssen.«

23

Mit seiner Schwester wartete Zane, bis Charlene Tracis Verletzungen behandelt hatte. »Ich kann dich begleiten«, bot er Britt an. »Dir helfen, sie und ihre Mutter im Frauenhaus unterzubringen.«

»Nein, du hast hier alle Hände voll zu tun, außerdem kann ich mich so in Ruhe mit Traci unterhalten. Sie unternimmt da einen beängstigend großen Schritt.«

»Schick mir eine SMS, wenn ihr angekommen seid.« Er sah auf seine Armbanduhr. »Ich hatte gehofft, dass Lee sich meldet.«

»Lass Lee in Ruhe seine Arbeit machen. Ich erledige mein Therapeutending, und du machst dein Anwaltsding, außerdem dein Gastgeberding, es steht schließlich eine Riesenparty an.« Sie zog ihn am Handgelenk, um einen Blick auf seine Armbanduhr zu werfen. »In ein paar Stunden bin ich zurück und helfe dir, Silas ebenfalls, sobald sein Einsatz beendet ist. Emily kommt auch, zusammen mit Audra. Wir schaffen das schon.«

»Ich würde sagen, das ist eher Tracis Unabhängigkeitstag.«

»Allerdings.«

Zane kannte seine Schwester. »Du hast Angst, dass sie nicht durchhält.«

»Es liegt ein steiniger Weg vor ihr. Hoffen wir das Beste.«

Das tat er, während er Traci und ihre Mutter in Britts Auto verfrachtete und ihr einschärfte, ihn anzurufen, wenn sie ihn brauchte. Nachdem er Charlene gedankt und Allie versichert hatte, er werde sie auf dem Laufenden halten, blieb er kurz auf seiner Anhöhe stehen. Ruhe und Frieden waren eingekehrt, und unten schimmerte der See in der Sonne. Ein perfekter Sommertag. Ideal, um segeln zu gehen, Kartoffelsalat zu essen und im Schatten ein Bierchen zu trinken. Ein Tag, an dem man meinen könnte, es gäbe keinerlei Schlechtigkeit auf der Welt. Aber dem war nicht so, und es würde auch nie anders sein.

Leben, das hieß, sich über das Schlechte zu erheben, es zurückzudrängen. Genau das würde er tun.

***

Mithilfe eines Haftbefehls verschaffte sich Lee zuerst Zutritt zu Tracis Haus, dann unterhielt er sich mit Clints eiskalter Mutter sowie mit der moralisch verwahrlosten Frau von Clints Bruder. Anders konnte man sie kaum bezeichnen. Danach war er zu dem Schluss gelangt, dass sie etwas ahnten.

Bei Jed Draper stritten, jammerten und quengelten drei Kinder. Zwei in Windeln, die dringend gewechselt werden mussten, und ein drittes mit bösem Blick und aufgeschlagenen Knien. Es war dermaßen laut, dass Lee Kopfschmerzen bekam.

Sally Draper wich nicht von ihrer Geschichte ab, die der ihrer Schwiegermutter fast wortwörtlich entsprach. Sie wisse nicht, wo die Männer seien. Bestimmt nicht auf der Jagd. Eher zum Angeln, ein, zwei Tage zelten. Wenn diese undankbare Traci behaupte, ihr Bruder würde sie schlagen, sei sie nicht nur eine faule Schlampe, sondern auch eine dreiste Lügnerin.

Bea Draper, die Matriarchin des Clans, erzählte etwas ganz Ähnliches, das sie zusätzlich ausschmückte. Traci habe einen furchtbaren Wutanfall gehabt, mit Gegenständen nach ihrem hart arbeitenden Sohn geworfen. Sie sei extrem ungeschickt und stolpere ständig, weil sie keine Ordnung halten könne.

Lee bemerkte die Feldstecher auf den Fensterbänken beider Häuser. Während er zu dem Haus zurückging, in dem Traci gewohnt hatte, ließ er auf sich wirken, was er dort vor- beziehungsweise nicht vorfand. Traci war bei Tagesanbruch geflohen, nur mit dem, was sie am Leib trug und mit Zanes Visitenkarte in der Tasche. Trotzdem hatte er bei ihr zu Hause bloß zwei handgenähte Kleider vorgefunden, beide aus Baumwolle und genauso formlos wie das, was sie anhatte. Weder Schmuck noch Make-up, nur zwei Baumwollnachthemden, die nicht mal mehr seine Großmutter getragen hätte. Kein einziges Paar Schuhe.

Er war mit einer Mutter und einer Schwester aufgewachsen, hatte mit einer Frau und einem Mädchen zusammengelebt, das er seit Teenagerzeiten als seine Tochter betrachtete. Er kannte sich also mit Frauendingen aus. Nichts, gar nichts in diesem Haus war normal. Er hasste es abgrundtief, dass er weder die Macht noch die Autorität besessen hatte, etwas daran zu ändern. Bis heute. Er ging zu den McConnells, die beide im Garten arbeiteten.

Mühsam richtete sich Sam auf und nickte zum Gruß. »Chief.«

»Da wachsen ja wunderschöne Tomaten, Sam.«

»Ja, jede Menge. Sie können gern ein paar mitnehmen.«

Lee kratzte sich am Kinn. »Ob Sie es glauben oder nicht, wir wurden überredet, selbst welche zu pflanzen. Nur ein paar Stauden, aber die entwickeln sich gut. Ich wüsste es sehr zu schätzen, wenn ich kurz mit Ihnen sprechen könnte.«

»Ich habe mir schon gedacht, dass Sie vorbeischauen.« Mary Lou rückte ihre Brille zurecht. »Ich habe heute Morgen frische Limonade gemacht. Kommen Sie rein und setzen Sie sich.«

»Danke.«

»Die Kinder kommen nachher zum Kochen vorbei, bevor wir runter zum See gehen, um uns das Feuerwerk anzuschauen«, sagte Sam im Hineingehen.

»Das wird bestimmt toll.«

Während Mary Lou die Limonade holte, setzte sich Lee mit Sam auf die Veranda. Sam seufzte, als er sich in einen Stuhl sinken ließ. »Ich wollte nur hören, ob Sie gestern Abend drüben bei Clint Draper irgendwas gehört habt.«

»Nicht, dass ich wüsste. Wir hatten den Fernseher an und die Fenster geschlossen.« Wieder seufzte Sam. »Er hat die Kleine wieder geschlagen, was?«

»Ich weiß nur, dass sie heute Morgen weggelaufen ist, und zwar ziemlich übel zugerichtet. Sie haben sie nicht zufällig dabei gesehen oder wissen, wo Clint hin ist?«

»Ich wünschte, es wäre so. Ich habe sie nie Auto fahren sehen, sie dürfte also zu Fuß geflohen sein. Wir hätten ihr geholfen, wenn wir was mitbekommen hätten.«

»Ich weiß.« Als Mary Lou mit einem Tablett und Gläsern herauskam, lächelte Lee. »Das sieht toll aus, Mary Lou.«

»Sie ist weggelaufen, Schätzchen«, erklärte Sam seiner Frau. »Sie hat ihn heute früh verlassen.«

Mary Lou stellte klirrend das Tablett ab. »Gott sei Dank. Wir haben uns Sorgen gemacht, als wir Sie und die Beamten gesehen haben. Wir hatten Angst, dass er sie diesmal umgebracht hat. Geht es ihr gut?«

»Sie wird sich wieder erholen. Meines Wissens ist Clint mit seinem Vater und Bruder in aller Herrgottsfrühe aufgebrochen. Zum Jagen, auch wenn Mrs. Draper behauptet, zum Angeln.«

»Wohl eher zum Jagen. Wir haben Schüsse gehört, als wir nach draußen gegangen sind.« Nachdem sie die Gläser verteilt hatte, setzte sich Mary Lou. »Die Drapers halten sich weder an Schonzeiten noch an Verbotsschilder. Sie machen, was sie wollen und wann sie es wollen.«

»Sie wissen nicht zufällig, wo sie gerne hingehen?«

Sam schüttelte den Kopf. »Ich weiß nur, dass sie an ihrer Grundstücksgrenze Jägerstände errichtet haben und dass ich nicht in den Wäldern nach ihnen suchen würde, Chief. Nicht, wenn sie Gewehre und Deckung haben. Sollten Sie auch nur einen Fuß auf ihren Grund setzen, werden sie schießen und sich dabei im Recht fühlen.«

»Bea Draper dürfte ihnen mittlerweile Bescheid gesagt haben, dass Sie da waren«, fügte Mary Lou hinzu. »Ich hab sie so gegen neun, also nach den Schüssen, nach nebenan gehen sehen. So, als würde ihr auch dieses Haus gehören. Auf dem Rückweg hat sie keinen glücklichen Eindruck gemacht. Ich nehme an, sie hat gemerkt, dass Traci weg ist.«

»Das dürfte sie umgehend den Männern mitgeteilt haben«, meinte Sam. »Dann seid ihr aufgetaucht. Sie wird ihnen gesagt haben, dass sie sich fernhalten sollen, bis ihr weg seid.«

»Na ja.« Lee trank etwas Limonade. »Sie werden nicht ewig in den Wäldern bleiben. Wir werden nach ihnen suchen und das Haus im Auge behalten. Sie bitte auch. Rufen Sie mich an, wenn jemand auftaucht?«

»Gern.« Mary Lou tätschelte die Hand ihres Mannes. »Aber wir wären froh, wenn Sie uns offiziell raushalten. Das sind rachsüchtige Leute, Chief.«

»Kein Problem. Sie rufen mich sofort an, ja?«

»Passen Sie auf sich auf«, warnte Sam. »Die werden nicht gut reagieren, wenn einer von ihnen festgenommen wird.«

»Doch genau das habe ich vor.« Lee ordnete an, dass ständig zwei Beamte das Grundstück der Drapers beobachteten. Er wollte die nächste Schicht übernehmen und vorher seine Familie über den neuesten Stand informieren.

Als er zu Hause ankam, waren die Tische bereits mit bunten Decken geschmückt und Lichterketten aufgehängt worden. Seine Söhne holten gerade Nachschub, und das kleine Mädchen, das ihn Opa nannte, spielte mit dem hässlichsten Hund der Welt.

Audra rappelte sich auf und wackelte auf ihren krummen

Beinchen auf ihn zu, brabbelte strahlend und streckte ihm die Arme entgegen. Er hob sie hoch und warf sie in die Luft, damit sie laut aufjauchzte. Der hässliche Hund sauste los, um sich auf Molly zu stürzen und spielerisch zu raufen, während Rufus im Schatten döste. Er roch Limonade, Blütenduft und hörte das wunderbare Lachen seiner Frau aus der offenen Küchentür. Hier war alles ganz normal. Es tat gut, wenn auch nur kurz, in diese Normalität einzutauchen. Audra zappelte und verlangte, abgesetzt zu werden. Dann wackelte sie zu Darby hinüber, die sich die Kleine auf die Schultern setzte, was zu weiteren Entzückensschreien führte.

Lee ging ins Haus, sah, wie Emily die Garprobe bei den Salatkartoffeln machte, wie Zane umständlich ein Dutzend hart gekochter Eier schälte. »Man sollte ein Werkzeug dafür erfinden«, beschwerte er sich.

»Gibt es schon. Man nennt es Hände.« Emily drehte sich um. Lee bemerkte die Erleichterung in ihrem Blick. »Hier kommt noch ein Paar Hände zum Anpacken«, sagte sie fröhlich. »Wo ist Silas?«

»Ginny und er halten gerade Wache bei den Drapers. Nachher löse ich sie ab.«

»Gut, dann setz dich zu Zane. Lust auf einen gekühlten Kaffee mit Eiswürfeln?«

»Schätzchen, allein schon deswegen hätte ich dich geheiratet. Hat jemand was von Britt gehört?«

»Sie ist mit Traci und ihrer Mutter im Frauenhaus und dürfte bald zurück sein«, sagte Zane. »Ich nehme an, die Drapers waren nicht zu Hause?«

»Nein, aber irgendwann werden sie zurückkommen. Die Frauen haben sie gewarnt. Sie wissen, dass wir sie erwarten.« Lee ging zur Spüle, denn darauf hatte man ihn oft genug hingewiesen. Er wusch sich die Hände, bevor er sich setzte und nach einem Ei griff. »Auch die Frauen waren vorbereitet und hatten ihre Version der Ereignisse bereits aufeinander abgestimmt. Mary Lou McConnell meinte, Bea Draper wäre gegen neun rüber zu Clint. Da dürfte sie gemerkt haben, dass Traci weg ist. Dann haben sie sich jede Menge Mist ausgedacht, den sie uns auftischen können.« Er pellte ein Ei und griff nach dem nächsten. »Eines sage ich euch: Diese junge Frau hat ein hartes Leben gehabt. Bei Bea und Sally Draper liegen Feldstecher auf den Fensterbänken. Traci hat also nicht gelogen, als sie meinte, sie würde beobachtet. Und dann diese Kinder, Jed Drapers Kinder. Total verwahrlost, zwei von ihnen hatten nichts als schmutzige Windeln an, und der Älteste sah aus, als würde er sie umbringen, wenn er könnte.«

»Ach, Lee.«

»Ich kenne diesen Blick, Em. Er ist noch zu klein, aber er hat ihn.« Lee pellte ein drittes Ei. »Und dann komme ich hierher. Die süße Kleine rennt auf mich zu und duftet nach frisch gemähtem Rasen und Shampoo, in diesem kleinen – was hat sie da gleich wieder an?«

»Einen Strampler.« Emily stellte ihm seinen gekühlten Kaffee hin und trat hinter ihn, um ihm die Schultern zu massieren.

»Na ja, sie strampelt jedenfalls darin und hüpft auf Darbys Schultern auf und ab, glücklich wie ein übermütiger Welpe. Da musste ich an diese Kinder denken, die nichts dafür können, und daran, dass derjenige, der meinen Job in fünfzehn, zwanzig Jahren übernimmt, sie hinter Gitter bringen wird. Es sieht zumindest alles danach aus.«

»Manchmal läuft es anders«, warf Zane ein.

»Ja, das stimmt. Das darf man nicht vergessen.«

Emily küsste ihn auf die Wange. »Los, geh raus und spiel mit deiner Enkelin. Zane und ich machen das schon.«

»Nein, nein, alles bestens. Beim Eierpellen muss man nicht nachdenken, das kann ich gerade gut gebrauchen.« Er tätschelte Emilys Hand und sah zu Zane hinüber. »Du bist ein guter Mensch, Zane. Wenn ich du wäre, würde ich das hier mir überlassen, zu der langbeinigen Frau gehen und ihr mit den Lichterketten helfen. Versuch sie zu überreden, dass sie zu dir zieht.«

»Das muss ich gar nicht. Sie zieht morgen bei mir ein.«

Emily quietschte ähnlich wie Audra, um dann die Hände um Zanes Hals zu legen, als wollte sie ihn erdrosseln. »Das erzählst du mir erst jetzt?«

»Ich musste mich auf diese verdammten Eier konzentrieren.«

»Raus mit dir, sofort raus mit dir. Häng die Lichter auf und sieh zu, dass deine Cousins die restlichen Tische dahin stellen, wo sie hingehören.«

»Zu Befehl, Madam.« Er floh.

»Verflixt, meine Kartoffeln«, rief sie und sauste zum Herd, um den Topf herunterzunehmen.

»Das war ein anstrengender Vormittag«, hob Lee an.

Emily goss die Kartoffeln ab. »Ich weiß.«

»Aber das hier entschädigt mich doch für so einiges.«

Sie schaute durch den Dampf aus dem Fenster, dorthin, wo Zane Audra von Darbys Schultern nahm und auf seine setzte.

»Unser Junge ist glücklich, Lee. Um ihn habe ich mir größere Sorgen gemacht als um Britt. Er hatte ein schweres Päckchen zu tragen. Jetzt ist er glücklich. Die beiden passen perfekt zusammen. Das zu sehen beruhigt mich sehr. Gabe wirft gerade Bälle für die Hunde, Brody sieht kopfschüttelnd zu und lacht. Das beruhigt mich ungemein.«

»Wir haben gute Arbeit geleistet, Em.«

Sie lächelte ihm zu. »Trotzdem habe ich nicht das Gefühl, damit fertig zu sein. Aber bisher haben wir wirklich verdammt gute Arbeit geleistet.«

***

Ein paar Stunden später sehnte sich Zane eher nach einem ausgiebigen Nickerchen als danach, eine Party zu geben. Er hatte Tische und Stühle geschleppt, war auf Leitern geklettert und wieder hinunter, hatte riesige Kühlboxen für Limonade und Eistee sowie Wannen für Bier und Wein hinausgetragen. Jedes Mal, wenn er eine Pause einlegen, ein Bier trinken oder duschen wollte, hatte er einen neuen Auftrag bekommen. Meist von einer Frau. Ehe er sich versah, war die Band da, auf der Emily bestanden hatte, und baute die Instrumente auf – auf der Bühne, die Lee mit seinen Söhnen konstruiert hatte.

»Zane, du musst die neuen Mülleimer rausstellen.« Britt, die bunte Wannen mit Preisen für die Kinder füllte, rief ihm das zu, bevor er sich aus dem Staub machen konnte. »Mit Müllsäcken drin. Brody, hast du die Schilder fertig?«

»Fast.« Brody, der Einzige, der so was wie künstlerisches Talent besaß, arbeitete gerade an Schildern, die auf die Dosen und Flaschen verwiesen, sowie an anderen mit Altersangaben für die Preise.

Zane stellte die neuen Mülleimer hin, verstaute Reservemüllsäcke darin, so wie Emily es ihm gezeigt hatte, und ging zur Küche. Darby kam gerade heraus. Sie trug eines von diesen Sommerkleidern, die Männer dankbar für heiße Sommertage sein lässt. Er wusste gar nicht, dass sie überhaupt ein Kleid besaß. Schon gar kein knallgelbes mit Spaghettiträgern, das kräftige Schultern freiließ und in einem wirbelnden Rock endete, der ihre nackten Beine umspielte. Sie trug den Anhänger, den er ihr geschenkt hatte, und kleine Hängeohrringe. Außerdem hatte sie etwas mit ihrem Gesicht gemacht. Vor allem mit den Augen, die oval und sexy aussahen.

»Schau mal einer an.«

»Das solltest du, ich habe schließlich viel Zeit darauf verwendet.«

»Wir sollten jede Woche ein Fest feiern.«

Dann beglückte sie ihn mit einem kalten Bier. »Du bekommst jetzt frei, um dich zurechtzumachen.«

»Gott sei's gedankt.« Doch zuerst schlang er ihr die Arme

um den Nacken und zog sie an sich, um sie zu küssen. »Es hat zwar gedauert, aber das ist es wert. Ich muss dich dringend mal nach Asheville zum Abendessen ausführen.«

»Wie wär's, wenn wir uns gegenseitig ausführen?«

»Gern.« Da er an Emily und Britt vorbei musste, die beide Essen vorbereiteten und fröhlich plauderten, stahl er sich rasch davon. Er brauchte nicht lang. Eine kurze Dusche, ein frisches Hemd, eine neue Jeans und ein Paar schwarze Turnschuhe. Als er die Terrassentüren öffnete, hörte er eine Gitarre und seine Familie. Rasch trat er ins Freie.

Sein jüngerer Cousin Brody spielte auf der Gitarre, die ihm die Band freundlicherweise überlassen hatte, und strahlte, als die anderen zu ihren Instrumenten griffen und einstimmten. Alle drei Hunde, die ganz müde waren vom vielen Herumtollen am Nachmittag, schliefen im Schatten. Audra im rot-weiß gestreiften Strampler und mit blauem Schleifchen im Haar klatschte zur Musik.

Obwohl er die Sache anfangs unterschätzt hatte, fiel ihm auf, wie schön alles aussah. Die rot-weiß-blau geschmückten Tische, die weißen Sonnensegel, die Stapel farblich abgestimmter Teller, Servietten und Becher. Noch war es zu früh für die Lichter, aber auch die würden großartig wirken. Darbys coole Wurfspiele leuchteten bunt auf dem Rasen.

Musik spielte, die Sonne schien, und seine Freundin trug ein gelbes Kleid. Ja, es sah wirklich alles großartig aus.

***

Es fühlte sich auch großartig an, als Zane hinterm Grill stand und sich Dutzende von Leuten in Haus und Garten tummelten. Die Hunde, die wieder aufgewacht waren, gesellten sich zu den Gästen, um vielleicht etwas abzubekommen. Bälle prallten gegen buntes Sperrholz. Man umarmte ihn, klopfte ihm auf den Rücken und küsste ihn auf die Wange, während er Burger wendete und Hot Dogs briet. Er roch frittiertes Huhn und konnte nur hoffen, dass etwas für ihn übrig blieb.

»Eine tolle Party.« Silas schlenderte auf ihn zu. »Dave wird dich gleich ablösen.«

Als er den Blick in den Augen seines Schwagers sah, drehte er sich um. »Hiermit übergebe ich offiziell die Grillzange.«

»Bin schon zur Stelle.« Dave reichte ihm ein Bier.

»Wie wär's mit einem kleinen Spaziergang?« Mit einem Glas gesüßtem Eistee, da er nach wie vor im Dienst war, führte Silas ihn ans andere Ende des Grundstücks.

»Was ist los?«

»Lee hat sich gerade gemeldet. Die Drapers sind wieder da. Ohne Clint. Sie behaupten, er wäre gestern mit Freunden zum Angeln gefahren. Ansonsten der übliche Mist. Traci wär eine Lügnerin, die sich selbst verletzt hat, um Clint blöd dastehen zu lassen.«

»Mit welchen Freunden?«

»Das ist es ja, woher sollen sie das wissen? Er ist ein erwachsener Mann, kann kommen und gehen, wann er will. Vermutlich wurde er gewarnt und hat einen seiner Saufkumpane überredet, ihn bei sich zu verstecken.« Silas schaute sich um, um sicherzustellen, dass ihnen niemand zuhörte. »Lee hat gesagt, dass sie Gewehre dabeihatten, keine Angeln. Sie haben ihm das Leben echt schwer gemacht, aber du kennst ja den Chief, der packt das. Wir wechseln uns nachher bei der Überwachung ab, aber Clint dürfte bestimmt für ein, zwei Tage abtauchen.«

»Er kann sich nicht für immer verstecken, und Traci ist in Sicherheit.« Das musste vorerst reichen, fand Zane. »Gleich morgen arbeite ich die Scheidungspapiere aus und fahre zu ihr, damit ich ihr erklären kann, was sie tun muss, sobald sie etwas zur Ruhe kommen konnte.«

»Hoffen wir, dass sie nicht klein beigibt. Du solltest dir endlich was zu essen holen und dein Fest genießen.«

»Wird gemacht. Halt mich bitte auf dem Laufenden. Je früher Draper hinter Gittern sitzt, desto besser.« Bis es so weit war, hatte Traci bestimmt Angst. Und Angst, das wusste Zane aus eigener Erfahrung, ließ einen entweder zurückschlagen oder aufgeben. Trotzdem, er musste dringend an etwas anderes denken. Hier waren mehr als hundert Leute, die essen, reden und spielen wollten. Er schaffte es, einen Hühnerschenkel zu ergattern, bevor er Beilagen auf seinen Teller häufte.

»Probier den Tortellini-Salat.« Ashley trat neben ihn. »Den hat Nathan gemacht, du wirst es nicht bereuen.«

»Ich wusste gar nicht, dass du auch kommst.« Er beugte sich vor und küsste sie auf die Wange.

»Ich bin gerade erst eingetrudelt. Kaum waren wir da, haben sich meine Eltern auf unsere Kinder gestürzt. Das ist ein unglaubliches Haus, Zane, und das Grundstück – wow! Ich muss mich dringend mit Darby anfreunden.«

»Sie schließt leicht Freundschaften, deshalb habe ich sie schon eine ganze Weile nicht mehr gesehen.«

»Sie leitet da hinten die Kinder bei den Spielen an.«

Er nahm sich von den Tortellini und sah, wie Darby ein kleines Mädchen beim Softball anfeuerte. Ashley lehnte den Kopf an seine Schulter. »Es dürfte keine Frau auf der Welt geben, die nicht so angeschaut werden will, wie du Darby anschaust. Weiß sie, dass du sie liebst?«

»Ja. Sieht man das?«

»Und wie. Das freut mich so, Zane. Ich suche nach Nate. Mal gucken, ob ich ihn dazu bringe, mich auch so anzusehen.«

Er quetschte sich an einen Tisch mit Micah und Cassie, aß und überließ sich der Musik und dem Partylärm.

»Und du kennst die ganzen Leute hier?«, fragte Micah.

Zane sah sich um, zuckte nur mit den Schultern und schaufelte weiter Tortellini in sich hinein. Ashley hatte nicht zu viel versprochen. »Es ist eher Emily, die alle kennt. Es kommen dauernd neue Leute, stimmt's?«

»Die Musik ist klasse, das Essen schmeckt, wer will da zu Hause bleiben?« Cassie fuchtelte mit ihrer Gabel. »Beim nächsten Mal werden noch mehr kommen. Das spricht sich rum, weißt du. Man wird sich bei dir einschleimen, um eingeladen zu werden.« Sie beugte sich vor und flüsterte: »Ich will die Stimmung nicht verderben, aber weißt du, ob es Traci gut geht? Sie und meine Mutter sind seit Ewigkeiten befreundet.«

»Sie ist mit ihrer Mutter in einem Frauenhaus.«

»Gut, dann sag ich Mom Bescheid.« Sie stand auf und klopfte Zane anerkennend auf die Schulter. »Gut gemacht.«

»Ich glaube, ich habe dir noch gar nicht erzählt, dass ich vor Kurzem eine kleine Auseinandersetzung mit Clint Draper hatte.«

Zane sah Micah an. »Was verstehst du unter einer *kleinen Auseinandersetzung*?«

»Ich geh gerade die Straße runter, um mich mit Cassie im *Grandy's* auf einen Happen zu treffen. Als ich an *Clipper's Bar* vorbeikomme, kommt Draper raus und boxt mich voll gegen die Schulter. Ich sag: *He, Mann, geh weiter*, doch er verfolgt mich und stellt sich mir in den Weg. Dreimal darfst du raten: Er war total blau.« Da Micah noch keine Tortellini gehabt hatte, klaute er sich welche von Zanes Teller. »Es ist nicht mal sieben Uhr abends, und er ist komplett besoffen. Deshalb ist er auch aus dem *Clipper's* gekommen, auf der Suche nach jemandem, mit dem er sich anlegen kann. Dort hatten sie ihn rausgeworfen.«

»Und da kommst du vorbei. Wie praktisch.«

»Ja, genau. Dabei will ich nur was mit meiner Freundin essen gehen. Ich hab echt keinen Bock, mich mit einem Betrunkenen zu prügeln, deshalb sag ich: *He, Mann, beruhige dich*. Aber das will er nicht und hört nicht auf, mich zu schubsen. Ich überlege wegzurennen, kann mich aber irgendwie nicht dazu durchringen. Ich rechne schon damit, dass ich mich mit diesem betrunkenen Arschloch schlagen muss und vermutlich vermöbelt werde, als Cyrus vorbeikommt. Du kennst Cyrus, oder? Der nette Typ, der früher kurz mit Emily verheiratet war.«

»Ja, natürlich.« Zane entdeckte ihn in der Menge – dank seiner roten Haare, die inzwischen graue Strähnen aufwiesen.

»Er stellt sich Draper in den Weg und sagt, dass er Leine ziehen soll. Wenn er in seinen Pick-up steigt und abdampft, wird Cyrus die Polizei verständigen, weil er so besoffen ist. Draper verschwindet und verflucht uns. Als würde uns das was ausmachen! Ich möchte Cy auf einen Drink einladen, aber der verschiebt es auf ein andermal, weil er nach Hause will. Das dürfte es dann gewesen sein, hab ich gedacht.«

»Dem war nicht so?«

»Als ich am nächsten Morgen zu einem Auftrag will, sind meine Autoreifen zerstochen, alle vier.«

»Was für ein Mistkerl«, murmelte Zane. »Hast du Lee Bescheid gesagt?«

»Ja, aber was bringt das? Ich kann schließlich nicht beweisen, dass es Draper war. Außerdem ist mir lieber, er zersticht meine Reifen und nicht mich. Ich bin mir sicher, dass er bei dir auch was versuchen wird.«

»Soll er doch.«

»Wenn, helf ich dir. Halt mich auf dem Laufenden, ja? Aber jetzt Schluss damit, wir wollen schließlich feiern. Cass hat recht: Die Musik ist cool. Ich such nach ihr und zeig diesen Leuten, wie man tanzt.«

Oder wie man es besser nicht tat. Micah hatte einfach null Rhythmusgefühl, amüsierte sich aber nichtsdestotrotz auf der Tanzfläche. Zane hoffte, bald mit Darby tanzen zu können, aber als guter Gastgeber ging er zuerst zurück zu Dave, um ihn abzulösen. Nur um festzustellen, dass Lee ihm bereits zuvorgekommen war. »Los, hol dir ein Bier und einen Teller«, befahl Zane. »Ich mach das schon.«

»Nein, ich muss erst runterkommen, da ist es hilfreich, für die Massen zu grillen. Über den Rest reden wir morgen.«

Zane verstand. »Wenn du so weit bist, sag Bescheid.«

»Worauf du dich verlassen kannst. Such nach deiner Freundin.«

»Mach ich.« Zane schlängelte sich durch die Menge, blieb ab und an stehen, um sich zu unterhalten, bis er es endlich zu Darby schaffte. Sie stand noch bei den Wurfspielen. Er entdeckte Roy, einen Haufen Teenager und Gabe. Zane bekam gerade das Ende eines Wettkampfes mit, bei dem Darby Gabe ansah und einen der Bälle in die Luft warf. »Wenn ich drei hintereinander treffe, kommst du dran.«

»Aus mindestens fünf Metern Entfernung«, fügte Gabe hinzu. »Gerade werfen, nicht anschneiden.«

»Klaro.«

»Abgemacht. Wenn du daneben wirfst, musst du mich nächsten Samstag zum Mittagessen einladen.«

»Abgemacht. Los, mach Platz!« In ihrem hübschen Sommerkleid ging sie einen Schritt zurück bis zu der Flagge, die die Distanz markierte. Sie ließ die Schultern kreisen, legte den Kopf in den Nacken und nahm ihre Position ein. Dann holte sie aus und warf den Ball genau durch das Loch im Sperrholz und in das Netz dahinter. Zane hob nur die Brauen, als sie sagte: »Das wäre Nummer eins.« Er hatte gewusst, dass sie werfen konnte, doch jetzt stellte er fest, wie gut sie in Form war. Auch mit dem nächsten Ball traf sie ins Schwarze und griff nach dem dritten. Sie sah Gabe an, der nur die Augen verdrehte. Auch der letzte Ball landete im Ziel. Triumphierend grinste sie Gabe an. »Jetzt bist du dran. Ach, schau an, wir haben noch einen Mitspieler.« Obwohl Zane den Kopf schüttelte, packte sie ihn an der Hand und zog ihn zur Markierung.

»Ich bin total eingerostet«, sagte er.

»Was? Du kannst keine drei Bälle ins Netz werfen?«

»Ich wollte eigentlich mit dir tanzen und keinen Preis gewinnen.«

»Ein Tanz mit mir? Das ist dein Preis. Los, komm.«

Sie warf ihm einen Softball zu. Er zog Baseball vor, trotzdem versetzte es ihn in seine Vergangenheit zurück. *Was soll's, das ist doch nur Pipifax auf einer Grillparty*, dachte er. Er traf mit dem ersten Ball und spürte den Siegestaumel. Dann griff er zum nächsten Ball und bugsierte ihn ins Netz.

Wie gut sich das anfühlte!

Dem dritten verlieh er mehr Schwung, so viel, dass er die Wurfwand beim Einlochen umwarf.

»Ganz der Alte, Zane«, sagte Roy, als Gabe das Spiel wieder aufstellte. »Genau wie früher.«

»Ja, genau wie früher.« Darby strich ihm über den Arm. »Wenn du in der nächsten Saison nicht für Lakeview spielst, ist das ein Verbrechen gegen das Gemeinwohl.«

»Ich finde, das ist ein wenig übertrieben.«

»Baseball ist ein wichtiger Bestandteil des Gemeinwohls.« Dann nahm sie seine Hand. »Gehen wir tanzen, Walker.«

24

Während Zane zusah, wie das Feuerwerk explodierte und Riesenblüten an den Himmel malte, beschloss Clint Draper, den Pick-up seines Kumpels Stu auszuborgen. Da Stu bewusstlos auf der Couch seiner schwerhörigen alten Oma im Souterrain lag, konnte Clint ihn schlecht um Erlaubnis bitten. Er musste Stu dankbar sein. Nicht nur, weil er bei ihm übernachten, sondern auch, weil er sich an seinen Tabletten- und Biervorräten bedienen durfte, um wieder runterzukommen. Trotzdem war er total angepisst. Wenn Traci erst wieder angekrochen käme, würde er ihr eine unvergessliche Lektion erteilen. Aber vorher gab es andere Leute, denen er es heimzahlen wollte. Sein Vater hatte ihm auf schmerzhafte Art und Weise beigebracht, dass man jedes Mal, wenn man eine verpasst bekommt, zurückschlagen muss. Inzwischen kannte er die ganze Geschichte und wusste, wer dran war. Ohne lange zu fackeln. In ein paar Tagen würde er sein Versteck verlassen, und dann würde der gute alte Stu bei der Bibel seiner Oma schwören, dass Clint mit ihm in den Bergen Angeln und Zelten gewesen war.

Niemand würde ihm das Gegenteil beweisen können.

Er vergriff sich an Stus Farbvorräten. Wenn Stu arbeitete, arbeitete er als Anstreicher und pflegte sämtliche Farbreste mitgehen zu lassen, die er angeblich bis auf den letzten Tropfen aufgebraucht hatte. Daher besaß Stu einen ganzen Schrank voll mit Farbdosen, alten Pinseln und Rollern – für Clints

Zwecke mehr als genug. Nachdem Clint ein paar Dosen zum Pick-up getragen und ein paar Pinsel dazugeworfen hatte, fuhr er in die Stadt. Er war gern betrunken, glaubte, dann klarer sehen zu können, stärker und klüger zu sein. Dass er Schlangenlinien fuhr, war ihm egal. Davon wurde er immerhin etwas wacher.

Als er auf Zanes Kanzlei zusteuerte, fuhr er mit dem linken Vorderreifen über den Randstein. Zu dieser späten Stunde schlief Lakeview tief und fest. Niemand hörte, wie er leise pfiff, während er sich an die Arbeit machte. Gut möglich, dass er ein paar Farbspritzer abbekam, als er aufs Geratewohl eine Dose öffnete. Etwas Farbe tropfte auf den Bürgersteig. Er tunkte den Pinsel in etwas, das sich *Moulin Rouge* nannte, und schmierte seine Parole auf den Putz. Weil die Buchstaben schön groß sein sollten, musste er eine zweite Dose öffnen. *Orchideenblüte* vermengte sich mit *Moulin Rouge.*

Clint war mit sechzehn von der Schule abgegangen und vorher nur sporadisch im Unterricht gewesen. Rechtschreibung war nicht seine Stärke, aber die Hassbotschaft kam auch so rüber.

LEK MICH DU WIXER

Er trat einen Schritt zurück, musterte stolz sein Werk und sah zu, wie Farbschlieren an der ehemals weißen Fassade hinunterrannen. Zufrieden benutzte er etwas von der Orchideenfarbe, um

SCHWUCHTL

an die Eingangstür zu schreiben, bevor er die restliche Farbe gegen die Scheiben schüttete und auf der Veranda verteilte. Zu dumm und zu betrunken, um an Fingerabdrücke oder DNA zu denken, geschweige denn, um seinen gesunden Menschenverstand zu benutzen, ließ er die leeren Dosen auf der Veranda stehen, bevor er seine Blase vor dem Eingang entleerte. Schließlich war der gute alte Stu ein bombenfestes Alibi.

Er stieg wieder in den Pick-up und wischte die farbverschmierten Hände am Lenkrad ab. Dann fuhr er aus der Stadt und schlängelte sich die Straße zu Darbys Haus hinauf.

Die Schlampe steckte ihre Nase in Dinge, die sie nichts angingen, und dafür musste sie büßen. Clint überlegte, alles abzufackeln, hatte aber nicht daran gedacht, einen Benzinkanister mitzunehmen. Nächstes Mal, schwor er sich und beschloss, das Haus mit einem Regenbogen aus Himmelblau, Narzissengelb und Nebelgrau zu verunstalten und die Fassade mit Schimpfworten zu beschmieren.

FOZZE NUDDE LÄSBE SCHLAMBE

Clint versuchte sich an der Darstellung einer Gruppenvergewaltigung, die er in seinem Rausch für große Kunst hielt. Doch das war längst nicht alles. Er erleichterte sich auf ihrem Fußabtreter. Dann stolperte er zurück zum Wagen. Jetzt würde er im wahrsten Sinne des Wortes schwerere Geschütze auffahren! Tief übers Lenkrad gebeugt, steuerte er Zanes Haus an und war viel zu sehr darauf konzentriert, seinen Plan umzusetzen, um die Scheinwerfer zu bemerken, die seinem Wagen folgten. Obwohl er so betrunken war, erinnerte er sich an Zanes Alarmanalage. Jeder wusste davon, erst recht, seit Bigelow von der Lesbenschlampe vermöbelt worden war. Was in Clints Augen nur bewies, dass Bigelow eine Memme und viel zu feige war, um Frau und Kinder zu verprügeln. Nichts als Lügen!

Wenn Clint etwas nicht war, dann eine Memme. Zum Glück.

Als er die steile Auffahrt hinauffuhr, machte er die Scheinwerfer aus. *Eine Alarmanlage, dass ich nicht lache*, dachte er. Er würde einfach tun, wofür er gekommen war, und wieder abhauen. Schnell nahm er sein Gewehr vom Beifahrersitz und marschierte damit in den Wald. Schluss mit dem Rumgekleckse! Der Vollmond war so nett, ihm den Weg zu zeigen.

Wenn Clint etwas konnte, dann Jagen und Rumballern. Er stapfte durchs Unterholz, ohne sich darum zu kümmern, ob er Wild aufscheuchte, da sein Ziel ahnungslos im großen Haus lag und schlief. Die Leute zu töten hatte er nicht vor, noch nicht. Er wollte ihnen nur eine Heidenangst einjagen.

»Höchste Zeit, dass ihr aufwacht, ihr Arschlöcher! Vor lauter Angst werdet ihr gleich in die Dielen beißen und euch in die Hosen machen.«

Vielleicht, ganz vielleicht würde jemand aus der Tür oder aus einem der Fenster spähen. Den würde er mit Kugeln durchlöchern. Wer das war, spielte keine Rolle.

»Wenn ihr glaubt, ihr könnt mir die Frau wegnehmen und die blöde Schlampe gegen mich aufhetzen, mach ich euch fertig.«

Er stolperte mehrmals, zerkratzte sich die Arme an Brombeeren und hinterließ dabei massenweise Fasern und Hautschuppen. Hätte er doch nur ein Bier aus Stus Biervorräten mitgenommen, dann könnte er jetzt seinen Durst löschen. Wegen der warmen, schwülen Nacht und der körperlichen Anstrengung war er nass geschwitzt. Sogar im Suff roch er seinen Schweiß.

Egal, er würde sich bei Stu waschen, ein Bier trinken und noch ein paar Tabletten von der alten Dame einwerfen.

Um nach getaner Arbeit zu schlafen wie ein Baby.

Der Mond schien zwischen den Zweigen hindurch und erhellte das Haus. Besser hätte es sich Clint gar nicht wünschen können. Er sah sich aus dem Schatten schlüpfen und wieder hinein, lautlos wie ein Gespenst, auch wenn er stolperte, herumtrampelte und Zweige unter seinen Stiefeln knackten.

Ganz im Gegensatz zum Schatten hinter ihm, der sich tatsächlich lautlos bewegte und auf die passende Gelegenheit wartete.

Clint positionierte sich, so gut es ging, am Waldrand und hielt sich weiterhin im Schatten, während er das Haus beobachtete. Es hieß, es gäbe ein großes, elegantes Schlafzimmer nach vorne raus, mit großen bodentiefen Fenstern, damit die Memme Walker auf die Veranda hinausgehen und sich als Herr aufspielen konnte. Clint schulterte das Gewehr und nahm die Fenster ins Fadenkreuz. Vielleicht hatte er Glück und erwischte einen von ihnen. Egal, wie es ausging, nach dieser Nacht würden die jedenfalls nicht mehr ruhig schlafen. Er schoss zweimal, traf das Glas und sah, wie es zersprang. Dann ließ er einen Kugelhagel durch die Öffnung folgen, traf den Fensterrahmen und die Fassade.

Grinsend und mit Herzklopfen behielt er die Hausfront weiter im Visier, malte sich den Schuss aus, falls dieser verdammte Walker den Mut haben sollte, zur Tür zu gehen. Der Schatten hinter ihm regte sich. Clint spürte einen kurzen heftigen Schmerz, als der Stein seinen Schädel zertrümmerte. Das Gewehr fiel Sekunden vor ihm zu Boden.

Da lächelte der Schatten und dachte: *Interessant.*

Wenn einem so eine Gelegenheit in den Schoß fiel, musste man sehr dumm sein, sie nicht zu nutzen. Mit kühlem Kopf nahm er das Gewehr und legte sich Clint über die Schulter. Um sich an einen geschützten Ort zurückzuziehen.

***

Die Schüsse rissen Zane aus dem Schlaf. Instinktiv rollte er sich auf Darby, schützte sie mit seinem Körper und rollte weiter, bis beide auf dem Boden landeten.

»Unten bleiben«, zischte er, als der Hund zu jaulen begann.

»Was zum …«

»Unten bleiben. Jemand schießt auf das Haus.«

»Nein. Vielleicht ein Feuerwerk?«

»Ein Feuerwerk bekommt das nicht hin.« Er zeigte auf das zerborstene Glas und überschrie den losschrillenden Alarm. Zod kam und leckte ihnen Gesichter, Schultern und Hände, während Zane nach seinem bereits klingelnden Smartphone auf dem Nachttisch tastete. »Ja, ich habe ein Problem. Jemand steht draußen und schießt auf mein Haus. Rufen Sie verdammt noch mal die Polizei. Sofort. Unten bleiben«, befahl er Darby erneut. »Ich will, dass du unten bleibst und dich in einem der leeren Zimmer versteckst. Wenn du hörst, dass eingebrochen wird, flieh durchs Fenster und renn weg, so schnell du kannst.«

Sie lag auf dem Boden, umklammerte den Hund und zitterte am ganzen Leib. »Und was machst du?«

»Tu einfach, was ich dir sage.« Er blieb unten und arbeitete sich bis zum Schrank vor, um mit dem Louisville Slugger zurückzukehren. Den Baseballschläger hatte Emily ihm zum zwölften Geburtstag geschenkt. Dann sah er, dass Darby sich mitnichten versteckte, sondern eine Nachttischlampe ausgesteckt hatte und diese umklammert hielt wie er seinen Schläger.

»Zwei Waffen sind besser als eine«, hob sie an.

»Pssst!« Er hob die Hand. »Da wird ein Motor angelassen.«

Bevor sie ihn aufhalten konnte, eilte er zur kaputten Tür. Er konnte nur die Rücklichter sehen. »Mistkerl! Den schnapp ich mir.«

»Er hat ein Gewehr.«

Ohne auf sie zu hören, griff er nach seiner Hose und fluchte, als er in eine Scherbe trat. »Du bleibst hier.«

Einen Teufel werd ich tun, dachte Darby.

Als Zane aus dem Zimmer rannte, folgte sie ihm auf dem Fuß. »Warte, denk nach. Ich weiß, dass du wütend bist, ich bin es auch. Es könnten mehrere bewaffnete Männer da draußen sein, Zane. Vielleicht wollen sie dich rauslocken.« Wenn auch widerwillig, griff sie zu einer weiteren Waffe, die aus ihrer Sicht etwas gegen einen wütenden Mann ausrichten konnte.

»Bitte, lass mich nicht allein.«

Das ließ ihn innehalten. »Verdammt, Darby, er wird es nicht schaffen, meinen Wagen abzuhängen. Versteck dich in der Vorratskammer, bis die Polizei da ist.«

Ihr Widerwille wuchs. Da ihr Stolz nicht so viel wert war wie sein Leben, schlang sie die Arme um ihn und klammerte sich an ihn. »Bitte, lass mich nicht allein.«

»Okay, okay.« Er blieb im Flur des ersten Stocks stehen und umarmte sie. »Ist ja gut, mein Schatz, ich bleib da, alles ist gut.«

Erleichterung durchflutete sie, und sie verstärkte ihren Klammergriff. »Das muss Clint Draper gewesen sein. Er wird nicht ungestraft davonkommen, Zane.«

»Nein, das wird er nicht. Schau, ich gehe nirgendwohin. Nimm den Hund mit in das leere Zimmer und halte dich von den Fenstern fern. Ich geh runter und warte auf Lee.«

»Wir gehen alle runter. Meine Güte, du blutest.«

»Ich bin in eine Scherbe getreten.«

»Ins Bad«, befahl sie. »Wir verarzten die Wunde, bis Lee oder Silas hier sind.« Jetzt hatte sie ein Ziel, worauf sie sich konzentrieren konnte. Daher zitterten ihre Hände nicht mehr, als sie die Wunde untersuchte und reinigte. Die sah schlimmer aus, als ihr lieb war, aber nicht so schlimm wie befürchtet. »Er hat nicht versucht einzubrechen.«

»Er wusste von der Alarmanlage. Jeder weiß, dass ich eine habe. Vermutlich war er zu blöd, um zu begreifen, dass Schüsse auf die Fensterscheiben den Alarm auslösen.« Sekunden bevor Zane die Polizeisirenen hörte, begann Zod zu jaulen. »Da kommen sie. Schatz? Du bist nackt.«

»Stimmt. Ich kümmere mich darum und komm dann runter.«

Er stand auf und schonte dabei seinen verletzten Fuß. »Du hattest gar keine Angst vor dem Alleinsein.«

»Ich hatte Angst«, sagte sie nur und ging, um sich etwas anzuziehen. Der Hund rannte nach unten und bellte wie verrückt. Zane folgte ihm.

Nach wie vor nackt setzte sich Darby auf die Bettkannte und erlaubte sich, wieder zu zittern. Die zerborstene Scheibe, die blutigen Fußspuren, die zerwühlten Laken … Jetzt bemerkte sie auch die Einschusslöcher in der Wand, nur wenige Zentimeter von ihrem Schlafplatz entfernt. Was, wenn der Täter bis zum nächsten Morgen gewartet hätte, bis Zane wie jeden Tag vor die Tür trat? Bis sie bei Müsli und Kaffee auf der hinteren Terrasse saßen? Sie wären wehrlos gewesen. Was, wenn er früher gekommen wäre, im Schutz des lärmenden Feuerwerks, und geschossen hätte, während Kinder auf der Wiese herumtollten und alle in den Himmel starrten?

Sie schlang die Arme um den Rumpf und wiegte sich vor und zurück. *Reiß dich zusammen*, ermahnte sie sich. *Reiß dich einfach zusammen. Hätte, hätte – es ist aber nichts passiert.* Außerdem würde man ihn finden. Finden und fassen. Sie kehrte ins Bad zurück, spritzte sich kaltes Wasser ins Gesicht und wartete, bis ihre plötzliche Übelkeit vorbei war. Als sie sich angezogen hatte, kam Zane die Treppe herauf. »Ich wollte nur gucken, ob du so weit bist. Lee muss hochkommen.«

»Klar.«

Er ging zu ihr und legte ihr die Hand auf die Wange. »Du bist echt blass.«

»Nach einer Tasse Kaffee wird es mir besser gehen. Ich mach uns welchen.« Sie sah zum Fuß der Treppe, wo Lee bereits wartete. »Schön, dich zu sehen, Chief.« Sie ging nach unten. »Ich habe die Schüsse nicht gehört, auch nicht das berstende Glas. Ich bin erst aufgewacht, als Zane mich aus dem Bett geworfen hat und wir auf dem Boden gelandet sind.«

»Mach dir keine Sorgen, Liebes. Wir kümmern uns drum, das versprech ich dir.«

Sie nickte und ging in die Küche, um Kaffee zu kochen. Dann setzte sie sich und nippte vorsichtig daran, als Lee und Zane reinkamen. Lee sah grimmiger aus denn je.

»O Gott, er hat doch niemanden erschossen, oder?«

Lee schüttelte den Kopf und setzte sich neben sie. »Silas hat gerade angerufen. Zanes Kanzlei ist erneut mutwillig verunstaltet worden. Die Fassade wurde mit Obszönitäten beschmiert, die Farbe ist noch feucht. Ich habe ein paar Beamte zu deinem Haus geschickt.«

»Gut. Vielleicht war ja Draper der Einbrecher, bevor Micah die Alarmanlage installiert hat.«

»Gut möglich. Wir warten, bis es hell ist, um herauszufinden, von wo er geschossen hat. Außerdem werden wir uns bei ihm zu Hause und bei seiner Familie umschauen.«

»Gut.«

Lee tätschelte ihr die Hand. »Du bist echt tapfer, Darby.«

»Kein bisschen, aber ich glaube an Recht und Gesetz. Es hat mich beschützt, als ich es gebraucht habe. Ich weiß, dass du ihn finden wirst. Wo soll er schon hin? Du wirst ihn hinter Gitter bringen. Außer …«

»Außer?«

Ihr Blick huschte zu Zane. »Das wäre ein ziemlicher Zufall, wenn das nicht Clint Draper gewesen wäre. Aber, Zane, du warst Staatsanwalt. Es könnte sein, dass jemand, den du ins Gefängnis gebracht hast, entlassen wurde und sich rächen will. Ich seh dir an, dass du diesen Gedanken auch schon hattest.«

»Ja, das stimmt«, pflichtete er ihr bei. »Aber das war Draper. Meine Kanzlei so zu beschmieren ist einfach bloß doof. Das passt perfekt zu ihm. Und wetten, dass alle, die mich hier aufstöbern, schlau genug wären, Wichser richtig zu schreiben?«

Lee stand auf und entfernte sich, um an sein Smartphone zu gehen. Als er sein Telefonat beendet hatte, kehrte er zurück.

»Auch bei dir war leider jemand, Darby. Obszöne Schmierereien und DNA. Die schicken wir ein. Clints DNA ist bereits erfasst worden. Trotzdem wird das dauern. Der Abgleich von Fingerabdrücken geht schneller, und die werden wir bestimmt finden.«

»Ich sollte hinfahren und …«

»Nein, das wirst du nicht«, kam Lee Zane zuvor. »Das ist ein Tatort. Wenn du was von dort brauchst, holen wir es dir.«

Sie sah Lee direkt in die Augen. »Was für DNA-Spuren?«

»Überlass das uns.« Er tätschelte ihr die Hand. »Ich wüsste es sehr zu schätzen, wenn ihr hierbleibt. Wir werden uns mit den Drapers unterhalten. Das Schlafzimmer bitte so lassen. Einer meiner Leute wird kommen, um Fotos zu machen.« Lee beugte sich vor und küsste Darby auf den Scheitel. »Niemand geht so mit meiner Familie um, so viel steht fest.«

»Ich bring dich zur Tür«, sagte Zane.

Darby blieb, wo sie war, und wartete, bis Zane zurückkam.

»Welche DNA? Das hat er dir bestimmt erzählt. Ich habe ein Recht darauf, ebenfalls informiert zu werden.«

»Bei mir hat er die Veranda vollgepinkelt, bei dir den Fußabtreter.«

Sie atmete hörbar aus. »Na ja. Gut, dass der nicht teuer war.«

»Allein schon deswegen würde ich ihn gern blutig schlagen. Obwohl ich eher mit Worten als mit Fäusten kämpfe. Darby, es tut mir so …«

Ihre Schultern verkrampften sich. »Wag es bloß nicht zu sagen, dass es dir leidtut.« Sie wischte sich die eine oder andere Träne aus dem Gesicht. »Zod muss dringend vor die Tür.«

Da der Hund schon unruhig herumhüpfte, musste Zane ihr recht geben. »Ich führ ihn aus, aber an der Leine. Meinst du, du kannst Rühreier machen?«

»Klar, aber für das Ergebnis kann ich nicht garantieren.«

»Schlimmer als meine werden sie bestimmt nicht.« Er holte die Leine und machte den begeisterten Hund fest. »Wenn du allein zu Hause gewesen wärst …«

»Solche Gedanken habe ich mir vorhin auch gemacht, bevor ich beschlossen habe, dass sie sinnlos sind. Hoffentlich hast du noch Appetit, wenn ich dir Eier gebraten habe.«

Im Schein der Sicherheitsbeleuchtung führte Zane den Hund Gassi und benutzte das als Vorwand, um dorthin zu marschieren, wo der Schütze vermutlich gestanden hatte. In seinem früheren Leben hatte er so einige Tatorte untersucht und über unzähligen Polizeiberichten gebrütet. Deshalb hielt er Zod an der kurzen Leine. Klugerweise beschloss er, dem Hund dorthin zu folgen, wo dieser ihn hinzog und herumschnupperte.

»Langsam, langsam. Wenn wir irgendwas zerstören, muss mich Lee gar nicht fertigmachen, dann bin ich am Boden zerstört.«

Er musste Zods guter Nase nicht lange folgen, sondern konnte sich auf seinen eigenen Spürsinn verlassen. Zur Vorsicht nahm er den Hund hoch und erduldete dessen Gezappel und Gelecke, während er den von Spuren übersäten Boden untersuchte. Da war frisches Blut.

»Na, was sagst du dazu?«, murmelte er. »Warte.« Er ging in die Hocke, hielt Zod am Halsband gut fest, zog sein Smartphone aus der Hosentasche und machte ein paar Fotos. Dann trat er den Rückweg an, bis er weit genug weg war, um den Hund wieder absetzen zu können. Zane musste das Tier regelrecht wegzerren und führte es dahin, wo Zod tun konnte, was er tun musste. Während der Hund sein Geschäft erledigte, rief er Lee an.

»Ich hab was gefunden. Bevor du dich aufregst: Der Tatort wurde nicht verunreinigt. Ich werde dir ein paar Fotos schicken. Es müssen zwei gewesen sein, Lee, einer von ihnen ist verletzt.« Er verschickte die Fotos und dachte noch darüber nach, als er mit Zod ins Haus zurückkehrte.

Darby stand am Herd und starrte in die Pfanne. »Erst waren sie zu flüssig, jetzt sind sie zu fest. Aber sie sind nicht angebrannt, so gesehen ...« Im Reden drehte sie sich um und sah sein Gesicht. »Was ist passiert?«

»Sie sind fort, keine Sorge.«

»Sie?«

Nickend beugte er sich vor, um den Hund abzuleinen. »Zod hat rausgefunden, wo sie gestanden haben. Braver Hund.« Er streichelte das Tier und schüttete ihm Futter in den Napf. Zod stürzte sich darauf wie ein Löwe auf eine Gazelle. »Da ist Blut.«

»Blut? Aber ...«

»Ich bin nicht von der Kriminalpolizei, aber ich habe mit ihr zusammengearbeitet. Aus meiner Sicht waren sie zu zweit. Der eine hat dem anderen eines mit einem Stein übergebraten. Da bleibt ein blutiger Stein übrig«, fuhr er fort, während er Teller herausholte. »Und Blut auf dem Boden, kaputte Zweige, Schleifspuren.« Er zuckte mit den Schultern. »Sie werden mehr Spuren finden, wenn die Sonne aufgegangen ist. Die einfachste Erklärung ist, dass sie zu zweit waren.«

Sie sah zu, wie er Gabeln aus der Schublade nahm. »Du klingst recht gelassen.«

»Na ja, das gibt Rätsel auf und ist spannend. Außerdem werden wir gleich mit Kaffee und Rührei frühstücken.« Er strich ihr liebevoll über den Arm, so wie er vorhin den Hund gestreichelt hatte. »Ich bin wütend, aber jetzt haben wir etwas, mit dem wir arbeiten können. Es ist naheliegend, dass es Clint Draper war. Doch warum hat Clint jemanden mit einem Stein niedergeschlagen, wenn er ein Gewehr hatte? Oder warum hat ihn jemand niedergeschlagen?«

»Um uns zu beschützen? Das ergibt alles keinen Sinn«, gab sie zu, als sie klumpiges Rührei auf die Teller schaufelte. »Was hatten die beiden mitten in der Nacht im Wald zu suchen? Warum sollte der eine den anderen fortschleifen?«

»Ganz genau.« Er zeigte auf sie und setzte sich an den Frühstückstisch. »Das gibt einem zu denken. Es könnte einer von seinen Kumpels gewesen sein. Der, bei dem er Unterschlupf gefunden hat. Die beiden sind in Streit geraten, und einer hat den anderen niedergeschlagen.«

»Hm.« Sie probierte von dem Rührei. Etwas mehr Salz vielleicht. »Und dann sehen sie zu, dass sie so schnell wie möglich wegkommen. Das ist doch albern.«

Er versuchte es mit mehr Pfeffer. »Wir haben es vermutlich mit Clint Draper zu tun. Dümmer geht es kaum.«

»Höchstwahrscheinlich«, wiederholte sie. »Du musst trotzdem überlegen, ob es Leute gibt, die du hinter Gitter gebracht hast und die einen Groll gegen dich hegen.«

»Ich habe die Akten. Die werd ich mir ansehen. Vermutlich wird Lee Clint schnell fassen. Die DNA und die Fingerabdrücke dürften den Fall wasserdicht machen.« Weil das Rührei nicht schlechter schmeckte, als wenn er es selbst fabriziert hätte, aß er noch etwas davon. »Lee ist wütend.«

»Das hab ich gemerkt.«

»Er würde so oder so gründlich ermitteln, aber jetzt wird er Clint Draper schnell aufstöbern. Nur leider gibt es …«

»… noch mehr Drapers«, unterbrach sie ihn. »Die gar nicht begeistert sein werden, wenn Clint ins Gefängnis kommt.«

»Nein. Also pass bitte gut auf dich auf. Ich auch auf mich«, schickte er noch hinterher, bevor sie ihm zuvorkam. »Außerdem haben wir diesen gefährlichen Wachhund.«

Darby sah zu Zod hinüber. Der hatte sein Frühstück gefressen und lag auf dem Rücken, die Stummelbeinchen in die Luft gestreckt, während ihm die breite Zunge aus dem Maul hing. Grinsend fasste sie sich an den Anhänger, den sie um den Hals trug. »Und ich habe dieses Schutzamulett.«

»Wir werden alle auf einander aufpassen.« Er drückte ihr die Hand. »Alle drei.«

Wie von der Tarantel gestochen, sprang Zod auf, bellte wie verrückt und raste zur Haustür.

»Die Polizei ist wieder da«, sagte Zane. »Eines steht fest: Wenn General Zod Wache schiebt, kommt niemand unbemerkt rein.«

Er stand auf und trug seinen Teller zur Spüle. »Ich mach den Abwasch«, sagte er. »Kümmere du dich um unseren Wachhund.«

Seufzend stand sie auf. »Ich liebe dich, Walker.« Als er sich umdrehte, lächelte sie achselzuckend. »Ich dachte, das ist ein guter Moment für eine Liebeserklärung.«

»Jeder Moment ist ein guter Moment für eine Liebeserklärung. Ich liebe dich auch.«

Weil sie wusste, dass das stimmte, ging sie, um den wild bellenden Hund zurückzurufen und die Polizei hereinzulassen.

25

Wieder wurde Darby unfreiwillig in die Vergangenheit zurückversetzt. Durch die viele Polizei und ihre Vorgehensweise. Sie dachte daran, wie Bigelow sie angegriffen hatte. Seltsamerweise konnte sie sich nur noch vage an die gewaltsame Begegnung erinnern. Alles war so schnell gegangen. Die Polizisten versetzten sie jedoch vor allem an den Morgen zurück, an dem sie ihre Mutter verloren hatte. Noch einmal erlebte sie den Schock und die Fassungslosigkeit von damals, als die Beamten mit todernster Miene bei ihr vor der Tür gestanden und die furchtbaren Worte gesagt hatten. Damals wie heute konnte sie nichts tun. Sondern einfach nur warten.

Sie hatte ihre Aussage bereits gemacht und dem nichts mehr hinzuzufügen. Lee war streng. Sie musste bleiben. In der Vergangenheit hatte sie genug Polizeiermittlungen verfolgt und Berichte gelesen, um ungefähr zu wissen, was gerade passierte.

Man würde offizielle Fotos von der Stelle am Waldrand machen, an der Zane Blut gefunden hatte, dort Proben nehmen und den Stein als Beweismaterial sichern. Andere Beamte würden das Schlafzimmer fotografieren und die Kugeln aus der Wand ziehen. Kugeln! Sie ging von der Küche ins Wohnzimmer, wartete und wartete. Es kam ihr alles so unwirklich vor.

Als Emily hereineilte, verspürte sie so etwas wie Scham, was lächerlich war. Emily marschierte direkt auf sie zu, umarmte sie und hielt sie fest. Die Scham wich riesiger Erleichterung.

»Ich darf nicht raus«, sagte sie. »Auch der Hund nicht. Zane ist im Garten, aber es ist sein Haus, also …«

»Das ist nicht der Grund.« Emily drückte sie und löste sich von ihr. »Er war Staatsanwalt und kennt sich aus. Komm, Liebes, ich mach dir einen Tee.«

Darby seufzte. Schluss mit dem Selbstmitleid! Darin zu baden war schlimmer als Nichtstun. »Eine Cola wäre toll. Willst du irgendwas?«

»Nein, im Moment nicht, danke.«

»Ich will nach Hause, den Schaden begutachten.«

»Das sollst du auch«, versicherte ihr Emily. »Sobald Lee den Tatort freigegeben hat, helfen wir dir bei der Spurenbeseitigung. Bist du sicher, dass du dich nicht hinlegen willst? Die Sonne ist gerade erst aufgegangen.«

»Ich bin hellwach. Ich musste Roy anrufen und ihm sagen, was passiert ist, schließlich kann ich heute Vormittag nicht arbeiten. Er kümmert sich um alles.«

»Seit er für dich arbeitet, ist er viel reifer geworden. Womit seid ihr gerade beschäftigt?«

»Du willst mich bloß ablenken.«

»Wenn es so offensichtlich ist, wird es nicht funktionieren.«

Darby ging zur abgeschlossenen Küchentür und schaute auf den Garten, den sie gestaltet hatte, auf den Wasserfall. »Mir gefällt es hier sehr. Das Haus, die Aussicht. Ich liebe Zane, auch wenn mich das manchmal nervös macht.«

»Trotzdem hast du bereits zweimal Gewalt erlebt.«

»Ja. Manche Leute haben eben Pech. Ich weiß, das ist Blödsinn, aber manche sind regelrecht vom Pech verfolgt.«

»Das glaube ich kein bisschen.«

»Ich will es auch nicht glauben. Doch während ich nervös auf und ab gehe, muss ich feststellen, dass sich mein Leben um hundertachtzig Grad gedreht hat, seit ich meinen Ex kennengelernt habe. Bis dahin hatte ich eine schöne, behütete

Kindheit und ein ruhiges Leben. Meine Mutter und ich, die Schule, die Nachbarn, die Freunde, die Arbeit, Jungs. Alles lief ziemlich glatt.« Darby stieß einen lauten Seufzer aus und setzte sich. »Dann kam Trent. Ich habe ihn viel zu früh geheiratet, viel zu schnell, aber egal. Andere tun das auch, Emily. Diese Ehe ist nicht nur schiefgegangen, sondern hat mich ins Krankenhaus gebracht.«

Emily nahm Darbys Gesicht in beide Hände. »Er hat dich ins Krankenhaus gebracht.«

»Wenn er gekonnt hätte, hätte er mich ständig dorthin geprügelt. Bis dahin hat mir nie jemand Schmerz zugefügt. Zumindest nicht so. Anschließend der tragische Verlust meiner Mutter, mein Umzug, um einen Neuanfang zu wagen. Dann kommt Bigelow, ich finde Traci, und jetzt das! Es hört nicht auf.«

Als spürte er ihre innere Not, legte Zod den Kopf in Darbys Schoß und sah sie hingebungsvoll an. Emily setzte sich neben sie. »Du bist eine intelligente, vernünftige Frau, Darby, und denkst normalerweise eher positiv. Ich kann dir kaum vorwerfen, dass dir das gerade schwerfällt. Aber was du da redest, ist Blödsinn. Ich kenne Trent nicht«, fuhr Emily fort. »Doch ich weiß, was für ein Typ er ist, weil ich jahrelang mit Graham und meiner Schwester zurechtkommen musste. Das sind böse, gewalttätige, hässliche Menschen, die sich in der Regel hinter einer Maske verstecken. Ich bin mit Eliza aufgewachsen, hatte ständig mit Graham zu tun und habe es trotzdem nicht geschafft, hinter ihre Maske zu blicken. Das war kein Schicksal, sondern lag an ihrer grausamen Verstellungskunst.«

»Ja, nicht wahr?«, pflichtete ihr Darby bei. »Diese Verstellungskunst ist wirklich grausam.«

»Was deiner Mutter passiert ist, ist deshalb passiert, weil jemand egoistisch, unvorsichtig, stur und gewissenlos war. Ich kann nur hoffen, dass dieser Jemand schreckliche Schuldgefühle hat. Jeden Tag, für den Rest seines Lebens.« Sie legte Darby den Arm um die Schultern und zog sie an sich. »Nur weil Trent dir das angetan hat, warst du in der Lage, Graham abzuwehren. Ich finde das bewundernswert. Deshalb werde ich ein andermal auf den Selbstverteidigungskurs zurückkommen. Was Traci angeht, hast du es mit deinem Einfühlungsvermögen und deiner Hilfsbereitschaft geschafft, sie zu retten. Alles andere schlägst du dir bitte sofort aus dem Kopf. Und das hier?« Sie seufzte. »Das ist nur der dumme, brutale Versuch eines grausamen Mannes, dir zu zeigen, was für dicke Eier er hat, während er in Wahrheit bloß ein armseliger Versager ist. Lee wird dafür sorgen, dass er vor Sonnenuntergang hinter Gittern sitzt, verlass dich drauf.«

»Danke, wirklich, danke. Genau das habe ich gebraucht.«

»Ich glaube, du brauchst, dass du wieder zur Arbeit gehen kannst, diesen lieben Hund nimmst und was Produktives machst. Deshalb werde ich mit Lee reden. Wo willst du heute hin?«

»Ich müsste eine Kleinigkeit in der Highpoint Road fertig machen. Dort bin ich Traci begegnet. Aber das verschiebe ich. Ich hab meine Leute zu Familie Marsh an den See geschickt.«

»Na gut.« Emily tätschelte Darbys Knie und stand auf. Bevor sie den Raum verlassen konnte, hörten sie eilige Schritte auf den Verandastufen und das Knallen einer Tür.

»So, das reicht.« Darby sprang auf und nahm die Leine. »Ich werde keine Minute länger untätig herumsitzen.« Mit einem Energiebündel von Hund und Emily neben sich marschierte Darby nach draußen, um gerade noch zwei Polizeiautos davonrasen zu sehen. »Sie müssen ihn gefunden haben.« Darby zeigte auf Zane, der auf sie zukam. »Oder er hat was anderes angestellt. Haben sie ihn?«, rief sie.

Zane kam ihnen entgegen. »Ja, sie haben ihn gefunden. Clint Draper.«

Etwas stimmte nicht. So wie Emily ihre Hand nahm, wusste Darby, dass Emily das auch spürte. »Was ist passiert?«

»Sie haben ihn gefunden. Im See. Er ist tot. Verdammt.« Er fuhr sich übers Gesicht. »Gabe hat das gerade gemeldet.«

»Gabe, o mein Gott, ich muss dringend …«

»Nein.« Zane verstellte Emily in den Weg. »Bleib, wo du bist. Lee kümmert sich um alles. Er hat bereits mit Gabe gesprochen. Deine Leute waren dort bei der Arbeit, Darby. Soweit ich das verstanden habe, hat Hallie Clint entdeckt. Roy ist ins Wasser gesprungen, um ihr zu helfen. Doch sie kamen zu spät. Gabe hat dann seinen Vater verständigt.« Er nahm Zods Leine. »Kommt, setzt euch. Zod darf nicht in die Nähe des Tatorts. Sie sind zwar fertig, trotzdem sollten wir uns bis morgen von dort fernhalten.«

»Ich muss mit meinem Kind reden«, beharrte Emily.

»Ruf Gabe an. Darby, wie wär's mit einem Tee?«

»Ich mach das.« Emily bedeutete ihnen zu bleiben. »Und dann ruf ich Gabe an.«

Nickend drückte Zane Darby in einen Terrassenstuhl und schob die Hand durch die Leinenschlaufe, als Zod sich unter den Tisch fallen ließ und eindöste.

»Jemand hat Clint umgebracht«, hob Darby an.

»Oder er ist in den See gefallen. Vielleicht hat er Selbstmord begangen? Das herauszufinden ist meine Aufgabe und die der Polizei.«

»Das Blut da drüben, der Stein, die Schleifspuren … Wenn man zwei und zwei zusammenzählt, Zane, hat ihn jemand umgebracht und im See entsorgt. Fragt sich nur, wer und warum.«

»Sie vernehmen gerade seine Freunde. Kurz vor Gabes Anruf haben sie einen Pick-up gefunden, mit Farbspritzern, Farbdosen und Blut. Anscheinend hat Stu Hubble Clint begleitet, und die beiden sind in Streit geraten. Stu hat ihn mit dem Stein getroffen. Vermutlich wollte er ihn nicht umbringen, ist in Panik geraten und hat ihn entsorgt. All das erklärt aber nicht, warum Stu seinen Pick-up am Rand der Seestraße abstellt. Warten wir auf die Fakten.«

»Ich muss mit meinen Leuten reden.«

»Ich weiß.« Er legte eine Hand auf ihre. »Gleich.«

***

Aus dem Schatten war ein Mann geworden. Dieser Mann hatte die Deckung verlassen, genoss einen fantastischen Blick auf den See und das, was sich dort abspielte. Er hatte gesehen, wie der lächerliche Typ ins Wasser gesprungen und zu der treibenden Leiche geschwommen war. Über seinem Morgenkaffee musste er laut lachen. Er war dabei gewesen, als die dämlichen Bullen den Pick-up dort entdeckten, wo er ihn hatte stehen lassen. An einem Ort, an dem ihn ein Blinder hätte finden können. Gut möglich, dass einem gewissen Stuart Hubble, auf den das Fahrzeug angemeldet war, ein ziemlich unangenehmer Tag bevorstand. Die im See treibende Leiche, der verspätete Lebensretter, das folgende Chaos – das war echt die Krönung gewesen. Laut schreiend waren Polizisten eingetroffen. Verdammt, was für eine Schau! So viel Spaß hatte er seit Wochen nicht gehabt. Nicht, seit er diese Schlampe verprügelt hatte, die er in Dickwad, Virginia, aufgegabelt hatte.

Das Allerbeste war jedoch gewesen, dass er seiner Intuition und diesem Idioten mit den Farbdosen gefolgt war. Eine göttliche Eingebung, nicht mehr und nicht weniger. Hoffentlich brachte der Mord an diesem Trottel Walker in Schwierigkeiten. Da beschmiert dieser Idiot mutwillig die Kanzlei von dem Deppen und das Haus der Hure, die er vögelt.

Er musste innehalten und seine Fäuste entspannen.

Und dann? Dann schleicht er in seinem besoffenen Zustand zum Haus von Zane und der Schlampe und jagt ihnen eine

Ladung Kugeln durch die Scheiben. Im Grunde konnte ihm der tote Idiot dankbar sein. Hätte er ihm nicht den Schädel eingeschlagen, wäre er für lange Zeit im Knast gelandet. Da war er tot besser dran.

»Gern geschehen.« Hämisch kichernd ging er ins Haus, weil er einen Kaffee trinken und ein Croissant mit selbst gemachter Marmelade essen wollte. Er trug beides hinaus auf die Veranda und nahm in dem gemütlichen Sessel Platz, um weiterhin sein Frühstück und die Schau zu genießen.

***

Nachdem Emily den Tee hinausgebracht hatte, massierte sie Zanes Schultern. »Ich werde einen großen Nudelsalat machen und ihn kalt stellen.«

»Das musst du nicht«, hob Darby an.

»Lee hat Darbys Leute heimgeschickt. Alle wollen kommen und euch sehen. Also werde ich was zu essen aus dem zaubern, was eure nicht sehr gut bestückte Vorratskammer hergibt. Weshalb ich auch den Kräutergarten plündern muss.«

Zane drückte ihr die Hand. »Ich freu mich auf den Nudelsalat. Geht es Gabe gut?«

»Ich denke schon, aber ich möchte mich gern persönlich davon überzeugen. Ich habe Ralph gebeten, Brody abzuholen. Anschließend können wir euch helfen, die Sonnensegel und zusätzlichen Möbel wegzuräumen.« Sie sah sich um. »Kaum zu glauben, dass wir erst gestern hier draußen gefeiert haben.« Sie senkte den Kopf, um Zane auf den Scheitel zu küssen. »Lee wird einen Moment brauchen. Er hat viel zu tun.«

»Zane.« Als Emily ins Haus ging, nahm Darby seine Hand. »Jemand muss Traci verständigen.«

»Ich mach das, aber persönlich. So bald wie möglich«, fügte er hinzu. »Ist es okay, wenn ich nach Asheville fahre?«

»Natürlich. Soll ich mitkommen?«

»Bleib lieber da und kümmre dich um die Leute. Ich schau nach Lee und bitte ihn um Erlaubnis. Er hat die deutlich unangenehmere Aufgabe, die Familie Draper zu verständigen.«

***

Genau das würde Lee tun, aber zuerst musste er zu Stu Hubble. Lee fand ihn schnarchend auf der Couch vor, umgeben von leeren Bierflaschen, leeren Tablettenschachteln, randvollen Aschenbechern und Essensresten. Als Lee ihm einen kräftigen Stoß versetzte, ließ er einen mächtigen Furz und anschließend einen kehligen Rülpser ertönen, der ebenso stank.

»Verpiss dich«, murmelte Stu und wollte sich umdrehen.

Diesmal benutzte Lee seinen Fuß und stieß Stu auf den Boden.

»Du Arsch! Was zum Teufel …« Als Stus blutunterlaufene Augen Lee ins Visier nahmen, verstummte er. »Wer hat euch reingelassen? Das ist mein Haus. Ihr habt kein Recht …«

»Das ist das Haus Ihrer Großmutter. Bewegen Sie Ihren Hintern, Sie sind verhaftet.«

»Von wegen, ich hab nichts getan.«

Lee kniff die Augen zusammen. »Wo ist Clint Draper?«

»Woher soll ich wissen, wo zum Teufel …« Stu blinzelte und erhob sich langsam. Er war ein großer Mann mit einer fetten Wampe, kleinen Schweinsäuglein und schlechten Zähnen. »Vielleicht im Bad. Wir waren unterwegs und wollten zelten. Dann wurde es zu heiß, deshalb sind wir zurückgekommen, um zusammen abzuhängen. Das ist schließlich nicht verboten.«

»Fremden Besitz mutwillig zu zerstören dagegen schon. Außerdem waren Sie dumm genug, Ihren Pick-up zu benutzen, als Sie Walkers Kanzlei und Darby McCrays Haus mit Obszönitäten beschmiert haben.«

»Das war ich nicht, ich war die ganze Zeit hier, meine Oma kann das bestätigen.«

»Die Farbe ist in Ihrem Wagen, das ganze Lenkrad ist damit verschmiert.« Doch Stu war kein bisschen farbverschmiert, wie Lee auffiel, obwohl er sichtlich mehrere Tage nicht geduscht hatte. »Ihre Pinsel, Stu. Ihre Farbdosen und Ihr Pick-up.«

»Nö! Außer, es hat ihn jemand geklaut. Fragen Sie Oma, fragen Sie Clint.«

»Ihre Großmutter habe ich vernommen. Sie ist stocktaub und seit einem halben Jahr nicht mehr die Treppe runtergekommen. Clint Draper kann ich nicht fragen.«

»Wieso nicht?«

»Weil wir ihn heute Morgen aus dem See gezogen haben, keine vierzig Meter von Ihrem Wagen entfernt. Er ist tot.«

»Quatsch.« Stu schaute nach, ob in einer der leeren Flaschen ein Rest Bier war. »Er ist auf dem Klo. Wir waren die ganze Zeit hier, weil es zum Zelten zu heiß ist.«

Lee zückte sein Smartphone und rief das Foto vom Leichenfundort auf. Es zeigte Clint Draper mit weit aufgerissenen Augen und grauem Gesicht. Das hielt er Stu unter die Nase. Um das Smartphone abrupt wegzureißen und zurückzuzucken, als Stu sich vorbeugte und auf seine eigenen Schuhe kotzte. Der Gestank hätte Tote wecken können.

»Hatten Sie Streit oben bei Zane, Stu, als Sie aufs Haus geschossen haben?«

»Das ist nicht Clint. Sie versuchen, mich reinzulegen.«

»Wir haben ihn heute Morgen aus dem See gefischt. Mit einem faustgroßen Loch im Hinterkopf. Er dürfte bereits tot gewesen sein, als Sie ihn im See entsorgt haben.«

»Das war ich nicht.« Stus baumstammdicke Beine zitterten, er ließ sich zurück auf die Couch fallen. »Ich habe in meinem ganzen Leben keinen umgebracht.«

»Bewegen Sie Ihren fetten Arsch, sonst zieh ich Sie hoch.

Sie kommen mit aufs Revier und sagen mir die Wahrheit, wenn Sie nicht hinter Gitter wollen. Sie stecken bis über beide Ohren in der Scheiße, Stu. Lügen machen alles nur schlimmer.«

»So wahr mir Gott helfe, ich hab niemanden umgebracht.« Tränen liefen ihm über die Wangen. »Clint hat gestern vorbeigeschaut. Wir waren nicht zelten, er hat mich bloß gebeten, das zu sagen. Er hat vorbeigeschaut, nachdem er das von Tracis Flucht erfahren hatte und dass ihr nach ihm sucht. Ich hab bloß einem Kumpel geholfen. Das würde jeder tun.«

»Für einen Mann lügen und ihn bei sich verstecken, der seine Frau grün und blau prügelt?«

»Davon weiß ich nichts. Nur, dass Clint hier war. Wir haben ein paar Bier getrunken und so, dann dürfte ich weggedämmert sein. Ich weiß nichts von der Farbe. Heilige Scheiße, ist er echt tot?«

Was für ein Idiot! Ein faules Großmaul, aber wohl kaum ein Mörder, begriff Lee. »Los, aufstehen. Sie kommen mit und erzählen, was Sie wissen. Wenn ich Ihnen keine Handschellen anlegen soll, stehen Sie sofort auf. Besitzen Sie ein anderes Paar Schuhe?«

»Äh, ja.«

»Anziehen. Ich will Ihre Kotze nicht auf dem Revier haben. Holen Sie sich ein Hemd und eine Hose. Das, was Sie am Leib tragen, nehme ich als Beweismaterial mit. Wenn wir darauf Farbe oder Clints Blut finden, haben Sie ein echtes Problem.«

»Ich hab bloß für einen Kumpel gelogen, sonst nichts. Ich habe noch nie einen Menschen getötet.«

Lee glaubte ihm, aber er würde ihn trotzdem ausquetschen. Wenn Stu etwas wusste, würde er es aus ihm herauskriegen.

***

Als das Team zusammen mit Brody bei Zane eintraf, hatte Emily bereits den Nudelsalat kaltgestellt und einen weiteren Krug Eistee gemacht. Darby ging zu Roy.

»Ich bin nass«, hob er an, doch sie zog ihn an sich. Nach kurzem Zögern drückte er sie ganz fest. »Meine Güte, Miss Darby. Meine Güte, ich werde diesen Anblick nie vergessen. Als ich ihn endlich zu fassen bekam, konnte ich ihn umdrehen. Sein Gesicht, es …«

»Komm, setzen Sie sich.«

»Ich hab ein paar trockene Sachen im Auto. Kann ich mich irgendwo umziehen?«

»Klar.« Sie wartete, bis er sie geholt hatte, und führte ihn ins Untergeschoss, vorbei an Zanes Fitnessstudio und am Heimkino, in ein vollständig ausgestattetes Bad. »Nehmen Sie eine heiße Dusche und lassen Sie sich Zeit«, sagte Darby und drückte ihm die Hand. »Sie sind ein Held, Roy.«

»Ich habe nichts getan.«

»Sie sind in den See gesprungen, um jemanden zu retten. Als Sie gemerkt haben, dass es zu spät ist, haben Sie ihn trotzdem da rausgezogen. Sie sind ein Held.«

Seine Augen wurden feucht, und er schüttelte den Kopf. »Ich hab den Kerl nie ausstehen können. Dass er Traci geschlagen hat, konnte ich gar nicht leiden.«

»Das macht Sie erst recht zu einem Helden. Lassen Sie sich Zeit.«

Sie fand ihr Team an einem Tisch vor, alle waren schockiert. Brody saß so dicht neben Gabe, dass man sie für siamesische Zwillinge halten konnte.

»Geht es ihm gut?« Hallie rang die Hände. »Er hat kaum was gesagt, seit er Clint Draper aus dem See gezogen hat.«

»Er braucht nur etwas Ruhe.«

»Kannst du uns sagen, was los ist?«, fragte Ralph. »Ich wüsste verdammt gern, was los ist.«

»Ich auch. Ich kann euch bloß sagen, was ich weiß.« Sie setzte sich nicht, weil sie zu nervös war. »Jemand, vermutlich Clint Draper, hat die Fenster unseres Schlafzimmers im ersten Stock zerschossen.«

»Dieser Mistkerl.« Ralph schlug mit der Faust so fest auf den Tisch, dass Hallie zusammenzuckte und die Gläser hüpften. »Dieser Mistkerl. Man soll nicht schlecht über Tote reden, aber das ist mir egal.«

»Wo ist Zane?«, wollte Brody wissen. »Ist er verletzt?«

»Nein, nein. Er ist zu Tracis Schwester gefahren. Sie wollen nach Asheville, um es ihr zu sagen. Bevor Clint herkam, hat er jede Menge Mist an Zanes Kanzlei und an mein Haus geschmiert.«

»Die Drapers bringen nichts als Ärger«, murmelte Hallie. »Immer schon. Wir werden dir helfen, alles in Ordnung zu bringen, Darby, mach dir darüber keine Sorgen.«

»Ich bin dabei«, sagte Brody. »Wir machen alles wieder schön. Aber wieso ist er im See gelandet?«

Darby atmete hörbar aus. »Zane und Zod haben die Stelle entdeckt, von der er geschossen hat. Da hinten, wo das Absperrband von der Polizei ist. Da ist Blut. Er muss in Begleitung gewesen sein. Jemand hat ihn mit einem Stein niedergeschlagen, ihn weggeschleppt und in den See geworfen.«

»Das ergibt überhaupt keinen Sinn«, sagte Ralph.

»Nein, das kann man wohl sagen.«

»Irgendwie doch«, warf Brody ein. »Ich habe zwei Theorien.«

Neugierig zog Darby einen Stuhl heran und sah in Brody Walkers grüne Augen. »Welche denn?«

»Er war vermutlich betrunken. Der Drogentest dürfte das bestätigen. Es ist ja bekannt, dass er noch bösartiger und blöder wird, wenn er trinkt. Dad musste ihn ein paarmal wegen Trunkenheit und Erregung öffentlichen Ärgernisses festnehmen.«

Emily schenkte Tee nach. »Woher weißt du das?«

»Ich habe Ohren, Mom«, sagte er und verdrehte genervt die Augen. »Derjenige, der so bösartig und dumm war, ihn zu begleiten, dürfte höchstwahrscheinlich auch betrunken gewesen sein, oder? Vielleicht wollte er ja auch schießen, die beiden haben sich gestritten und peng! Bestimmt wollte er ihn nicht umbringen, aber es ist halt passiert. Und was dann? Dann versucht man die Leiche zu beseitigen. Er hätte einfach abhauen sollen, aber in seinem besoffenen Zustand ...«

»So gesehen, ergibt es durchaus Sinn«, überlegte Gabe laut. »Und wie lautet die zweite Theorie, Sherlock Holmes?«

Brody grinste und zuckte mit den Schultern. »Na gut, er beschmiert also Zanes Kanzlei und Darbys Haus. Irgendjemand sieht ihn. Jemand, der genauso bösartig ist wie Clint Draper, und der verfolgt ihn bis hierher.«

»Warum sollte der ihn umbringen?«, fragte Darby.

»Manche Leute sind so böse, dass sie gar kein Motiv brauchen, sondern nur eine gute Gelegenheit. Dad hat mal so was gesagt. Wie dem auch sei, Dad, Silas und die anderen werden es rausfinden. Das ist schließlich ihr Job.«

»Stimmt.« Emily stellte sich hinter ihren Sohn und klopfte ihm auf die Schultern.

»Wenn Letzteres der Fall sein sollte ...« Gabe zögerte und malte ein Muster auf sein beschlagenes Teeglas. »Dann ist dieser Kerl bösartiger als die Drapers. Ich kenne niemanden, der so ist. Ist Dad sicher, dass Bigelow im Gefängnis sitzt?«

»Das hat er als Erstes überprüft.« Emily legte die Hand auf Gabes Schulter. »Der ist hinter Schloss und Riegel, keine Sorge.« War es nicht viel besorgniserregender, dass es in Lakeview jemanden gab, der noch bösartiger war als die Drapers?

Einen Mörder?

***

Nachdem Lee Stus Kleidung zur Spurensicherung gebracht hatte, übergab er ihn einem anderen Beamten und befahl ihm zu duschen, sich umzuziehen und in der Arrestzelle zu warten. Er würde einen Teufel tun und diesen Idioten befragen, während der erbärmlich stank. Als Nächstes musste er die Familie des Toten informieren, was kein Spaß werden würde. Da er die Drapers kannte, nahm er Silas und Ginny zur Verstärkung mit.

Horace Draper öffnete nach dem ersten Klopfen und stand grinsend vor ihm, das schüttere graue Haar kurz rasiert und eine Selbstgedrehte im Mundwinkel. In der Luft, die von ein paar Ventiltoren bewegt wurde, hing der Fettgestank vom Frühstück. »Ihr sucht bestimmt nach meinem Jungen. Noch einmal: Er ist beim Zelten. Ohne Durchsuchungsbefehl kommt ihr nicht rein.«

»Wir haben Clint gefunden, Mr. Draper.«

Da rührte sich etwas in den Augen des alten Mannes. »Na gut, dann wisst ihr ja, dass er nicht hier war, als die verlogene Schlampe behauptet hat, er hätte sie geschlagen. Er hat sie kein einziges Mal angerührt.« Er zeigte mit einem nikotingelben Finger auf Lee. »Wenn Sie meinen Jungen einsperren, kostet Sie das Ihre Dienstmarke.«

Lee übersah den Finger und überhörte die Drohung. »Mr. Draper, es tut mir leid, Ihnen mitteilen zu müssen, dass Ihr Sohn Clint tot ist. Mein Beileid.«

»Das ist eine dreiste Lüge.«

»Seine Leiche wurde heute früh aus dem See gezogen.«

Hinter Horace begann Bea Draper zu wimmern. »Doch nicht mein Junge. Nicht mein Junge, nicht mein Junge.«

»Sei ruhig, Frau. Die lügen doch.«

Lee zückte sein Smartphone und zeigte das Foto vom Leichenfundort. »Ist das Ihr Sohn Clint, Mr. Draper?«

Da kam er, der Moment, in dem Realität und Trauer stärker sind als jede Streitlust. Draper taumelte aus dem Haus und ließ sich in einen der Sessel auf der klapprigen Veranda fallen. »Mein Sohn ist tot?«

»Ja, mein Beileid.«

Aus Trauer wurde rasende Wut. Draper sprang auf. »Ihr habt das getan.« Doch bevor er sich auf Lee stürzen konnte, hatte Silas ihm die Arme auf den Rücken gedreht. Der alte Mann war erstaunlich kräftig, und die Wut tat ein Übriges. Ginny musste ebenfalls eingreifen, damit sie ihn festhalten konnten.

»Wir möchten Sie nicht zu Boden drücken, Mr. Draper«, sagte sie. »Und Ihnen auch keine Handschellen anlegen.«

»Wir haben ihn tot gefunden«, sagte Lee beruhigend. »Die Polizei von Lakeview hat nichts mit seinem Ableben zu tun.«

»Wer dann? Mein Junge kann schwimmen wie ein Fisch. Er ist wohl kaum in den verdammten See gefallen und ertrunken. Wer war das?«

»Das ermitteln wir gerade.«

»Ermitteln, von wegen. Die Polizei ist doch durch und durch korrupt, bis ganz nach oben zum FBI. Meine Familie und ich, wir sind euch völlig egal. Das ist schon immer so gewesen.«

»Ich werde meiner Aufgabe nachkommen. Am besten, Sie setzen sich und beruhigen sich wieder. Wenn ich Sie wegen Widerstands gegen die Staatsgewalt festnehmen muss, hilft das Ihrer Familie auch nicht weiter.«

»Ich werd Ihnen sagen, wer das getan hat, nämlich diese Memme Bigelow alias Walker. Der, der meinem Sohn die Frau weggenommen und sie dazu gebracht hat, Lügen zu verbreiten. Den sollten Sie schleunigst in eine Zelle stecken, verstanden? Bevor meine Familie und ich ihn finden.«

»Passen Sie auf, wem Sie da drohen. Setzen Sie sich bitte, bevor wir Sie ruhigstellen müssen.« Mit einer Kopfbewegung gab Lee Ginny zu verstehen, dass sie ins Haus gehen sollte, wo Bea Draper weiterhin wimmerte und schluchzte. »Zane hat Ihrem Sohn eindeutig nichts angetan.«

»Das behaupten Sie.«

»Das behaupte ich nicht nur, das weiß ich. Als Ihr Sohn ermordet wurde, hat Zane gerade sich und Darby McCray vor den Kugeln in Sicherheit gebracht, die Clint durch die Fenster seines Schlafzimmers gejagt hat, und die Polizei verständigt.«

»Quatsch. So was macht mein Junge nicht. Dieser widerliche Bigelow kann lügen, so viel er will, dem kaufen Sie alles ab.«

»Wir haben Clints Gewehr gefunden, aus dem kürzlich geschossen worden ist. In dem Pick-up, den er sich von Stu Hubble geborgt hat. Außerdem haben wir Kugeln in Zanes Schlafzimmer gesichert. Die werden nachweislich aus seinem Gewehr stammen. Wir haben Clints Fingerabdrücke am Lenkrad gefunden sowie im Auto die Farbe, die er benutzt hat, um Zanes Kanzlei und Darbys Haus zu beschmieren. Die Farbe war noch feucht. Da ein halbes Dutzend Polizisten bei Zane war, als Clint in den See geworfen wurde, hat er ein verdammt gutes Alibi.«

»Die würden alles bestätigen, was Sie sich so ausdenken. Jeder Einzelne von diesen nutzlosen Bullen.«

»Sie wissen, dass das Unsinn ist. Wir können nachweisen, wann genau der Notruf eingegangen ist. Stu Hubble sitzt momentan in Untersuchungshaft. Angesichts des Zustands seiner Wohnung haben sich Clint und er betrunken, Pillen eingeworfen und Gras geraucht, bevor Stu weggedämmert ist. Dann hat Clint beschlossen, sich ein paar Farbdosen und Stus Gewehr zu schnappen, um mit seinem Rachefeldzug zu beginnen.« Lee ging in die Hocke und sah Draper in die Augen. »Denken Sie nach. Hätten Sie und Ihre Familie mich gestern nicht angelogen, würde Ihr Sohn noch leben. Er hätte vor Gericht aussagen und für eine gewisse Zeit ins Gefängnis gehen müssen, aber er würde noch leben.«

»Sie können mich mal.«

»Ja.« Lee richtete sich wieder auf. »Das dachte ich mir bereits.« Er sah die Faust auf sich zukommen, hatte eine halbe

Sekunde Zeit zu reagieren und bot den nackten Knöcheln mit seiner Wange Widerstand. »Das dürfte genügen. Sie sind verhaftet wegen Angriffs gegen die Staatsgewalt.«

Mit Silas' Hilfe rang er Draper zu Boden und legte ihm Handschellen an, während Ginny jetzt nicht mehr nur eine trauernde Mutter, sondern auch eine wild gewordene Furie bändigen musste.

26

Nach einer schwierigen Stunde bei Traci fuhr Zane zurück nach Lakeview. Durch eine kurze SMS von Darby erfuhr er, dass sie endlich mit ihrem gesamten Team zu sich nach Hause durfte. Darüber war er froh. Beruhigt fuhr er zu seiner Kanzlei, um sich einen Eindruck von den Schäden zu verschaffen. Er parkte den Wagen, stieg aus und blieb auf dem Bürgersteig stehen, um sich das Grauen hinter dem Polizeiabsperrband anzusehen. Was er sah, war deutlich schlimmer als das eingeworfene Fenster. Allein der Zeit- und Geldaufwand, um alles wieder zu beheben. Ein paar Leute blieben stehen, um ihr Mitgefühl zu bekunden oder sich an seiner Stelle aufzuregen.

Als er seinen Namen hörte, drehte er sich um und sah Britt auf sich zueilen. Sie breitete die Arme aus und zog ihn an sich. »Ich habe mit Emily und Silas gesprochen und weiß Bescheid. Es tut mir so leid.« Sie trat einen Schritt zurück, ohne ihn loszulassen. »Ich bin heilfroh, dass ihr nicht verletzt seid, Darby und du. Ansonsten bin ich stinksauer.«

»Es gibt Schlimmeres. Das ist bloß Farbe.«

Sie zog die Brauen hoch. »Sag mir, was du wirklich fühlst.«

»Es tut mir leid, dass Clint tot ist. Auch, weil ich keine Möglichkeit mehr habe, ihn zu vermöbeln. Ich weiß nicht, was passiert wäre, wenn er ein paar Zentimeter tiefer gezielt hätte. Darby schläft vor den bodentiefen Fenstern.«

»Wo ist sie? Soll ich nach ihr sehen? Ich kann meine Termine verschieben.«

»Sie ist zu sich nach Hause. In Begleitung ihres Teams, Brody ist auch dabei. Er will mithelfen.«

»Er ist ein guter Junge. Wir werden alle helfen, Zane. Bitte sag ihr das.«

»Mach ich. Hör mal, die Leute scharen sich schon um uns. Ich weiß die Unterstützung zu schätzen, aber im Moment ist mir das alles ein bisschen zu viel.«

»Verstehe.« Sie umarmte ihn ein letztes Mal und trat einen Schritt zurück, um einen erneuten Blick auf das Gebäude zu werfen. »Rechtschreibung war nicht gerade seine Stärke.«

Daraufhin musste Zane lachen. Anschließend kaufte er literweise neue Wandfarbe. Nachdem er das erledigt hatte, schaute er auf dem Polizeirevier vorbei. Er traf Lee in dessen Büro an, der gerade seinen Bericht schrieb.

Mit schräg gelegtem Kopf musterte Zane den blauen Fleck auf Lees Wange. »Ich nehme nicht an, dass du gegen einen Türpfosten gelaufen bist.«

»Draper Senior beruhigt sich gerade in einer Zelle. Setz dich. Lust auf einen Kaffee?«

»Ich bring keinen mehr runter, trotzdem danke.« Er zog sich einen Stuhl herbei. »Traci ist ziemlich mitgenommen. Ihre Mutter und ihre Schwester sind bei ihr. Sie wird ein paar Tage im Frauenhaus bleiben. Auch länger, wenn es nötig ist.«

»Eines nach dem anderen.« Der Stuhl knarzte vertraut, als Lee sich darin zurücklehnte. »Wir haben Clints Fingerabdrücke auf dem Gewehr, auf Stus Pick-up, auf den Farbdosen, auf den Pinseln, überall auf deinem Kanzleigebäude und auf Darbys Haus. Er ist schon immer ein Trottel gewesen.«

»Da kann ich dir schlecht widersprechen.«

»Was die DNA bei dir und Darby angeht, warten wir noch auf die Ergebnisse. Die von Blutproben und Drogentests dürften schneller feststehen, genauso wie die Todesursache. Außerdem weiß ich mit großer Wahrscheinlichkeit, wo sich Stu in den letzten Stunden aufgehalten hat.«

»Ich nehme an, er steht nicht unter Verdacht.«

»Nein. Der lag völlig weggetreten und komplett angezogen auf dem Sofa, bevor ich ihn mitgenommen habe. Seine Kleidung wird noch analysiert, aber ich habe weder Farbspritzer noch Blut gesehen. Auf dem Stein sind keine Fingerabdrücke, nur viel Blut. Stu ist genauso ein Trottel wie Clint. Nie hätte er daran gedacht, die Mordwaffe abzuwischen. Ganz abgesehen davon, dass sich dafür keine Spuren finden lassen. Clint ist gestern Nachmittag bei Stu aufgetaucht«, fuhr Lee fort. »Zu Fuß. Stus Großmutter kann das bestätigen. Stu sagt, er hätte das Souterrain nicht verlassen, bloß gegessen, getrunken, geraucht, ferngeschaut, ein paar Computerspiele gespielt und Pornos geschaut. Es dürfte nach zwei gewesen sein, als er eingeschlafen ist.«

»Clint hat sich also bei seinen Farben bedient und Stus Pick-up genommen.«

»Sieht ganz so aus.«

»Sonst hat niemand vorbeigeschaut und mitgetrunken?«

»Nicht laut Stu. Seit wir auf dem Revier sind, hat er viel zu viel Angst, um weiterhin zu lügen.«

»Vielleicht ist Clint jemandem begegnet«, spekulierte Zane. »Oder jemand hatte ein Hühnchen mit ihm zu rupfen. Der hat dann beschlossen, ihm zu folgen und zu gucken, was er vorhat. Doch dass der ihn umbringt, kommt mir doch etwas …«

»… extrem vor«, beendete Lee seinen Satz. »Es gibt mehrere Möglichkeiten. Clint bedroht jemanden mit dem Gewehr und wird im Gegenzug erschlagen. Oder er ist mit jemandem unterwegs, stürzt und fällt blöd auf den Stein. Der andere gerät in Panik und beseitigt ihn. Oder aber jemand beschließt, dass es Zeit ist, sich zu rächen, und nutzt die Gelegenheit. Ich werde das herausfinden, Zane.«

Zane erinnerte sich, wie Lee in Buncombe bei ihm auf der Gefängnispritsche gesessen war, nach der schlimmsten Nacht seines Lebens. »Ich verlass mich drauf.«

»Sei bitte vorsichtig, hörst du? Horace Draper hat sich in den Kopf gesetzt, dass du Clint umgebracht hast.«

»Wie hätte ich das bitte schön anstellen sollen?«

»Fakten, Beweise, Logik spielen für den Mann keine Rolle. Für keinen der Drapers. Er kommt auf Kaution raus. Pass auf dich auf.«

»Lass mich mit ihm reden.«

»Zane …«

»Hat er einen Anwalt?«

Lee lachte nur kurz auf. »Er glaubt nicht an Anwälte. Bis er eines Besseren belehrt wird. Im Moment würde er sämtliche Anwälte am liebsten hängen sehen, einschließlich dir.«

»Lass mich mit ihm reden. Du kannst ja dabei sein. Wenn er glaubt, dass ich das war, könnten die Darby ins Fadenkreuz nehmen.«

»Na gut, na gut, ich bring dich zu ihm.« Lee schloss die Stahltür zu den drei Zellen auf. Stu lag in der rechten mit dem Rücken zur Tür und schnarchte wie ein Güterzug. Draper saß in der linken Zelle. Sobald er Zane sah, sprang er auf.

»Du Hurensohn.« Er streckte den Arm zwischen den Gitterstäben hindurch und versuchte Zane zu packen. »Ich bring dich um.«

»Wer anderen in Gegenwart eines Polizeibeamten glaubhaft droht, dürfte nicht so bald gegen Kaution freikommen.«

»Ihr und eure blöde Kaution könnt mich mal. Ich hab noch zwei andere Söhne.«

»Ja, das stimmt«, pflichtete ihm Zane bei und sah ihm unverwandt ins Gesicht. »Aber vielleicht wollen Sie, dass nicht die ganze Familie im Gefängnis landet. Ich hatte gestern Abend

Besuch. Es waren jede Menge Leute da, einige bis Mitternacht. Ich war mit Darby McCray zusammen.«

»Mit der Schlampe, die dir geholfen hat, meinen Jungen umzubringen?«

Aufgrund seiner jahrelangen Erfahrung als Staatsanwalt konnte Zane das an sich abprallen lassen. »Wir dürften uns gegen ein Uhr früh hingelegt haben. Gegen vier bin ich von Gewehrsalven und zerberstendem Glas geweckt worden. Die Fenster meines Schlafzimmers waren zerschossen.«

»Das hast du selber gemacht, um meinen Jungen reinzulegen.«

Gelassen fuhr Zane damit fort, die Fakten aufzuzählen. »Ich bin zu meinem Schrank und habe meinen Baseballschläger rausgeholt. Für den Fall, dass der Schütze einbrechen sollte. Dann haben wir den Notruf gewählt. Wann ist der Anruf eingegangen, Chief?«

»Um elf nach vier.«

»Das dürfte hinkommen. Ich bin in die Scherben getreten, es gibt bestimmt Polizeifotos von meinen blutigen Fußspuren. Ich wollte stinksauer mit dem verdammten Baseballschläger vor die Tür gehen, was Darby mir ausgeredet hat. Sie hat meinen Fuß verarztet, dann war die Polizei da. Wann, Chief?«

»Um sechzehn nach vier.«

»Also überlegen Sie: Wie hätte ich da bis zu Clint und seinem Gewehr kommen sollen? Warum hätte ich ihn in den Wald schleppen und ihn mit einem Stein erschlagen sollen, wenn ich mir ebenso gut sein Gewehr hätte schnappen können? Wie zum Teufel soll ich ihn in den See geworfen haben, obwohl es bei mir von Polizei nur so gewimmelt hat?«

»Du hast dir seinen Tod gewünscht.«

»Nein. Ich wollte, dass er verurteilt wird. Jemand hat mich um diese Genugtuung gebracht. Ich würde zu gern wissen, wer.«

»Du hast bestimmt seine nutzlose Ehefrau gevögelt.«

»Wann in drei Teufels Namen hätte ich das tun sollen? Sie und Ihre Familie habt sie rund um die Uhr überwacht. Außerdem habe ich eine Freundin. Eines kann ich Ihnen versprechen: Sollte der etwas zustoßen, werden Sie mir das büßen.«

»Zane.«

Er schüttelte Lee ab. »Das ist die Sprache, die er versteht. Traci ist meine Mandantin, nicht mehr und nicht weniger. Ich versuche nach Kräften, ihr zu helfen. Aber wenn es um meine Lebensgefährtin geht, bin ich zu ganz anderen Dingen in der Lage. Lassen Sie mich und meine Familie in Frieden, Mr. Draper. Und strengen Sie Ihre grauen Zellen an. Egal, was Sie von mir halten – Sie sind schlau genug, um zu wissen, dass ich nicht an zwei Orten gleichzeitig sein kann.«

Zane ging hinaus und wartete, bis Lee die Stahltür wieder abgeschlossen hatte. »Das dürfte ihn nicht überzeugt haben.«

Lee blies die Backen auf. »Er wird darüber nachdenken, das ist besser als nichts. Es ist sehr weit hergeholt, dich mit dem Mord in Verbindung zu bringen. Das wird ihm irgendwann dämmern. Oder auch nicht, weil du für ihn einer der Schuldigen bist. Sei also vorsichtig.«

»Du auch, Chief, aus dem gleichen Grund.«

»Das gehört zum Job. Jetzt ab nach Hause.« Lee klopfte ihm auf den Rücken. »Sieh zu, dass du was isst.«

Zane machte sich tatsächlich auf den Heimweg. Auf der Fahrt fiel ihm ein, dass er die Schlafzimmerfenster zunageln und seine Versicherung anrufen musste, um zu hören, wann das Glas ersetzt werden würde. Um die Öffnung zu verschließen, brauchte er Sperrholz, was wiederum bedeutete, dass er sich einen Pick-up leihen musste. Vielleicht sollte er sich einen kaufen? Im Winter würde er den Sportwagen ohnehin nicht mehr fahren.

Deshalb machte er einen Umweg, schaute kurz bei Darby vorbei und versuchte nicht in Panik zu geraten, als er weder sie, ihr Team noch die Firmenfahrzeuge vorfand. Stattdessen sah er die auf ihre Fassade gekritzelten Obszönitäten.

Er zückte sein Smartphone.

Wo bist du?

Bei den Marshes. Mit Lees Erlaubnis. Wo bist du?

Bei dir. Leihst du mir deinen Pick-up?

???

Muss Sperrholz kaufen für die Fenster. Die neuen könnten dauern.

Die sind schon zugenagelt. Du brauchst Farbe. War bei deiner Kanzlei. Der Idiot hat jedes zweite Wort falsch geschrieben. Roy würde deine Fassade streichen, aber ich brauche ihn. Ich schick dir die Telefonnummern von den Jungs, die neulich bei dir gemalert haben.

Okay. Was ist mit deinem Haus?

Steht nicht direkt an der Hauptstraße, kommt danach dran. Geh heim, iss Nudelsalat und mach deine Anrufe.

Wie geht's dir?

Besser. Dürfte erst gegen sechs zurück sein, da spät angefangen.

Bin da. Ich liebe dich.

Wow, zum ersten Mal schriftlich. Komisch, ich liebe dich auch. Bis später.

Zane verstaute sein Smartphone und sah sich um. Wenn er doch irgendwas für sie tun könnte! Da fiel ihm etwas ein, etwas ganz Naheliegendes. Er fuhr nach Hause, kümmerte sich darum, erledigte seine Anrufe und aß ein bisschen von dem Nudelsalat.

Als sie kurz nach sechs kam, hatte er den Tisch im Freien bereits gedeckt und mit Blumen geschmückt, die er hoffentlich hatte schneiden dürfen. Wein war auch schon kalt gestellt.

»Sieh mal einer an.« Darby musterte den Tisch, während Zod zu Zane sauste, als wären sie jahrelang getrennt gewesen.

»Das dürften wir uns verdient haben.«

Sie sah zu ihm hinüber. »Allerdings.«

»Ich habe einen Rohkostteller vorbereitet.«

»Nicht dein Ernst!«

Er zeigte darauf. »Und ob! Als Vorspeise unseres Drei-Gänge-Menüs.«

»Okay, und was sind die anderen beiden Gänge?«

»Pizza und Yes-Torties. Die Rohkostteller sind ein Zugeständnis an die Vernunft.«

»Ich glaube, ich bin verliebt.«

Er nahm ihr Gesicht in beide Hände und küsste sie. »Das will ich doch hoffen.«

Seufzend ließ sie den Kopf an seiner Schulter ruhen. »Lass mich kurz duschen und mich umziehen, damit ich dieses Festmahl auch wert bin.«

»Ich hab das nach vorn hinausgehende Gästezimmer mit dem Erker hergerichtet.«

Sie legte den Kopf in den Nacken, um ihn anzusehen. Als ihr Blick glasig wurde, lehnte sie schnell wieder die Stirn an seine Schulter.

»Auch das dürften wir uns verdient haben«, fügte er hinzu.

Weil sie ihrer Stimme nicht traute, versuchte sie zu nicken und umarmte ihn noch fester. »Warte kurz«, brachte sie heraus.

Er blieb in der Abendruhe stehen, während der seltsame kleine Hund ihre Schuhe beschnupperte.

»Du hast etwas an dir, Zane, das mir gefällt. Ich habe mir vorgenommen, mich mit vernagelten Fenstern und Einschusslöchern abzufinden. Das Zimmer kann schließlich nichts dafür, sondern nur dieser Mann. Es ist ein schönes Zimmer.«

»Das wird wieder. Bis es so weit ist, gibt es andere.«

Etwas gefasster löste sie sich von ihm und lächelte. »Jetzt bist du klebrig von meinem Schweiß und staubig von meinen Steinplatten. Du solltest mir unter der Dusche Gesellschaft leisten.«

»Du hast die besten Ideen. Ich füttere nur schnell den Hund.«

»Der hat schon was bekommen.« Sie nahm Zanes Hand und zog ihn ins Haus. »Später bekommt er ein Du-weißt-schon-Was, wenn ich von deinem Rohkostteller koste.«

Unter der Dusche spülte Darby den Schweiß und Schmutz ihres Arbeitstages ab. Während sich ihre nassen, schlüpfrigen Leiber vereinten, legte sie den Stress ab, der sich im Lauf des Tages in ihr angestaut hatte. Sie spürte, wie sie sich entspannte. Obwohl sie wusste, dass der Stress zurückkehren würde, ja vielleicht, weil sie das wusste, konnte sie mit Zane verschmelzen und in dem aufgehen, was sie sich gegenseitig schenkten. Unter dem prasselnden Wasser, die Haut glitschig von Seife, schoben sie mit begierigen Händen alles Hässliche und Böse weit von sich und begrüßten stattdessen ihre freudvolle Lust.

Auch danach blendeten sie die unangenehme Realität aus und ließen Zod mithilfe eines Leckerlis wilde Freudensprünge vollführen. Während sie Kerzen anzündeten und sich Wein einschenkten, sprachen sie über alles Mögliche, nur nicht über das, was ihren Frieden gestört hatte. Als es dämmerte und der Hund unter dem Tisch eindöste, schenkte Zane Wein nach.

»Bist du so weit?«

Darby nahm einen vorsichtigen Schluck und nickte. »Ja, du?«

»Ja.«

»Gut, dann erzähl mir als Erstes, wie Traci reagiert hat.«

»Ich bin froh, dass ihre Mutter da war und ihre Schwester mich begleitet hat. Sie brauchte beide, um sich nicht länger an allem die Schuld zu geben.«

»Sie ist am Ende, körperlich und seelisch, und das ist natürlich Unsinn. In meiner Selbsthilfegruppe gab es auch Frauen, die sich ständig schuldig gefühlt haben. Mein Kind ist im Diktat durchgefallen? Meine Schuld, weil ich eine schlechte Mutter bin. Gestern hat es geregnet, obwohl schönes Wetter angekündigt war? Ich muss etwas falsch gemacht haben.«

»Das habe ich bei vielen Missbrauchsopfern in Raleigh ebenso erlebt.«

»Deshalb dürfte es ihr geholfen haben, dass du dabei warst.«

»Ich hoffe es. Wie dem auch sei, sie wird eine Weile in Asheville bleiben. Sie hat Angst vor den Drapers – zu Recht.«

»Glaubst du, sie werden sich an ihr rächen?«

Es nutzte nichts, um den heißen Brei herumzureden. »Manche Leute sind besessen von Rache. Sie drehen gerade alles so hin, als hätte ich das organisiert und Clint umgebracht.«

»Das ergibt doch überhaupt keinen Sinn.«

»Das muss es auch nicht. Ich glaube, Horace Draper dämmert langsam was, aber das heißt nicht, dass sie darauf verzichten, sich zu rächen. Und du hängst mit drin. Nicht nur, weil du bei mir warst und mit mir zusammen bist, sondern auch, weil Clint dein Haus ebenfalls beschmiert hat.«

»Das ist mir klar. Vermutlich hatte er schon vorher ein Problem mit mir. Vielleicht ist er ja bei mir eingebrochen?«

Stirnrunzelnd starrte Zane in seinen Wein. »Das passt nicht zu ihm. Den Einbruch lass ich mir ja noch eingehen, aber dass keine Wertsachen gestohlen wurden und nichts zerstört worden ist? Auf mich war er ohnehin sauer«, überlegte Zane laut. »Weil ich ihn nicht als Mandanten wollte. So gesehen, wer weiß …« Er griff nach ihrer Hand. »Du musst vorsichtig sein.«

»Das müssen wir beide.«

»Ja. In der Zwischenzeit hat Lee bereits die Fingerabdrücke bei dir, in meiner Kanzlei, am Pick-up, auf den Farbdosen und so weiter miteinander abgeglichen. Der Trottel, bei dem Clint untergetaucht ist, hat Lee gesagt, wann er ins Alkoholkoma gefallen ist. Es waren sein Auto und seine Farbe. In Kürze dürften auch die Todesursache, die Ballistik-Untersuchungen und das Ergebnis des Drogentests vorliegen. Die DNA-Ergebnisse dauern länger, aber Clints Blutproben sind bereits da.«

Sie hatte während ihrer harten körperlichen Arbeit gründlich über alles nachgedacht. »Nichts davon beweist, wer Clint umgebracht hat.«

»Nein.«

Sie sah seinen Blick und fasste nach seiner Hand. »Sie haben da ein paar Theorien, Herr Staatsanwalt.«

»Kann sein.«

Sie gestikulierte ungeduldig. »Bitte sprechen Sie weiter.«

»Also gut. Clint war nicht unbedingt beliebt, von seiner Familie und solchen Idioten wie Stu Hubble einmal abgesehen. Er hat Leute verärgert, war oft betrunken, hat Raufereien angezettelt und anderer Leute Frauen, Freundinnen und Schwestern belästigt. Er hat Leute wie die McConnells bedroht und gewildert. Es gibt einen Typen aus den Bergen, der letztes Jahr behauptet hat, Clint und sein Bruder Jed hätten seine Jagdhunde vergiftet.«

»Meine Güte.« Intuitiv kraulte Darby den dösenden Zod mit dem Fuß.

»Er konnte nichts beweisen, war aber fest davon überzeugt. Lee hat mir Einblick in Clints Akte gewährt. So gesehen, hatten viele was gegen Clint.«

»Du glaubst, einer hat ihn raufschleichen sehen, ist ihm gefolgt und hat die Gelegenheit genutzt, um sich zu rächen?«

»Unter anderem.«

»Du hast noch eine andere Theorie, die dir weitaus mehr Sorgen macht.«

»Ja. Graham Bigelow.«

»Der sitzt hinter Gittern.« Darby war alarmiert. »Lee hat das überprüft. Emily hat gesagt …«

»Graham sitzt hinter Gittern«, bestätigte ihr Zane. »Aber das muss nicht heißen, dass er nichts damit zu tun hat. Er war fast zwei Jahrzehnte im Gefängnis und kennt die dort herrschende Kultur. Gut möglich, dass er einen Deal mit jemandem gemacht hat, der kurz vor der Entlassung stand. Oder dass er Leute draußen kennt. Jemanden, der hierhergekommen ist, sich umgeschaut und auf eine Gelegenheit gewartet hat. Um bei dir einzubrechen, zum Beispiel. Jemand, der weiß, wie man es anstellt, keine Fingerabdrücke zu hinterlassen, kein Aufsehen zu erregen.«

Auch wenn es nur eine Theorie war, Darby bekam Gänsehaut. »Aber … warum Clint umbringen?«

»Ich will die Theorie noch ein bisschen ausweiten. Der Kerl ist vor Ort. Er bringt Clint um, um für Aufregung und Verwirrung zu sorgen. Wenn wir bei der Theorie vom bösen Unbekannten bleiben, ist er so schlau, sich nicht die Waffe zu schnappen, bei uns einzubrechen und auf uns loszugehen. Weil er weiß, dass die Polizei bald kommen wird. Also nutzt er die Gelegenheit und nimmt sich vor, nach der nächsten Möglichkeit Ausschau zu halten. Sollte einem von uns jetzt etwas zustoßen, an wen würde sich die Polizei zuallererst halten?«

»An die Drapers.«

»Ganz genau. Während der schlaue Unbekannte von der Bildfläche verschwindet. Erst habe ich die erste Theorie für wahrscheinlicher gehalten, aber wir dürfen die zweite nicht außer Acht lassen.«

»Die zweite erinnert an die von Brody.«

Überrascht hielt Zane beim Weineinschenken inne. »Brody hat eine Theorie?«

»Mehrere sogar. Sie haben viel mit deinen gemeinsam. Das Böse braucht nicht immer ein Motiv, oft reicht es, eine Gelegenheit zu haben.«

»Das kann man so sagen.«

Sie schaute zu den Bergen im Westen hinüber, in Richtung der tief stehenden Sonne. »Ich liebe diesen Ort. Wie es hier aussieht, wie es sich anfühlt, die Menschen. Ich weiß auch, dass etwas Böses unter der Oberfläche lauert, so wie überall etwas Böses lauert. Aber diese Drapers sind in der Minderheit und Außenseiter.« Darby wandte sich wieder zu Zane um und hob ihr Glas. »Alles wird gut, Walker. Wir werden das Böse übertünchen. Wir wissen zwar, dass es unter der Farbe lauert, lassen aber nicht zu, dass es den Sieg davonträgt. Um das zu demonstrieren, werde ich mein Haus in *Tangerine Dream* streichen.«

Zane machte den Mund auf und wieder zu, dann räusperte er sich. »So orange wie eine Mandarine meinst du?«

»Ja, genau. Die Tür und die Fensterrahmen werden Kricketengrün. Fröhliche, strahlende Farben, die das Böse vertreiben. Wie streichst du deine Kanzlei?«

»Ich habe weiße Farbe gekauft. Unmengen davon.«

»Ach, komm schon.« Sie winkte ab. »Dir fällt bestimmt was Besseres ein.«

»Es handelt sich um eine Kanzlei, mein Schatz.«

Sie beugte sich vor. »Ist Jura so langweilig?«

»Ich werde sie eindeutig nicht orange streichen.«

»Ich hätte da eher an Marineblau und Nebelgrau gedacht, was die Fensterrahmen und die Veranda angeht. Ich zeig dir das auf meinem Farbfächer.«

»Ich habe Weiß gekauft.«

»Das kannst du bestimmt umtauschen. Nutz die Chance, die dir das Böse gegeben hat, Walker, und zeig Flagge. Ich zeige dir die Farben«, wiederholte sie. »Sobald wir den Wein ausgetrunken und den Hund Gassi geführt haben.«

»Weiß ist klassisch und elegant«, beharrte er, während er sich erhob. Zod sprang auf, als hätte der Wecker geklingelt.

»Gähn.«

»Die Maler kommen morgen.«

»Wenn sie einen Funken Geschmack haben, werden sie meiner Meinung sein, wetten?« Sie nahm seine Hand. Er hatte das Gefühl, dass sie nicht nur den Hund ausführte.

Als sie ihm später den Farbfächer zeigte, wusste er schon, dass er die Farbe am nächsten Morgen umtauschen würde.

***

Als Darby und Zane mit dem Hund rausgingen, brach der Mann, der nach Lakeview gekommen war und gemordet hatte, ebenfalls zu einem Spaziergang auf. Als er an Zanes Kanzlei vorbeikam, blieb er bewusst stehen und starrte sie mit offenem Mund an.

»Schrecklich, nicht wahr?«

Wie erhofft, war einer der Hinterwäldler stehen geblieben, um mit ihm zu plaudern. »Furchtbar«, sagte er betont schockiert.

»Machen Sie hier Urlaub?«

»Ja.«

»Meine Familie lebt in Lakeview. Ich kann Ihnen versichern, dass das nicht normal ist.«

»Das will ich hoffen.«

»Im Ernst.« Sie lächelte ihn an, ein hübsches, junges Ding. Vielleicht würde er dieses hübsche junge Ding vernaschen. Und anschließend umbringen. Es gab so viele Möglichkeiten …

»Offen gestanden arbeite ich in der Kanzlei. Als Praktikantin. Gretchen Filbert«, stellte sie sich vor, naiv wie ein Welpe.

»Drake Bingley. Schön, Sie kennenzulernen.« Er schaute sich wieder zu den Schmierereien um und überschlug, wie lange er bis zum Sonnenuntergang warten musste, wie lange es wohl dauern würde, bis er das hübsche junge Ding überredet hätte. »Macht Ihnen das keine Angst?«

»Normalerweise schon, aber derjenige, der das getan hat …« Er sah, wie sie sich auf die Zunge biss. »Der wird so schnell nicht wiederkommen. Das ist ein hübscher Ort, Mr. Bingley. Ich wünsche Ihnen einen wunderbaren Aufenthalt.«

»Oh, den habe ich bereits. Könnten Sie mir vielleicht ein Lokal empfehlen, in dem man ein gutes Steak und ein anständiges Glas Wein bekommt? Darauf hätte ich gerade Appetit.«

»Natürlich.« Sie strahlte ihn an, seine harmlosen blauen Augen hinter der braven Nickelbrille.

Er wusste, dass er aussah wie ein Professor, der sich im Sommer ein paar Wochen freinimmt, um an seinem Roman zu arbeiten. Er hatte viel Zeit darauf verwendet, diesen Look zu perfektionieren, hatte sich die Haare wachsen und ein akademisches Ziegenbärtchen stehen lassen. Dazu trug er verwaschene Jeans, Birkenstock-Sandalen und ein altes Greatful-Dead-T-Shirt vom Flohmarkt. Eine Herrenhandtasche mit einer zerlesenen Taschenbuchausgabe von *Früchte des Zorns*, mit seinem Geldbeutel, einem gefälschten Ausweis, einem Bandana und mit der 9-mm-Glock, die er aus der Waffensammlung seines Schwagers entwendet hatte, vervollständigte die Aufmachung.

»Mit *Grandy's Grill* können Sie nichts falsch machen. Das ist nur ein paar Blocks weiter, auf der anderen Straßenseite.«

»Das klingt gut. Hören Sie …« Er wurde von einem anderen hübschen jungen Ding unterbrochen, das auf sie zugerannt kam.

»Gretch, tut mir leid, dass ich zu spät komme, Luca hat gerade geschrieben. John und er sind im *Ricardo's* und haben einen Tisch besetzt. Entschuldigen Sie.« Wie Gretchen lächelte sie ihn freundlich an. »Störe ich?«

»Nein, nein, ich erkläre Mr. Bingley nur gerade, wo das *Grandy's* ist.«

»Irgendwann muss ich mich dort von Luca auf mehr als ein Bier und Nachos einladen lassen.«

»Genießen Sie Ihr Steak«, rief ihm Hübsches Junges Ding Nummer eins zu, als sie mit HJD Nummer zwei davonsauste.

Eine verpasste Gelegenheit. Für diesmal.

Er setzte seinen Spaziergang fort und beschloss, tatsächlich Steak zu essen. Vielleicht würde er ja dort ins Gespräch kommen und ein anderes hübsches junges Ding auftun.

Zur Not auch eines, das nicht mehr ganz so jung war.

27

Obwohl er nicht hundertprozentig überzeugt war, tauschte Zane die Farbe um. Er arbeitete den ganzen Vormittag, während die Maler Clints Schmierereien mit einer Grundierung übertünchten.

Jedem Mandanten musste er eine Kurzfassung der Ereignisse erzählen und sich dessen entsetzten Bemerkungen anhören, bevor er auf sein Anliegen zu sprechen kommen konnte. Als Maureen sein Büro betrat, sah er von seinen Notizen auf.

»Ich bin nur gekommen, um dich freundlich an deinen Termin mit Mildred Fissle zu erinnern.«

»Und mit ihren Katzen. Ich bereite mich gerade seelisch auf sie und eine erneute Testamentsänderung vor.«

»Die Enkelin aus Charlotte hat ihr Blumen zum Geburtstag geschickt. Damit ist sie wieder im Spiel. Du hast zwei Stunden, danach gibt es eine ausgiebige Mittagspause.«

»Die werd ich brauchen.«

»Ruf Micah oder Dave an, vielleicht wollen sie mitkommen.«

Zane legte den Kopf schräg. »Machst du dir Sorgen um mich?«

»Ich liebe dich fast so sehr wie meine neuen Schuhe, die ich am Unabhängigkeitstag im Sonderangebot gekauft habe, Zane. Wie du weißt, ist Horace Draper gegen Kaution raus.«

»Er dürfte wohl kaum das *Sunshine Diner* stürmen und mich erschießen, Maureen.«

»Trotzdem.«

»Na gut. Verflixt, Frauen bestimmen mein Leben.«

»Ja, darin sind wir gut. Apropos, du solltest überlegen, Gretchen für die nächsten Sommerferien zu verpflichten. Sie ist klasse. Wenn sie die Anwaltsprüfung besteht, wäre sie eine tolle Partnerin.«

»Daran habe ich auch schon gedacht, also bilde dir bloß nichts darauf ein.«

Sie grinste nur herablassend. »Ich habe Cubby und Mike gerade ein kaltes Getränk rausgebracht. Cubby hat mir die Farben gezeigt, mit denen sie streichen werden. Ich dachte, du würdest bei Weiß bleiben.«

»Das wäre besser gewesen, oder?«

»Nur, wenn du gewöhnlich und langweilig wirken willst. Milly vom Baumarkt hat mir erzählt, dass du Weiß gekauft hattest, um es gleich heute Morgen gegen das schöne kräftige Blau und das hübsche Grau umzutauschen.«

»Ja, ja«, sagte Zane und packte seine Aktentasche.

»Hat dir Darby den Tipp gegeben?«

»Kann sein.«

»Glückwunsch.« Sie hielt inne. »Du warst so schlau, dir eine kreative Frau mit gutem Geschmack zu suchen.«

»Danke schön. Geh wieder an deine Arbeit. Ich bezahle dich schließlich nicht dafür, dass du mit dem Chef plauderst.«

Amüsiert ging sie auf ihn zu und küsste ihn auf beide Wangen. »Ruf Micah, Dave oder alle beide an, ja? Tu mir den Gefallen.«

»Ja, ja.« Er nahm den Hinterausgang, um die Maler nicht zu stören. Auf dem Weg zum Wagen schrieb er Micah und Dave eine SMS.

Nachdem er sich um Mildred Fissle, ihre Katzen und ihr Testament gekümmert hatte, sehnte er sich nach einem promillehaltigen Getränk, verkniff es sich aber. Vermutlich hatte Maureen sowohl Dave als auch Micah bedrängt, denn sie hatten

Zeit. Zane entschied sich im freundlichen Licht der orangeroten Wände des Diners – *Tangerine Dream?* – für ein echtes Männeressen. Hackbraten.

»Hackbraten, oder?«, sagte Micah, der die laminierte Speisekarte durchlas und dabei Limo trank. »Cassie überlegt gerade, Vegetarierin zu werden. Das werde ich auf keinen Fall zulassen. Ich nehme auch Hackbraten.«

»Hackbraten geht immer. Also dreimal, Bonnie.«

»Gern. Deiner geht aufs Haus, Zane. Als Zeichen der Solidarität.«

»Du musst mir keinen …«

»Zu spät.« Sie klopfte ihm auf die Schulter und ging, um die Bestellungen weiterzugeben.

»Wenigstens was Positives nach all dem Mist«, sagte Micah.

»So brauch ich dich nicht einzuladen, Zane.« Dave grinste.

»He.« Micah winkte. »Ich bin auch noch da. Nur um den Mist endgültig hinter uns zu bringen, bevor wir essen: Anscheinend wollen alle Draper-Jungs zur Beerdigung kommen. Der eine darf einen Tag aus dem Knast, wenn auch bewacht. Der andere, der Soldat, bekommt Sonderurlaub oder so.«

»Na toll.«

»Stu Hubble ist gestern Nacht mit einer verbeulten Visage und einem gebrochenen Arm in der Klinik aufgetaucht. Angeblich die Treppe runtergefallen. Was für ein Scheiß, Mann. Jeder weiß, dass Jed Draper ihn vermöbelt hat.«

Dave schüttelte den Kopf. »Stu Hubbard verantwortlich zu machen ist typisch für die bescheuerten Drapers. Wir können nur hoffen, dass sich Jed Draper endlich abreagiert hat.«

»Aber du glaubst nicht daran«, meinte Zane.

»Solche Leute brauchen einen Sündenbock. Früher oder später wird auch er hinter Gittern landen. Hoffentlich eher früher.«

»Die müssten doch wissen, dass du es nicht gewesen sein kannst, Kumpel.«

»Ja, das müssten sie – ebenso, dass Stu es nicht gewesen sein kann. Dafür dürfte es Jed Draper deutlich schwerer fallen, mich zu vermöbeln.« Und obwohl sich Zane das nur ungern eingestand, freute er sich fast auf diese Begegnung.

***

Bei Donnergrollen und ersten Regentropfen sammelten Darby und ihre Leute das Werkzeug ein und gingen zu ihren Pick-ups.

Patsy Marsh steckte den Kopf aus der Hintertür und winkte. »Setzt euch auf die Veranda. Ihr bekommt alle ein Glas Tee und ein Stück Rührkuchen.«

Darby wollte ihrer Kundin gerade sagen, sie solle sich keine Mühe machen, als sie ihre Meinung änderte: »Habe ich da gerade was von Rührkuchen gehört?«

»Nach dem Geheimrezept meiner Mutter. Also, setzt euch und nehmt was. Der Regen hält bestimmt nicht lange an.«

»Ein schöner Ort, um ein Gewitter abzuwarten«, sagte Ralph. »Das weiß ich sehr zu schätzen.«

»So bewahrt ihr meinen Bill davor, zu viel Süßes zu essen.«

»Kann ich Ihnen helfen, Miz Marsh?« Hallie trat sich die Füße auf der Matte ab.

»Klar. Erzählen Sie, wie geht es Ihrer Mama und der Oma?«, fragte Patsy im Hineingehen.

Darby ließ sich auf einem Liegestuhl nieder. Ralph hatte recht. Ein schöner Ort, um ein Gewitter abzuwarten. Es peitschte die Bäume und wühlte den See auf, der im Licht des ersten Blitzes aufleuchtete. Die Luft wurde angenehm kühl.

Als Ralph sich in einem gepolsterten Stuhl niederließ, klopfte Darby neben sich. »Kommen Sie zu mir, Roy. Alles okay?«

»Ja.« Trotzdem stieß er einen gedehnten Seufzer aus und ließ den See nicht aus den Augen. »Ich muss dauernd daran denken. Hoffentlich finden sie den Täter.«

»Soll ich euch sagen, was ich glaube?« Ralph beugte sich in seinem Stuhl vor. »Ich glaube, dass Clint einen seiner bescheuerten Freunde oder Brüder überredet hat, mit ihm da raufzugehen und Zane Probleme zu machen. Betrunken und dämlich, wie sie sind, haben sie sich gestritten. Da greift einer von den Trotteln nach einem Stein und zieht ihn dem anderen über den Kopf. Er will ihn nicht umbringen, aber schon ist es passiert. Also muss er es vertuschen. Blöd, wie er ist, glaubt er, die Polizei würde denken, dass Clint in den See gefallen und ertrunken ist.«

Darby schwieg einen Moment. Ralph dürfte in dieser Minute mehr gesprochen haben als sonst in einer ganzen Woche.

»Adele denkt das auch«, warf Roy ein. »Dass es eher ein Unfall war, kein Mord. Im Suff. Weil sie so blöd sind.« Obwohl sie anderer Meinung war, sagte Darby nichts dazu. Roy schien diese Vorstellung zu trösten. »Wie dem auch sei …« Roy seufzte ausgiebig. Inzwischen schüttete es wie aus Eimern, prasselte wie Trommelfeuer auf das Dach der Veranda. »Ich bin verlobt.«

Darby boxte ihn gegen den Oberarm. »Seit wann?«

»Ich habe gestern Abend um ihre Hand angehalten.«

»Und das erzählen Sie uns erst jetzt?«

»Ich muss mich selbst erst an den Gedanken gewöhnen.« Trotzdem strahlte er. »Ich wollte sie nicht fragen, bevor ich einen Ring hatte. Frauen können da sehr heikel sein, und ich hatte lange keine Zeit, einen zu besorgen. Doch nach allem, was passiert ist, dachte ich mir gestern, wie unvorhersehbar das Leben ist und dass ich endlich was unternehmen muss. Also bin ich los und habe den Ring gekauft. Sie schien sich zu freuen, also dürfte ich alles richtig gemacht haben. Ich hab um ihre Hand angehalten, und sie hat Ja gesagt.«

»Was höre ich da?« Patsy trug einen Krug mit bernsteinfarbener Flüssigkeit heraus, während Hallie mit einem Tablett hinter ihr erschien. »Roy Dawson, habe ich das richtig verstanden, dass Sie endlich so schlau waren, die reizende junge Frau zu fragen, ob sie Sie heiraten will?«

»Ja, Madam, genau das habe ich getan.«

»Sind das nicht tolle Neuigkeiten?« Patsy stellte den Krug ab und begann Eistee in die Gläser auf Hallies Tablett zu schütten. »Ihre Mutter ist bestimmt ganz aus dem Häuschen.«

»Allerdings.«

»Steht schon ein Datum fest?«

»Na ja, Adele will im Frühling heiraten, wenn es warm genug ist, um draußen zu feiern. Meine Mutter, ihre Mutter und sie planen wie verrückt, und ich lass sie machen. Kann sein, dass ich ein paar Tage fehlen werde«, sagte er zu Darby. »Wegen der Hochzeit und den Flitterwochen.«

»Machen Sie sich keine Sorgen deswegen.«

»Der Bräutigam bekommt das erste Stück«, verkündete Patsy und reichte Roy einen Dessertteller mit einem großzügigen Stück Rührkuchen. »Das sind fantastische Neuigkeiten.« Sie reichte das Gebäck herum und wurde sentimental. »Diese jungen Leute hier wissen noch nicht, wie schnell die Zeit vergeht, Ralph. Dass man sie mit all ihren Höhen und Tiefen bewusst wahrnehmen muss, um sich später daran zurückzuerinnern.«

»Man muss das Leben nehmen, wie es kommt, genau wie das Wetter. Das hat meine Mama immer gesagt.«

»Apropos Wetter: Ich mag es, wenn es so richtig gewittert«, sagte Patsy leise. »Das hat so was Reinigendes, zumindest für eine Weile.« Dann drehte sie sich strahlend zu Darby um. »Was Sie mit meinem scheußlichen Schandfleck angestellt haben, ist mindestens so toll wie der Rührkuchen meiner Mutter.«

»Der schmeckt wirklich großartig, Madam.« Gabe steckte sich den letzten Bissen in den Mund. »Einfach großartig.«

»Das Gewitter zieht weiter«, sagte Hallie. »Ich trag die Teller rein, bevor wir mit der Arbeit fortfahren.«

»Das musst du nicht, Liebes. Ich glaube, ich bleibe ein bisschen sitzen, genieße die Abkühlung und schaue euch eine Weile zu.«

Während Darby das nächste Loch aushob, dachte sie über die reinigende Kraft von Gewittern, über Gastfreundschaft und den leckeren Kuchen nach. Die Sonne kam zum Vorschein, brannte auf das Wasser und verwandelte die feuchte Luft in Dampf. Bald glitten wieder Boote über den See. Kinder sprangen von einem Floß ins Wasser und lachten und kreischten. Der Tod schaffte es nicht, dem Leben Einhalt zu gebieten, zumindest nicht sehr lange. Darby setzte drei Schuppenwurze, die sie sowohl wegen des Namens *Southern Lady* als auch wegen ihrer Blätter und Blüten ausgewählt hatte. Wie Nieswurz echte Frühblüher, die im Frühling hinreißende Blüten bildeten.

»Woran denkst du, Chefin?«, fragte Hallie.

»Dass die Saison fast vorbei ist, und wie toll es hier nächstes Jahr aussehen wird.«

»Es sieht jetzt schon schön aus.«

»Ja. Außerdem dürften wir heute fertig werden. Aber erst im nächsten Jahr wird sich zeigen, was für tolle Arbeit wir tatsächlich geleistet haben.« Sie trat einen Schritt zurück, um die Anordnung der Pflanzen zu überprüfen und ein paar Fotos mit dem Smartphone zu machen. Als sie zu den Flusskieseln ging, die Ralph und Roy ausgelegt hatten, machte sie Bilder aus unterschiedlichen Perspektiven, bevor sie sich zum See wandte, sich vorstellte, wie das Ganze wohl vom Wasser aus wirkte. Sie sah ein kleines Kajak vorbeigleiten, darin ein einzelner Mann. Langes, sonnengebleichtes Haar quoll unter einem Anglerhut hervor, und seine verspiegelte Brille reflektierte die Sonne. Als er grüßend die Hand hob, fröstelte sie trotz der Schwüle. Dennoch winkte sie zurück, bevor sie sich wieder umdrehte. »So, liebe Leute.« Komisch, sie hatte einen Kloß im Hals. Sie zückte ihre Wasserflasche und trank. »Gleich können wir aufräumen.« Sie ertappte sich dabei, zurückzuschauen, aber das Kajak war bereits weg.

Bingley wäre beinahe gekentert vor Lachen. Sie hatte ihn direkt angeschaut und sogar gewinkt. Hätte er seine Glock dabeigehabt, hätte er sie an Ort und Stelle erschießen können und alle anderen gleich dazu. Auch diese nervigen Jugendlichen, die kreischend von dem Floß sprangen. Aber vielleicht hatte er ja etwas anderes mit ihr vor, als ihr in den Kopf zu schießen. Trotzdem genoss er es, die Möglichkeit gehabt zu haben.

Bald ist deine Zeit gekommen, du Schlampe, dachte er gut gelaunt. *Für dich und diesen Mistkerl von einem Anwalt. Für jeden, der sich mir in den Weg stellt.* Denn wenn er etwas bei seinen zahlreichen Gefängnisaufenthalten gelernt hatte, dann, dass er es liebte, Blut fließen zu sehen. Und zwar literweise.

***

Der Juli zog mit Hitze und kurzen, heftigen Gewittern ins Land. Touristen strömten nach Lakeview, um den See zu genießen und zu wandern. Sommergäste kamen, ohne sich von dem Mord bei ihren Souvenirkäufen stören zu lassen. Die Schmierereien an der Kanzlei waren übermalt, und die gewagte neue Farbe verfehlte ihre Wirkung nicht. Während Zane darauf wartete, dass das Schicksal ein weiteres Mal zuschlug, lebte er sein Leben ganz normal weiter. Insofern wunderte er sich nicht, als er Lee an einem faulen Samstagvormittag zu sich herauffahren sah. Er saß gerade auf der vorderen Veranda und schaute sich SUVs auf seinem Tablet an. Als Lee aus dem Wagen stieg, legte er es weg. »Guten Morgen, Chief.«

»Zane.« Lees Blick fiel auf die vernagelten Fenster. »Immer noch keine neuen Scheiben?«

»Die kommen nächste Woche, und meine bewährten Maler sind mit der Kanzlei so gut wie fertig, sodass sie bald die Einschusslöcher im Schlafzimmer verspachteln können. Wie wär's mit einem kalten Getränk?«

Lee warf einen Blick auf Zanes hohes Glas. »Ist das gekühlter Kaffee mit Eiswürfeln?«

»Ja. Komm rein, ich mach dir welchen.«

»Da sage ich nicht Nein. Ist Darby zu Hause?«

»Sie hat gerade ein paar Beratungsgespräche, sollte aber bald zurück sein.«

»Die Frau ist echt beschäftigt«, bemerkte Lee, als Zane ihn ins Haus führte.

»Allerdings. Vielleicht schläft sie auch deshalb wie eine Tote. Und, gerade im Dienst, Chief?«

»Im Sommer habe ich generell alle Hände voll zu tun und diesen Sommer erst recht.«

»Ja.« Zane holte ein weiteres hohes Glas und gab Eiswürfel hinein. »Und, wie läuft es so?«

»Wir haben es mit einem Opfer zu tun, das niemand gemocht hat – von den engsten Verwandten und ein paar Nichtsnutzen einmal abgesehen. Ein mit Alkohol und Pillen vollgepumpter Typ geht auf Rachefeldzug, als ihm auf deinem Grundstück der Schädel eingeschlagen wird. Daraufhin landet er tot im See.«

Zane griff zu dem Krug mit kaltem Kaffee und sah ihn an. »Brauche ich einen Anwalt?«

»Das würde mir die Arbeit sehr erleichtern.«

Zane goss Kaffee über die Eiswürfel und gab Milch aus dem Kühlschrank dazu. Dann reichte er Lee das Glas. »Wäre ich vor die Tür gegangen, hätte ich vielleicht mehr gesehen.«

»Um dabei erschossen zu werden.«

»Kann sein. Komm, setzen wir uns auf die Veranda.«

»Gut. Du machst fantastischen Kaffee, Zane, egal, ob kalt oder heiß.«

»Sollte ich als Anwalt keinen Erfolg haben, kann ich immer noch Barista werden.« Sie gingen wieder hinaus und setzten sich. Zane griff nach dem Baseball, den er mit hinausgenommen hatte, und fuhr über die Nähte. »Soweit ich weiß, werden die Drapers Clint morgen beerdigen.«

»Ja, das Bestattungsinstitut Dexter kümmert sich um alles. Keiner der Drapers ist Kirchgänger. Das erleichtert einiges. Er soll auf ihrem Privatgrund bestattet werden.«

»Das ist in diesem Bundesstaat nach wie vor legal, vorausgesetzt, man hält sich an die Bestimmungen.«

»Ja. Ich habe mit allen gesprochen, die nachweislich einen Groll gegen Clint oder die Drapers hegen.«

»Ich hoffe, du bekommst die Überstunden bezahlt?«

Lee lachte laut auf und kostete von seinem Kaffee. »Ich kann dir jedenfalls sagen, dass es deutlich länger gedauert hat als die Gespräche mit denen, die auf seiner Seite stehen. Doch es ist nichts dabei rausgekommen. Wie sich herausstellte, hatte Clint vor Kurzem eine Auseinandersetzung mit Richie Fields. Fields ist durchaus einer, der in der Lage wäre, jemandem den Schädel einzuschlagen. Doch er war zur fraglichen Zeit im Gefängnis, wegen Raserei und Trunkenheit am Steuer. Dass er dem Polizeibeamten vor Ort ein paar verpasst hat, hat seine Strafe nicht günstig beeinflusst.«

»Gut, ein besseres Alibi kann man kaum haben.«

»Nein«, pflichtete ihm Lee bei, trank von dem Kaffee und schaute auf die Berge. »Aufgrund deiner Tätigkeit in Raleigh dürftest du so manche Drohung erhalten haben.«

»Das gehört zum Job, Lee. Genau wie zu deinem.«

»Ja. Überleg bitte mal, ob jemand dabei sein könnte, der in der Lage wäre, dir hier Ärger zu machen.«

»Darüber habe ich bereits nachgedacht.« Zane starrte auf den Ball und strich über dessen Nähte. »Ein paar Kandidaten würden mir da schon einfallen.«

»Die Namen, Junge.«

»Gut.« Zane drehte den Ball in seiner Hand. »Ich habe sogar überlegt, nach Raleigh zu fahren und mit Graham zu sprechen.«

»Da hatten wir dieselbe Idee. Ich habe mit dem Gefängnisdirektor telefoniert. Graham hat viele Zellengenossen gehabt, und so mancher ist wieder auf freiem Fuß. Diese Spur wird weiterverfolgt.«

»Eigentlich traue ich ihm das nicht zu, weil er lieber selbst Schmerzen zufügt, als das zu delegieren. Offen gestanden, mache ich mir mehr Sorgen um Darby. Graham wird nie darüber hinwegkommen, dass ihn eine Frau besiegt hat.«

»Wie wär's, wenn ich für uns beide einen Termin vereinbare?«

»Gern. Gib mir einfach Bescheid.«

»Klar. Sag mal, willst du wirklich diesen Idioten Cal Muldoon vertreten, der Larry Easterday nach dem Auffahrunfall vermöbelt hat?«

»Was soll ich sagen, Chief? Jeder hat das Recht auf einen Verteidiger.«

»Anwälte.« Lee seufzte. »Der Kaffee ist verdammt gut.«

»Es gibt noch mehr, wenn du willst.«

Lee schüttelte den Kopf und stellte sein leeres Glas ab. »Ich muss weiter. Weißt du«, hob er im Aufstehen an, »deine Kanzlei sieht echt toll aus. Der Bürgermeister meinte, wir sollten die anderen Eigentümer von Häusern an der Hauptstraße überreden, mehr Farbe zu wagen.«

»Immer schön positiv denken.«

Lees Brauen verschwanden unter dem Rand seiner Mütze.

»Das ist auf Darbys Mist gewachsen.« Zane grinste und zuckte mit den Schultern. »Ich hab mich nur drangehängt.«

»Na, dann viel Glück! Ich melde mich.«

»Sag Emily liebe Grüße.«

»Klaro.«

Zane setzte sich wieder und fuhr über die Nähte des Baseballs. Er würde Lee die Namen derjenigen geben, die ihm gedroht hatten, samt aller dazugehörigen Informationen. Obwohl ihm diese Leute eigentlich am wenigsten Sorgen machten. Weniger als diejenigen, die er hinter Gitter gebracht hatte und die ihm *nicht* gedroht hatten. Die schlau und vorsichtig genug waren, heimlich Rachepläne zu schmieden. Wenn Lee glaubte, die hiesige Bevölkerung als Täter ausschließen zu können, wurde es höchste Zeit, sich näher mit der Vergangenheit zu beschäftigen und ein paar alte Akten zu studieren. Er ging ins Haus und tauschte sein Tablet gegen das Notebook. Da waren genug Dateien drauf, um mit der Recherche zu beginnen. Darby würde hoffentlich erst in einer Stunde zurückkommen. Sie hatte versprochen beziehungsweise angedroht, ihm zu zeigen, wie er den Garten pflegen sollte. Bis dahin wollte er gewisse Kandidaten ausgeschlossen beziehungsweise in die engere Wahl genommen haben. Die düsteren Gedanken sollten ihnen nicht das Wochenende verderben.

Nach etwa zwanzig Minuten hörte er ein Auto kommen, sicherte reflexartig seine Daten und schloss die Datei. Aber es war kein Pick-up, es war nicht Darby. Instinktiv umklammerte Zane den Baseball, als der beige Kompaktwagen neben seinem Cabrio hielt. Er kannte den Mann nicht, der gerade ausstieg, zumindest nicht auf den ersten Blick. Trainiert, Freizeithose und Polohemd, kurz geschnittenes braunes Haar und ein markantes Kinn. Vermutlich Ende dreißig. Der Besucher nahm seine Pilotenbrille ab und kam anmarschiert. Ein Soldat, wie Zane aufgrund seiner Haltung und seines Gangs vermutete.

»Zane Bigelow, Entschuldigung, Walker?«

»Ja, das stimmt.« Zane zählte eins und eins zusammen und erhob sich. »Bo Draper nicht wahr? Sergeant Major Draper?«

»Ja, genau. Tut mir leid, dass ich Sie so überfalle, doch ich würde mich gern mit Ihnen unterhalten.«

»Kommen Sie rein. Möchten Sie gekühlten Kaffee mit Eiswürfeln?«

»Das ist sehr nett von Ihnen, aber nein danke. Das ist ein ruhiges Fleckchen. Als ich das letzte Mal in Lakeview war, stand das Haus noch nicht.«

»Inzwischen ist es acht Jahre alt. Sie sind schon eine ganze Weile fort.«

»Über zwanzig Jahre. Ich hab mich mit achtzehn zum Militär gemeldet und bin seitdem nicht wieder hier gewesen.«

»Es muss schlimm sein, einen Bruder zu verlieren.«

»Ja, auch wenn ich kaum behaupten kann, ihn gekannt zu haben. Er dürfte damals so acht oder neun gewesen sein.«

»Setzten Sie sich, Sergeant Major.«

»Nein danke«, wiederholte er. »Ich will Sie nicht lange aufhalten.« Er warf einen Blick auf den Baseball in Zanes Hand. »Ich habe mir damals ein paar von Ihren Spielen angeschaut. Sind Sie noch aktiv?«

»Eher nicht.« Zane legte den Ball weg.

»Zu schade. Mr. Walker …«

»Zane.«

»Zane, ich habe mir angehört, was meine Familie zu sagen hat. Was der Polizeichef zu sagen hat. Mit Clints Witwe kann ich leider nicht sprechen, da sie … fort ist. Ich werde gleich nach der Beerdigung abreisen. Doch bevor ich das tue, würde ich mir gern noch anhören, was Sie zu erzählen haben.«

»Die Witwe Ihres Bruders ist meine Mandantin. Ich kann Ihnen nur sagen, dass sie sich an einem sicheren Ort befindet. Es war leider nötig, sie wegzubringen, da sie uns glaubhaft versichert hat, Ihr Bruder hätte sie geschlagen. Nicht nur am

Abend des 3. Juli, sondern regelmäßig. Sie hat mich um Hilfe gebeten, die ich ihr besorgt habe.«

»Allie Abbotts kleine Schwester, oder? Ich kannte Allie flüchtig, als ich noch hier gewohnt habe.«

»Ja, das stimmt.«

»Meine Familie behauptet, dass Clint nie die Hand gegen sie erhoben hat. Nur, wenn sie es verdient hatte.« Bos Kiefermuskeln mahlten. »Ich bin verheiratet und habe zwei Töchter. Ich würde es gar nicht gut aufnehmen, wenn die misshandelt würden. Ich bin nicht so wie meine Brüder. Oder wie meine Eltern.«

»Ich bin auch nicht so wie meine Eltern.«

Bo nickte. »Davon habe ich gehört. Meine Familie behauptet, Sie hätten eine Affäre mit Clints Witwe.«

»Seit ich wieder in Lakeview bin, habe ich Traci zweimal gesehen. Einmal, als Clint mit ihr in der Kanzlei war, weil er hoffte, eine lächerliche und, offen gestanden, rachsüchtige Klage gegen seine Nachbarn anstrengen zu können.«

»Gegen die McConnells?«

»Ganz genau. Er war nicht sehr erfreut, als ich es abgelehnt habe, den Fall zu übernehmen. Und ein andermal, als ich zu ihrem Haus gefahren bin, da ich Anzeichen für häusliche Gewalt bemerkt hatte. Sie wollte nicht mit mir reden, aber ich habe ihr meine Visitenkarte dagelassen. Ich befinde mich in einer festen Beziehung. Traci ist nur eine Mandantin.«

»Die Frau, mit der Sie eine Beziehung haben, Darby McCray, war in der bewussten Nacht bei Ihnen?«

»Ja, genau.«

»Clint hat deren Haus genauso mit Farbe beschmiert wie Ihre Kanzlei. Und Ihre Fenster im ersten Stock zerschossen.«

»Ja, es weist alles darauf hin. Ich weiß nicht, wer Ihren Bruder ermordet hat, Sergeant Major. Ob es ein Freund oder Feind war, ein heimtückischer Mord oder ein Unfall mit Todesfolge.

Ich weiß nur, dass es auf meinem Anwesen passiert ist, gleich da drüben, während die Frau, die ich liebe, beinahe von Clints Kugeln durchlöchert worden wäre.«

»Er war das Sorgenkind in unserer Familie. Das hat mein Vater immer gesagt, um ihm bei jeder Gelegenheit eine zu wischen. Das entschuldigt nicht, was er getan hat. Ich kann mir durchaus vorstellen, dass er für das alles verantwortlich ist. Aber er hatte eine schlimme Kindheit.«

»Sie sind in derselben Familie aufgewachsen.«

»Ich hab's geschafft, da rauszukommen«, sagte Bo nur. »Die Marine hat mich nicht nur ausgebildet, Zane, sondern mir das Leben gerettet. Auch Sie hatten eine schlimme Kindheit, haben aber andere Entscheidungen gefällt als meine drei Brüder.«

»Meine Familie hat mich gerettet. Meine Schwester, meine Tante, ihr Mann und meine Großeltern.«

»An Ihre Großeltern kann ich mich erinnern«, fuhr Bo fort. »Reizende Leute. Was ich von meiner Familie leider nicht behaupten kann. Trotzdem werde ich meinem kleinen Bruder die letzte Ehre erweisen. So wie ich mich jetzt bei Ihnen für das entschuldige, was mein Bruder getan hat.«

»Nicht nötig.«

»Doch, das finde ich schon. Wäre ich länger geblieben, hätte ich ihm vielleicht ein anderes Leben zeigen können. Aber ich habe mich selbst gerettet, und das bereue ich nicht. Mein einer Bruder sitzt im Gefängnis. Er gleicht meinem Vater dermaßen, dass man sie kaum auseinanderhalten kann. Und der andere ist keine dreißig geworden.«

»Mein Beileid. Ich wollte das eigentlich nicht sagen, weil es aufgesetzt gewirkt hätte. Aber jetzt kann ich es aufrichtig tun. Mein Beileid, Bo.«

»Vielen Dank. Ich würde den Schaden gern bezahlen, den mein Bruder bei Ihnen und Miss McCray angerichtet hat.«

»Kommt gar nicht infrage.«

»Wenn Sie das nicht annehmen wollen, möchte ich wenigstens Tracis Anwaltskosten übernehmen.«

»Ich arbeite unentgeltlich.«

Bo kniff sich seufzend in die Nasenwurzel. »Sie sind mir und meiner Familie nichts schuldig. Um etwas möchte ich Sie trotzdem bitten. Wiedergutmachung muss möglich sein. Ich will, dass Clint Gerechtigkeit widerfährt, sein Mörder gefasst, vor Gericht gestellt und bestraft wird. Im Gegenzug muss ich wiedergutmachen dürfen, was Clint getan hat.«

»Wenn Sie mir Ihre Kontaktdaten geben, werde ich Ihnen in ein paar Tagen den Namen eines Frauenhauses nennen. Dem können Sie spenden.«

Bo schloss kurz die Augen und nickte. »Das werde ich.« Er zückte seinen Geldbeutel und nahm eine Visitenkarte heraus. »Sie melden sich, wenn Sie so weit sind. Ich werde meine Familienpflichten erfüllen, zu meiner Frau und meinen Töchtern zurückkehren und nie mehr wiederkommen.« Er streckte ihm die Hand entgegen, und Zane schlug ein. »Ich weiß es zu schätzen, dass Sie sich die Zeit genommen haben, mit mir zu sprechen.«

»Danke, gleichfalls, Sergeant Major Draper.«

Bo machte Anstalten zu seinem Wagen zu gehen und sah sich noch einmal um. »Sie dürften höchstens dreizehn, vierzehn gewesen sein, als ich von hier weg bin.«

»Das könnte hinkommen.«

»Sie haben damals wirklich fantastisch Baseball gespielt.«

Zane sah zu, wie er davonfuhr, setzte sich dann wieder und griff nach dem Ball. Vielleicht hatte die Marine Bo Draper reifen lassen, ihn tatsächlich gerettet. Aus Zanes Sicht wäre das allerdings nicht möglich gewesen, wenn Bo es nicht zugelassen hätte.

»Nicht nur die Umstände, in die man hineingeboren wird,

sind prägend«, sagte er laut, während er über den Ball strich. »Sondern auch, wie man damit umgeht.«

Er legte den Ball weg und griff erneut zu seinem Notebook, tat, was er konnte, um seine Lieben zu beschützen.

28

Es war kurz nach neun, als Emily mit ihrem Jüngsten vor dem Bungalow hielt. Gemeinsam mit Brody trug sie frische Bettwäsche, Handtücher, Seifen, Shampoo, Lotionen und Tüten mit Lebensmitteln hinein, die der Gast vorbestellt hatte.

Brody, der alles andere als ein Frühaufsteher war, grummelte während des Schleppens. »Wenn ich die Firma eines Tages übernehme, werde ich keine Bungalows mehr putzen.«

Emily gab nur ein schnaubendes Lachen von sich. »Ach ja? Dann erklär mir mal, wie das funktionieren soll, mein Junge.«

Da sie den Fernseher durchs offene Fenster hören konnte und kein *Bitte-nicht-stören*-Schild an der Tür hing, klopfte sie.

Sie hatte bereits ein Lächeln aufgesetzt, als die Tür aufging. »Guten Morgen, Mr. Bingley. Passt es Ihnen, wenn wir kurz Ordnung machen?«

Er lächelte zurück. »Wenn ich es nicht selbst erledigen muss, ist mir jeder Moment recht. Ich hatte eigentlich Janey erwartet.«

»Janeys Mutter ist heute Morgen gestürzt und hat sich den Knöchel gebrochen. Deshalb springen wir heute ein.«

»Das tut mir sehr leid. Und, wie läuft's, Kumpel?«

Brody widerstand dem Lächeln und rang sich ein höfliches »Alles gut, Sir« ab. Er trug die Lebensmittel in die Küche. »Wollen Sie gucken, ob wir nichts vergessen haben, Sir?«

»Ich bin mir sicher, es passt.«

»Brody, räum bitte die Lebensmittel ein und klemm die Quittung an das Brett hier.«

Die Höflichkeit verschwand aus seiner Stimme. »Ich weiß, Mom.« Als hätte er das nicht schon millionenfach gemacht.

»Gut, danach kannst du den Müll einsammeln. Ich fange im Schlafzimmer an, Mr. Bingley, wenn Sie das nicht stört.«

»Das Tolle am Schreiben ist, dass man es überall machen kann. Ich setz mich mit meinem Notebook auf die Veranda, damit ich nicht im Weg bin. Vielleicht inspiriert mich die Aussicht ja dazu, mein heutiges Pensum zu schaffen.« Sie sah gar nicht schlecht aus für eine alte Frau, fand er und zog das Kabel seines Notebooks aus der Steckdose. Ein geiler Hintern jedenfalls. Doch da sie zwei Kinder hatte, dürfte sie Hängetitten haben. Außerdem war sie mit dem Polizeichef verheiratet, sodass er lieber die Finger von ihr ließ.

Ihr Blag schien nicht glücklich über diesen Auftrag zu sein, was er gut verstehen konnte. Einkaufen, Putzen – Weiberkram. »Du wärst bestimmt lieber bei deinen Freunden, was?«

Brody zuckte nur mit den Schultern. »So ist das eben in einem Familienunternehmen.« Er stellte den Viertelliter Milch und die Flasche Mangosaft in den Kühlschrank. Da sah er das Taschenbuch auf dem Küchentisch. Sofort hob sich seine Laune. »Ich weiß, dass es den Pulitzerpreis bekommen hat. Mir hat *Die Straße der Ölsardinen* trotzdem besser gefallen.«

»Wie bitte?«

»Die Geschichte ist total öde, wenn Sie mich fragen. Mom gefällt *Jenseits von Eden* am besten, und das ist ziemlich gut. Trotzdem, ich bin ein Fan von *Die Straße der Ölsardinen*.«

Bingley starrte den Jungen verständnislos an. »Schön für dich.«

Brody sah den Feriengast unverwandt an. »Mein Cousin hat mich dazu überredet, mit den Virgil-Flowers-Krimis anzufangen, und die sind echt cool. Nach diesem Sommer möchte ich die ganze Reihe von John Sandford gelesen haben.«

»Ich schau kaum fern«, sagte Bingley, trug sein Notebook auf die Veranda und beendete damit das Gespräch.

Während Brody die restlichen Lebensmittel wegräumte, gelangte er zu dem Schluss, dass dieser Typ zu faul war, selbst einkaufen zu gehen. Da er wusste, was er zu tun hatte, und seine Mutter kannte, räumte er die Frühstücksteller in die Spülmaschine, die Bingley in seiner Faulheit hatte stehen lassen. Routiniert leerte er den Müll in eine große Plastiktüte. Dabei fiel ihm auf, dass Bingley den Abfall nicht getrennt hatte. Mit einem verächtlichen Blick in Richtung Tür erledigte Brody auch das, bevor er die Tüte ins Schlafzimmer schleifte. Seine Mutter hatte das Bett bereits abgezogen und die schmutzige Wäsche samt den benutzten Handtüchern in den Wäschesack gestopft. Brody wollte etwas sagen, als ihm die offenen Fenster wieder einfielen. Da behielt er seinen Kommentar lieber für sich. Er bezog das Bett neu, was ihm deutlich lieber war, als fremder Leute Bad zu putzen.

Das war echt eklig!

Er wusste, dass er das eigentlich nicht durfte, trotzdem zog er die Nachttischschublade auf. Kondome. Dasselbe machte er beim Nachttisch auf der anderen Seite. Nichts. Er erledigte seinen Job, leerte den anderen Mülleimer, staubte die Möbel ab und räumte das Glas und den Teller neben dem Bett in die Spülmaschine. Dann wischte er die Böden, obwohl es nicht so aussah, als ob der Typ das andere Zimmer benutzt hatte, überließ das zweite Bad seiner Mutter, putzte und wischte das Wohnzimmer. Am Schluss ging Brody hinaus, um die hintere Terrasse zu fegen und zu kontrollieren, ob die Blumenerde feucht genug war, während seine Mutter sich um die Küche kümmerte. Nach weniger als einer Stunde schleppten sie Schmutzwäsche, Müll sowie Altpapier und Altglas hinaus. Brody fiel auf, dass Bingley *Candy Crush* spielte statt zu schreiben, bevor er rasch den Bildschirmschoner aktivierte.

»Alles erledigt. Einen schönen Tag noch.«

»Ebenfalls«, sagte Bingley zu Emily. »Das ist wirklich ein friedliches Fleckchen. Die Anlage ist wunderschön, wollte ich damit sagen. Sie müssen echt einen grünen Daumen haben.«

»Schön wär's! Das habe ich alles Darby McCray und ihrem Team von *High Country Landschaftsgärten* zu verdanken. Wir haben Ihnen übrigens eine neue Einkaufsliste dagelassen. Sie hängt zusammen mit der heutigen Quittung am Brett. Geben Sie uns einfach Bescheid, wenn Sie etwas brauchen.«

»Gern. Sobald ich mein Pensum erledigt habe, werde ich heute Abend vielleicht ein bisschen kajaken.«

»Vergessen Sie den Rabattgutschein aus Ihrer Willkommensmappe nicht. Viel Erfolg beim Schreiben.«

Brody wartete, bis sie im Wagen waren und seine Mutter den Motor angelassen hatte. »Schreiben? Meine Fresse!«

»Brody Michael Keller!«

»Im Ernst, Mom. Der hat *Candy Crush* gespielt.«

»Na ja, Brody, er hat halt Pause gemacht oder sich abgelenkt, als wir aufgeräumt haben.«

Doch Brody ließ nicht locker. »Wenn er Schriftsteller ist, wie kommt er dann auf die Idee, die Virgil-Flower-Reihe wäre eine Fernsehserie?«

»Nicht jeder liest Unterhaltungsliteratur. Auch Schriftsteller nicht.«

Brody schüttelte nur den Kopf, während Emily den nächsten Bungalow auf ihrer Liste ansteuerte. »Quatsch, Mom. Der Typ unterrichtet angeblich Englisch an einem College. Aber als ich *Die Straße der Ölsardinen* und *Jenseits von Eden* erwähnt habe, weil *Früchte des Zorns* auf dem Tisch lag, hatte er keinen blassen Schimmer, wovon ich rede.«

»Natürlich hatte er das.«

»Von wegen.« Als Emily vor dem nächsten Bungalow hielt, drehte sich Brody ernst, fast schon rebellisch zu ihr um. »Echt nicht. Außerdem: Wenn er Englisch unterrichtet und Schriftsteller ist, wieso liegt dann nur ein einziges Buch in seinem Bungalow?«

»Vermutlich benutzt er einen E-Reader.«

»Ich hab keinen gesehen. Außerdem hat er auf deinen Hintern gestarrt, als du ins Schlafzimmer gegangen bist.«

»Ach, du meine Güte. Wir sollten deinen Vater verständigen und ihn verhaften lassen.«

»Sein Blick hat mir gar nicht gefallen«, murmelte Brody kein bisschen belustigt. »Ich mag ihn nicht.«

»Brody, wir müssen nicht jeden unserer Gäste mögen, sondern nur guten Service bieten. Genau das werden wir jetzt bei den Campbells tun. Vier Personen, darunter zwei Kinder unter zehn Jahren. Da dürfte deutlich mehr Arbeit auf uns warten.«

Da seine Mutter rein gar nichts kapierte, nahm sich Brody vor, mit seinem Dad zu sprechen, und hielt den Mund. Er putzte mit seiner Mutter weitere drei Bungalows. Der von den Campbells war tatsächlich der schlimmste. Dann fuhr er mit dem Rad in den Ort. Als er am Revier vorbeikam, zögerte er.

Sein Vater würde ihm zuhören, das wusste er. Doch vermutlich würde er anschließend mit seiner Mutter sprechen. Von der er eine Standpauke bekommen würde. Unter Umständen war es besser, nicht mit seinem Dad zu reden, sondern lieber mit jemandem, der sich mit Verbrechern und Lügnern auskannte. Mit einem Anwalt, der Verbrecher hinter Gitter gebracht hatte. Brody machte kehrt und fuhr zu Zanes Kanzlei. Das Gebäude sah toll aus. Er hatte die Schmierereien von Clint Draper zwar nicht persönlich gesehen, aber ein Freund hatte Fotos gemacht.

Vermutlich war Clint Draper einer der Verbrecher gewesen,

mit denen sein Vater, Silas und Zane zu tun hatten. Er ließ sein Rad draußen stehen und betrat die Kanzlei.

Mrs. Carter sah von ihrem Computer auf. Die spielte ganz bestimmt nicht so was Ödes wie *Candy Crush*. »Hallo Brody.«

»Hallo Mrs. Carter.«

»Steckst du in Schwierigkeiten?«

Er grinste pflichtbewusst. »Ich glaube nicht, aber ich würde gern was mit Zane besprechen.«

»Du hast Glück. Sein nächster Termin ist erst in einer halben Stunde. Geh ruhig rein.«

Gretchen kam mit einer dicken Akte anspaziert. Eine echt hübsche junge Frau, obwohl er sie nie so angeschaut hätte wie dieser Bingley-Sack seine Mutter. »Hallo Brody.«

»Hallo. Ich will nur kurz zu Zane.«

»Gut. Sag ihm bitte, dass seine Kopien fertig sind.«

»Okay.« Er ging weiter und blieb in Zanes Bürotür stehen. Der schaute gerade stirnrunzelnd auf seinen Monitor, auf dem garantiert kein Spiel lief. Er klopfte an den Türstock. »Hallo Zane.«

»Hallo Brody.«

Zane zögerte keine Sekunde, sich vom Bildschirm abzuwenden. Manche Erwachsene taten nur so, als würden sie einem zuhören, obwohl sie in Gedanken ganz woanders waren. Sogar seine Eltern, wenn er ihnen nicht klarmachte, dass es echt wichtig war. »Ich würde gern was mit dir besprechen.«

»Klar, setz dich. Brauchst du was?«

»Nein, nicht direkt. Mom will mir einfach nicht glauben. Also, Janeys Mom hat sich den Knöchel gebrochen.«

»Das habe ich schon von Maureen gehört.«

»Ja, und deshalb musste ich Mom beim Bungalow-Saubermachen helfen. Ich finde es eigentlich nicht schlimm, aber wenn ich den Laden eines Tages übernehme, werde ich mehr Aushilfen beschäftigen. Jedenfalls haben wir bei einem Typen

Ordnung gemacht, der angeblich an einem College Englisch unterrichtet und Bücher schreibt.«

»Angeblich?«

Ja, Zane hörte ihm zu. »Allerdings. Wenn du *Früchte des Zorns* auf dem Tisch liegen hast und ich zu dir sage, dass mir *Die Straße der Ölsardinen* besser gefallen hat, wie würdest du dann reagieren?«

»Obwohl *Früchte des Zorns* als sein Meisterwerk gilt, würde ich dir zustimmen. Obwohl ich *Tortilla Flat* am besten finde.«

»Das habe ich noch nicht gelesen, aber siehst du? Du würdest etwas zu diesen Büchern sagen und nicht einfach bloß dumm schauen. Wenn du tatsächlich Englisch unterrichten würdest, hättest du jede Menge zu sagen.«

»Stimmt. Vielleicht hatte er keine Lust auf ein Gespräch und hat gestaunt, dass ein Teenager eine Meinung zu Steinbeck hat. Nicht alle Menschen sind zugänglich.«

»Aber genauso gibt er sich: *Und, wie läuft's, Kumpel?*« Brody verdrehte die Augen. »Ich hasse das. Nur weil ich nicht volljährig bin, muss man mich nicht herablassend behandeln.«

»Verstehe.« Der Junge liebte es, Geheimnisse aufzudecken, und da Brody glaubte, auf eines gestoßen zu sein, lehnte sich Zane neugierig zurück. »Da hat er dich wohl auf dem falschen Fuß erwischt. Was ist sonst noch passiert?«

»Na ja, vor der Sache mit dem Buch hat er auf Moms Hintern gestarrt.«

»Da muss ich ihn verteidigen, mein Junge. Auch ich habe schon auf weibliche Hintern gestarrt und werde es vermutlich wieder tun.«

»Aber nicht so.« Bei dem Gedanken wurde er erneut nervös und lief rot an. »Das war kein Kompliment, sondern eher so, dass ich froh war, dabei zu sein. Froh, dass Mom nicht alleine mit ihm ist.«

Da schwand jede Belustigung aus Zanes Gesicht. »Verstehe. Wenn du diesbezüglich kein gutes Gefühl hast, sollten wir darauf achten, dass deine Mom nicht allein zu ihm geht.«

Die peinliche Röte wich Erleichterung. »Du glaubst mir.«

»Wenn du ein ungutes Gefühl hast, glaube ich dir das.«

»Okay, okay. Ich hab mich also gefragt, warum er so tut, als ob er von *Die Straße der Ölsardinen* gehört hätte. Und ihm erzählt, dass mein Cousin, also du, mir die Virgil-Flowers-Krimis empfohlen hat. Dass ich mir für diesen Sommer die ganze Reihe von John Sandford vorgenommen habe.«

»Flowers, dieser Wahnsinnige. Großartig.«

»Allerdings. Und wie reagiert er? Indem er sagt, dass er kaum fernschaut, obwohl die ganze Zeit der Kasten flimmert.«

»Nun ja, sein schlechter Literaturgeschmack …«

»Er hat keine Bücher dabei, Zane.« Brody warf die Hände in die Luft. »Nur dieses eine Taschenbuch. Ich hab nachgeschaut, als wir Ordnung gemacht haben. Kein einziges Buch. Sag jetzt nicht, er liest E-Books, denn ich habe keinen Reader gesehen. Bitte verrate Mom und Dad nichts davon, aber ich hab in den Schubladen nachgeschaut.«

»Ich werde das vertraulich behandeln, so wie es sich für eine Anwalt-Mandanten-Beziehung gehört. Aber du weißt schon, dass das nicht okay war, Brody.«

Weil dem so war, fuhr Brody hastig fort: »Er hat auch nichts geschrieben, sondern *Candy Crush* auf seinem Notebook gespielt. Ich glaube, er lügt, wenn er behauptet, Englisch zu unterrichten oder ein Buch zu schreiben. Aber wieso?«

»Na ja, Menschen lügen aus allen möglichen Gründen. Wie lange ist er hier?«

»Keine Ahnung. Ich konnte nicht nachsehen, weil Mom zurück ins Büro ist. Er hat eine echt teure Flasche Scotch im Regal stehen. So eine wie Pop sie Dad zu Weihnachten geschenkt hat. Und seine Wanderstiefel sind so gut wie unbenutzt. Er hat auch den Müll nicht getrennt, dabei stehen die Eimer direkt vor seiner Nase. Wie kann es sein, dass jemand, der ein Hybridauto fährt, nicht recycelt? Er lügt, Zane«, beharrte Brody. »Leute, die untergetaucht sind, lügen. Verbrecher lügen. Und Verbrecher, die untergetaucht sind, lügen erst recht. Vielleicht hat er ja Clint Draper umgebracht und ihn in den See geworfen?«

»He, he, nichts überstürzen. Du hast ein paar wichtige Fakten vorgebracht. Aber übertreib es nicht. Wie heißt er?«

»Bingley. Mist, ich weiß seinen Vornamen nicht. Wenn Mom das Büro verlässt, kann ich an den Computer und nachschauen.«

Herrje, der Junge hörte bereits die Handschellen klicken.

»Lass das lieber bleiben. Du solltest dich deswegen nicht in Schwierigkeiten bringen.« Nachdenklich griff Zane nach seinem Baseball und drehte ihn in der Hand. »Du bist zu mir gekommen, und das respektiere ich. Auch, was du mir erzählt hast. Ich werde mich schlaumachen. Wenn alles, was diesen Mann betrifft, zutrifft und harmlos ist, vergessen wir die Sache. Wenn nicht, rede ich mit deinem Dad.«

»Versprochen?«

Zane legte die Hand aufs Herz. »Es könnte ein paar Tage dauern, aber ich werde Nachforschungen anstellen. Tu mir bitte einen Gefallen und halte dich von diesem Bungalow fern.«

»Okay.«

»Versprochen?«

Das zögernde Okay zeigte Zane, dass Brody es nicht ganz ernst gemeint hatte, aber ein Versprechen würde er halten. Jetzt war es Brody, der die Hand aufs Herz legte. Um es offiziell zu machen, zückte Zane seinen Block. »Gut, notieren wir alles, was du weißt. Bingley, Collegeprofessor – wo?«

»Oben im Norden, aber das Hybridauto ist gemietet. Er dürfte so in deinem Alter sein, nicht ganz so groß. Vielleicht eins fünfundachtzig. Er hat blonde längere Haare, so ein Bärtchen, blaue Augen und trägt eine Brille.«

Der Junge schaute wirklich genau hin. Zane notierte sich alles. »Damit kann ich was anfangen.« Zufrieden erhob sich Zane. »Lass uns was Kaltes trinken, bevor mein nächster Mandant kommt.« Er ging zu Brody und gab ihm die Hand, um ihre Abmachung zu besiegeln.

Nachdem er den Jungen fortgeschickt hatte, nahm Zane wieder an seinem Schreibtisch Platz und sah sich die Gesprächsnotizen an. Er wusste, dass Brody ein schlaues Kerlchen war, nicht nur weil er gute Noten schrieb. Auf ihn war Verlass. Etwas an Bingley hatte ihn alarmiert. Obwohl sich Zane kaum vorstellen konnte, dass sich jemand einen Bungalow am Reflection Lake mietete, um Clint Draper den Schädel einzuschlagen, würde er der Sache nachgehen. Er brauchte also den vollständigen Namen, das College, an dem der Mann angeblich unterrichtete, vielleicht seine Heimatadresse. Nichts einfacher als das, er konnte Emily fragen oder mit Lee reden. Doch zunächst einmal vertagte er die Sache, weil sein nächster Mandant kam. Erst gegen Ende seines Arbeitstags würde er sich darum kümmern können. Aber er hatte einen Plan.

Als Maureen und Gretchen Schluss machten, verließ Zane sein Zimmer. »Ich sollte morgen so gegen elf reinkommen«, sagte er, als wüssten die beiden nicht längst Bescheid. »Bei Gericht dürfte es nicht länger als eine Stunde dauern.«

»Egal, dein erster Termin ist erst um halb zwei.« Maureen zog ihre Handtasche aus der untersten Schublade. »Vorher solltest du einen Happen essen.«

»Wie wär's, wenn ich uns allen was mitbringe, und wir picknicken auf der hinteren Terrasse?«

»Gerne, aber bitte keine Pizza.«

»Du bist echt gnadenlos, Maureen. Wetten, ich weiß was, was du nicht weißt?«

Sie sah ihn überheblich an. »Wetten, ich weiß es doch?«

»Wir haben einen Hemingway unter uns, der in einem der Walker-Bungalows einen neuen Literaturklassiker schreibt.«

Maureen hob sofort den Zeigefinger. »Als ob ich noch nicht davon gehört hätte! Der Collegeprofessor aus dem Norden, der einen Teil seiner Sommerferien bei uns verbringt, um Ruhe und Inspiration zu finden. Ungefähr in deinem Alter und vermutlich Single, da er allein unterwegs ist und keinen Ehering trägt.«

»Ach, den hab ich schon getroffen.« Gretchen fuhr ihren Computer herunter und griff nach ihrer Handtasche. »Mr. Bingley, vermutlich müsste ich Professor Bingley sagen.«

»John Bingley?«

»Hm.« Gretchen runzelte nachdenklich die Stirn. »Nein … eher Blake, Drake, Deke? So was in der Art. Wieso?«

»Dann kenne ich ihn nicht«, sagte Zane leichthin. »Wie haben Sie ihn kennengelernt?«

»Einfach so auf der Straße, vor ein paar Tagen. Er hat wie alle anderen auf die Kanzlei gestarrt, bevor sie neu gestrichen wurde. Ich hab was gesagt, und er hat was zurückgesagt. Dann wollte er wissen, wo man ein gutes Steak und einen anständigen Wein bekommt. Ich habe ihm das *Grandy's* empfohlen.«

»Eine gute Wahl.« Zane schloss hinter ihnen ab und überlegte, ins *Grandy's* zu gehen und dort nachzuhaken. Doch dann beschloss er, mit Blake, Drake oder Deke anzufangen. Auf dem Weg zu seinem Wagen schickte er Darby eine SMS.

Bin auf dem Heimweg.

Ich auch. Stehe gerade Schlange, um Pulled Pork, Krautsalat und Süßkartoffelpommes zu holen. Ein Festmahl!

Bier wird kalt gestellt.

Bin in zwanzig Minuten da.

Perfekt.

Zane fuhr mit offenem Verdeck nach Hause und freute sich darauf, ihr Brodys Geschichte zu erzählen. Brody hatte ihm nicht verboten, Darby einzuweihen. Außerdem wollte er wissen, was sie davon hielt. Was war das für ein Typ, der ein Hybridauto fuhr, ohne den Müll zu trennen? Der Englischprof war, aber keine Lust hatte, sich mit einem Schüler über Steinbeck zu unterhalten? Seltsam. Er merkte, dass er das Rätsel auch lösen wollte. Dabei fühlte er sich an die Zeit erinnert, in der er mit der Kripo zusammengearbeitet und überlegt hatte, wie man das Gesindel festnageln konnte. Er bog in seine Straße ein, fuhr um die Kurve und bremste abrupt. Der Pick-up stand quer auf der Fahrbahn und blockierte die Straße. Daneben hatte sich Jed Draper aufgebaut. Zane konnte nur hoffen, dass man ihn nicht kurz vor seinem Haus erschießen würde. Er konnte zwar keine Waffe entdecken, als er ausstieg, aber das hieß nicht, dass Jed keine griffbereit hatte. Trotzdem überragte er Jed um einige Zentimeter, und obwohl Draper so zäh war wie seine ganze Familie, dürfte sich Zane ganz gut gegen ihn behaupten können. »Du versperrst die Straße, Jed.«

»Mein Bruder liegt unter der Erde.«

»Ich weiß. Dafür bin ich nicht verantwortlich.«

Jed kam näher, er hatte die Fäuste geballt und war kurz vorm Explodieren. »Ma ist fest davon überzeugt, du warst es.«

»Es tut mir sehr leid, dass deine Mutter einen Sohn verloren hat. Ich kann mir nichts Schlimmeres vorstellen. Aber ich habe ihn nicht umgebracht.«

»Wenn doch, werden die dich decken. Der ganze verdammte Ort zieht dich jedem Draper vor.« Er spuckte angewidert aus. »Also werden wir das an Ort und Stelle klären.«

»Was soll das bringen? Du schlägst mich, und ich schlag dich? Davon wird Clint nicht wieder lebendig.«

»Er würde noch leben, wenn du ihm nicht die Frau weggenommen hättest. Ob du ihn nun in den See geworfen hast oder nicht.«

Verdammt! Zane ahnte, dass die Sache nicht ohne Schmerz und Blutvergießen ausgehen würde. »Er würde noch leben, wenn er nicht auf mein Grundstück eingedrungen wäre und meine Fenster zerschossen hätte.«

»Du hast nur bekommen, was du verdienst, eigentlich sogar weniger. Du musstest ja unbedingt deine Nase in unsere Angelegenheiten stecken. Du hältst dich wohl für was Besseres?«

Zane verlagerte sein Gewicht, weil er wusste, was kam. »Ja, das tue ich allerdings.« Den ersten Hieb wehrte er ab, indem er sich mitdrehte, den Schlag von seiner Schulter abprallen ließ. Dann verlagerte er erneut das Gewicht und verpasste Jed einen Kick in den Solarplexus. Jed taumelte zurück, war damit aber nicht außer Gefecht gesetzt. Zane spürte den Schmerz, als Jeds bloße Knöchel ihn am Kinn trafen, und nutzte ihn, um seinen Schlägen Wucht zu verleihen. Der erste, den er in Jeds Gesicht platzierte, ließ dessen Lippe aufplatzen. Jed fletschte blutige Zähne und griff an wie ein wilder Stier. Ein großer Fehler, weil Zane beiseitetänzelte und ihm mit der Linken einen Kinnhaken verpasste. »Das bringt doch nichts«, hob Zane an, als Jed den Kopf schüttelte, um wieder klar zu sehen.

Genau das war sein Fehler, nicht weiterzumachen. Als Jed auf ihn losging, fielen ihm Daves Worte ein, gerichtet an einen Jungen, der lernen wollte, sich zu wehren.

»Außerhalb des Rings gibt es keinen fairen Kampf.«

Mit Blutgeschmack auf der Zunge legte Zane so richtig los.

***

Darby sang laut zu Lady Gaga mit, und Zod wedelte bereits mit dem Schwanz, als sie die Straße nach Hause nahmen. Sie fand, dass sie einen perfekten Tag gehabt hatte, und freute sich darauf, ihn mit einem perfekten Abend abzurunden. Dann trat sie voll auf die Bremse und erschrak, als Zod quietschend protestierte. Sie sprang aus dem Pick-up und zückte ihr Smartphone, als sie sah, wie ein Mann mit blutigem Gesicht nach Zane ausholte.

»Keine Polizei«, rief der, und weil er einen Moment nicht aufgepasst hatte, traf ihn die Faust.

Sie konnte sie förmlich spüren, als der Hund jaulte, um das grässliche Geräusch von Knöcheln auf Knochen zu übertönen. Sie zwang sich, tief durchzuatmen und nicht den Notruf zu wählen, denn sie sah, dass Zane die Oberhand hatte. Er war gut in Form und konnte gut boxen.

Angezählt und mit einem bereits zugeschwollenen Auge, tanzte Jed um Zane herum und täuschte an. »Wenn ich mit dir fertig bin, geb ich deiner kleinen Schlampe eine Kostprobe.«

In diesem Moment hörte Zane seine kleine Schwester schreien, sah, wie Graham sie an den Haaren zog. Mit diesem Bild im Kopf griff er an, voll eiskalter Wut. Wenn er weitere Schläge einsteckte, ignorierte er sie. Er konzentrierte sich nur auf dieses Bild und drängte Jed zurück. Dessen Hiebe wurden unkontrolliert und trafen ins Leere, als er ins Schwanken geriet. Trotzdem ließ er die Fäuste rotieren, bis die Knie nachgaben. Als er zu Boden ging, wäre Zane am liebsten auf ihn drauf gesprungen und hätte weiter auf ihn eingeprügelt. Aber er war nicht wie sein Vater. Und würde auch nie so werden. Deshalb stellte er Jed nur den Fuß auf die Brust, damit der nicht hochkam. »Bleib unten, bleib unten, verdammt, und benutz deinen letzten Funken Verstand. Ich bin dir überlegen, und du dürftest verdammt gut wissen, dass ich auch Clint überlegen war. Ich hätte keinen Stein gebraucht, um ihn zu stoppen.« Er ging in die Hocke und schaute in die blau schillernden, zugeschwollenen Augen seines Gegners. »Wenn ich jemand wäre, der zu solchen Mitteln greift, wärst du genauso tot wie dein Bruder. Jetzt weißt du, dass ich es nicht gewesen sein kann.«

»Wer dann?«

»Keine Ahnung, aber ich werde nicht aufhören, nach ihm zu suchen. Wer auch immer das getan hat, hat es auf meinem Grund und Boden getan. Das ist eine Bedrohung für die Frau, die ich liebe, mit der ich mein Leben verbringen und eine Familie gründen will. Ich werde nicht eher ruhen, bis ich weiß, wer das war.« Zane richtete sich auf und musterte Jed in einer Mischung aus Abscheu und Mitleid. »Ich habe nicht angefangen. Wenn du mich noch einmal angreifst, wirst du den Kürzeren ziehen. Solltest du irgendwie versuchen, Traci oder ihrer Familie Probleme zu machen, wirst du ebenfalls den Kürzeren ziehen. Hast du mich verstanden?«

»Mein Bruder ist tot.«

»Das stimmt. Aber auch wenn du vermöbelt wirst und hinter Gittern landest, wofür ich höchstpersönlich sorgen werde, wird das nichts daran ändern. Jetzt steh auf und verlass mein Grundstück. Wag es nicht, je wieder herzukommen.«

Wortlos kletterte Darby in ihren Pick-up, fuhr an den Straßenrand, stieg aus und wartete, bis Jed sich aufgerappelt hatte. Als er an ihr vorbeiging, wagte er es nicht, sie anzuschauen.

Zane wischte sich das Blut aus dem Gesicht und rang sich ein Lächeln ab. »Und, wie war dein Tag?«

29

Zu Hause befahl Darby Zane, sich an die Küchentheke zu setzen, und holte ihm ein Coolpack und ein Bier.

»Du bist die Beste«, sagte Zane und zuckte beim ersten Schluck Bier doch ein wenig zusammen.

»Ich hole, was wir brauchen, um dich zu verarzten. Meine Güte, Walker, du schaust schlimm aus.«

»He, hast du meinen Gegner gesehen?«

»Ja. Wir reden später darüber.« Sie holte sich auch ein Bier und ging dann zum Medizinschrank.

Zane schaute auf den Hund herunter, der ihn voller Liebe und Besorgnis ansah. »Gar nicht so schlecht, was?« Aber als er das Coolpack auf sein linkes Auge legte, stöhnte er auf. »Man vergisst, wie weh das tut. Mist, Mist, Mist! Ich muss morgen früh zum Gericht. *Ach, das ist gar nichts, Euer Ehren, ich bin nur in eine Schlägerei mit dem Bruder des Mannes geraten, der auf meinem Grundstück ermordet wurde. Keine große Sache.*« Verdammter Mist! Er nahm noch einen Schluck Bier.

»Ich muss morgen früh zum Gericht«, sagte er zu Darby, als sie wieder reinkam.

Sie stellte die Sachen ab und ging zur Spüle, um ein Geschirrtuch zu kühlen. »Du wirst ein blaues Auge bekommen, links. Rechts hat er nicht getroffen. Die Platzwunde über dem schlimmen Auge kann ich verarzten. Dein Kiefer ist geprellt und aufgeschürft, und zwar auf derselben Seite. Du solltest deine Abwehr links verbessern. Auf dem linken Wangenknochen ist ebenfalls eine Platzwunde. Auch da kommt ein Pflaster drauf. Vielleicht solltest du dich röntgen lassen?«

»Da ist nichts gebrochen. Ich weiß, wie sich das anfühlt.«

Weil sie das auch wusste, nickte sie. »Siehst du verschwommen? Ist dir übel?«

»Nein.«

Mit ausdrucksloser Miene drehte sie sich um. »Zieh das Hemd aus. Schauen wir uns den Rest an.«

Er begann damit und sog dann scharf die Luft ein. »Okay. Er hat ein paar Treffer gelandet.«

»Mehr als das. Du hast die Sache anfangs nicht ernst genug genommen.«

Er ließ sich aus dem Hemd helfen. »Sein Bruder ist tot.«

»Nur weil du dich zurückhältst, wird er auch nicht wieder lebendig. Jed hat deine Rippen erwischt.«

Zane hielt ihre Hand fest, bevor sie ihn auf Brüche abtasten konnte. »Bist du sauer auf mich?«

»Nein, warum sollte ich?«

Er fuhr ihr über die Wange. »Du siehst sauer aus.«

»Ich bin sauer, aber nicht auf dich. Ich bin sauer, dass dich beim Heimkommen so etwas erwartet hat. Dass du dich gegen so einen Idioten zur Wehr setzen musstest. Drück das Coolpack gegen deine Rippen, während ich den Hund füttere.« Sie schüttete Futter in den Napf, auf das sich Zod stürzte, und öffnete die Küchentür, damit er rauskonnte, wenn er wollte. »Wie hieß der Kerl? Jed? Sollte ich Lee deshalb nicht anrufen, weil Jed nicht zur Rechenschaft gezogen werden soll? Du hast den Kampf nicht vorzeitig beendet, obwohl du das gekonnt hättest. Du wolltest, dass er ein paar Treffer landet, und hast ihm erst Einhalt geboten, als er die blöde Bemerkung über mich gemacht hat.«

»Ja, das stimmt.«

Sie drehte sich zu ihm um, nichts als Wut und Trauer im Gesicht. »Es war nicht unsere Schuld, Zane.«

»Schatz, das ist mir klar. Soweit ich weiß, hat Jed Clint nicht mal besonders gemocht. Aber Blut ist dicker als Wasser. Er war nicht bewaffnet. Vermutlich wollte er ein Geständnis aus mir herausprügeln. Inzwischen dürfte er begriffen haben, dass ich seinen Bruder nicht umgebracht habe.«

»Wenn wieder so was passiert, halt dich bitte nicht zurück.«

»Nein, okay.« Vorsichtig bewegte er den Kiefer. »Schon gar nicht, wenn ich am nächsten Morgen zum Gericht muss.«

Sie ärgerte sich, dass sie ihn für seine Haltung bewunderte, und wrang das nasse Tuch über einer Schüssel aus.

»Zeig mir dein Gesicht.«

Sanft, aber ohne zu zögern, kümmerte sie sich um die Wunde. Außerdem wurde sie nicht blass oder hysterisch wegen des Bluts. Zane wusste das zu schätzen. Er sah ihr in die Augen, während sie ihn verarztete, in diese intensiv blauen Augen. Sie roch nach Erde und Pflanzen. »Ich fürchte, ich habe mich verplappert, als ich vom Rest meines Lebens, von der Familiengründung und so gesprochen habe.«

»Hm, das dürfte brennen«, warnte sie, als sie zum Desinfektionsmittel griff und es auf Platzwunden und Kratzer auftrug.

Er stieß eine Reihe von Verwünschungen aus. »Warum tut das Verarzten fast genauso weh wie die Verletzung?«

»Vielleicht, um uns daran zu erinnern, dass wir uns lieber aus Raufereien raushalten sollten?« Vorsichtig kümmerte sie sich um die Platzwunde über dem linken Auge. »Wie verplappert?«

»Ich hatte eigentlich vor, dir Zeit zu lassen, was so weitreichende Entscheidungen wie Ehe und Kinder anbelangt. Aber im Eifer des Gefechts …«

»Gut.«

Als sie ein weiteres Pflaster anbrachte, nahm er erneut ihre

Hand. »Möchtest du irgendwann Kinder haben, Darby? Mich heiraten und dir mit mir ein gemeinsames Leben aufbauen?«

Sie lehnte die Stirn gegen seine. »Der Gedanke ans Heiraten sorgt bei mir nach wie vor für Beklemmungen, aber ich will Kinder. Bauen wir uns nicht ohnehin schon ein gemeinsames Leben auf?«

»Die Ehe ist nur ein Vertrag.«

Sie löste sich von ihm und sah ihm in die Augen. »Nein, das stimmt nicht.«

»Nein, das stimmt wirklich nicht. Ich halte lieber den Mund, bis du so weit bist.«

»Wir verstehen uns doch auch so, oder?«

»Mehr als nur das, wenn du mich fragst.«

Sie beugte sich vor und drückte ihm einen sanften Kuss auf Platzwunden und Prellungen.

»Ich habe mich schon gefragt, ob das noch kommt.«

»Ich musste erst meine Wut loswerden. Nicht auf dich, echt nicht. Hast du auf dem College geboxt?«

»Ein bisschen. Aber mein Ellbogen macht da nicht mit.«

Sie schüttete das blutige Wasser weg. »Vielleicht kann ich dir ja ein paar Tricks zeigen, wie man das ausgleicht.«

»Gern.«

»Du musst Lee Bescheid sagen, Zane. Du musst Jed ja nicht anzeigen, aber Lee sollte Bescheid wissen.«

»Ich weiß.« Er überlegte bereits, wie er das am besten anstellte. »Auch wenn es mir nicht gefällt, es muss sein.«

»Jeder, der dein Gesicht sieht, weiß, dass du dich geprügelt hast.« Sie brachte ihm Schmerzmittel und ein Glas Wasser. »Also sag es ihm, bring es hinter dich. Anschließend essen wir Pulled Pork und trinken noch ein Bier.«

»Bei dir bleibt mir einfach nichts anderes übrig, als total in dich verknallt zu sein.«

»Ich bin eben ein guter Fang. Los, ruf ihn an und bring es

hinter dich. Ich wärm in der Zwischenzeit das Abendessen auf.«

Der Anruf hatte zur Folge, dass Lee darauf bestand, sofort zu kommen und sich Zane persönlich anzusehen. Das hätte er eigentlich ahnen können. Und weil Lee kam, kamen auch Emily und die Kinder. Emily bestand darauf, Britt Bescheid zu sagen, sodass nach und nach die gesamte Familie bei ihnen eintrudelte. Zum Glück hatten Silas und Britt noch mehr Fleisch und Beilagen besorgt. So wurde aus einer gewalttätigen Auseinandersetzung ein spontanes Familientreffen. Darby sah zu, wie Audra Zanes *Wunden* küsste, wie sie es nannte, und sich tröstend an ihn schmiegte. Was spontane Familientreffen betraf, hatte sie als einziges Kind einer Alleinerziehenden Nachholbedarf. Dass sie Teil einer Großfamilie geworden war, war nur ein weiterer Pluspunkt an ihrer Beziehung zu Zane.

Dann nahm Britt sie unter dem Vorwand einer Gartenfrage beiseite. »Ich wollte nur hören, wie es dir geht. Ob alles okay ist.«

»Zane ist derjenige, der verprügelt worden ist.«

»Ich weiß, dass du in den letzten Monaten drei Gewalterfahrungen machen musstest. Wenn du reden willst – privat, rein privat – bin ich für dich da.«

»Dann will ich ehrlich zu dir sein. Einerseits bin ich in Panik geraten und ganz zittrig geworden, als ich vorhin mit dem neuesten Draper-Problem konfrontiert wurde. Andererseits war ich schwer davon beeindruckt, wie gut Zane die Sache unter Kontrolle hatte, auch wenn man ihm das jetzt nicht ansieht.« Sie sah auf den See hinunter, der in weiches Abendlicht getaucht war. »Ich kann für mich selbst sorgen, das ist mir wichtig. Jetzt weiß ich, dass auch Zane für sich und mich sorgen kann, wenn es darauf ankommt.«

»Ja«, pflichtete ihr Britt bei. »Wir sind unter schlimmen Umständen aufgewachsen. Trotzdem war mir immer klar, dass er mich beschützt. Ich weiß also, was das bedeutet. Aber wenn du wieder zittrig wirst, rufst du mich an.«

»Ich hoffe sehr, dass diese verrückte Phase bald ein Ende hat.« Darby fasste sich an ihr Tattoo im Nacken. »Es wird langsam Zeit, dass Ruhe einkehrt.«

Während sich Darby vor dem Haus mit Britt unterhielt, gab Zane Brody ein Zeichen und verzog sich mit ihm und dem Hund kurz in den Wald. »Ich hätte gern deine Zustimmung, dass ich Darby weitererzählen darf, was du mir gesagt hast.«

»Äh, he, ich weiß nicht, ob ...«

»Lass mich ausreden. Angenommen, du hast recht, und wir haben es mit einem Verbrecher zu tun. Sie wohnt auch hier. Außerdem würde ich wirklich gern ihre Meinung hören. Ich werde es ihr ganz im Vertrauen sagen, und sie wird es nicht weitersagen.«

»Das muss sie schwören.«

»Unbedingt.«

»Na gut, aber sonst sagst du es niemandem.«

»Niemandem. Ich habe schon eine Spur, was seinen vollständigen Namen anbelangt, ohne dass ich jemandem das Geringste verraten habe.«

»Echt?«

Die Bewunderung des Jungen hob Zanes Laune sofort. »Ja, und ich werde mich dahinterklemmen, sobald alle weg sind. Ich kann dir nichts versprechen, Brody, aber ich weiß, wo ich anfangen muss. Sollte ich auf etwas Illegales oder echte Ungereimtheiten stoßen, müssen wir deinen Dad einweihen.«

Brody nickte lebhaft. »Wenn du Beweise hast, reden wir mit Dad.«

»Prima.« Ihre Fäuste berührten sich.

»Kannst du mir zeigen, wo Clint Draper umgebracht worden ist?«

»Nein.«

»Komm schon.« Brody stampfte auf. »Dann zeig mir wenigstens, wie du seinen Bruder fertiggemacht hast.«

Zane täuschte einen Schlag vor und nahm Brody anschließend in den Schwitzkasten. »Komm, gehen wir wieder zu den anderen.«

***

Fast hätte Zane darauf verzichtet, Darby einzuweihen, da seine Familie erst nach neun ging. Aber bevor er mit seinen Nachforschungen begann, wollte er ihre Meinung hören. Als sie im Schein der Gartenlampen draußen saßen, fuhr er ihr über das kurze Haar. »Ich habe einen Mandanten, der mir erlaubt hat, mich über ein paar Dinge mit dir auszutauschen. Vorausgesetzt, du behandelst die Informationen vertraulich.«

»Warum sollte einer deiner Mandanten …« Als er sie nur ansah, um sie aufzufordern, einfach bloß zuzuhören, verstummte sie. »Na gut. Ich kann ein Geheimnis für mich behalten.«

»Der Mandant verlangt, dass du mir das schwörst.«

»Dein Mandant – wer auch immer das sein mag – hat mein feierliches Ehrenwort, dass mir nichts davon über die Lippen kommt. Worum geht es denn?«

»Das sage ich dir gleich, aber lass uns einen kleinen Spaziergang machen. Ich bin ganz steif vom vielen Sitzen.«

Die feine Mondsichel stand schmal wie ein Daumennagel am klaren, sternenübersäten Himmel. Der Hund trottete neben ihnen her, jagte ab und an Glühwürmchen nach. Der Nachtjasmin, den Darby raffiniert beleuchtet hatte, erfüllte die Luft mit seinem Duft. Inmitten all der Ruhe und sommerlichen Unbeschwertheit ließ sich Zane darüber aus, was Brody Befremdliches festgestellt hatte. Darby unterbrach Zane mehrmals, um nachzuhaken. Als er geendet hatte, waren sie wieder am Haus und setzten sich auf die Veranda, sahen zu, wie der Mond silbrig auf dem Wasser glitzerte.

»Ich würde sagen, der Junge hat eine gute Intuition«, schlussfolgerte Darby. »Da gibt es einige Ungereimtheiten. Ein einziges Buch? Das kann nicht sein, wenn der Mann tatsächlich den Beruf ausübt, den er angegeben hat. Aber vielleicht hat Brody bloß den E-Reader übersehen.«

»Kann sein«, stimmte ihr Zane zu.

»Oder er liest auf seinem Notebook. Es fällt mir schwer zu glauben, dass ein Collegeprofessor bei so einem ausgedehnten Aufenthalt nur ein einziges Taschenbuch dabeihat.«

»Stimmt.«

»Kann aber auch sein, dass er ein Idiot ist, der nichts von Mülltrennung hält und das Hybridauto bloß gemietet hat, weil es im Angebot war. Trotzdem. Stell dir vor, du bist Englischprofessor und verbringst den Großteil deines Lebens damit, dich mit Literatur zu beschäftigen. Da ist es ausgeschlossen, dass man noch nie etwas von John Steinbeck gehört hat. Was die Unterhaltungsromane anbelangt – vielleicht ist er ein Literatursnob. Aber warum fragt er nicht einfach, wer Virgil Flowers ist? Unterm Strich finde ich das alles reichlich seltsam«, sagte Darby. »Was hast du jetzt vor?«

»Anscheinend ist ihm Gretchen auf der Straße begegnet. Als raffinierter Anwalt habe ich ein paar mögliche Vornamen aus ihr herausbekommen. Sie glaubt, dass er Blake, Drake oder Deke Bingley heißt. Da ich nicht weiß, woher aus dem Norden er kommt oder wo er unterrichtet, werde ich damit anfangen.«

»Das dürfte ewig dauern. Warte mal.« Sie zückte ihr Smartphone und hob mahnend den Zeigefinger. »Hallo Emily, entschuldige die Störung. Wegen Zanes Boxkampf habe ich ganz vergessen dir zu sagen, dass ich meine Leute wegen Wartungsarbeiten zu den Bungalows schicken wollte. Ich dachte, wir beginnen mit Nummer fünf. Ist der gerade belegt?« Darby machte zustimmende Geräusche. »Dann legen wir vormittags los. Außer er reist bald ab … Nein? Ah, verstehe. Ein Yankee? Wo kommt er her?« Sie schenkte Zane ein zufriedenes Lächeln. »New York City. Gut, wir werden ihn nicht stören. Ja, ich sorge dafür, dass Zane noch ein Coolpack auflegt, bevor wir ins Bett gehen. Klar, mach ich. Also dann, bis morgen.« Sie beendete den Anruf. »Sie hat ihn *Mr. Bingley* genannt, da wäre es seltsam gewesen, nach seinem Vornamen zu fragen. Sie meinte, er würde an einem Roman arbeiten und käme aus New York.«

»Das hilft uns weiter. Du machst das toll.«

Sie stand auf und streckte die Hand aus. »Los, legen wir noch eine Runde Eis auf, danach kannst du anfangen, und ich komme endlich unter die Dusche, bevor ich Papierkram mache.«

Auch Zane brauchte eine Dusche, doch leider war das keine sinnliche Angelegenheit. Als er fertig war und Darby sich mit ihrem Papierkram in ein anderes Zimmer verzogen hatte, war er mehr als nur bereit für das Coolpack und weitere Schmerztabletten. Anschließend nahm er sein Notebook mit ins Bett.

Eine Stunde später steckte sie den Kopf zur Tür herein. Mit Sicherheit, um nach ihm zu sehen. »Und, wie läuft's?«

»Zäh.« Er fuhr sich durchs Haar. »In New York gibt es über hundert Colleges und Universitäten.«

»Das kann ich mir vorstellen.«

»Selbst wenn man diejenigen ausnimmt, die auf Tanz, Medizin, Mode, Jura und so spezialisiert sind, bleiben jede Menge übrig. Da sich nicht ausschließen lässt, dass er den Professorentitel erfunden hat, muss ich das gesamte Personal durchgehen. Bisher ist mir noch kein Blake, Drake oder Deke Bingley untergekommen. Es liegt also viel Arbeit vor mir.«

Weil er merkte, wie er sich versteifte, stand er auf. *Verdammt, tat das weh.* Mühsam machte er ein paar Schritte und versuchte, sich zu dehnen. »Ich würde wesentlich schneller vorankommen, wenn ich einen Ermittler miteinbeziehen könnte. Oder eine Rechtsanwaltsgehilfin.«

»Ich bin weder das eine noch das andere, kann dir aber trotzdem helfen. Ich bin neugierig geworden und würde gern beweisen, dass der Junge recht hat. Seltsam, was?«

»Ja. Noch seltsamer ist, dass es mir genauso geht. Du musst in sechseinhalb Stunden aufstehen.«

»Ja, aber da werde ich automatisch wach. Noch eine halbe Stunde, das gilt auch für dich, Walker.« Sie fuhr ihm übers verstrubbelte Haar. »Du bist angeschlagener, als du glaubst.«

»Ich würde sagen, ich bin ziemlich angeschlagen«, witzelte er. »Noch eine halbe Stunde also.«

Nach dreißig Minuten machte Darby dem Ganzen ein Ende, weil Zane tatsächlich kaputt aussah. Er erklärte sich nur zu gern bereit, ein letztes Mal den Hund rauszulassen, um ein bisschen Bewegung zu bekommen. Als er zurückkam und Zod seine neueste Socke ins Körbchen trug, war Darby so gut wie ausgezählt. Zane schlüpfte neben ihr ins Bett und atmete gegen die Schmerzen an. Dann nahm er ihre Hand und hielt sie sich an die Wange.

»Verbiete mir nicht zu lange, dir was vom Heiraten und Kinderkriegen vorzuschwärmen, mein Schatz.«

***

Während Zane in einen unruhigen Schlaf fiel, nippte der Mann, der sich als Bingley ausgab, an seinem Whiskey und lief nervös im Bungalow auf und ab. Die Art, wie ihn dieses Blag gemustert hatte, gefiel ihm kein bisschen. Das machte ihm schon den ganzen Tag zu schaffen. So sehr, dass er an dem Haus vorbeigefahren war, in dem der kleine Mistkerl wohnte. Er hatte ihn draußen abpassen, zum Auto locken und ausschalten wollen, ihn aber nirgendwo entdecken können. Zum Glück, wie ihm jetzt klar wurde. Noch eine Leiche im See wäre keine gute Idee. Und ein vermisstes Kind würde viel zu viel Aufmerksamkeit erregen. Er war schon zu lange hier. Aus Vorfreude auf das letzte Ziel hatte er sich dazu verleiten lassen, länger in diesem Kaff zu bleiben. Nicht einmal direkt im Kaff, sondern weit außerhalb, verdammt noch mal! Er wohnte mitten in einem Scheißwald. Höchste Zeit, dass er die Sache hinter sich brachte und auscheckte. Hatte er erst einmal erledigt, weshalb er gekommen war, würde er sich in dieses lächerliche Ökoauto setzen und Hunderte von Kilometern weit weg sein, bevor auch nur irgendwer Verdacht schöpfte.

Um den Wagen auf dem Langzeitparkplatz am Flughafen stehen zu lassen, wo sein richtiges Auto parkte. Dann konnte er nach Einbruch der Dunkelheit nach Hause fahren, sich die Haare abschneiden und den Bart abrasieren. Schluss, aus, basta. Doch noch war er nicht so weit. Am besten, er wischte jeden Zentimeter im Bungalow ab. Für alle Fälle.

Anschließend würde er Handschuhe tragen.

***

Darby wachte um Punkt sechs auf und schlüpfte aus dem Bett, um sich im Bad anzuziehen, damit Zane weiterschlafen konnte.

»Egal«, murmelte er. »Ich bin wach.«

»Tut es sehr weh?«

»Am nächsten Tag ist es immer schlimmer.« Er spürte, wie sie ihm über den Kopf strich, als er sich aufsetzte, um das Licht anzumachen. *Autsch!*

»Eis und Schmerztabletten. Ich hole welche.«

»Nein, ich muss mich ohnehin bewegen.«

»Lass es langsam angehen.« Mit diesen Worten marschierte sie hinaus.

Inzwischen staunte er gar nicht mehr darüber, mit welcher Selbstverständlichkeit sie nackt durchs Haus lief. Er schwang die Beine aus dem Bett. »Ich habe Schlimmeres überstanden. Viel Schlimmeres.« Er stellte sich hin und atmete aus. »Aber da war ich jünger.« Er setzte sich wieder und überlegte, um eine Vertagung der Verhandlung zu bitten, wägte die Vor- und Nachteile, mit einem blauen Auge bei Gericht zu erscheinen, gegeneinander ab. Eine Ablenkung für den Richter, unter Umständen ein Mitleidsbonus. Er durfte sich nicht so anstellen, die Fahrt nach Asheville schaffte er, und auch eine Stunde bei Gericht.

Bevor er erneut aufstand, kam Darby mit dem Coolpack und Schmerzmitteln zurück. Sie musterte ihn. »Am nächsten Tag sieht es wirklich schlimmer aus.«

»Vielen Dank.«

»Das wirst du gleich selbst sehen.« Sie legte ihm das Coolpack auf die linke Gesichtshälfte, reichte ihm dann die Tabletten und ein Glas Wasser.

»Dafür habe ich eine echt scharfe Krankenschwester.«

»Die allerschärfste. Hör zu, ich kann Roy anrufen und ihn mit den Leuten loslegen lassen, dann hierbleiben und dir ein wenig Liebe und Zuneigung angedeihen lassen.«

»Ich muss bloß in die Gänge kommen.«

»Hast du geschlafen?«

»Ich bin ab und zu aufgewacht. Dann hab ich mit den New Yorker Unis weitergemacht, das war immerhin produktiv. Kein Bingley weit und breit.«

»Brody dürfte recht haben, das spüre ich.«

»Gut möglich. Außerdem ist mir was eingefallen. Er fährt Auto, also muss er einen Führerschein haben. Ich habe ein paar Kumpel bei der Polizei in Raleigh. Da ich Lee nicht fragen darf, könnte ich sie bitten, ins System zu schauen.«

»Ist das legal?«

»Na ja.« Er machte eine wegwerfende Geste. »Außerdem werde ich die Namen mit der Kriminalstatistik abgleichen lassen.«

»Ich zieh mich an, helf dir nach unten und mach uns einen Kaffee. Wie sieht er aus?« Sie griff nach ihren Shorts.

»Brody zufolge hat er aschblondes längeres Haar, ein Bärtchen und eine Brille. Er dürfte so in meinem Alter sein, meinte er, nicht ganz so groß und dünner.«

Beim Anziehen ihres Sport-BHs hielt sie inne. »Ich habe neulich jemanden gesehen, der so ähnlich aussah, auf dem See in einem Kajak. Aus irgendeinem Grund hab ich bei seinem Anblick Gänsehaut bekommen.«

Zane kniff die Augen zusammen. »Hat er irgendwas gemacht?«

»Nein, nein.« Sie zog ein T-Shirt über. »Ich habe ihn nur vage wahrgenommen. Er ist vorbeigepaddelt, als wir gerade bei Familie Marsh zusammengepackt haben. Und hat gewinkt, mehr nicht. Aber ich habe Gänsehaut bekommen. Vielleicht sollte ich mir freinehmen und dir helfen.«

»Ich mach das schon. Einen Kaffee könnte ich tatsächlich gebrauchen. Es geht mir gut, Schatz. Ich muss erst um neun bei Gericht sein, also schlüpf ich in eine Hose und komme runter.«

»Okay. Los, Zod.« Der Hund kam bereitwillig angehüpft. An der Tür blieb sie stehen. »Das ist ein schönes Zimmer, aber ich freue mich, wenn wir wieder in unserem alten schlafen können.«

»Ich mich auch. Noch ein paar Tage.« Sie hatte *unser Zimmer* gesagt. Er griff nach einer Jogginghose. Vielleicht würde er bald offen vom Heiraten schwärmen können.

Als er runterkam, hatte sie bereits Kaffee und Frühstücksflocken mit frischen Erdbeeren bereitgestellt. Die schlimmste Steifigkeit war bereits verschwunden. »Es sieht schlimmer aus, als es sich anfühlt«, sagte er.

»Gut zu hören. Halt unterwegs an und kauf Arnikagel. Ich habe nicht früher daran gedacht, weil ich so fertig war. Das hilft gegen Prellungen.«

Er nahm sich Kaffee. »Wo arbeitest du heute?«

»Da Bingley tatsächlich kriminell sein könnte, werde ich Roy und Ralph zum Gartenservice bei ihm vorbeischicken. Irgendwann muss ich zu Emily, aber vorher beginne ich mit einem neuen Auftrag auf der Nordseite des Sees. Kennst du George Parkison?«

»Klar. Er besitzt ein paar Ferienhäuser, lebt in Asheville, hat hier aber einen zweiten Wohnsitz.«

»Genau der« sagte sie, während sie frühstückten. »Anscheinend hat die Firma, die sein Anwesen betreut hat, keine gute Bewertung bekommen, sodass er uns beauftragt hat. Wir mähen, verteilen Mulch, jäten Unkraut, schneiden zurück und so. Er hat vier Ferienhäuser. Ein toller neuer Kunde.« Sie lächelte über ihren Frühstücksflocken. »Vor allem, wenn wir ihn dazu überreden können, uns auch mit seinem persönlichen Anwesen zu beauftragen.«

»Wie ich dich kenne, dürfte das klappen.«

»Wegen des Zustands seiner Ferienhäuser und weil ich Roy und Ralph woanders hinschicken muss, dürften wir zwei Tage dafür brauchen. Danach wird hoffentlich Cherylee Fogel anbeißen, eine Frau aus Patsy Marshs Literaturkreis. Der habe ich gestern ein Angebot geschickt. Anscheinend hat sie sich gerade von ihrem zweiten Mann scheiden lassen und eine fette Abfindung bekommen. Die will sie dafür benutzen, das Cottage am See *neu zu erfinden*. Nachdem sie gesehen hat, was ich bisher so gemacht habe, hat sie meine Webseite angeschaut und deinen Wasserfall entdeckt.« Darby aß ihre Schüssel leer. »Jetzt will sie auch einen – und Indisches Blumenrohr. Das erinnert sie an ihre Großmutter. Außerdem hat sie gesagt, dass ich entzückend bin, was ich reizend finde. Und dass sie Unternehmerinnen stärken will. Wenn sie anbeißt, dürfte *High Country Landschaftsgärten* bis weit in den Herbst hinein zu tun haben.« Sie trug ihre und seine Schale zur Spüle. »Noch was: Sie überlegt, eine kleine Wohltätigkeitsorganisation zu gründen, die sie mit ihrem Anteil am Verkauf ihres Privatflugzeugs finanzieren will. Der Betrag ist in ihrer Abfindung nicht enthalten. Ich habe ihr geraten, sich einen Anwalt zu nehmen, der das alles ausarbeitet, und dich erwähnt – auch dass wir ein Paar sind. Kann durchaus sein, dass sie dich anruft.«

Erfreut und beeindruckt starrte Zane sie an. »Ich bin verrückt nach dir, in jeder Hinsicht.«

»Wer nicht?« Sie kam auf ihn zu und schlang ihm die Arme um den Hals. »Ich muss dich um etwas bitten, das sich etwas seltsam anfühlt.«

»Raus mit der Sprache.«

»Du musst mir eine SMS schicken, wenn du bei Gericht ankommst. Und eine, wenn du zurück in der Kanzlei bist.«

Er legte ihr die Hände auf die Hüften. »Machst du dir Sorgen um mich, mein Schatz?«

»Vermutlich ja. Es ist zwar eher ungewöhnlich für mich, aber ich will, dass du mir eine SMS schickst.«

»Wird gemacht.«

Er überredete sie zu einem Kuss. Bevor sie sich von ihm löste, berührte sie mit den Lippen sanft sein blaues Auge und die Platzwunde darüber, den geprellten Kiefer. »Ich muss los. Komm, Zod.« Sie nahm ihre Wasserflasche, ihr Smartphone und ihre Baseballmütze. »Vergiss die Arnikasalbe nicht. Am besten, du nimmst gleich zwei Tuben.« Dann verließ sie hinter dem Hund das Haus. »Ich könnte auch welche brauchen.«

Das würde er auf keinen Fall vergessen. Vermutlich wurde es höchste Zeit, ihr mal wieder Blumen zu schenken.

Darby öffnete dem Hund die Wagentür, ließ auf seiner Seite das Fenster herunter, während er schwanzwedelnd auf den

Beifahrersitz sprang. »Heute geht es zu einem neuen Haus, Zod, aber es gelten dieselben Regeln. Nicht in der Erde buddeln, keine Häufchen machen. Keine Katzen und/oder Hunde jagen«, sagte sie, während sie auf die Straße einbog. »Kein Beschnuppern von Schritt oder Hintern.« Er warf ihr einen seiner verträumt-verliebten Blicke zu. »Der Job besteht mehr oder weniger aus Aufräumarbeiten. Aber es könnte mehr daraus werden. Wenn wir gute Arbeit leisten, bucht uns der Kunde vielleicht für den nächsten Frühling. Man muss vorausschauend denken.« Als sie den Wagen am Straßenrand sah, verlangsamte sie die Fahrt. Die Motorhaube war hochgeklappt. Sie hielt dahinter. »Warte«, sagte sie zu Zod und stieg aus. »Gibt es ein Problem?«

Sie hörte etwas, das wie *Batterie leer* klang, gedämpft durch die Motorhaube. Mit spanischem Akzent.

»Ich kann Ihnen Starthilfe geben«, hob sie an und trat vor das Auto. Sie hatte eine Sekunde Zeit, um Schuhe, Jeans und die untere Körperhälfte einer vor der Motorhaube kauernden Gestalt zu sehen.

Die Faust traf sie so schnell, dass sie sie nicht kommen sah.

30

Weil er schnell handeln musste, fing er Darby auf, bevor sie zu Boden ging. Er hatte die Kabelbinder griffbereit und fesselte ihr die Handgelenke, nachdem er sie auf den Rücksitz bugsiert hatte. Dann warf er eine Decke über sie, obwohl er es nicht weit hatte. Keine Minute, nachdem sie hinter seinem Wagen gehalten hatte, saß er wieder am Steuer und ließ den Motor an. Während er mit plärrendem Radio weiterfuhr, lachte er sich beinahe tot. Doch wegen des Radiolärms überhörte er den Hund, der anfing, in Darbys Pick-up zu jaulen.

Im Bungalow war bereits alles vorbereitet. Er zwang sich, das Lachen zu unterdrücken, während er parkte und sich sorgfältig umsah. Die Sonne ging gerade erst auf, stellte er zufrieden fest. Sogar der See war menschenleer. Er schleppte sie ins Haus, warf sie auf den Boden, stellte sicher, dass das *Bitte-nicht-stören*-Schild draußen hing, die Tür abgesperrt und sämtliche Rollläden unten waren.

»Nur wir beide, Püppi. Nur wir beide.« Als sie stöhnte und sich bewegte, schlug er sie erneut. »Noch bist du nicht dran.« Schnell löste er die Kabelbinder und setzte sie in den Sessel, den er mitten im Zimmer aufgestellt hatte. Ein stabiler Sessel. Er fesselte ihr die Arme an die Armlehnen und die Füße an die Sesselbeine. »Heute wird das nichts mit dem Bruce-Lee-Scheiß, du Schlampe. O ja, ich habe davon gelesen.« Er durchsuchte ihre Taschen, verstaute ihr Smartphone in seiner

Hosentasche und ihr Multiwerkzeug in der anderen. Außerdem kniff er ihr mehrmals fest in die Brust, einfach so zum Spaß.

Ein Blick auf die Uhr. Er lag genau in der Zeit. Obwohl er sich gut und gern zwei Stunden mit ihr verlustieren konnte, nahm er sich vor, sich auf eine zu beschränken. Er hatte alles abgewischt, vom Boden bis zur Decke, und seine Sachen waren gepackt. Also los. Er riss ihr den Kopf nach hinten und versuchte, sie mit Ohrfeigen wach zu bekommen. Aber der Kopf fiel einfach schlaff zur Seite. Beim zweiten Mal musste er sie zu fest erwischt haben. Schulterzuckend holte er sich eine kalte Limo aus dem Kühlschrank, die er sich für die Fahrt gekauft hatte. Er setzte sich, legte die Glock in den Schoß, trank und behielt sie im Auge.

Mit schmerzverzerrtem Gesicht kam sie langsam zu sich. *Ein Albtraum, ein furchtbarer Albtraum*, dachte sie benommen. *Grässliche Kopfschmerzen.*

»Aufwachen, Schlafmütze.«

Ihr gefror das Blut in den Adern, der Magen sackte ihr in die Kniekehle, und sie ballte die Fäuste. Als sie die Augen weit aufriss, war der Schmerz nichts gegen ihre Angst.

»Na, hast du mich vermisst, Püppi?«

Es gab nur eine Person, die sie so genannt hatte. Sie kannte den Mann. Der Bart und die längeren, helleren Haare änderten nichts an seinen Augen. Als er aufstand und lässig mit der Waffe spielte, brach ihr der Angstschweiß aus. Sie versuchte aufzuspringen, um sich zu wehren, musste jedoch feststellen, dass sie gefesselt war.

»Nur ein Laut«, warnte er sie. »Und ich schieße auf dich. Nicht so, dass du gleich tot bist, nur so, dass es wehtut. Anschließend werde ich dich knebeln. Ich habe Lust auf ein Gespräch, aber es reicht mir auch, wenn du langsam verblutest, während ich einen Monolog halte. Ganz wie du möchtest.«

»Was willst du, Trent?«

»Hab ich das nicht gerade gesagt?« Er ohrfeigte sie. Kräftig genug, dass sie verdammt noch mal begriff, wer das Sagen hatte. »Was habe ich dir gerade erklärt? Sprich es mir nach. Trent hat Lust auf ein kleines Gespräch.«

Sie würgte an der Galle, die ihr hochkam. »Trent hat Lust auf ein kleines Gespräch. Du brauchst keine Waffe, Trent. Ich bin an den Sessel gefesselt. Ich kann nirgendwohin.«

»Willst du mir sagen, was ich zu tun habe?«

»Nein. Ich bitte dich nur darum, die Waffe wegzulegen, solange wir reden.«

Als er ihr den Lauf unters Kinn hielt, konnte sie vor lauter Panik keinen klaren Gedanken mehr fassen. »Antrag abgelehnt. Wie wär's, wenn ich einfach abdrücke. Na, was hältst du davon?«

»Ich kann dich nicht daran hindern. Aber dann würde ich nie erfahren, warum du dir so viel Mühe gemacht hast.«

»Du zitterst, Darby. Hast du Angst?«

»Ja. Ja, ich habe Angst.«

»Gut. Das solltest du auch.« Doch er nahm die Waffe weg und trat einen Schritt zurück. »Du hast Angst, Püppi, was? Du wirst mir alles geben, was ich will, nicht wahr?« Als er ihr in die Brust kniff, konnte sie nicht anders und zuckte zusammen. Sie schauderte. Trotzdem rang sie sich ein Ja ab. Ihr Hass war größer als je zuvor.

»Glaubst du etwa, ich will Sex mit dir haben? Nein, ich werd's dir nicht machen. Kein Verwöhnprogramm für dich, du Schlampe. Willst du wissen, was ich stattdessen will? Ich werde dir sagen, was ich möchte.« Die Wut in seiner Stimme führte dazu, dass sie sich gegen einen weiteren Schlag wappnete. Doch er fuchtelte nur wild mit der Waffe. »Ich will mein altes Leben zurück, verdammt. Das Leben, das du mir gestohlen hast. Ich will jede Minute zurück, die ich im Gefängnis verbracht habe. Ich will meine Firma zurück. Meine verdammte Familie soll mich nicht wegsperren und mir Geld geben, damit ich sie nicht störe, ihr keine Schande mache. Ich will, dass meine verdammten Partner verrecken, meine sogenannten Freunde, weil sie mich meiden und sich genommen haben, was mir zusteht. Ich will nicht mehr so tun, als täte es mir leid, dass ich meine Frau geschlagen habe. Sie hatte es verdient. Und, was meinst du, Darby? Kannst du mir das geben?«

Sein Gesicht, puterrot vor Wut, befand sich ganz dicht vor ihrem. Unterwerfung! Er wollte, dass sie sich ihm unterwarf, sich vor ihm erniedrigte, begriff Darby. Wenn sie ihm das gab, würde er sie dann am Leben lassen? Sie ließ ihren Tränen freien Lauf. »Es tut mir so leid, Trent, es tut mir so leid.«

»Tatsächlich, Darby? Ist das so? Hat es dir leidgetan, als du beim Prozess gegen mich ausgesagt hast? Danach sah es kein bisschen aus, du verlogenes Miststück, als ich schuldig gesprochen worden bin. Du und deine verdammte Schlampe von Mutter, ihr habt euch umarmt, als hättest du Geburtstag.«

Am besten, sie gab ihm, was er sich wünschte. »Ich hatte Angst. Ich hatte Angst und habe einen Fehler gemacht.«

»Einen Fehler? So nennst du das also? Schon in der ersten Woche im Gefängnis, wo ich nur deinetwegen gelandet bin, bin ich besprungen worden. Die Mistkerle haben mich fertiggemacht, nur weil sie es konnten. Ein Fehler?«

Welche Ironie des Schicksals! Trotzdem hielt sie den Kopf gesenkt und schaute zu Boden. »Du warst so stark. Ich hatte Angst.«

»Du hast nach Hause gehört, in das Haus, das ich dir geschenkt habe, unter das Dach, das ich dir gegeben habe, statt in der Erde zu buddeln wie ein verdammter Hund.«

Der Hund, der Hund, der Hund. Irgendjemand würde den Hund, den Pick-up finden. Irgendjemand würde …

»Hörst du mir überhaupt zu?« Er riss ihren Kopf nach hinten.

»Ich schäme mich, ich schäme mich so. Ich weiß nicht, wie du mir jemals vergeben sollst. Wenn du mir erlaubst, es wiedergutzumachen …«

»Glaubst du etwa, ich will dich noch?« Laut lachend riss er sie an den Haaren und ließ wieder los. »Glaubst du etwa, ich habe den ganzen weiten Weg gemacht und mich in diesem Kaff versteckt, weil ich dich zurückwill? Du wirst büßen, Darby, für alles büßen, was ich mir wünsche, aber nicht haben kann.«

Er rammte ihr die Waffe in den Magen. »Wie wär's damit für den Anfang? Wie geht es eigentlich deiner Mami, Darb? Wie geht es ihr, Mamas kleiner Liebling? Weißt du eigentlich, wie leicht das bei ihr war?« Sie hörte ihr Smartphone. Eine eingehende SMS? Zerstreut legte Trent die Waffe weg und zog ihr Smartphone aus seiner Hosentasche. »Von Roy. Vögelst du den auch?« Trent ließ das Telefon zu Boden fallen. »Tut mir leid, Roy. Darby kann gerade nicht drangehen.«

Das Zittern kehrte zurück, sodass ihre Knöchel laut gegen die Armlehnen schlugen. »Wovon redest du da? Was soll das mit meiner Mutter?«

»Was? Ach das.« Er ging zurück zu seiner Limo und nahm einen großen Schluck. »Du bist zurück nach Hause, stimmt's? Du hast dich bei ihr verkrochen, während dein rechtmäßig angetrauter Gatte im Gefängnis verrotten durfte. Als ich wieder rauskam, hast du eine einstweilige Verfügung gegen mich erwirkt, um bei deiner Mom sicher im Warmen zu sitzen.«

Nichts hatte sie darauf vorbereitet. »Du hast meine Mutter umgebracht.«

»Du hast sie umgebracht. Du hast ihr Todesurteil unterschrieben, als du mich ins Gefängnis gebracht hast. Im Gefängnis lernt man ein paar nützliche Dinge. Ich hab einen Wagen gestohlen, mein Rad eingeladen, etwas Bier auf dem Boden verschüttet und ein bisschen Gras geraucht. Dann musste ich bloß warten, bis sie angejoggt kam, und rumms!« Er vollführte eine Art Tanz. »Mann, ist die geflogen. Ich bin weitergefahren, hab den Wagen stehen lassen und bin mit dem Rad zu meinem Auto. Rumms! Buhuhuu, meine Mami ist tot.«

Trauer, Wut und Schock wallten in ihr auf, sodass sie versuchte, trotz der Fesseln mitsamt dem Sessel aufzustehen. »Sie hat dir nichts getan.«

»Sie hat dich aufgenommen, obwohl du mir gehört hast. Und sie hat mich im Gerichtssaal angesehen, über deine Schulter hinweg. Sie wirkte sehr zufrieden, als ich abgeführt wurde. Das hätte sie mal lieber sein lassen. Ich werd dich umbringen, wenn ich fertig bin. Irgendwann, in einem Jahr vielleicht, vielleicht auch in zweien, komme ich zurück, um den Trottel umzulegen, mit dem du rummachst. Das wird mir deutlich besser gelingen als dem besoffenen Vollpfosten, der sich eingebildet hat, es würde was ändern, auf dein Haus zu schießen.«

Er war nicht nur ein Schläger. Das wurde ihr in diesem Moment klar, trotz des stummen Schreis in ihrem Kopf. Nicht nur ein hinterhältiger, gewalttätiger, egozentrischer Schläger, sondern auch ein Mörder. Die Maske war gefallen. Jetzt erkannte sie nicht nur den Mörder dahinter, sondern einen Mann, der Spaß am Töten hatte.

Sie würde hier sterben, durch seine Hand.

***

Obwohl er noch viel Zeit hatte, bevor er aufs Gericht musste, machte sich Zane bis auf die Krawatte fertig und verstaute einen Baseball in seiner Jacketttasche. Maureen hatte recht. Das ruinierte die Silhouette, aber er spielte gern damit, wenn er zuhörte, wie sein Gegenspieler einen Zeugen vernahm. Er steckte die zusammengerollte Krawatte in die andere Tasche und zückte dann sein klingelndes Smartphone.

»Walker, hallo, Roy?«

»Hallo, Zane. Ist Miss Darby da?«

»Sie ist vor einer knappen Stunde los.« Es lief ihm kalt den Rücken hinunter. »Bist du bei den Ferienhäusern?«

»Ja. Vielleicht hat sie ja noch woanders vorbeigeschaut, aber sie geht nicht ans Telefon. Ich habe versucht, ihr eine SMS zu schicken und anzurufen. Es gibt ja Funklöcher …«

»Ja. Hör mal, ich will gerade losfahren.« Er würde seinen Kontakt in Raleigh von Asheville aus anrufen. »Ich schau kurz bei Emily vorbei. Vielleicht ist sie zuerst dorthin und wurde aufgehalten. Ich geb dir Bescheid.«

»Danke. Ich ruf bei *Best Blooms* an, für den Fall, dass sie dort was abholen wollte.«

»Gute Idee.« Trotzdem hörte er, dass Roy wie er nervös war. Darby ließ sich nicht aufhalten, nicht, ohne ihren Leuten Bescheid zu geben. Während er nach unten eilte, überlegte er, Lee anzurufen. Am besten, er fuhr schnell bei ihm vorbei. Vermutlich gab es keinerlei Grund zur Beunruhigung, aber das konnte nicht schaden.

Beim Verlassen des Hauses versuchte er es auf ihrem Smartphone, aber es ging nur Darbys Mailbox dran. »Ruf mich zurück«, sagte er und sprang in seinen Wagen. Wenn man intuitiv weiß, dass etwas nicht stimmt, sollte man auf sein Bauchgefühl hören. Über die Freisprechanlage wählte er Lees Nummer und nahm die Kurve. In diesem Moment sah er Darbys Pick-up. Er sagte sich, dass sie bloß eine Panne hatte. Doch noch ehe er den Hund jaulen hörte, wusste er Bescheid. Noch ehe er die Baseballkappe auf dem Boden liegen sah, die sie zu Hause aufgesetzt hatte. Der Hund sprang Zane direkt in die Arme, kaum dass er die Tür aufgerissen hatte.

Mühsam um Fassung ringend, rief er Lee an. »Jemand hat Darby in seiner Gewalt, ihr Pick-up steht knapp fünfzehn

Meter hinter der Abzweigung zu uns am Straßenrand. Der Hund war drin. Ihre Baseballkappe liegt auf dem Boden.«

»Bin schon unterwegs.«

Sofort fiel ihm Jed Draper ein. Voller Wut stieg er in den Wagen und setzte den Hund vor dem Beifahrersitz auf den Boden. »Bleib.« Er raste los. Wie hatte er nur glauben können, dass Draper seine Niederlage einfach hinnahm? Weil er es in seinen Augen gesehen hatte. Doch was, wenn er sich getäuscht hatte?

Ich habe neulich jemanden gesehen, der so ähnlich aussah, hatte Darby gesagt. *Aus irgendeinem Grund hab ich bei seinem Anblick Gänsehaut bekommen.*

Es gab keine Bücher in dem Haus, der Mann spielte Computerspiele, und an den über hundert Colleges, die er bereits überprüft hatte, unterrichtete kein Bingley. Das ergab zwar alles überhaupt keinen Sinn, aber …

Er fuhr zu den *Walker Lakeside Bungalows.* »Für Jed Draper hätte sie niemals angehalten. Das kann also nicht sein. Bleib«, befahl er dem Hund, als er außer Sichtweite vor Bungalow fünf hielt. Um den Hund dazu zu bringen, auf seinem Platz zu bleiben, warf Zane ihm seine Krawatte zu. Dann schlich er sich lautlos ans Ende der Auffahrt. Er sah die herabgelassenen Rollläden. Wer ließ bei so einer Aussicht die Rollläden herunter? Einen vielleicht, im Schlafzimmer, aber überall?

Zane schlich weiter, blieb auf dem Rasen, der alle Geräusche schluckte, und suchte im Schatten nach einem Spalt, durch den er gucken konnte. Während er den Bungalow umrundete, hörte er eine wütende Männerstimme. »Schau mich an, du Schlampe. Du schaust mich gefälligst an, wenn ich mit dir rede. Ich schieß dir erst in beide Knie und dann in den Bauch, wenn du mir keinen Respekt zollst.«

Zane zückte sein Smartphone und schickte Lee eine SMS.

Bungalow fünf. Bewaffneter Mann.

Dann schaltete er sein Smartphone aus. Da er nicht vorhatte, auf Lee zu warten, lief er wieder zur Vorderseite des Hauses. Er musste ihn rauslocken, den Autoalarm auslösen, ihn unbedingt von Darby fortlocken. Doch bevor er vorne angekommen war, begann Zod zu jaulen. »Nicht schlecht«, murmelte Zane. Er lief weiter, spürte das Gewicht in seiner Jacketttasche und umklammerte den Baseball.

»Was zum Teufel ist da los?«, fragte Trent. Er ging zum Fenster und öffnete den Rollladen einen Spalt, um hinauszuschauen. Hinter ihm spannte Darby sämtliche Muskeln an und kippelte mit dem Sessel. Zod, der aus dem Wagen gesprungen war, begann erneut zu jaulen. »Dieser verdammte Köter. Für so ein hässliches Vieh hab ich noch eine Kugel übrig.« Trent öffnete die Tür einen Spalt, trat hinaus auf die Veranda und zielte grinsend.

Da kam Zane hinter der Indianerbananenstaude hervor, die Darby gepflanzt hatte, und warf den Ball wie der Junge, der einst davon geträumt hatte, in Camden Yards zu spielen. Mit einem dumpfen Knall traf er Trent mitten ins Gesicht. Der Mann taumelte, und die Waffe fiel ihm aus der Hand. Von hinten rammte ihn Darby mit dem Sessel, und Zane sprang nach vorn, um ihm den Rest zu geben. Trent war bewusstlos.

Darby kippte beinahe mit dem Sessel hintüber, als Zane auf sie zu eilte. »*Triple Play*. Ein Spielzug, drei Angreifer«, stieß sie zwischen klappernden Zähnen hervor. »Zod an Walker an McCray.« Dann begann sie herzzerreißend zu schluchzen.

»Beruhige dich, er kann dir nichts mehr tun.« Zane zog die Waffe mit dem Fuß zu sich her und blieb darauf stehen, während er ihr übers Gesicht strich. »Ich brauche etwas, mit dem ich dich losmachen kann. Dann bring ich dich von hier fort.«

»Das ist Trent, er hat meine Mutter umgebracht. Er hat es selbst gesagt. Er hat meine Mutter getötet.«

Ihm fehlten die Worte, er konnte nur die Lippen auf ihr

Gesicht pressen. »Halt durch, bitte halt durch. Ich hol nur schnell was, mit dem ich dich losmachen kann.«

»Er hat mir mein Multiwerkzeug weggenommen. Es steckt in seiner Hosentasche. Ist er tot?«

»Guck mal, da ist Zod.« Zane hob den Hund hoch und setzte ihn auf Darbys Schoß. »Halt durch, noch eine Minute.«

Trent war nicht tot. Zane fand seinen Puls und das Multiwerkzeug. Erneut loderte Wut in ihm auf, als er sah, wie tief die Kabelbinder ihr in die Haut geschnitten hatten. »Ich bring dich nach Hause, einverstanden? Lee wird gleich da sein. Ich werde mich um alles kümmern.«

»Er hat meine Mutter umgebracht, weil sie mich geliebt hat und für mich da war, als ich sie dringend gebraucht habe. Er hat Clint Draper umgebracht, auch das hat er mir gesagt. Vielleicht, weil es ihm Spaß gemacht hat. Oder weil er dir Probleme machen wollte. Ich bin schließlich mit dir zusammen.«

»Er wird dir nie mehr wehtun, nie wieder freikommen. Ich muss Lee sagen, was passiert ist, dann soll er einen Krankenwagen rufen. Wir wollen schließlich, dass er am Leben bleibt, Darby. Glaub mir, das wollen wir. Er wird für immer im Gefängnis sitzen.« Zane zückte sein Smartphone und schaltete es wieder ein. »Lee, ich habe ihn erledigt. Und ich habe Darby. Wir brauchen einen Krankenwagen. Ja, alles okay.« Er steckte das Smartphone zurück in die Hosentasche. »Er ist unterwegs, ohne Sirene, und dürfte gleich da sein. Du kannst später mit ihm reden. Ich bring dich nach Hause.«

Ihre wunderbaren Augen waren riesengroß und ein wenig glasig, aber sie schauten ihn unverwandt an. »Du hast ihn mit einem Baseball ausgeknockt. Du hast ihm eins vor den Kopf geknallt. Den Ball will ich haben.«

»Klar, später. Erst wird Lee ihn als Beweismaterial mitnehmen müssen. Schau, da ist er, in Begleitung der gesamten Polizei von Lakeview, zumindest fast.«

Lee rannte auf sie zu und schaute sich Trent gründlich an. »Der Krankenwagen ist gleich da. Ein weiterer ist angefordert.«

»Ich brauche keinen.« Darby knuddelte den begeisterten Hund. »Das ist Trent Willoughby, mein Ex. Ich habe angehalten, als ich das Auto gesehen habe. Es schien eine Panne zu haben, oben auf der Anhöhe«, sagte sie zu Lee. »Er hat mich k.o. geschlagen. Als ich zu mir kam, war ich an den Sessel gefesselt. Er wollte mich umbringen und mir vorher jede Menge erzählen. Er hat geschildert, wie er meine Mutter umgebracht hat. Er hat mir gesagt, dass er Clint Draper umgebracht hat. Den Rest erzähl ich später, ich bin ein bisschen zittrig.«

»Kein Problem. Wie wär's, wenn Zane dich zu uns bringt? Das ist nicht weit, und Emily ist da. Ich komme nach.«

Sie machte Anstalten aufzustehen und geriet ins Taumeln. Zane zog sie und den Hund in seine Arme. »Ich bin ein bisschen zittrig«, wiederholte sie.

»Ich hab dich«, sagte Zane und schaute zu Lee. »Ich hab sie.«

»Sehe ich. Bring sie zu Emily.« Als Zane Darby hinaustrug, starrte Lee auf Trent hinunter. »Alles unter Kontrolle.«

***

Es dauerte Stunden. Während Emily Darby tröstete und sich um sie kümmerte, machte Zane einen Spaziergang, um sich zu fangen. Es funktionierte nicht, aber er hatte die Kraft, so zu tun, als ob. Darby zuliebe. Sie machte eine lange, ausführliche Aussage, ließ sich von Dave die Schnitte an Handgelenken und Knöcheln professionell versorgen, die Emily behelfsmäßig bandagiert hatte. Weil sie danach fragte, informierte Dave Darby über Trents Zustand. »Eine Gehirnerschütterung, eine Netzhautablösung, eine gebrochene Nase und ein zertrümmerter Wangenknochen. Guter Wurf, Mann«, lobte er Zane.

»Er wird überleben?«, fragte Darby.

»Er ist verletzt, aber nicht in einem kritischen Zustand. Außerdem hat er ein paar Zähne verloren und schwere Prellungen in den Kniekehlen.«

»Dort hat Darby ihn mit dem Sessel gerammt, an den er sie gefesselt hatte.«

»Sehr gut. Es könnte nicht schaden, wenn du dich untersuchen lässt.«

»Das ist nicht mein erster Schlag ins Gesicht. Ich hoffe allerdings, dass es mein letzter ist.« Etwas gefestigter stand Darby auf. »Emily, ich kann dir gar nicht sagen, wie dankbar ich dir bin, dass du für mich da bist.«

»Schätzchen, ich werde immer für dich da sein, das versprech ich dir.«

»Er hat mir meine Mutter genommen.« Wieder flossen Tränen. »Sie würde sich freuen, wenn sie wüsste, dass ich jemanden gefunden habe, der für mich da ist.« Schluchzend barg Darby den Kopf an Emilys Schulter.

Emily zog sie fest an sich. Als Darby sich beruhigte und von ihr löste, schlang sie den Arm um Brody. »Ich werde nie mehr an deiner Intuition zweifeln. Nie mehr.«

»Das mit deiner Mutter tut mir echt leid, Darby.«

»Mir auch. Du bist mein Held, Brody.« Darby beugte sich vor und küsste ihn flüchtig. »Heute gibt es viele Helden.«

Als Zane sie endlich nach Hause brachte, warteten dort jede Menge Menschen. Ihr gesamtes Team saß auf der Veranda, mit Blumensträußen, Aufläufen, Torten und einem Rührkuchen.

»Wir wollten uns persönlich davon überzeugen, dass es Ihnen gut geht, Miss Darby«, sagte Roy. »Sie brauchen natürlich Ruhe, aber …« Seine Stimme brach, und er senkte den Kopf.

»Zwei der Ferienhäuser sind in Ordnung gebracht.« Ralph räusperte sich. »Wir dachten, das ist in deinem Sinne. Um den Rest kümmern wir uns morgen, weil wir nicht wollen, dass du arbeitest. Keine Widerrede!«

»Wer ist hier eigentlich der Chef?«, fragte sie.

»Das ist mir egal. Sollte ich den Kerl jemals zu fassen kriegen, der dir diese Prellungen beigebracht hat, wird er sich weit weg wünschen.«

»Wie wär's, wenn ich dich reinbringe, damit du dich ausruhen kannst.« Hallie kam die Stufen herunter. »Die Männer können alles reintragen. Es dürften noch mehr Leute kommen«, fuhr sie fort und legte den Arm um Darby. »Zane, du hattest die Haustür nicht abgeschlossen«, fügte sie hinzu und schob Darby in den Flur. »Wir wollten trotzdem nicht einfach reingehen. Es hat sich rumgesprochen, was passiert ist. Die Leute wollen helfen. Du liegst uns in Lakeview nämlich sehr am Herzen, Darby.«

»Hallie, ich muss nach oben gehen und eine Runde heulen.«

»Ich bring dich. Gabe, gib mir die Vasen zum Hochtragen.«

»Die ist von Miss Cherrylee. Ein echter Angeberstrauß.« Er strich Darby über den Rücken. »Wie wär's, wenn ich Zod ein Du-weißt-schon-Was gebe? Ich glaube, das hat er sich verdient.«

»Danke, Gabe. Ich danke euch allen.«

Hallie hielt sie, während sie weinte, und blieb bei ihr, bis sie eingeschlafen war.

Als Darby aufwachte, sah sie aus dem großen Fenster auf den See, auf die Segelboote und die Kinder, die vom Floß sprangen. Sie freute sich über den *Angeberstrauß* von einer Frau, die sie erst seit Kurzem kannte, und dachte an das Empfangskomitee ihrer Mitarbeiter. Dann stand sie auf und musterte ihr Gesicht im Spiegel. Den Bluterguss auf der Wange, das blaue Auge. Unterm Strich war sie glimpflich davongekommen. »Du bist nie dumm gewesen«, sagte sie zu ihrem Spiegelbild. »Nur, als du dich für dumm gehalten hast.«

Sie ging nach unten und sah, wie Zane im Wohnzimmer auf und ab ging, das Smartphone am Ohr. »Sie ist aufgewacht. Ich ruf dich zurück«, sagte er und ließ sie nicht aus den Augen. »Alle melden sich, um zu hören, wie es dir geht. Ich habe gerade nach dir geschaut, aber du hast geschlafen.«

»Ja, jetzt geht es mir besser. Zane …«

»Bitte«, sagte er und eilte zu ihr, zog sie sanft an sich und hielt sie fest. »Ich brauch das. Nur eine Minute.«

»Nimm dir so viel Zeit, wie du willst.«

»Als ich deinen Pick-up gefunden habe, dachte ich, mir bleibt das Herz stehen. Die Zeit ist stehen geblieben, einfach alles. Ich hätte mit Brodys Informationen zu Lee gehen sollen.«

»Nein, nein und nochmals nein. Das wäre Verrat gewesen, außerdem hätte Lee nichts machen können. Es bringt nichts, dir Vorwürfe zu machen, hör auf damit.« Sie löste sich von ihm. »Schließlich haben mir dein brillanter Cousin, unser unglaublicher Hund und dein fantastischer Wurfarm das Leben gerettet. Können wir …«

»Alles, was du willst.«

»Vorsicht, sonst wünsch ich mir eine Reise nach Aruba. Können wir uns auf die Veranda setzen und ein Glas Wein trinken?«

»Klar.«

Als er den Wein geholt und sich neben ihr niedergelassen hatte, legte sie die Hand auf seine. »Eines muss ich unbedingt wissen. Woher wusstest du, wo du mich suchen musst?«

»Erst habe ich an die Drapers gedacht, aber das war nicht stimmig. Dann ist mir eingefallen, dass du so einen Typen gesehen hattest, wie Brody ihn beschrieben hat. Auf dem See.«

»Das ist alles?«

»Das und was Brody mir erzählt hat. Außerdem konnte ich keinen Bingley finden, der an einem New Yorker College unterrichtet. Mein Bauchgefühl meinte, fahr zu seinem Bungalow, und ich hab darauf gehört.«

»Dann auf dein Bauchgefühl.«

»Das mit deiner Mutter tut mir wahnsinnig leid, Darby. Es muss sich anfühlen, als würdest du sie erneut verlieren.«

Wieder flossen Tränen. »Erst hat es mich total fertiggemacht. Er hat sich regelrecht damit gebrüstet und geglüht vor Stolz. Doch dann hat es mir die Kraft gegeben, die ich brauchte, um auf ihn loszugehen. Ohne dich und Zod hätte ich keinen Erfolg gehabt, aber ich war bereit zu kämpfen.« Nachdem sie sich die Tränen abgewischt hatte, nippte sie an ihrem Wein. »Etwas hat ihn endgültig durchknallen lassen, Zane. Vermutlich war er schon immer so, doch etwas hat ihn völlig ausrasten lassen, wenn du verstehst, was ich meine.«

»Ja.«

»Er hat seine wahre Natur überspielt. Sicher hatte er vorher schon die Kontrolle verloren, aber nicht so. Das war kalkulierter Wahnsinn. Nachdem er die Artikel gelesen hat, in denen stand, wie ich Graham erledigt habe, hat er alles detailliert geplant. Genau wie vorher den Mord an meiner Mutter.« Sie atmete hörbar aus. »Ich hätte nicht für möglich gehalten, dass so etwas funktioniert, dass er nicht gefasst wird. Doch genau das ist passiert. Er hat geglaubt, damit durchzukommen, weil er schon mal damit durchgekommen ist. Und es hat ihm gefallen. Er hat zwei Menschen ermordet, einfach nur zum Spaß.«

»Ich würde sagen, mehr.«

»Mehr?« Wieder war sie schockiert. »Noch mehr Leute?«

»Zwischen dem Mord an deiner Mutter und dem an Clint ist viel Zeit vergangen. Wenn sich die Polizei mit seiner Vergangenheit beschäftigt, findet sie bestimmt weitere Opfer.«

»Er stand ständig davor, durchzuknallen«, fuhr sie fort. »Er konnte es nur sehr gut verbergen. Ich war jung und unerfahren. Und er war charmant, hat gesagt, was ich hören wollte. Ach Gott, er war so lieb zu meiner Mutter.«

»Er wusste, dass sie das Wichtigste für dich ist.«

»Ja, das wusste er. Kaum hatte er mich, war es damit vorbei.

Ich war nicht dumm. Ich hab gespürt, dass diese Beziehung nicht halten wird, aber ich musste es wenigstens versuchen. Man heiratet nicht, um sich am nächsten Tag wieder zu trennen. Es war nicht dumm von mir, es zu versuchen.«

»Natürlich nicht.«

»Im Stillen habe ich mir eingeredet, dass ich dumm bin, ein schlechtes Urteilsvermögen habe. Dass ich mich von einem gut aussehenden Mann, der scheinbar perfekt zu mir passt, habe einlullen lassen. Dumm war nur, dass ich mir eingeredet habe, dumm zu sein.«

»Das freut mich zu hören.« Er küsste ihr erst die Hand, dann das bandagierte Handgelenk.

»Ich war fest davon überzeugt, dumm zu sein. Ich habe mir eingeredet, dass das mit uns beiden … Dass wir nur so zusammen sind. Nach allem, was war, wollte ich bloß ein bisschen guten Sex mit einem attraktiven Mann, der weiß, wie wichtig Baseball ist. Der sich für einen hässlichen Hund und meine kreativen Visionen begeistern kann.«

»Genau der bin ich.«

»Ja, und du bist absolut süß. Außerdem liebe ich dich. Ich möchte mir ein Leben mit dir aufbauen und eine Familie mit dir gründen.«

»Willst du mich heiraten, Darby?«

»Ja, ich will.«

Er nahm sie auf den Schoß. »Wann?«

»Schwierige Frage. Ich will eine schlichte Hochzeit bei uns zu Hause, mit einem Gartenfest. Aber nächsten Frühling heiratet Roy, in unserer Hauptsaison, und er will in Flitterwochen fahren. Wir können unmöglich beide ausfallen.«

Zane küsste sie auf die Wange, aufs Auge, auf den Mund, verharrte bei ihren Lippen. »Am Tag der Arbeit, am 5. September.«

»Am Tag der Arbeit?«

»Sogar du hast da frei. Erst recht, um mich zu heiraten.«

»Meinst du etwa diesen September? Walker, das ist ja gleich.«

»Warum warten? Zumal du nicht dumm bist. Außerdem kenne ich zufällig ein paar Frauen, die in kürzester Zeit eine Riesenparty auf die Beine stellen können.«

»Im Herbst habe ich viele Wartungsarbeiten, ich muss Bäume pflanzen und …«

»Wir werden warten und erst im Winter Flitterwochen machen. Wenn keine Saison ist. Wir könnten nach Aruba fliegen.«

Sie musste lachen. »Du bist echt clever.«

»Ich bin auf jeden Fall nicht dumm. Die Zeit ist für mich stehen geblieben, Darby«, wiederholte er und strich über das Tattoo in ihrem Nacken. »Ich dachte, alles ist vorbei. Wir sollten keine Sekunde mehr verschwenden.«

»Du hast mir mit einem Baseball das Leben gerettet. Den Ball will ich haben. Ich möchte ihn in meinem Büro in eine Vitrine legen. In dem Büro, das ich in einem der leeren Zimmer einrichten werde. Sobald ich weiß, welches davon am besten zu mir passt.« Sie nahm sein Gesicht in beide Hände. »Schau uns nur an. Überall blaue Flecken und Prellungen. Wir sind ein schräges Paar. Also gut, am Tag der Arbeit.« Sanft küsste sie ihn auf den Mund. »Abgemacht.«

»Es gibt bessere Methoden, um Abmachungen zu besiegeln.«

»Ich bin noch nicht fertig.« Sanft stieß sie ihn von sich. »Wenn wir ernsthaft eine Familie gründen und Kinder haben wollen, muss einer von uns Kochen lernen.«

Er musterte sie nachdenklich. »Wir können eine Münze werfen. Kopf: Ich lerne Kochen. Zahl: Du lernst Kochen.«

»Schere, Stein, Papier.«

»Insgesamt gibt es drei Versuche.«

»Du fängst an.«

Als sie den Kopf anschließend zufrieden an seine Schulter lehnte, redete er sich ein, dass das mit dem Kochen so schwer nicht sein konnte. »Einmal die Woche gibt es Pizza«, verfügte er. »Entweder Tiefkühlpizza oder welche vom Lieferservice.«

»Selbstverständlich.« Sie drückte ihm einen Kuss auf die Wange.

Während der Hund zu ihren Füßen schnarchte, schauten sie zu, wie die Sonne über den Bergen unterging und den See in goldenes Licht tauchte.

Endlich floss die Strömung des Lebens in die richtige Richtung.

› Zusatzmaterial

Werkverzeichnis der im Heyne und Diana Verlag erschienenen Titel von Nora Roberts

HEYNE ‹

Die Autorin

Nora Roberts wurde 1950 in Silver Spring, Maryland, als einzige Tochter und jüngstes von fünf Kindern geboren. Ihre Ausbildung endete mit der Highschool in Silver Spring. Bis zur Geburt ihrer beiden Söhne Jason und Dan arbeitete sie als Sekretärin, anschließend war sie Hausfrau und Mutter. Anfang der Siebzigerjahre zog sie mit ihrem Mann und den beiden Kindern nach Maryland aufs Land. Sie begann mit dem Schreiben, als sie im Winter 1979 während eines Blizzards tagelang eingeschneit war. Nachdem Nora Roberts jedes im Haus vorhandene Buch gelesen hatte, schrieb sie selbst eins. 1981 wurde ihr erster Roman *Rote Rosen für Delia* (Originaltitel: *Irish Thoroughbred*) veröffentlicht, der sich rasch zu einem Bestseller entwickelte. Seitdem hat sie über 200 Romane geschrieben, von denen weltweit über 500 Millionen Exemplare verkauft wurden; ihre Bücher wurden in mehr als 30 Sprachen übersetzt. Sowohl die Romance Writers of America als auch die Romantic Times haben sie mit Preisen überschüttet; sie erhielt unter anderem den Rita Award, den Maggie Award und das Golden Leaf. Ihr Werk umfasst mehr als 195 New-York-Times-Bestseller, und 1986 wurde sie in die Romance Writers Hall of Fame aufgenommen.
Heute lebt die Bestsellerautorin mit ihrem Ehemann in Maryland.

E-Books

Alle Romane in diesem Werkverzeichnis sind auch als E-Book erhältlich.

Besuchen Sie Nora Roberts auf ihrer Website
www.noraroberts.com

1. *Einzelbände*

Licht in tiefer Nacht *(Come Sundown)*
So lange Bodine denken kann, liegt ein Schatten über dem Familienanwesen. Ihre Tante Alice lief mit achtzehn fort und wurde nie wieder gesehen. Was niemand ahnt: Alice lebt. Nicht weit entfernt, ist sie Teil einer Familie, die sie nicht selbst gewählt hat …

Dunkle Herzen *(Divine Evil)*
Eine New Yorker Bildhauerin erlebt in ihren Albträumen eine »Schwarze Messe«, welche in ihrem Heimatort in Maryland stattfindet. Sie erinnert sich an den grauenvollen Tod ihres Vaters und entschließt sich zur Heimkehr in ihr Elternhaus. Dunkle Mächte werden daraufhin wiedererweckt.

Erinnerung des Herzens *(Genuine Lies)*
Eine alleinerziehende Mutter und erfolgreiche Autorin soll für eine Filmdiva die Memoiren verfassen. Sie erhält deshalb immer häufiger Drohbriefe, je mehr sich die Diva in ihren brisanten Informationen öffnet.

Gefährliche Verstrickung *(Sweet Revenge)*
Die schöne Adrianne führt ein Doppelleben: bei Tag elegante Society-Lady, bei Nacht gefürchtete Juwelendiebin. Doch all ihre Einbrüche sind bloß Fingerübungen für ihren größten Coup: Sie will jenen Mann bestehlen, der einst ihrer Mutter das Leben zur Hölle machte. Nur einer könnte ihre Pläne zunichtemachen: Philip Chamberlain, Ex-Juwelendieb und Interpol-Agent …

Das Haus der Donna *(Homeport)*
Eine amerikanische Kunstexpertin wird zu einer wichtigen Expertise über eine Bronzefigur aus der Zeit der Medici nach Flo-

renz eingeladen, doch vorher wird sie überfallen und mit einem Messer bedroht. Die Echtheit der Figur und der Überfall stehen in einem gefährlichen Zusammenhang.

Im Sturm des Lebens *(The Villa)*

Teresa Giambelli legt die Führung ihrer Weinfirma in die Hände ihrer Enkelin Sophia und in die von Tyker, dem Enkelsohn ihres zweiten Mannes, beide charakterlich sehr unterschiedlich. Als vergiftete Weine der Firma auftauchen, erkennen beide, dass sie gemeinsam für ihre Familie und das Weingut kämpfen müssen.

Insel der Sehnsucht *(Sanctuary)*

Anonyme Fotos beunruhigen die Fotografin Jo Hathaway, und deshalb kommt sie nach Jahren zurück in ihr Elternhaus auf der Insel Desire. Dort findet sie ihren Vater und die Geschwister vor. Jo versucht herauszufinden, weshalb ihre Mutter vor langer Zeit verschwand.

Lilien im Sommerwind *(Carolina Moon)*

South Carolina. Tory Bodeen findet keine Ruhe, seit vor achtzehn Jahren ihre beste Schulfreundin Hope ermordet wurde. Heimlich stellt sie Nachforschungen an, unterstützt von Hopes Bruder. Sie stellen fest, dass Hope das erste Opfer einer Mordserie ist.

Nächtliches Schweigen *(Public Secrets)*

Der Sohn eines umjubelten Bandleaders wird entführt und dabei versehentlich getötet. Die Tochter Emma beobachtet die Untat, stürzt dabei und verliert jede Erinnerung an die Täter. Sie quält sich mit Vorwürfen und versucht mithilfe eines Polizeibeamten, ihr Gedächtnis wiederzuerlangen. Dadurch gerät sie in große Gefahr.

Rückkehr nach River's End *(River's End)*
Auf mörderische Weise verliert die kleine Livvy ihre Eltern, ein Hollywood-Traumpaar. Die Großeltern bieten ihr im friedlichen River's End eine neue Heimat. Jahre später kommen die Erinnerungen und damit die Gefahr, dass bedrohlicher Besuch eintreffen könnte.

Der Ruf der Wellen *(The Reef)*
Auf der Suche nach einem geheimnisumwitterten Amulett vor der Küste Australiens wird James Lassiter bei einem Tauchgang ermordet. Dessen Sohn Matthew und sein Onkel sind weiter auf der Suche, zusammen mit Ray Beaumont und dessen Tochter Tate, und entdecken ein spanisches Wrack.

Schatten über den Weiden *(True Betrayals)*
Nach der Trennung von ihrem Mann erhält Kelsey einen Brief von ihrer totgesagten Mutter. Diese widmet sich seit ihrer Entlassung aus dem Gefängnis der Pferdezucht in Virginia. Kelsey entdeckt dort ihre Wurzeln, verliebt sich, beginnt aber auch in der Vergangenheit ihrer Mutter zu forschen: Weshalb wurde ihr ein mysteriöser Mord zur Last gelegt?

Sehnsucht der Unschuldigen *(Carnal Innocence)*
Innocence am Mississippi ist für die Musikerin Caroline Waverly der richtige Ort der Erholung nach einer monatelangen Tournee mit Beziehungskonflikten. Tucker Longstreet, Erbe der größten Farm in Innocence, verliebt sich in Caroline. Drei Frauen werden innerhalb einiger Wochen ermordet, eine von ihnen war die ehemalige Geliebte von Tucker.

Die Tochter des Magiers *(Honest Illusions)*
Roxanne teilt das geerbte Talent für Magie mit Luke, einem früheren Straßenjungen, den ihr Vater, ein Zauberkünstler, einst auf-

nahm. Allerdings erleichtern sie Reiche auch um deren Juwelen. Sie werden Partner in der Zauberkunst und in der Liebe. Ein dunkler Punkt in Lukes Vergangenheit lässt ihn verschwinden – Jahre später taucht er wieder auf …

Tödliche Liebe *(Private Scandals)*
Die erfolgreiche Fernsehmoderatorin Deanna Reynolds hat Glück im Beruf – und in der Liebe mit dem Reporter Finn Riley. Doch eine eifersüchtige Kollegin und anonyme Fanpost machen ihr das Leben schwer.

Träume wie Gold *(Hidden Riches)*
Philadelphia. Die Antiquitätenbesitzerin Dora Conroy kauft eine Reihe von Objekten und gerät damit ins Blickfeld von internationalen Schmugglern. Sie und der ehemalige Polizist Jed Skimmerhorn beginnen, Diebstähle und Todesfälle im Umkreis der geheimnisvollen Lieferung zu untersuchen.

Verborgene Gefühle *(Hot Ice)*
Manhattan. Auf der Flucht vor Gangstern landet der charmante Meisterdieb Douglas Lord im Luxusauto von Whitney. Dabei erfährt sie von Douglas' Plan, im Dschungel von Madagaskar einen sagenhaften Schatz zu suchen.

Verlorene Liebe *(Brazen Virtue)*
Zwei Schwestern. Während Grace unbekümmert alleine als Krimiautorin lebt, arbeitet Kathleen als Lehrerin an einer Klosterschule und verdient sich nebenbei Geld mit Telefonsex für den Scheidungsanwalt. Ein lebensgefährlicher Job, denn Grace findet Kathleen mit einem Telefonkabel erdrosselt.

Verlorene Seelen *(Sacred Sins)*
Washington. Blondinen sind die Opfer eines Frauenmörders, die Tatwaffe immer eine weiße Priesterstola. Mithilfe der Psychiaterin Tess Court versucht Police Sergeant Ben Paris, die Mordserie aufzuklären. Doch nicht nur er hat ein Auge auf Tess geworfen.

Der weite Himmel *(Montana Sky)*
Montana. Der steinreiche Farmer Jack Mercy verfügte in seinem Testament, dass seine drei Töchter aus drei Ehen erst dann ihren Erbteil erhalten, wenn sie ein Jahr lang friedlich zusammen auf der Farm verbringen. Sie versuchen es, doch in dieser Zeit geschehen auf der Farm mysteriöse Dinge.

Tödliche Flammen *(Blue Smoke)*
Reena Hale ist Brandermittlerin und kennt durch ein schlimmes Kindheitserlebnis die Macht des Feuers. Neben Bo Goodnight interessiert sich noch jemand sehr für sie – allerdings verfolgt dieser Unbekannte ihre Spur, um die Macht des Feuers für seinen Racheplan zu benützen.

Verschlungene Wege *(Angels Fall)*
Reece Gilmore ist auf der Flucht: vor der Erinnerung und vor sich selbst. Als sie sich endlich in einem Dorf in Wyoming dem einfühlsamen Schriftsteller Brody anvertraut, glaubt sie, zur Ruhe zu kommen. Doch die Vergangenheit holt sie bald ein.

Im Licht des Vergessens *(High Noon)*
Phoebe MacNamara kennt die Gefahr. Geiselnehmer, Amokläufer – kein Problem für die beim FBI ausgebildete Expertin für Ausnahmezustände. Aber erst die Liebe zu Duncan hat sie unverwundbar gemacht. Glaubt sie. Bis sie von einem Unbekannten brutal überfallen wird. Fortan muss sie um ihr Leben fürchten.

Lockruf der Gefahr *(Black Hills)*
Tierärztin Lilian führt auf ihrer Wildtierfarm in South Dakota ein erfülltes, aber auch abgeschiedenes Leben. Fast zu spät erkennt sie die Gefahr, der sie ausgesetzt ist, als ein Mann sie und ihre Familie bedroht. In letzter Minute nimmt sie die Hilfe ihrer Jugendliebe Cooper an. Kann er sie retten?

Die falsche Tochter *(Birthright)*
Als die Archäologin Callie Dunbrook an den Fundort eines fünftausend Jahre alten menschlichen Schädels gerufen wird, ahnt sie nicht, dass dieses Projekt auch ihre eigene Vergangenheit heraufbeschwören wird.

Sommerflammen *(Chasing Fire)*
Die Feuerspringerin Rowan kämpft jeden Sommer erfolgreich gegen die Brände in den Wäldern Montanas. Doch seit ihr Kollege dabei ums Leben kam, plagen sie Schuldgefühle. Hätte sie Jim retten können?

Gestohlene Träume *(Three Fates)*
Tia Marshs Leben gehört der Wissenschaft. Dass das Interesse für griechische Mythologie ihr einmal zum Verhängnis wird, ahnt sie nicht – bis sie Malachi Sullivan begegnet. Der attraktive Ire ist dem Geheimnis dreier Götterfiguren auf der Spur, und nicht nur er will die wertvollen Statuen um jeden Preis besitzen …

Das Geheimnis der Wellen *(Whiskey Beach)*
Eli Landon wird unschuldig des Mordes an seiner Frau verdächtigt. Im Anwesen seiner Familie an der rauen Küste Neuenglands sucht er Zuflucht. Auch seine hübsche Nachbarin, Abra Walsh, will dort ihre schmerzhaften Erinnerungen vergessen. Doch während sich die beiden näherkommen, holt sie die Vergangenheit ein.

Ein Leuchten im Sturm *(The Liar)*

Nach dem Unfall ihres Mannes erfährt Shelby, dass Richard ein Betrüger war. Der Mann, den sie geliebt hat, ist nicht nur tot – er hat niemals existiert. Shelby flüchtet mit ihrer Tochter zu ihrer Familie nach Tennessee, wo sie Griffin kennenlernt. Doch Richards Lügen folgen ihr und werden zur tödlichen Bedrohung.

Strömung des Lebens *(Under Currents)*

Von außen betrachtet ist das Leben der Bigelows perfekt. Doch hinter den Kulissen tyrannisiert der Vater seine Familie. Als Sohn Zane sich schließlich zur Wehr setzt, kommt das Martyrium ans Licht. Jahre später findet die Landschaftsgärtnerin Darby in Lakeview ein neues Zuhause, und Zane kehrt als erfolgreicher Anwalt in seine Heimat zurück. Die beiden fühlen sich zueinander hingezogen, doch was damals geschehen ist, holt sie ein und wird zur gefährlichen Bedrohung …

Vermächtnis der Dunkelheit *(Legacy)*

Adriana erlebt in ihrer Kindheit Traumatisches, doch sie geht als starke Frau daraus hervor. Alles scheint perfekt, bis Adriana ein Drohbrief erreicht, dem jedes Jahr ein weiterer folgt. Um Abstand zu gewinnen, kehrt sie zu ihren Großeltern zurück. Während alte Wunden heilen, kommt Adrianas Stalker immer näher. Aber diesmal ist sie bereit, sich zu verteidigen.

Spur der Finsternis *(Identity)*

Morgans Leben wird jäh aus den Angeln gehoben, als ihre beste Freundin Nina ermordet wird. Das FBI eröffnet ihr, dass sie es mit einem Serienmörder und Identitätsräuber zu tun hat, der es eigentlich auf Morgan selbst abgesehen hat. Schritt für Schritt nimmt der perfide Hacker ihr alles: ihr Erspartes, ihr Haus, ihre Identität. Verzweifelt flüchtet sie zurück zu ihrer Familie nach Vermont. Doch Morgans Verfolger ist ihr stets auf den Fersen.

2. *Zusammenhängende Titel*

a) Quinn-Familiensaga

– Tief im Herzen *(Sea Swept)*
Maryland. Der Rennfahrer Cameron Quinn kehrt zurück in die Kleinstadtidylle an das Sterbebett seines Adoptivvaters. Dieser bittet ihn, sich mit den beiden Adoptivbrüdern um den zehnjährigen Seth zu kümmern. Er ist ein ebenso schwieriger Junge, wie es Cameron einst war. Hinzu kommt, dass sich die Sozialarbeiterin Anna Spinelli einmischt, um zu prüfen, ob in dem Männerhaushalt die Voraussetzungen für eine Adoption gegeben sind.

– Gezeiten der Liebe *(Rising Tides)*
Ethan Quinn übernimmt während der Abwesenheit seiner Brüder die Rolle des Familienoberhaupts. Seine Arbeit als Fischer und die Verantwortung für den zehnjährigen Seth binden ihn an die kleine Stadt. Außerdem liebt er Grace Monroe, eine alleinerziehende Mutter, welche den Haushalt der Quinns führt.

– Hafen der Träume *(Inner Harbour)*
Gemeinsam kämpfen die drei Quinn-Brüder um das Sorgerecht für Seth, denn sie wissen, dass Seths Mutter eher am Geld als an dem Jungen gelegen ist. Da kommt die Bestsellerautorin Sybill in die Stadt und will unbedingt verhindern, dass Seth von Philipp und seinen Brüdern adoptiert wird.

– Ufer der Hoffnung *(Chesapeake Blue)*
Seth Quinn hat sich durch die Fürsorge seiner älteren Brüder zu einem erfolgreichen Maler entwickelt. Als er aus Europa nach Maryland zurückkehrt, wird er von seiner leiblichen Mutter mit der Publikation seiner Kindheitsgeschichte erpresst. Seth lernt Drusilla kennen, welche sich auch nicht mehr mit ihrer leiblichen Familie identifizieren kann.

b) Garten-Eden-Trilogie

– Blüte der Tage *(Blue Dahlia)*

Tennessee. Die Witwe Stella Rothchild kehrt mit ihren kleinen Söhnen in ihre Heimat zurück. Die Gartenarchitektin beginnt, sich ein neues Leben in der Gärtnerei Harper aufzubauen, unterstützt von der Hausherrin Rosalind. Alles ist gut, bis Stella dem Landschaftsgärtner Logan Kitridge begegnet. Doch jemand will diese Verbindung verhindern.

– Dunkle Rosen *(Black Rose)*

Rosalind Harper hat sich in die Arbeit gestürzt, um den Tod ihres Mannes zu überwinden. Besonders der Gartenkunst widmet sie sich. Doch in dem harperschen Anwesen geht ein Geist um. Rosalind engagiert den Ahnenforscher Mitchell Carnegie, um zu erfahren, um welche übernatürlichen Kräfte es sich dabei handelt.

– Rote Lilien *(Red Lily)*

Hayley Phillips kommt mit ihrer neugeborenen Tochter Lily zu ihrer Cousine Rosalind Harper und findet dort ein neues Heim. Für Rosalinds Sohn Harper empfindet sie tiefe Gefühle, doch dann ergreift eine dunkle Macht von Hayley Besitz.

c) Der Jahreszeiten-Zyklus

– Frühlingsträume *(Vision in White)*

Gemeinsam mit ihren Freundinnen Parker, Laurel und Emma betreibt Mac eine erfolgreiche Hochzeitsagentur. Sie lebt und arbeitet mit den drei wichtigsten Menschen in ihrem Leben – wozu braucht sie da noch einen Mann? Doch als Mac Carter trifft, gerät ihr so gut ausbalanciertes Leben ins Wanken.

– Sommersehnsucht *(Bed of Roses)*

Freundschaft und Liebe – das geht nicht zusammen. Zu dumm nur, dass sich Emmas langjähriger Freund Jack völlig überraschend als ihre große Liebe erweist. Nun steckt Emma in der Klemme, zumal sie weiß, wie sehr Jack an seiner Freiheit hängt.

– Herbstmagie *(Savor the Moment)*

Laurel verliebt sich in den smarten Staranwalt Del, den Bruder ihrer Freundin Parker. Er ist für sie die Liebe ihres Lebens, aber sieht der heiß begehrte Junggeselle das ebenso?

– Winterwunder *(Happy Ever After)*

Parker ist anscheinend mit ihrem Beruf verheiratet – bis Malcolm in ihr Leben tritt. Aber wie soll sie mit ihm eine Beziehung führen, wenn er sich weigert, über seine Vergangenheit zu sprechen?

d) Die O'Dwyer-Trilogie

– Spuren der Hoffnung *(Dark Witch)*

Iona verlässt Baltimore, um sich im sagenumwobenen County Mayo auf die Suche nach ihren Vorfahren zu machen. Als sie den attraktiven Boyle trifft, bietet er ihr an, auf seinem Gestüt zu arbeiten. Schnell spüren beide, dass sie mehr verbindet als die gemeinsame Leidenschaft für Pferde. Doch dann droht ein dunkles Familiengeheimnis das Glück der beiden zu zerstören.

– Pfade der Sehnsucht *(Shadow Spell)*

Ionas Cousin Connor O'Dwyer hat die Frau fürs Leben noch nicht gefunden, doch auf wundersame Weise fühlt er sich immer mehr zur leidenschaftlichen Meara hingezogen. Das Glück wird getrübt, als Cabhan, der alte Feind der Familie, Meara benutzt, um sie alle zu vernichten. Hält der Kreis der Freunde dieser Herausforderung stand?

– Wege der Liebe *(Blood Magick)*

Branna und Fin waren schon mit siebzehn ein Paar, doch dann ist ihre Liebe zerbrochen. Branna liebt Fin zwar noch immer, sie fühlt sich aber von ihm verraten und misstraut ihm seither. Doch sie gehören beide zum magischen Kreis der Freunde und kämpfen gemeinsam gegen Cabhan, den unversöhnlichen Feind des O'Dwyer-Clans. Aber welche Rolle spielt Fin eigentlich in diesem Kampf? Ist er in die Machtspiele seines Vorfahren verwickelt, oder steht er aufseiten von Iona, Connor und Branna?

e) Die Schatten-Trilogie

– Schattenmond *(Year One)*

Lana und Max verbindet eine große und außergewöhnliche Liebe. Als eine weltweite Seuche ausbricht und New York innerhalb kürzester Zeit ins Chaos stürzt, fliehen sie aus der Stadt und gründen mit Gleichgesinnten die Gemeinschaft New Hope. Doch auch hier rückt die Gefahr dem Paar bedrohlich nahe. Lana setzt alles daran, dem Inferno zu entkommen, denn sie trägt inzwischen ein Kind unter dem Herzen, die »Auserwählte«, ihre zukünftige Tochter, die als Einzige in der Lage sein wird, dem Leid der Menschheit ein Ende zu setzen.

– Schattendämmerung *(Of Blood and Bone)*

Fallon trägt eine schwere Verantwortung: Sie wurde mit den Kräften geboren, die notwendig sind, um die postapokalyptische Welt vom Bösen zu befreien. Doch dafür muss sie ihrer geliebten Familie den Rücken kehren und von der kleinen Farmerstochter zur mutigen Kriegerin werden. Gleichzeitig tritt immer wieder Duncan in ihr Leben, mit dem sie etwas Tieferes verbindet, als sie sich eingestehen will. Um den dunklen Mächten und dem Mörder ihres leiblichen Vaters Einhalt zu gebieten, muss das

junge Mädchen magische und nichtmagische Wes
bringen und Hinterhalt und Intrigen enttarnen, d
schaft noch vor der ersten Schlacht zu unterwanderı

– Schattenhimmel *(The Rise of Magicks)*

Die erste Schlacht ist bereits geschlagen, doch der große Ka
Gut und Böse steht noch bevor: Die junge Fallon führt ihre
nach Washington D.C., um die schwarze Magie aus der Welt z
bannen. Sie ist die Auserwählte, die nach der Apokalypse die
wiederaufbauen und ihre Bewohner vereinen soll. Auf der jung
Frau liegt eine große Last, denn die Familie des Mörders ihres Vate
sinnt auf Rache an ihr und ihren Liebsten. Doch ihre große Mission fällt Fallon mittlerweile leichter als die Deutung ihrer Gefühle für Duncan, dessen Schicksal unlösbar mit ihrem verwoben ist.

f) Die Frauen von Maine

– Morgenröte

Gerade hat sich Sonya MacTavish von ihrem untreuen Verlobten getrennt und ihren Job gekündigt, da steht plötzlich ein Anwalt vor ihrer Tür, der ihr von einem unbekannten Onkel erzählt. Dieser habe ihr ein majestätisches Herrenhaus an der Küste von Maine vermacht. Als Sonya ihr ominöses Erbe besichtigt, verliebt sie sich sofort in das verwunschene Anwesen, das eine düstere Geschichte verbirgt. In dieser entdeckt Sonya das jahrzehntealte Rätsel, das stets die Frauen in ihrer Familie beschäftigte und bis heute nicht gelöst ist. Inspiriert von ihren beeindruckenden Vorfahrinnen, macht sich Sonya an die Aufgabe, an der bisher Generation um Generation gescheitert ist. Stets hilfreich zur Seite steht ihr dabei der attraktive Trey, den Sonya in ihrem neuen Zuhause kennenlernt und dem sie schnell näherkommt.

. *Sammelbände*

a) Die Unendlichkeit der Liebe

(Drei Romane in einem Band)

Auch als Einzeltitel erschienen:

– **Heute und für immer** *(Tonight and Always)*

Kasey gewinnt das Herz von Jordan und seiner Nichte Alison, aber jetzt fürchtet Großmutter Beatrice, dass sie die Macht über ihre Familie verliert.

– **Eine Frage der Liebe** *(A Matter of Choice)*

Ein Antiquitätenladen im Herzen Neuenglands. Ohne Jessicas Wissen dient er einer internationalen Schmugglerbande als Umschlagplatz für Diamanten. Zu ihrem Schutz reist der New Yorker Cop James Sladerman nach Connecticut, wo ihm Jessica die Ermittlungen aus der Hand nimmt.

– **Der Anfang aller Dinge** *(Endings and Beginnings)*

Die beiden erfolgreichen Fernsehjournalisten Olivia Carmichael und T.C. Thorpe sind erbitterte Konkurrenten im Kampf um die neuesten Meldungen. Sie kommen sich näher, doch da gibt es einen dunklen Punkt in Olivias Vergangenheit.

b) Königin des Lichts (A Little Fate)

(Drei Fantasy-Kurzromane in einem Band)

– **Zauberin des Lichts** *(The Witching Hour)*

Aurora muss den Königsthron zurückerobern, nachdem Lorcan ihre Eltern getötet und ihre Heimatstadt zerstört hat. Verkleidet gelangt sie an den Hof des Tyrannen. Dort trifft sie auf dessen Stiefsohn Thane und verliebt sich.

– **Das Schloss der Rosen** *(Winter Rose)*

Der schwer verletzte Prinz Kylar wird von Deidre, K
Rosenburg, auf welcher ewiger Winter herrscht, gerette
pflegt. Dafür will Kylar die Rosenburg von ihrem Fluch b

– **Die Dämonenjägerin** *(World Apart)*

Kadra ist auf der Jagd nach den Bok-Dämonen. Dabei erfäh
dass sich der Dämonenkönig Sorak des Tors zu einer anderen
bemächtigt hat. Um beide Welten vor dem Untergang zu bewa
ren, folgt sie Sorak dorthin. Sie landet mitten in New York, in d
Wohnung von Harper Doyle. Sie braucht seine Hilfe.

c) Im Licht der Träume (A Little Magic)

(Drei Romane in einem Band)

– **Verzaubert** *(Spellbound)*

Der amerikanische Fotograf Calin Farrell begegnet im Schlaf der Hexe Bryna, welche ihn um Hilfe bittet, und wird dazu bewogen, nach Irland zu reisen, ins Land seiner Vorfahren. Dort kommt er dem Rätsel auf die Spur: Die Vorfahren von Calin und Bryna waren vor tausend Jahren ein Paar. Doch der Magier Alasdir hatte ihr Leben zerstört – und er versucht es aufs Neue.

– **Für alle Ewigkeit** *(Ever After)*

Allena aus Boston soll eigentlich ihrer Schwester in Irland helfen. Durch Zufall verbringt sie stattdessen einige Tage im Haus von Conal O'Neil. Die offenbar zufällige Begegnung scheint vom Schicksal vorbestimmt zu sein, denn die beiden fühlen sich stark zueinander hingezogen.

– **Im Traum** *(In Dreams)*

Die Amerikanerin Kayleen landet durch einen Sturm im Haus des Magiers Draidor. Kayleen verliebt sich sofort in Draidor, und er bereitet ihr einen im wahrsten Sinne des Wortes zauberhaften Aufenthalt.